Andreas Schramek

IM LAND DES FALKENGOTTES

AMENOPHIS

Historischer Roman

Rowohlt Taschenbuch Verlag

2. Auflage Januar 2004

Originalausgabe
Veröffentlicht im Rowohlt Taschenbuch Verlag,
Reinbek bei Hamburg, Dezember 2003

Lektorat Werner Irro
Umschlaggestaltung any.way, Barbara Hanke/Cordula Schmidt
(Abbildung: akg-images [Bordüre]
Gemälde: Tempel Sethos' I. in Qurna; Ernst Weidenbach)
Satz Adobe Garamond PostScript, Dörlemann Satz, Lemförde
Druck und Bindung C. H. Beck, Nördlingen
Printed in Germany
ISBN 3 499 23519 6

Die Schreibweise entspricht
den Regeln der neuen Rechtschreibung.

AMENOPHIS

Für meine Eltern und für Rosy und Rolf

Ein Hauch des Lebens ist der Südwind,
und was er mir gewährt hat ist,
dass ich lebe durch ihn.

Seit zwei Stunden schaukelte die Sänfte im unveränderten Gleichschritt der zwölf nubischen Träger. Die Hände des alten Mannes, der in ihr saß, ruhten auf den Rändern ihrer Seitenwände. Doch das Schaukeln war so gleichmäßig, dass er nicht viel Kraft aufwenden musste, um sich festzuhalten, was es ihm erlaubte, ohne dass er sich etwas dabei dachte, mit den Nägeln seiner beiden Zeigefinger über den Goldbelag zu kratzen. Vielmehr gab sein Körper unaufhörlich den Bewegungen der Sänfte nach, so, wie es ein Reiter auf dem Rücken seines Pferdes tut, das er im Schritt gehen lässt.

Es war still, denn niemand wagte zu sprechen. Nicht der Hauptmann der Leibgarde, der den Zug anführte, nicht die vierundzwanzig Soldaten, die den Zug begleiteten, und auch nicht die Wedelträger zur Rechten und zur Linken der Sänfte, die Mühe damit hatten, die Fächer mit Straußenfedern so zu halten, dass dem Antlitz des alten Mannes stets Schatten gespendet wurde. So hörte man nur das Knirschen des Sandes unter den Füßen der Träger und Soldaten, und hin und wieder vereinzelte Schreie zweier Jungfalken, die hoch über der Sänfte kreisten.

Die Augen des Mannes waren schwach geworden, er konnte gerade noch die beiden nubischen Träger vor sich erkennen. Sein Gehör aber hatte ihn nicht im Stich gelassen. Selbst als Zweiundsiebzigjähriger hörte er jedes noch so leise Geräusch, wie er in seinen jungen Jahren die Gabe besessen hatte, selbst im Getümmel eines Markttreibens ein Gespräch zwischen zwei Personen zu verfolgen, auch wenn er acht Ellen davon entfernt stand. An viele Ereignisse in seinem langen Leben konnte er sich nur noch schwach erinnern. Manch unbedeutende Dinge standen ihm jedoch so klar vor Augen, als hätte er sie erst gestern erlebt. Vieles hatte er ganz aus seinem Gedächtnis verdrängt. Er fragte sich jetzt, ob dies der Fluch des Alters war oder eine Gnade, dass man sich im Laufe der späten Jahre nicht mehr mit Dingen beschäftigen oder sogar abquälen musste, die man für sich selbst offenbar längst als belanglos abgetan hatte.

Aber war das überhaupt von Bedeutung für ihn, Eje, der seit drei Jahren Herrscher von Ober- und Unterägypten war, den Sohn des Re, den man den Guten Gott nannte?

Die Einsamkeit auf dem Thron der Beiden Länder quälte ihn. Es gab niemanden, dem er den Titel «Einziger Freund Seiner Majestät» verleihen wollte. Seine Weggefährten von einst ruhten in ihren Wohnungen der Ewigkeit jenseits des Berges, der vor der Sänfte emporragte.

Wo waren sie, seine Freunde? Wo waren sie, die Begleiter seines langen und mühseligen Lebensweges? Er, Nimuria, die strahlende Majestät, der Herrscher über das mächtigste Land der Erde, und seine Große königliche Gemahlin Teje? Wo waren Echnaton und Nofretete, Ejes Tochter, die Kinder des wahren Lichts? Und wo war sein Vorgänger, sein geliebter Tutanchamun, den sie die wieder erstandene Hoffnung Ägyptens genannt hatten?

Ja, wo waren die Helden, die ihn begleitet hatten im nie endenden Kampf um das Licht der Wahrheit?

Er allein war zurückgeblieben. Er ganz allein.

Nur einer war noch da, General Haremhab, sein erbittertster Gegner. Eje hatte verhindert, dass er an seiner Stelle Pharao wurde. Haremhab hasste Eje, weil er durch dessen Thronbesteigung an seiner Rache gehindert worden war. An seiner Rache an Echnaton, den er den Ketzer nannte, und an Tutanchamun.

Am Eingang zum Tal hielt die Sänfte an. Hier lösten die Wächter des Totentales die Soldaten der Leibgarde wortlos ab, und sogleich setzte sich der Zug erneut in Bewegung. Auch wenn er kaum etwas sah, so kannte Pharao den Weg zu seiner Grabstätte genau.

Es mochte eine halbe Stunde vergangen sein, da hörte er ein Geräusch, das nicht von den Trägern oder den Wachen verursacht wurde, sondern von etwas abseits kam. Fast unmerklich hob er die rechte Hand und sagte: «Wer ist da?»

«Ein Junge aus der Arbeitersiedlung, Majestät», gab der Vorsteher der Wächter derart hastig zur Antwort, sodass seine Absicht, Pharao zu beruhigen, allzu offenkundig wurde.

«Er soll zu mir kommen», sagte der alte Mann mit leiser Stimme, und zur Unterstützung seines Befehles winkte er mit dem Zeigefinger seiner rechten Hand nach dem Knaben, der sechzehn Jahre alt sein mochte. In wenigen Sätzen erreichte der Junge die Sänfte, warf sich zu Boden und presste die Stirn in den Staub.

«Weißt du, wer ich bin?», fragte Pharao und beugte sich etwas nach rechts, um den Jungen sehen zu können.

«Ja, Majestät. Ihr seid der Gute Gott, Eje Cheper-chepru-Re. Ihr lebet, seid heil und gesund», antwortete der Junge so schnell, dass er sich beinahe beim Thronnamen Pharaos verhaspelt hätte.

«Du hast mich also angesehen», stellte Pharao fest.

«Nein, Majestät, das ist doch ohne Eure ausdrückliche Erlaubnis verboten.»

Der alte Mann lächelte milde und sagte: «Woher weißt du dann, wer ich bin?»

Der Junge bekam Angst und wusste nicht, was er sagen sollte, ohne sich noch tiefer ins Verderben zu stürzen, und schwieg.

«Steh auf», befahl Eje und beugte sich noch weiter über den Rand der Sänfte.

«Sieh mich an!»

Nur langsam hob der Junge den Kopf. Eje sah, wie seine Nasenflügel bebten, wie er aus Furcht die Lippen zusammenpresste und der Knabe ihm dennoch gerade in die trüben Augen sah.

«Wie heißt du?»

«Nacht-Min, Majestät», gab der Junge jetzt mit ruhiger Stimme zur Antwort, spürte er doch, dass Pharao keinen Groll gegen ihn hegte.

«Hast du im Grab gearbeitet?»

«Nein, Majestät. Ich brachte meinem Vater gerade Farben hierher, die er in der Siedlung vergessen hatte.»

«Dann begleite mich», befahl Eje knapp. Ein Wink seiner Hand genügte, und der Zug setzte sich wieder in Bewegung. Vor einer schroffen Felswand, an deren Fuß sich ein unscheinbarer höhlenartiger Eingang befand, hielt er an.

«Gib mir deine Hand», befahl Pharao, doch seine freundliche Stimme verwandelte den Befehl in eine höfliche Bitte. Nacht-Min hob seinen rechten Arm und spürte sogleich die knöcherne Hand des alten Mannes, die trotz der Hitze, die schon früh am Morgen herrschte, kalt war.

«Alle sollen das Grab verlassen», sagte Pharao jetzt mit klarer und fester Stimme, und sein Befehl wurde sofort in das Innere des Berges weitergegeben. Es dauerte nur wenige Augenblicke, und zwölf Arbeiter traten ins Tageslicht.

«Nimm dir eine Fackel und führe mich jetzt hinein, Nacht-Min. Ihr anderen wartet hier!»

Die Wächter sahen erstaunt in die Runde und hoben fragend die Schultern an. Doch niemand wagte zu widersprechen.

Nach wenigen Schritten hatte die Dunkelheit des Berges die beiden verschlungen.

«Jetzt kommen sechs Stufen, Majestät», sagte der Junge aufgeregt, denn es überkam ihn eine große Angst, dass dem Guten Gott etwas zustoßen könnte.

«Dass es sechs sind, ist mir bekannt. Schließlich habe ich die Pläne zu diesem Grab mit eigener Hand gefertigt. Sag mir nur, wenn wir die nächste Treppe erreichen!»

Nach einer kurzen Weile fuhr Eje fort: «Was siehst du an den Wänden, Nacht-Min?»

«Nur weiße Farbe, Majestät. Die Wände dieses Gangs sind unbemalt.»

Pharao nickte zustimmend. Sie erreichten die zweite Treppe und den zweiten Gang.

«Und hier?», fragte Eje knapp.

«Nur weiße Wände, Majestät.»

Eje nickte wieder.

«Vor uns liegen jetzt zwei Holzbohlen, die über den Schacht führen, Majestät.»

Pharao setzte vorsichtig erst seinen rechten Fuß auf das rechte der Bretter und stellte dann den zweiten daneben.

«Schacht», sagte Eje, und der spöttische Unterton seiner Bemerkung war nicht zu überhören. «Als ob ich nicht wüsste, dass das, was du einen Schacht nennst, nicht einmal eine Elle tief ist. Aber du hast Recht, Junge. Es soll ein Schacht sein.»

Als würde er tatsächlich einen Schacht von zehn Ellen Tiefe überqueren, tastete sich Eje in winzigen Schritten vorsichtig, ja ängstlich über die Holzbohlen, als wollte er so dem Beistand des Jungen, an dessen Arm er sich noch immer festhielt, seine Rechtfertigung geben.

So gelangten beide in die Grabkammer.

«Die Paviane», sagte Eje unvermittelt und wiederholte: «Die Paviane zuerst!»

Nacht-Min genügte ein kurzer Blick, um auf der Stirnwand der Kammer die Abbildungen von zwölf hockenden Pavianen zu erkennen.

«Hier, Majestät», antwortete der Junge, und nach wenigen Schritten standen sie vor der Wand. Eje trat noch näher an die Bilder heran und flüsterte: «Die Fackel, Nacht-Min! Die Fackel!»

So nah wie es nur irgend ging hielt Nacht-Min die Fackel vor einen der Paviane und neben Ejes Gesicht.

Jetzt, da Pharao sich darauf konzentrierte, etwas von der Pracht seines künftigen Grabes zu erkennen, erst jetzt konnte der Junge zum ersten Mal unbemerkt das Antlitz des Guten Gottes betrachten. Der Hals Pharaos war dünn und faltig. Aber er war nicht gekrümmt, so wenig, wie Eje auch sonst nicht gebückt oder gekrümmt war. Wie der ganze Schädel war das Gesicht hager, ja ausgezehrt. Die Lippen waren schmal und farblos, und wenn Eje lachte, gaben sie den Blick frei auf eine erstaunlich große Zahl von leidlich gesunden Zähnen. Aus dem Gesicht ragte eine kräftige, fleischige Nase hervor, die früher, als der Pharao noch fülliger gewesen sein mochte, vielleicht nicht so sehr aufgefallen war. Die Augen waren klein, und sie verschwanden beinahe völlig in dem schwarzgrünen Band der Schminke, das sie umgab und das bis an die Schläfen reichte. Über dunklen, säuberlich gestutzten und dadurch jugendlich wirkenden Augenbrauen wölbte sich eine von unzähligen Falten durchfurchte Stirn, die bald unter dem Goldreif, der das Kopftuch Pharaos hielt, verschwand. Am vorderen Rand dieses Diadems ragten aus reinem Gold die Beschützer Pharaos empor, Uto und Nechbet, Kobra und Geier.

Langsam wie eine Schildkröte drehte Eje seinen Kopf zu

Nacht-Min. Er wollte den Jungen fragen, ob die Paviane gut und nach der Natur getroffen waren. Aber jetzt, wo sich ihre Blicke im Schein der Fackel begegneten und Eje ahnte, dass ihn der Junge genau gemustert hatte, sagte er:

«Du hast gesehen, wie alt ich bin. Nun wirst du Verständnis dafür haben, wenn ich mich in meinem Grab ein wenig umsehe.»

Nacht-Min sah verlegen zu Boden.

Ohne Eile und mit einer Sorgfalt, die den Jungen ungeduldig werden ließ – wussten doch die Wächter nicht, was in dem Grab vor sich ging –, ließ sich Pharao Bild für Bild der Grabkammer beschreiben. Den langen Spruch des Totenbuchs, der die südliche Wand zierte, musste der Junge vorlesen.

«Ist die Fackel bald abgebrannt?», fragte Eje leise.

«Ja, Majestät. Bald.»

«Dann lass uns gehen.»

Kurz bevor die beiden die letzte Treppe vor dem Ausgang erreicht hatten, nahm Nacht-Min allen Mut zusammen, um Pharao die Frage zu stellen, die ihn während all der Zeit im Grab gequält hatte. «Darf ich Euch etwas fragen, Majestät?»

«Ja», brummte der alte Mann vor sich hin, denn er befürchtete, dass ihn der Junge, wie alle Untertanen seines Landes, um eine Gunst bitten würde.

«Warum habt Ihr ausgerechnet mir befohlen, Euch in das Grab zu führen, und nicht dem Vorsteher der Arbeiten, der mit allem viel besser vertraut ist?»

«Er hätte mir alles Mögliche erzählen können, Nacht-Min. Und ich hätte ihm einfach glauben müssen. Er kennt meine Pläne und meine Anweisungen, und er hätte somit genau gewusst, was ich hören wollte. Du kanntest das Grab nicht und konntest mir deshalb nur sagen, was du wirklich sahst. Und da es mit dem übereinstimmte, was ich angeordnet hatte, bin ich zufrieden.»

Als sie zurück ins Tageslicht traten, herrschte unter den Wächtern große Erleichterung, denn in der Tat hatten sie schon beraten, ob einer von ihnen in das Grab gehen und nach dem Herrscher sehen sollte.

«Ich will dich auch etwas fragen», sagte Eje zu dem Jungen, als er in seiner Sänfte saß und die Hände wieder auf dem Rand der Seitenwände ruhten. Er wollte dem Jungen und seiner Familie wirklich eine Gunst erweisen.

«Wie heißen deine Eltern?»

«Mein Vater heißt Meriamun und meine Mutter Inena, Majestät.»

«Inena», wiederholte Eje leise, schloss die Augen und senkte nachdenklich den Kopf. Er schwieg lange, und viele Bilder aus seiner Jugend stiegen empor, Bilder, die längst vergessen waren. Gewiss, vieles war sehr ungenau und kaum wiederzuerkennen oder einzuordnen.

Eje tat jetzt etwas, das keiner der Anwesenden verstand. Mit dem fröhlichsten Gesichtsausdruck seit langem befahl er dem Jungen, ihn für einige Tage in den Palast zu begleiten. Er schickte einen Offizier in die Arbeitersiedlung, um Nacht-Mins Eltern zu verständigen, und gab Befehl zum Abmarsch.

Der Junge war aufgeregt und verwirrt, glücklich und verzweifelt zugleich, hatte er doch keine Vorstellung davon, was Pharao von ihm erwartete.

Eje aber wollte nur, dass ihm ein aufmerksamer und unvoreingenommener Mensch zuhörte.

Mehr nicht.

Ja, unvoreingenommen musste er sein, sonst hätte es keinen Sinn gehabt, dass ihm der alte Mann alles, was er von seinem Leben noch wusste, erzählte.

EINS

Gott schuf die Menschen mit den Tränen seines Auges.

Mein Vater Juja war eine stattliche Erscheinung, groß gewachsen, er hatte breite Schultern und große, kräftige Hände. Aus seinem Gesicht ragte eine lange Nase, die krumm war wie der Schnabel eines Adlers. Seine Backenknochen standen weit hervor, sein Mund mit den wulstigen Lippen war breit und zeigte stets ein freundliches Lächeln. Sein dichtes, kräftiges Haar fiel in hellbraunen Locken herab, sodass er nur zu offiziellen Anlässen oder zu Festlichkeiten eine Perücke trug.

Seine Kleidung war immer auf das Peinlichste gepflegt, wenn sie auch einfach und unaufdringlich war. Auf den ersten Blick mochte man ihn eher für einen Bauern halten als für einen ägyptischen Fürsten. Vater war ein von Grund auf ehrlicher Mensch, doch ungefragt meldete er sich selten zu Wort. Meist behielt er seine Gedanken für sich.

Ich glaube, das nennt man weise.

Meine Mutter Tuja war anders.

In jungen Jahren war sie eine sehr schöne Frau von gleichmäßiger, schlanker Gestalt mit fast schwarzen Augen, immer kunstvoll geschminkt, gekleidet mit den teuersten Gewändern und stets angetan mit der neuesten Perücke. Auch sie war eine sehr umsichtige Frau. Aber anders als mein Vater achtete sie darauf, dass unsere Familie stets den Platz einnahm, der ihr gebührte.

Der Fleiß, die Korrektheit und die Ehrlichkeit meines Vaters einerseits und das einnehmende Wesen und der Ehrgeiz meiner Mutter andererseits waren schließlich der Grund dafür, dass mein Vater zusehends wichtigere Ämter besetzte und dem königlichen Thron näher rückte. Aus der Sicht meiner Mutter war das nicht sehr schwierig, zumal ihre Schwester Mutemwia eine Gemahlin von Prinz Thutmosis war. So zogen meine Eltern nach ihrer Heirat von Achmim, wo mein Vater Oberster Priester des Min und Bürgermeister gewesen war, nach Men-nefer.

Dies war im vierundzwanzigsten Jahr der Regierung des Guten Gottes Amenophis Aa-chepru-Re, dem Jahr, in welchem meine Schwester Teje geboren wurde. Im gleichen Jahr gebar auch Mutemwia, die Schwester meiner Mutter, ihren ersten Sohn, der wie sein königlicher Großvater Amenophis hieß.

Meine Eltern bewohnten zu dieser Zeit bereits einen Palast in Men-nefer, denn mein Vater war Vorsteher der Ställe Seiner Majestät. Bald darauf wurde er zum Hauslehrer des Prinzen Amenophis ernannt.

Sein täglicher Weg in das Große Haus, den königlichen Palast, war nicht weit. Als Vater dieses Amt antrat, war ich drei Jahre alt, und jeden Tag bewunderte ich ihn und staunte, wenn er morgens erschien und sein bescheidenes Mahl einnahm, danach die ihm gebührenden Insignien anlegte, seine Sänfte bestieg und zum Palast des Guten Gottes getragen wurde. Natürlich befragte ich meinen Vater auf das Genaueste über alles, was er im Großen Haus erlebte und sah. Ich bekam zwar nicht auf alle Fragen eine Antwort, aber dank meines ausgeprägt guten Gehörs erlauschte ich mir so manches aus den Gesprächen meiner Eltern, sodass ich über erstaunliche Erkenntnisse verfügte. Von meinem Vater wusste ich, dass der Gute Gott wegen seines vorgerückten Alters zum Gehen bereits einen Stock benutzte, dass der Sandalenträger zur Rechten des Königs fast vier Ellen groß und das Lieblingstier des Prinzen Amenophis eine schwarze Katze aus Bubastis war. Meinem guten Gehör verdankte ich außerdem die Kenntnis, dass der Gute Gott zwischenzeitlich sehr krank war, bald sterben musste und so Osiris werden würde. Man hatte schon damit begonnen, im Tal westlich von Waset, dort wo die Herrscher unseres Landes ihre letzte Ruhestätte finden, für die Beisetzung letzte Vorkehrungen zu treffen.

Wir alle wussten um das baldige Ende Pharaos, doch als Amenophis Aa-chepru-Re, der mächtige Feldherr und Krieger, tot war, ging ein schreckliches Wehklagen durch das ganze Land. Die Frauen stimmten ihre traurigen Gesänge an, die Männer blieben fortan unrasiert, und überall herrschte ein aufgeregtes Treiben. Das alles änderte sich erst nach der Bestattung des Guten Gottes, der nun Osiris geworden war, und der Thronbesteigung des neuen Horus: Prinz Thutmosis gab sich den Thronnamen Men-chepru-Re.

Schon wenige Wochen später erhielt Vater von Pharao Thutmosis die Erlaubnis, meine Schwester Teje mit in den Palast zu bringen, damit sie dort gemeinsam mit Prinz Amenophis und anderen Kindern hoher Herkunft unterrichtet wurde. Dies war freilich kein Zufall, sondern beruhte darauf, dass meine Familie jetzt dem Königsthron sehr nahe stand. Denn obwohl kaum damit zu rechnen gewesen war, wurde Thutmosis als der drittgeborene Sohn des verstorbenen Pharaos Herrscher über unser Land, und die Schwester meiner Mutter, Mutemwia, war ja eine seiner Gemahlinnen.

Teje war ab diesem Zeitpunkt kaum mehr zu ertragen. Als

wäre sie selbst eine Prinzessin, bestieg sie jeden Morgen gemeinsam mit meinem Vater die Sänfte, um sich zum Unterricht tragen zu lassen. Während mein Vater immer nochmals zu mir zurückblickte und mir zulächelte, ließ der Stolz meiner Schwester eine derartige Gefühlsregung nicht zu. Ich glaube, damals gewöhnte sie sich den strengen, ernsten Blick an, den sie ein Leben lang beibehielt. Sie legte auch immer großen Wert darauf, mit dieser Miene abgebildet zu werden. Sie nannte das «würdevoll».

Meine Schwester nahm den Unterricht im Palast sehr ernst, aber von ihr war nicht viel zu erfahren. Da es mir als kleinem Jungen erlaubt war, mich in den Frauengemächern aufzuhalten, war dies die einzige Möglichkeit, um meine Schwester zu belauschen. Meiner Mutter und unserer Amme erzählte sie fast alles: wie freundlich Prinz Amenophis zu ihr sei, wie kräftig er sei, und dass er am schnellsten und schönsten schreiben könne. Teje stellte meiner Mutter natürlich auch viele Fragen, da sie manches, was sie im Palast sah, nicht richtig deuten oder einschätzen konnte. Ihr größtes Problem war die Kleidung der königlichen Gemahlinnen, der Prinzessinnen und der übrigen Hofdamen: Warum trug Tante Mutemwia nur ein Diadem mit zwei Gazellenköpfen, Königin Iaret aber die hohe Doppelfederkrone und die Uräusschlange? Welche Hofdame durfte wann rechts, links oder hinter der Königin gehen – und warum? Und welche Prinzessin welcher Nebenfrau des Großen Gottes war die bedeutendste?

Wenn dies nicht unbedingt Fragen waren, die einen Jungen meines Alters interessierten, blieb mir doch nichts anderes übrig, als mir alles anzuhören, um auch die Dinge zu erheischen, die mir elementar erschienen. So erfuhr ich immerhin, dass Prinz Amenophis als jetzt Zwölfjähriger nicht weniger als sechs schwarze und vier weiße Pferde sein Eigen nannte, dass er bereits einen eigenen Jagdwagen besaß und von diesem aus in der Wüste schon drei Strauße erlegt hatte! Meine Jagderlebnisse beschränkten sich bislang auf den Fang einiger Salamander in unserem Garten.

Ich war mir sicher, dass zwischen dem Delta und dem zweiten Katarakt kein Ägypter lebte, der über die königliche Familie so gut Bescheid wusste wie ich.

Leider gab es Monate, da passierte gar nichts: Mein Vater und meine Schwester blieben zu Hause, da sich der Hof mit allen Prinzen und Prinzessinnen in Merwer, am Rande der Oase Fajum, aufhielt. Dort, im Norden der Stadt, befand sich ein Palast mit Säulenhallen, Vorratsräumen und prächtigen Gärten.

Hier wurden die Kinder des Guten Gottes von Sobekhotep, der aus der Oase stammte und Bürgermeister des südlichen Sees und des Sees von Sobek war, unterrichtet. Während der Abwesenheit des Guten Gottes verwaltete Sobekhotep den königlichen Landsitz.

Endlich, nachdem ich das zwölfte Lebensjahr erreicht hatte und Teje dreizehn Jahre alt geworden war, erhielt ich die entscheidende Mitteilung, auf die ich so lange gewartet hatte. Ich spielte gerade in unserem Garten, als mich meine Amme ins Haus rief. Ohne nähere Erläuterung wurden mir die Haare geschnitten, meine Seitenlocke wurde auf das Sorgfältigste geflochten und geölt. Danach musste ich ein ausgedehntes Bad nehmen, und die Nägel der Hände und Füße wurden mir gekürzt. Zuletzt legte man mir einen neuen Schurz an. Schließlich stand ich vor meinem Vater. Er hielt sich in seinem Arbeitszimmer auf und diktierte seinem Schreiber Dinge, von denen ich nichts verstand. Während ich noch regungslos, nach frischem Salböl duftend, in der Türe stand, ging mein Vater langsam sprechend im Zimmer auf und ab. Immer im selben Moment, in welchem mein Vater kehrtmachte, tauchte der Schreiber die Binse in die Farbe, um danach mit einer neuen Zeile zu beginnen, als mein Vater gerade wieder loslief. Ich fand dies auf das Höchste erheiternd und kicherte leise vor mich hin. Nie und nimmer hätte ich geglaubt, dass mein Vater davon Notiz nehmen würde, doch plötzlich blieb er auf der Hälfte seines Weges vor mir stehen, drehte sich zu mir um und sagte: «Damit ist morgen Schluss, mein Sohn!» –, machte wieder eine halbe Drehung und ging diktierend weiter. Es dauerte noch eine ganze Weile, ehe er den Schreiber mit weiteren knappen Anweisungen entließ.

Nun wandte er sich endlich mir zu.

«Gut», gab er murmelnd von sich, während er mich von oben bis unten musterte wie einen Rekruten.

«So sieht ein ägyptischer Junge aus, der ab morgen zum Unterricht mit in das Große Haus kommen darf! So gefällst du mir!»

Der Satz war kaum ausgesprochen, da rannen mir Freudentränen über die Wangen. Es gab kein Halten mehr: Ich lief ihm entgegen, sprang in die Höhe und wurde von ihm so fest umarmt wie noch nie.

Endlich im Palast! Endlich nicht mehr auf die spärlichen Auskünfte Tejes, auf heimliches Lauschen angewiesen sein!

Ich wurde von meinem Vater noch eine ganze Weile eingehend ermahnt und belehrt, wie ich mich zu benehmen hätte. Begegnete ich dem Prinzen Amenophis, so hätte ich mich tief zu verneigen und in dieser Stellung so lange auszuharren, bis er mir gestattete, mich wieder zu erheben. Vor den übrigen Prinzen und der Prinzessin müsste ich mich ebenfalls tief verneigen, dürfte mich aber nach angemessener Zeit von allein aufrichten. Andere Mitschüler gleichen Ranges müsste ich freundlich grüßen. Sollte allerdings – was mein Vater jedoch selbst gleich wieder ausschloss – sollte aber der Gute Gott selbst erscheinen, müsste ich mich sofort zu Boden werfen, und ich dürfte es nicht wagen, ihm ins Angesicht zu sehen, selbst wenn er sich herablassen würde, mich direkt anzusprechen. Was natürlich ohnehin niemals geschehen würde.

In dieser Nacht schlief ich nur wenig und war am nächsten Morgen der Erste, der angekleidet und abmarschbereit in der Vorhalle unseres Hauses stand.

Meine Schwester Teje zeigte natürlich kein Verständnis für meine Aufgeregtheit und gab sich derart herablassend, dass es den Anschein hatte, als würde sie in der Sänfte jeden Augenblick einschlafen.

Je näher wir dem Großen Haus kamen, um so lebendiger wurde es auf den Straßen. Ich sah hohe ägyptische Beamte und Würdenträger und seltsame Erscheinungen ausländischer Herkunft mit schwarzen, bis auf die Brust reichenden Bärten, zotteligen Haaren und langen dunklen Gewändern. Große Karren mit Getreide, Melonen, Gemüse oder Weinkrügen fuhren zum Palast. Sänften mit zum Teil geschlossenen Vorhängen wurden in alle Richtungen getragen.

Den Palast umgab eine etwa zwanzig Ellen hohe weiße Mauer ohne jede Öffnung. An einer mächtigen Toreinfahrt standen Soldaten der Leibwache des Guten Gottes und befragten diejenigen, die sie nicht von Angesicht her kannten.

Mein Vater wurde militärisch gegrüßt, indem die Soldaten ihren Speer nahe an den Körper heranzogen. Wir konnten ohne weitere Kontrolle das Tor passieren.

Vor uns lag ein gepflasterter Hof, auf dem das Treiben weiterging. Verschiedene Gruppen von Soldaten zu sechs oder acht Mann marschierten in die eine oder andere Richtung, ebenso verteilten sich die Karren dahin und dorthin, bis sie in einem der Gebäude verschwanden. Unser Weg führte nach rechts durch einen Säulengang, welcher nach hundert Ellen in einem geschlossenen Garten mündete.

Hier war es plötzlich viel ruhiger. Es gab Teiche, die mit

prächtigen Lotosblüten übersät waren, große Beete, mit Blumen und Sträuchern geradezu überladen, Sykomoren, so hoch wie die Palastmauern, und Palmen, die diese sogar noch überragten.

Auf den peinlich gepflegten Kieswegen stolzierten Flamingos und Kraniche, und da und dort kroch eine Schildkröte. Die Gebäude um diesen Garten herum hatten nur kleine Fensteröffnungen. Aus einigen erklang leises, gleichmäßiges Harfenspiel, aus manchem Fenster die Stimme einer Sängerin oder das Schimpfen einer verärgerten Hofdame.

Schließlich waren wir am Ende des Gartens angelangt. Während wir ausstiegen, hörte ich ein Gewirr von Kinderstimmen. Unzweifelhaft waren wir am Ziel. Der Unterrichtsraum war angenehm groß, vielleicht vierzig Ellen lang und zwanzig Ellen breit. Auf dem Marmorfußboden lagen gleichmäßig verteilt Sitzkissen, und davor standen niedrige Holztische mit Schreibwerkzeug darauf: Eine Schale mit zwei kleinen Vertiefungen, in welchen sich schwarze und rote Farbe befand, und mit einer länglichen Einkerbung für die Schreibbinsen; daneben lagen zwei unbeschriebene Papyrusblätter.

Als mein Vater, gefolgt von Teje und mir, den Raum betrat, wurde es still. Die zwölf anwesenden Kinder und Teje setzten sich, wobei sie vier Kissen ganz vorne und eines ganz hinten frei ließen. Mit nur wenigen Worten teilte mein Vater den Anwesenden mit, dass ich Eje hieß und ab heute ebenfalls Unterricht erhielt. Sodann befahl er mir, auf dem Kissen in der letzten Reihe Platz zu nehmen.

Plötzlich war es völlig still, und ich hörte leise Schritte, die näher kamen. Zuerst betrat ein etwa dreizehnjähriger Junge den Raum, mit Prinzenlocke, goldenem Halskragen, Sandalen und einer goldenen Schärpe über dem Schurz. Als er eintrat, verneigten sich mein Vater und alle Kinder, bis eine selbstbewusste Knabenstimme uns gebot, uns wieder zu erheben. Für mich gab es nicht den geringsten Zweifel, dass das Prinz Amenophis war. Ihm folgten Prinz Amenemhet und Saatum, ein Vetter der Prinzen, und schließlich die Prinzessin Amenipet.

Alle Anwesenden – außer Prinz Amenophis – verneigten sich erneut, richteten sich aber nach kurzer Zeit selbst wieder auf.

Der erste Unterrichtstag verlief im Wesentlichen ohne meine geistige Teilnahme, da ich ausschließlich damit beschäftigt war, mein Umfeld zu mustern, und das hieß an diesem Tag nur Prinz Amenophis. Er war nur wenig größer als ich, aber man sah gleich, dass er viel kräftiger war. Sein schwarzes Haar war kurz geschnitten, und neben einer eher unauffälligen Nase saßen dunkelbraune, mandelförmige Augen. Er bewegte sich nie ruckartig, sondern eher langsam und gesetzt, was seinem Auftreten eine natürliche Würde verlieh.

Im Laufe der ersten Wochen erlernte ich die Grundbegriffe des Rechnens, die ersten einfachen Buchstaben unserer Schrift und wurde ein wenig mit der Verwaltung unseres Landes vertraut gemacht. Mein Vater hatte eine schwierige Aufgabe zu bewältigen, da ich der einzige Anfänger war und die anderen Schüler schon einige Jahre am Unterricht teilgenommen hatten. Aber irgendwie nahm er sich immer wieder die Zeit, um sich mit mir allein zu beschäftigen. Außerdem hatte ich ja reichlich Gelegenheit, unseren Lehrer außerhalb des Unterrichtes zu konsultieren, was meist ein zweischneidiger Vorteil war, denn Vater setzte alles daran, dass ich die anderen bald eingeholt hatte. So schrumpfte meine freie Zeit mehr und mehr zusammen.

Die Prinzessin und die Prinzen schienen während des Unterrichtes die übrigen Kinder gar nicht wahrzunehmen. Dass sich mein Vater um sie am meisten bemühte, war eine Selbstverständlichkeit. Schließlich konnte und durfte es gar nicht sein, dass zumindest Prinz Amenophis nicht der beste Schüler war. Anders war es in den Pausen. Während sich alle größeren Jungen in dem Hof vor dem Unterrichtsraum mit Ballspielen und Verstecken austobten, hielten sich die Mädchen meist im Schatten der Sykomoren auf und beschäftigten sich auf ihre Art: Sie tuschelten und kicherten über die Jungen.

Nur mit mir wollte niemand so recht etwas zu tun haben. Für die einen war ich noch zu neu und vor allem zu klein, und bei den Mädchen wollte ich mich nicht aufhalten. So saß ich meist allein am Rand eines der Teiche, hielt meine Füße ins Wasser und sang ein Kinderlied oder versuchte, mich mit einem der Flamingos anzufreunden. Ich spürte sehr wohl, dass mein Vater dies mit gemischten Gefühlen beobachtete, aber genauso wenig wie er ließ ich mir irgendetwas anmerken.

Nach einiger Zeit fasste eines der Tiere – ich konnte es an einer Verletzung am Fuß wiedererkennen – richtig Vertrauen zu mir, was im Wesentlichen daran lag, dass ich es fleißig mit Brot versorgte. Die Knaben tobten wieder mit einem Ball durch den Hof, während ich mit im Wasser baumelnden Füßen meinen gefiederten Freund fütterte und es mir zum ersten Mal gelang, seinen Kopf und den langen Hals zu streicheln. Unvermittelt verspürte ich einen dumpfen Schlag am Hinterkopf, fiel vornüber und landete im Teich. Ich verlor die Besinnung und erwachte erst wieder, als mich mein Vater auf der Wiese neben dem Teich niederlegte. Die Ursache meines Unglücks war schnell geklärt: Ein mit ganzer Kraft geschossener Ball hatte mich niedergestreckt. Das wäre alles nicht so schlimm gewesen, wenn sich nicht Acha, der Sohn des Oberstallmeisters, verplappert hätte. «Ich habe dir ja gleich gesagt, lass den Kleinen hier in Ruhe», fauchte er respektlos Prinz Amenemhet an. «Du wolltest es ja unbedingt wissen!»

«Sei still», forderte der verratene Übeltäter, «was musst du dich überhaupt einmischen? Dann soll er eben besser aufpassen, wo er sich hinsetzt!»

Nun meldete sich Prinz Amenophis zu Wort. «Du könntest dich wenigstens bei ihm entschuldigen, Amenemhet. Sehr heldenhaft war das nicht! Im Übrigen hat Eje dir nichts getan.»

Ging der kurze Streit bislang an mir vorüber, da ich mehr mit meinem schmerzenden Kopf beschäftigt war, so war ich nun auf das Äußerste erstaunt: Prinz Amenophis nannte meinen Namen!

Nachdem Prinz Amenemhet nichts dergleichen tat, sondern bockig die Arme vor der Brust verschränkte und sich verärgert auf die Lippen biss, kam sein älterer Bruder auf mich zu, griff mit beiden Armen um meine Schultern und hob mich hoch. «Ich möchte mich bei dir für meinen Bruder entschuldigen.» Er reichte mir seine Hand und sagte weiter: «Komm mit, Eje! Du brauchst einen trockenen Schurz.»

Ich wusste nicht wie mir geschah.

Ich spürte, wie einige meiner Mitschüler wie vom Donner gerührt dastanden und derart fassungslos waren, dass sie die tiefe Verneigung vergaßen, während Prinz Amenophis mit mir den Platz verließ, einigen anderen stand der blanke Neid in den Gesichtern. Selbst mein Vater verlor ein wenig die Orientierung, wollte noch irgendetwas sagen und ließ es dann kopfschüttelnd bleiben.

Wir beide verschwanden in den Palast, ließen den Eingang zum Unterrichtssaal rechts liegen und betraten eine Halle, die von Säulen gerahmt und nach oben hin in der Mitte über einem Teich offen war. Die Säulen stellten am Ende offene Papyrusstauden dar und waren in dunklem Rot und oben, unter dem Dach, in sattem Grün gestrichen. Die Grundfarbe der Wände, hinter den Säulen in Felder eingeteilt, war ein kräftiges Ocker. Die einzelnen Bilder zeigten Szenen von Jagden des Pharao: Einmal stand er auf seinem Streitwagen, in der Linken die Zügel fest in der Hand, während die Rechte gerade ausholte, um einen Speer nach einem Löwen zu schleudern, der vor dem Wagen auf dem Rücken lag und mit seinen Pranken um sich schlug. Der König trug den blauen Kriegshelm, den Chepresch, einen goldenen Halskragen und einen kostbaren weißen Schurz mit vielen Falten. Im Vorübergehen erkannte ich auf einem anderen Bild den Guten Gott und einige seiner Krieger mit langen Harpunen auf Booten stehend, vor und neben ihnen eine Vielzahl von Flusspferden, die sie jagten.

Zum Innenhof hin schwebten zwischen den Säulen weiße, fast durchsichtige Vorhänge. Deren schwache Schatten verliehen den Bildern – verursacht durch einen leichten Windhauch – eine wunderbar magische Bewegung. Kaum, dass ich dies alles wahrnahm, verließen wir diesen Saal auch schon wieder und gelangten in einen sicher dreißig Ellen langen, nach oben offenen Gang. Er war so breit, dass in seiner Mitte noch Platz für ein ebenso langes, vier Ellen breites Wasserbecken war. Rechts und links des Ganges führten kostbar geschnitzte Türen aus Zedernholz in die anliegenden Räume. Durch eine dieser Türen verschwanden wir in ein nicht sehr großes Zimmer, an dessen weißen, schmucklosen Wänden einige offene Schränke standen, an denen sich nubische Dienerinnen zu schaffen machten. Aus geflochtenen Körben nahmen sie Wäschestücke und schichteten diese gewissenhaft in die Schränke. Als Prinz Amenophis den Raum betrat, fielen die Dienerinnen nieder und berührten mit der Stirn solange den Boden, bis sie vom Prinzen mit den Worten «Erhebt euch!» die Erlaubnis erhielten, sich wieder aufzurichten. Das waren seine ersten Worte, seit wir den Schulhof verlassen hatten.

«Meinem Freund Eje ist ein Ungeschick passiert. Er braucht einen trockenen Schurz!», befahl er in knappen Worten.

Sogleich hastete eine der Nubierinnen an einen Schrank, holte einen Schurz hervor, und auf einen Fingerzeig des Prinzen hin überreichte sie ihn mir. Ohne weitere Aufforderung drehten sich die Dienerinnen um, sodass ich mich umziehen konnte.

Prinz Amenophis wandte sich an mich. «Gib ihr das nasse Kleidungsstück. Du erhältst es gereinigt zurück.»

Mir war dies alles eher unangenehm, ich wagte aber keinen Widerspruch, denn schon nahm er mir den nassen Schurz vom Arm und warf ihn einer der Nubierinnen hin. Zu mir gewandt befahl er nur knapp: «Komm!» und machte kehrt.

Ich hatte tausend Fragen auf dem Herzen. Mussten die Dienerinnen wirklich jeden Befehl ausführen, den er gab, und waren sie Tag und Nacht für ihn da? Konnte er jede Speise bestellen, auf die er gerade Appetit hatte? Ich wusste gar nicht, wo ich anfangen sollte, da erlöste er mich von meiner Neugier: «Ja, sie sind alle meine Dienerinnen. Sie sind für meine Körperpflege zuständig, für die Ordnung in meinen Räumen und, wie du siehst, für meine Kleider. Aber du hast nur einen Teil von ihnen gesehen. Insgesamt hat mir mein Vater sechs Diener und zehn Dienerinnen zur Verfügung gestellt.»

Inzwischen waren wir wieder in dem Saal mit den Jagdbildern angelangt. Auf der gegenüberliegenden Seite erkannte ich jetzt die Darstellung einer Vogeljagd. Der Pharao, wieder mit blauem Chepresch, stand mit seinen Begleitern im Papyrusdickicht und schoss einen Pfeil auf eine gerade auffliegende Wildgans ab, während die anderen Jäger Wurfhölzer nach Enten schleuderten.

Prinz Amenophis bemerkte, dass ich trotz unseres raschen Ganges aufmerksam die Bilder zu betrachten versuchte, und hielt kurz inne: «Die Bilder zeigen den Guten Gott bei der Jagd in der Oase Fajum. Du weißt ja, wir verbringen jedes Jahr mehrere Wochen in Merwer, und nur dort hat mein Vater genug Zeit, im Dickicht des Schilfes zu jagen. Weil er dieser Leidenschaft hier mitten in der Wüste nicht nachgehen kann, ließ er diese Bilder anbringen. Gefallen sie dir?»

«Oh ja, Prinz, sie sind wunderschön! Die Farben so prächtig, so naturgetreu. Und der Gute Gott. Wie herrlich und mächtig er ist!»

Während ich noch das Bild bestaunte, ging der Prinz bereits weiter, und ich musste mich beeilen, ihm zu folgen.

«Wir müssen wieder zum Unterricht!», klärte er mich über seine Eile auf. Als wir fast den Unterrichtssaal wieder erreicht hatten, sagte ich im Gehen: «Prinz Amenophis», – er blieb stehen und drehte sich nach mir um – «Prinz Amenophis, ich möchte Euch vielmals danken!» Dabei verneigte ich mich tief und mit vor der Brust gekreuzten Armen.

«Schon gut», sagte er, während er bereits den Unterrichtsraum betrat und die dort Anwesenden sich ebenfalls tief verneigten.

«Erhebt euch!», befahl der Prinz, und ehe der Unterricht seinen Fortgang nahm, bemerkte ich das auf das Höchste zufriedene Gesicht meines Vaters.

In den nächsten Tagen gab es natürlich keinen derart engen Kontakt mehr, aber ich spürte doch, dass Prinz Amenophis mir deutlich mehr Aufmerksamkeit schenkte, als vor diesem für mich so denkwürdigen Tag.

Unauffällig nahm er mich in den Unterrichtspausen beim Ballspiel in seine Mannschaft auf, oder er warf mir den Ball zu, obwohl sich ein anderer Mitspieler in einer besseren Position befand. Auch befragte er mich über mein Zuhause, was er vorher nie getan hatte.

In meinem Elternhaus war ich es jetzt, dem Fragen über den Prinzen und den Palast gestellt wurden. Man brachte mir mehr Respekt entgegen, man nahm mich ernster.

Teje hingegen war erstaunlich still und zeigte keine große Neugier. Sie tat gerade so, als kenne sie ohnehin schon alles, und aus ihrer Sicht war das ja auch konsequent. Schließlich hatte sie sich in der Vergangenheit so benommen, als ginge sie im Palast ein und aus.

Nach wenigen Monaten gehörte ich nun zum Kreis derjenigen Schüler, die regelmäßig Prinz Amenophis und seine Geschwister umgaben. Zwischenzeitlich hatte auch Prinz Amenemhet seinen Frieden mit mir gemacht. Eines Tages, wir saßen im Schatten einer der Sykomoren unseres Schulhofes und erholten uns vom Ballspiel, sprach er mich an: «Bist du mir noch böse?», und warf dabei mit einem kleinen Kiesel nach einem der Flamingos.

«Nein, Prinz Amenemhet, überhaupt nicht», konnte ich ganz freimütig entgegnen, hatte ich doch ihm und seinem Übermut meine jetzige Situation zu verdanken.

«Mir tut es Leid, wie ich mich benommen habe und vor allem, dass ich mich so lange nicht entschuldigt habe!»

«Die Geschichte ist längst vergessen», beruhigte ich ihn.

Er stand auf, ergriff meine rechte Hand und zog mich hoch, damit wir weiterspielen konnten. Nun war ich vollkommen zufrieden.

Mein erstes Schuljahr war nun vorüber. Während der Zeit der großen Hitze, da der große Fluss nicht mehr als ein Rinnsal ist, blieb die Schule für vier Wochen geschlossen.

Das ist die Zeit, in der Men-nefer wie ausgestorben ist. Der gesamte Hof und alle Großen und Mächtigen des Landes beziehen ihre Paläste und Landsitze im Fajum, der großen Oase im Westen.

Die einfache Bevölkerung, die Bauern und die Armen müssen während der Hitze viel erdulden, denn wenn die vorangegangene Ernte nicht gut ausgefallen ist, werden schnell die Vorräte knapp. Wenn dann die Verteilung schlecht durchgeführt wird, kommt es manchmal sogar zu Unruhen.

Der Wesir als Stellvertreter des Guten Gottes und die Beamten, die zur Aufrechterhaltung der Verwaltung und Ordnung zurückbleiben, haben in dieser Zeit alle Hände voll zu tun, um Mensch und Vieh mit ausreichend Getreide, Gemüse und Wasser zu versorgen.

In diesem Jahr gab es aber nichts zu befürchten. Gleichwohl waren wir nicht sehr glücklich darüber, dass es diesmal uns getroffen hatte, zu Hause zu bleiben. Als Vorsteher der Ställe seiner Majestät war mein Vater für die Pflege von mehr als zweitausend Pferden des Palastes, für die Wartung der Pferdegeschirre, der Wagen und der Sänften und für die dazugehörenden Diener und Sklaven verantwortlich.

Am Anfang genoss ich die freie Zeit sehr. Ich trieb mich viel in unserem Garten herum oder war mit den Freunden aus der Nachbarschaft zusammen. Ab und zu durfte ich meinen Vater in die Stallungen begleiten, wo ich mich bei den Dienern über alles, was mir wissenswert erschien, genauestens kundig machte. Bald wusste ich, welche die persönlichen Pferde des Guten Gottes waren und wie sie hießen, was für Pferdegeschirre zu welchen Anlässen benutzt wurden und wo die Pferde der Prinzen und ihre Wagen standen. Ich ließ keine Gelegenheit aus, um den Pferden von Prinz Amenophis Brot oder ein Stück Gemüse mitzubringen.

Doch schon bald fehlten mir meine Freunde aus dem Palast, und ich sehnte mich nach der bevorstehenden Überschwemmung, da mit ihr das Leben im ganzen Land zurückkehren würde. Die Überschwemmung kündigte sich für uns stets durch die nach und nach aus dem Fajum Heimkommenden frühzeitig an. Zuerst kehrten die weniger bedeutenden Familien zurück und dann, in kurzen Abständen, die Mächtigen, bis schließlich Pharao, der Gute Gott und seine Familie feierlichen Einzug hielten. Tausende von Menschen säumten die Straßen vom Rand der Stadt bis zum Großen Haus und jubelten ihrem Herrscher zu, weil sie wussten, dass mit seiner

Rückkehr die schwere Zeit der großen Hitze und Trockenheit endgültig vorüber war.

Ich hielt mich in diesem Jahr ebenfalls in der Menge auf, konnte aber den Guten Gott nicht sehen, da mir die Erwachsenen die Sicht völlig versperrten und es mir nicht gelang, mich in die vorderste Reihe zu drängeln.

Je näher die Überschwemmung schließlich kam, desto aufgeregter wurden alle. Die Dämme und Wälle wurden ein letztes Mal überprüft, damit sie einer möglicherweise sehr starken Flut standhielten, die Bauern bereiteten das Saatgut vor, die Fischer überprüften die Netze, da die Überschwemmung gleichzeitig einen großen Reichtum an Fischen mit sich brachte.

Und die Steuerbeamten des Guten Gottes bereiteten die Maßbänder und die Bücher zum Vermessen der Anbauflächen vor, denn ehe die Aussaat begann, musste die jeder Familie zustehende Anbaufläche genau vermessen und niedergeschrieben werden, um so später die Höhe der Steuerabgaben festlegen zu können.

Naturgemäß waren die Steuerbeamten nicht sehr beliebt, und mancher Bauer versuchte auf seine Art für sich den größten Vorteil zu erzielen. Die einen behaupteten, ihr Boden sei nicht von so guter Qualität wie der der übrigen Nachbarn, weswegen ein anderer Bewertungsmaßstab heranzuziehen sei, der nächste führte an, dass sein Land in einem Gebiet lag, in dem es besonders viele Krokodile gab, weswegen Kosten für zusätzliche Schutzmaßnahmen anfielen, und wieder andere redeten nicht lange herum und versuchten, die Beamten zu bestechen – was auch manchmal gelungen sein soll. Wurde allerdings ein Beamter dieser ruchlosen Tat überführt, bedeutete dies den sicheren Verlust zumindest eines Ohres und viele Jahre harter Arbeit im Steinbruch.

Endlich trafen wir uns alle im Palast wieder, und es kam uns vor, als hätten wir uns eine Ewigkeit nicht gesehen. In der ersten Unterrichtspause tauschten wir Ferienerlebnisse aus, wobei Prinz Amenophis natürlich den Vorrang hatte. Mit Begeisterung berichtete er von seinen Jagderlebnissen im Fajum, und seine Geschichten fesselten uns vom ersten Augenblick an.

Er begann seine Erzählung mit dem Aufbruch im Morgengrauen, als der Gute Gott mit ihm und den übrigen Begleitern auf Streitwagen bis zu einer Stelle im Sumpfgebiet fuhr, wo die Boote für die Jagd bereits vorbereitet lagen.

«Von Ferne hörten wir schon das Schnaufen und wohlige Brummen der Flusspferde, die sich vor Sonnenaufgang daranmachten, wieder in das schützende Wasser zurückzukehren. Wir standen mit den Booten im Dickicht des Schilfes verteilt und lauerten ihnen mit unseren Harpunen auf. Mein Vater erlaubte mir, mit auf sein Boot zu kommen, auf dem sich noch drei seiner tapfersten Krieger befanden. Mit eigener Hand erlegte er an diesem Morgen vier Flusspferde», berichtete der Prinz jetzt aufgeregt.

«Ich selbst durfte auch zweimal eine Harpune nach ihnen werfen. Einmal traf ich mitten in den Rachen eines dieser Ungeheuer, das mit fünf Harpunen im Körper laut brüllend verendete.»

Wir anderen waren sprachlos vor Ehrfurcht.

«Ein anderes Boot wurde von drei Tieren angegriffen, weil ein Bulle schlecht getroffen war und ein weibliches Tier sein Junges verteidigte. Der Bulle tauchte unter das Boot und schnellte mit ohrenbetäubendem Gebrüll empor, sodass das Boot mehrere Ellen hochgeschleudert wurde und alle sechs Jäger ins Wasser stürzten. Noch bevor irgendjemand helfen konnte, hatten die Flusspferde drei Jäger angegriffen, totgebissen und in die Tiefe gezerrt. Ihnen war nicht mehr zu helfen! Die anderen drei Jäger hatten Glück: Der Gute Gott stieß dem wütenden Bullen mit aller Macht eine Harpune so fest in die Seite, dass er nur noch einmal sein Maul weit aufriss, seine Lunge leerkeuchte und verendete. Die drei konnten so aus dem blutroten Wasser in die anderen Boote gezogen und gerettet werden.»

Wir schüttelten nur noch ungläubig die Köpfe, und mit trockener Kehle flüsterte ich: «Und dann?»

«Vier Flusspferde haben wir an diesem Morgen getötet. Mit langen Seilen wurden sie von den Jagdgehilfen ans Ufer gezogen und dort zerteilt. Die Zähne der Tiere erhielten die Jäger, die sie erlegt hatten. Die vier Eckzähne des Bullen hat mir mein Vater geschenkt», schloss der Prinz stolz seinen Bericht.

Wir anderen – und vor allem ich selbst – hatten nichts Vergleichbares erlebt, sodass ich erst gar nicht den Versuch unternahm, meinen Freunden eine Geschichte aufzutischen.

Einige Tage später wandte sich Prinz Amenophis nach dem Unterricht ohne Vorankündigung an meinen Vater und bat um Erlaubnis, mich in den Palast mitnehmen zu dürfen.

«Ihr müsst Euch keine Sorgen machen, Juja. Eje wird vor Sonnenuntergang nach Hause gebracht.»

Selbst wenn die Frage des Prinzen eher einem Befehl als einer Bitte gleichkam, gab mein Vater in gütigem Ton sein Einverständnis. Bis zum Ende des Unterrichts konnte ich mich kaum mehr konzentrieren und dachte ständig darüber nach, was mich erwarten würde. Ich zog in Erwägung, dass ich dem Wesir oder einer der königlichen Gemahlinnen begegnen könnte und sie mich ansprechen würden. Was aber geschähe mit mir, wenn der Gute Gott selbst – nein, daran wagte ich nicht zu denken. Zuletzt war mir vor Aufregung richtig schlecht, und die Aufforderung des Prinzen, jetzt mitzukommen, habe ich vor Herzrasen fast nicht gehört.

Während die Prinzessin und die anderen Prinzen vorausliefen, hielt mich der Prinz zurück und sah mich wortlos an.

«Wohin gehen wir?», fragte ich respektvoll leise und mit hochgezogenen Augenbrauen.

«Ich weiß es noch nicht. Entweder ich zeige dir erst meine Gemächer, oder wir statten vorher den Pferden einen Besuch ab – wie du willst!»

«In den Stallungen war ich während der Ferien ein paar Mal gewesen», wandte ich ein.

«Das wurde mir schon berichtet. Übrigens: Vielen Dank, dass du an meine Pferde gedacht hast!»

Dabei strahlte der Prinz über das ganze Gesicht und gab mir so zu verstehen, dass er über alles bestens unterrichtet war.

«Also gut, erst der Palast!», beschloss er.

Inzwischen waren wir den Gang mit den Jagdbildern entlanggegangen. Die Szenen erinnerten mich wieder an die Geschichte des Prinzen mit den Flusspferden. Diesmal bogen wir aber nicht rechts ab, sondern gingen nach links in einen langen Gang, der an beiden Seiten von insgesamt vierzehn Figuren des Guten Gottes eingesäumt wurde, sieben auf jeder Seite. Sie alle waren aus rötlichem Stein, gleich groß und kaum zu unterscheiden. Sie zeigten den Guten Gott in der Blüte seiner Jugend auf einer rechteckigen Standplatte, die Kronen der Beiden Länder mit dem Uräus auf dem Haupt, mit heiligem Bart, einem reich geschmückten Schurz und Sandalen. Die Krone, der breite Brustschmuck, die Ober- und Unterarmreifen waren mit Gold überzogen, der Schurz der Figuren war dunkelrot bemalt, der linke Fuß leicht vorgestellt. In der Tat sah eine Figur aus wie die andere!

Am Ende betraten wir einen Saal, an dessen vier Seiten sich jeweils in der Mitte eine mächtige Tür befand und dessen Wände bis oben hin mit Holzregalen verstellt waren. Nahezu alle Regale waren restlos mit Papyrusrollen oder beschrifteten Tontafeln ausgefüllt. Im Saal verteilt standen sechs oder acht Tische, an vier von ihnen saßen Schreiber bei ihrer Arbeit.

Noch ehe sie aufspringen konnten, rief ihnen der Prinz zu: «Behaltet Platz! Wir wollen euch nicht stören!»

Die so Angesprochenen nickten mehrmals mit freundlichem Lächeln und setzten ihre Arbeit fort.

«Das ist das Staatsarchiv», flüsterte mir Prinz Amenophis zu. «Hier befinden sich alle Anweisungen und Gesetze des Guten Gottes und der Briefwechsel mit anderen Ländern. Wir sollten aber von hier schnell wieder verschwinden, weil man uns hier nicht gerne sieht – du verstehst?» Ich nickte, und sogleich verließen wir den Saal durch eine der Türen und standen bald im nächsten. Dieser war ganz anders ausgestattet. Sechzehn Säulen, gleichmäßig auf den ganzen Raum verteilt, trugen in einer Höhe von vielleicht fünfzehn Ellen eine Decke mit schweren Holzbalken aus Zedernholz. Wie so oft waren die weißen Säulen über und über mit heiligen Zeichen beschriftet und endeten unter der Decke als geöffnete, dunkelgrüne Lotosblüten. In der Mitte der Decke spendete eine quadratische Öffnung Licht, das sich auf einen darunter stehenden Tisch ergoss. In den Ecken des Raumes standen dreibeinige Opferschalen mit glühender Kohle und verströmten den heiligen und betörenden Duft von Weihrauch. Auf dem Tisch selbst war eine karge Landschaft in ihrer natürlichen Form nachgebaut. Ich sah ein Gebirgsmassiv, dessen größte Erhebung der Form einer Pyramide glich. An seinem Fuß weitete sich ein Tal, dessen Ende eng zulief und so einen natürlichen torartigen Zugang bildete. Abseits von diesem Tal war eine kleine Siedlung aufgebaut, viele kleine, weiße Arbeiterhäuser, Mauer an Mauer, wie man sie in allen Vorstädten unseres Landes sieht.

Eine Papyrusrolle lag daneben ausgebreitet, an beiden Enden mit einem faustgroßen heiligen Käfer aus Elfenbein beschwert, damit sie sich nicht einrollte. Darauf war ein Plan eingezeichnet, den ich nicht verstand: Gänge, teils gerade, teils abknickend, quadratische und rechteckige Räume, einer mit zwei, der vorletzte mit sechs Säulen bestückt.

Prinz Amenophis stand eine Weile schweigend neben mir. «Der Gipfel dort heißt ‹Sie, die das Schweigen liebt›», flüsterte er betont langsam und würdevoll vor sich hin, während er mit dem rechten Zeigefinger in die Mitte des Tisches wies. Ich verstand gar nichts.

«Es ist der höchste Berg im westlichen Horizont, am Begräbnisort der Könige, bei Waset, der Hauptstadt des Südens», flüsterte er weiter.

«Aber warum ist das hier nachgebildet?», wollte ich wissen.

«Mein Vater bereitet seit Jahren seine Grabstätte vor, wie das jeder König tut, schon immer. Wenn nicht alles genau geplant und nach den Vorschriften ausgeführt wird, kann der Gute Gott nicht Osiris werden und in Ewigkeit weiterleben!»

Er wies auf den Plan und fuhr fort: «Jeder Raum, jede Säule, jedes Bild, ja sogar die einzelnen Schriftzeichen haben ihre besondere Bedeutung und dürfen nicht fehlen oder falsch sein. Darüber werden wir aber im Unterricht noch einiges erfahren.»

«Warum ist das auch für mich wichtig, wo ich doch kein Prinz bin?», wollte ich wissen.

«Weil es kaum möglich sein dürfte, dass nur Prinzen die Gräber ihrer Väter errichten und die Arbeiter beaufsichtigen. Da brauchen wir schon ein paar andere kluge Köpfe dazu. Aber die Planung der Begräbnisstätte selbst ist Sache des Guten Gottes.»

Ich warf noch einen kurzen Blick auf die kleine Landschaft, als ich bemerkte, dass der Prinz schon weitergegangen war.

Ich wusste von meinem Vater, dass man den Toten die verschiedensten Dinge mit in ihr Grab gab, von Nahrungsmitteln über Möbel, Waffen und Salbölen bis hin zu 365 kleinen Arbeiterfiguren, eine für jeden Tag des Jahres.

«Weiß der Gute Gott denn auch schon, was er auf seine Reise jenseits des Horizontes mitnehmen wird?»

«Ja», bestätigte Prinz Amenophis nach kurzem Überlegen, «die meisten Gegenstände stehen schon fest. Vieles befindet sich in geheimen Räumen, die strengstens bewacht werden. Manches wird aber auch vom Thronfolger oder der Großen königlichen Gemahlin, dem Wesir oder engsten Vertrauten des Königs ausgesucht.»

Nachdem wir erneut einen fast unendlich langen offenen Gang durchschritten hatten, gelangten wir in einen überwältigend schönen Garten. Sykomoren, Olivensträucher, Akazien, Granatapfelbäume und Palmen wechselten sich hier mit Teichen und Beeten, bepflanzt mit den herrlichsten Blumen, ab. Dichte, mehr als fünf Ellen hohe Hibiskushecken teilten den Park in verschiedene Abteilungen, und jede von ihnen war von einer anderen Farbe beherrscht. So überwogen in der einen gelb blühende Blumen und Sträucher, in der nächsten weiße und wieder in einer anderen ein knallendes Rot, wie die Blüten des Hibiskus selbst. Dazwischen führten schlängelnde Kieswege vorbei an Bäumen, Teichen, Gartenhäusern, die man Schattenhäuser nannte, und an kleinen Kapellen.

In den Teichen schwammen verschiedene Arten von Wildenten mit bunt schillernden Federn, wie ich sie noch nie gesehen hatte. Auf den Grasflächen stolzierten Kraniche, Strauße und Flamingos, Schildkröten krochen schwerfällig umher, sich ein schattiges Plätzchen suchend. Auf einigen Bäumen hockten Paviane, die mit langen Lederriemen am Davonlaufen gehindert wurden, und fraßen gemächlich eine Dattel nach der anderen. Aus einigen Schattenhäusern ertönten die zärtlichsten Klänge von Harfen und Flöten, und für einige Augenblicke hatte ich den Eindruck, als wäre das alles nicht von dieser Welt.

Gewiss, auch unser Garten war groß, üppig bepflanzt und

sehr gepflegt, aber die Gärten des Guten Gottes übertrafen alles, was ich bis dahin gesehen hatte. Immer wieder blieb ich kurz stehen und sah mir in einem Teich Fische an, suchte in den Baumkronen die keckernden Affen oder bestaunte die Pracht tausender Blüten. Zuletzt schloss ich einfach kurz die Augen, um den mich umgebenden Duft noch intensiver zu erfassen, und atmete schwer ein und aus.

Als ich wieder aufblickte, erschrak ich von dem Anblick, der sich mir bot, so sehr, dass ich sofort gestorben sein wollte: Er, den man den Guten Gott nannte, Pharao Thutmosis Men-che-pru-Re, Herrscher von Ober- und Unterägypten, stand vor mir.

Vier Würdenträger waren bei ihm, doch ehe ich mir auch nur den kleinsten Gedanken darüber machen konnte, wer sie waren, tat ich das einzig Richtige: Ich ließ mich vornüber zu Boden fallen, streckte die Hände nach vorne und blieb völlig bewegungslos liegen. Nur Prinz Amenophis konnte mich jetzt von der ewigen Verdammnis retten. Ich hatte es gewagt, die unzugänglichen Gärten des Guten Gottes zu betreten! Ich, ein Knabe von zwölf Jahren!

«Solltest du nicht beim Unterricht sein, Amenophis?», fragte eine Stimme, die gleichmäßig, ruhig und überlegen klang.

«Juja hat den Unterricht für heute schon beendet, Vater, und mein Freund und ich waren gerade auf dem Weg zu den Ställen. Wir wollten nach meinen Pferden sehen.»

«Wie heißt denn dein Begleiter?», wollte der Gute Gott jetzt wissen, und mir war klar, dass ich ab sofort keinen noch so kleinen Fehler machen durfte, wollte ich länger der Freund des Prinzen sein.

«Vater, das ist Eje, der Sohn von Juja und Tuja.»

«Erhebe dich, Eje!», befahl Pharao.

Mit den Armen richtete ich erst meinen Oberkörper auf, bis ich kniete, immer darauf bedacht, den Kopf nicht zu erheben.

Schließlich stand ich mit gesenktem Haupt vor dem Guten Gott.

«Du darfst mich anblicken, Eje!»

Langsam hob ich den Kopf und überlegte dabei, ob ich ihm wirklich in die Augen schauen durfte oder ob ich den direkten Blickkontakt zu vermeiden hatte. Ich entschloss mich zu Letzterem und starrte meinem Gegenüber auf den goldenen Halskragen.

«Ich möchte in deine Augen sehen, Eje, schau mich an!», befahl er.

Zum ersten Mal in meinem Leben sah ich in die Augen eines Herrschers unseres Landes, des Guten Gottes. Es waren müde Augen, mit dunkelgrünen Pupillen, umrahmt von grün-schwarzer Farbe, die seitlich der Augen spitz auslief. Das schmale Gesicht war faltig. Der König trug unter einem goldenen Stirnreif mit einem prächtigen Uräus das Nemes-Kopftuch. Der goldene Halskragen schien ihn fast zu erdrücken. Im blendend weißen Faltenschurz, den er ohne Prunkgürtel trug, steckte ein Zierdolch. Sein kahl rasierter, extrem schlanker Körper wirkte muskulös. Es war der Körper eines großen Kriegers.

«Weißt du, Eje, ich will immer die Augen der Menschen sehen, die mir gegenüberstehen – die Augen meiner Freunde und die meiner Feinde.»

Ich blieb stumm vor Aufregung. Außerdem wusste ich, dass der König nur angesprochen werden durfte, wenn man auf eine Frage zu antworten hatte.

Während mich der Gute Gott ansah, bemerkte er zu seinen Begleitern: «Der Junge kann seinen Vater wirklich nicht verleugnen.» Dann machte er einen Schritt auf mich zu, gab mir einen Klaps auf den Hinterkopf und sagte zu Amenophis und mir: «Also, ab zu den Pferden! Und ärgert mir den Stallmeister nicht zu sehr!»

Während Prinz Amenophis an der Gruppe vorbei und davon lief, verneigte ich mich nochmals tief vor dem Guten Gott und jagte schließlich dem Thronfolger hinterher, was die Beine hergaben. Erst im Pferdestall konnte ich wieder verschnaufen.

Ich hätte Prinz Amenophis zu gerne gefragt, ob ich alles richtig gemacht hatte. Irgendeine innere Stimme sagte mir, dass es besser sei, wenn ich mir gar nichts anmerken ließe. So beschloss ich, später, wenn ich meinem Vater von der Begegnung berichtete, ihm die Frage zu stellen.

Im Stall herrschte rege Betriebsamkeit, da jetzt am späten Nachmittag, wo die größte Hitze des Tages vorbei war, alles für den zweiten Ausritt vorbereitet wurde. Die eine Hälfte der Pferde hielt sich morgens auf der Koppel auf, während die andere Hälfte beritten wurde, gegen Abend wechselte man. Einigen Pferden wurden Sättel und Reitgeschirr angelegt, andere vor Streitwagen gespannt. Jenseits der Stallungen lagen die Übungsbereiche. Zwischen Palmen und Sykomoren hindurch schlängelten sich in deren Schatten die Wege für die Streitwagen. Neben den verschiedenen Koppeln für Hengste, Stuten und ihre Jungpferde gab es ein weiträumiges Übungsgelände mit Hindernissen wie niedrige Mauern, Holzstapel, umgekippte Streitwagen und kleine Teiche. Dazu waren zahlreiche, aus Bast geflochtene Zielscheiben aufgestellt und etwa vier Ellen hohe Baumstämme in den Boden eingelassen. Zehn oder zwölf Reiter jagten auf ihren Pferden kreuz und quer durch dieses Gelände und schossen im Reiten ihre Pfeile auf die Zielscheiben oder schlugen mit Streitäxten auf die Baumstämme ein. Das Treiben wurde vom Kampfgeschrei der Krieger oder von noch lauter gebrüllten Kommandos der Vorgesetzten begleitet.

«Die Krieger und die Pferde üben hier, mit Schwierigkeiten

fertig zu werden, wie es sie so oder ähnlich in einer Schlacht gibt», erklärte mir der Thronfolger.

«Es sind die Soldaten der Leibgarde meines Vaters, die besten Krieger unseres Landes!», fuhr der Prinz mit stolzem Ton fort, als wären es seine eigenen.

«Habt Ihr auch schon einmal daran teilgenommen?», wollte ich wissen.

«Ja, schon mehrmals! Da war ich aber alleine auf dem Gelände, und der Hauptmann der Garde beschäftigte sich nur mit mir. Sonst durfte niemand auf dem Gelände sein und zusehen.»

«Weshalb wart Ihr alleine?» Mit hochgezogenen Augenbrauen schaute ich den Prinzen an und konnte diese Vorsichtsmaßnahme gar nicht verstehen.

«Es könnte ja sein, dass ich Fehler mache oder sogar vom Pferd stürze. Es ist nicht gut, dass Soldaten sehen, wenn ein Prinz als ihr künftiger Vorgesetzter oder sogar Herrscher eine Schwäche zeigt.»

«Auch vor mir nicht?», wollte ich wissen.

«Nicht zum jetzigen Zeitpunkt. Wir werden sicher an vielen militärischen Übungen gemeinsam teilnehmen. Aber erst, wenn ich über ausreichende Kenntnisse verfüge, und von keinem der Beteiligten wegen eines Anfängerfehlers verspottet werden kann.»

Durch solche Äußerungen des Prinzen wurde mir klar, dass er neben unserer gemeinsamen Erziehung noch weiteren, tiefer gehenden Unterricht erhielt, wodurch seine freie Zeit sicher noch knapper bemessen war als meine. Umso mehr war ich mir natürlich der Ehre bewusst, dass er sie mit mir verbrachte.

Inzwischen rasten auch schon die ersten Streitwagen durch die Baumalleen. Sie waren mit zwei Soldaten besetzt, einem Wagenlenker, der auch ein Schild trug, und einem Schützen. Beide trugen einfache Lederhelme, und nur ihre Arme waren durch Lederbandagen besonders vor Verletzungen geschützt. Der Kämpfer trug einen Kriegsbogen. In zwei Köchern, die seitlich am Wagen befestigt waren, steckten die Pfeile, in einer besonderen Halterung befanden sich weitere drei Speere. Hinter einigen Sykomoren hatten sich Krieger versteckt, die plötzlich, wenn ein Wagen vorbeifuhr, mit einer Stange hervorsprangen und versuchten, den Kämpfer herunterzustoßen. Aufgabe des Wagenlenkers war es, in voller Fahrt sofort zu reagieren und seinen Nebenmann mit dem Schild zu schützen und den Stoß abzuwehren.

In unterschiedlichen Entfernungen zu dieser Rennbahn standen Zielscheiben. Die Scheiben direkt neben dem Weg wurden mit den Speeren beworfen, auf die anderen Scheiben schossen die Kämpfer ihre Pfeile ab.

«Wie auch die Armee selbst, so besteht die Leibgarde aus drei Einheiten, die nach Amun, Re und Ptah benannt sind. Man erkennt sie an der Farbe der Helme und an der Brüstung der Wagen: Amun blau, Re gelb und Ptah rot», erklärte mir Prinz Amenophis.

«Das ist auch hier nötig, um den Ehrgeiz anzustacheln. Die Soldaten führen genaue Listen über die Treffer und die abgeworfenen Krieger.»

«Deine Lieblingsfarbe ist demnach blau, habe ich recht?»

«Genau so ist es, Eje! Komm, lass uns jetzt zu meinen Pferden gehen.»

Als wir den mir bereits so vertrauten Stall mit den Pferden des Prinzen betraten, stellten die fünf Stallburschen sofort ihre Unterhaltung ein und verneigten sich tief, ein jeder, wo er gerade stand.

Amenophis würdigte sie nicht eines Blickes und gab ihnen durch einen knappen Wink mit der rechten Hand zu verstehen, dass sie sich zu entfernen hatten. Sofort huschten sie lautlos aus dem Stall.

Der Prinz ging zu einem tiefschwarzen Hengst. Es war ein herrliches, wildes Tier, das nicht einen Wimpernschlag lang ruhig stehen konnte. Es war das Lieblingspferd des Prinzen, wie mir ein Stallbursche schon bei meinem ersten Besuch berichtet hatte, und ein Geschenk von Pharao Thutmosis Mencheperu-Re.

«Wer von euch hat heute ‹Chons ist groß› geritten?», rief Prinz Amenophis nach draußen.

«Noch niemand, mein Prinz», gab einer der Stallburschen zur Antwort.

«Gibt es noch Schwierigkeiten mit der rechten Hinterhand?» Zu mir gewandt, fuhr der Prinz fort, ohne die Antwort des Befragten abzuwarten: «Letzte Woche brach er in ein Loch ein und hat sie sich gestaucht.»

«Vielleicht sollte er noch ein oder zwei Tage Ruhe haben, mein Prinz. Aber viel länger können wir ihn ohnehin nicht still halten. Der erste Ausritt wird dann nicht einfach sein. Vielleicht ist es besser, ihn erst zwei Tage alleine auf die Koppel zu lassen, wenn ihr mich versteht.»

Der Stallbursche lächelte sehr verlegen, denn er wusste, dass dieser Rat nicht unproblematisch war, unterstellte er doch dem Prinzen, dass er mit ‹Chons ist groß› nicht zurechtkommen würde. Prinz Amenophis nickte zustimmend, und im Hinausgehen flüsterte er mir zu:

«Er hat Recht, es käme einem Selbstmord gleich, wenn ich mich morgen auf das Pferd setzen würde. Das Temperament dieses Tieres ist kaum zu bändigen! Komm Eje, wir gehen essen, ich habe schrecklichen Hunger», rief er mir wieder mit lauter Stimme zu, und rannte los.

Im Laufschritt ging es wieder durch Höfe, Gänge und Gärten, alles flog an uns nur so vorbei, und schließlich erreichten wir die Gemächer des Prinzen.

Wir gelangten in einen Vorraum, an dessen Eingang zwei Soldaten der Leibgarde Wache hielten. Sie begrüßten uns auf militärische Weise, indem sie den rechten Arm, mit dem sie einen Speer hielten, kurz ausstreckten und sogleich wieder anwinkelten. In diesem Zimmer befand sich rechts neben dem Eingang in einer Nische eine dunkelgrüne Steinfigur des Guten Gottes und der Großen königlichen Gemahlin. Die Figur des Pharao war etwa zwei Ellen hoch und zeigte ihn mit Nemes-Kopftuch, Zeremonialbart und in der für diese Art von Figuren typischen Schrittstellung. Die Große königliche Gemahlin stand in halber Größe neben dem rechten Knie des Guten Gottes. Im Übrigen befanden sich in dem Raum nur einige Holztruhen. Die Wände waren von unten bis oben mit Bildern von Schilfdickicht bedeckt. Darin sah man Unmengen von wilden Gänsen und Enten, teils am Boden in Nestern brütend, teilweise, aufgeschreckt durch Jäger, aus dem schützenden Dickicht hinausfliegend. Vereinzelt machten sich die Maler der Bilder einen Spaß und versteckten zwischen Schilf und Gestrüpp kleine Mäuse und Frösche.

«Das ist für mich immer eine Erinnerung an unsere Aufenthalte im Fajum», bemerkte der Prinz, während er mich am linken Arm griff, um mich sachte durch eine weit geöffnete Doppelflügeltür in den nächsten Raum zu ziehen. Es war eine Mischung aus Aufenthalts- und Speisezimmer, unterteilt durch vier Säulen, mit einer quadratischen, vier mal vier Ellen großen Öffnung in der Mitte der Decke. Genau darunter war in gleicher Größe ein Teich angelegt, in dem sich zwischen Schilf und Felsbrocken einige Goldfische tummelten. Auf der erhöhten Einfassung des Beckens lagen kostbar bestickte Kissen. Dort nahmen wir Platz.

Sogleich erschienen unaufgefordert vier junge Nubierinnen mit zwei Wasserschalen und Tüchern. Zwei von ihnen warfen sich vor Prinz Amenophis nieder, wuschen ihm Hände und

Füße und rieben sie mit Öl ein. Die mir zugewandten Dienerinnen verneigten sich vor mir, wuschen mich ebenfalls, ließen allerdings das Öl weg. Prinz Amenophis bemerkte offenbar, wie verduzt ich dreinblickte und befahl mit strahlendem Gesicht: «Ausnahmsweise reibt ihr ihn heute auch mit Öl ein, damit er sich einmal wie ein Prinz fühlt!»

Ich ließ es mir gefallen und dachte nur kurz daran, wie man bei mir zu Hause auf den ungewohnten Duft reagieren würde.

Wenige Schritte neben dem Becken standen drei Tische aus kostbarem Holz, und an jedem ein Stuhl. Die Füße der Tische und der Stühle waren Löwentatzen nachgebildet. Die Sitz- und Rückenflächen der Stühle bestanden aus rot gefärbtem Leder. Nur ein Stuhl am mittleren der drei Tische war ganz aus Holz, mit kunstvollen Schnitzereien versehen und teilweise vergoldet. Dies war der Platz des Prinzen.

Auf den Tischen standen Platten und Schüsseln mit den verschiedensten Speisen. In Öl eingelegte Zwiebeln, Knoblauch und Oliven, dazu Fladenbrot mit verschiedenen Tunken, getrockneter und scharf gewürzter Fisch, Schalen mit frischen Weintrauben, Feigen und Datteln, und schließlich wurde für jeden ein frisch gebratenes, nach Thymian duftendes Huhn aufgetragen.

Die zwei nubischen Diener rückten die für uns bestimmten Stühle zur Seite, sodass wir auf ihnen Platz nehmen konnten, und blieben neben uns stehen. «Fang an!», sagte der Prinz und machte mit seiner linken Hand eine ausladende Bewegung über die Tische hinweg, als sollte ich alles alleine essen. Zunächst probierte ich sämtliche Tunken. Die erste, wohl aus Rahm und mit allen erdenklichen Kräutern gemischt, schmeckte stark nach Knoblauch und war sehr scharf. Eine andere bestand in ihrer Grundsubstanz aus gepressten Tomaten, mit Olivenöl verrührt und mit geriebenem Trockenfisch versetzt. Sie passte besonders gut zu dem gebratenen Huhn.

Prinz Amenophis war ein eindrucksvoller Esser. Während ich noch die Hälfte meiner Portion vor mir hatte, war sein Huhn bereits verspeist, und er tauchte Brot für Brot in die Soßen und genoss das Mahl mit sichtlichem Vergnügen. Wie es sich für Jungen in unserem Alter gehört, tranken wir Wasser mit Zitronensaft und Zimt. Zuletzt machten wir uns noch über Feigen und Weintrauben her, bis ich keinen Bissen mehr hinunterbrachte. Prinz Amenophis griff noch einmal nach einer besonders großen Traube, stand auf und zeigte mir die übrigen Räume, die er bewohnte.

Zuerst gingen wir in sein Arbeitszimmer. Gegenüber dem Eingang blickte man durch eine mit kleinen Säulen unterteilte Fensteröffnung, welche die ganze Breite des Raumes einnahm, in einen herrlichen Garten mit unzähligen Palmen und Sykomoren, die dem Arbeitszimmer Schatten spendeten. Vor dem Fenster stand in der Mitte ein großer Schreibtisch mit einem ebenso schönen Stuhl wie im Speisezimmer. Auf dem Tisch lagen Papyrusrollen, daneben befanden sich ein goldener Becher mit einigen Schreibbinsen und eine geschnitzte Elfenbeinpalette für die Farben. An der linken Wand ragte ein sehr hohes, offenes Regal empor, das über und über mit eingerollten Papyri vollgestopft war. Auf einem weiteren, etwas kleineren Tisch lagen mir unbekannte Gegenstände aus Metall, einige Holzfiguren stellten Soldaten mit unterschiedlichen Waffen dar, daneben stand ein aus Lehm geformtes Modell einer Tempelanlage.

«Dahinter», und der Prinz zeigte auf die nächste Doppelflügeltür, «dahinter befinden sich mein Schlafzimmer, mein Kleiderraum und mein Bad. Aber das dürfte dich kaum interessieren», erklärte er bestimmt, und wandte sich dem kleineren der Tische zu.

«Weißt du, was das ist?», fragte er mich, während er auf das Modell zeigte. Ich schüttelte den Kopf.

«Das wird ein Tempel, den ich einmal zu Ehren des Amun in Waset errichten werde», gab er mir gleich die Antwort.

«Habt Ihr das Modell selbst angefertigt?»

«Nein, von mir stammen die Zeichnungen und Pläne; das Modell fertigte dann einer der Baumeister meines Vaters an.»

Mich erstaunte die Genauigkeit des Modells. Die Eingangstore mit den Fahnenmasten davor waren ebenso fein und genau ausgebildet wie die Opferaltäre und Scheintüren in den hinteren Tempelbereichen. Um sich eine realistische Vorstellung von der Größe der künftigen Anlage machen zu können, waren sogar kleine Figuren von Priestern und Opfertieren aufgestellt.

«Weshalb habt Ihr so großes Interesse an einem Tempel in Waset, wo wir doch hier in Men-nefer weit weg wohnen?», fragte ich den Prinzen.

«Mein Vater hat bereits mit Arbeiten an der Tempelanlage für Amun-Re begonnen. Der dekorierte Innenhof ist bereits fertig, und zur Zeit arbeiten die Steinmetze an einem Alabasterschrein in Form einer Barke. Außerdem soll bald der Obelisk errichtet werden, der zu Zeiten meines Großvaters, Pharao Amenophis, fünfunddreißig Jahre unberührt liegen blieb. Bei so viel Ehre für unseren höchsten Gott will ich nicht untätig bleiben und vorbereitet sein, wenn das schwere Amt einmal auf mich übergehen sollte.»

Prinz Amenophis erklärte mir Teil für Teil seines Tempels und beschrieb sogar sehr genau die Innenausstattung wie Bodenbeläge, Wand- und Deckengemälde.

«Wo nehmt Ihr nur die Zeit her, Prinz Amenophis?», wollte ich wissen.

«Fast jeden Abend, bevor ich schlafen ging, saß ich noch eine Stunde an meinem Arbeitstisch, bis das Modell fertig war. Aber etwas anderes, Eje: Du weißt, wie mich meine Familie nennt. Ich möchte, dass auch du mich mit meinem Kurznamen Ameni ansprichst. Gute Freunde sollten das so halten, oder?»

«Ja gerne, das ist natürlich eine große Ehre für mich, aber …»

«Was aber? Sei nicht so aufgeregt. Ich weiß schon, was ich mache», entgegnete er lachend und klopfte mir auf die Schulter, als ein kahl rasierter, rundlicher Priester das Arbeitszimmer des Prinzen betrat und sich grüßend verneigte.

Mit den Worten «Prinz Amenophis, ich möchte euch daran erinnern, dass Ihr heute noch einige Verpflichtungen zu erfüllen habt», gab er uns unmissverständlich zu verstehen, dass ich nun den Heimweg antreten musste.

«Ja, Eje. Nebnefer hat Recht, wir müssen uns leider für heute trennen. Aber morgen zum Unterricht sehen wir uns ja schon wieder.»

Der Prinz begleitete mich bis zum Vorzimmer seines Wohnbereiches, wo mich ein Hauptmann der Leibgarde erwartete, um mich nach Hause zu begleiten.

In unserem Haus wurde ich natürlich mit größter Neugier erwartet und musste das Erlebte genauestens berichten. Mein Vater bestätigte mir zu meiner Beruhigung, dass ich mich beim Anblick des Guten Gottes völlig richtig verhalten hatte, und es war ihm deutlich anzumerken, wie stolz er auf mich war. Meine Schwester Teje wollte jede Kleinigkeit von mir wissen, und es bereitete mir nicht geringe Freude und Genugtuung, sie wie ein kleines Kind an meinen Lippen hängen zu sehen. Am meisten kostete ich aus, dass ich von nun an den Thronfolger mit Ameni ansprechen durfte, was meine Schwester eigentlich um den Verstand bringen musste.

Das an diesem Tag Erlebte zeigte auch bei mir große Wirkung: Ich fiel in mein Bett und schlief noch im selben Moment ein.

Die nächsten Tage und Wochen waren von ungetrübter

Freude geprägt. Natürlich konnten wir nicht jeden Tag die freie Zeit gemeinsam verbringen, da sowohl Prinz Amenophis als auch ich eigene Verpflichtungen hatten, aber wo es nur ging, steckten wir zusammen. Unsere schulischen Leistungen litten darunter keineswegs, da wir uns eher gegenseitig anspornten, als dass wir nachlässig geworden wären. Uns beiden war bewusst, dass man unserem Treiben andernfalls ein jähes Ende bereitet hätte.

Mit der Zeit beobachteten wir in der Umgebung des Palastes eine gewisse, schwer zu erklärende Unruhe. Auch mein Vater kam hin und wieder sehr spät nach Hause und machte einen besorgten Eindruck. Schließlich sickerte auch bis zu uns Kindern durch, dass es im Süden, in Nubien, Unruhen gab und dass der Gute Gott einen Feldzug dorthin plante. Wenige Tage später wurde es zur Gewissheit: Pharao würde nach Süden bis Waset ziehen und von dort auf dem großen Fluss bis Edfu fahren, um dann weiter in östlicher Richtung durch das Wadi Mia bis ins Wüstengebirge zu marschieren und die Nubier aufzuhalten und zu bestrafen, die unsere Goldtransporte behinderten.

Während ich in unserem Garten über diese Neuigkeiten nachdachte – es herrschte gerade die größte Mittagshitze –, hörte ich lautes Pferdegetrappel näher kommen. Ein goldbelegter Streitwagen hielt vor unserem Haus, und es erschienen ein Hauptmann der Leibgarde und hinter ihm Prinz Amenophis. Sein Blick war sehr ernst und würdevoll, wie man das bei einem Jungen von fünfzehn Jahren nur selten sieht.

«Ich will mich von dir verabschieden, Eje. Der Gute Gott hat beschlossen, mich und meinen Bruder Amenemhet mitzunehmen. Es kann eine ganze Weile dauern, bis wir uns wieder sehen.»

Dabei griff er in seinen Gürtel, zog einen kleinen Prunkdolch hervor und hielt ihn mir hin.

«Damit du selbst auf dich aufpassen kannst, wenn ich nicht da bin», lachte er mich an.

Ehe ich irgendetwas sagen konnte, umgriff er mit beiden Händen meine Unterarme, ließ mich nach einem kräftigen Druck wieder los, drehte sich um und ging. Beim Verlassen des Gartens machte er noch einmal kurz kehrt und rief mir zu: «Um ‹Chons ist groß› wirst du dich jetzt nicht kümmern können, er wird diesmal mein Begleiter sein.» Und schon donnerte der Streitwagen davon. Ich winkte ihm nach und wollte ihm hinterherrufen, er solle tapfer sein, doch mein Hals war wie zugeschnürt.

Zuerst wusste ich gar nicht, ob ich auf meinen Freund unendlich stolz oder ob ich traurig sein sollte. Ich setzte mich unter meinen Lieblingsbaum in der hintersten Ecke unseres Gartens, eine Sykomore, und begann erst einmal fürchterlich zu weinen. Ich weiß nicht mehr, ob es die Angst war, einen Freund zu verlieren, erschlagen von einem Wilden, gefressen von einem Krokodil oder im Fieber elend sterbend – oder einfach nur die Enttäuschung darüber, Wochen oder Monate ohne ihn auskommen zu müssen. Dann schlug die Trauer in Wut um. Doch dies durfte auch nicht sein, schließlich kam der Befehl vom Guten Gott selbst, und ihm gegenüber Wut zu empfinden, war völlig ausgeschlossen.

Nach einer Weile lief ich ins Haus, berichtete alles meinem Vater und zeigte ihm den Prunkdolch. Er zeigte sich von all dem wenig beeindruckt und versuchte mir zu erklären, dass es für einen fünfzehnjährigen Thronerben völlig normal sei, an einem derartigen Feldzug teilzunehmen. Schließlich sei es nicht Aufgabe der Prinzen, am Kampf teilzunehmen, vielmehr würden sie das Geschehen aus sicherer Entfernung beobachten. Im Übrigen sollte ich mir ja nicht einfallen lassen, den Dolch mit in den Unterricht zu nehmen, um damit zu prahlen oder sonstigen Unfug anzurichten.

Meine Schwester Teje schien dies alles wesentlich mehr zu beeindrucken, und ihr nicht enden wollendes Schluchzen ließ in mir den Verdacht keimen, sie könnte in den Prinzen verliebt sein oder so ähnlich. Jetzt erinnerte ich mich auch daran, dass ihre Blicke oft unentwegt auf den Prinzen gerichtet waren und wie sie errötete, wenn er sie ansprach.

Im Unterricht nahm ich jetzt die Führungsrolle unter den Schülern ein, denn unstrittig stand ich Prinz Amenophis von allen am nächsten. Umgekehrt zeigte ich auch für die neuen Mitschüler Verantwortungsbewusstsein und war überhaupt sehr eifrig. Die Lebenserfahrung, die Ameni mir durch «seinen» Feldzug voraushaben würde, konnte ich nur durch uneinholbares Wissen wettmachen, durch Kenntnisse, über die außer mir niemand verfügen würde. Für mich nannte ich das mein Nischenwissen.

Ein jeder meiner Freunde konnte jetzt in den Tagen des Krieges schlaue Reden halten über die Armee, ihre Bewaffnung, Pferde und Streitwagen. Aber der Krieg würde bald vorbei sein, und dann würde das alles niemanden mehr interessieren. Dann war der Fachmann für Verwaltung gefragt, für das Vermessungs- und Bauwesen.

Nach einem erfolgreichen Krieg gab es viel Gold, das zum Ruhme der Götter verbaut wurde, es gab Sklaven, die verteilt werden mussten, und heimkehrende Soldaten, die mit Land versorgt werden wollten. Dazu bedurfte es eingehender Kenntnisse, über die nicht viele verfügen konnten.

So hielt ich es für erforderlich, die genaue Fläche errechnen zu können, die nach der jährlichen Überschwemmung für die Landwirtschaft zur Verfügung stand. Rechtzeitige Meldungen aus dem Heerlager waren nötig, um genau zu erfahren, wo es Tote oder Krüppel in den eigenen Reihen gab, sodass anschließend die Familien mit Sklaven als Arbeitsersatz versorgt werden konnten. Es waren nicht nur Vorratslisten über Baumaterial anzulegen, diese Pläne hatten die Herrscher ja schon; nein, man musste bereits die Transporte von den Steinbrüchen organisieren, ebenso wie den Bau der Arbeitersiedlungen und deren Versorgung. Wer in der Lage war, dies im Einzelnen so vorzubereiten, dass alle Pläne nur noch auf den Tisch gelegt werden mussten, der war unentbehrlich, der hatte das, was ich als Nischenwissen bezeichnete.

Ohne auch nur einen Tag zu zögern, ging ich daran, mein Vorhaben zu verwirklichen und mir dieses Wissen zu verschaffen.

Möglichst unauffällig befragte ich Beamte des Hofes, freilich nicht immer den obersten Vorgesetzten, denn dann hätte ich mich vielleicht verdächtig gemacht oder wäre gar nicht ernst genommen worden. Nein, ich begann unten, begann bei dem Beamten, der an Ort und Stelle mit den Problemen konfrontiert war. Da war der einfache Steuereintreiber, der mich schnell sowohl mit den Schlichen der Abgabepflichtigen als auch mit denen seiner Vorgesetzten vertraut machte, oft nicht ahnend, dass er dabei auch seine eigenen Machenschaften offenbarte.

Da war der Landvermesser, der mit Stöcken und Schnüren durch die noch überfluteten Felder lief, den Bauern neues Land zuteilte und sich immer wieder anhören musste, dass er gerade das schlechteste Stück Erde Unterägyptens unter seinen Füßen hatte. Da war der Lagerverwalter, der nicht wusste, ob er tausend Ellen Stoff und tausend Scheffel Weizen im Lager hatte, aber angeblich über alles fein säuberlich Buch führte. Bald schon merkte ich, dass man mir als einem unscheinbaren Knaben offenbar bereitwillig, ja leichtsinnig Auskunft gab, da die Befragten mich nicht als Gefahr erkannten. Manchmal war ich hierüber verärgert. Nach einer Weile fand ich mich damit ab und nützte diesen Umstand umso hemmungsloser aus.

Mein Vater bemerkte zwar meinen allgemeinen Fleiß und die daraus resultierenden Fortschritte im Schreiben, in der

Mathematik und in der Lehre über die Götter unseres Landes, aber von meinen Sonderstudien ahnte er lange nichts. Abends saß ich oft bis spät in meinem Zimmer und notierte mir das Erlebte, das Gesehene, das insgeheim Erfahrene. Denn die wichtigsten Erkenntnisse waren die, welche man mir unter dem Siegel der Verschwiegenheit anvertraute.

Ich fertigte Listen an, in denen ich alle Werte eintrug, und so war ich bald in der Lage, Auskunft darüber zu geben, wie viel Getreide in Notzeiten für ein Dorf mit fünfhundert, achthundert oder tausend Einwohnern nötig war, wie viel natürlicher Schwund sein durfte und ab wann eine natürliche Ursache für Schwund auszuschließen war. Ich wusste, wie viel Land einer achtköpfigen Familie zuzuteilen war, um nach der Ernte von ihr hundert Scheffel Getreide an Steuern einnehmen zu können.

Von großer Bedeutung waren vor allem meine Feststellungen über die Wasserstände entlang des großen Flusses.

In jedem Jahr wurden nach der großen Überschwemmung die Flächen der zu bearbeitenden Felder neu vermessen, da der Wasserstand des Flusses immer sehr unterschiedlich ausfiel. In manchen Jahren war die Flutwelle so hoch, dass möglicherweise die doppelte Fläche überschwemmt wurde als im Vorjahr –, oder es verhielt sich umgekehrt. Alte Landvermesser mit langjähriger Erfahrung konnten anhand des jeweiligen Wasserstandes recht genau angeben, wie groß die dahinter liegende überschwemmte Fläche war, ohne sie überhaupt nachzumessen. Ich erfuhr weiter, dass auf königlichen Befehl hin die Menschen entlang des großen Flusses seit alters her in Städten und Dörfern die Wasserstände an den Ufern abmaßen und markierten. Ich war mir sicher, dass sich hier eine Regelmäßigkeit zwischen den einzelnen Orten ableiten ließ. Betrug zum Beispiel der Wasserstand zum Zeitpunkt der höchsten Überschwemmung in Waset sechzehn Ellen, so musste er wenige Wochen später in Men-nefer dreizehn Ellen betragen.

War es weiterhin durch berittene Boten möglich, die Wasserstände von Süd nach Nord mit einem Vorsprung von vier bis fünf Wochen im Voraus zu melden, so konnten entsprechende Rückschlüsse über die Fläche des bald überschwemmten Landes gezogen werden.

Diese Feststellungen sollten für das weitere Handeln unserer Verwaltung von entscheidender Bedeutung sein: War mit einer sehr großen Überschwemmungsfläche zu rechnen, musste natürlich mehr Saatgut aus den Lagerhäusern an die Bauern ausgegeben werden; war wegen einer nur geringen Überschwemmung mit einer kleineren Anbaufläche und deswegen vielleicht mit einer Hungersnot zu rechnen, durfte zunächst nicht so viel Getreide verteilt werden, da es zur Aussaat nicht benötigt wurde und unerlaubter Handel zu vermeiden war.

Ich muss zugeben, dass mir mein Vater sehr behilflich war, nachdem ich ihn in meine Untersuchungen eingeweiht hatte. Da er gleich begriff, welche Bedeutung diese Überlegungen für unser Land haben konnten, erhielt ich von ihm jede nur denkbare Unterstützung. Aufgrund seiner Stellung bei Hofe war es ihm möglich, von allen Städten und Dörfern entlang des Flusses sowohl die Wasserstände als auch die Flächen des Überschwemmungslandes der letzten Jahre abzufragen. Es dauerte viele Wochen, ehe wir in ausreichendem Umfang die Zahlen vorliegen hatten. Meine Aufgabe war es dann, diese in lange Listen einzutragen. Das Ergebnis war erstaunlich. Unsere Überlegungen erwiesen sich als richtig, die Überschwemmungsflächen ließen sich aus der jeweiligen Wasserhöhe herleiten, und das über Wochen im Voraus. Von größter Bedeutung war letztendlich, mit welcher Geschwindigkeit der erste im Süden verlässlich gemessene Wasserstand nach Norden weitergegeben werden konnte.

Ich verfügte zuletzt über so weit gestreute Kenntnisse, dass selbst ein gut ausgebildeter Vermessungsbeamter nicht mithalten konnte.

Es waren zwischenzeitlich mehr als zehn Monate vergangen, seit Ameni nach Süden gezogen war, und es mehrten sich die Anzeichen, dass der Gute Gott und sein Heer bald zurückkehren würden. Im Palast wurde in großer Aufregung alles auf das Sauberste gereinigt und gestrichen, die Gärten wurden gepflegt, sodass sie kaum wiederzuerkennen waren, die Anlegestellen im Hafen wurden ausgebessert und geschmückt. Auf den Landgütern des Guten Gottes und der Tempel suchte man die schönsten Rinder, Tiere der Wüste, Schafe und Geflügel aus, um sie in den Palast zum Schlachten zu bringen, während der Kellermeister schon einmal Ausschau hielt nach seinen feinsten Weinen.

Auch bei uns zu Hause spürte man eine ständig zunehmende Aufregung. Mein Vater ging morgens früher als sonst aus dem Haus und kam abends meist sehr spät zurück. Auch die Geschichten, die man sich von Siegen, Gefangenen und unermesslicher Beute erzählte, wurden umso griffiger, je näher die Heimkehr unseres Königs rückte.

Endlich war der Tag der Rückkehr da. Tausende von Menschen hielten sich am Fluss im Hafengebiet auf, unzählige säumten die Prachtstraße, die vom Hafen durch Men-nefer hindurch geradewegs zum Palast führte, und die Großen des Reiches, zu denen auch mein Vater zählte, erwarteten unter der Führung des Wesirs den Guten Gott im großen Hof des Palastes.

Ich hielt mich im Hafengebiet auf und suchte mir in der Nähe der Anlegestelle ein Lagerhaus für ausländisches Holz aus, dessen Verwalter namens Chaemhet ich in den letzten Monaten viele gute Hinweise verdankte. Chaemhet wurde von allen, die ihn kannten, mit seinem Spitznamen Mahu gerufen. Auf dem flachen Dach des Gebäudes stand ein großer Baldachin, in dessen Schutz Mahu seine Schreibarbeiten erledigte und dabei fast den ganzen Hafen im Blick hatte. Dies war der ideale Platz. Bereits am frühen Morgen fuhren die ersten Schiffe in den Hafen ein und legten an, um entladen zu werden. Vom ersten Schiff wurden einige verletzte Soldaten getragen, die man sofort wegbrachte. Den nächsten fünf oder sechs Schiffen entstiegen die Soldaten der königlichen Leibgarde, die auch gleich den gesamten Anlegeplatz räumten und Schulter an Schulter Aufstellung nahmen. Im weiteren wurden die gefangenen Nubier entladen, Mädchen, Frauen, junge Männer und deren Anführer.

Es folgte die Beute. Lebende Tiere wie Antilopen, Affen, sogar in Käfigen eingesperrte Leoparden, die wütend hinter den Gitterstäben fauchten; schließlich Zähne von Elefanten, Blumen, Sträucher und kleine Bäume, die in Körben eingepflanzt waren, dann Holzkisten, deren Inhalt nur zu erahnen war: Gold, das Fleisch der Götter, und Edelsteine.

Während alles ausgeladen und zunächst auf dem abgesperrten Platz gelagert wurde, fuhren die fünf königlichen Schiffe in den Hafen ein und legten an. Unter dem lauten Jubel der Menschenmenge gingen zuerst die hohen Beamten an Land, dann die Obersten des Heeres und der Leibgarde, gefolgt von den engsten Vertrauten: der Wedelträger zur Rechten und Linken des Königs, der Sandalenträger und der königliche Schreiber. Es wurde stiller auf dem Platz. Als die Prinzen Amenophis und Amenemhet erschienen, setzte unvorstellbares Geschrei ein, und die Hochrufe wollten nicht mehr enden. Scheinbar ohne die geringste Gefühlsregung bestieg Ameni, wie vor ihm schon sein Bruder, die Obersten des Heeres und der Leibgarde, einen der bereitstehenden Streitwagen und wartete. Dann verstummte die Menge vollkommen, sodass man sogar das Knarren der Bohlen hören konnte, als eine vergoldete, geschlossene Sänfte vom Schiff des Guten Gottes getragen wurde. Die Menschenmenge blieb zunächst stumm, dann setzte ein stärker werdendes Raunen ein, bis schließlich wieder lauter Jubel losbrach, als sich die Formation in Bewegung setzte und in Richtung Palast zog.

Ich blickte zu Mahu und erkannte an dessen besorgtem Gesicht, dass hier gerade etwas Ungewöhnliches passiert sein musste.

«Mahu, stimmt etwas nicht?», wollte ich wissen und stieß dabei mit meinem Ellbogen gegen seinen rechten Arm, um ihn auf mich aufmerksam zu machen, da er noch immer bekümmert auf das königliche Schiff sah.

«Was ist denn los, Mahu, jetzt sag es mir endlich!», rief ich ungeduldig.

«Noch nie wurde der Gute Gott in einer geschlossenen Sänfte durch die Stadt getragen, und schon gar nicht nach einem Feldzug. Das bedeutet nichts Gutes, Eje! Das bedeutet nichts Gutes!», wiederholte er sich, schob seine Perücke zurecht und stieg über die Treppe hinunter in das Lagerhaus.

Ich blieb noch eine ganze Weile auf dem Dach und beobachtete, wie sich der Platz nach und nach leerte. Dabei musste ich immer an Mahus Worte denken. Auf dem Nachhauseweg überlegte ich schließlich, dass Ameni vielleicht meine Hilfe brauchte oder auch nur ein Zeichen, dass ich an ihn dachte.

In unserem Garten traf ich auf meine Mutter und meine Schwester Teje. Mein Vater hielt sich im Palast auf. Meine Mutter saß im Schatten eines großen weißen Sonnensegels und verrichtete an ihrem uralten Webstuhl Ausbesserungsarbeiten.

Zwischendurch schimpfte sie mit sich oder dem Webstuhl, war sie doch dessen zunehmende Anfälligkeit leid geworden. So wurde sie in ihrer Arbeit ständig unterbrochen, wo es doch ihr Ehrgeiz war, den gesamten Bedarf unseres Hauses an feinem Tuch selbst zu decken. Vater hatte ihr zwar schon oft einen neuen Webstuhl versprochen, aber ich konnte mich des Eindrucks nicht erwehren, dass er seinen Spaß daran hatte, wenn Mutter mit dem leidigen Gerät ihre Kämpfe ausfocht.

Teje saß wie geistesabwesend daneben und zupfte und rupfte an ihrer guten Perücke, in deren Strähnen sie hauchdünne Goldfäden einzog. An Eitelkeit war sie wirklich nicht zu übertreffen.

Kaum angekommen, begann ich mit meinem Bericht vom Hafen und berichtete den Frauen jede Kleinigkeit, die ich gesehen hatte. Natürlich legte ich größten Wert darauf, alles, was mit Ameni zu tun hatte, besonders ausführlich zu schildern. Einmal, weil ich die Bedeutung meiner Beziehung zu Ameni unterstreichen wollte, zum anderen, um Teje richtig neugierig und mich unentbehrlich zu machen.

Das gelang mir vorzüglich. Meine Schwester gab sich große Mühe, uns ihre innere Anspannung und Aufregung nicht merken zu lassen. Immer wieder blickte sie aber kurz von ihrer Perücke auf, um aus meinen Gesichtszügen vielleicht noch mehr zu erfahren. Schaute ich sie dann an, senkte sie gleich wieder den Kopf und zupfte weiter.

Mutter ließ erst von ihrer Arbeit ab, als ich berichtete, dass der Gute Gott in einer geschlossenen Sänfte von seinem Schiff und zum Palast getragen wurde. Sie sah mich leichenblass an.

«Was sagst du da?», bohrte sie ungläubig nach, und ich musste diesen Teil meines Berichtes nochmals in allen Einzelheiten wiederholen. Schweigend und mit starrem Gesicht blickte meine Mutter eine Weile auf den Boden, ehe sie alles liegen und stehen ließ und ins Haus eilte.

ZWEI

Glücklich ist, wer das Geheimnis des Osiris kennt,
der verborgen ist in der Finsternis,
ein Lebender unter Lebenden.

Mein Vater kam an diesem Tag sehr spät nach Hause. Es war schon lange dunkel, als er unsere Befürchtungen bestätigte: Der Gute Gott litt seit zwei Wochen an einem schweren Fieber, konnte keine Nahrung aufnehmen und wurde deswegen immer schwächer. Die königlichen Leibärzte hatten erklärt, es handele sich um eine Krankheit, die man nicht behandeln könne. Seit der vergangenen Nacht habe Pharao das Bewusstsein nicht wiedererlangt.

Während sich meine Eltern im Inneren des Hauses unterhielten, saßen Teje und ich noch im Garten. Obwohl sie zwischendurch leise ein Lied vor sich hin summte, war es mir dank meines guten Gehörs möglich, das ganze Gespräch meiner Eltern zu verfolgen.

«Die Große königliche Gemahlin Iaret macht einen sehr unbeholfenen Eindruck. Ich glaube, sie ist der schwierigen Lage auch nicht annähernd gewachsen», stellte mein Vater ernüchtert fest. «Sie tut mir richtig Leid.»

«Und wie benimmt sich meine Schwester Mutemwia?», wollte meine Mutter wissen.

«Sie ist sich ihrer Rolle als Mutter des künftigen Herrschers noch nicht richtig bewusst.»

«Sie sollte sich damit nicht zu lange Zeit lassen. Es wäre nicht gut, wenn sie anderen am Hofe die Möglichkeit gäbe, zerstörend einzugreifen», meinte Mutter und fuhr energisch fort:

«Machen wir uns nichts vor, Juja: Wenn nicht ganz unvorhersehbare Dinge geschehen, wird Prinz Amenophis bald der nächste Pharao sein. Seine Mutter ist ohne fremde Hilfe einer Regentschaft nicht gewachsen. Sie braucht dringend Menschen, die ihr zur Seite stehen, ohne bei den anderen in Verdacht zu geraten, selbstsüchtig zu sein. Der Wesir kommt genau aus letzterem Grund nicht dafür in Frage, und die anderen Fürsten sind uneins. Bevor sie sich aber zusammentun, sollten wir zugreifen. Wir beide werden morgen Mutemwia aufsuchen und ihr in einem persönlichen Gespräch unsere Hilfe anbieten.»

Mutter spürte, dass jetzt die entscheidenden Schritte erfolgen mussten, keine Fehler durften gemacht werden. Anders als Vater sprach sie ganz offen darüber und machte aus ihrem Wunsch, eines Tages in unmittelbarer Nähe des Thrones stehen zu wollen, keinen Hehl.

«Ja, aber das ist doch eine Selbstverständlichkeit», entgegnete mein Vater etwas ratlos.

«Das mag schon sein, aber das ist noch nicht alles! Amenophis wird Teje heiraten!»

Mutter hatte endgültig ausgesprochen, worauf sie hinauswollte.

«Tuja! Jetzt überspann den Bogen nicht!», erregte sich Vater. Er erschrak über die Machtgier Mutters, und ich merkte ihm an, dass er nach Mitteln sann, um ein zu forsches Vorgehen seiner Frau zu verhindern. «Wer hoch steigt, kann auch tief fallen!»

«Nein, Juja, das heißt anders: Wer nichts versucht, wird es nie zu etwas bringen! Das ist die Gelegenheit für unsere Familie, und ich werde sie nicht ungenutzt verstreichen lassen. Wenn Mutemwia auch nur meine Halbschwester ist, das ist sie unserer Familie schuldig. Schließlich wird Amenophis als Pharao die Macht haben, sie auch nachträglich zur Großen königlichen Gemahlin ihres verstorbenen Gatten zu erheben.»

Mutter hatte das Ziel vorgegeben, und es war nun die Sache meines Vaters, mit Geschick und seiner Erfahrung, sich bei Hofe zu bewegen, die Familie ungefährdet dorthin zu bringen.

Am anderen Morgen gingen meine Eltern sehr zeitig in den Palast. Mutter blieb dort den ganzen Tag über, doch Vater kehrte mittags nach Hause zurück. Er traf mich in meinem Zimmer an, wo ich gerade an meinen Listen der Überschwemmungsflächen arbeitete. Er machte einen sehr bekümmerten und unglücklichen Eindruck.

«Dir werden nun auch einige anstrengende Tage bevorstehen, mein Sohn», begann er das Gespräch.

«Warum mir?»

«Prinz Amenophis hat darum gebeten, dass du zu ihm kommst und auch die nächsten Tage im Palast verbringst, bis – bis alles vorbei ist», bekam ich zur Antwort. «Er sagte, du sollst ab sofort den Titel ‹Einziger Freund des Prinzen› tragen, was deine offizielle Aufnahme an den Hof bedeutet. Er hat mich gebeten, dich gleich zu ihm in den Palast zu bringen.»

Ich ließ alles liegen und stehen und verließ mit meinem Vater das Haus. In einer Doppelsänfte wurden wir von acht Trägern der königlichen Garde in den Palast gebracht. Unser Weg führte durch das große Eingangstor im Süden über drei Höfe in einen vierten, der für die feierlichen Empfänge ausländischer Gesandtschaften vorgesehen war. An diesen Hof schloss sich unmittelbar der Thronsaal an. Die Sänfte hielt am Fuß einer breiten Steintreppe, über deren zwölf Stufen wir durch eine schwere, vergoldete Tür in den Thronsaal gelangten. Dort hielten sich viele der höchsten Beamten auf, teilweise miteinander tuschelnd, teilweise schweigsam und in Gedanken versunken. Sie alle machten einen betroffenen Eindruck, manche von ihnen kämpften mit den Tränen, andere weinten ganz hemmungslos.

Wir gingen nahezu unbeachtet quer durch den Saal in Richtung einer gegenüberliegenden Tür. Auf dem Weg dorthin vernahmen meine Ohren einige Bemerkungen, die meinem Vater offenbar entgingen –, und das war auch besser so. Einer bezeichnete ihn als Emporkömmling, ein anderer als Wichtigtuer, ein Priester sogar als lästigen Ausländer, was er nun wirklich nicht war. Sehr schnell versuchte ich zu erkennen, von wem die Äußerungen stammten, und ich prägte mir die Gesichter der Männer gut ein. Wir durchschritten die Türe und gelangten in den Beratungssaal des Palastes. Dort standen ein Thronsessel und vor ihm ein langer Tisch, auf dem unendlich viele Schriftstücke lagen. Um den Tisch herum standen etwa zwanzig Stühle, auf einigen saßen Schreiber.

Der Wesir Ptahmose und drei oberste Priester diktierten Briefe oder reichten schriftliche Anweisungen weiter. Einigen Wortfetzen konnte ich entnehmen, dass es unter anderem um die künftige Grabausstattung des Guten Gottes ging. Ich wusste ja von Ameni, dass vieles davon schon eingelagert war. Hier wurde aufgeschrieben, welche Gegenstände, die der Gute Gott täglich benutzte, für dessen letzte Reise vorzubereiten waren. Ptahmose und die Priester blickten nur kurz auf, schenkten uns aber weiter keine Beachtung.

Wir erreichten einen weiteren Raum. Es war die Vorhalle zu

den persönlichen Gemächern des Guten Gottes. Eine Vielzahl von Priestern hielt sich hier auf, alle mit kahl geschorenen Köpfen, wie es der Sitte entsprach, in schneeweiße Gewänder gehüllt, die fast bis zum Boden reichten. Am ganzen Körper waren sie rasiert und man hatte mir erzählt, dass sie mehrmals täglich badeten, selbst mitten in der Nacht.

Vor allen Wänden des etwa zwölf Ellen hohen Raumes ragten Figuren der verschiedensten Götter empor, aus unterschiedlichen Steinen gehauen und daher verschiedenfarbig. Zwischen diesen Figuren standen Räuchergefäße mit drei langen, verschränkten Beinen, aus denen unaufhörlich Weihrauch emporstieg, der den ganzen Raum in einen unheimlichen Nebel hüllte. Ich hörte ganz leise in unterschiedlichen Tonlagen das metallische Klirren einiger Handrasseln, der Sistren, und auch den zarten Klang einer Harfe. Dazu murmelten fast alle Priester Gebete und verneigten sich unentwegt rhythmisch mit dem ganzen Oberkörper. Über all diesen Klängen erhob sich eine einzelne weibliche Stimme in einem wunderbaren, gleichmäßig melodischen Gesang, der nicht enden wollte.

All dies vermittelte mir den Eindruck, als befände ich mich bereits nicht mehr in dieser Welt, sondern bei Osiris im Schönen Westen. Durch eine nur mit einem weißen, fast durchsichtigen Vorhang verdeckte Öffnung gelangten wir in den nächsten Raum.

Ich erschrak beinahe zu Tode: Da stand er selbst, der Herr des Heiligen Landes, der Bestatter, der schwarze schakalköpfige Gott Anubis!

Mit einem Weihrauchgefäß umrundete ein Priester mit einer Anubismaske das Bett, auf dem der leblose Körper des Guten Gottes lag. Er war nicht nur hager, wie zu Lebzeiten, nein, er war von seiner Krankheit, die ihn dahingerafft hatte, bis zur Unkenntlichkeit ausgezehrt. Die dünnen, schwarzen

Haare waren zur Seite gekämmt, seine Arme über der Brust verschränkt. Er hielt Krummstab und Geißel in den Händen, die Augen waren wie im Schlaf verschlossen.

Immer wieder ging der Priester-Anubis um Pharao herum, vorbei, an der Großen königlichen Gemahlin Iaret, an Mutemwia und meiner Mutter. Prinz Amenophis, der als Nachfolger seines Vaters alleine am Fußende des Bettes stand, starrte regungslos auf seinen toten Vater, ohne auch nur irgendjemanden zu beachten.

Unbemerkt von den anderen flüsterte mein Vater mir zu, ich sollte nun genau das gleiche machen wie er. Ruhigen Schrittes ging Vater zunächst auf Ameni zu, hielt etwa sechs Ellen vor ihm, kniete nieder, legte sich sodann der Länge nach auf den Boden und streckte die Arme geradeaus, und blieb so liegen. Ich tat es ihm gleich. Es dauerte eine ganze Weile, bis Ameni mit ruhiger Stimme sagte:

«Erhebt euch, Juja! Erhebe dich, Eje! Es ist gut, dass du gekommen bist, Eje. Ich danke dir.»

«Guter Gott und Herr Beider Länder, nicht Ihr habt zu danken. Es ist an uns, Euch für die Gnade, die Ihr meinem Sohn und mir erweist, dankbar zu sein», sprach Vater, und ich war beruhigt, denn mir wären in diesem Moment nicht die passenden Worte eingefallen.

Ameni schaute mich mit traurigen, verweinten Augen an. Ich musste einfach irgendetwas sagen. Während von draußen noch immer das Klirren der Sistren, der sanfte Klang der Harfe, der gleichmäßige Gesang der Priester und die wunderbare Frauenstimme in das Schlafgemach des toten Pharaos drangen, während hier noch immer der Vorlesepriester mit der schwarzen Maske des Anubis die Totengebete sprach und zwischen all den traurigen Menschen und den Götterstatuen schwere Wolken würzigen Weihrauches fast bewegungslos dahinzogen, gab ich Ameni, meinem Freund, dem künftigen

Pharao, ein Versprechen, das ich nie während meines langen Lebens auch nur einmal bereuen sollte:

«Majestät, ich will mich, will mein ganzes Leben in Euren Dienst stellen. Ich werde immer für Euch da sein, wann immer Ihr es wünscht. Ich will jeden Befehl, den Ihr mir gebt, ausführen, so gut ich nur kann. Euer Vater, der Osiris Thutmosis, sei mein Zeuge!»

Mich überkam jetzt ein Gefühl ungeheuren Stolzes, dass ich den künftigen Herrscher vor allen Großen Ägyptens so ansprechen durfte. Ich wusste aber auch, dass ich etwas gesagt hatte, woran mich Amenophis und alle, die es gehört hatten, ein Leben lang messen würden.

Für einen kurzen Augenblick erhellten sich die Gesichtszüge des Prinzen. Er fasste mit seinen Händen meine Schultern und drückte mich für einen kurzen Augenblick wie einen Bruder fest an sich. Dann sagte er mit ernstem, ja würdevollem Blick: «Ich weiß, Eje, dass du das tun wirst, und du kannst dir meiner Freundschaft immer gewiss sein.»

Im selben Moment kamen sechs Priester aus dem Vorraum. Sie trugen eine goldene Bahre, die sie neben das Bett des Toten niederlegten. Sie hoben den Leichnam auf die Bahre und brachten ihn, drei Priester links, drei rechts, aus dem Raum.

Der Priester mit der Anubismaske führte den Zug an. Ameni folgte als Erster der Bahre. Im Umdrehen sagte er zu mir: «Du bleibst ab jetzt neben mir, gleich, was passiert. Niemand hat dir einen anders lautenden Befehl zu erteilen.»

Er sagte dies laut und deutlich, und einige der Umstehenden erschraken sichtlich. Ich nickte nur stumm und ging links neben Ameni aus dem Raum, gefolgt von der Großen königlichen Gemahlin Iaret, Mutemwia und meinen Eltern Juja und Tuja.

Während sich im Beratungssaal der Wesir Ptahmose und die anderen Großen des Landes anschlossen, erhob sich im ganzen Palast das fürchterliche Geschrei der Klagefrauen. Wie wild kreisten sie mit den Köpfen, rauften sich die Haare, zerkratzten sich mit den Fingernägeln die Haut ihrer Brust, bis das Blut herausfloss. Wir zogen durch den Thronsaal, und auch hier setzte sich das Wehklagen fort. Nur langsam gelangten wir an die große goldene Tür, deren beide Flügel weit offen standen. Im Hof vor dem Thronsaal standen Schulter an Schulter mehrere tausend Soldaten der Leibgarde. Die einzelnen Abteilungen waren durch die verschiedenen Farben genau zu unterscheiden. In der vordersten Reihe standen jeweils die Anführer neben ihren Pferden. In der Mitte des Platzes hielten zwei junge Offiziere die Lieblingspferde des toten Pharaos, die vor dessen goldenen Prunkwagen gespannt waren. Auf der Mitte der Treppe wurde die Bahre abgestellt, umringt von den Großen des Landes. Die Soldaten begannen jetzt, mit ihren Schwertern auf die Schilde zu schlagen, alle gleichzeitig, zuerst langsam, dann immer schneller und lauter, bis schließlich alles in ohrenbetäubendem Lärm unterging. Dann erhob der Priester-Anubis die rechte Hand, und augenblicklich herrschte völlige Stille. Mit lauter Stimme rief er:

«So spricht Thutmosis Men-chepru-Re, der jetzt Osiris wird, zu euch:

Meine Glieder sind Götter,
ich bin gänzlich ein Gott,
kein Glied von mir ist ohne Gott,
ich trete ein als Gott,
und ich komme heraus als Gott,
die Götter werden sich in meinen Leib verwandeln.»

Der Priester-Anubis hob erneut die Hand, und die Soldaten begannen wieder langsam und rhythmisch auf die Schilde zu schlagen, diesmal aber nicht schneller werdend, sondern in stets gleich bleibendem Takt. Die Bahre des Pharaos wurde hochgehoben, und im Rhythmus der Schläge schritt die Prozession die Stufen hinab bis zur Mitte des Platzes, wo nun das Prunkgespann des Guten Gottes vorauszog. Die Bahre wurde nun rechts und links von vier Reihen zu je zehn Soldaten eskortiert.

In den folgenden drei Höfen hielt sich ebenfalls eine Vielzahl von Soldaten und Bediensteten des Palastes auf, alle wehklagend, schreiend oder mit den Schwertern auf die Schilde schlagend. Der Zug erreichte schließlich den großen Torturm, und zum Klang Hunderter Fanfaren wurden die Tore geöffnet. Unzählige Menschen standen auf dem Platz vor dem Palast, und es war so still, als die Bahre durch das Tor getragen wurde, dass man das Knirschen des Sandes unter jedem Schritt der Prozession hören konnte. Plötzlich hob auch hier das Kreischen und Wehklagen der Menschen an, während sich der Zug auf der Prunkallee zum Fluss bewegte. Dort wurde die Bahre auf eine Barke getragen, und unter dem Geschrei all der Menschen, die hier versammelt waren, fuhr das Schiff langsam über den Fluss und brachte den toten Pharao, der jetzt nur in Begleitung des Priester-Anubis und der sechs Träger war, zum anderen Ufer, wo das Reinigungszelt stand. Nur noch schwer war zu erkennen, wie dort die Bahre vom Schiff in das Zelt getragen wurde.

Nach einigen Augenblicken des Schweigens machte unser Zug kehrt und bewegte sich langsam durch die teils schweigende, teils immer noch schreiende und weinende Menge zum Palast zurück. Während des ganzen Weges sprachen Ameni und ich kein Wort. Ich dachte darüber nach, wie es nun weitergehen würde, und hatte doch keine Vorstellung davon, was mich erwarten würde. Ich musste einfach alles auf mich zukommen lassen.

Bereits am nächsten Tag sollte die Thronbesteigung stattfinden. Im Palast zogen sich Ameni und seine Mutter Mutemwia, meine Eltern und ich in den Beratungssaal des Guten Gottes zurück, um die weiteren Schritte zu besprechen.

Mit Mutemwia wurde die weitere Regentschaft abgesprochen, da Ameni als Fünfzehnjähriger noch nicht großjährig war. Um an der Legitimität seiner Mutter keinen Zweifel aufkommen zu lassen, sollte Mutemwia nachträglich zur Großen königlichen Gemahlin erhoben werden, was gleichzeitig den Thronanspruch des künftigen Herrschers bekräftigte. Schließlich wurde gemeinsam mit dem Wesir Ptahmose, Königin Iaret und den beiden höchsten Priestern des Ptah über die Thronnamen, die Ameni annehmen würde, beraten. Amenophis Mer-chepesch hieß von nun an: «Neb-maat-Re, Starker Stier, der in Wahrheit erschienen ist, der die Gesetze dauern lässt und die Beiden Länder befriedet, groß an Kraft, der die Asiaten schlägt».

Zuletzt wurde mit dem künftigen Herrscher das Zeremoniell des nächsten Tages besprochen und welche Dienste die Großen des Landes hierbei zu leisten hatten. Ameni hörte alldem schweigend, aber aufmerksam zu. Dann meldete er sich zu Wort.

«Juja, als ich Euch heute morgen bat, Euren Sohn zu mir zu bringen, sagte ich, ihm würde der Titel ‹Einziger Freund des Prinzen› verliehen werden. Da lebte mein Vater Thutmosis noch. Morgen werde ich zwar nicht mehr Prinz sein, doch Euer Sohn ist nach wie vor mein einziger Freund. Ich wünsche, dass dies morgen berücksichtigt wird.»

Vater verneigte sich zustimmend.

«Und noch etwas. Ich erlaubte Eje bisher, mich mit dem Namen Ameni anzusprechen. Seid nicht entsetzt, wenn sich daran zumindest im vertrauten Kreis nichts ändern wird.»

«Aber Prinz, Majestät, Guter Gott», stammelte ich, «das

könnt Ihr doch nicht! Ich meine, ich kann doch nicht einfach …»

«Es ist ja gut, Eje. Hast du nicht vor weniger als fünf Stunden an der Bahre des Osiris Thutmosis versprochen, jeden meiner Befehle zu befolgen?»

«Aber ja, mein …»

Da unterbrach er mich: «Mein Ameni!»

«Ja, mein Ameni», wiederholte ich gerührt und überglücklich zugleich.

Ameni und ich hatten uns nun in den Prinzengemächern aufzuhalten. Dort gab es noch viele Dinge zu erledigen. Als erstes wurde Amenophis vom ersten Reiniger des Guten Gottes, einem fettleibigen Nubier namens Maja, die Prinzenlocke abgeschnitten und sorgfältig in einem eigens dafür hergestellten Schrein aus kostbaren Hölzern verwahrt. Dann wurden ihm am ganzen Körper, von den Beinen bis zum Kopf, die Haare abrasiert. An gewissen Stellen war dies Ameni sichtlich unangenehm, da er diese Behandlung zum ersten Mal über sich ergehen lassen musste. Ich kam mir deswegen ziemlich überflüssig vor und betrachtete derweil vom Fenster aus die langsam untergehende Sonne. Die entfernten Haare wurden ebenfalls auf das Sorgsamste verwahrt, damit es niemandem möglich war, auch mit den kleinsten Körperteilchen des Guten Gottes Frevel zu treiben. Gemeinsam nahmen wir anschließend ein ausgedehntes Bad, umsorgt von fünf Dienerinnen, die uns einseiften, wuschen und – stets unter den wachen Augen des dicken Maja – mit weißen Leinentüchern abrieben. Zum Abschluss wurden wir beide länger als eine halbe Stunde massiert und mit duftenden Ölen eingerieben. Als alles vorbei war, konnte ich vor Müdigkeit kaum mehr stehen.

Es konnte aber noch keine Rede davon sein, dass wir jetzt von unseren Pflichten entlassen sein würden. Zwei Diener erschienen und trugen verschiedene Kleidungsstücke über den

Armen. Hinter ihnen trippelte sichtlich nervös ein weiterer Diener mit einem kleinen Holzkästchen in den Raum. Es war der königliche Schneider Sennefer.

Zunächst probierte Ameni die drei von Sennefer mitgebrachten Schurze. Nur der zweite fand in Form und Maß allgemeines Wohlgefallen und wurde zur Seite gelegt. Bei dem mitgebrachten hauchdünnen Obergewand verhielt es sich etwas schwieriger, da Sennefer den Schulter- und Brustumfang des Prinzen offenbar geringer in Erinnerung hatte, und deswegen das Kleidungsstück zu klein war. Der königliche Schneider wurde sehr unruhig, zumal er sich seiner Sache so sicher war und nur ein Oberteil in einer Größe vorbereitet hatte. Er gelobte, noch am selben Abend, in weniger als zwei Stunden, ein passendes Stück zu liefern, entschuldigte sich mindestens achtmal mit ebenso vielen Verneigungen und verschwand mit seinen Gehilfen.

Kaum waren die drei verschwunden, erschien der Verwalter des königlichen Schatzes Merire in Begleitung von sechs Gardesoldaten. Zwei von ihnen trugen an kurzen Stangen einen kostbaren Elfenbeinschrein. Merire, eine wohlleibige Erscheinung von fünfzig Jahren, mit kahl geschorenem Kopf und kurzem, schwarzen Kinnbart, war nach den Erzählungen meines Vaters der fröhlichste Würdenträger am ganzen Hofe und der gewissenhafteste Verwalter, den man sich vorstellen konnte. Gleichzeitig bekleidete er das Amt des Aufsehers der Ammen. Spötter witzelten über ihn, er würde sich selbst nach einem Haferkorn auf dem Hof bücken, das einem Pferd beim Fressen aus dem Maul gefallen war, so gewissenhaft, ja geizig sei er. Ich hielt das für eine eher angenehme Eigenschaft, schließlich verwaltete Merire den Schatz des Guten Gottes und nicht seinen eigenen.

Der Oberste Schatzmeister ließ die Schatulle am Boden abstellen, kniete davor nieder und öffnete den Deckel. Dabei blickte er verstohlen über seine rechte Schulter zu uns nach hinten, gerade so, als wolle er verhindern, dass jemand einen unerlaubten Blick in die Schatulle riskiert.

«Oh, was haben wir denn da Schönes», brummte Merire vor sich hin, drehte sich blitzschnell um und hielt den schönsten Prunkkragen in seinen Händen, den ich jemals sah. Mit tänzelndem Schritt ging er auf Amenophis zu, verneigte sich kurz und legte ihm das Schmuckstück um den Hals. Kaum war dies geschehen, kniete er erneut vor seiner Truhe und hielt dann zwei goldene Armreife in seinen Händen, die für die Oberarme des künftigen Herrschers bestimmt waren. «Oh Majestät, wenn Ihr noch mehr wollt, bin ich mein Amt los – dann gibt es nämlich bald nichts mehr zu verwalten!»

«Na, na, Merire! Ist es schon so weit?», fragte Ameni mit breitem Grinsen, wissend, dass Merire den größten Schatz verwaltete, den ein König dieser Welt besitzen konnte.

«Ein kleines Stück, Majestät, hätte ich noch.»

Er öffnete seine rechte Hand, und es kam ein prächtiger Siegelring aus Elektron zum Vorschein.

«Merire, deine Freigiebigkeit kennt keine Grenzen. Wir werden uns bald zu einer großen Expedition aufmachen, um deine geplünderten Schatzkammern wieder zu füllen», tröstete ihn Ameni, während er sich den Ring ansteckte. Ein geschmeichelter und sichtlich glücklicher Merire verließ daraufhin mit seinen Begleitern den Raum.

«Weißt du was, Eje, ich habe fürchterlichen Hunger. Wir müssen jetzt etwas essen, und zwar ganz schnell.»

«Und ganz viel …», fügte ich lachend an.

Im Speisezimmer war bereits alles vorbereitet, wir konnten gleich beginnen. Es dauerte eine ganze Weile, ehe mir auffiel, was an diesem Tag anders war als bei meinem ersten Besuch: Wir bekamen Rotwein und wurden von einer deutlich größeren Dienerschaft umgeben. Ich hatte noch nie vorher in meinem Leben Wein getrunken, und so war es wohl gut, dass Mutwemwia und meine Mutter zu uns kamen.

«Ihr solltet heute aber nicht mehr als zwei Becher davon trinken», ermahnte uns die Königin.

«Der Rotwein war auch nur dazu gedacht, dass ihr heute Nacht gut schlafen könnt und nicht vor Aufregung wach bleibt», ergänzte meine Mutter.

«Schade», meinte Ameni, «man könnte sich daran gewöhnen. Der Wein schmeckt viel besser als die Fruchtsäfte, die wir bisher immer zu trinken bekamen.»

Ich hätte mir damals nicht vorstellen können, dass mein Freund von diesem Tage an immer öfter Wein trinken würde, manchmal auch etwas reichlich. Aber wer wollte es Pharao verbieten? Wer wollte ihm überhaupt etwas verbieten? Ich dachte zum ersten Mal darüber nach, wie weit ich eines Tages in meiner Kritik an Amenophis würde gehen dürfen. Durfte ich ihn überhaupt jemals kritisieren? Oder hatte er mich zu seinem Freund gemacht, damit es überhaupt jemanden gab, der es wagen konnte, ihn zu mahnen, zu verbessern oder zu kritisieren? Mir war bewusst, dass ich es eines Tages wagen musste.

Während wir aßen, wurde in Amenis Schlafzimmer ein zweites Bett aufgestellt. Nachdem man uns endlich alleine gelassen hatte, setzten wir uns mit angewinkelten Beinen in eines der großen Fenster und sahen eine Weile stumm in den Palastgarten und in den Nachthimmel.

«Darf ich dich etwas fragen, Ameni?», unterbrach ich die Stille.

«Ja, natürlich!»

«Aber ich meine etwas sehr Persönliches», setzte ich nach.

«Ja, ja, nur zu, wir beide sollten keine Geheimnisse voreinander haben!» Ameni meinte es mit dieser Aufforderung sehr ehrlich, er sah mich erwartungsvoll an.

«Wie war die Beziehung zu deinem Vater? Versteh mich bitte nicht falsch, aber ich würde wahrscheinlich tagelang heulen, wenn mein Vater …»

«Ich weiß schon, was du meinst, Eje. Ich glaube, das kann man gar nicht vergleichen. Du hast eben einen Vater zu Hause, mit dem du reden kannst, den du fast täglich siehst, der sich – so gut er kann –, für dich Zeit nimmt. Um das Verhältnis zu meinem Vater zu beschreiben, ist wahrscheinlich ‹Vater› schon das falsche Wort. Herrscher, Pharao, Gott, der mich gezeugt hat, kommt der Wirklichkeit wahrscheinlich näher. Ein Pharao sieht in seinem Nachkommen zuerst den Thronfolger und nicht den Sohn im Sinne einer familiären Beziehung. Und das wird man ihm nicht einmal zum Vorwurf machen können.»

«Woher weißt du das, Ameni? Das ist doch nicht deine eigene Meinung?», hielt ich entgegen.

«Teilweise hat mir das meine Mutter so erklärt, teilweise habe ich das selbst so empfunden. Ich glaube, daran wird nie jemand etwas ändern können. Könige haben eben keine Kinder, sondern nur Thronfolger. Im Übrigen stand meine Mutter –, und damit auch ich –, dem Pharao nicht so nahe wie Iaret. Deswegen war auch nur sie Große königliche Gemahlin, und nicht meine Mutter. Aber sie war schließlich seine Halbschwester und hatte schon deswegen den Vorrang. Aber das Eine weiß ich: Meine Schwester Amenipet werde ich weder heiraten noch zur Großen königlichen Gemahlin erheben.»

Amenophis konnte schon jetzt sehr gut auseinanderhalten, was zu seiner Rolle als Herrscher gehörte, wo er Sohn oder Bruder war und wo er Freund sein durfte. Für ihn war nur gewiss, dass ein Thronfolger nie ein Sohn sein konnte, wie ich es meinem Vater war.

Da es sehr spät war, unterbrachen wir an dieser Stelle unsere Unterhaltung und legten uns schlafen. Für ein paar Augenblicke hörte ich noch das Plätschern eines Springbrunnens, das Zirpen einer Grille und das lästige Kläffen eines Hundes, dann fiel ich in tiefen Schlaf.

Es war meine erste Nacht im königlichen Palast.

Ist es nicht der Traum eines jeden gewöhnlichen Menschen, einmal in einem Palast zu schlafen? Umgeben von Dingen, die sein Auge nie zuvor sah, und umgeben von Dienerinnen ohne Zahl? Hatte ich nicht schon lange davon geträumt? Oh ja! Ich sehnte mich geradezu danach, in die Nähe des Prinzen, in die Nähe des künftigen Herrschers von Ober- und Unterägypten zu gelangen. Ob es mein Verdienst oder das meiner Eltern war, schien mir gleichgültig.

Als ich am nächsten Morgen erwachte, hielten sich nur drei junge Nubierinnen im Schlafgemach des Prinzen auf, Ameni war nicht im Raum.

«Wo ist Prinz Amenophis?», fragte ich die Dienerinnen etwas verängstigt.

«Seine Majestät wurde bereits vor zwei Stunden aufgeweckt, um im Tempel Gebete zu verrichten und Opfer darzubringen», erklärte mir die Erste.

«Ihr sollt Euch jedoch nicht sorgen», ergänzte die Zweite.

«Prinz Amenophis sagte, Ihr solltet Euch in Ruhe waschen und ankleiden, bis er wiederkäme. Dann würdet ihr beide gemeinsam etwas essen.»

Ich fühlte mich nicht wohl dabei und machte mir Vorwürfe, nicht rechtzeitig aufgestanden zu sein. Aber offensichtlich ging es um Zeremonien, mit welchen ich nichts zu schaffen hatte. Sicher hätte mich Ameni sonst geweckt und mitgenommen. Ich unterzog mich also der ebenso liebenswürdigen wie gründlichen Reinigung durch die drei Dienerinnen und bekleidete mich mit den Kleidern, die man für mich vorbereitet hatte. Ich war gerade fertig, als Ameni in Begleitung seiner

Mutter und meiner Eltern zurückkam. Alle sahen beeindruckend aus. Ameni trug kostbare Gewänder und den Schmuck, welcher ihm am Abend zuvor gebracht worden war, und das gestreifte Nemes-Kopftuch mit Uräus und Geier auf der Stirn. Es dauerte eine ganze Weile, ehe ich bemerkte, dass seine Augenlider mit schwarzer Farbe, die fast bis zu den Ohren reichte, geschminkt waren. Meine Eltern und Mutemwia waren ebenfalls festlich gekleidet, die Frauen trugen überdies viel Schmuck.

In knappen Worten erklärte mir mein Vater, dass sie im Tempel des Ptah für die bevorstehende Inthronisierung des künftigen Pharaos den Segen des Stadtgottes und aller anderen Götter des Landes erfleht hatten und eine letzte Besprechung mit den höchsten Würdenträgern stattgefunden hatte.

Das Mahl, welches wir zwischendurch gemeinsam einnahmen, fiel eher bescheiden aus: Es gab frisches Brot, Früchte, Honig und Milch.

Nachdem wir mit dem Essen fertig waren, gab mein Vater dem Vorsteher der Dienerschaft ein Handzeichen. Die Tür öffnete sich, und im Vorraum waren die Große königliche Gemahlin Iaret, der Wesir Ptahmose, die Obersten des Landes und die ersten Priester von Men-nefer zu sehen. Alle verneigten sich tief – mit Ausnahme von Königin Iaret, die wegen ihres Königtums hierzu nicht verpflichtet war.

Ptahmose ergriff das Wort: «Majestät, Euer Volk erwartet den neuen Horus!» Wieder verneigte er sich tief.

Der Zug, der sich nun in Bewegung setzte, wurde vom Ersten Priester des Ptah angeführt. Ihm folgten die Anführer der drei Armeedivisionen und der Leibgarde. Auf einer Sänfte, die von zwölf Nubiern getragen wurde, folgte Prinz Amenophis, dann – ebenfalls in Sänften –, die Große königliche Gemahlin Iaret mit Prinz Amenemhet und Prinzessin Amenipet sowie Mutemwia. Dahinter gingen meine Eltern mit mir in ihrer Mitte. Uns folgten schließlich die übrigen Würdenträger. Der gesamte Weg, von den Gemächern des Prinzen bis zur Thronhalle, war rechts und links mit Soldaten der Leibgarde gesäumt, die Schulter an Schulter Aufstellung genommen hatten.

Schweigend erreichten wir den Saal, an dessen Ende, zwischen mächtigen Steinfiguren des Amun und der Hathor, der Thron stand. Aus acht Metallschalen stieg in dicken Wolken Weihrauch empor. Im hinteren Teil der Halle warteten etwa dreißig Priester, die seit unserem Eintreten gleichmäßig Litaneien beteten. Im Übrigen war der Thronsaal nahezu voll mit Würdenträgern des Landes und Vertretern fremdländischer Könige und Fürsten. Amenophis entstieg seiner Sänfte und nahm auf dem Thron Platz. Neben ihm standen Königin Iaret und Mutemwia. Wir anderen nahmen vor dem Thron Aufstellung. Dann trat der Erste Priester des Ptah vor den Thron und rief mit lauter Stimme:

«So verkünde ich, Amenophis, der Horus, der gekommen ist, über euch zu herrschen, der Gute Gott, Seine Majestät, König von Ober- und Unterägypten:

Ich, Amenophis Mer-chepesch, werde nach meiner Krönung in Waset heißen: Neb-maat-Re,

Starker Stier, der in Wahrheit erschienen ist,
Der die Gesetze dauern lässt und die Beiden Länder befriedet,
Groß an Kraft, der die Asiaten schlägt.»

Nach Verkündung der Titulatur fielen allen Anwesenden – Iaret und Mutemwia wieder ausgenommen – zu Boden und lagen mit weit weggestreckten Armen da, bis ein ohrenbetäubender Stoß von gewiss fünfzig Fanfaren das Signal gab, sich zu erheben. Als Zeichen seiner Herrschergewalt erhielt Pharao Krummstab und Geißel. Die übrigen Insignien der Königswürde sollte Neb-maat-Re erst bei seiner Krönung in Waset nach der Bestattung seines Vaters erhalten. Der Erste Priester des Ptah ergriff erneut das Wort:

«Seine Majestät, sie lebe, sei heil und gesund, hat befohlen, dass die Mutter Seiner Majestät, Mutemwia, Große königliche Gemahlin sei. Er hat befohlen, dass Ptahmose Wesir Seiner Majestät sei. Er hat weiter befohlen, dass Eje, Sohn des Juja, den Titel ‹Einziger Freund des Pharaos› erhält. Über alle übrigen Ämter wird Seine Majestät zu gegebener Zeit entscheiden.»

Danach trat der Wesir vor den Thron, fiel auf die Knie und verneigte sich.

«Erhebt euch, Ptahmose, Wesir des Nordens und des Südens, und tretet näher!», sprach Amenophis. Dann fuhr er fort: «Erhaltet nun aus den Händen Meiner Majestät das Amtssiegel, damit ihr es verwahrt und nur rechtmäßig gebraucht. Verkündet nun allem Volk die Botschaft Pharaos!»

Wieder kniete Ptahmose nieder und erhielt von Amenophis das Dienstsiegel und einen königlichen Erlass, welche auf einem Tisch neben dem Thron lagen. Sodann erhob er sich, öffnete die Schriftrolle und begann laut vorzutragen:

«Seine Majestät Amenophis, er lebe, sei heil und gesund, König von Ober- und Unterägypten, befiehlt euch, die Tage der Trauer um den Osiris Thutmosis zu begehen. Jeder beachte die Gesetze und Riten, damit Maat, unsere von den Göttern gegebene Ordnung, nicht beschädigt oder von Isfet, dem Bösen, der Unordnung, verdrängt wird. Seine Majestät selbst wird darüber wachen, dass ihr geliebter Vater, Osiris Thutmosis Men-chepru-Re mit allen Ehren und mit allem, was für das jenseitige Leben nötig ist, bestattet wird. Nachdem sie dies vollzogen hat, wird sich Seine Majestät nach Waset begeben, um sich dort unter dem Schutze seines großen und gütigen Vaters Amun zu eurem König krönen zu lassen. So spricht Amenophis Mer-chepesch, der Herrscher von Ober- und Unterägypten. So sei es, und so werde es geschrieben!»

Als Ptahmose geendet hatte, fielen alle Anwesenden erneut zu Boden und blieben in dieser Stellung, während Amenophis, begleitet von Iaret und Mutemwia, mit Zepter und Geißel langsam durch die Menge schritt. Am Ende des Saales wurden die großen Tore geöffnet, und Amenophis zeigte sich den Soldaten und den Hofbeamten, die vor dem Saal gewartet hatten. Zum Zeichen ihrer Ehrerbietung und ihres Gehorsams legten sich auch dort alle auf den Boden und verharrten so lange, bis Amenophis sich umdrehte und in den Palast zurückging. Posaunenstöße verkündeten allen, dass sie sich wieder erheben durften und dass die Zeremonie beendet war.

Nun begann offiziell die siebzigtägige Trauer. Die Frauen trugen ihr Haar offen, die Männer rasierten sich fortan nicht mehr. Es fanden keine Festlichkeiten mehr statt, und überall war die Angst der Menschen zu spüren, Maat, unsere göttliche Ordnung, könne zusammenbrechen und an ihre Stelle die gefürchtete Isfet treten. Erst mit der Krönung des neuen Herrschers würde diese Angst der Gewissheit weichen, dass unser Land wieder sicher geführt wird.

Auf ausdrücklichen Wunsch Amenis verbrachte ich die nächsten Tage und Nächte im Palast, ehe ich wieder in unserem Haus übernachtete.

Im Palast herrschte während dieser Tage eine merkwürdige Betriebsamkeit. Jeden Tag fanden stundenlange Besprechungen zwischen meinem Vater, dem Wesir Ptahmose und Königin Mutemwia statt, an denen zwischendurch auch Ameni teilnahm. Hierbei ging es in erster Linie um die Organisation der anstehenden Beisetzung des Osiris Thutmosis Men-chepru-Re, um die sich anschließenden Krönungsfeierlichkeiten in Waset und die dafür notwendige Ladung der Gäste.

Gleichzeitig wurden aus den Gemächern des verstorbenen Pharaos Möbelstücke, Kleidung und Schmuck entfernt. Ein Teil davon wurde für die Beisetzung ausgesucht und vorbereitet, der andere Teil eingelagert und aufgearbeitet, bis entschieden war, wie weiter damit verfahren werden sollte.

Amenophis äußerte den Wunsch, dass in seinen künftigen Gemächern vorerst alle seine bisherigen Möbel aufgestellt werden.

Unter den strengen Augen der königlichen Witwe Iaret und des Schatzmeisters Merire sowie des Schreibers Seiner Majestät Hebi – der ein Sohn des Wesirs Ptahmoses war –, wurde Raum für Raum durchgegangen und festgehalten, welche Stücke für die Beisetzung bestimmt waren. Hierüber fertigte Hebi eine genaue Liste an. Diener des Palastes trugen die ausgewählten Stücke unter der Aufsicht von Offizieren der Leibgarde in das Schatzhaus Seiner Majestät. Nachdem das Grabinventar vollständig erstellt war, wurden Ameni und ich von Merire, Ptahmose und meinem Vater dorthin geführt. Als künftiger Herrscher musste Amenophis letztendlich die Inventarliste genehmigen und das Prüfprotokoll bestätigen. Anders hätte Merire – aus eigenem Interesse –, selbst unter Androhung des Todes, auch nicht einen Ring herausgegeben. Würde sich eines Tages der Verlust eines Stückes herausstellen, und könnte der Schatzmeister hierfür keine Erklärung abgeben, hätte dies den grausamen Tod durch Pfählen zur Folge gehabt. Das musste jeder wissen, der Schatzmeister Seiner Majestät werden wollte.

Die Sammlung der Grabbeigaben war überwältigend. Die vielen Gebrauchsgegenstände für das jenseitige Leben des Osiris Thutmosis Men-chepru-Re wurden in einem eigenen Saal des Schatzhauses eingelagert. Dort befanden sich der Streitwagen, den der verstorbene Pharao auf seinen Feldzügen benutzte, und sein Prunkwagen; die Pferdegeschirre, die Kriegsrüstung nebst zahlreichen Waffen, die Jagdausrüstung, der Thron Seiner Majestät, goldene Wedelstangen mit Pfauenfedern, das Bett aus dem Schlafgemach sowie zwei zusammenlegbare Betten, die der König auf Reisen oder bei Feldzügen mitgeführt hatte. Sein Arbeitstisch mit Schreibgerät befand sich dort ebenso wie zahlreiche Stühle und Truhen.

Unzählige Leuchter, kostbare Schalen aus Alabaster, Gold und Elektron, Kästen aus Elfenbein mit den Ringen und Armreifen des Herrschers und schließlich zwölf Truhen aus edlem Holz mit den kostbarsten und den liebsten Gewändern des Verstorbenen waren hier außerdem versammelt. Noch nie in meinem Leben hatte ich einen solchen Schatz gesehen.

In einem weiteren Raum wurden die Lebensmittel aufbewahrt, die Pharao für seine Reise brauchte: vierzig versiegelte Tonkrüge mit dem besten Wein unseres Landes. Auf jedem Krug war geschrieben, aus welchem Regierungsjahr Seiner Majestät der Wein stammte. Hunderte Laib Brot sowie Obst und Gemüse, Mehl, getrocknetes Fleisch und seltene Gewürze lagen für das Leben in der anderen Welt bereit.

In einem dritten Raum schließlich befanden sich zahlreiche Kultgegenstände für das Grab des verstorbenen Herrschers. Es waren überlebensgroße Götterfiguren wie der schakalköpfige Anubis, der Krokodilgott Sobek, Thot in Gestalt des Pavians, Figuren Seiner Majestät mit der Kriegskrone, dem Chepresch, auf einem Papyrusboot oder sitzend mit der Doppelkrone, Geißel und Krummstab. In noch offenen Truhen lagerten in unterschiedlichen Größen einige hundert Arbeiterfiguren, die Uschebtis, welche Seiner Majestät im Jenseits behilflich sein würden. An einer Wand lehnten die mit zahlreichen Schutzgöttern versehenen Seitenteile der goldenen Schreine und warteten darauf, den Sarkophag Pharaos sowie die Kanopenkrüge mit den Eingeweiden des Toten schützend zu verhüllen.

Raum für Raum wurde durchgegangen, Stück für Stück zu

Protokoll gegeben und zuletzt von Amenophis mit dessen Siegel bestätigt.

Die übrige Zeit in diesen Tagen verbrachten wir damit, den Umzug Amenis aus den Prinzengemächern in den Palastflügel des Pharaos zu überwachen.

Unter der ganz persönlichen Aufsicht des künftigen Herrschers wurde sein bisheriges Arbeitszimmer ausgeräumt: die Schriftrollen, das Modell der von ihm geplanten Tempelanlage, sein Schreibgerät und seine Jagdwaffen, schließlich die Möbel.

Ameni wies mir selbst drei Räume zu: ein geräumiges Arbeitszimmer direkt neben seinem eigenen, einen Aufenthaltsraum und ein kleines Schlafgemach mit dazugehörigem Baderaum. Alle Zimmer lagen in einer Flucht, waren untereinander mit Türen verbunden und verfügten über weite Fensteröffnungen zum Garten, sodass die Räume sehr luftig wirkten.

«Du musst nicht befürchten, den Rest deiner Tage bei mir verbringen zu müssen», beruhigte mich Ameni, als er mir mein künftiges Zuhause zeigte.

«Der Einzige Freund des Pharao muss natürlich jederzeit die Möglichkeit haben, hier wohnen und übernachten zu können, wenn es erforderlich ist», fuhr er mit strahlendem Gesicht fort, legte seinen Arm um meine Schulter und zog mich kräftig an sich.

Wir standen gerade in meinem neuen Schlafgemach, als Ameni zweimal mit den Händen klatschte und Diener ein Möbelstück nach dem anderen hereintrugen. Zuerst ein vergoldetes Bett, dessen Füße wie so oft in kräftigen Löwentatzen endeten, dann Holztruhen mit kunstvollen Schnitzereien, kleinere Truhen mit Perücken und Schmuck, drei Leuchter mit je acht Öllämpchen sowie drei Tische unterschiedlicher Größe.

«Wo soll das Bett aufgestellt werden, Eje?»

Ich drehte mich zweimal langsam im Kreis und zeigte auf die Wand neben den Fensteröffnungen, die zum Garten lagen.

«Stellt es dorthin», befahl Ameni. «Und dann befestigt über dem Bett noch das Mückennetz.»

Dann wurden die anderen Gegenstände nach meinen Anweisungen im Raum verteilt. Durch eine schmale Öffnung gelangten wir in meinen künftigen Wohnraum. Er war gewiss zwanzig Ellen lang und fast ebenso breit, und nach oben geöffnet. Zum Schutz vor der Mittagshitze war ein gelb gefärbtes Sonnensegel unter die Öffnung gezogen. Darunter befand sich ein rechteckiges Wasserbecken, in dem frische Blütenblätter schwammen. Die Wände des Raumes waren in hellem Rot gestrichen, die vier Säulen, die an den Ecken des Beckens nach oben ragten und die Dachöffnung trugen, leuchteten gelb bis ocker.

«Sehen wir doch, was wir hieraus machen können!» Amenophis machte einen mächtigen Satz über das Wasserbecken. Kaum hatte er in die Hände geklatscht, kam ein Diener nach dem anderen in den Raum gelaufen oder gesprungen, legte Kissen dahin und dorthin, stellte Stühle, Tische, Vasen und Kerzenleuchter auf, und ehe wir uns versahen, war mein Wohnraum auf das Anspruchsvollste eingerichtet.

Da erklang eine einzelne Flöte, nach kurzer Zeit gesellte sich unauffällig eine zweite hinzu, schließlich stimmten zwei Harfen in die liebliche Melodie ein. Die Musik kam näher, doch zunächst betraten vier schwarze Diener den Raum, die auf einem goldenen Tragegestell eine Figur trugen. Es war ein überlebensgroßes Abbild eines Pharao mit Nemes-Kopftuch. Der Körper der Holzfigur war schwarz lackiert, nur das Kopftuch, die Gürtelschnalle, die Armreifen und die Sandalen waren golden.

«Wo soll die Figur stehen? Sie gehört nun dir», sagte Amenophis, während die acht Musikanten den Raum betraten und sich neben der Tür niederließen.

«Hier», sagte ich und deutete zwischen zwei Säulen genau gegenüber dem Eingang.

«Hierher, und zwar mit dem Gesicht zum Schlafzimmer», bestimmte ich. Die vier Diener hoben die Figur mit größter Vorsicht von der Sänfte und stellten sie wie befohlen zwischen die Säulen. Die Statue war zweifelsfrei der Mittelpunkt des ganzen Raumes und verlieh ihm endgültig herrschaftlichen Glanz. Während einige Diener noch damit beschäftigt waren, Tongefäße mit Palmen und Oleander im Raum zu verteilen, standen Ameni und ich tief beeindruckt vor dem schwarzen Pharao und lauschten der Musik.

«Wer ist das?», fragte ich nach einer Weile ganz leise.

«Bis gestern war es mein Vater Thutmosis Men-chepru-Re. Jetzt steht auf der Gürtelschnalle mein Thronname: Neb-maat-Re. Also bin ich es.»

Ich habe meinen Freund offenbar völlig entgeistert angesehen, denn er fuhr gleich fort: «Eje, das ist nichts Außergewöhnliches. Glaub mir das, dein Vater wird es dir bestätigen. Seit allen Zeiten übernehmen die Herrscher unseres Landes teilweise die Bildnisse ihrer Vorgänger oder lassen deren Namen an Tempeln, Palästen und Obelisken durch die eigenen ersetzen.»

«Das ist es nicht», log ich ein wenig, denn in Wirklichkeit dachte ich schon, dass das Auswechseln des Namens einer Schändung gleichkam. «Ich war nur von der Schönheit dieser Figur so beeindruckt. Ich danke dir, Ameni!»

Die Diener waren zwischenzeitlich verschwunden, nur die Musikanten spielten weiter, und wir gingen durch eine große Tür in den Arbeitsraum. Er war bei weitem nicht so groß wie der Wohnraum, hatte auch keine Dachöffnung, und seine Wände waren weiß getüncht, sodass der Raum sehr nüchtern wirkte. Amenophis klatschte erneut, und wieder trugen die Diener Amenis Möbelstücke herbei.

Ich erhielt einen außergewöhnlich langen Schreibtisch, dazu sechs Stühle, drei Wandregale für Schriftstücke und zwei verschließbare Truhen für persönliche Dinge und wichtige Dokumente.

Ameni klatschte, und eine junge Nubierin kam hereingelaufen, kniete sich mit gesenktem Kopf vor den Herrscher nieder und hielt ihm ein aus Elfenbein geschnitztes, etwa eine Elle langes Krokodil entgegen. Ameni nahm es, drehte sich zu mir, hielt es mir entgegen und fragte mit einem zufriedenen Lächeln: «Weißt du, was das ist?»

«Ein Krokodil aus Elfenbein», antwortete ich und schaute ihn mit großen Augen an.

«Das ist zunächst richtig.»

Ameni ergriff mit der rechten Hand den Rücken des Tieres und hob ihn vorsichtig wie den Deckel einer Schachtel ab. Im Inneren befanden sich Schreibbinsen und Vertiefungen für Farbe.

«Dein neues Schreibzeug! Ich habe es eigens für dich anfertigen lassen», erklärte Ameni mit sichtlicher Freude. Ich war sprachlos. Das Krokodil war nach dem Prunkdolch und der Statue das dritte kostbare Geschenk meines Freundes.

«Du beschämst mich mit deiner Großzügigkeit, Ameni. Ich weiß nicht, wie ich dir dafür danken kann!»

«Du wirst noch viel Gelegenheit dazu haben, da bin ich mir sicher. Aber nun lass das, ich muss dir noch einige Personen vorstellen.»

Ameni nahm mir das Krokodil aus der Hand und stellte es auf den Schreibtisch. Wieder klatschte er mit den Händen, und abermals huschten zwei Dienerinnen und zwei Diener in den Raum und stellten sich in einer Reihe vor uns auf.

«Das ist Cheruef», begann Ameni mit dem ersten, einem ungefähr zwanzig Jahre alten Ägypter.

«Cheruef ist ein hervorragender Schreiber, kennt im Palast

alles und jeden und wird ab sofort dein alleiniger Schreiber sein.»

Cheruef verneigte sich mit einem höflichen Lächeln. Der nächste, den Amenophis mir vorstellte, war mein künftiger Leibwächter Senu, ein Nubier von enormen Ausmaßen und einer Muskelkraft, die Angst und Schrecken verbreitete. Ihm folgte Nefta, eine dreißigjährige Ägypterin, mit großen, fast schwarzen Augen, schönen, gleichmäßigen Zähnen und langen sehnigen Beinen.

«Sie ist für deine Kleidung verantwortlich und für dein körperliches Wohl, also Bad und Massage, Essen und Trinken und so weiter. Die gleiche Aufgabe hat Rena. Die beiden werden sich abwechseln, sodass sich eine von ihnen ständig in deiner Umgebung aufhält.»

Rena, eine kleine zierliche Nubierin, war wesentlich jünger als Nefta, vielleicht sechzehn Jahre alt. Gerade waren wir mit der Vorstellung meiner künftigen Dienerschaft fertig, da stand der Wesir Ptahmose in der Tür zum Arbeitszimmer des Herrschers, das sich an meines anschloss, und bat ihn um ein Gespräch.

«Mache dich mit allem hier vertraut, Eje. Ich werde gleich wieder zurück sein», sagte Ameni und verließ den Raum, während wir uns alle verneigten.

Da stand ich, gerade einmal vierzehn Jahre alt, im Palast des mächtigsten Herrschers der Welt, der gerade ein Jahr älter war als ich, inmitten der schönsten und kostbarsten Möbelstücke, die man sich vorstellen kann, mit einem eigenen Schreiber, einem Leibwächter und zwei Dienerinnen.

Ich setzte mich in eine Fensternische meines Arbeitszimmers, zog wie immer die Beine an, umklammerte mit den Händen meine Knie, legte den Kopf darauf und sah in den Garten.

Alles war vollkommen: die Anordnung der Bäume und Sträucher, dazwischen die vielen Teiche und Brunnen, die geschickt angelegten Wege, die sich hindurchschlängelten, und dann die vielen Tiere! Flamingos und Kraniche, in den Bäumen Meerkatzen und Tausende Vögel, dazu Schildkröten und verschiedene Arten von Wildantilopen. In einiger Entfernung wurde ein kleiner Tempel zu Ehren des Amun errichtet. Die Mauern waren bereits bis auf eine Höhe von etwa fünfzehn Ellen hochgezogen und von einem Gerüst umschlossen. Die Arbeiter schickten sich gerade an, die Balken für das Dach nach oben zu ziehen, während Meri, der Baumeister des Tempels, mit Amenis Geschwistern, der Prinzessin Amenipet und Prinz Amenemhet, daneben stand. Zum Schutz vor der Sonne hielt sich Meri die linke Hand an die Stirn, mit der anderen zeigte er nach oben, offenbar um den Kindern etwas zu erklären. Mich beschlich ein ungutes Gefühl, als Meri mit den Kindern unter dem Gerüst stand, und ich überlegte noch, ob ich sie nicht von dort wegrufen sollte. Ich hörte, wie sich einige Arbeiter gegenseitig beschimpften, dem folgte ein fürchterlicher Schrei des Entsetzens, dann ein kurzes Poltern. Den Arbeitern war einer der Balken ausgekommen, mit lautem Donnern stürzte er nun auf das Gerüst, das sich löste, und zusammen mit sechs Arbeitern krachend einstürzte, und die Geschwister des Königs sowie Meri unter sich begrub.

Ich hatte noch versucht, einen lauten Schrei auszustoßen, um die drei zu warnen, aber es ging alles viel zu schnell, und meine Kehle war wie zugeschnürt. Fassungslos starrte ich auf den Unglücksort, der von einer Staubwolke eingehüllt war, die sich nur langsam legte. Einige Arbeiter, die ganz unversehrt geblieben oder nur leicht verletzt waren, stürzten sich auf die umherliegenden Balken und Bretter des eingebrochenen Gerüstes, zerrten, trugen oder warfen Stück für Stück beiseite und versuchten so, die Verschütteten zu bergen. Dazwischen hörte ich die Schreie und das Wimmern der Verletzten. Direkt unter meinem Fenster liefen Amenophis, Ptahmose und mein Vater in Begleitung einiger Soldaten aus dem Palast zur Unglücksstelle.

In blinder Wut stieß Ameni einen der Arbeiter, der ihm wohl zu zaghaft erschien, beiseite, brüllte zwei weitere an, sie sollten mit zupacken, und trug gemeinsam mit ihnen den Trümmerhaufen in kurzer Zeit ab, bis Ameni völlig verdreckt, mit zerkratzten Beinen und blutenden Armen vor den leblosen Körpern seiner beiden Geschwister und dem des Baumeisters Meri kniete.

Ich war inzwischen ebenfalls eingetroffen und sah Ameni, wie er zwischen Amenemhet und Amenipet kniete, sich die Hände vor das Gesicht hielt und weinte. Niemand wagte es, auch nur einen Ton zu sagen, denn jeder der Anwesenden spürte, dass es angesichts der schrecklichen Situation nichts zu sagen gab.

Während sich nahezu von allen unbemerkt mein Vater darum kümmerte, dass die Verletzten von den Soldaten in den Palast gebracht wurden, erschien Königin Mutemwia, begleitet von drei Hofdamen, an der Unglücksstelle. Als sie sah, was geschehen war, kniete sie neben Amenophis nieder, umfasste ihn mit beiden Armen und weinte mit ihm, während sie auf die leblosen Körper starrte.

Nach einigen Minuten sagte sie leise: «Komm, Amenophis, hier kannst du nichts mehr tun. Du musst zu einem Arzt, du bist verletzt!»

«Nein. Lass mich!» Ameni reagierte fast jähzornig. Er stand auf, blickte mit regungslosem Gesicht in die Runde und fragte: «Für welchen Gott sollte dieser Tempel errichtet werden?»

Niemand wagte es, eine Antwort zu geben.

«Sagt es mir nun endlich jemand?» Amenophis wurde sichtlich böse.

«Er sollte Amun geweiht werden, mein Herrscher», gab Ptahmose mit gesenktem Kopf die Antwort.

«Amun –», wiederholte Amenophis wie hypnotisiert, «Amun! Reißt diesen Tempel nieder, tragt ihn ab bis auf den letzten Stein, jetzt, fangt an, sofort!», schrie er nun alle Anwesenden an.

«Bringt sie in den Palast», sagte er zu den Soldaten und den Dienern, die zwischenzeitlich herbeigeeilt waren, und zeigte auf die Toten.

«Wenn morgen früh noch ein einziger Stein von diesem Tempel übrig ist, werdet ihr alle den Abend nicht erleben, so wahr ich Amenophis Mer-chepesch bin! Also steht nicht lange herum und fangt an!»

Die Arbeiter starrten einander an und wussten nicht, wie ihnen geschah.

«Fangt an! Fangt an!» Ameni schrie in so entsetzlicher Wut, dass sich seine Stimme überschlug, und hätte er ein Schwert in der Hand gehabt, ich glaube, er hätte dem Nächstbesten den Kopf abgeschlagen. Nicht einmal mein Vater wagte es, dem Rasenden zu widersprechen, und erteilte die ersten Anweisungen, was zu geschehen hatte.

Amenemhet, Amenipet, Meri und die toten Arbeiter wurden, begleitet von Amenophis und uns, auf Bahren in den Palast getragen. Die Diener brachten die Geschwister des Königs in das Prinzengemach, wo sie zunächst sorgsam gereinigt und auf ihren Betten aufgebahrt wurden.

Die anderen Toten übergaben die Soldaten deren Familien. Es dauerte nicht lange, da wurden an Amenemhet und Amenipet dieselben Riten vollzogen, wie wenige Tage vorher am toten Pharao Thutmosis. Da es aber schon Abend wurde, brachte man sie jetzt nicht mehr über den Fluss in das Reinigungszelt, sondern wartete damit bis zum nächsten Morgen.

Als der Priester-Anubis sein Ritual beendet hatte, sah mich

Ameni zum ersten Mal seit dem schrecklichen Ereignis an. Es war der Anblick eines veränderten Amenophis. Fragend hochgezogene Augenbrauen, leere, traurige Augen, die weit wegschauten, irgendwohin, und zusammengepresste Lippen, die verzweifelt gegen Tränen kämpften, verrieten, dass Ameni mit seinen Kräften am Ende war. Sein Gesicht war verschmiert von Tränen, Staub und schwarzer Augenschminke, an Armen und Beinen hatte er Schürfwunden.

«Sie waren meine einzigen richtigen Geschwister», begann er zögernd.

«Die anderen, ich meine die Kinder von irgendwelchen Nebenfrauen meines Vaters, kenne ich kaum oder gar nicht. Ich weiß nicht einmal, wie viele es sind.»

Ameni nahm meine Hände und sah mich mit bebenden Lippen an.

«Bleibst du mir wenigstens erhalten?» Er begann heftig zu weinen. Ich umarmte ihn und drückte meinen Kopf fest gegen seinen.

«Natürlich, Ameni, wo sollte ich denn hin? Du weißt, was ich dir versprochen habe. Und daran wird sich nichts ändern.»

Wir standen eine ganze Weile so, bis er sich beruhigt hatte. Mit dem Handrücken wischte er sich die Tränen aus dem Gesicht und verschmierte dabei den Rest der schwarzen Augenschminke noch mehr.

«Gehen wir, Ameni. Du siehst fürchterlich aus und musst dich waschen lassen. Niemand würde glauben, dass du Pharao bist!», versuchte ich ihn ein wenig abzulenken.

Überall im Palast herrschte gedrückte Stimmung. Alle Beamten und Diener verneigten sich stumm und mit ernster, starrer Miene. Scheinbar hatte sich der Wutausbruch des jungen Herrschers herumgesprochen, denn alle bewegten sich doppelt so schnell als sonst und waren auffällig, ja übertrieben zuvorkommend.

Während Ameni ein Bad nahm, wurde er vom Vorsteher des königlichen Bades äußerst behutsam gereinigt, doch jedes Mal, wenn dieser mit dem Schwamm auch nur in die Nähe einer Wunde kam, schien er um sein Leben zu fürchten. Ich erzählte derweil Geschichten aus meiner Kindheit, etwa wie ich als Achtjähriger Pyramidenrennmäuse züchtete, um deren Nachwuchs an meinen zahmen Falken zu verfüttern. Ameni hörte mir sehr aufmerksam zu, und ich glaube, ich konnte ihn ein wenig von seiner unendlichen Trauer ablenken.

Im Anschluss an das Bad unterzog er sich der Behandlung einer stattlichen Nubierin. Zu den Klängen einer Harfe pflegte sie erst die Kratzer und kleinen Wunden, dann rieb sie den ganzen Körper mit einem duftenden Öl ein, und schließlich wurde Amenophis von ihr massiert, anfangs etwas fester, was ich aus einem gelegentlichen heftigeren Durchatmen meines Freundes schloss, dann sanfter und langsamer, sodass er irgendwann unter den Händen der Nubierin einschlief. Mit dem milden Lächeln des Siegers legte sie vorsichtig ein Tuch über Amenis Körper, verneigte sich vor ihrem Herrscher und verließ lautlos den Raum.

Die Harfe spielte weiter. Ich stand leise auf und ging auf Zehenspitzen hinüber in mein Arbeitszimmer, wo überraschenderweise mein Vater auf mich wartete. Wie auch ich es oft tat, so saß er mit angewinkelten Beinen im Fenster und sah hinaus in die Dunkelheit der Nacht.

«Bist du schon lange hier?», wollte ich wissen.

«Du musst kein schlechtes Gewissen haben. Ich kam unangemeldet, und du warst bei Amenophis. Das hat bekanntlich Vorrang», beruhigte er mich.

«Sag, was muss hier noch alles passieren? Ist es nicht schrecklich?»

«Mein Sohn, jeden Tag und zu jeder Stunde passieren schreckliche Dinge – irgendwo. Wir Menschen haben nur wenig oder gar keinen Einfluss darauf, wo und wann diese Dinge geschehen. Das wissen nur die Götter. Manche Menschen bleiben ein Leben lang davon verschont. Sie haben dann Glück. Manche trifft es früher, manche häufiger oder in recht kurzen Abständen. Amenophis haben in kurzer Zeit zwei Schicksalsschläge ereilt, mit welchen er erst fertig werden muss. Dazu braucht er viel Kraft und einen guten Freund.»

«Sei mir nicht böse, aber daran hättest du mich nicht erinnern müssen! Ich weiß, welches Versprechen ich ihm gab. Oder ist jemand unzufrieden mit mir?»

«Nein, nein. Ganz und gar nicht, im Gegenteil. Deine Mutter und ich sehen mit großer Zufriedenheit, wie gut du dich mit Seiner Majestät verstehst. Wie sehr er dich schätzt, beweisen diese Räume und ihre Ausstattung wohl genügend. Nein, es ist etwas anderes, was ich dir sagen will. Jetzt, wo auch die Geschwister des Königs tot sind, bist du der einzige Gleichaltrige, den er um sich hat und dem er blind vertraut. Du warst zwar schon vorher an die Stelle eines Bruders getreten, aber er wird dich jetzt noch mehr brauchen. Ich bitte dich deshalb, dass du vorerst hier im Palast bei Amenophis wohnst. Deine Mutter und ich sind ohnehin jeden Tag hier, sodass es dir nicht zu schwer fallen wird.»

Natürlich konnte ich meinem Vater diesen Wunsch nicht abschlagen. Im Übrigen war mein jetziges Leben im Palast so aufregend, dass man mich nicht zu bitten brauchte, hier zu bleiben. Ich stimmte deswegen ebenso pflichtbewusst wie begeistert zu. Ich wusste, dass mich meine Eltern nicht nur aus Sorge um den jungen Herrscher, sondern auch um meiner Zukunft willen enger an Amenophis binden wollten.

Nachdem mich mein Vater herzlich umarmt hatte, ließ er mich alleine zurück. Die Stoppeln seines Trauerbartes kratzten fürchterlich.

Die Ereignisse dieses Tages hatten mich derart aufgewühlt, dass ich unmöglich schlafen konnte. Da entsann ich mich der Worte des Prinzen, wonach ständig eine der beiden Dienerinnen um mich zu sein hatte. Erst war ich etwas gehemmt, aber nach kurzem Zögern klatschte ich zweimal in die Hände. Es vergingen nur wenige Augenblicke, da stand Nefta, die ältere der Dienerinnen, im Raum.

«Ihr habt mich gerufen, Herr», sagte sie lächelnd, nachdem sie sich verneigt hatte.

«Ja, Nefta, ich habe schrecklichen Durst. Bringe mir bitte einen Krug Wasser und einen Becher Wein! Und ein paar Oliven und etwas Brot», rief ich ihr nach, als sie bereits im Gehen begriffen war.

Die Nacht war sehr hell, denn es war Vollmond. Zum Greifen nahe stieg die goldgelbe Scheibe über den Wipfeln der Palmen auf, und die Fledermäuse in ihrem unruhigen Flug waren gut zu erkennen.

Die Hitze des Tages lag noch schwer über dem Garten, und es war mir, als presste sie die verschiedensten Düfte aus Sykomoren, Palmen und den vielen Sträuchern, um alle, die hier verweilten, zu berauschen. In einiger Entfernung hörte ich die Stimmen der Arbeiter, die so leise wie nur irgend möglich die Reste des Unglückstempels abtrugen und wegschafften, wie es ihnen Amenophis befohlen hatte.

Der Wein, den mir Nefta brachte, schmeckte köstlich, doch zuerst trank ich einen kräftigen Schluck Wasser und aß ein paar Oliven, damit mir der Wein nicht zu schnell in den Kopf stieg.

Es dauerte nicht mehr lange, und die Arbeiter hatten ihr Werk beendet. Es legte sich zunächst völlige Stille über den Garten, bis sich als erste die Grillen wieder bemerkbar machten, indem sie unaufhörlich ihr eintöniges Lied schnarrten. Etwas später vernahm ich ein leises, langsames Scharren im

Sand, und ich brauchte eine Weile, bis ich dieses Geräusch einer ganz in der Nähe kriechenden Schildkröte zuordnen konnte. Zwischen den Sykomoren und Palmen führten Tausende Glühwürmchen ihren unruhigen, lustigen Tanz auf, und erst leise, dann immer lauter werdend begann eine Nachtigall ihr Lied, so kunstvoll, so rein, dass ich mir wünschte, ewig hier zu verharren, wo alle Sinne auf das Wunderbarste berührt wurden.

«Es ist ein bezauberndes Erlebnis, nicht wahr?»

Es war Ameni, der unbemerkt eingetreten war und neben mir stand.

«Ja. Du hast recht, Ameni. Aber ich glaube, wir nehmen uns viel zu selten die Zeit, solche Schauspiele wirklich zu genießen. Wir könnten jeden Tag andere erleben, wenn wir wollten.»

«Wir werden sie erleben, Eje, wir werden!»

Ameni geriet ins Schwärmen.

«Warte nur ab, bis ich gekrönt und endgültig Pharao bin! Mein Großvater und mein Vater haben ein Reich geschaffen, so groß und so mächtig, wie es noch keines auf dieser Erde gab. Und das, was du vor einigen Tagen gesehen hast, ist nur ein verschwindend geringer Teil des Reichtums, über den ich verfügen werde. Glaubst du etwa, ich mache mir keine Gedanken, wie es weitergehen wird?»

Während Ameni weitererzählte von seinen Plänen, den Tempeln und Palästen, die er bauen wollte, dachte ich erschrocken darüber nach, wie sehr er mich missverstanden hatte. Ich meinte mit den Schauspielen nicht Prunkbauten und rauschende Feste, ich meinte das, was ich kurz zuvor erlebt hatte, als ich alleine am Fenster gestanden hatte.

«Hörst du mir überhaupt zu, Eje?»

«Ja, sicher, dein Tempel der Millionen Jahre, den du errichten wirst – wie lang wird er sein?»

«Einige hundert Ellen müssen es schon werden, damit er Eindruck macht. Du wirst sehen, Eje, es wird eine herrliche Zeit, die wir erleben werden. Aber erst müssen wir noch viel lernen, und du wirst mein Ohr sein. Du wirst mir alles, aber auch alles berichten, was immer du irgendwo erlebst und was dir wichtig erscheint. Denn so viel weiß ich auch: Eine korrekte, unbestechliche Verwaltung ist das Wichtigste, was ein Land braucht. Mit deiner Hilfe werden wir es schaffen, dass kein Getreidekorn mehr verloren geht, kein Fleck Ackerland ungenutzt bleibt und kein Tropfen Wein verschüttet wird. Schicke heute einen jungen Mann nach Babylon und lasse ihn in zehn Jahren zurückkehren. Glaube mir, er wird nicht wissen, wo er ist, er wird Men-nefer und Waset, er wird Ägypten nicht mehr wiedererkennen!»

Ich musste noch oft an diesen Abend denken. Heute weiß ich, wie ernst es Ameni damals gemeint hat. Und er behielt Recht. Nichts ist so geblieben, wie es einmal war, aber es war ein langer Weg.

Am nächsten Tag erfüllten wir alle die traurige Pflicht und brachten auch die Geschwister Amenis über den Fluss zum Reinigungszelt. Wieder waren die Straßen und Plätze voll von Menschen, die weinten und schrien, sich die Haare rauften oder das Gesicht zum Zeichen der Trauer mit Staub einrieben. Und wieder war es Amenis Aufgabe, für Amenemhet und Amenemipet Grabbeigaben auszusuchen.

Die Wochen vergingen, und der Tag kam näher, da die Toten die letzte irdische Reise antreten sollten. Ihre Leiber wurden in Amenis Anwesenheit sorgsam vorbereitet. Gesalbt, mit Amuletten und Schmuck versehen, eingehüllt in feinste Leinenbinden, wurden sie schließlich im Thronsaal aufgebahrt.

Königin Iaret legte Osiris Thutmosis und Ameni seinen Geschwistern je einen geflochtenen Blumenkranz um den Kopf, die Priester gossen ein letztes Mal kostbare Salböle über die Körper, ehe ihre verhüllten Köpfe für immer unter den goldenen Gesichtsmasken verschwanden. Nach langen Gebeten trugen Priester die Särge und die Alabasterkrüge mit den Eingeweiden der Toten in den Vorhof und stellten sie dort in die vergoldeten Kanopenschreine, an deren Unterseite Schlittenkufen angebracht waren. Königliche Handwerker verschlossen die Schreine, zuletzt brachte Amenophis selbst das Siegel von Pharao Thutmosis an.

Im Hof standen zwanzig Schlitten mit geschlossenen Schreinen und Truhen mit Grabbeigaben aller Art. Vor jeden Schlitten waren zwei mächtige Stiere gespannt. Die übrigen Grabbeigaben wurden in geschlossenen Behältnissen auf Bahren getragen.

Im zweiten Vorhof warteten mehr als tausend Soldaten der Leibgarde darauf, den Zug zum Hafen zu begleiten. Als alles marschbereit war, bestieg Amenophis die von zwölf Nubiern getragene königliche Sänfte. Er trug den blauen Chepresch-Helm, Krummstab und Geißel. Auf ein Handzeichen Ptahmoses hin erschallten auf den Mauern des Palastes Posaunen, die Palasttore öffneten sich, und, flankiert von Viererreihen von Soldaten, bewegte sich der Zug langsam durch die Stadt zum Hafen.

Vor den Schlitten liefen Sklaven mit Wasserschläuchen und befeuchteten den Sand, damit die Kufen leichter darüber gleiten konnten.

Alle Bewohner von Men-nefer schienen auf den Straßen zu sein. Noch nie hatte ich vorher eine so große Menschenmenge gesehen. Unzählige Männer mit bärtigen Gesichtern, Frauen und Kinder, die schrien und brüllten, als sei ihr eigenes Ende gekommen, schlugen sich mit Fäusten auf die Köpfe oder zerkratzten sich Gesicht oder Brust. Der Zug kam nur schleppend voran, und es dauerte mehr als zwei Stunden, ehe wir den Hafen erreicht hatten. Dort lagen zwölf Schiffe, um die Toten und ihre Schätze, die königliche Familie und die Mächtigen des Landes nach Waset zu bringen.

Zum ersten Mal betrat ich die königliche Barke. Sie war genau sechzig Ellen lang. Der Rumpf war auf ganzer Länge dunkelgrün gestrichen. Der Bugsteven endete in einem prächtigen, aus Holz geschnitzten Löwenkopf, der Hecksteven war nach oben eingebogen und stellte eine Lotosblüte dar. An Bug und Heck war der Rumpf seitlich mit Darstellungen des Kriegsgottes Month, stilisierten Lotosblüten und einem großen, vollkommenen Horusauge verziert. In der Mitte des Schiffes befand sich ein zweistöckiges Deckshaus. Es hatte zwei Türen, die zu zwei Kajüten führten, zu einer großen mit Fenstern und einer sehr kleinen, fensterlosen Kajüte. Den oberen Stock erreichte man nur über eine schmale Außentreppe. Dort wurden die Schiffsmöbel und die Wäschetruhen eingelagert. Auf Bug und Heck gab es zwei holzgeschnitzte Sitzplätze, über die zum Schutz gegen die Sonne Baldachine gespannt waren. Die Seitenteile des vorderen Sitzplatzes zierten Darstellungen eines Stieres, die hinteren Sphingen.

Das Deckshaus selbst war bunt bemalt mit weißen, roten und blauen Vierecken, in der Mitte der weißen Vierecke befanden sich blaue Punkte.

Im großen Raum des Deckshauses waren nur wenige Möbel aufgestellt. Zwei kunstvoll geschnitzte Stühle, dazwischen ein kleiner Klapptisch, eine Kommode für die königlichen Insignien und den Schmuck Seiner Majestät, und eine etwa zwei Ellen hohe vergoldete Holzfigur, die Amun-Re zeigte. Mehr nicht.

An einer Wand hingen Amenis Jagdbogen und ein Köcher mit Pfeilen. In einer Ecke lehnten einige Speere, daneben stand sein Senetspiel.

«Auf einem Schiff muss selbst Pharao mit wenig Platz auskommen», brummte Amenophis vor sich hin. Ich spürte, dass ihm die Enge des Raumes nicht sehr behagte.

«Und wo schläfst du?», wollte ich wissen.

«Es gibt hier Betten, die werden aus Platzgründen zusammengeklappt, wie bei der Armee. Sie befinden sich über uns in einem Stauraum und werden nur bei Bedarf aufgestellt», klärte mich Ameni auf.

«Bei der Hitze sollen wir hier in dem muffigen Loch schlafen?» Auch ich wurde nun etwas missmutig.

«Erstens fliegen da oben Tausende von Mücken durch die Nacht, die nur darauf warten, euch auszusaugen», sagte mein Vater, der jetzt unbemerkt eingetreten war. «Und zweitens ist es hier nachts kühler, als ihr glaubt. Ihr werdet sehen, die Fahrt nach Waset wird uns viel Freude machen, und ihr werdet herrliche Dinge sehen.»

Während wir unser Schiff besichtigten und in Besitz nahmen, wurden die Lastkähne beladen. Der übrige Hof bestieg nun ebenfalls die Schiffe. Die Große königliche Gemahlin Mutemwia, meine Mutter und Teje fuhren auf einem eigenen Schiff mit gelbem Rumpf und hellroten Segeln, ebenso Königin Iaret. Mein Vater begleitete Ameni und mich. Auch Ptahmose und Merire verfügten über ein eigenes Schiff. Weiter fuhren auf dem königlichen Schiff fünf Diener und fünf Dienerinnen, einige Musikanten und zwölf Soldaten der Leibgarde sowie zehn Mann Besatzung. Die Särge der Toten und die Eingeweidekrüge wurden auf eine zweite königliche Barke getragen und dort unter einen Baldachin gestellt, wo sie, von weißen Vorhängen geschützt, den Blicken der Menschen entzogen waren. Vor dem Baldachin stand ein dreibeiniges Kohlebecken, aus welchem während der ganzen Reise unaufhörlich Weihrauch emporstieg. Im Übrigen hielten sich nur die Besatzung und Soldaten der Leibgarde auf dieser Barke auf.

Gegen Abend waren alle Schiffe beladen und zur Abfahrt bereit. Da unsere Reise stromaufwärts ging und der Wind nicht stark genug war, um die Schiffe voranzutreiben, mussten sie vom Land aus von Sklaven und Stieren gezogen werden, da, zumal bei den Lastschiffen, auch die Kraft der Ruderer nicht ausgereicht hätte.

Es war ein prächtiges Bild: die bunt bemalten Schiffskörper und darüber in den herrlichsten Farben die Segel.

Das Segel unseres Schiffes war das Einzige, das gemustert war. Abwechselnd rote und weiße Vierecke, und in den roten Vierecken waren gelbe Kreise eingezeichnet.

Als wir ablegten, nahm Ameni, der jetzt nur ein Nemes-Kopftuch trug, seinen Platz auf der vorderen Sitzbank unter dem Baldachin ein, und an Land erhob sich nochmals das laute Geschrei der Menge.

So wie hier, verabschiedete sich Ägypten überall auf unserem Weg von seinem toten Pharao mit Weinen und Wehklagen.

Es dauerte mehr als eine Stunde, ehe wir die letzten Häuser von Men-nefer hinter uns gelassen hatten und die Stimmung auf den Schiffen etwas entspannter wurde. Vater und ich durften nun zu Amenophis unter den Baldachin kommen, wir nahmen rechts und links neben ihm auf der Bank Platz. Davor wurden Klapptische aufgestellt, und man servierte uns getrocknetes Fleisch, reichlich Gemüse und Obst, Wasser und Wein. Zu den leisen Klängen einer Harfe und einer Flöte aßen wir drei. Mein Vater erzählte von einer Schiffsreise, die er acht Jahre vorher mit Pharao Thutmosis nach Waset unternommen hatte. Schließlich legte er uns eine Karte vor, auf der er uns genau die einzelnen Stationen unserer Fahrt zeigte.

Wir beide waren allerdings sehr unaufmerksam, da wir mehr damit beschäftigt waren, das Treiben auf den Schiffen und an Land zu beobachten. Deswegen beendete mein Vater sehr bald die Lehrstunde und überließ uns unserer Neugierde.

Vorneweg fuhren zwei Lastschiffe, die nur mit Soldaten und Vorräten besetzt waren. Ihnen folgte das Schiff mit den Särgen von Osiris Thutmosis und der Geschwister Amenis. Danach kam unser Schiff, gefolgt von der Barke Mutemwias, dann fuhren Iaret, Ptahmose und Merire, dahinter die übrigen Lastschiffe.

Da unser Sitzplatz etwas erhöht war, brauchte sich Ameni nur leicht zur Seite zu drehen, um zu sehen, was sich bei Teje ereignete. Ich glaube, die Arme starb fast vor Langeweile. Pausenlos unterhielt sich Mutemwia mit meiner Mutter, während Teje artig daneben saß und unentwegt an Stickereien oder am Webstuhl arbeitete. Mir entging natürlich nicht, dass Ameni ihr zwischendurch zuwinkte und Teje dabei so rot wurde wie das Innere einer Melone.

«Ärgerst du sie nur, oder gefällt sie dir?», ließ ich meiner Neugier freien Lauf. Jetzt lief Ameni rot an, griff nach einer getrockneten Feige und warf sie mir unter übertriebenem Gelächter mitten auf die Stirn.

«Mädchen! Ich und Mädchen! Morgen werde ich dir zeigen, wie man ein Flusspferd harpuniert oder mit Pfeil und Bogen eine Ente im Flug schießt. Nein, im Ernst», er griff gierig nach seinem Weinglas und trank einen kräftigen Schluck, «irgendwie ist sie interessant. Sie gibt sich zwar immer so verschlossen und geheimnisvoll, aber sie ist sehr schön. Doch, das ist sie. Und sie hat ein ehrliches Gesicht.»

«Was hat sie?», fragte ich einigermaßen entsetzt. «Ein ehrliches Gesicht? Wenn das ehrlich ist! Eingebildet ist sie! Hochnäsig, eitel, was willst du noch hören?»

«Beruhige dich doch! Ich weiß gar nicht, weshalb du dich so aufregst. Ich habe doch nur gesagt, dass sie gut aussieht und ein ehrliches Gesicht hat. Dass du als Bruder vielleicht eine andere Meinung hast, mag ja sein.»

Natürlich hatte er recht. Ich nahm deswegen mein Weinglas, hielt es ihm entgegen, und sagte mit einem etwas künstlichen, aufgesetzten Lächeln: «Dann heirate sie doch!»

Da warf er mir die nächste Feige an die Stirn. Ein auffällig lautes Räuspern meines Vaters bedeutete uns, dass wir uns etwas zurücknehmen mussten.

Es war spät geworden, aber an Schlaf war gleichwohl nicht zu denken. Vom Land her hörten wir die Stimmen der Menschen und Tiere, welche die Schiffe zogen, und die Befehle der Aufseher. Auf den Schiffen selbst herrschte ebenfalls eine ständige Unruhe durch Kommandos, durch Zurufe der Besatzung von einem Schiff zum anderen, durch das Knarren der Schiffsplanken oder das Plätschern des Wassers.

Erst als wir die Augen kaum mehr offen halten konnten, zogen wir uns in das Deckshaus zurück und schliefen auf den für uns aufgestellten Betten augenblicklich ein.

Den anderen Morgen verschliefen wir. Längst waren die Schiffsbesatzungen an Land gegangen, um die erste Mahlzeit einzunehmen. Der morgendliche Halt war auf unserer langen Reise nahezu die einzige Möglichkeit, unter den einzelnen Schiffsbesatzungen Mitteilungen auszutauschen, wenn man nicht jedes Wort von Schiff zu Schiff brüllen wollte. Nur in besonderen Ausnahmefällen war es nämlich gestattet, ein kleines Boot zu einem anderen Schiff zu schicken, um Nachrichten weiterzugeben. Zum einen war dies wegen der vielen Flusspferde und Krokodile sehr gefährlich, zum anderen hielt es den ganzen Zug in seinem ohnehin trägen Weiterkommen beträchtlich auf.

An Land waren bereits die ersten Zelte für den Herrscher, die Frauen und den übrigen Hofstaat aufgestellt, da legten die letzten Schiffe, so auch unseres, erst an.

Die Barken mit den Toten und den Grabbeigaben machten nicht direkt am Ufer fest, sondern wurden in zweiter und dritter Reihe hinter Schiffen, die mit Soldaten besetzt waren, vertäut.

Während Ameni durch den fettleibigen Nubier Maja seiner Körperhaare entledigt wurde – der Bart, soweit man bei seinem jugendlichen Flaum überhaupt davon reden konnte, wurde wegen der Trauer nicht angetastet –, und während ich mich gerade anzog, erschien mein Vater im Raum.

«Verzeiht, Majestät, wenn ich ungelegen komme», begann mein Vater, und Ameni, der meinen Vater erst jetzt bemerkt hatte, erschrak so sehr, dass Maja am königlichen Unterleib mit dem Rasiermesser beinahe ein Unglück angerichtet hätte. Vater und mir blieb beinahe das Herz stehen, und Maja meinte, die Situation durch ein Späßchen retten zu müssen. «Von Beschneidung Seiner Majestät war aber heute nicht die Rede», quiekte er und bekam im selben Moment einen hochroten Kopf, weil er wusste, dass seine Bemerkung mehr als unangemessen, ja unverschämt war. Entsprechend entsetzt sah mein Vater drein. Ameni überspielte das alles, band sich einen Schurz um, schickte Maja mit einem Handzeichen aus dem Raum und wandte sich uns zu.

«Bei meinem Vater wäre er jetzt schon das Frühstück der Krokodile. Das soll er sich nicht noch einmal erlauben. In Waset will ich einen neuen Pfleger haben. Bis dahin rührt mich niemand mehr an. Ihn könnt ihr in den Harem meiner Mutter schicken. Dort kann er künftig Perücken kämmen!»

«Sehr wohl, Majestät, es wird so geschehen, wie Ihr befehlt.» Mein Vater verneigte sich und war im Begriff wieder zu gehen, als ihn Ameni erneut ansprach.

«Ich vermute, Euer Erscheinen diente nicht nur dazu, mir zu sagen, dass es Eurer Meinung nach ungelegen sei, wie sich ja bestätigte. Was wolltet Ihr von mir?», fragte er jetzt mit freundlichem Gesicht. Mein Vater war über diesen Stimmungswechsel sichtlich erleichtert.

«Das königliche Zelt ist aufgestellt, das Morgenmahl vorbereitet und der Hofstaat versammelt, um Eure Majestät zu empfangen. Es ist Brauch, dass der Ortsvorsteher vor Seiner Majestät erscheinen darf. Zweifelsfrei wäre es eine großzügige Geste, wenn Ihr ihm gestattet, um eine Gunst Seiner Majestät bitten zu dürfen.»

«Ich habe verstanden, Juja. Und welche Gunst sollte ich ihm erweisen?»

«Ich denke, zwanzig Deben Gold wären sehr großzügig.»

«Dann bereitet zehn Deben vor. Unsere Reise ist noch sehr lang, und ich will nicht als armer Mann in Waset ankommen.»

Ameni wollte das Thema beenden und drehte sich bereits um, damit ihm von der Dienerin, die noch anwesend war, das Nemes-Kopftuch aufgesetzt wurde.

«Da gibt es noch etwas, Majestät. Seid bitte nicht enttäuscht, wenn die Menschen dort draußen nicht in den Freudentaumel ausbrechen, den Ihr erwartet, wenn sie Euch sehen. Es ist die Zeit der Trauer, und großer Jubel wird erst bei Eurer Rückkehr von Waset herrschen.»

«Es ist recht. Ich habe verstanden, Juja, und danke Euch.»

Mein Vater machte eine tiefe Verneigung und verließ den Raum. Ameni setzte sich auf seinen Stuhl, und die Dienerin trug um seine Augen die schwarze Farbe auf, zog ihm die goldenen Sandalen an und legte den breiten Goldkragen um seinen Hals. Als er wieder aufstand, hielt sie ihm den schweren Prunkgürtel entgegen, an dessen Rückseite der Stierschwanz, das Zeichen der königlichen Stärke, befestigt wurde. Ameni band sich den Gürtel um, steckte den Dolch an seinen Platz und brummte: «Heute mache ich das lieber selbst. Wer weiß, was noch alles geschieht.»

Er schob sich noch zwei Armreife über die Gelenke, steckte an jede Hand einen Ring und sah mich mit hochgezogenen Augenbrauen an.

«Ich bin bereit», sagte er so laut, dass man es auch jenseits der Türe deutlich vernehmen konnte. Ein Soldat der Leibgarde öffnete von außen, und während Pharao hinausschritt, ertönten unzählige Fanfaren und Pauken.

Ameni hielt kurz inne, um sich zu orientieren und um seine Augen an das gleißende Sonnenlicht zu gewöhnen.

Rechts und links standen Hofbeamte mit Fächern aus Straußenfedern, die an langen Holzstangen befestigt waren, und wedelten dem König in langsamen Bewegungen kühle Luft zu. Etwas abseits des Deckshauses hielten sich Ptahmose und mein Vater auf. Der Rest des Hofstaates erwartete den König an Land. Vom königlichen Schiff führte ein etwa drei Ellen breiter Steg zur Hafenmauer. Von dort bildeten Soldaten der Leibgarde ein Spalier bis zum großen Kriegszelt Pharaos.

Es war etwa zwanzig Ellen lang und ebenso breit. In vier Sandsteinblöcken, die schnell in die Erde eingegraben werden konnten, steckten die Zeltstangen aus Zedernholz, deren Enden Papyrusdolden nachgebildet waren. Zwischen den Stangen hingen weiße, mit Goldfäden durchwirkte Zeltplanen. Die als Sonnenschutz dienende, nach oben zeigende Plane bestand aus festerem Material, damit die Sonnenstrahlen gänzlich abgehalten wurden. Neben dem Zelt Pharaos standen zwei weitere Zelte, eines für die königlichen Gemahlinnen und Prinzessinnen, das andere für die Mächtigen des Landes.

Während Amenophis den Bootssteg überquerte, zogen Diener die vordere und die beiden seitlichen Planen nach oben, und im hinteren Teil des Zeltes wurde der Thron sichtbar. Ptahmose, mein Vater und ich folgten in einigem Abstand. Erst als Amenophis auf dem Thron Platz genommen hatte und ein Handzeichen gab, hörten die Trommel- und Fanfarenwirbel auf und begannen Dienerinnen, die morgendlichen Speisen aufzutragen. Ptahmose, mein Vater und ich durften neben Amenophis auf Klappstühlen Platz nehmen, um mit ihm zu speisen.

«Um nicht unnötig Zeit zu verlieren, schlage ich Eurer Majestät vor, die offiziellen Angelegenheiten nebenher zu erledigen», erklärte mein Vater, und während Ameni noch nickte, gab Vater dem königlichen Schreiber schon zu verstehen, dass die kleine Audienz beginnen konnte.

Als Erster warf sich Hebi, der jetzt nicht mehr Schreiber Seiner Majestät, sondern Kommandeur der Leibgarde war, vor Amenophis nieder und berichtete in soldatisch knappen Worten, dass die Reise bislang ohne unangenehme Vorkommnisse verlaufen war. Danach erschien Ramose, der örtliche Oberpriester aus dem Tempel des Ptah, um dem König zu huldigen und ihn gleichzeitig zu ermahnen, zeitlebens dem Schutzgott von Men-nefer und seinem Dorf gewogen zu sein. Das Dorf sei arm, und das bekäme leider auch der Tempel zu spüren.

Flüsternd erkundigte ich mich bei Ameni, ob ich dem Priester eine Frage stellen dürfte.

«Der Einzige Freund des Pharaos wird einige Fragen an Euch richten. Beantwortet sie so, als hätte ich sie selbst gestellt!» Der Priester verneigte sich ängstlich.

«Ramose, wird nicht auch dem Gut Eures Tempels jedes Jahr nach der Schwemme ein ausreichendes Stück Land zur Bewirtschaftung zugeteilt?», wollte ich als Erstes wissen.

«Hoher Herr, sicherlich erscheint in jedem Jahr ein Landvermesser und gibt uns Land», antwortete Ramose ausweichend. Es war ihm anzusehen, dass er seine Bemerkung bereits bereute.

«Dass Ihr Land erhaltet, ist wohl selbstverständlich. Aber ich fragte Euch, ob es ausreichend ist, um Opfer darbringen zu können, um die Priester, die Diener und Sklaven zu ernähren», wiederholte ich bewusst geduldig.

«Darauf zu antworten ist nicht einfach, Herr, da die Flächen in jedem Jahr neu ausgemessen werden und wir nicht wissen, wie viel wir ernten können», bekamen wir mit weinerlicher Stimme zur Antwort.

«Ramose!» Ich wurde nun heftig. «Unterägypten ist ein überaus fruchtbares Land. Jedes Jahr werden weite Flächen vom Fluss überschwemmt. Niemand muss Hunger leiden. Seine Majestät, sie lebe, sei heil und gesund, beschenkt die Güter der Tempel großzügig, und Ihr wollt uns erzählen, Ihr seid der Vorsteher eines armen Tempelgutes. Ich frage Euch nochmals: Bekommt Ihr genug Land, ja oder nein?»

«Es wird schon genug sein, hoher Herr, es wird schon genug sein», stammelte der Priester, der nun eine sehr erbärmliche Figur abgab.

«Lass es gut sein!» Amenophis unterbrach mich und bedeutete dem Priester mit einem Handzeichen, sich zu entfernen. Ehe wir uns versahen, verschwand er zwischen den umherstehenden Menschen.

«Sei mir nicht böse, aber es war ein Fehler, ihn gehen zu lassen», flüsterte ich Ameni zu. «Noch zwei Fragen, und ich bin mir sicher, wir hätten sehr interessante Dinge zu hören bekommen.»

«Dieser jammernde Priester wollte mir doch nur einen Klumpen Gold abschwatzen, Eje. Glaubst du, ich falle darauf herein?»

Inzwischen kniete der Bürgermeister des Dorfes vor seinem Pharao und pries ihn, wie er nur konnte. Er sprach die üblichen Sätze vom Sohn des Amun, vom starken Horus, dem Guten Gott und allem, was ihm für seine aufgesetzte Rede noch einfiel. Er erzählte, wie gut und erfolgreich er das Dorf leitete, und wie glücklich die Menschen unter seiner Obhut und

Strenge lebten. Am Schluss bedankte er sich für die überreiche Gnade Seiner Majestät, die leben möge in Millionen Jahren.

Je mehr ich den Eindruck gewann, dass Amenophis an der Litanei des devoten Bürgermeisters sein Wohlgefallen hatte, desto zorniger wurde ich. Diese widerliche Schlange war aber nicht zu bremsen. Als das Schauspiel beendet war, dem Kriecher endgültig nichts mehr einfiel und er atemlos vor seinem Pharao im Staube lag, schnippte Amenophis mit den Fingern, erhielt von meinem Vater einen Lederbeutel und sagte sichtlich beglückt:

«Erhebt Euch! Meine Majestät ist erfreut über Eure Worte und beglückt, zufriedene Menschen zu sehen. Ich will mich nicht nur mit Worten erkenntlich zeigen. Hier, nehmt das!» Er überreichte ihm mit eigenen Händen den mit Gold gefüllten Lederbeutel.

Der Beschenkte wagte es nicht, seinem Herrscher ins Antlitz zu blicken, sondern ergriff mit seinen feisten Fingern den Beutel, kroch rückwärts aus dem Bereich des Audienzzeltes und verschwand unaufhörlich buckelnd in seinem Dorf. Mein Vater und ich sahen uns schweigend an und schüttelten beide kaum merklich die Köpfe. Wir verstanden einander. Amenophis – wie übrigens alle anderen – bemerkte hiervon nichts, sondern wandte sich nun unseren Müttern, seiner und meiner Schwester zu, die erschienen waren, um sich mit ihnen über den ersten Abschnitt der Reise zu unterhalten.

Dies erlaubte es meinem Vater und mir, uns unbemerkt ein paar Schritte zu entfernen, ja es hatte den Anschein, als wollten wir das familiäre Gespräch nicht belauschen.

Ehe mein Vater ein Wort sagen konnte begann ich, meine Vermutungen zu äußern. «Entweder der Priester betrügt alle und lässt nur zur Vergrößerung seines eigenen Vermögens arbeiten, oder er und sein Tempelgut sind selbst das Opfer von Betrügern …»

«Oder», unterbrach mich mein Vater, «er und der Bürgermeister machen gemeinsame Sache.»

«Ich weiß es nicht, Vater. Ich möchte nur zu gerne wissen, warum der Bürgermeister gerade so unendlich lange schwatzen musste.»

Schweigend und in Gedanken versunken, zupfte sich Vater immer wieder das linke Ohrläppchen.

«Worüber denkst du nach?», fragte ich.

«Ob wir jemanden zurücklassen, um sich der Sache anzunehmen und um sich noch einmal mit Ramose zu unterhalten? Ich gebe dir recht: Noch ein paar Fragen mehr, und er hätte gesprudelt wie eine Quelle.»

«Dann tu es, Vater!», wollte ich ihn bestärken.

«Ich kann unmöglich etwas unternehmen, ohne mich vorher mit Amenophis beraten zu haben! Nicht, wenn er wenige Schritte neben mir sitzt.»

«Dann werde ich mit ihm reden, jetzt gleich», gab ich eifrig zurück.

«Nein, Eje, mach das nicht! Du hast selbst gesehen, welche Wirkung die schmeichelnden Worte des Bürgermeisters hatten. Du würdest jetzt nur Unmut ernten. Sollte unsere Vermutung zutreffen, wird dies hier kein Einzelfall sein. Erinnere dich an deine Nachforschungen, als Amenophis mit seinem Vater in Nubien war. Wie viele Unregelmäßigkeiten, ja Betrügereien hast du damals entdeckt!»

Ich musste ihm Recht geben. Es hatte keinen Sinn, jetzt überstürzt eine Untersuchung einzuleiten, die nur damit begründet werden konnte, dass ein Priester sichtlich nervös wurde und ein Bürgermeister ohne Unterlass wirres Zeug redete. Von dieser Sorte Mensch gab es vermutlich allzu viele.

So beschlossen wir, im weiteren Verlauf der Reise besonders aufmerksam zu sein und von jeder Auffälligkeit Notizen zu machen. Zurück in Men-nefer würden wir den Pharao davon überzeugen, die Beiden Länder einer strengen Überprüfung zu unterziehen. Dabei beließen wir es.

Außer meiner Mutter hatte niemand unser vorübergehendes Fehlen bemerkt, und sie stellte keine Fragen. Amenophis war bester Laune. Es hätte nicht viel gefehlt, und er hätte den Frauen das peinliche Erlebnis mit dem fettleibigen Nubier Maja erzählt. Ein mahnender Blick meines Vaters hielt ihn gerade noch davon ab, so beschränkte er sich darauf, meiner Schwester von der Ausstattung unseres Schiffes zu berichten. Mit ständigem Kopfnicken bestätigte ich die Schilderungen meines Freundes. Ich tat dies nur, um die Neugierde meiner Schwester noch zu steigern und um ihr zu zeigen, wer dem Herrscher am nächsten stand.

Auf Veranlassung Ptahmoses begann man bereits unauffällig mit dem Beladen der ersten Schiffe, und als sich die günstige Gelegenheit einer Gesprächspause ergab, erinnerte mein Vater Ameni und den übrigen Hofstaat höflich an die Weiterreise.

Ameni erhob sich, erneut erschallten Pauken und Fanfaren, und ehe wir an Deck unseres Schiffes standen, waren die Zelte niedergelegt, und alle bestiegen nach und nach die Schiffe. Zuletzt wurden die Segel gehisst, an Land nahmen die Sklaven die Seile auf, die Zugtiere wurden angetrieben, und die Reise nahm ihren Fortgang.

Ameni und ich verbrachten den Vormittag ausschließlich damit, unser Schiff auf das Genaueste zu erforschen. Es trug den Namen «Cha-em-Maat», «In Wahrheit erschienen».

Der Kommandant sowohl unseres Schiffes als auch der ganzen Flotte war ein dreißigjähriger Ägypter aus Sedment namens Nebenkemet. Mit Spitznamen hieß er Meru. Schon Merus Vater war Kommandant eines königlichen Schiffes gewesen.

Während sich Ameni mehr für die Ausstattung des Schiffes, seine Gestaltung und Verarbeitung interessierte, spürte meine Neugier den genauen Abmessungen, der Geschwindigkeit und der Tragfähigkeit nach. So erfuhr ich, dass Schiffe von mehr als sechzig Ellen Länge wenig Sinn machen. Sie sind zu schwer, um nur unter Segeln oder mit Ruderkraft fortbewegt zu werden. Meru hoffte ohnehin, dass baldmöglichst etwas Wind aufkommen würde, um die Schiffe nicht mehr ziehen lassen zu müssen. Auf unserem Schiff war Platz für insgesamt vierundzwanzig Ruderer, zwölf auf jeder Seite.

«Warum werden sie nicht eingesetzt?», wollte ich wissen. «Wir könnten doch viel früher in Waset sein!»

«Das ist nicht ganz richtig, Eje», belehrte mich Meru. «Es ist nicht möglich, das Schiff den ganzen Tag von den gleichen Männern rudern zu lassen. Also bräuchten wir zwei oder drei komplette Mannschaften. Das würde das Schiff aber gleich viel schwerer machen. Es ginge noch, wenn nur zwei oder drei Schiffe unterwegs wären. Unsere Flotte besteht aus Schiffen ganz unterschiedlicher Bauart, und einige können gar nicht gerudert werden. Also bleiben wir alle zusammen und segeln oder lassen uns ziehen.»

Nach einer kurzen Pause erhellten sich Merus Züge, und er fügte hinzu: «Ihr werdet den Einsatz der Ruderer noch früh genug erleben. Wenn wir in die Häfen größerer Städte wie Achmim oder Waset einfahren, dann wollen wir den Menschen dort natürlich zeigen, was wir können! Dann gehen alle an die Ruder, und wir laufen unter vollen Segeln ein!»

«Wie alt ist dieses Schiff, Meru?», fragte Amenophis und zog dabei die Stirn in Falten, als würde er an der Fahrtauglichkeit des Schiffes zweifeln.

«Keine fünf Jahre, Majestät. Euer Vater, der Osiris Thutmosis ließ es bauen. Wieso fragt Ihr danach?»

Meru war offensichtlich verunsichert. «Das Schiff wurde erst vor wenigen Tagen neu gestrichen, erhielt neue Taue und Segel!»

«Meru, ich habe keine Zweifel, dass das Schiff einsatzfähig ist, aber einige Dinge sind verbesserungswürdig. Ich werde dir das bei passender Gelegenheit erklären. Wenn wir nach unserer Reise wieder in Men-nefer sind, meldest du dich bei mir und bringst den obersten Schiffbaumeister gleich mit!»

Meru bekam große Augen, weil er wusste, was diese Anmerkung bedeutete: ein neues Schiff!

Natürlich musste Meru nicht warten, bis wir Men-nefer erreicht hatten. Der oberste Schiffbaumeister Chati befand sich auf einem anderen Schiff, und bald saß er mit Amenophis und dem Kommandanten Meru stundenlang unter dem Baldachin. Gemeinsam entwarfen sie ein neues Königsschiff. Im Vergleich damit war das Schiff, auf welchem wir jetzt fuhren, ein bescheidener Pilgerkahn!

Mich interessierte das alles nicht sonderlich, daher verbrachte ich die Zeit auf dem Heck unter dem Baldachin und beobachtete meist zusammen mit meinem Vater die Landschaft und ihre Menschen. Es war Erntezeit, überall auf den Feldern arbeiteten Bauern, die Ähren schnitten und zusammentrugen, auf Ochsenkarren luden und in ihre Dörfer oder einzelne Gehöfte brachten.

Am Rande der Dörfer arbeiteten Frauen in den Gärten. Dort hackte man, erntete ebenfalls, reinigte die Bewässerungsgräben oder besserte die Schöpfräder aus. Da und dort zogen Hirten mit Schaf- oder Ziegenherden das Flussufer entlang. Ab und zu fuhren kleinere Schiffe von Fischern, Händlern oder Pilgern an uns vorüber. Sobald sie der königlichen Flotte gewahr wurden, winkten und riefen uns die Besatzungen zu, und wenn sie an unserem Schiff vorbeifuhren, kauerten alle nieder, um ihrem toten wie dem zukünftigen Herrscher Ehrfurcht und Ehre zu erweisen.

Dann erreichten wir wieder Gebiete, die kaum besiedelt waren und deren Ufer dichte Schilfgürtel säumten. Dort schwammen unzählige Flusspferde und Krokodile. Schwärme von Wasservögeln stiegen auf, sobald sie die Schiffe bemerkten. In diesen Gegenden konnten die Schiffe nicht gezogen werden. Was Wind und Segel nicht leisteten, mussten jetzt alleine die Ruderer schaffen.

An Land ritten dann Boten Seiner Majestät voraus, um bei nächster Gelegenheit ausreichend Bauern, Sklaven und Zugtiere bereitzustellen. Die Gutsbesitzer, die Verwalter der Tempeldomänen und die Bauern waren über diese Zwangsarbeit natürlich verärgert, da Erntezeit und niemand entbehrlich war. Aber den Anordnungen seines Herrschers wagte sich niemand zu widersetzen, auch wenn der Arbeitseinsatz offiziell ein freiwilliger war.

Die Abende verbrachten wir mit den unterschiedlichsten Beschäftigungen. Bei Einbruch der Dämmerung, wenn die schlimmste Tageshitze überstanden war, genossen wir ein ausgiebiges Mahl mit Gemüse, getrocknetem Fleisch und Obst. Meist tranken wir Trauben- oder Granatapfelsaft, manchmal auch Wein oder Bier. Das hing etwas von der Laune meines Vaters ab und davon, was wir nach dem Abendessen noch vorhatten. Manchmal saßen wir nur da, hörten dem Harfenspieler zu, sahen in den Nachthimmel, und ein jeder hing seinen eigenen Gedanken nach.

Ab und zu spielten wir Senet. Amenophis hatte die größte Freude, wenn er wieder und wieder seine Steine geschickter setzte und meinen Vater oder mich besiegen konnte. Nur mit Kommandant Meru hatte er kein Glück. Nach dessen eigenen Erzählungen war er der beste Senetspieler von ganz Unterägypten. Meru merkte sehr schnell, dass es nicht gut war, seinen

Herrscher – wenn auch nur im Senet – zu besiegen. Da er aber auch nicht absichtlich verlieren wollte, suchte er immer öfter Ausflüchte, um nicht mit Ameni spielen zu müssen. Einmal war es eine Nilpferdherde, die unserer Flotte gefährlich näher kam, einmal Untiefen des Flusses, die außer ihm niemand kannte, und ein andermal waren Taue der Segel ineinander verschlungen. Es war nicht nur so, dass an Pharao keine Schwäche gefunden werden durfte, weil er der Herrscher war. Amenophis war in diesen Dingen wirklich ein schlechter Verlierer. Das wusste ich schon länger als Meru.

An anderen Abenden saßen wir stundenlang unter dem Baldachin und hörten meinem Vater zu. Er verstand es, uns von allen zwanzig Gauen, ihren Städten und deren Göttern zu berichten, ohne dass wir Langeweile empfanden. So kam es, dass er uns Unterricht erteilte und er Amenophis auf sein Amt vorbereitete, ohne ihn spüren zu lassen, dass er der Lehrer und Amenophis nicht der Herrscher, sondern noch immer Schüler war.

Manchmal sorgte mein Vater dafür, dass nach dem morgendlichen Aufenthalt an Land einer der Oberpriester auf unser Schiff kam, um uns ebenso zufällig wie ausführlich von den Göttern der Beiden Länder und den Pflichten des Pharaos als dem obersten aller Priester zu erzählen.

Gleich, wer vor Amenophis erschien, ein jeder beteuerte, dass es das heiligste Anliegen Pharaos sein müsse, die Tempel des Gottes, dessen oberster Priester er war, zu vergrößern, sie noch prächtiger auszustatten und den Domänen noch mehr Land zu geben. In Amenophis hatten sie den aufmerksamsten Zuhörer, den sie finden konnten. Hatte er sich schon vorher für Tempelbauten interessiert, so wurde auf dieser Reise endgültig der Grundstein gelegt für seine Freude, Prachtbauten zu errichten.

Amenophis verfügte über die Gabe, sich die Beschreibungen der Tempel bis hin zu deren Baumaterial, deren Größe und Lage im Detail zu merken. Dies versetzte ihn in die Lage, noch im Gespräch mit dem Priester grobe Bau- oder Umbaupläne zu entwickeln und das zu verbauende Gesteinsmaterial nach Art und Farbe vorzuschlagen. Manchmal ging seine Vorstellungskraft so weit, dass er gemeinsam mit den Priestern Götterstatuen aussuchte und sogar deren künftigen Platz im Tempel festlegte.

Ich beteiligte mich an diesen Gesprächen nur wenig, zumal ich mir nicht vorstellen konnte, woher Amenophis all das Gold zur Umsetzung seiner Pläne nehmen wollte. Deswegen hielt ich Vieles davon schlichtweg für unausführbar. Ich sollte mich gewaltig täuschen.

Anfangs hatte ich die an uns vorübergleitende Landschaft und ihre Menschen recht gedankenlos beobachtet. Da dies dauerhaft eine langweilige Beschäftigung war, suchte ich nach Unterschieden in der Art der Bearbeitung der Felder, ihrer Bepflanzung und Bewässerung.

Man unterschied bei uns grundsätzlich drei Arten von Feldern. Diejenigen, die alleine durch die jährliche Überschwemmung des Flusses ausreichend bewässert wurden, und solche, die künstlich bewässert werden mussten, da sie etwas höher lagen. Erstere nannte man Frischfeld, wenn sie erstmalig bewirtschaftet wurden. Sie brachten die reichsten Erträge und wurden deswegen auch am höchsten besteuert. Waren sie bereits bewirtschaftet, hießen sie verbrauchtes Feld und fielen in die zweite Steuerklasse. Die Hochfelder, die künstlich bewässert werden mussten, brachten die geringsten Erträge und wurden deshalb der Steuerklasse drei zugeordnet.

Je näher man an ein Dorf kam, umso hochwertiger war der Anbau. Gemüsefelder mit Lauch, Zwiebeln und Gurken wollte man natürlich in der Nähe haben, da sie intensive

Pflege benötigten und Diebstahl durch Mensch oder Tier leichter bemerkt und somit unterbunden werden konnte. Außerdem musste man das Gemüse zum täglichen Verzehr nicht so weit transportieren.

Die Obstgärten mit Granatäpfeln, Datteln, Feigen und Weinstöcken befanden sich ebenfalls in Dorfnähe. Jeweils im Norden der Dörfer lagen die Fischerhütten am Fluss. Durch diese Lage war gewährleistet, dass der Abfall und der Gestank, der beim Ausweiden und Trocknen der Fische anfiel, nicht das ganze Dorf verpesteten, sondern mit dem Wasser nach Norden abtrieb. Das Gleiche galt natürlich für die Schlachtereien. Immer wieder fuhren wir auch an Reinigungszelten der Balsamierer vorbei. Sie waren schon von weitem an dem in großen Haufen gelagerten Salz erkennbar, das für die Austrocknung der Toten gebraucht wurde. Waren die Balsamierer gerade bei der Arbeit, schlug sich deren Anblick auf die Stimmung der Schiffsbesatzungen nieder, es dauerte dann eine ganze Weile, ehe wir wieder unsere Gespräche aufnahmen.

So verging Tag für Tag unserer langen Reise, bis wir eines Tages bei meinem Vater eine deutliche Nervosität verspürten. Immer wieder suchte er den Sitzplatz am Bug unseres Schiffes auf und starrte nach Süden, oder er tuschelte mit Meru.

Beim Abendessen war mein Vater von geradezu übertriebener Höflichkeit gegenüber Amenophis und mir, erlaubte uns Wein zu trinken, reichte uns immer wieder selbst die Platten mit Obst oder Pistazienkernen.

«Was ist heute mit dir los, Vater?», wollte ich endlich das Geheimnis gelüftet haben. «Du bist zuvorkommend, dass es richtig auffällig ist.»

Vater strahlte.

«Ja, Eje hat Recht. Was ist, Juja?», setzte Ameni nach.

«Morgen sehr früh wird unser Zug Achmim, meine Heimatstadt, erreichen. Ich war vor sechzehn Jahren, vor Ejes Geburt, zum letzten Mal hier. Ich wäre der glücklichste Mensch, wenn Ihr, Majestät, mir morgen die Ehre erweisen würdet, mit mir und Eje auf dem Wagen durch die Stadt zu fahren.»

«Warum soll das so schwierig sein, Juja?», fragte Ameni.

«Das Protokoll sieht nicht vor, dass sich Seine Majestät länger als unbedingt nötig in Städten und Dörfern entlang des Flusses aufhält.»

«Wer lebt in dem Haus, in welchem ihr früher wohntet?», erkundigte sich Amenophis.

«Baki, der Bruder meiner Frau, mit seiner Familie. Er wurde mein Nachfolger als Priester des Min. Das Anwesen kam auch nicht von meiner Familie auf uns, sondern von Tujas Familie.»

«Ich möchte Euren Schwager kennen lernen und das Haus sehen, Juja, gleich morgen früh. Meine Mutter, Tuja und Teje werden auf einer Sänfte nachkommen.»

Noch während Amenophis redete, wurden die alten Augen meines Vaters immer heller, sein ohnehin breiter Mund verzog sich zu einem glücklichen Lächeln, wie man es nur selten sah. Er kniete nieder, ergriff geradezu zärtlich die rechte Hand seines Herrschers und küsste sie.

«Ich werde alles veranlassen, Amenophis! Wir werden so wenig Zeit wie möglich verlieren! Ich verspreche es Euch!», sprudelte es aus meinem Vater heraus, und er merkte gar nicht, dass er seinen Herrscher in der vertraulichen Anrede angesprochen hatte.

Der Rest des Abends verlief in fröhlicher Ausgelassenheit, und ich glaube, Vater hat an diesem Abend mehr Wein getrunken als sonst. Ohne Unterbrechung erzählte er uns eine Geschichte nach der anderen aus seiner Jugend, und ich bin sicher, Mutter wäre nicht mit jeder einverstanden gewesen.

Am folgenden Morgen legte Ameni wie gewohnt den Prunkkragen und den Gürtel um, setzte das Nemes-Kopftuch auf, stieg in die goldenen Sandalen, legte den Schmuck an und ließ die Dienerin die schwarzen Lidstriche ziehen. Da die Trauerzeit bereits fünfzig Tage dauerte, trug Ameni den unansehnlichen Flaum eines Heranwachsenden. Den erwachsenen Männern waren wenigstens richtige Bärte gewachsen!

Nachdem Ameni sein «Ich bin bereit» vernehmen ließ, öffnete sich die Türe des Deckshauses, und wir traten ins Freie. Der Auflauf im Hafen war nicht größer als anderswo, aber der Bürgermeister und mein Onkel Baki staunten nicht schlecht, als sie meine Eltern in unmittelbarer Umgebung des Pharaos sahen. Ohne uns lange aufzuhalten, bestiegen wir die bereitstehenden Kriegswagen und fuhren, gefolgt von der Sänfte der Frauen, in Schrittgeschwindigkeit durch die staunende Menschenmenge zum Hause Bakis und seiner Familie.

Dort war man auf das Erscheinen des Herrschers keineswegs eingerichtet, wir platzten mitten in das Alltagsleben der Familie hinein. Wegen der Soldaten der Leibgarde, die uns begleiteten, und wegen der eindeutigen Insignien, die Amenophis trug, war der Familie meines Onkels sofort klar, wen sie vor sich hatte. Alle fielen augenblicklich vor ihrem Herrscher zu Boden. Hier in Achmim sah das natürlich nicht so vollendet aus wie in Men-nefer, dafür spürte man umso deutlicher, dass ihre Ehrfurcht eine ehrliche war.

Nachdem sich alle erheben durften, stellte mein Vater seinem Herrscher die Familie meiner Mutter vor. Schließlich sagte ein gut gelaunter Amenophis:

«Und nun, Baki, stelle ich Euch Euren Neffen Eje vor, der den Titel trägt ‹Einziger Freund Pharaos›, und seine Schwester Teje, der ich hiermit den Titel ‹Schwester des Einzigen Freundes des Pharaos› verleihe.»

Weil alle über den kleinen Scherz ihres Herrschers herzhaft lachten, bekam die arme Teje einen hochroten Kopf.

«Zeigt uns jetzt Euer Haus und Euren Garten», bat Amenophis den Hausherrn, und zu Bakis Frau gewandt, sagte er: «Wenn Ihr uns in der Zwischenzeit ein kleines Mahl bereitet, könnt Ihr Euch meines ewigen Danks sicher sein. Ihr müsst wissen, Euer Herrscher leidet schrecklichen Hunger!»

Danach legte er wie zufällig für einen kurzen Augenblick seinen rechten Arm um Tejes Schulter und sagte zu ihr: «Komm mit! Du kennst ja das Haus auch noch nicht!»

So deutlich hatte Amenophis seine Zuneigung zu Teje noch nie zum Ausdruck gebracht, und mir entging die Aufgeregtheit der übrigen Frauen nicht.

Geruhsam gingen wir einmal durch den ausgedehnten und gepflegten Garten bis zu einer kleinen Kapelle, die Min geweiht war. Vor einer Statue des Götterbildes mit einem auffallend großen, erigierten Phallus legte Amenophis eine Lotosblüte nieder.

«Wenn das kein Glück bringt!», sagte er zu Teje, die wieder einen roten Kopf bekam. Ich bin mir sicher, gesehen zu haben, wie sie sich kurz an der Hand hielten.

Nachdem wir uns kurz das Haus angesehen und gemeinsam mit der Familie meiner Mutter ein bescheidenes Mahl eingenommen hatten, mahnte Vater zum Aufbruch. Amenophis ließ sich nur ungern drängen, denn er genoss es sichtlich, mit einfachen, freundlichen Menschen und ohne die Steifheit des Hofes und den Zwängen des Protokolls beisammen zu sein. Die Anwesenheit Pharaos in meines Onkels Haus hatte sich in der Zwischenzeit herumgesprochen, denn als wir zum Hafen zurückfuhren, säumten Tausende Menschen unseren Weg. Mit strahlender Miene grüßte Ameni sein Volk, wusste er doch, wie gut das meinem Vater und meinem Onkel tat.

Bevor wir an Bord gingen, überreichte Amenophis dem Bürgermeister und Baki in dessen Eigenschaft als Priester des Min je einen besonders prall gefüllten Beutel mit Gold. So war er sich der künftigen Gunst seiner Untertanen in Achmim sicher.

Die Sonne stand schon sehr hoch, als sich der Zug der Schiffe in Bewegung setzte, doch noch lange standen die Menschen im Hafen und winkten uns nach.

Ameni und ich stellten gerade die Figuren des Senetspiels auf, da kam Vater zu uns.

«Ich möchte mich bei Euch bedanken, Majestät. Ihr habt mehr für mich und meine Familie getan, als ich je erwarten durfte. Ich werde Euch das nie vergessen!»

«Es ist nicht der Rede wert, Juja. Ich habe es gern getan. Der Besuch bei Eurer Familie hat mir gefallen und Freude bereitet. Es wurde auch Zeit, dass ich Euch eine Gunst erweisen konnte. Es ist gut so!»

Die verbleibenden Tage bis zu unserer Ankunft in Waset sollten sehr anstrengend werden. Die Priester wiesen Amenophis jeden Tag mehrere Stunden in das Bestattungs- wie auch in das Krönungsritual ein. Jedes Gebet, jeder Schritt und jeder Handgriff wurden eingeübt. Da viele der Kulthandlungen geheim waren, durfte ich an diesen Unterweisungen nicht teilnehmen. Ich spürte deutlich, wie streng die Oberpriester darauf achteten, dass ich mich in ausreichender Entfernung aufhielt, ehe sie mit ihren Einweisungen begannen. Allerdings war ihnen nicht bekannt, dass ich über fast die gesamte Bootslänge hinweg jedes ihrer Worte verstehen konnte – wenn ich wollte. Ameni, der sich dessen bewusst war, redete deswegen abends, wenn wir alleine in unserer Kabine waren, ganz offen mit mir über die anstehenden Feierlichkeiten.

DREI

Folge deinem Herzen, solange du auf Erden weilst,
und feiere einen glücklichen Tag.

Je näher wir dem Ziel unserer Reise kamen, desto dichter war das Land besiedelt. Prächtige Landhäuser und gewaltige Obst- und Weingärten säumten das Ufer. Schließlich war es so weit: Meru gab als Kommandant der Flotte den Befehl, die Schlepptaue einzuholen, nachdem er an Land die Bauern mit ihren Sklaven und den Zugstieren entlassen hatte.

Auf den Schiffen überprüften die Offiziere alle Segel und Taue. Die Besatzungen und die Soldaten legten frische Kleider und Uniformen an, und die Ruderer nahmen ihre Plätze ein.

Früh am Morgen, zwei Stunden nach Sonnenaufgang, erblickte ich am Ostufer des Flusses die Tempelanlagen von Waset. Hinter Palmenhainen erkannte ich die strahlend weißen Mauern, die nur von den dahinter liegenden Tempeln und Tortürmen, Obelisken und Fahnenmasten überragt wurden. Dann fuhren wir in den Kanal ein, der zum Tempel des Amun führte.

Zunächst war er rechts und links von je drei Reihen Palmen gesäumt, dazwischen standen unterschiedlich große Steinfiguren früherer Pharaonen, schließlich öffnete sich der Blick auf ein gewaltiges, rechteckiges Becken, den Hafen von Waset. Ich weiß heute nicht mehr, was mich damals mehr beeindruckt hat: die unvorstellbar prächtige Tempelanlage oder die Vielzahl der davor wartenden Menschen.

Die Stadt war durch vorauseilende Boten von unserem Eintreffen unterrichtet worden, und so schien ganz Waset auf den Beinen zu sein, als sich die Flotte unter geblähten Segeln und kräftigen Ruderschlägen der Stadt näherte.

Erst im Hafenbereich verringerten die Schiffe schlagartig ihre Geschwindigkeit, und wie hundertfach geübt legte Schiff für Schiff an der Hafenmauer an. Zuerst zwei Schiffe der Leibgarde, deren Soldaten vollbewaffnet an Land sprangen und ein undurchdringliches Spalier bildeten. Ihnen folgte der Hofstaat, die Großen königlichen Gemahlinnen und meine Mutter, dann Soldaten mit den Särgen der Toten, schließlich die Priester, der Wesir Ptahmose und zuletzt Amenophis, begleitet von den Wedelträgern, meinem Vater und mir.

Als die Särge an Land getragen wurden, erklang erneut das Wehklagen des ganzen Volkes, man raufte sich die Haare und schlug sich zum Zeichen der Verzweiflung gegen die Brust.

Der Trauerzug führte direkt in den großen Tempel des Amun. Der Weg dorthin, eine mit Sandsteinplatten belegte, sechzig Fuß breite Straße, war rechts und links von Sykomoren und Weihrauchbäumen gesäumt. Am Ende dieses Weges erwartete uns ein Torturm mit unvorstellbar großen, farbigen Abbildungen verstorbener Herrscher, flankiert von je drei Fahnenmasten, welche den Bau noch überragten. An ihren Enden flatterten gelbe, rote und blaue Fahnen. Hinter dem ersten Torturm lag ein erster Hof, an welchen sich die Vorhalle des Amuntempels anschloss. Diesen Bereich des Tempels durfte das gewöhnliche Volk bereits nicht mehr betreten. Nur Priester, hohe Beamte, Angehörige des Königshauses und natürlich Pharao als der oberste aller Priester und Sohn des

Amun fanden in das Innere der Tempelanlagen Einlass. Die weit geöffneten großen Tore waren mit Gold überzogen und zeigten an beiden Seiten, innen wie außen, Darstellungen von Amun in seinen verschiedenen Erscheinungsformen. Die Flächen der Tore waren in je vier Felder unterteilt, dazwischen befanden sich eingelegte Muster aus Lapislazuli, Karneol und rotem Glasfluss. Im Inneren der ersten Halle, in die durch die Toröffnungen grelles Licht strömte, tauchten im Dunst von dicken Weihrauchschwaden entlang der Wände die übergroßen Figuren all der Pharaonen auf, die sich um den Tempel Amuns verdient gemacht hatten. In dieser Vorhalle mussten wiederum einige aus unserem Zug zurückbleiben: einfache Priester, nahezu alle Beamten und die weiblichen Angehörigen des Königshauses einschließlich der Großen königlichen Gemahlin.

Die Soldaten trugen die Särge in die nächste, die Große Halle des Amun. Ihnen folgten der Wesir, fünf hohe Priester, der Erste Priester des Amun Ramose, dahinter Amenophis und schließlich mein Vater und ich. Völlig lautlos schlossen sich hinter uns die schweren Tore, und ich brauchte eine ganze Weile, ehe sich meine Augen an die dunkle Umgebung gewöhnt hatten. Weit oben unter dem Dach, das aus einer Vielzahl schwarzer Balken bestand, gelangte hinter einem Mauervorsatz Licht in den Raum. Fensteröffnungen gab es nicht. An den Wänden rechts und links des Einganges erkannte ich nun vier Figuren des Amun, jede mindestens sechzehn Ellen hoch und aus feinstem Rosengranit gearbeitet. Vor jeder Figur standen zwei Kohlebecken, aus denen Weihrauch nach oben stieg.

Gegenüber dem Eingang waren drei weitere, kleinere Türen zu sehen. Die mittlere war eine Scheintüre, und vor ihr stand auf einem schwarzen Sockel eine etwa drei Ellen hohe Figur des Amun aus reinem Gold. Die zwei anderen, mit Elektron beschlagenen Türen, waren geschlossen und führten in das Allerheiligste, das nur Pharao oder in dessen Abwesenheit der Erste Priester des Amun betraten. Es gab nur einen denkbaren Fall, in dem zwei Menschen gleichzeitig diesen Raum betreten durften: wenn der Erste Priester des Amun vor der Krönungszeremonie den Herrscher in die heiligen Riten einweihte.

So weit war es aber noch nicht.

Nachdem die Soldaten die drei Särge in der Mitte des Raumes abgestellt hatten und seitlich Aufstellung nahmen, um die Totenwache zu halten, erklang durch die Lichtöffnungen der Decke von einem Nebenraum der Gesang von Priesterinnen und Priestern des Amun, begleitet von Harfen, Flöten und den hellen Klängen von Sistren. Es waren die Totengesänge, die seit urewigen Zeiten unsere Angehörigen auf ihrem Weg zu Osiris begleiten. Die fünf Priester, Ptahmose, mein Vater und ich legten uns bäuchlings vor den Särgen nieder, wobei unsere Köpfe auf den darunter verschränkten Armen ruhten. Währenddessen zog Amenophis mit dem Ersten Priester des Amun Ramose von Becken zu Becken und warf mit einer goldenen Kelle Weihrauch auf die glühende Kohle, sodass der Raum in kurzer Zeit wie eingenebelt war. Entgegen den Anweisungen der Priester hielt ich meine Augen nicht ganz geschlossen, sondern drehte meinen Kopf etwas zur Seite. So konnte ich unauffällig dem Geschehen vor mir folgen. Ich bin mir sicher, dass auch mein Vater und Ptahmose wissen wollten, was vor sich ging, denn auch ihre Köpfe steckten nicht vollständig zwischen den gekreuzten Armen. Schließlich hielten Ameni und Ramose vor dem goldenen Standbild des Amun inne, und der Erste Priester sprach laut zu den weiter erschallenden Gesängen einige Gebete.

Nach etwa einer Stunde durften wir uns wieder erheben. Die Soldaten nahmen um die Särge herum Aufstellung, während wir Übrigen durch die wieder geöffneten Tore die Halle verließen. Durch einen unscheinbaren Seiteneingang verließen wir den eigentlichen Tempelbezirk.

Die Priester führten uns durch einen mehrfach abknickenden Säulengang schweigend zu einem Palast von eher bescheidenen Ausmaßen östlich der Domänen des Amun. Mein Vater kannte sich dort offensichtlich aus, denn am Eingang zum Palastgebäude verabschiedeten sich Ramose und die anderen fünf Priester von Amenophis und kehrten in den Tempelbezirk zurück, während wir von meinem Vater und dem Palastvorsteher zu unseren Gemächern geführt wurden.

«Ich hatte mir Waset immer prächtiger vorgestellt, Juja!», begann Ameni das Gespräch. «Das Einzige, was hier prächtig zu sein scheint, ist der Tempel des Amun», fuhr er etwas missmutig fort.

«Da kann ich Euch kaum widersprechen, Majestät. Zwar sind auch die Unterkünfte der Priester äußerlich eher bescheiden, man sagt aber, auf der übrigen Welt gäbe es nicht so viel Gold wie innerhalb der Mauern der Domänen Amuns.

Allerdings besitzen die hohen Beamten – allen voran der Bürgermeister – Paläste, die Euch erblassen lassen», erwiderte mein Vater mit einem sehr provozierenden Lächeln. Offenbar war er sich sicher, dass Amenophis nicht bereit sein würde, diesen Zustand auf Dauer hinzunehmen. Zu oft hatte er auf unserer Reise nach Waset unerklärlichen Reichtum gesehen.

Schließlich erreichten wir die oberste Dachterrasse des Palastes. Dort stand auf Veranlassung des Palastvorstehers bereits ein großer Baldachin, darunter einige Tische und geschnitzte Klappstühle. Ehe wir uns setzten, ging Ameni an die Brüstung der Terrasse und sah hinab. Von hier hatte er den herrlichsten Ausblick auf die Stadt mit all ihren Tempelanlagen, Palästen, Gärten und Plätzen, auf den Fluss und die daneben liegenden Felder, und jenseits des Flusses auf die Totentempel seiner Vorgänger und dahinter auf das Gebirge, in dessen großem verborgenen Tal sich die Gräber der Pharaonen befanden.

Amenophis verschlug es die Sprache. Sein Blick wanderte immer wieder von Norden über den Fluss nach Westen und von dort weiter nach Süden. Schließlich schüttelte er den Kopf, drehte sich zu uns herum und sagte: «Juja, Eje! So etwas habe ich noch nicht gesehen. Diese Pracht, diese Größe sind überwältigend.»

Dann drehte er sich wieder um und hielt erneut in alle Richtungen Ausschau.

Diener brachten kalte Speisen und gekühltes Bier, und nachdem Ameni seinen Platz eingenommen hatte, durften auch wir uns setzen und zu essen beginnen. Die Hitze der Mittagssonne war nahezu unerträglich, nur durch das Wedeln der Straußenfächer wurde sie etwas gemildert.

«Wo sind meine Mutter und Tuja? Wo ist Teje?», wollte Ameni wissen, und mein Vater verschluckte vor Schreck beinahe einen Olivenkern.

«In ihren Gemächern, nehme ich an, Majestät. Die Hitze wird den Frauen nicht bekommen», suchte mein Vater nach einer Erklärung. Amenophis winkte einem der Diener und hieß ihn, die Frauen gleich auf die Terrasse zu bitten.

«Ihr könnt den Frauen unmöglich diesen Ausblick versagen, Juja. Sie sollen sehen, wie herrlich Waset ist. Wer ist eigentlich der Baumeister der Domänen des Amun?», wollte Ameni wissen.

«Er hat die Ehre, den Namen Eurer Majestät zu tragen und ist der Sohn des Hapu aus Athribis», wusste mein Vater sofort zu antworten.

«Juja, nach der Beisetzung der Toten und nach meiner Krönung werdet ihr den Baumeister Amenophis, Sohn des Hapu, vor meinen Thron bringen, vergesst das nicht!»

Mit einer tiefen Verneigung bestätigte mein Vater den unmissverständlichen Befehl.

Wir aßen und tranken eine ganze Weile, da erschienen Königin Mutemwia, meine Mutter und Teje, begleitet von ihren Hofdamen, aufgeregt auf der Dachterrasse.

«Was ist geschehen, dass du so dringend nach uns rufen lässt?», erkundigte sich Mutemwia mit ganz offensichtlich besorgter Mine.

«Ihr seid ja ganz außer Atem», stellte Ameni mit hochgezogenen Brauen fest. «Ich wollte euch nicht erschrecken. Aber kommt zu mir!»

Er stand auf, umschlang vorsichtig mit seinem rechten Arm Tejes Schulter und ging mit ihr zur Brüstung. Während sich meine Eltern und Mutemwia sprachlos ansahen, blickten Ameni und Teje mit strahlenden Gesichtern hinaus auf die Stadt und das weite Land. Mit seiner linken Hand zeigte er nach Osten und rief: «Das muss der Totentempel von Pharao Hatschepsut Maat-ka-Re sein. Und links daneben?»

«Das ist der Tempel der Millionen Jahre für Osiris Thutmosis», erklärte mein Vater. Diese Auskunft trübte die Stimmung meines Freundes, doch nach einer kurzen Weile des Schweigens fragte er Teje: «Begeistert dich der Anblick ebenso wie mich?»

«Oh ja», flüsterte sie leise. «Aber ich bin mir sicher, dass Ihr aus Waset eine Stadt machen werdet, wie sie noch niemand gesehen hat.»

«Woher willst du das wissen, Teje?»

Ameni war sichtlich erstaunt.

«An Euren Augen, Majestät, erkenne ich, dass Ihr diese Stadt bereits in Euer Herz geschlossen habt. Ihr könnt Eure Begeisterung nicht verbergen!»

Ich hatte damit gerechnet, dass Amenophis diese Bemerkung Tejes verlegen machen würde, aber nein, er genoss sie regelrecht und fühlte sich bekräftigt. Sein rechter Arm lag noch immer auf ihrer Schulter, und wie zur Bestätigung ihrer Worte zog er sie etwas fester an sich heran.

Wir verbrachten noch zwei Stunden auf der Terrasse, und meine Eltern mussten uns alles, jeden Tempel, jedes Haus der uns zu Füßen liegenden Stadt erklären. Erst gegen Abend suchten wir unsere Gemächer auf.

Wie der Palast selbst, so waren auch seine Räume und ihre Ausstattung nicht so groß, nicht so prächtig wie die des königlichen Palastes in Men-nefer. Dafür strömten sie mehr Behaglichkeit aus, und ich hatte den Eindruck, dass dieser Palast besonders liebevoll gestaltet und eingerichtet war. Mein Vater begleitete erst Amenophis in dessen Gemächer, danach gingen wir gemeinsam in die beiden Räume, die für mich bestimmt waren. Zu meiner großen Überraschung waren auch Nefta, die ältere meiner Dienerinnen aus Men-nefer, Senu, mein nubischer Leibwächter, und Cheruef, mein Schreiber, anwesend und erwarteten mich in vollständig eingerichteten Räumen.

«Wie seid ihr denn hierher gekommen?», wollte ich wissen. «Ich habe euch während der ganzen langen Reise kein einziges Mal gesehen!»

«Einige Schiffe mit Beamten und Dienern sind kurz vor uns in Men-nefer losgefahren und machten unterwegs kaum einen Aufenthalt. Deswegen sind sie schon länger hier und haben einige Vorbereitungen getroffen», klärte uns mein Vater auf.

«Glaubtet ihr wirklich, ihr würdet mit den wenigen Kleidern, die sich auf eurem Schiff befanden, auskommen?»

Und tatsächlich, die Truhen und Kästen in meinen Zimmern waren prall gefüllt mit Kleidern, Schuhen, Perücken und allem, was man zu den unterschiedlichsten Anlässen benötigt.

Am folgenden Morgen – ich hatte hoffnungslos verschlafen – wurde ich von Ameni persönlich geweckt. Er war bereits angekleidet und geschminkt, als er, gefolgt von mindestens sechs Dienerinnen, in mein Schlafzimmer kam. Die nahezu unbekleideten Mädchen stimmten tanzend einen lauten Gesang an, veranstalteten mit kleinen Metallschellen einen entsetzlichen Lärm, und Ameni klatschte dazu mit den Händen im Takt. Einige der Tänzerinnen machten seltsame Bewegungen, die ich damals noch nicht deuten konnte, aber ich war mir sicher, dass es sich bei den Mädchen jedenfalls nicht um Priesterinnen handelte. Anfänglich blickte ich etwas finster drein, und als sich meine Gesichtszüge erhellten und ich selbst lachen musste, schickte Amenophis die Tänzerinnen mit einer Handbewegung fort.

«Ich hatte die Befürchtung, du würdest den ganzen Tag verschlafen», sagte Ameni laut lachend und fuhr fort: «Die habe ich im Palast gefunden. Sie übten wohl gerade für die Feierlichkeiten nach der Krönung, und ich dachte mir, du solltest vorab eine Kostprobe erhalten. Steh jetzt endlich auf! Wir haben viel vor!»

Meinem Herrscher gehorchend, beeilte ich mich so gut ich konnte, wusch mir nur kurz das Gesicht, spülte meinen Mund mit Natron aus, band mir einen Schurz um und wollte gerade eine Perücke aufsetzen, da sagte ein ungeduldig wartender Ameni:

«Lass die Perücke! Wir halten uns nur im Palast auf», warf mir einen Granatapfel zu und verließ das Zimmer. Derart ungepflegt hatte ich noch selten einen Tag begonnen, und erst während der Mittagsruhe fand ich Gelegenheit zu einem Bad.

Der Tag war zum einen geprägt von der Klärung vieler organisatorischer Dinge, da am folgenden Tag die Toten beigesetzt werden sollten, zum anderen von einer Vielzahl größerer und kleinerer Audienzen, da jede bedeutende Persönlichkeit von Waset dem Herrscher vorgestellt werden wollte. Die Große königliche Gemahlin Mutemwia und mein Vater ließen Amenophis nicht einen Augenblick allein, damit ihm nicht der kleinste Fehler unterlaufen konnte. Von den Audienzen sollte ich mich zunächst auf Anweisung meines Vaters fernhalten, um nicht unnötig Neider auf den Plan zu rufen. Zu meiner Überraschung und großen Freude war Ameni damit gar nicht einverstanden. Er vertrat die Auffassung, dass es niemanden etwas anginge, wem er als Herrscher den Titel «Einziger Freund des Pharaos» verleiht und wo sich diese Person aufhält. Zwischen Amenophis und meinem Vater kam es deswegen beinahe zur offenen Auseinandersetzung. Schließlich fragte Amenophis mich in gereiztem Ton:

«Welche Meinung hast du in dieser Angelegenheit, Eje?»

Ich war richtig verzweifelt, weil es mir schwerfiel, mich auf die Seite des einen zu schlagen, ohne gleichzeitig den anderen zu verletzen.

«Majestät, in diesen Dingen steht mir eine Meinung nicht zu. Hier empfange ich nur Befehle», flüsterte ich mit gesenktem Haupt und in dem beschämenden Wissen, mit dieser Antwort niemandem gedient zu haben.

«Wenn ich mich recht erinnere, habe ich dir einmal vor Beginn unserer Reise in Men-nefer den Befehl erteilt, nicht von meiner Seite zu weichen, gleich, wer dir andere Anweisungen erteilt. Dieser Befehl hat noch immer Gültigkeit!» Amenophis hatte in sehr bestimmtem Ton gesprochen.

Mein Vater tat nun offenbar das einzig Richtige und sagte: «Von diesem Befehl hatte ich keine Kenntnis, Majestät. Jedes weitere Wort zu Eurem Wunsch erübrigt sich deshalb!» Er verneigte sich und schloss die Angelegenheit mit dieser kleinen Niederlage ab.

So wich ich auch an diesem Tag meinem Herrscher nicht

von der Seite. Da ich während der Audienzen kein Wort sagen musste, hatte ich reichlich Gelegenheit, mich ganz auf jede einzelne Person zu konzentrieren, die vor unserem Herrscher erschien. Ich beobachtete, wie alle gekleidet waren, wie sie sich benahmen, und verschiedentlich konnte ich ganz gut hören, worüber sie sich im Gedränge, wenn auch flüsternd, unterhielten. Wenn ich es für nötig hielt, gab ich das Gehörte unauffällig an Ameni weiter. So vernahm ich auch, wie der Verwalter der Kornspeicher des Amun zu seinem Nebenmann bemerkte, er fühle sich nahezu gedemütigt, wenn er vor einem Knaben im Staub liegen müsse.

«Was empfindet Ihr an meiner Jugend so abstoßend?», fragte ihn Ameni daher, nachdem dieser sich wieder erheben durfte. Der unangenehm überraschte Verwalter brachte kein einziges Wort hervor und fand für die Frage seines Herrschers keinerlei Erklärung, weswegen Amenophis nachsetzte:

«Ihr solltet euch vielmehr glücklich schätzen, wenn Ihr Eurem Pharao noch lange dienen dürft», und gab ihm mit einem Wink seiner Hand zu verstehen, dass er sich zu entfernen hatte.

Die Fähigkeiten meines Gehörs blieben ein Geheimnis zwischen Ameni und mir, und nicht einmal mein Vater, der diesem Vorfall beiwohnte, hatte eine Ahnung davon, was gerade vor sich ging.

In den vielen Jahren, während derer ich Amenophis dienen durfte, erwiesen meine Ohren meinem Land und seinem Herrscher manch nützlichen Dienst. Nicht wenige Würdenträger wunderten sich, weswegen Ameni und ich immer lächelten, wenn ich von ihm mit dem Titel «Ohr Seiner Majestät», der etwas völlig anderes meinte, angesprochen wurde.

Nachdem am späten Nachmittag die Audienzen beendet waren, bestand Amenophis darauf, alle für den nächsten Tag getroffenen Vorkehrungen nochmals persönlich zu überprüfen. Ein Teil der Grabbeigaben, vor allem die Goldschätze und die heiligen Gegenstände, waren schwer bewacht im zweiten Hof des Amuntempels eingelagert. Andere Grabbeigaben wie Möbelstücke, Ausrüstungsgegenstände und Speisen verblieben auf den Schiffen.

Amenophis erkundigte sich auch beim verantwortlichen Hafenoffizier, ob auf der gegenüberliegenden Seite des Flusses alles vorbereitet war: die Zugstiere und ihre Schlitten, ausreichend Seile und Gleitflüssigkeit. Von Ptahmose ließ sich Amenophis bestätigen, dass durch die Arbeiter der Totenstadt auch die Grabanlage selbst vollkommen fertiggestellt war. Erst als er sich überzeugt hatte, dass alles, was getan werden musste, getan war, gab sich Ameni zufrieden und forderte Vater und mich auf, ihn zum Abendessen zu begleiten. Niemand von uns war sonderlich gesprächig, wussten wir doch, dass der folgende Tag in jeder Hinsicht anstrengend werden würde. Wir gingen zeitig zu Bett, und trotz aller Aufregung schlief ich sofort ein.

Noch weit vor Morgengrauen wurden wir geweckt. Die Dienerinnen gaben sich beim Ankleiden ihres Herrschers noch größere Mühe als sonst, und auch die Pflege der Haare und das Schminken dauerten länger. Das Morgenmahl hatte jeder für sich eingenommen, und so musste ich noch eine Weile warten, ehe Amenophis fertig war. Im Audienzsaal des Palastes trafen wir auf unsere Familien und auf die höchsten Würdenträger der Beiden Länder. Wie üblich warfen sich alle, außer Mutemwia und Iaret, zu Boden, als Amenophis den Raum betrat, um nur kurz auf dem Thronsessel Platz zu nehmen. Durch ein Seitentor brachten zwölf Soldaten die königliche Sänfte in den Saal. Amenophis bestieg sie, und der Zug bewegte sich, angeführt vom Ersten Priester des Amun, langsam zum Tempel. Wie am Tag unserer Ankunft mussten jetzt viele der Anwesenden im Vorhof und weitere in der ersten Tempelhalle zurückbleiben. Erneut sangen Priesterinnen und Priester, stiegen Weihrauchwolken empor, betete Ramose zu Amun. Schließlich nahmen die Soldaten der Leibgarde die drei Särge auf und trugen sie, gefolgt von uns, in den Vorhof des Tempels und von dort in den Hafen zu den Schiffen.

Ein letztes Mal stimmte unser Volk sein lautes Wehklagen an, das anhielt, bis alle Schiffe das westliche Ufer des Flusses erreicht hatten. Jenseits der Hafenmauer befand sich ein mit Sandsteinplatten belegter, großer, schmuckloser Platz. Dort lagen etwa fünfhundert Männer ausgestreckt am Boden, die Arme verschränkt unter den Gesichtern. Es waren die Arbeiter der Totenstadt, die, jahrelang nur auf diesen einen Tag hingearbeitet hatten. Ihre Siedlung lag völlig abgeschlossen weit ab des Totentales, ohne frisches Wasser und ohne eigene Felder. Speise und Trank wurden ihnen und ihren Familien regelmäßig aus Waset gebracht. Ihr eigentlicher Lohn war die Ehre, die Totenhäuser der Pharaonen errichten zu dürfen, sowie das Vorrecht, sich selbst ein Grab zu bauen, wie es so großzügig dem übrigen Volk nicht zustand.

Geduldig und regungslos verharrte Amenophis in seiner Sänfte, während die Arbeiter und die Soldaten zuerst die Särge und dann die schweren Grabbeigaben auf Holzschlitten luden. Die kleineren und leichteren Gegenstände wurden einzeln oder an Stangen getragen. Alle Männer halfen mit, selbst der Wesir durfte sich dieser Verpflichtung nicht entziehen. Die Frauen trugen Blumensträuße und kunstvoll geflochtene Kränze.

Der Begräbniszug kam nur schleppend vorwärts, obwohl einige Arbeiter der Totenstadt ausschließlich damit beschäftigt waren, vor die Kufen der Schlitten Milch auszugießen, damit diese leichter durch den Wüstensand glitten. In sengender

Hitze führte unser Weg auf den Berg hinauf und erlaubte uns einen unvergesslichen Blick hinab auf den Tempel der Millionen Jahre von Pharao Hatschepsut Maat-ka-Re, auf den Fluss und schließlich auf ganz Waset mit seinem Tempelbezirk Ipetsut. Erst nach Stunden erreichten wir den Zugang zum Tal der Ewigkeit, der von Soldaten streng bewacht wurde.

Wegen des Gerölls, das den Boden des ganzen Tales bedeckte, mussten die Särge und alle Grabbeigaben auf der letzten Wegstrecke nun getragen werden.

Ptahmose, mein Vater, der Erste Priester des Amun Ramose, der Schatzmeister Merire und der erste Offizier der Leibgarde trugen den Sarg von Osiris Thutmosis, Priester und Soldaten die Särge des Prinzen und der Prinzessin. Neben dem unscheinbaren Eingang zum unterirdischen Grab wurden die Särge abgestellt und geöffnet. Unter dem lauten Wehklagen der anwesenden Frauen und Mädchen schütteten Priester ein letztes Mal duftende Öle über die balsamierten und gewickelten Leiber, während Ramose, der Erste Priester des Amun, lange Gebete sprach. Mutemwia und Iaret legten die mitgebrachten Blumenkränze auf die Köpfe der Toten, zuletzt verdeckten Masken aus reinem Gold deren Gesichter. Der erste Sarg wurde sorgfältig verschlossen. Über diesen vergossen die Priester erneut kostbares Öl. Die Särge wurden in einen zweiten, und dieser in einen dritten gelegt. Zuletzt wurden sie senkrecht neben dem Eingang zum Grab aufgestellt. Ramose bat nun seinen Herrscher, an den Toten den letzten Dienst zu verrichten. Mit einem goldenen Speitel berührte Amenophis die Lippen der Totenmasken auf dem Sarg, um ihnen so für die Ewigkeit den Mund zu öffnen, damit sie wieder lebten in Ewigkeit.

Während all dieser Zeit brachten die Arbeiter der Totenstadt und die Soldaten unter der Aufsicht des Schatzmeisters Merire alle mitgeführten Gegenstände in das Grab und lagerten sie an ihrem dort vorgesehenen Platz. Auf eigens vorgefertigten Gestellen trugen jetzt die erfahrensten Arbeiter die Särge in das Innere des Grabes. Lediglich Amenophis, der Priester Ramose, mein Vater, der Wesir Ptahmose und ich folgten ihnen. Über eine kurze Treppe mit nicht mehr als zwölf Stufen erreichten wir einen ersten, leicht nach unten führenden Gang, dessen Wände undekoriert waren. Über eine zweite, sehr steile Treppe gelangten wir in einen weiteren Gang, welcher an einem etwa acht Ellen breiten Schacht endete, dessen Tiefe wegen der Dunkelheit nicht abzuschätzen war. Jenseits dieses Schachtes schloss sich eine erste kleine Halle mit zwei Säulen in ihrer Mitte an. Um die erste der Säulen war ein starkes Seil gebunden, das den Schacht überspannte und so als Geländer diente. Der Schacht selbst konnte über zwei lose daliegende Holzbalken überquert werden. Von der ersten Säulenhalle aus gelangten wir über eine Treppe, einen sich anschließenden Gang und eine weitere Treppe in die Vorkammer des Grabes.

Ihre Wände waren bemalt, überall war der König vor verschiedenen Gottheiten zu sehen. Die dunkelblaue Decke bedeckten fünfzackige goldene Sterne. Am Ende dieses Raumes bogen wir nach links ab und gelangten in die eigentliche Grabkammer. In der Mitte standen sechs Säulen, die aus dem Gestein herausgearbeitet waren, und links und rechts führten zwei Türen zu kleineren Räumen. In den ersten Raum auf der rechten Seite wurden die Särge der Kinder gebracht. Grabbeigaben füllten die übrigen Kammern. Am Ende der Grabkammer führten zwischen zwei Säulen vier Stufen nach unten, dort stand der dunkelrote Sarkophag für Osiris Thutmosis. Daneben schlossen sich wieder rechts und links je eine kleinere Kammer an. Die Außenwände der Sargwanne waren mit heiligen Texten beschriftet, am Kopfende streckte eine weißgekleidete Nephthys die Arme zum Schutz des Toten empor. Unter größter Anstrengung hoben die Arbeiter den Sarg in sein ewiges Behältnis, verschlossen und versiegelten es. Um den Sarkophag wurden vier vergoldete Schreine aufgebaut und ebenfalls versiegelt. Schließlich legten Amenophis und Ptahmose um den Schrein kleine Götterfiguren, Räuchergefäße und Ruderblätter. Nachdem alles getan war, verließen wir die Grabkammer, und die Arbeiter mauerten ihren Zugang mit vorbereiteten Ziegeln zu. Amenophis drückte in den feuchten Putz das Siegel der Totenstadt. Unser Weg führte zurück zur ersten Säulenhalle, von wo aus wir vorsichtig den Schacht überquerten. Die Arbeiter warfen das Seil in den Schacht, zogen die Bretter weg und nahmen sie mit. Als wir das Grab verlassen hatten, füllten die Arbeiter den ersten Gang mit Schutt und Geröll auf, vermauerten den Eingang und ließen auch ihn von Amenophis persönlich versiegeln. Zuletzt wurde der Treppenabgang zum Grab mit schweren Steinen und Geröll verschlossen, bis er nicht mehr zu erkennen war.

Vor dem Grab wurden während unserer Abwesenheit Tische aufgestellt und ein einfaches Totenmahl vorbereitet. Alle nahmen Platz, und schweigend verzehrten wir die mitgebrachten Speisen und Getränke. Die spärlichen Reste vergruben die Arbeiter anschließend in unmittelbarer Nähe des Grabes. Amenophis bestieg die Sänfte, und langsam bewegte sich der schweigende Trauerzug zurück. Am Ausgang des Tales hielten wir nochmals für einige Augenblicke inne und warfen einen letzten Blick zurück in die schreckliche Ödnis. Dann kehrten wir zum Fluss zurück.

Erst am späten Nachmittag erreichten wir den Palast. Amenophis bat darum, den Abend mit mir alleine auf der Terrasse verbringen zu dürfen. Wir saßen unter dem Baldachin, aßen nur Brot, Oliven und einige Stücke gebratene Gans und stillten unseren Durst mit reichlich Bier. Während wir vor Erschöpfung schweigend dasaßen, ging uns gegenüber, hinter dem westlichen Gebirge, in dem das Totental liegt, die rotglühende Sonnenscheibe unter. Mit dem Verschwinden der letzten Strahlen rannen einige Tränen über Amenis Wangen. Ihm wurde nun endgültig bewusst, dass sein Vater und seine Geschwister für immer im schönen Westen bei Osiris weilten und ihm die Herrschaft über die Welt bevorstand.

«Du musst keine Angst haben, Ameni! Du nicht. Du wirst ein mächtiger Herrscher sein auf dem Thron der Pharaonen, und in Millionen Jahren wird man sich deiner erinnern!» Nachdenklich sah er mich an.

«Ich weiß, welche Pläne du bereits gefasst hast: Du wirst zuerst die von deinem Vater begonnenen Bauwerke vollenden, die Tempel von Waset vergrößern, neue Tempel errichten, dir selbst ein prächtiges Grab und einen Tempel der Millionen Jahre bauen …»

«Und einen Palast, hier in Waset, wie ihn noch niemand gesehen hat», unterbrach mich Amenophis, und sein Blick war jetzt starr auf die andere Seite des Flusses gerichtet. Dann zeigte er mit der linken Hand, in der er seinen goldenen Trinkbecher hielt, über die Brüstung und sagte:

«Dort, wo du die Einbuchtung im Berg siehst, dort werde ich meinen Palast errichten, damit ihn alle, die in Waset leben, und alle die hierher kommen, sehen können, ungehindert, in seiner ganzen Größe, seiner Pracht. Und dort» – sein Arm schwenkte ein wenig nach rechts –, «genau in der Mitte zwischen dem Tempel von Pharao Hatschepsut Maat-ka-Re und meinem Palast, werde ich meinen Tempel der Millionen Jahre errichten!»

Dann wandte er seinen Blick zu mir und sagte: «Und die Reichtümer, die ich dazu benötige, werden mir dein Vater und du besorgen, mein Freund.»

Ameni bekam große, leuchtende Augen, ich aber einen trockenen Hals.

«Du und dein Vater, ihr seid dafür wie geschaffen: gründlich, erfinderisch, gewissenhaft und vor allem ehrlich! Niemandem auf dieser Welt, außer euch, kann ich trauen. Alle anderen wollen immer nur die Pharaonen bestehlen: die Großen im Großen, die Kleinen im Kleinen. Die Großen bauen sich Paläste» – und dabei zeigte er wieder auf die Stadt –, «die Kleinen betrügen die Pharaonen auf ihren Feldern, den Werkstätten und in den Tempeln!»

Ameni trank einen kräftigen Schluck und fuhr dann, immer heftiger werdend, fort: «Meinst du, ich weiß nicht, was in diesem Land alles passiert? Meinst du, ich weiß nicht, dass mich diese Priester tagtäglich bestehlen und nichts anderes im Kopf haben als ihre eigenen Tempelschätze, um ihren Königen zu trotzen und die Stirn zu bieten? Morgen wird man mich vielleicht zur Rede stellen, weswegen ich in meinem Garten in Men-nefer den unvollendeten Amuntempel, der meine Geschwister unter sich begrub, wieder einreißen ließ. Und weißt du, was sein wird? Ich sage es dir Eje: Ich werde ihnen versprechen, den Amuntempel in Waset zu vergrößern, neue Tortürme zu bauen und alles, was sie wollen. Aber die Hälfte von alledem werden sie aus ihrem eigenen Tempelschatz bestreiten. Das wird ihnen gar nicht recht sein, aber sie werden nicht anders können, mein Freund.» Er strahlte.

«Weshalb nicht?»

«Weil ich sonst dieses Angebot den Priestern des Ptah, des Re-Harachte oder des Aton unterbreiten werde! Und genau so werde ich es ihnen sagen. Wenn alles fertig ist, dann wird ein großer Teil ihrer Schätze aufgebraucht sein, und den Kronen der Beiden Länder gegenüber wird wieder ein angemessener Ton herrschen! Das wird sein, Eje.»

Amenophis lehnte sich nun zurück, erschöpft, aber zufrieden mit sich selbst. Er trank den Becher in einem Zug leer und goss sich sogleich wieder nach.

«Und wie, glaubst du, wird mein Vater, werde ich es bewerkstelligen können, dir diese Reichtümer zu verschaffen?», fragte ich ungläubig.

«Du wirst weder mein Wesir sein, noch mein Schatzmeister. Auch nicht der Vorsteher meiner Kornspeicher. Du wirst alles sein, sie alle lenken, alle Aufseher beaufsichtigen, alle Verwalter verwalten. Aber niemand soll es merken! Du wirst die Beamten, die du benötigst, aussuchen, sie ausbilden und anweisen, und sie beaufsichtigen. Du wirst deine Untersuchungen über die Überschwemmung des Flusses ausarbeiten und verfeinern. Und vor allem: anwenden. Deine Beamten werden alle Bewässerungsanlagen überprüfen und diejenigen hart bestrafen, die sie verkommen lassen. Sie werden neue Landvermesser ausbilden und losschicken. Sie werden neue Steinbrüche erschließen, Brunnen graben, Landgüter errichten, Schiffe bauen. Du wirst nach Edelsteinen suchen und nach Goldminen. Du wirst andere Länder bereisen lassen, um festzustellen, was sie besitzen und liefern können und was sie von uns wünschen.»

«Aber das haben die Könige vor dir auch getan, Ameni!», hielt ich entgegen.

«Ja, Eje, das haben sie. Aber nicht richtig! Sie haben sich dabei immer auf zu viele Leute verlassen – und auf die verkehrten. Und das wird sich ändern, genau das!»

«Und wer gibt mir die Beamten, die Schreiber, die ich dafür benötige?»

«Die suchst du dir selbst aus, ganz alleine. Aber mit allen Befugnissen. Du kannst schon morgen damit beginnen. Jeder Bewohner dieses Landes, der nicht in meinen unmittelbaren Diensten steht, darf von dir für deine Aufgaben beansprucht werden.»

Es war dunkel und kühl geworden. Ameni klatschte, und gleich erschienen zwei Leibdiener, um ihn in seine Gemächer zu begleiten. Zum Abschied umarmte er mich und drückte mich kräftig an sich. Ich spürte seine ganze Kraft und wusste, dass alles so werden würde, wie er es sagte.

Der andere Tag begann in ganz Waset, wie auch im übrigen Ägypten, mit ein und derselben Zeremonie: Alle Männer nahmen sich die Trauerbärte ab. Wie anders die Menschen gleich aussahen! In den letzten Wochen hatte mich zunehmend das Gefühl beschlichen, als wäre unser Land nur von Fremdländern bewohnt, von Syrern und Babyloniern, die alle Bärte, aber ägyptische Kleider trugen.

Ameni, der ohnehin immer großen Wert auf ein tadelloses Äußeres legte, genoss die Rasur sichtlich. Sein seidenweiches, blauschwarzes Haar war kurz geschnitten, der übrige Körper jetzt von jedem noch so unscheinbaren Haar befreit. An seinen muskulösen Oberarmen trug er zwei goldene Armreife, um seinen Hals hing lediglich eine Kette mit dem Amulett eines Horus-Auges, und an der rechten Hand befand sich der königliche Siegelring. Der blendend weiße Schurz mit seinen vielen Falten saß tadellos. Das Nemes-Tuch und der Stirnreif mit Uräus und Geier ruhten auf ihrem Tragegestell. Amenophis war bester Laune.

Wie fast an jedem Morgen trank Amenophis einen großen Becher Milch und aß ein paar Früchte, mehr brauchte er nicht. Während des kurzen Mahles erschien mein Vater und besprach mit seinem Herrscher die anstehenden Aufgaben. Da in drei Tagen die Thronbesteigung erfolgen sollte, musste viel getan werden. Im Palast und in den Tempeln wimmelte es von Arbeitern und Sklaven, welche die Fußböden reinigten, Wände tünchten, Straßen und Plätze kehrten, die Gärten pflegten und bepflanzten. Aus den umliegenden Gehöften trieb man edelstes Vieh – Stiere, Kälber, Gänse und Wildantilopen – in die Stadt, damit sie dort geschlachtet und ihr

Fleisch für das große Fest zubereitet wurde. Die königlichen Küchen bereiteten sich ebenso vor wie die Kellermeister und Bierbrauer. Ein Großteil des Weines kam aus der Oase Fajum oder dem Flussdelta, er wurde in mächtigen Amphoren auf Lastschiffen nach Waset gebracht. Das Bier füllten die Brauer ebenfalls in Tonkrüge, die mit nassem Stroh umwickelt waren. Sie wurden nachts auf die Dächer der Häuser und tagsüber in den Schatten gestellt, damit das Bier so kühl wie möglich getrunken werden konnte.

Alle Frauen in Waset griffen zu Nadel und Faden, um die Festkleider vorzubereiten, in den Häusern der Armen ebenso wie in den Palästen und den Wohnungen der Priester.

Meine Schwester Teje erzählte mir, dass in den Frauengemächern durch Frisöre die größte Unruhe gestiftet würde. Jede der edlen Damen wache eifersüchtig darüber, dass ihre Frisur die aufwendigste sei, und doch müssten die Rangverhältnisse dabei genau eingehalten werden. Die Frau des Wesirs Ptahmose könne unmöglich eine aufwendiger geflochtene, prächtigere Perücke tragen als die Große königliche Gemahlin Mutemwia oder als Iaret. Selbst meine Mutter soll gegenüber Teje bemerkt haben, deren Perücke – mit Goldfäden durchwirkt – sei wohl etwas zu gewagt, woraufhin meine Schwester fürs Erste zutiefst beleidigt war.

Da der Tag der Krönung schon seit längerem bekannt war – die Zeit der Trauer beträgt in unserem Land immer siebzig Tage –, haben die ausländischen Vasallen oder ihre Vertreter die Möglichkeit, rechtzeitig zur Krönung zu erscheinen, was dem Fest noch mehr Glanz verleiht.

Wie mir mein Vater erzählte, befinden sich die Ausländer dann in einem bemerkenswerten Zwiespalt. Erscheinen sie in zu großer Prachtentfaltung und mit auffallend kostbaren Geschenken vor Pharao, könnte dies den Eindruck erwecken, sie seien dank ihres Reichtums zu weit größeren Tributzahlungen in der Lage. Ist ihr Auftritt dagegen unauffällig und sind ihre Geschenke bescheiden, könnte es sein, dass sie keine oder keine angemessene Beachtung finden und sich unter ihresgleichen dem Spott aussetzen.

Die Nachmittage der beiden folgenden Tage waren den Zeremonienmeistern des Hofes und den Priestern vorbehalten. An den Vorbereitungen im Tempel des Amun brauchte ich nicht teilzunehmen, da dieser Teil des Krönungsaktes ausschließlich dem Herrscher und den Priestern des Amun vorbehalten war. Ich nutzte diese Zeit, um eigene Erkundungen in Waset durchzuführen. Zu meiner Sicherheit begleiteten mich mein Schreiber Cheruef und mein Leibwächter, der Nubier Senu. Wie es meinem Rang als «Einziger Freund Pharaos» gebührte, ging Cheruef mit einer Amtsstandarte vor mir her, während sich Senu links von mir hielt und einen Sonnenschirm trug, damit ich der erbarmungslosen Mittagssonne nicht völlig ausgeliefert war.

Ich brauchte mir aber nicht einzubilden, mit diesem Auftritt in Waset Aufsehen zu erregen! Vor jedem, der in Waset auch nur ein bisschen auf sich hielt, marschierte jemand mit einer Standarte, und selbst neben dem einfachsten Schreiber lief ein Sklave mit einem Sonnenschirm. So war Waset.

Waset unterschied sich in vielem von Men-nefer. Waset war lauter, bunter. Und Waset war reicher, unvorstellbar reich.

Die Mode in Waset war der Mode in Men-nefer immer einige Jahre voraus. Die Paläste der Mächtigen und die Häuser der Handwerker waren weitaus prächtiger, als die in Men-nefer, und selbst die Armen waren hier nicht so arm, wie die Armen der nördlichen Schwesterstadt.

Men-nefer war die Stadt der Beamten, der Bedächtigen und Frommen. Waset war die Stadt der Mächtigen, der Helden, der Schönen und Prächtigen. Ja, der Helden. Denn aus Waset kamen die Pharaonen Kamose und Ahmose, die vor vielen

Jahren in verzweifeltem Kampf die asiatischen Fremdländer aus Unterägypten vertrieben und die die Beiden Länder wieder vereint haben.

So strömten tausend Eindrücke auf mich ein, jeden Augenblick neue. In der Stadt gab es allein drei große Märkte. Unzählige Händler boten unter einfachen Sonnensegeln frisches Obst und Gemüse an, Brot, Fleisch, Geflügel und Fisch. Feinstes Tuch wurde ebenso feilgeboten wie Töpferware und Glasgefäße, Sandalen und Perücken. Figuren von unseren Göttern gab es ebenso wie die von nackten Mädchen. Es gab einfach alles – und alles im Überfluss. Wir schoben uns durch das Gedränge und verstanden vor Lärm kaum unsere eigenen Worte. Einer pries uns schreiend seine Melonen an, ein anderer Knoblauch und Oliven. Ein Händler mit Zierdolchen lief uns sogar über den halben Markt hinterher, und wir wurden ihn erst los, nachdem ihm Senu eine Tracht Prügel angedroht hatte.

Im südlichen Teil der Stadt gab es auffallend viele Herbergen. Hier wohnten vor allem die ausländischen Gesandten mit ihren Familien, Dienern und Sklaven, und hier kehrten die zahlreichen Händler ein, die von überallher nach Waset kamen. Bereits mitten am Tage drang aus einigen Schänken lautes Lachen und Johlen, erklang Musik, und die Männer klatschten zum Tanz der Mädchen in die Hände. Wie mochte es hier abends oder nachts zugehen!

Zuletzt war ich froh, wieder in unserem Palast zu sein, weit weg von all dem Lärm und den vielen Menschen. Zum ersten Mal in meinem jungen Leben war mir bewusst, wie anders ich aufgewachsen war als die große Mehrzahl der Menschen in unserem Land.

Aufgeregt und aufgewühlt wollte ich Amenophis abends von meinem Tag berichten, aber er war zu müde. Angesichts der ihm bevorstehenden Bürde, derer er sich mehr und mehr bewusst wurde, war er zudem sehr ernst. Nach einem nahezu wortlosen Abendmahl erhob er sich sehr früh, umarmte mich kurz zum Abschied und ging schlafen.

Ich blieb alleine zurück auf der uns so lieb gewordenen Dachterrasse des Palastes, schaute auf die Stadt, ihre Paläste, Tempel und Gärten und wäre zu gerne noch einmal in eine der Tavernen zurückgekehrt, zu den Händlern, Fremden, den einfachen Leuten. Ich wusste freilich, dass das nicht möglich war und dass mir Amenophis diese Eigenmächtigkeit gerade zu diesem Zeitpunkt nicht verziehen hätte.

Aber irgendwo in den Weiten des Palastes vernahmen meine empfindlichen Ohren leise, zarte Musik. Erst war ich mir nicht ganz sicher, aber je mehr ich mich anstrengte, umso deutlicher hörte ich die Klänge einer Harfe. Ich fand an diesem Abend einfach keine Ruhe, und so machte ich mich, von meinen Dienern unbemerkt, auf die Suche. Was ich tat, war nicht ungefährlich, denn fast überall standen Soldaten der Leibwache, die für das Leben ihres Herrschers verantwortlich waren. In den Tagen unserer Anwesenheit war mir jedoch der Palast vertraut geworden, und so kannte ich jeden Gang, fast jeden Raum und auch so manche geheime Türe. Schließlich war ich am Ziel: An einer langen Terrasse am Garten des Palastes, unter bunt bemalten Arkadengängen brannte in einem Raum noch Licht, und von dort kam das Harfenspiel. Lautlos schlich ich mich an das Fenster heran. Der Harfner, ein etwa dreißigjähriger Mann, war blind. Seine völlig weißen Augäpfel starrten regungslos irgendwohin ins Nichts. Vor ihm übte eine etwa Achtzehnjährige ihren kunstvollen Tanz. Sie hatte langes, rotbraunes Haar, und um die Hüften trug sie ein kunstvoll gefaltetes, schwarz-rot gestreiftes Tuch, welches gerade das Nötigste bedeckte. Im Übrigen war sie nackt. Das Mädchen war von bezaubernder Schönheit. Betört von der Musik und verwirrt von dem faszinierenden Anblick der

Schönen, wagte ich mich mehr und mehr aus meiner Deckung, bis ich mitten im Fenster stand. Sie bemerkte mich, lächelte mir kurz zu, um danach umso inniger, konzentrierter und wilder weiterzutanzen. Zuletzt, sie stand mit dem Rücken zu mir, bog sie sich mehr und mehr nach hinten, bis ihre Hände und ihr Haar den Boden berührten und mich ihr strahlendes Gesicht verkehrt herum ansah. Da erst wurde mir bewusst, dass sie mir, nur mir etwas vorgetanzt hatte, und ich schämte mich. Ich schämte mich plötzlich so sehr, dass ich wie von Hyänen gehetzt durch den Palast und in mein Zimmer lief. Ich stürzte geradewegs in mein Bett, zog das Fliegennetz zu und das dünne Tuch über meinen ganzen Körper. Hoffentlich war sie mir nicht gefolgt!

Es dauerte, bis sich meine Aufregung gelegt hatte, und jetzt begann ich, mich für meine würdelose Flucht zu schämen. Ich wusste gar nicht, weswegen ich davongelaufen war, und überlegte, wie angenehm ich mich vielleicht mit der Schönen unterhalten hätte und ob sie mich vielleicht in den Garten begleitet hätte. Diese Möglichkeit war jedenfalls vertan.

Es dämmerte gerade, als ich geweckt wurde. Alle blickten sehr ernst, es wurde kaum ein Wort gesprochen. Ich wurde wie jeden Tag gewaschen, reinigte meinen Mund mit Natron, legte meinen schönsten Schurz an und steckte den Prunkdolch, den mir Amenophis einst in unserem Garten schenkte, in den Gürtel. Ich aß ein paar Bissen, und noch ehe die Sonne aufgegangen war, versammelten sich der Hofstaat und die Vertreter der Fremdländer vollständig im großen Audienzsaal des Palastes. In den offenen Höfen davor nahmen die Garde, Teile des übrigen Heeres und unzählige Beamte Aufstellung. Zuletzt erschien Amenophis, begleitet von seiner Mutter Mutemwia und von meinem Vater. Er trug nur einen weißen Schurz und das Nemes-Kopftuch mit dem Uräus und nahm auf dem Thronsessel Platz. Bereits nach kurzer Zeit kamen durch einen anderen Eingang die Priester des Amun, angeführt vom Obersten Priester Ramose. Ihre Köpfe waren kahl rasiert, wie auch der übrige Körper. Sie trugen schlichte, weiße Gewänder und die Oberpriester zudem ein Leopardenfell über der Schulter. Zahlreiche Goldringe schmückten ihre Oberarme. Sie nahmen Amenophis in ihre Mitte und verließen mit ihm die Halle, um ihren Herrscher in die heiligen Riten des mächtigen Verborgenen einzuweihen. Wie mir Ameni später berichtete, gelangte die Versammlung unter ständigen Gebeten und Gesängen von einem Raum des Großen Tempels zum anderen, bis schließlich das Allerheiligste erreicht war. Nur Amenophis und Ramose hatten dort Zutritt. Eine Figur Amuns, mehr als eine Elle hoch und aus purem Gold, wurde dem Schrein entnommen, mit heiligem Wasser gereinigt, danach mit Salbölen übergossen und nach einem Gebet wieder in den Schrein gestellt.

Schweigend blieb die Versammlung zurück, bis nach mehr als einer Stunde Trompetenklänge das Erscheinen Pharaos ankündigten und sich alle Anwesenden, mit Ausnahme der Großen königlichen Gemahlinnen Mutemwia und Iaret, zu Boden warfen. Niemand wagte es diesmal, seinen Kopf auch nur ein Stück weit zu heben oder zu drehen. Mit gewaltiger Stimme rief nun Ramose, der Erste Sehende des Amun:

«Horus ist erschienen, Neb-maat-Re, der Herrscher über Ober- und Unterägypten, er lebe, sei heil und gesund, der Herr über alle Fremdvölker, der Herr der Welt,

Starker Stier, der in Maat erschienen ist,
der die Gesetze dauern lässt und die Beiden Länder beruhigt,
mit großer Kraft, der die Asiaten schlägt,
Amenophis Mer-chepesch, Herrscher von Waset.»

Danach erklang wieder ein gewaltiger Fanfarenstoß, und Ramose wiederholte die gesamte Titulatur noch zweimal. Nun durften sich alle erheben, und ein fürchterliches Jubelgeschrei hob an, so laut, wie ich es noch nie gehört hatte. Es schien, als brüllte ein jeder seine Erleichterung hinaus, dass die schlimme Zeit, in der kein gekrönter Herrscher das Land regierte, und Maat, unsere göttliche Ordnung, jeden Tag durch Isfet, die Unordnung, gefährdet war, endlich überwunden war.

Da stand er vor seinem Volk: mit der Doppelkrone auf dem Haupt, der roten Krone Unterägyptens, in welche die weiße Krone Oberägyptens gesetzt war. Mit dem langen, geflochtenen Zeremonialbart am Kinn, dem Stierschwanz am Prunkgürtel seines Schurzes, mit Krummstab und Geißel, einem mächtigen Goldkragen, mit Armreifen, Siegelringen und goldenen Sandalen. All diese königlichen Insignien ließen seinen kräftigen Körper noch mächtiger erscheinen, als er ohnehin war.

Unter dem anhaltenden Jubelgeschrei der Menge zog Pharao durch die Halle und das große Eingangstor zur Treppe, die in den ersten Hof führte. Wieder hob unvorstellbarer Jubel an, nachdem auch dort Ramose den zunächst auf dem Boden liegenden Menschen die Titulatur des Herrschers, des jungen Horus, dreimal verkündet hatte. Danach durchschritt Amenophis den Hof und bestieg gemeinsam mit Ramose und der Großen königlichen Gemahlin Mutemwia den Torturm an der Palastmauer. Vor ihnen lag die übrige Bevölkerung von Waset im Staub. Wieder verkündete Ramose dreimal die Titulatur Pharaos, und wieder hob ein Jubel an, der jetzt die ganze Stadt, jedes Haus, selbst den Palast geradezu erzittern ließ.

Amenophis stieg herab und legte auf einem vorbereiteten Tisch alle Throninsignien nieder, bis er nur noch mit dem Schurz bekleidet war. Dann öffneten sich die Palasttore, und durch ein Spalier Tausender Soldaten lief Amenophis unter dem nicht enden wollenden Jubel der Menge dreimal um den

Palast, um so nach uraltem Herkommen zu zeigen, dass er gesund war und die Kraft hatte, die Beiden Länder zu regieren. Die Sonne stand noch nicht sehr hoch, sodass die Hitze erträglich war und Amenophis den Lauf ohne große Anstrengung überstand. Danach bestieg er wieder, diesmal alleine, den Turm. Er nahm einen Bogen und verschoss vier Pfeile in alle Himmelsrichtungen, womit er zeigte, dass er nun die Herrschaft über die Welt ergriffen hatte.

Pharao verließ erneut den Turm und betrat die Mitte des großen Hofes. Dort war ein zwölf Ellen hoher, hölzerner Djetpfeiler vorbereitet, der schräg in einer Grube ruhte. An seinem oberen Ende war ein langes Seil festgebunden. Amenophis ergriff dessen Ende und zog mit aller Kraft, bis der Pfeiler endgültig in die Grube rutschte und gerade zum Stehen kam. Der Wesir Ptahmose, mein Vater und Ramose schaufelten gemeinsam die Grube zu, sodass der Pfeiler fest stand. Damit war auch der uralte Ritus, mit dem Pharao Reichtum und Fruchtbarkeit beschwor, vollzogen. Anschließend wurde Amenophis wieder vollständig angekleidet und auf das obere Ende der großen Treppe geführt, wo unter einem Baldachin der Thronsessel aus Elektron stand. Auf ihm nahm Pharao Platz. Hinter ihm standen seine Mutter, die Große königliche Gemahlin Mutemwia, daneben die vier Wedelträger Seiner Majestät mit Fächern aus Straußenfedern, um dem Herrscher und seiner Mutter etwas Kühlung zu verschaffen. Zwei Stufen unterhalb befand sich Ramose mit einem aufgerollten Papyrus und leitete mit kräftiger Stimme die weitere Zeremonie ein. Wie bereits vor Wochen in Men-nefer, so wurde auch hier in Waset bestätigt, dass Mutemwia Große königliche Gemahlin, Ptahmose der Wesir Beider Länder und ich Einziger Freund des Königs sei. Ptahmose und ich mussten uns vor dem König ausgestreckt niederlegen, während Ramose die Weiheformeln sprach. Danach erhielt Ptahmose aus den Händen seines Herrschers den Siegelring und das Zepter des Wesirs, mir überreichte Amenophis ebenfalls einen Siegelring und ein goldenes Pektorale in Form des vollkommenen Horus-Auges. Sodann nahmen Ptahmose und ich neben dem Thron Aufstellung. Erneut begann Ramose für seinen Pharao die Stimme zu erheben:

«Höre, Volk der Beiden Länder, vernimm die Botschaft deines Herrschers: Die Worte, die Ptahmose, der Wesir Seiner Majestät, spricht, sind Worte Seiner Majestät. Befehle, die Ptahmose, der Wesir Seiner Majestät, erteilt, sind Befehle Seiner Majestät.

Auch die Worte Ejes, des Einzigen Freundes Seiner Majestät, sind Worte Seiner Majestät, und seine Befehle sind Befehle Pharaos. Wer ihnen zuwiderhandelt, handelt Seiner Majestät, sie lebe, sei heil und gesund, zuwider.»

Alle Anwesenden, die unterhalb der großen Treppe standen, warfen sich auf die Knie und verneigten sich, bis sie von Ramose die Erlaubnis erhielten, sich wieder zu erheben.

Danach begann der gewaltige und farbenprächtige Aufmarsch der Vertreter aus den Fremdländern, die befreundet oder Ägypten untertan waren. In Gruppen von vier bis sechs Personen warfen sie sich vor dem Thron nieder, gelobten für ihren Herrscher Freundschaft und Beistand, während sich hinter ihnen die Menge teilte und von Dienern die Gastgeschenke herbeigeschafft wurden. Die Nubier, angeführt vom Vizekönig Merimes, brachten gezähmte Leoparden und Panther, unzählige Vögel in allen nur vorstellbaren Farben, Affen jeder Art und Größe, dazu eine nicht zählbare Menge der prächtigsten Elefantenstoßzähne, und schließlich das Wichtigste: Gold, das Fleisch der Götter. In offenen Körben brachten sie es in faustgroßen Klumpen, als gegossene Ringe oder in Form kleiner Ziegelsteine. Mehr als zweihundert Körbe wurden an Pharao vorbei direkt in die danebenliegende Halle getragen. Es war nicht zu übersehen, dass sich Nimurias Gesichtszüge mit jedem Korb, mit jedem Stück Elfenbein erhellten. Zuletzt erschienen vier junge Nubierinnen, und jede hielt eine goldene Schale, deren Öffnung mit einem Tuch bedeckt war, in ihren Händen. Zum immer wilder werdenden Klang von Holztrommeln tanzten sie sich in ekstatischen Bewegungen bis zum Thron vor. Schließlich knieten sie vor Amenophis nieder und hielten ihm mit gesenktem Haupt die Goldschalen entgegen. Die nubischen Vertreter kamen hinzu und zogen die Tücher weg: Die Schalen waren bis zum Rand mit den kostbarsten Edelsteinen gefüllt, die es gab. Nie in meinem Leben, weder vorher noch später, sah ich solch einen Schatz. Selbst Amenophis hielt es nicht mehr auf seinem Thron. Er erhob sich, übergab Geißel und Krummstab an Ramose, ging vier Stufen hinab und griff mit der rechten Hand tief in eine der Schalen, als wollte er nicht glauben, dass diese in ganzer Höhe mit Edelsteinen angefüllt war.

Da es ungewöhnlich war, wenn ein Herrscher selbst die Stimme erhob, waren alle Anwesenden umso überraschter, als Amenophis zu Merimes sagte: «Das Herz Eures Herrschers ist auf das Höchste erfreut. Er wird Kusch nicht vergessen in seiner Gunst, seid euch dessen gewiss!»

Die nubischen Vertreter verneigten sich mit sichtlicher Genugtuung besonders tief und lange, und verließen unter dem ohrenbetäubenden Lärm ihrer Trommeln die Versammlung, während ihre Mädchen die Schalen direkt zu Füßen des Thrones niederstellten, um sich danach ebenfalls zu entfernen.

Es folgten die Vertreter Mitannis, die Amenophis große Mengen des bei uns so begehrten Eisens, das es in Ägypten nicht gibt, sowie daraus hergestellte Waffen darbrachten. Wenngleich die Geschenke aus Mitanni nicht sehr aufwendig aussahen, ihres unschätzbaren Wertes waren wir uns alle durchaus bewusst. Die Vertreter des mit uns befreundeten Landes brachten die Grüße ihres Königs Artatama und seiner Gemahlin und verkündeten sehr zur Freude unseres Herrschers, dass sie noch hundert Pferde und genau tausend Schafe für die königliche Hofhaltung als Geschenk mitgebracht hätten. Ramose erwiderte stellvertretend für seinen König die Grüße an Artatama, bezeichnete diesen als «Bruder» seiner Majestät und wünschte Beiden Ländern eine lange und innige Freundschaft.

Es folgten die Vertreter der anderen asiatischen Länder, allen voran Babylon. Sodann erschienen die Abgesandten des sagenumwobenen Punt vor Seiner Majestät. Seit Pharao Hatschepsut Maat-ka-Re reisten immer wieder ägyptische Expeditionen dorthin, um vor allem Weihrauch, aber auch Gewürze und fremdartige Tiere zu uns zu bringen. Körbeweise stellten sie die begehrten, golden glänzenden Weihrauchkörner vor Amenophis nieder, und jetzt waren es vor allem die Priester, die zufrieden dreinblickten, war doch der Tempelkult durch diese Gaben für Jahre gesichert! Ihr Sprecher überbrachte ebenso wie die anderen die Grüße seines Herrschers und erklärte, er habe noch fünfhundert Weihrauchbäume als Geschenk mitgebracht, die er bereits den königlichen Gärten übergeben habe. Punt brauchte aber eine nennenswerte Weihrauchernte in Ägypten und damit eine Schmälerung des Handels nicht zu befürchten. Unsere Gärtner konnten unternehmen und versuchen was sie wollten, die Weihrauchernte auf ägyptischem Boden war und blieb bedeutungslos.

Die letzte Gruppe bildeten die Sardenen, wilde bärtige Männer von einer fernen Insel, die Amenophis eine stattliche Menge Silber als Gastgeschenk mitbrachten.

Die Geschenkübergaben waren immer wieder begleitet von den üblichen Treueschwüren und guten Wünschen für den neuen Herrscher, und einer möglichst aufwendigen, meist sehr lauten Gestaltung dieses Aktes.

Am frühen Nachmittag war die Huldigung des neuen Herrschers beendet, und angesichts der jetzt sengenden Hitze waren ausnahmslos alle dankbar, sich zurückziehen zu dürfen.

In meinem Schlafzimmer nahm ich mir erst einmal die Perücke ab, dann den Ring und das Pektorale. Ich legte mich gerade auf mein Bett und wollte mir die Geschenke meines Freundes genauer ansehen, als mein Vater eintrat.

Er berichtete mir, dass jetzt bis in die Abendstunden hinein der Thronsaal und alle Höfe des Palastes für die Krönungsfeier vorbereitet werden und wir genug Zeit hätten, uns zu erholen und uns auf den Abend vorzubereiten. Leider zeigte mein Vater keinerlei Bereitschaft, mir Genaueres zu verraten, gleich, wie nachdrücklich und herzlich ich ihn darum auch bat. Es war zwecklos.

Nachdem er gegangen war, bat ich meinen Schreiber Cheruef, nach einem Harfenspieler Ausschau zu halten, um mich etwas ablenken zu lassen. Erst nachdem ich ihm diesen Wunsch mitteilte, erinnerte ich mich meines Erlebnisses vom Vorabend und gab mich der Hoffnung hin, der Harfner möge nicht alleine kommen. Leider blieb es bei dem Wunsch, denn Cheruef kam nur mit einem nichts sagenden Musiker zurück, der nun, hinter einem Vorhang versteckt, spielte, bis ich, von den Anstrengungen dieses Tages übermannt, fest einschlief.

Eine Mischung der verschiedensten Geräusche holte mich nach mehr als zwei Stunden wieder ins Diesseits zurück. Da die Sonne schon weit im Westen stand und sich die Luft allmählich abkühlte, begannen die Vögel im Garten wieder ihre Lieder anzustimmen, da und dort sangen ein paar Mädchen, und die unterschiedlichsten Geräusche hallten durch die Gänge und Räume des Palastes. Auch in mein kleines Gemach kam allmählich Leben. Unter der Aufsicht Cheruefs bereiteten Nefta und zwei weitere mir unbekannte Dienerinnen alles, was meine Person betraf, für den großen Festabend vor. Das Becken in meinem Bad wurde mit heißem Wasser und Duftessenzen gefüllt, Salböle und die Perücke wurden vorbereitet und schließlich die Kleider bereitgelegt. Durch den tiefen Schlaf war ich so niedergeschlagen, dass ich eine Weile brauchte, ehe ich mich der Prozedur meiner Dienerschaft unterziehen konnte. Erst legte ich mich in das Becken, bis Nefta das warme Wasser ausließ und mich ihre Begleiterinnen mit kaltem Wasser übergossen. Anschließend wurde ich von einem Syrer massiert und mit schwer duftenden Ölen eingerieben. Derweil kürzten die Dienerinnen meine Fingernägel, und Nefta schnitt ein wenig an meinem Kopfhaar herum, weil sie meinte, sonst würde die neue Perücke nicht richtig sitzen. Schließlich kleidete ich mich an – das neue Pektorale und der Ring durften natürlich nicht fehlen. Erst nachdem mir Nefta auch die Perücke aufgesetzt hatte und sich alle mehrmals davon überzeugt hatten, dass sie tadellos passte, wurde ich geschminkt. Nefta zupfte ein paar störende Haare der Augenbrauen aus, was fürchterlich schmerzte, dann legte sie auf die Wangen etwas rote Farbe auf, und zuletzt zog sie die schwarzen Lidschatten um die Augen, die in einem dicken Strich bis fast an die Ohren reichten. Ich gefiel mir selbst ganz gut.

Noch vor Sonnenuntergang versammelten sich alle Gäste im Thronsaal und in den Höfen davor, jeder da, wo es ihm Rang und Titel erlaubten. Mir wurde ein Platz in unmittelbarer Nähe des Thrones zugewiesen. Kurz nach mir trafen meine Eltern mit Teje ein. Es war nicht zu übersehen, dass meine Mutter ein gewichtiges Wort unter den Schönheiten unseres Landes mitreden wollte – und auch konnte. Wie so oft war sie eine auffallend anmutige Erscheinung, trotz ihres Alters schlank, fast ohne Falten und noch mit fast allen Zähnen versehen. Teje trug eine Perücke, die aus unzähligen, dünn geflochtenen Zöpfen bestand, die ihr bis über die Brüste reichten, dazu ein eng anliegendes, weißes Kleid, das nahezu durchsichtig war und mehr ahnen ließ, als es verdeckte. Dieses Kleid, oder ein sehr ähnliches, trugen fast alle jungen Damen, sodass Teje zumindest deswegen nicht sonderlich auffiel.

Große Feste in unserem Land sind immer Feste der Sinne, und jeder Gastgeber, der etwas auf sich hält, lässt nichts unversucht, um Augen, Ohren, Nase und Gaumen auf ihre Kosten kommen zu lassen. Die Erwachsenen fügten meist noch den «Letzten Sinn» hinzu; ich verstand aber nicht, was sie damit meinten.

Im ganzen Land stand der Jasmin gerade am Anfang seiner Blüte, und so waren alle Räume, alle Höfe vollgestellt mit Vasen, Gestecken, Kränzen und Girlanden aus Jasmin, der den gesamten Palast in süßlich-herben Duft tauchte, der wie benommen machte. Jasmin darf nicht in voller Blüte stehen, denn da mischt sich in die schwere Süße des Duftes ein modriger Beigeschmack. Bewegte man sich durch die einzelnen Hallen und Räume, stieß man auf Schritt und Tritt auf die einzelnen Düfte und Gerüche der Festteilnehmer, die sich alle Mühe gaben und mit Ölen und Essenzen nicht geizten.

Die einzelnen Gruppen der Musikanten waren gleichmäßig auf das gesamte Gelände des Palastes verteilt. Im großen Thronsaal spielten ägyptische Musikanten, im ersten Vorhof Nubier, in den anderen Höfen und Gärten Asiaten und ebenfalls Ägypter. Als die Hallen und Plätze gefüllt und die Sonne gerade untergegangen war, erschallten von den Palastmauern alle Posaunen von Waset und kündigten das Erscheinen Seiner Majestät, des Herrschers über Beide Länder, an. Wie immer, wenn Pharao erscheint, warfen sich alle Anwesenden zu Boden, und Ameni nahm seinen Platz ein, neben ihm seine Mutter Mutemwia. Auf ein Handzeichen Amenis hin nahm das Fest seinen Fortgang, als wäre nichts gewesen, steigerte sich aber nun zusehends. Dienerinnen und Diener servierten ohne Unterbrechung Speisen und Getränke. Auch dies war wieder eine

Orgie für die Sinne. Die Köche boten offenbar ihr ganzes Können auf, um alle zufrieden zu stellen. Niemand weiß, wie viele Gänse und Enten, Schafe und Kälber zubereitet und aufgetischt wurden, wie viele Krüge Wein und Bier getrunken wurden – und alles auf das Lieblichste serviert: in goldenen und silbernen Schüsseln und Platten, in großen Schalen aus Alabaster, in deren Unterteil kleine Öllämpchen brannten und die Schalen leuchten ließen. Das Geschirr selbst war wiederum mit Blumen und Federn geschmückt. Ich hielt mich den ganzen Abend bei Wein und Bier sehr zurück. Ich wollte einfach – ebenso wie Ameni – so lange wie möglich ungetrübt die Freuden dieses Festes genießen. Das eigentliche Essen war sehr spät beendet, und so gab es erst jetzt ausreichend Platz für Gaukler und Tänzer. Zuerst traten die ausländischen Tanzgruppen auf: Syrer, Babylonier, Tänzer aus Mitanni, Kusch und Sardena. Die Syrer schickten eine wahrhaft wilde Horde los. Groß gewachsene, braun gebrannte Männer mit dichten schwarzen Bärten, langem, zotteligem Haupthaar. Zu ohrenbetäubenden Trommelwirbeln sprangen und überschlugen sie sich, standen zu viert aufeinander, bildeten mit sechzehn Mann richtige Pyramiden, schleuderten sich gegenseitig durch die Luft, bis uns allen vor Aufregung und Spannung fast der Atem stockte.

Die Babylonier boten eine gemischte Gruppe auf, zehn Jungen und zehn Mädchen mit pechschwarzen Haaren, die bronzenen Körper fast nackt. Zum Klang ihrer eigenartigen, uns völlig fremden Blasinstrumente führten sie langsame, aber sehr gleichmäßige Tänze auf, alle darauf bedacht, genau dieselbe Bewegung zu machen wie der Nebenmann. Die Darbietung lud sehr zum Träumen und Nachdenken ein, ich war aber letztlich froh, als sie zu Ende war. Der Höhepunkt des Abends, das muss ich als Ägypter neidvoll zugeben, war der Auftritt der Nubier. Vierzig Trommler bildeten mitten im Thronsaal einen Kreis, in den unter einem unvorstellbaren

Wirbel bei fast völliger Finsternis sechs Männer und sechs Mädchen hineinsprangen. Die Männer, wie alle Tänzer ohne eine Spur von Fett, waren auffallend muskulös, ebenso die Mädchen, und ihre pechschwarzen Körper glänzten von Öl.

Sie boten eine Mischung aus unbegreiflichen Kunststücken und Tanz, wie ich es vorher noch nie gesehen hatte. Das Tempo wechselte ebenso schnell wie die Lautstärke der Trommelwirbel. Die Musiker verstanden es auf das Vorzüglichste, das Publikum in die Irre zu führen: Wurden die Trommelwirbel schnell und laut, erwarteten wir einen entsprechend kräftigen, anstrengenden Tanz, aber nein, sie zeigten dann ganz grazile, ruhige Bewegungen, und umgekehrt. Dies sind Momente, da die Sinne auf das angenehmste gereizt werden. Obwohl man selbst freudiger Stimmung ist, ohne Sorgen, völlig frei, sind die Augen und Ohren doch gespannt, was passiert, was kommt, genießt der Gaumen ganz nebenher, ja geradezu achtlos einen Schluck edelsten Weines, atmet die Nase den Wohlgeruch eines Duftkegels, einer Räucherpfanne oder einen Hauch vom süßlich-herb duftenden Öl der Nachbarin.

Mir entging dennoch nicht, dass seit der Aufführung der nubischen Tänzer meine Schwester Teje neben Amenophis Platz nahm – worum er natürlich ausdrücklich gebeten hatte. Es war nun nicht mehr, aber auch für niemanden, zu übersehen, dass Ameni in Teje verliebt war. Ich werde den Anblick nie vergessen: Amenophis, Pharao, Herr Beider Länder, Herr der Welt seit diesem Tag, getraute sich kaum auszuatmen, um möglichst männlich zu wirken, während seine Augen unschuldig wie die eines jungen Hundes in das vermeintlich kühle Antlitz meiner Schwester blickten. Bei Amun, Hathor und Ptah, wie verkaufte sie sich geschickt! Einige Male hatte ich den Eindruck, sie würde es mit ihrer Kühle, ja Überheblichkeit übertreiben, aber Amenophis ließ in seinem Werben nicht nach. Mit nur mäßiger Anstrengung konnte ich jedes

Wort verstehen, das sie sprachen, und das Schlimme daran war, dass sich Ameni dessen bewusst war! Zuletzt wollte mein Freund wissen, ob Teje nicht seine Frau, seine Große königliche Gemahlin werden wollte! Kaum war der Satz gesprochen, wandten sich Amenis Augen mir zu, weil er nur zu gut wusste, dass ich die Frage selbst bei dem Lärm und der Entfernung zwischen ihm und mir verstanden hatte, und zwinkerte mir lächelnd zu. Und was machte Teje? Sie nahm mit hochgezogenen Augenbrauen einen kleinen Schluck Wein, stellte den Becher auf den Tisch, wischte sich mit der linken Hand sehr unfein den Mund ab und sagte zu ihm: «Oh ja, warum nicht?»

Daraufhin nahm ein freudestrahlender Ameni seinen Becher, prostete Teje zu, und sagte ganz leise, flüsternd, ja hauchend: «Wie fein! Warum nicht? Versprochen! Auf deinen Ka!»

«Auf deinen Ka!», hauchte Teje ebenso flüsternd.

Ich konnte es nicht glauben, aber meine Freundschaft, meine Ehre, nein allein meine Liebe zu Ameni verbaten mir, mit irgendjemandem auf dieser Welt darüber zu reden. Meine Eltern, Mutemwia, Ptahmose, niemand hatte etwas davon mitbekommen – nur ich. Und auch das wusste Ameni: Dass ich schweigen würde wie ein Grab. Irgendwann kam der Punkt, an dem ich merkte, dass ich bzw. meine Ohren jetzt nicht mehr gefragt waren. Ich bat deswegen förmlich um Erlaubnis, mich für eine Weile entfernen zu dürfen und gab vor, mir sei unwohl. Ich langweilte mich. Vielleicht hätte ich doch mehr trinken sollen, denn überall um mich herum wurde gelacht, getanzt, geklatscht, geküsst. Ich bewegte mich langsam vom Thronsaal in Richtung Vorhof, wo sich vor allem die Vornehmen von Waset und die ranghöchsten Ausländer aufhielten. Ich muss gestehen, dass ich dort nichts unternahm, um mein Pektorale und meinen Siegelring zu verbergen, was mich als jemand auswies, der dem Thron sehr nahe stand. Aber auch dort langweilten mich die höflichen, aber oberflächlichen Redensarten. Schließlich gelangte ich in den großen Exerzierhof, an den sich die königlichen Gärten anschlossen. Wie anders war das Leben hier! Ausgelassene Menschen tanzten, feierten, tranken, klatschten zum Rhythmus der Musik in die Hände. Die meisten dort hatten schon so viel getrunken, dass sie für ein Pektorale, für einen Siegelring nichts mehr übrig hatten. Dort hielten sich Leute vom Stand meines Schreibers auf, Lagerverwalter, einfache Höflinge. Für einen Augenblick glaubte ich, auch meinen Vater gesehen zu haben. Ich wusste von ihm, dass er eigentlich lieber hier, bei den einfacheren Menschen verkehrte, als im Thronsaal bei den Reichen und Mächtigen. Er ließ sich dies vor den anderen seines Standes nie anmerken, aber alle wussten es, auch Ameni.

Am Rande des Hofes standen einfache Feuerbecken. Deren Glut und ein paar Fackeln sowie die pralle, silberne Scheibe des Mondes bildeten die einzige Beleuchtung. Ab und zu drehte der Wind und blies mir beißenden Qualm in die Augen, die unweigerlich zu tränen begannen. Ich wollte gerade wieder gehen, da kam Unruhe in die Menge. Die einen begannen fröhlich zu johlen, die anderen klatschten in die Hände, und vor mir öffnete sich der Platz zu einem Kreis, in dem drei Flöten, drei Lauten und eine Harfe spielten und ein Mädchen seinen Tanz vorführte. Es war das Mädchen vom Vorabend, die Schöne aus dem Palast. Ich erkannte sie sofort wieder: das mit Henna rötlich gefärbte Haar, die auffällige Nase, die kräftigen Beine.

Vor mir standen zwei, drei Reihen von Menschen, sodass mich das Mädchen nicht sehen konnte. Sie konzentrierte sich nur auf ihren Tanz. Ihr Gesichtsausdruck wirkte zunächst ernst, und erst mit der Zeit wurde sie gelöster, während der Tanz wilder, ekstatischer wurde. Die Umherstehenden feuerten sie an. Zum Rhythmus der Musik klatschten sie und riefen: «Inena, Inena, Inena!» Unaufhörlich.

Schließlich wurde der Tanz langsam, die Musik ruhig, die

Menge schwieg. Inena kreiste mit den Hüften und begann, sich langsam nach hinten zu verbeugen, wie am Vorabend, nur noch begleitet vom Spiel des blinden Harfners. Ihre Hände berührten den Boden, die Haare fielen hinab, ich sah auf ihre Brüste. Da kreuzten sich unsere Blicke, und im gleichen Moment zeigte ihr Lächeln die weißen, makellosen Zähne, löste sich ihr Gesichtsausdruck, schien sie glücklich, mich wieder zu sehen. Dann schloss sie die Augen, ließ ihre Hüfte sinken – der Tanz war beendet.

Doch nein, er war es nicht, sie schnippte mit dem Finger, und der Harfner begann erneut zu spielen, diesmal in Begleitung der Flöten. Ich spürte, nein ich wusste, dass dieser Tanz nur mir galt, und für ein paar Augenblicke dachte ich darüber nach, wieder davonzulaufen. Aber es ging nicht! Ihre Augen waren unaufhörlich auf die meinen gerichtet, ja, unsere Blicke waren wie aneinander gekettet. Zuletzt, die Menge klatschte und johlte wieder, kam sie auf mich zu, nahm meine rechte Hand, küsste sie und zog mir dabei blitzschnell den Siegelring vom Finger, steckte ihn zwischen die Zähne, lächelte mich an – und verschwand.

Die Umherstehenden lachten spöttisch, und ehe ich mich versah, war das Mädchen Inena weg, einfach weg. Erst jetzt begriff ich die Situation. Ich hatte den königlichen Siegelring nicht mehr.

Ich musste das Mädchen finden. Ich lief durch alle Höfe und Hallen, die königlichen Gärten, es gab kaum einen Winkel des Palastbezirkes, den ich nicht nach dem Mädchen Inena durchstöberte.

Ich beschloss, nicht mehr zum Fest zurückzukehren, um mir und Ameni wenigstens an diesem Tag peinliche Fragen und weiteren Ärger zu ersparen. Sollte sich jemand nach mir erkundigen, würde ich zur Antwort geben, mir sei noch immer nicht gut.

Über den Garten und den Balkon erreichte ich meine Zimmer. Wie immer nachts brannten nur zwei kleine Öllampen. In deren spärlichem, flackerndem Licht sah ich unter einem Vorhang zwei nackte Füße hervorschauen. Ich erschrak fast zu Tode, ergriff den Prunkdolch, der neben mir auf dem Tisch lag und riss mit der linken Hand den Vorhang zur Seite, um mit der Rechten sofort zustoßen zu können.

Das Mädchen grinste mich mit verschlossenen Augen an, zwischen ihren Zähnen steckte mein Ring. Als sie die Augen öffnete, hätte sie ihn fast verschluckt, so entsetzt war sie über meine bedrohliche Gebärde. Wir standen einige Augenblicke regungslos da, dann machte sie zwei Schritte auf mich zu, nahm mir den Dolch aus der Hand und legte ihn wortlos zurück auf den Tisch. Sie ergriff mit beiden Händen meinen Kopf, zog ihn an sich heran und küsste mich zärtlich, ja vorsichtig, auf den Mund. Ihre Lippen gaben den Ring frei, ich hatte ihn wieder, lächelte sie an, den Siegelring jetzt zwischen meinen Zähnen. Ich legte ihn schnell auf den Tisch.

Inena wollte mich wieder küssen, doch nun nahm ich ihren Kopf zwischen die Hände und sagte leise: «Nicht so voreilig, ich habe dich noch gar nicht richtig gesehen!»

Im Schein der Öllampen sah ich große braune Augen, mit etwas Grün dazwischen, Augen, die nicht stillstehen konnten und unentwegt sprunghaft über mein Gesicht wanderten. Ich sah ein schönes Gesicht mit glatter, faltenloser Haut und mit schmalen Lippen. Ihre Nasenwurzel war auffallend breit, was bei Ägypterinnen eher ungewöhnlich ist. Sie hatte blendend weiße, gleichmäßige Zähne und eine kleine Narbe neben dem rechten Nasenflügel. Die rotbraun gefärbten Haare waren mit einem kleinen Tuch zu einem Pferdeschwanz gebunden.

«Du gefällst mir!»

Mehr fiel mir nicht ein.

Inena lächelte wieder, nahm mir die Perücke vom Kopf,

warf sie zur Seite und zog mich wieder an sich. Ihr rechter Arm umfasste meine Hüfte, die Finger ihrer linken Hand durchkämmten mein Haar. Zärtlich küsste sie zuerst meine Stirn, dann die Wangen, den Hals und schließlich meinen Mund. Erst etwas zaghaft, dann spürte ich vorsichtig ihre Zunge auf meinen Lippen tänzeln, ich spürte, wie unsere Lippen weicher wurden, begierig, dann fanden sich die Zungenspitzen. Ich umarmte Inena fest und drückte, ja presste sie sehnsüchtig an mich. Unsere Körper versuchten sich überall zu berühren, wo sie nur konnten, mit den Schenkeln, dem Bauch, dem Oberkörper. Wie von selbst tasteten meine Hände ihren Körper ab. Zuerst ihren Hals, die Schultern, den Rücken, die kleinen, festen Brüste, ihre Oberschenkel. Ich spürte, wie sie mir vorsichtig den Gürtel öffnete und abnahm, dann den Schurz. Mit einem Griff fiel auch ihr Tanzrock zu Boden – es gab jetzt nichts mehr, was unsere Körper voneinander trennte. In enger Umarmung brauchte es nur zwei, drei winzige Schritte, und wir sanken auf mein Bett nieder.

Auf dem Rücken liegend blickte ich in ihre funkelnden, unruhigen Augen, während es jetzt ihre Hände waren, die meinen Körper abtasteten, meine Arme, die Brust, an deren Härchen sie ein wenig zupfte, schließlich spürte ich ihre Hand zwischen meinen Oberschenkeln.

Ich lag wie erstarrt, jede ihrer vielen Liebkosungen genießend, als sich unsere Körper vereinigten, vorsichtig und langsam, um dann völlig regungslos dazuliegen, unaufhörlich uns küssend, nur das Vereinigtsein genießend, bis schließlich erste, kleine Bewegungen die Erregung, die Begierde nach Erfüllung in den völligen Rausch der Sinne trieb.

Gelöst, entspannt, überglücklich, ja selig, lagen wir jetzt eng umschlungen da, überhäuften uns mit Küssen und genossen jede Berührung unserer verschwitzten Körper. Von ferne hörten wir Flöten und Harfen.

Irgendwann löste sich die Umarmung, lag Inena auf dem Rücken, die Arme unter dem Kopf verschränkt. Ich lag seitlich neben ihr, meinen Kopf auf den linken Arm gestützt. Meine Blicke fielen auf ihre Brüste. Sie waren schön, nicht groß, ebenmäßig rund geformt. Mit dem Mittelfinger meiner rechten Hand nahm ich etwas Speichel von meiner Zunge und umrundete in kleinen, kreisenden Bewegungen ihre Brustwarzen, die sich aufrichteten und nach mehr verlangten. In größer werdenden Kreisen glitt meine Hand über ihren Bauch, meine Fingerspitzen berührten die ersten Schamhaare, und ich spürte, wie sie bereitwillig die Schenkel öffnete. Es dauerte nicht sehr lange, bis ich die richtige Stelle fand und ich Inena mehr und mehr in Erregung versetzte, und auf ihr «Jetzt!» vereinigten sich unsere Körper erneut, diesmal heftig, laut, bis zur erneuten beiderseitigen Erfüllung und Ermattung. Schwer atmend lag ich auf ihr, mit ihren Armen zog sie mich fest an sich, ich durfte mich jetzt nicht mehr bewegen.

«Dafür, dass wir noch keine fünf Sätze gewechselt haben, verstehen wir uns sehr gut», flüsterte ich ihr nach einer Weile zu und wischte ihr gleichzeitig ein paar Schweißperlen von der Stirn. «Wusstest du, dass es so kommen würde?»

«Nein», sagte sie schlicht, dann sah sie mich mit tanzenden Augen an und fuhr fort: «Ich habe es mir aber gewünscht – gestern schon.»

«Warum, was ist an mir? Eine Schönheit wie du kann andere Männer haben. Erwachsene, erfahrene Männer! Also, was ist es?» Inena lächelte, und ihre Augen flackerten noch mehr als sonst, sie wirkte fast etwas verlegen.

«Es sind deine Augen, Eje», sagte sie ganz langsam.

«Ach was», wehrte ich ab.

«Doch, glaub mir! Es ist wahr. Ich habe noch nie solche Augen gesehen wie deine. Sie fesselten mich vom ersten Augenblick an, als ich dich sah.»

«Aber du hast doch nicht die leiseste Ahnung, wer ich bin!»

«Das glaubst nur du!»

Ich legte mich wieder zur Seite und hörte ihr zu, während meine Hand unaufhörlich über ihren Kopf und die Finger durch ihr Haar strichen. Draußen im Garten wankte eine schlanke Dumpalme gleichmäßig im leichten Wind, und durch das helle Mondlicht hatte jedes ihrer wedelförmigen Blätter und dessen spitzes Ende einen leuchtenden Silberrand.

«Du bist Eje. Deine Eltern heißen Juja und Tuja, deine Schwester heißt Teje, und du bist der beste, der einzige Freund Seiner Majestät, deine Familie kommt aus Achmim, und ...»

«Ist ja gut! Aber woher hast du das alles?», fragte ich einigermaßen überrascht.

«Was glaubst du, was ich seit gestern Abend, als ich dich sah, gemacht habe? Woher, meinst du, weiß ich, wo deine Zimmer sind und wie man hier hereingelangt, ohne bemerkt zu werden? Das alles herauszubekommen war Schwerstarbeit! Ein Fehler, und ich wäre schon tot!»

Wie Recht sie hatte! Ich war fassungslos und überglücklich zugleich.

«Und du, wer bist du eigentlich?», fragte ich, während sich meine Finger wieder ihren Brüsten, die mich unverkennbar begeisterten, zuwendeten.

«Ich bin Inena, lebe seit meiner Geburt vor neunzehn Jahren in einem kleinen Dorf im Süden und bin Tänzerin. Meine Eltern habe ich nie kennen gelernt.»

«Und der Harfner?»

«... der Harfner ist mein älterer Bruder Ramessu, blind von Geburt an. Mehr gibt es von mir nicht zu erzählen, Eje.»

Ich spürte, dass das genügen musste, zumindest für heute. Von draußen erklang noch immer Musik, dazwischen Freudenschreie und Gejohle der Feiernden.

Aber es war alles weit weg, unbedeutend. Ich stand auf und schlich mich im flackernden Licht der Öllampen in mein Arbeitszimmer, um von dort einen Krug Wein und zwei Becher zu holen. Durstig von all dem Erlebten tranken wir in großen Zügen die Becher leer – bis auf einen Schluck. Den goss mir Inena lachend über den Bauch, um ihn anschließend unter leidenschaftlichen Küssen aufzusaugen, und um mir erneut zu zeigen, dass sie in den schönen Dingen des Lebens erfahrener war als ich.

Irgendwann verstummte auch der letzte Lärm dieser unruhigen Stadt und des gewaltigen Festes, und ich hörte nur noch eine einzige Nachtigall, die in der Sykomore nahe meinem Fenster unaufhörlich ihren Jubelgesang zelebrierte. Inena umarmte mich fest, ja, sie umklammerte mich, drückte mich an sich, und am Ende eines langen, innigen Kusses, versunken in die herrlichsten Gedanken der Welt, zufrieden, dankbar – ich glaube, das nennt man Glückseligkeit – schlief ich ein, nachdem ich noch zwei- oder dreimal liebevoll «Inena» hauchte.

Ich schlief so tief, so fest, als wäre ich bereits im schönen Westen bei Osiris.

Ein Gefühl, eine Liebkosung, die ich bis dahin noch nicht kannte, ließ mich wach werden: Inena küsste erst meinen Hals, dann meinen Rücken.

Draußen war es schon hell. Im Garten, zwischen all den Palmen und Sykomoren, hingen Dunstschwaden, denn die Nacht war kühl. Die Nachtigall sang sich noch immer die Seele aus dem Leib.

«Ich muss los, Liebster», kündigte Inena die bittere, aber unvermeidbare Wahrheit an.

«Du weißt genau, dass man mich hier nicht erwischen darf, Eje.»

Sie hatte leider Recht. Unsere Begegnung, unsere Zuneigung, unsere Liebe musste erst einmal unbemerkt bleiben.

«Wann sehen wir uns wieder, Inena?»

«Morgen gehen die Festlichkeiten weiter», stellte sie nüchtern fest.

«Ich tanze wieder im großen Hof. Entweder du kommst dorthin, und wir verschwinden unauffällig, oder ich komme einfach hierher, irgendwann.»

«Das kann gefährlich sein – die Wachen und Amenophis!», gab ich zu bedenken.

«Dann verlange nach dem blinden Harfner, nach Ramessu! Bei ihm wirst du mich finden.»

«Bleib hier, Inena!», flehte ich. Sie kam an mein Bett, gab mir einen innigen Kuss und sagte: «Wir sehen uns ja bald wieder. Heute abend!»

«Versprochen?»

«Versprochen!»

Sie huschte auf den Balkon und entschwand in den erwachenden Morgen. Wieder flüsterte ich ein paar Mal «Inena» und schlief nochmals fest ein.

Der Vormittag des neuen Tages war schon fortgeschritten. Ich lag in meinem Bad, sang vor mich hin und wollte mein Glück noch gar nicht richtig fassen, da hörte ich Ameni. Ich tauchte noch einmal unter, und als mein Kopf zwischen Lotosblüten wieder aus dem Wasser auftauchte, saß er schon am Rand des Beckens.

«Was macht das Wohlbefinden? Du warst ja heute Nacht urplötzlich verschwunden.»

Mit einem wohligen Grinsen, ich weiß, es war etwas überheblich, schaute ich ihn aus meiner Wanne an, ließ aus meinem Mund eine kleine Wasserfontäne spritzen, und sagte: «Danke, vermutlich nicht so gut wie bei dir. Der Nilbarsch muss irgendetwas gehabt haben. Ich lag die ganze Nacht leidend im Bett.»

«Davon habe ich gehört. Und wer war das Mädchen, das dich offensichtlich erfolgreich gepflegt hat und heute morgen fluchtartig über den Balkon dein Zimmer verließ?»

Es war nicht zu fassen. Aus Scham tauchte ich nochmals unter, nahm einen Mund voll Wasser, tauchte auf, blähte die Backen und ließ das Wasser dann doch ganz gemächlich über die Mundwinkel in das Becken laufen.

«Woher weißt du das alles schon wieder?»

«Wenn du vor den Augen fast aller meiner Gäste hinter einem Mädchen herläufst und dann in deinen Gemächern verschwindest, brauchst du dich nicht zu wundern, wenn ich das eine Stunde später erfahre!»

«Bist du jetzt böse auf mich?», fragte ich in herrlichster Unschuld.

«Böse? Eje, warum böse? Niemals könnte ich wegen deines Glück böse sein. Das weißt du ganz genau. Und sollte dir heute Abend oder morgen wieder irgendein Nilbarsch nicht bekommen – hab kein schlechtes Gewissen!»

Ich war beruhigt, nein, ich war über und über glücklich, mit dem Leben im Einklang, und ich tat etwas, was sich kein Mensch auf dieser Welt außer mir getraut hätte: Ich nahm Ameni am Hals, zog ihn in die Wanne und umarmte ihn und küsste ihn auf beide Wangen. Dann sagte ich, völlig zu Tränen gerührt:

«Alles, alles was du willst, mache ich dir! Baue deine Tempel! Baue dir Paläste, Schiffe und Denkmäler! Ich werde immer für dich da sein, gleich, wo du mich haben willst, Ameni. Immer!»

Wir lachten beide, und Tränen rannten über unsere Wangen. Danach gab ich Ameni einen trockenen Schurz von mir.

VIER

Übe Gerechtigkeit für den Herrn des Rechts,
dessen Gerechtigkeit das Recht ist.

Natürlich musste ich beim anschließenden Morgenmahl meinem Freund – zumindest im Groben – erzählen, was sich in der vergangenen Nacht ereignet hatte. Kommentarlos nahm er alles zur Kenntnis, und zuletzt erfüllte mich ein noch nie da gewesener Stolz: Ich, der Jüngere, der Schwächere, sein Untertan, hatte dem großen, mächtigen Amenophis eine Erfahrung voraus, hatte etwas erlebt, was er erst erfahren, erleben musste.

Meine Eltern sah ich an diesem Tag gar nicht, und ich war froh darum, denn vielleicht hätten auch sie sich nach meinem Verbleib am Vorabend erkundigt. Nachdem mich mein Vater auch in den nächsten Tagen nicht darauf ansprach, wusste ich, dass alles letztlich eine Angelegenheit zwischen Ameni und mir war, und darüber war ich froh.

Bis zum Abend hatten wir keinerlei Verpflichtungen, so hielten wir uns am Schwimmbad des Palastgartens auf, spielten unter einem Baldachin Senet, tranken Melonensaft und aßen kaltes Brathuhn mit Oliven. Amenophis spielte seine Partie hervorragend bis ich ihn fragte: «Wann werdet ihr heiraten?»

«Ach, daran erinnerst du dich also noch?»

Ich schwieg, machte noch zwei Züge und hatte das Spiel im letzten Moment gewonnen.

«Schau an, mit solchen Zügen gewinnt man also jetzt Senet?», lachte er mich an. Dann lehnte er sich zurück, verschränkte seine Arme hinter dem Kopf, blickte zu den Kindern Ptahmoses, die etwas abseits im Garten spielten, und sagte: «Ich bin noch im Unklaren ...», ich erschrak mächtig, «ich bin noch im Unklaren, ob wir nach unserer Rückkehr von Men-nefer heiraten oder noch vorher, hier.»

«Weshalb willst du Men-nefer wieder verlassen? Es hört sich zumindest so an.»

«Men-nefer wird sicherlich Sitz der Verwaltung bleiben, wir werden auch regelmäßig dort sein. Hier in Waset errichte ich jedoch meinen neuen Palast, und Waset wird die Hauptstadt Beider Länder sein – jedenfalls unter meiner Regierung.»

«Wer von den Würdenträgern weiß schon etwas davon? Deine Mutter?»

«Lieber Eje, in vielen Dingen bin ich sicher noch eine Weile auf den Rat und die Hilfe anderer angewiesen, aber meine Mutter und – sei mir nicht böse – auch dein Vater müssen zur Kenntnis nehmen, dass ich Pharao der Beiden Länder bin, und zwar alleine und uneingeschränkt. Im Übrigen habe ich schon einige Andeutungen gemacht, sodass niemand überrascht sein wird.»

Amenophis zog seinen Schurz aus, sprang in einem mächtigen Satz ins Wasser und durchquerte in kräftigen Zügen das Becken, fast eine Stunde lang. Ich hing derweil den verschiedensten Gedanken nach, dachte an Inena und was mir der heutige Abend bringen würde, dachte an die Zukunft mit Ameni und versuchte, mir Teje als seine Große königliche Gemahlin vorzustellen.

Schließlich tat ich es meinem Herrscher gleich, sprang ebenfalls ins Wasser und schwamm mit ihm gemeinsam ein paar Bahnen. Danach trennten sich unsere Wege, weil wir uns für das abendliche Fest vorbereiten mussten.

Eine nicht zählbare Menschenmenge versammelte sich in allen Sälen und Höfen des Palastes, festlich gekleidet und geschminkt. Das heutige Fest zierte nicht mehr die weiße Pracht des Jasmins, sondern ausschließlich Lilienblüten. Ihr Duft war ein ganz anderer als tags zuvor, er war herber und frischer, ja jugendlicher, und wohin das Auge auch sah, gab es nur eine weiße Blütenpracht.

Anders als am Vorabend blieben heute vor dem Erscheinen des Herrschers Tanzveranstaltungen und akrobatische Darbietungen aus. Zahlreiche Musiker spielten auf, und über den vielen, verhaltenen Stimmen der Festgäste erhob sich zart und elegant, ja wie schwebend eine einzelne kräftige Knabenstimme und sang das alte Liebeslied:

Einzig ist die Geliebte, ohnegleichen,
schöner als jede Frau.
Strahlend ist sie, wie der aufgehende Stern,
der dem guten Jahr voranzieht.

Mit hohem Wuchs und schimmernder Brust,
hat sie echten Lapislazuli im Haar;
ihre Arme übertreffen das Gold,
ihre Finger sind wie Lotoskelche.

Sie lässt den Hals aller Männer
sich verrenken, dass man sie sieht;
ein jeder, der sie umarmt, spürt Wonne
und fühlt sich als erster aller Liebhaber.

Dienerinnen und Diener reichten wieder Wein und Bier. Vater saß neben mir, und sein Gesichtsausdruck verriet mir, dass er mit dem bisherigen Verlauf des Festes zufrieden war und dass die kommende Nacht noch einige weitere Überraschungen verhieß. Er ließ sich wiederum nicht die geringste Andeutung entlocken.

«Übe dich in Geduld und warte ab! Wer sich überraschen lässt, genießt doppelt.» Wie immer waren seine weisen Sinnsprüche wenig trostreich, und mir blieb wirklich nichts anderes übrig, als abzuwarten.

Im großen Saal kam Unruhe auf, von draußen hörte man Rufen und den scharfen Klang von Trompeten und Posaunen. Pharao erschien heute nicht durch den inneren Zugang im Thronsaal, sondern wurde in einer offenen Prunksänfte durch die äußeren Höfe getragen, um sich dort der jubelnden Menge zu zeigen. Vierundzwanzig Musiker, jeweils sechs nebeneinander, schritten dem Zug voran, um das Erscheinen Seiner Majestät anzukündigen. Ihnen folgten fünfzig bis sechzig bildhübsche nubische Mädchen, die aus geflochtenen Körben, die sie mit ihrem linken Arm umfassten, Blütenblätter warfen. Dahinter trugen zwölf nubische Leibgardisten die goldene Sänfte Pharaos. Nimuria, wie unser Herrscher seit seiner Krönung hieß, trug anstelle einer Krone heute lediglich das Nemes-Kopftuch und hatte auch auf den Zeremonialbart verzichtet. Ein schwerer goldener Kragen lag über seinen Schultern, und in seinen Händen hielt er Geißel und Krummstab. Es war nicht zu übersehen, dass Pharao den Jubel seiner Untertanen genoss, auch wenn es seine Würde als Herrscher verlangte, dass er nach außen nicht die geringste Gefühlsregung zeigte. Die nubischen Träger bewegten sich so vorsichtig vorwärts, dass die Sänfte gleichmäßig und ohne zu schwanken durch den Saal schwebte. Hinter Pharao gingen der Wesir Ptahmose und der Oberste Priester des Amun, Ramose. Dreißig weitere ägyptische Soldaten der Leibgarde bildeten den Schluss des Zuges. Endlich wurde die Sänfte zu Füßen des Thrones niedergestellt, und Ameni erhob sich. Die Musiker stellten ihr Spiel ein, und während Ptahmose mit der vollen Titulatur die Anwesenheit Pharaos verkündete, warfen sich alle Anwesenden vor dem Herrscher der Beiden Länder nieder.

Das Fest begann wieder mit einem ausgedehnten Mahl, das sich, begleitet von Tanz und Musik, bis in die Nachtstunden hinzog. Es dauerte nicht lange, da bat Ameni meine Schwester wieder zu sich, und in kürzester Zeit waren sie in innige Gespräche versunken und turtelten für jedermann sichtbar wie die Täubchen. Spätestens seit diesem Abend hatte niemand im Palast Anlass, an einer baldigen Heirat Seiner Majestät zu zweifeln. Je offensichtlicher die Zuneigung Amenis zu Teje wurde, desto mehr Aufmerksamkeit und Ehrerbietung brachten die Vornehmen des Landes meinen Eltern entgegen, ja deren Einfluss wuchs mit jeder noch so kleinen Zärtlichkeit Pharaos.

Es war bereits spät in der Nacht, als Ameni seine Augen zufrieden über die Gäste schweifen ließ und sich unsere Blicke für einen kurzen Moment kreuzten. Ich machte mit dem Kopf eine knappe Bewegung in Richtung Ausgang, Ameni verstand und nickte mir unauffällig mit einem ahnungsvollen Schmunzeln auf den Lippen zu. Ich bekam einen roten Kopf, was ihn wiederum veranlasste, seinen Becher zu nehmen und mir zuzuprosten. Ich erwiderte die brüderliche Geste, trank einen besonders kräftigen Schluck und verschwand. Ich nahm mir bewusst viel Zeit, um mich meinem Ziel zu nähern.

Es bereitete mir zum ersten Mal außerordentliches Vergnügen, die auffälligen Freundlichkeiten, mögen sie echt oder gespielt gewesen sein, vieler Gäste entgegenzunehmen. In ganz Waset wusste seit dem gestrigen Abend jeder, dass ich neben den Großen königlichen Gemahlinnen Mutemwia und Iaret die Person war, die dem Herrscher am nächsten stand. Ich war mir sicher, dass ich einige der hohen Beamten, Priester und Verwalter wiedersehen würde und dass sie mir dann vielleicht nicht mehr gewogen wären, spätestens, wenn es um Steuern oder ähnlich unerfreuliche Dinge ginge. Das wussten die meisten von ihnen auch, und deswegen waren sie ja vielleicht auch so freundlich. Einige von ihnen stellten mir auch gleich ihre Töchter vor, und ich muss zugeben, dass ich mehr als einmal überlegte, ob ich den Rest des Abends nicht doch besser im Festsaal verbringen sollte. Nein, heute Abend wollte ich mir meiner Sache sicher sein und die Nacht wieder mit Inena verbringen.

Ich gelangte in einen der äußeren Höfe, in welchem ich sie vermutet hatte. Der Gesang der Gäste, lautes Rufen und Gelächter übertönten den Klang der Musik, als ich den Hof betrat. Nur einige wenige umringten den blinden Harfner und seine Schwester. Wie auf ein geheimes Zeichen hin brachen alle ihr Gespräch ab, hörten auf zu lachen und zu singen, und es starrten mich Hunderte Augenpaare an, während das Harfenspiel weiter erklang und Inena tanzte. Erst war ich völlig verunsichert, dann wurde mir klar, dass auch die einfachen Beamten, die in diesem Hof feierten, wussten, wer ich war.

Mitten in diese unheimliche Stille hinein rief eine laute Männerstimme: «Hoch lebe Eje, der Einzige Freund Seiner Majestät!», und nach einem kurzen Moment stimmten alle ein und riefen «Hoch, hoch!» Es war mein Schreiber Cheruef, der für mich die Situation rettete. Cheruef kam in Begleitung einer jungen Frau zu mir, verneigte sich tief und sagte: «Mein Herr, darf ich Euch meine kleine Freundin Isisnofret vorstellen?»

Unter den neugierigen Blicken der wieder schweigenden Anwesenden sagte ich: «Oh, du bist Isisnofret! Cheruef hat mir schon von dir erzählt. Du bist weitaus schöner, als er dich beschrieben hat!» Ich hatte gelogen, denn bisher hatte mein Schreiber das Mädchen mit noch keinem Wort erwähnt, und ich hoffte nur, dass er es nicht erst an diesem Abend kennen gelernt hatte. Dies war nicht der Fall, denn das Mädchen gab die Freundlichkeit höflich zurück, indem sie meinte, ihr Freund habe mich schon oft als einen guten Herrn gepriesen. Die Menge hatte jetzt ein wenig Gesprächsstoff und war abgelenkt.

«Ich danke dir, Cheruef!», flüsterte ich meinem Schreiber zu. «Ohne dich hätte ich ganz schön dumm dagestanden.»

«Ich habe euch zu danken, mein Herr. Isisnofret war heute nicht sehr gut auf mich zu sprechen, aber Eure Freundlichkeit dürfte sie umgestimmt haben.»

«Liegt dir viel an ihr?», wollte ich wissen.

«Oh ja, ich könnte mir ein Leben ohne sie nicht mehr vorstellen, mein Herr!»

«Das soll es geben, Cheruef.»

Und zu Isisnofret gewandt, sagte ich: «Weißt du eigentlich, dass ich deinen Freund vor Seiner Majestät, sie lebe, sei heil und gesund, richtig gehend verstecke?» Isisnofret starrte mich mit ungläubigen Augen an.

«Ja, dein Freund ist zweifelsfrei einer der besten Schreiber unseres Landes, und er stünde nicht einen Tag länger in meinen Diensten, wenn Pharao um seine Fähigkeiten wüsste. Ich denke, es dauert nicht mehr lange, und ich werde vorschlagen, ihn als Verwalter einzusetzen.»

Das Mädchen strahlte. Wie einfach es doch war, mit einem Satz gleich zwei Menschen glücklich zu machen.

Inena hatte mich längst bemerkt, und mein Gespräch mit Cheruef und seiner kleinen Freundin irritierte sie offenbar, da sie mit sehr ernster Miene weitertanzte und kurze Zeit so tat, als hätte sie mich nicht gesehen. Aber schon bald sah ich wieder das vertraute Schmunzeln, dann ihr gewohntes Lachen, welches ihre strahlenden Zähne blitzen ließ. Über die Köpfe der vor mir stehenden Menschen deutete ich mit dem Finger in Richtung Palast, sie nickte unauffällig, und ich schlich langsam zum königlichen Garten davon.

Wieder grüßten mich mir völlig fremde Menschen, was ich in meiner Vorfreude auf den Rest des Abends kaum wahrnahm. Fröhlich und gut gelaunt summte ich das zuvor gehörte Liebeslied vor mich hin, bis ich das Schwimmbecken im Garten erreicht hatte. Nur von Ferne hörte ich das Singen und Lärmen der Menschen, über mir funkelte der herrlichste Sternenhimmel Ägyptens, und im Osten schob sich gemächlich die goldgelbe Scheibe des Mondes über den Horizont und verteilte zwischen den Palmen und Sykomoren sein kaltes, silbernes Licht. Ich entkleidete mich kurzentschlossen, versteckte meine Sachen unter einem Strauch und glitt langsam und geräuschlos in das Wasser, um niemanden auf mich aufmerksam zu machen.

Nach der Hitze des Tages und all den Anstrengungen war das Bad eine Wohltat. In langen Zügen tauchte ich mehr unter Wasser, als dass ich an der Oberfläche schwamm. Plötzlich biss mich etwas in die rechte Wade, und ehe ich einen Schrei ausstoßen konnte, zog mich das Untier unter Wasser. Der krokodilköpfige Sobek schien mein Ende besiegelt zu haben. Ich ruderte wie wild mit den Armen, als ich zwei Hände um meine Hüften spürte und der Biss plötzlich weg war. Ich wurde gerettet – durch Inena. Jetzt erst merkte ich die Täuschung: Sie selbst war das gefürchtete Ungeheuer.

«Wie kannst du mich so erschrecken?», fragte ich sie nach dem Auftauchen mit dem Rest der mir verbliebenen Luft. «Ich dachte schon, ein Krokodil würde mich in die Tiefe ziehen!»

Als ich in ihr unschuldiges Gesicht mit den hochgezogenen Augenbrauen schaute, war ich wieder besänftigt und musste über mich selbst lachen.

«Es ist schon gut!», flüsterte ich, nahm ihren Kopf in meine Hände und küsste sie, während wir beide wegen der Tiefe des Beckens langsam untergingen.

«Lass uns in mein Zimmer gehen», sagte ich, nachdem wir die Wasseroberfläche wieder erreicht hatten. «Nur Fische lieben sich im Wasser!»

Ich genoss diese Nacht noch mehr als die vorangegangene. Zuletzt lagen wir nebeneinander in meinem Bett und schauten beide, ich über ihre Schultern, in den Garten, auf die Bäume und den Mond, der inzwischen weit über den Gipfeln stand und den Blättern der Dumpalmen wieder Silberränder verlieh.

«Woran denkst du?», unterbrach ich das lange Schweigen.

«Wie es weitergehen soll, an mein Zuhause, an mein Dorf», flüsterte Inena zaghaft vor sich hin.

«Du wirst doch wohl nicht in dein Dorf zurückkehren, Inena!», fing ich zu protestieren an.

«Was glaubst du? Meinst du, ich verstecke mich den Rest meines Lebens irgendwo in Waset, um mich nachts mit dir heimlich zu treffen? Eje, jetzt sei vernünftig!»

«Aber du kannst doch jetzt nicht einfach wieder verschwinden. Du gehörst zu mir. Du bleibst bei mir!», widersprach ich heftig.

«Eje, ich gehöre nicht hierher! Das ist nicht meine Welt, in der du lebst.»

«Ich bin der Einzige Freund des Pharaos, und wenn ich will, dass du bei mir bleibst …»

«… dann machst du dich nicht nur lächerlich, sondern unmöglich!», unterbrach sie mich.

«Ein Mädchen, eine Frau wie ich passt nicht in dein Leben. Es ist so, Eje.»

Sie hatte wohl Recht, und ich rang krampfhaft nach Argumenten. Ich wollte sie nicht verlieren, um keinen Preis. Ihre Frische, ihre Unbekümmertheit und ihr ehrliches, irgendwie fast respektloses Wesen faszinierte und betörte mich. Ja, ich war verliebt. Zum ersten Mal in meinem Leben war ich in ein

Mädchen verliebt, und ich hatte den Eindruck, als würde es mich aus der Bahn werfen.

«Jetzt lassen wir das. Die Nacht ist viel zu schön, als dass wir uns über solche Dinge streiten. Mir wird schon etwas einfallen», tröstete ich mehr mich selbst als sie. Widerspruchslos umarmte und küsste sie mich. Der Morgen war noch fern.

Bevor Ameni wieder zu mir kam, versuchte ich, mich an das Gespräch mit Inena zu erinnern, und ich war der Verzweiflung nahe, als mir ihre Worte nach und nach bewusst wurden. Trotzig schwor ich mir, irgendeinen Weg, irgendeine Lösung zu finden.

Inena aber verließ mit all den anderen fremden Festgästen Waset. Ich hatte sie überall gesucht. Mit Senu durchkämmte ich alle Herbergen und Schänken der Stadt. Wir fragten jeden, dem wir begegneten, nach dem blinden Harfner Ramessu. Ich war der traurigste Mensch auf Erden. Warum konnte sie nicht einfach bei mir bleiben? Ich weinte und ich war wütend. Ich tobte und war doch so verliebt. Ich vermisste ihre Unbekümmertheit, ihre Offenheit und ihre zärtlichen Lippen.

Ich litt unendlichen Schmerz, aber ich sollte Inena erst als Greis wiedersehen.

Die Feierlichkeiten waren nun vorüber, und es zeichnete sich ab, dass so etwas wie ein geregelter Alltag, ein Arbeitsleben beginnen würde.

Vater und Ptahmose legten größten Wert darauf, dass morgens sehr zeitig, und wenn möglich ohne Ausnahme, die ersten Beratungen stattfanden. In Dinge, die ausländische Beziehungen betrafen, wurde ich nicht eingebunden. Ich konnte dann meinen eigenen Aufgaben nachgehen. Mein wichtigster Bereich wurde die Verwaltung, besonders das Steuerwesen und alles, was damit zusammenhing. Angefangen von der Landvermessung, der Steuerbeitreibung bis hin zur Lagerung von Getreide, Gemüse, Wein und Bier hatte ich alles zu erledigen und zu überwachen. Das blinde Vertrauen, welches sowohl Ameni, als auch mein Vater in mich legten, war erstaunlich. Ich war mir meiner Verantwortung durchaus bewusst. Ich musste Menschen gegenübertreten und womöglich zur Rechenschaft ziehen, die seit vielen Jahren ihrer Arbeit nachgingen und mit allem, was sie taten, bestens vertraut waren. Ich hatte Missstände aufzudecken und die Verantwortlichen zu melden oder selbst zu belangen. Die mächtigsten und reichsten Männer des Landes hatten mir Rede und Antwort zu stehen, wenn ich es verlangte, und manche würden mich achten und bewundern, andere mich hassen. Wieder andere würden versuchen mich zu bestechen und mit der Aussicht auf großen Reichtum locken. Aber niemals durfte ich meinen eigenen Vorteil voranstellen. Einzig das Wohlergehen Pharaos und der Beiden Länder zählte. Mein Fall würde sonst ein Fall ins Bodenlose werden.

Gemeinsam mit Cheruef, der mir nun noch treuer ergeben war als zuvor schon, zwei Dienern und zwei Soldaten der Leibgarde, die abwechselnd mein Dienstbanner vor mir hertrugen, inspizierte ich fürs Erste alle mir bedeutend erscheinenden Einrichtungen in Waset. Um nicht für unnötige Unruhe zu sorgen und um ihm ausreichend Respekt zu bezeugen, besuchte ich zuerst den Bürgermeister Neferhotep.

Er bewohnte einen der beachtlich großen Paläste am Nordrand von Waset. Von einem gemauerten Tor führte eine Kiesstrasse zwischen dicht gepflanzten Sykomoren durch einen üppig grünen Garten zum Haus des Bürgermeisters. Im geräumigen Innenhof, zwischen Brunnen, Steinfiguren und Kübelpflanzen, nahmen wir Platz.

«Es ist eine große Ehre für mein Haus, den Einzigen Freund Seiner Majestät, sie lebe, sei heil und gesund, hier begrüßen zu dürfen!», begann Neferhotep seine Rede.

«Ich danke Euch für Eure freundlichen Worte und bin selbst

geehrt, in Eurem prächtigen Haus weilen zu dürfen», gab ich betont höflich zurück.

«Unser Herrscher Nimuria hat mich beauftragt, im ganzen Land das Steuerwesen und alles, was damit zusammenhängt, einer eingehenden Überprüfung zu unterziehen. Der Grund für die Überprüfung ist nicht Misstrauen Seiner Majestät, sondern vielmehr der Wunsch, sich einen Überblick über die Möglichkeiten unseres Landes zu verschaffen. Ich werde deswegen die Einteilung der Felder nach der Überschwemmung prüfen, nach Möglichkeiten suchen, die Bewässerung der oberen Felder zu verbessern und weitere Lagerräume für Getreide schaffen», klärte ich mein Gegenüber, das geduldig zuhörte, auf.

«Hierbei bin ich selbstverständlich auf die Hilfe der Bürgermeister und ihrer Schreiber und Verwalter angewiesen, wie Ihr Euch vorstellen könnt», fuhr ich fort.

Im weiteren Verlauf berichtete ich Neferhotep von meinen Untersuchungen, die ich während des Nubienfeldzuges angestellt hatte, und wie ich mir meine Arbeit zunächst in Waset vorstellte.

Ich glaube, er hat mich nicht im mindesten ernst genommen und sagte mir deswegen recht leichtfertig alle erdenkliche Hilfe zu – was immer er sich darunter auch vorgestellt haben mag. Diese Einstellung ärgerte mich sehr, und ich war mir sicher, dass der Bürgermeister und ich noch die eine oder andere unangenehme Begegnung erleben würden. Ich für meinen Teil hatte zunächst ihm gegenüber meine Pflicht erfüllt und konnte nun an mein eigentliches Werk gehen.

Am Abend trafen wir uns wieder auf der Terrasse des Palastes, Ameni, mein Vater und ich. Ich berichtete ihnen von meiner Begegnung mit Neferhotep, unterließ aber eine Wertung seiner Person. Ich wollte nicht, dass Vater misstrauisch oder sogar ängstlich wurde oder dass Amenophis mich von der Aufgabe entband. Vielmehr versicherte Ameni nochmals ausdrücklich, dass mir für meine Arbeit jede Unterstützung zuteil werden würde.

Dazu hatte er auch allen Grund, denn an diesem Abend wurde mein Aufgabenbereich nochmals erweitert.

«Deine Inspektionsreisen führen dich ohnehin durch das ganze Land», begann mein Freund, steckte sich erst eine Dattel in den Mund und spülte sie mit einem Schluck Wein hinunter. Mit großen Augen blickte ich erwartungsvoll auf seine Lippen.

«Und kaum jemand», fuhr er fort, während er schon wieder nach der nächsten Dattel griff, «kaum jemand in meinem Reich wird so viel zu sehen bekommen wie du, Eje. Du weißt, dass ich große Bauvorhaben plane und für die Tempelbauten große Mengen an Steinen benötige: Sandstein, Granit, Rosenquarz, alles, was es so gibt. Ich bitte dich deswegen, dass du nebenbei die vorhandenen Steinbrüche überprüfst und, wenn irgend möglich, neue erschließen lässt!» Er verschlang die Dattel. Vater und ich waren einigermaßen erstaunt.

«Ich befürchte nur, Majestät, dass Eje von Steinen und Steinbrüchen nicht sonderlich viel versteht», gab mein Vater mit besorgter Miene zu bedenken.

«Juja, das mag für den Augenblick gelten. Aber ich bin mir sicher, dass Eje in kurzer Zeit nicht nur über die nötigen Kenntnisse verfügen, sondern alle unsere Baumeister geradezu in Staunen versetzen wird – nicht wahr, Eje!» Und wieder zu Vater gewandt:

«Im Übrigen muss er die Steine weder selbst schlagen, noch selbst hierher schleppen. Ich sagte es bereits: Jedermann steht ihm zur Verfügung. Er muss sich nur die richtigen Männer aussuchen.»

Damit war für Nimuria das Thema erst einmal erledigt, und ich war um einen Posten reicher: Persönlicher Beauftragter Seiner Majestät für sämtliche Steinbrüche.

Ich muss gestehen, die Aufgabe hatte ihren Reiz, denn es war eine große Ehre für mich, an Werken für die Ewigkeit mitzuarbeiten. Doch anders als die großen Baumeister, die für das Hochwachsen der Gebäude verantwortlich waren und für die Schönheit des Geschaffenen gerühmt wurden, war ich nur vorbereitend, ja im Verborgenen tätig. Niemand würde je darüber reden, dass Eje es war, der Tausende Sandsteinblöcke hauen und herbeischaffen ließ, dass Eje es war, der verantwortlich dafür war, dass die Arbeiter an den Tempeln und Palästen Pharaos ihr tägliches Brot, Gemüse und Bier erhielten. Doch dies war mein Schicksal. Wollte ich mich beklagen?

Amenophis hatte es mir von Anfang an so vorhergesagt: Keiner würde neben ihm mächtiger sein als ich, aber kein Titel sollte je davon künden.

Noch am selben Abend erinnerte uns Pharao an den Baumeister Amenophis, Sohn des Hapu, und bat mich darum, ihn am frühen Nachmittag des nächsten Tages in den Palast kommen zu lassen.

Es war schon spät in der Nacht, als der schon kleiner werdende Mond über die Giebel der Paläste und die Wipfel der Palmen stieg und als Vater meinte, wir müssten doch schon sehr müde sein. Wie Recht er hatte. Aber Amenophis entgegnete: «Geht unbesorgt zu Bett. Wir bleiben noch ein wenig sitzen.» Dies kam sowohl meinem Vater und den Dienern als auch mir einem Befehl gleich, und ich wusste, dass der Abend noch etwas länger dauern würde.

Wie schon so oft, saßen wir jetzt ganz alleine auf der Terrasse, und wie immer, wenn wir unter uns waren, nahm Amenophis jetzt sein Kopftuch und die Perücke ab, legte beides zur Seite und fuhr mit den Fingern seiner rechten Hand durch sein dichtes schwarzes Haar. Ameni goss sich Wein nach, nahm gleich vier oder fünf Datteln in die Hand und lehnte sich mit Blick auf den Fluss und die dahinter liegenden Berge zurück. Ich war gespannt, was mich jetzt erwartete.

«Ich weiß nicht so recht, ob ich mit dir darüber reden soll, aber außer dir habe ich niemanden, mit dem ich überhaupt über solche Dinge sprechen kann», begann er zurückhaltend, ja zögerlich.

«Was meinst du?», fragte ich völlig ahnungslos.

«Ich verfüge nicht über den Vorzug gewisser Erfahrungen, die du in den letzten Tagen oder besser: Nächten gemacht hast. Ich bin mir nicht sicher, ob ich – na ja, du bist mein künftiger Schwager –, ob ich versuchen soll, vor meiner Hochzeit ebenfalls noch Erfahrungen zu machen, oder ob das wegen deiner Schwester eher unschicklich wäre.»

Er nahm einen auffallend großen Schluck aus seinem Becher, und deutlich spürte ich seine Erleichterung, das Problem endlich losgeworden zu sein. Bei mir stellte ich einen gewissen Stolz fest, wenigstens in diesem Punkt als der Erfahrenere von uns beiden zu gelten.

«Ameni, ich weiß gar nicht, was deine Sorge ist. Du liebst einen Menschen. Dann liebe ihn so, wie er ist und liebe ihn so, wie du bist. Das ergibt sich doch alles ganz von selbst!»

«Wie alt ist Inena eigentlich?», setzte er nach.

«Sie sagte neunzehn. Aber welche Rolle sollte das spielen?»

«Und du warst sicherlich nicht der erste Mann, den sie liebte, oder?»

«Sicher nicht», entgegnete ich. Ameni geriet etwas ins Stocken.

«Ich, ich bin mir einfach sicher, dass es für dich in deiner Unerfahrenheit ein großer Vorteil war, die erste Nacht mit einer Frau verbracht zu haben, die selbst schon Erfahrung hatte und einfach wusste, was sie wollte und was sie zu tun hatte – das meine ich. Und dass du wahrscheinlich nur halb so viel Freude gehabt hättest, wenn da ein ängstliches, unbescholtenes Mädchen gelegen hätte, oder?»

Er hatte wohl Recht.

«Und wenn da ein unerfahrener Ameni – ganz gleich ob er Pharao ist oder nicht – und ein ängstliches Mädchen zusammenkommen, dann kann die Enttäuschung vielleicht groß sein», brachte er seine Überlegungen zu Ende.

«Wahrscheinlich hatte ich einfach nur Glück, Ameni. Denn wenn du Recht hättest, müsste das bedeuten, dass jeder junge Mann erst einmal mit einer älteren Frau schlafen müsste, um anschließend mit einer jüngeren glücklich werden zu können.»

«Wenn du so willst: Ja. Das genau ist meine Vermutung.»

Ich zögerte einen Augenblick und sagte dann entrüstet: «Du erwartest jetzt aber nicht von mir, dass ich Inena darum bitte, dich um gewisse Erfahrungen reicher zu machen, oder?»

«Dummkopf!», schnaubte er, und im gleichen Moment warf er mir eine Dattel an den Kopf.

«Du weißt genau, dass ich das nicht täte – weder offiziell noch heimlich.»

Mir tat meine Bemerkung schrecklich leid, denn im Grunde hatte ich nicht nur Ameni, sondern auch Inena beleidigt.

Ich atmete tief durch und seufzte dann: «Ich werde also Seiner Majestät nicht nur säumige Steuerschuldner vorführen und neue Steinbrüche erschließen, sondern … gut, gut. Ich sehe mich um. Aber bitte verrate mir, wie dann die von mir Auserwählte zu dir kommt?»

Ameni schwieg erst, dann platzte aus ihm die Antwort heraus: «Wir tauschen! Ja, wir tauschen. Du bewohnst dann eben meine Gemächer, und ich werde mich hier bei dir aufhalten.»

Er fand sichtlich Spaß an diesem Gedanken. Mir war gar nicht wohl in meiner Haut.

Wir standen auf, Ameni umarmte mich mit einem zufriedenen Lächeln, klopfte mir mit der Rechten auf die Schulter und flüsterte in mein Ohr: «Ich wusste, dass auf dich Verlass ist. Ich wusste es!»

«Warte ab, Nimuria! Wer weiß, wen ich dir bringe.»

Im Bett liegend musste ich noch lange an unser Gespräch denken. Im Grunde war es eine Zumutung, was er mir, seinem künftigen Schwager, da abverlangte, sogar eine bodenlose Unverschämtheit. Hatte er nicht ein wenig Gefühl dafür, wo die Grenzen waren? Glaubte er wirklich, dass er mich für alles benutzen konnte?

Und doch: Ich war und blieb der einzige Mensch, der ihm nicht wie einem Gott gegenübertreten musste, sondern der mit Amenophis wie mit einem Menschen reden durfte. Ich war sein einziger Freund, so wie er der einzige Freund war, den ich hatte. Wir waren bedingungslos aneinander gekettet. Und so lachte ich dann doch still vor mich hin bei dem Gedanken, man könnte mir eines Tages den Titel «Einziger Kuppler Seiner Majestät» verleihen.

Inena fehlte mir sehr. Die Nachtigall sang auch in dieser Nacht für mich allein.

Am anderen Morgen stand ich schon sehr zeitig auf, um noch vor der Besprechung mit Amenophis und Vater Cheruef Anweisungen geben zu können, die nur mich und meinen Aufgabenbereich betrafen. Cheruef sollte mir Lagepläne aller unserer Steinbrüche besorgen und wenn möglich Unterlagen über deren bisherige Erträge. Zudem erteilte ich die Anweisung, dass sich der oberste Landvermesser von Waset sowie der Grabenmeister und der Vorsteher der Kornspeicher umgehend bei mir zu melden hätten. Schließlich entsandte ich einen Offizier der Leibgarde, der in kürzester Zeit den Baumeister Amenophis, Sohn des Hapu, zu mir zu bringen hatte. Meine letzte Aufgabe bereitete mir die größten Sorgen. Wären wir in Men-nefer, gäbe es damit weniger Probleme, denn dort befand sich der Harem von Osiris Thutmosis, und hierüber konnte jetzt Amenophis alleine und ungefragt verfügen wie er wollte. Doch Men-nefer war weit und der Wille Pharaos eindeutig. Ich konnte ja auch unmöglich jemanden beauftragen, eine junge Frau zu suchen, weil Seine Majestät …

Nein, so ging das nicht.

Derweil meldete sich mein Leibwächter Senu, um mir mitzuteilen, dass die Besprechung mit Pharao etwas später beginnen würde.

«Sag mal Senu», fiel es mir plötzlich ein, «was würdest du tun, wenn ich für eine Nacht ein Mädchen hier haben möchte, von dem niemand etwas zu wissen braucht, du verstehst schon, oder?»

Senu nickte artig, grinste und meinte dann: «Das kommt darauf an, wen ihr möchtet und wie viel ihr ausgeben wollt.»

«Ich möchte die schönste und erfahrenste Frau von Waset, gleich, was sie kostet. Und Senu: die Verschwiegenste! Hörst du: die Verschwiegenste! Wenn mein Vater, oder womöglich Seine Majestät irgendetwas davon erfährt, sind ein paar Leute erledigt. Aber vor mir sind das die Frau und du! Hast du verstanden, Senu?»

«Wann möchtet Ihr die Frau sehen, mein Herr?», fragte er und hielt gleichzeitig die rechte Hand auf. Ich holte aus meiner Truhe zwei kleine Lederbeutel mit Goldstücken und gab sie ihm.

«Einer ist für dich, einer für die Frau. Pass auf, Senu: Um Mitternacht ist das Mädchen hier in meinen Räumen und nimmt ein Bad. Du sorgst dafür, dass sich in meinen Gemächern und ihrer Umgebung niemand herumtreibt. Dann kommst du auf die Dachterrasse heraus und teilst mir einfach mit, dass wunschgemäß mein Bad eingelassen ist. Dann verschwindest auch du. Ich will auf dem Weg von der Terrasse zu meinem Gemach niemanden sehen. Hörst du: niemanden! Und morgen früh bei Tagesanbruch stehst du im Garten vor meinem Balkon und bringst sie genauso unauffällig wieder weg.»

«Ich habe verstanden, mein Herr.»

«Du kannst dir ruhig den ganzen Tag Zeit lassen, Senu. Und wenn alles zu meiner Zufriedenheit erledigt ist, bekommst du morgen noch einmal einen solchen Beutel.»

«Ich habe verstanden, mein Herr», wiederholte sich Senu und verschwand.

Mir war elend. Sehr elend.

Als sich Amenophis in der Besprechung erkundigte, ob jeder mit der Erledigung der ihm erteilten Aufträge begonnen hatte, schaute er nur mich an. Da außer uns nur Vater anwesend war, durfte ich die vertraute Anrede gebrauchen: «Ja, Amenophis, alle», bestätigte ich kurz.

«Ausnahmslos alle?», hakte er nach.

«So ist es. Ausnahmslos alle.» Amenophis zog seine dichten schwarzen Augenbrauen nach oben und sagte zu Vater gewandt: «Na, da bin ich ja einmal neugierig!»

Vater wirkte verunsichert.

«Glaubt Ihr, Majestät, Ihr habt Eje zu viel aufgebürdet?»

«Nein, nein, Juja. Keineswegs. Ich bin fest davon überzeugt, dass Eje uns alle in Staunen versetzen wird.» Sowohl Ameni, als auch ich zogen die Mundwinkel schmunzelnd nach oben. Ich musste im Laufe des Tages nur irgendeine Gelegenheit finden, mit Amenophis alleine reden zu können, um ihn in den Ablauf des nächtlichen Abenteuers einzuweihen. Dazu bot sich die Zeit nach dem kleinen Mittagsmahl an, wo wir uns meist gemeinsam im Garten in einem der Schattenhäuschen oder im Wasserbecken aufhielten.

Nach der Besprechung ging ich in meine Arbeitszimmer zurück, die mir erst wenige Tage vorher als zusätzliche Räume eingerichtet worden waren. In einem Raum, dessen Fenster nach Norden in den Garten zeigten, war es angenehm kühl, und dort richtete ich mir mein persönliches Schreibzimmer ein. Direkt daneben lag ein größerer Saal, der mir als Besprechungsraum und Bibliothek diente und in dessen Mitte ein etwa sechzehn Ellen langer Tisch stand. Er war bestens dafür geeignet, große Karten oder Pläne auszubreiten. Von meinem kleinen «Audienzsaal», wie Ameni diesen Raum zu nennen pflegte, schlugen Bauarbeiter eine kleine unauffällige Türe direkt zu meinem bisherigen Wohnraum, der übereck lag, und dessen Fenster nach Osten zeigten. So war ich nun bestens eingerichtet.

Als ich in meine Arbeitsräume zurückgekehrt war, erwartete mich dort der Grabenmeister von Waset, nach dem ich am Morgen verlangt hatte. Ich war etwas verwundert, zumal ich angesichts der bevorstehenden Überschwemmungszeit davon ausgegangen war, dass er zu denjenigen Bewohnern Oberägyptens zählte, die am meisten beschäftigt und deswegen am schwierigsten zu erreichen waren.

Als ich den Raum betrat, verneigte er sich tief und ehrfurchtsvoll.

«Mein gnädiger Herr, Ihr habt mich rufen lassen. Euer Diener Intef steht ergebenst zu Diensten!»

Das pockennarbige Gesicht eines kleinen, feisten Widerlings grinste mich an. Eine dicke Goldkette hing um seinen massigen Hals, und an fast jedem Finger seiner aufgequollenen Hände steckte ein Ring. Selten zuvor war mir ein Mensch auf Anhieb so unangenehm und wirkte so abstoßend auf mich wie dieser Intef. Ich hätte Ameni gerne darum gebeten, ihn sofort austauschen zu dürfen. Ich zwang mich, nicht voreilig ungerecht zu sein. Obwohl das Gespräch nicht sehr lange dauerte, erfuhr ich, dass Intef zu den besten Freunden des Bürgermeisters Neferhotep zählte, einen ebenso großen Palast bewohnte und vor etwa zehn Jahren zum letzten Mal einen Bewässerungsgraben mit eigenen Augen gesehen hatte. Dabei zeigte der Mann auch nicht den Hauch eines schlechten Gewissens, sondern glaubte offenbar, er konnte mich mit seinen prahlerischen Geschichten beeindrucken.

Ich war außer mir vor Wut. Ich befragte ihn noch ausgiebig über seine Untergebenen und ließ von einem Schreiber alle Namen sorgfältig festhalten. Zuletzt log ich Intef vor, dass ich mich auf unsere Zusammenarbeit sehr freuen würde, und dankte Ptah und Hathor, als er mein Zimmer endlich wieder verlassen hatte. Ich wollte mir gar nicht vorstellen, welche Menschen der Landvermesser und der Verwalter der Kornspeicher waren! Beide bekam ich an diesem Tag nicht mehr zu sehen, was ich nur bei Ersterem für ein gutes Zeichen hielt. Am späten Vormittag, als es gerade begann, unangenehm heiß zu werden, brachte Cheruef die ersten Pläne der Steinbrüche Oberägyptens und Nubiens. Ich wusch mich und ging nachdenklich in den Garten. In einem der Schattenhäuser saßen die Große königliche Gemahlin Mutemwia mit Mutter und Teje, umgeben von ihren Hofdamen und Dienerinnen, in einem anderen mein Vater mit Ptahmose und ihren Schreibern. Sie schienen sehr beschäftigt zu sein. Amenophis zog derweil im Wasserbecken seine Bahnen. Dies schien mir eine günstige Gelegenheit. Ehe mich mein Vater gewahr wurde, war ich entkleidet und sprang ebenfalls ins Becken. Wie so oft forderte mich Ameni zu einem kleinen Wettkampf auf, und wie so oft gewann er mit einigen Ellen Vorsprung. Seiner Kraft hatte ich einfach nichts entgegenzusetzen. Unser kurzes Kräftemessen endete an dem Ende des Beckens, welches den Schattenhäusern gegenüberlag.

«Worüber redet Teje gerade?», fragte mich Ameni tief atmend.

Ich konzentrierte mich kurz und schnaubte zurück: «Über dich natürlich, und dass es merkwürdig sei, wie zwei fast gleichaltrige Männer so unterschiedliche Körper haben können.»

«Sagte sie wirklich Männer?»

«Ja, sagte sie», bestätigte ich ihm und sah an seinem zufriedenen Blick, dass er mächtig stolz war.

«Ich muss mit dir über ein paar Dinge reden, Ameni, alleine.»

«Ich höre.»

«Heute, am späten Abend, während wir auf der Terrasse sitzen, wird mein Diener erscheinen und mir melden, dass mein Bad vorbereitet ist. Das ist für uns beide das Zeichen zum Aufbruch, denn du wirst ebenfalls eine plötzliche Müdigkeit verspüren. Auf dem Weg von der Terrasse zu meinem Schlafzimmer wird sich kein Mensch aufhalten. In meinem Bad wirst du vorfinden, was du begehrst. Im Morgengrauen wird sie von Senu vom Garten aus weggebracht.»

«Bist du wahnsinnig? Was weiß Senu?», empörte sich Ameni.

«Gar nichts natürlich! Er glaubt, er bringt das Mädchen zu mir! Du kannst nun nicht von mir erwarten, dass ich alleine durch Waset laufe und hübsche Mädchen anspreche. Das musste ich jemandem überlassen, der weiß, wo er zu fragen hat. Und das ist Senu.»

Er war wieder beruhigt und blies eine kleine Wasserfontäne ins Becken.

«Wenn sie deinen Wünschen nicht entspricht, lässt du sie stehen und gehst in deine Gemächer zurück. So einfach ist das.»

Er nickte zufrieden.

«Da ist noch etwas, Nimuria, was erst einmal unter uns bleiben sollte.»

«Weshalb diese Förmlichkeit, mein Ohr?»

«Ich meine es ernst! Ich habe den Eindruck gewonnen, dass in Waset ein paar hinterhältige, betrügerische Heuchler ausschließlich in die eigene Tasche wirtschaften!»

«Das ist ein schwerer Vorwurf, Eje.»

«Ich weiß. Aber ich werde dir die Beweise liefern. Nur wundere dich nicht, wenn ich in nächster Zeit von einigen Männern in dieser Stadt schlecht gemacht und sogar angeschuldigt werde. Aber ich kriege sie, das verspreche ich dir!»

«Und ich habe dir bereits jede Unterstützung zugesagt, mehr kann ich nicht tun.»

«Doch, Amenophis. Erlaube mir, Männer zur Unterstützung zu suchen, ohne dich in aller Form vor Vater oder Ptahmose fragen zu müssen. Und lass uns über diese Dinge bis zum Abschluss meiner Nachforschungen nicht vor ihnen darüber sprechen.»

«Einverstanden!»

Ameni tauchte unter und schwamm, ohne Luft zu holen, bis ans andere Ende. Ich versuchte es gar nicht erst.

Am späten Nachmittag saß ich über den ersten Plänen der Steinbrüche, als mir der Baumeister Amenophis, Sohn des Hapu, gemeldet wurde. Nach meinen bisherigen Erfahrungen, die ich mit der Oberschicht von Waset gemacht hatte, war ich angenehm überrascht. Er war nicht groß, sehr schlank und hatte einen breiten, muskulösen Oberkörper. Zwischen den auffälligen Backenknochen saß eine schmale Hakennase, über dunkelgrünen Augen lagen dünne Augenbrauen. Das kantige Kinn zierte ein kurzer, eckiger Kinnbart. Er trug eine schlichte, aber gepflegte Perücke. Ich schätzte ihn auf etwa fünfzig Jahre. Ohne ein Wort mit diesem Mann gesprochen zu haben, wusste ich, dass ein Weiser vor mir stand.

Da ich mich über diesen Menschen aufrichtig freute, war ich es, der ihn gleich herzlich begrüßte: «Ich freue mich sehr, Amenophis, dass du so schnell kommen konntest! Sei mir von Herzen gegrüßt!»

«Die Freude ist ganz bei mir, Eje. Die Ehre, vom Einzigen Freund des Guten Gottes, er lebe, sei heil und gesund, empfangen zu werden, beschleunigt die Schritte auch eines schon betagten Ägypters!»

«Amenophis, du redest gerade so, als wäre ich der Wesir in Person», lachte ich.

«Ich glaube, man ist sich zur Zeit in Waset nicht ganz sicher, wer eigentlich der Wesir ist: du oder Ptahmose. Dass du Seiner Majestät, sie lebe, sei heil und gesund, näher stehst als irgendein anderer Mensch Ägyptens, weiß jeder.»

«Die Nähe zu Seiner Majestät ist gewiss die größte Ehre, die einem Menschen in dieser Welt widerfahren kann. Aber es ist manchmal auch etwas anstrengend, glaube mir das. Deswegen habe ich dich zu mir gebeten, ehe Nimuria nach dir rufen lässt. Setzen wir uns auf die Terrasse, dort ist es angenehm.»

Der Platz vor meinem Arbeitszimmer lag im Schatten. Ein kleiner Brunnen plätscherte vor sich hin, und wir hatten einen herrlichen Blick in den Palastgarten. Dienerinnen brachten uns kühlen Melonensaft und süßes Gebäck.

«Oder möchtest du lieber Bier trinken, Amenophis?»

«Nein danke, nicht um diese Tageszeit. Vermutlich erwartest du von mir ernst zu nehmende Antworten.»

«Antworten noch nicht, aber ich will den künftigen Baumeister Seiner Majestät auf einige Aufgaben vorbereiten, damit er nicht überrascht ist, wenn er Pharao gegenübersteht. Aber erst ein paar Worte zu meiner Aufgabe. Nimuria hat mich auserwählt, das gesamte Steuerwesen und alles, was damit zusammenhängt, zu prüfen und zu verbessern, wo es nötig ist. Weil ich dadurch sehr weit herumkomme, unterstehen mir auch noch sämtliche Steinbrüche des Landes, und ich soll weitere erschließen.»

«Wenn du erlaubst», unterbrach mich mein Gegenüber, und ich nickte.

«Wenn du die erste Aufgabe ernst nimmst, wirst du für die zweite nicht mehr viel Zeit haben!»

«Dessen bin ich mir bewusst, und ich bin dankbar für jeden wohlgesonnenen Menschen in Waset, der mir hilft, beides zu schaffen. Und du wirst einer der ersten sein, Amenophis.» Ich trank einen großen Schluck.

«Nimuria beabsichtigt gewaltige Um- und Neubauten im gesamten Tempelbezirk, und er will jenseits des Flusses, am Fuße des Gebirges, einen Palast und seinen Tempel der Millionen Jahre errichten. Die Steine für die Tempel werde ich dir beschaffen müssen, für die Ziegel des Palastes wirst du selbst verantwortlich sein. Du wirst mir genau sagen, welche Steine und wie viele du brauchst. Ich werde dir sagen, welche du haben kannst und wann.»

«Erlaube mir eine Frage, Eje», unterbrach er mich.

«Aber gerne, Amenophis.»

«Woher nimmst du die Gewissheit, dass der Gute Gott, dass Nimuria ausgerechnet mir diese Arbeiten übertragen wird?»

«Das kann ich dir schnell beantworten. Als wir am Abend des ersten Tages in Waset auf der großen Dachterrasse standen und Nimuria die Domänen des Amun sah, befahl er ohne große Umschweife, dass man ihren Erbauer nach den Trauerfeierlichkeiten umgehend vor den Thron zu bringen hat. Hierauf bereite ich dich jetzt vor.»

Ich erklärte Amenophis vor allem noch, wie er vor Seine Majestät zu treten hätte, und dass Pharao zuletzt immer das Gefühl haben musste, alle guten Einfälle beruhten ausschließlich auf seiner Weisheit. Wir unterhielten uns noch über persönliche Angelegenheiten, vor allem über Amenophis' bisheriges Leben. Nach gut zwei Stunden entließ ich Amenophis, den Sohn des Hapu, mit dem guten Gefühl, in ihm einen ehrlichen Menschen, einen Freund, gefunden zu haben. Anderntags sollte er vor Nimuria treten.

Wenig später meldete sich Senu zurück. Ehe er irgendein Wort sagen konnte, packte ich ihn am Arm, zog ihn in mein Arbeitszimmer, verbot allen anderen den Zutritt und verschloss die Tür.

«Sprich Senu!», bedrängte ich ihn ungeduldig.

«Ihr werdet begeistert sein, mein Herr. Ich habe für Euch die schönste Frau gefunden, die jemals in Waset, ja, die jemals in Ägypten gelebt hat. Sie hat solche …», und Senu hielt sich beide Hände vor die Brust.

«Das interessiert mich gar nicht, Senu. Da lasse ich mich überraschen! Wie alt ist sie?»

«Einundzwanzig Jahre, mein Herr.»

«Ist auf sie in jeder Hinsicht Verlass? Ist sie verschwiegen, gesund, sauber? Du weißt schon, was ich meine!»

«Ihr könnt Euch auf mich verlassen, mein Herr», gelobte mir Senu. Wir besprachen nochmals alle Einzelheiten, dann sollte das Schicksal seinen Lauf nehmen.

Der Abend auf unserer Terrasse begann wie üblich etwas förmlich und verlief so, bis das Essen beendet war. Während Ameni und Vater Senet spielten, berichtete ich von meiner Begegnung mit dem Baumeister Amenophis. Nimuria war beruhigt, weil ich so wohlwollend von ihm sprach, und wollte ihn nach der morgendlichen Besprechung in persönlicher Audienz mit Vater und mir kennen lernen. Ich ließ Cheruef kommen, teilte ihm dies mit und bat ihn, Amenophis, den Sohn des Hapu, noch heute vom Wunsch Seiner Majestät zu unterrichten. Wie durch eine Fügung der Götter zog sich Vater an diesem Abend sehr früh zurück, sodass wir beide ungestört waren, nachdem Ameni auch die Diener entlassen hatte.

«Und der weitere Verlauf der Nacht?», fragte Ameni mit einem etwas schüchternen Blick.

«Liegt bald in meiner Badewanne und im Übrigen ausschließlich in Euren Händen, Majestät!»

Mir gefiel es, dass Ameni sichtlich nervös war, und ich hätte zu gerne gewusst, was jetzt alles durch seinen Kopf ging. Wir tranken noch zwei Becher Wein, als endlich Senu wie eine Katze lautlos auf die Terrasse schlich und mir meldete, dass das Bad vorbereitet sei. Mit ernster, fast finsterer Miene bedankte ich mich bei ihm und entließ ihn ebenfalls für den Rest der Nacht. Danach erhob ich meinen Becher, prostete Ameni zu und sagte: «Auf deinen Ka! Und die Nacht!»

Schweigend verließen wir die Terrasse, und während wir durch die Gänge zu meinen Zimmern gingen, sah Ameni aufgeregt in jeden Winkel, ob da nicht doch jemand war. Ich öffnete die Türe zu meinem großen Arbeitszimmer, schob Amenophis mit dem rechten Arm hinein und flüsterte: «Bis morgen früh!»

Dann zog ich die Türe wieder zu und schlich mich über verborgene Umwege in die königlichen Gemächer. Obwohl ich dort unbemerkt ankam, verursachte ich mit einem Trinkbecher und einer Weinkanne absichtlich einige Geräusche. Irgendwelche Soldaten der Leibgarde trieben sich sicher herum, und sie sollten die Gewissheit haben, dass sich ihr Herrscher wohlbehütet in seinen Gemächern aufhielt. Ich tat fast die ganze Nacht kein Auge zu. Eine Mischung aus schlechtem Gewissen meiner Schwester gegenüber, Sehnsucht nach Inena und doch reichlich Neugier, was nun in meinen Zimmern passieren würde, ließen mich erst in den Morgenstunden einschlafen.

Der schrille Ruf eines Falken weckte mich auf. Jetzt beherrschte mich nur die Angst, dass wir entdeckt würden. Ich schlich mich unbemerkt zu meinem großen Arbeitszimmer und schloss mich dort ein. Ich wartete ab, bis ich das Mädchen über meinen Balkon in den Garten gehen und mit Senu verschwinden sah. Leider konnte ich ihr Gesicht nicht erkennen, da sie es verschleiert hatte. Es war gut so.

Mehr und mehr Vögel erwachten und stimmten ihre Lieder an. Da hörte ich, wie sich einige Personen meinem Arbeitszimmer näherten. Seit den Umbauten waren alle meine Zimmer nur noch über das Arbeitszimmer zu erreichen. So hatte ich die Gewissheit, dass niemand direkt in mein Schlafzimmer gelangen konnte. Deutlich erkannte ich auch die Stimme meines Vaters. Ohne zu klopfen riss er die Tür auf und war für einen Augenblick sprachlos, als er mich hinter meinem Schreibtisch sitzen sah.

«Wo ist Amenophis? Wo ist Seine Majestät, Eje?», herrschte mich Vater in einem Ton an, den ich bei ihm nicht kannte. Hinter ihm drängten sich bereits Ptahmose und einige Offiziere der Leibgarde in mein Zimmer und blickten nervös suchend umher. Mit der linken Hand zeigte ich in die Richtung meines Schlafzimmers, den Zeigefinger meiner Rechten hielt ich an die Lippen.

«Pst! Macht doch nicht so einen Lärm! Nimuria liegt in meinem Zimmer und schläft dort – ganz friedlich. Wollt ihr ihn mit eurem Lärm wecken?» Ich redete mit Absicht sehr laut.

«Was geht hier vor sich?», fragte mein Vater, der sich nicht so leicht abschütteln ließ, weiter.

«Seine Majestät, sie lebe, sei heil und gesund, begleitete mich gestern Abend noch hierher in meine Zimmer, wo wir noch einige Becher Wein tranken. Irgendwann ist er dann eingeschlafen. Ich habe die ganze Nacht hier gewacht – im Gegensatz zu euch», und zeigte dabei auf die Offiziere. Jetzt öffnete sich die Türe, und mit bitterbösem Gesicht starrte uns Amenophis an. Die Soldaten fielen sogleich zu Boden, Ptahmose, mein Vater und ich verneigten uns tief.

«Welche Aufgeregtheit herrscht hier? Bricht der Feind schon in unser Land ein, dass man Pharao in dieser Art und Weise wecken muss?», rief Amenophis zornig.

«Kann mir irgendjemand diesen Aufmarsch erklären, Juja?»

«Verzeiht, Majestät! Ein Wachoffizier stellte früh am Morgen fest, dass Eure Gemächer auffallend schlecht bewacht waren, und meldete mir dies. Ich habe daraufhin veranlasst, dass man in Eurem Schlafzimmer nachsieht, ob es Euch wohl ergeht und siehe – das Schlafzimmer, das Bett war leer. Daher die Aufregung, Majestät.»

«Gestern Abend oder in der Nacht ist das wohl niemandem aufgefallen, wie», machte Ameni allen ein schlechtes Gewissen.

«Wie dies geschehen konnte, Majestät, ist unerklärlich. Ich werde jedoch eine Untersuchung veranlassen», stammelte Ptahmose.

«Ihr werdet gar nichts veranlassen, Ptahmose! Die Sache ist so, wie sie ist. Eine Untersuchung würde unnötiges Aufsehen erregen. Das will ich erst recht nicht. Über das Geschehene wird mit keinem Wort mehr gesprochen. Das ist ein Befehl! Ihr seht zu, dass sich das nicht mehr wiederholt. In einer Stunde möchte ich draußen im Schattenhaus mit Eje mein Frühstück einnehmen. Die Besprechung fällt heute aus. Für alles weitere ergehen gesonderte Befehle. Richtet dem Schatzmeister Merire aus, dass meine Sachen hier abgeholt und in meine Gemächer gebracht werden müssen», sagte er, und sein Ton war jetzt wieder ruhig und beherrscht.

«Eje bleibt hier. Ihr anderen könnt euch jetzt entfernen.»

Nach einer tiefen Verneigung verließen sie den Raum.

Amenophis zog die Augenbrauen hoch und fuhr sich mit der Rechten durch die zerzausten Haare.

«Du weißt, wie sehr ich eigentlich Lügen hasse. Aber du hattest Recht Eje, anders war die Situation nicht zu retten. Ich danke dir.»

Mir tat nur Vater ein wenig Leid. Er konnte wirklich nichts für das, was geschah.

«Es hat jetzt ohnehin keinen Sinn mehr, sich nochmals hinzulegen. Gehen wir schwimmen, Eje.»

Amenophis klatschte zweimal in die Hände, woraufhin ein Soldat der Leibgarde erschien und vor Pharao zu Boden fiel.

«Bei deinem Leben, Soldat! Du bewachst hier meine Sachen, bis der Schatzmeister Merire sie abholt. Erst dann dürft ihr das Zimmer verlassen!»

Und zu mir gewandt: «Nun komm Eje! Gehen wir in den Garten.»

Über denselben Balkon, über den noch vor kurzem das Mädchen den Palast verließ, erreichten wir die königlichen Gärten. Es war noch vor Sonnenaufgang, und deswegen angenehm kühl. Zahlreiche Gartenarbeiter gossen oder schnitten Pflanzen, kehrten die Wege und reinigten die Schattenhäuser. Sie verrichteten ihre Arbeit deswegen so früh, um einerseits wie wir die Kühle des Morgens zu nutzen, zum anderen musste ihr Werk getan sein, ehe der Palast zum Leben erwachte und der Hof begann, den Garten in Besitz zu nehmen.

Die ersten zwei Gärtner zeigten keinerlei Reaktion, als wir an ihnen im Abstand von kaum vier Ellen vorbeigingen. Erst der dritte, der Obergärtner, merkte wohl an den Falten in Amenis Schurz, wen er vor sich hatte, und schrie laut auf: «Zu Boden vor Seiner Majestät, ihr Nichtsnutze!»

Im gleichen Augenblick lagen im ganzen Garten verteilt etwa fünfzig Arbeiter auf dem Boden.

«Mache deinen Arbeitern keinen Vorwurf», sagte Amenophis in gütigem Ton zu dem Obergärtner.

«Du darfst dich erheben.»

Der Gärtner gehorchte sofort und stand mit gesenktem Haupt vor seinem König, die Hände fest an die Oberschenkel gepresst.

«Wie heißt du?»

«Mein Name ist Sessu, Majestät.»

«Wenn ihr eure Arbeit verrichtet, halte ich mich für gewöhnlich noch nicht im Garten auf. Deswegen fand ich auch noch keine Gelegenheit, dir und deinen Arbeitern zu sagen, dass mir eure Arbeit gut gefällt und mir der Garten große

Freude bereitet. Wer trägt die Verantwortung für die Gestaltung der Gärten, Sessu?»

«Ich selbst, Majestät. Ich unterstehe unmittelbar dem Wesir als dem Domänenverwalter Eurer Majestät.»

Dann fuhr Amenophis fort: «Du verfügst über ein großes Können und über viel Gespür für Pflanzen. Du wirst eines Tages von mir hören, Sessu. Halte dich also bereit, und pflege weiterhin meine Gärten wie bisher. Für heute sei eure Arbeit beendet. Den Rest des Tages dürft ihr zum Zeichen der Zufriedenheit Meiner Majestät ruhen!»

Sessu verneigte sich und rief seinen Arbeitern zu:

«Dankt dem Guten Gott! Dankt Seiner Majestät! Seine Majestät, sie lebe!»

Alle anderen brüllten zurück: «Sie lebe, sei heil und gesund!»

Sessu klatschte in die Hände, und auf ein Handzeichen hin verschwanden alle Arbeiter innerhalb einiger Wimpernschläge aus dem königlichen Garten.

«Es ist manchmal so einfach, seine Untertanen ein wenig glücklich zu machen», sagte Amenophis und zeigte den gütigen Blick eines zufriedenen Herrschers.

«Gelingt es auch manchmal einem Untertanen, Seine Majestät glücklich zu machen?»

Ameni wusste sofort, worauf meine Frage abzielte.

«Glücklich ist für heute Nacht nicht der richtige Ausdruck, Eje. Ich habe herrliche, berauschende Dinge erlebt. Ja, ich habe die nötige Erfahrung gemacht.»

Er sah an meinem ernsten Gesicht, dass ich über das knappe Urteil enttäuscht war.

«Das Mädchen war von bezaubernder Schönheit! Sie war gepflegt, über die Maßen freundlich und sehr gefühlvoll. Allerdings sagte sie immer Eje zu mir!» Ich musste lachen.

«Aber glücklich? Du wurdest ohne Vorankündigung von deinem Mädchen überrumpelt, dann verzaubert und hast dich in sie verliebt. Das Glück meiner letzten Nacht war inszeniert, Eje, es war gewollt. Das ist der Unterschied. Ich bin froh, diese Erfahrung gemacht zu haben, sicher. Aber deswegen nicht glücklich.»

Ich verstand ihn sehr gut.

Wir schwammen fast eine Stunde lang, Bahn für Bahn, und erst als die Diener das Frühstück brachten, verließen wir das Becken. Das Schattenhaus war nach Osten hin geöffnet, und so konnten wir die ersten Strahlen der gerade hinter den Bäumen aufsteigenden Sonne genießen. Nimuria aß mit noch größerem Appetit als sonst.

«Wie viel musstest du eigentlich für mein nächtliches Vergnügen ausgeben, mein Freund?»

«Einiges. Aber es ist nicht der Rede wert, Ameni.»

«Weiß außer uns beiden irgendjemand etwas?»

«Das dürfte eigentlich nicht der Fall sein. Nur mein Leibdiener Senu macht mir nach dem Auftritt heute früh etwas Kummer. Aber sorge dich nicht, auf ihn kann ich mich verlassen. Ich werde ihm ebenso verbieten, über irgendetwas zu reden und Fragen zu stellen, wie du es vorhin getan hast.»

Wie es fast gleichaltrige Brüder oder gute Freunde tun, unterhielten wir uns ausgiebig über Mädchen und ihre Eigenheiten, als hätten wir schon das halbe Leben hinter uns. Ich merkte, dass es Ameni sichtlich gut tat, jetzt endgültig ein Mann zu sein. Zuletzt fragte er mich, was aus Inena werden würde, und wo sie jetzt sei.

«Ich weiß es nicht, Ameni. Ich glaube, sie ist jetzt zu Hause in ihrem Dorf, irgendwo südlich von hier, geht ihrer Arbeit nach und wird mich mehr und mehr vergessen, wenn sie es nicht schon getan hat.»

Ameni schluckte sichtlich gerührt.

«Sie sagte zu mir, sie passe wohl nicht in meine Welt, und damit hatte sie vielleicht auch Recht», setzte ich nach.

«Aber so ein Unsinn! Wenn du sie liebst und wenn du willst, dass sie hierher kommt und bei dir bleibt: Ein Wort, und sie ist in zwei Tagen hier!»

«Ich danke dir. Ich weiß, dass du das ganz ehrlich meinst. Ich habe sie schon überall gesucht. Aber glaube mir, das Mädchen hat mehr Gefühl für das, was geht und was nicht geht, als wir glauben. Am Ende unserer zweiten, der letzten Nacht, sagte sie, sie würde sich nicht in Waset verstecken, um meine Geliebte zu sein. Und als ich ihr sagte, ein Wort von mir zu dir würde genügen, meinte sie, ich machte mich lächerlich.»

Schweigend saßen wir da und schauten in die aufgehende Sonne, betrachteten Re-Harachte in seiner ganzen Pracht.

«Wie lange werden wir uns noch hier in Waset aufhalten, Ameni?», unterbrach ich nach geraumer Zeit die Stille.

«Ich muss hier noch einige Dinge in die Wege leiten, die keinen Aufschub dulden. Vier bis sechs Wochen wird das mindestens brauchen. Auch du hast noch einiges zu erledigen, Eje. Dann geht es aber auf dem schnellsten Weg nach Mennefer, und von dort zur Jagd in die Oase Fajum! Du kannst aber jetzt machen, was du willst. Ich werde noch ein oder zwei Stunden schlafen. Lass mir Meldung machen, wenn der Baumeister eingetroffen ist!»

Unsere Wege trennten sich am Schattenhaus, da Amenophis eine andere Richtung einschlagen musste, um zu seinen Gemächern zu gelangen. Ich blieb noch eine Weile stehen und blickte meinem Freund hinterher. Verwundert schüttelte ich den Kopf und fragte mich, was mich noch alles erwarten würde.

Wenige Tage später stand auf meinem Schreibtisch eine kleine Holztruhe mit feinsten Einlegearbeiten, in der sich ein Senetspiel mit Figuren aus Elfenbein und Zedernholz befanden. Auf dem Deckel der Truhe stand geschrieben:

«Für Eje, den Einzigen Freund und Ohr Seiner Majestät, des Königs von Unter- und Oberägypten, sie lebe, sei heil und gesund, Neb-maat-Re, Sohn des Re, Herrscher von Waset, Amenophis.»

In dem Kästchen lag noch ein kleines Stück Papyrus, das für mich ohne jeden Zweifel von Ameni selbst beschrieben war. Darauf stand nur: «Ich danke dir. Ameni.»

Nach dem Prunkdolch, der Steinfigur und dem Elfenbeinkrokodil war das Kästchen das vierte Geschenk meines Freundes. Niemals mehr in meinem Leben aber erhielt ich von meinem Herrscher ein für mich kostbareres Geschenk, als diese kleine Truhe und den Papyrus.

Amenophis, Sohn des Hapu, traf am Nachmittag bei mir ein, wie es abgesprochen war. Ich gab ihm letzte Anweisungen und schickte Senu los, um Pharao und meinem Vater die Anwesenheit des Baumeisters melden zu lassen. Wie üblich, erschien nach einer Weile ein Offizier der Garde und hieß uns, vor Pharao zu erscheinen. Ich hatte nicht damit gerechnet, dass Amenophis zum Empfang des Baumeisters nahezu den gesamten Hofstaat zusammenrufen würde. Auch sämtliche Oberpriester des Amun unter Führung ihres Ersten Sehenden Ramose und die Priester des Tempels der Mut waren anwesend. Amenophis, Sohn des Hapu, ging seitlich versetzt links hinter mir, als sich das große Tor zum Audienzsaal öffnete. Für einen kurzen Moment blieb mein Begleiter wie angewurzelt stehen, so geblendet war er von der Pracht, die sich vor ihm auftat. Ich gab ihm ein Handzeichen, und kurz hinter dem Eingang fielen wir beide zu Boden nieder. Auch wenn mir die Demutsgeste offiziell von Pharao erlassen war, verzichtete ich in Situationen wie dieser auf meine Sonderstellung, was meine Neider ein wenig beruhigen sollte.

«Erhebt euch, Eje, Sohn des Juja, und Amenophis, Sohn des Hapu, und tretet vor Pharao», erschall die mächtige Stimme des Wesirs Ptahmose. Wir erhoben uns, und gingen gesetzten Schrittes auf den Thron zu.

«Gnädigster Herrscher Nimuria» begann ich meine Rede. «Gemäß Eurem Befehl bringe ich Amenophis, Sohn des Hapu, den Baumeister der Domänen des Amun, vor Euren Thron!»

«Ich danke dir, Eje. Tretet beide näher!», befahl Pharao. Er trug den Königsornat mit der Doppelkrone, den Zeremonialbart, Geißel und Krummstab. Mit gesenktem Haupt stand der weise Amenophis vor seinem Herrscher, der doch so viel jünger war als er.

«Seit ich in dieser Stadt weile, bewundere ich die Pracht ihrer Tempel und Paläste. Meinem Vater Amun kommt dabei natürlich eine besondere Bedeutung zu. Man hat mir gesagt, dass du dich bereits um Amun verdient gemacht hast.»

«Majestät, meine Verdienste sind völlig ohne Bedeutung. Und das wenige, das ich tat, das tat ich nur zu Ehren Amuns und zur Verherrlichung Seiner Majestät, des Osiris Thutmosis, Eures geliebten Vaters!»

«Deine Bescheidenheit ehrt dich, Amenophis! Meine Majestät beabsichtigt, die von meinem Vater begonnenen Arbeiten zu vollenden, die Tempelanlage von Ipet-sut zu vergrößern und Amun, meinem geliebten Vater, ein neues Heiligtum errichten zu lassen.»

Ein Raunen ging durch den Raum, und besonders bei den Priestern des Amun war eine deutliche Unruhe nicht zu übersehen.

«Meine Majestät beabsichtigt ferner, jenseits des Flusses einen Tempel der Millionen Jahre zu errichten, wie es vor mir noch niemand tat. Und schließlich wird meine Majestät am Westufer des Flusses einen prächtigen Palast errichten, und sein Name wird sein ‹Palast der leuchtenden Sonne›. Du, Amenophis, Sohn des Hapu, bist von Meiner Majestät ausersehen, diese Vorhaben zu verwirklichen.»

«Majestät, eine größere Ehre kann einem Sterblichen nicht zuteil werden! Trotz meiner bescheidenen Fähigkeiten werde ich alles versuchen, den Wünschen und Ansprüchen Eurer Majestät, sie lebe, sei heil und gesund, gerecht zu werden. Demütig erwarte ich Eure Befehle!»

«Eure Pläne sind kühn, Nimuria! Die Vorhaben gewaltig», mischte sich der Oberste Priester des Amun, Ramose, ungefragt ein. Ohne die geringste Regung schaute Pharao geradeaus auf den Baumeister und lächelte ihn an. Er schien auf diese Bemerkung nur gewartet zu haben.

«Doch ist es um das königliche Schatzhaus so gut bestellt, dass ihr ohne zusätzliche Abgaben, ohne zusätzliche Tribute der Fremdländer all dies bewerkstelligen könnt?», fuhr Ramose fort.

«Priester! Meine Kornkammern sind gefüllt. Mein Schatzhaus birgt Gold, Edelsteine und alles, was zum Bau von Tempeln und Palästen benötigt wird. Ich hoffe, das tut Euer Schatzhaus auch», sagte Amenophis in noch immer beherrschtem Ton.

«Majestät, abgesehen von den üblichen Arbeiten an unseren Tempeln und ihren Domänen haben wir größere Neubauten nicht ins Auge gefasst.»

«Um es ganz deutlich zu sagen, Ramose: Mein Tempel der Millionen Jahre und der Palast, den ich mir errichten werde, sind alleine meine Angelegenheit, und damit werde ich niemanden gesondert belasten. Wenn Ihr aber wollt, dass ich hier in Ipet-sut meinem Vater Amun ein Heiligtum errichte, wie es kein zweites je gab und je geben wird, dann werdet Ihr Euch mit der Hälfte aller Kosten daran beteiligen! Und vergesst schließlich eines nicht: Der Schatz, den Ihr so energisch verteidigt, gehört seit allen Zeiten alleine Pharao. Ihr als die Diener des Amun seid nur dazu berufen, ihn zu verwalten.»

Ameni blieb ruhig, während die Priester nun die Köpfe zusammensteckten und miteinander tuschelten. Ich verstand nicht alles, was sie sagten, obwohl ich mich auf das Äußerste konzentrierte. Ein Satz aber drang in mein Ohr und brannte sich in mein Gedächtnis ein: «Glaubt mir», flüsterte ein unscheinbarer, älterer Priester, «dieser Eje ist es, auf den ihr achten müsst!»

Ich habe Ameni nie davon erzählt, weil ich mir nicht sicher war, wie dieser Satz gemeint war. Seit diesem Tag aber war ich vor den Priestern Amuns gewarnt.

Das Verhalten der Priester bei dieser Audienz war für sich genommen ein ungeheuerlicher Vorgang und hätte als offener Aufruhr gegen Pharao gewertet werden können. Amenophis selbst war es, der den Disput der Priester ruhig und völlig unaufgeregt beendete.

«Ramose! Hört mir zu, Ramose!» Nimuria fuhr jetzt mit lauter werdender Stimme fort.

«In wenigen Wochen kehrt Meine Majestät nach Men-nefer zurück. Das dortige Heiligtum des Ptah ist bei weitem nicht so prächtig, wie die Tempelanlage von Ipet-sut. Auf dem Weg dorthin werde ich den Tempel des Min in Achmim besuchen und in der Oase Fajum das Heiligtum des Sobek. Beide sind nicht sehr bedeutend. Ich bin mir aber sicher, dass die Priester dort ihren letzten Deben Gold hergäben, machte ich ihnen dasselbe Angebot wie Euch!»

Deutlicher konnte Pharao nicht mehr werden, und die Priester hatten verstanden, sie zögerten aber noch.

«Amenophis, Sohn des Hapu, du wirst deine Heimatstadt wohl verlassen müssen. Ihr Großen meines Reiches, ihr Edlen von Ober- und Unterägypten seid Zeugen meines Versprechens, das ich hier meinem Vater Amun gab. Ihn zu ehren ist Aufgabe aller Menschen in diesem Land, angefangen bei Meiner Majestät, bis hin zum letzten Sklaven. Alleine die Diener des Amun selbst, um deren Reichtümer jeder weiß, sind nicht bereit, ihr Teil dazu beizutragen.»

Wieder breitete sich unter der Priesterschaft des Amun Unruhe aus. Schließlich tat der Erste Sehende Ramose einige Schritte nach vorne und rief: «Haltet ein, Nimuria! Wir werden auf dein ungewöhnliches Verlangen eingehen!»

«Was ist daran ungewöhnlich, Ramose?», unterbrach ihn Pharao.

«Noch nie mussten die Priester den Schatz ihrer Götter opfern, um sich an Tempelbauten zu beteiligen», setzte Ramose nach.

«Euren Tempelschatz opfert Ihr nicht mir, sondern Amun, merke dir das, Ramose! Und außergewöhnliche Vorhaben bedürfen außerordentlicher Mittel. Noch könnt Ihr Nein sagen, Ramose.»

«Wir haben uns bereits entschieden, Nimuria. Es geschehe, wie Eure Majestät beschlossen hat!»

Amenophis hieß den königlichen Schreiber vor den Thron kommen.

«So werde es geschrieben: Meine Majestät, der König von Ober- und Unterägypten, er lebe, sei heil und gesund, Sohn des Re, gezeugt von seinem Vater Amun, Neb-maat-Re, Herrscher von Waset, Amenophis, beschließt, seinem Vater Amun, geliebt von seinem Sohn, ein Heiligtum zu errichten in Ipetsut, seiner geliebten Stadt, und sein Heiligtum zu vergrößern. Mit freudigem Herzen nehmen daran die Priester des Amun mit der Hälfte des gesamten Aufwandes teil, nachdem die Schatzhäuser Seiner Majestät und die Schatzhäuser des Amun besichtigt und bewertet wurden. So geschehe es, und so werde es geschrieben.»

Die Anordnung Nimurias, auch die Schatzhäuser Amuns zu besichtigen, war eine weitere Erniedrigung seiner Priester und führte erneut zu Unruhe unter ihnen. Noch nie hatte außer den Priestern selbst je ein Auge den Schatz des Amun gesehen. Pharaos Befehl war aber nicht mehr zu verhindern.

«Meine Majestät ist erfüllt von großer Freude. Meine Majestät wird mit Ramose, dem Obersten Priester meines Vaters Amun, meinem Baumeister Amenophis, Sohn des Hapu, und mit Eje, dem Einzigen Freund meiner Majestät, noch viele Stunden verbringen, um das zu vollenden, was wir heute gelobt haben. Begeben wir uns deswegen jetzt zum Heiligtum meines Vaters Amun, um ihn zu loben und zu opfern!»

Amenophis' Triumph war vollkommen.

In großer Prozession zog Pharao in seiner goldenen Sänfte, gefolgt vom gesamten Hofstaat, den Priestern des Amun und der Hathor, eskortiert von der königlichen Leibgarde vom Palast zur Tempelanlage von Ipet-sut. Unter Anleitung Pharaos wurden zahllose Brote, Bier, Gemüse, Gänse und Schafe geopfert, Weihrauch verbrannt und Lobgesänge angestimmt. Der Lobpreis Amuns dauerte bis in die frühen Abendstunden. Das Opfer seines vollkommenen Sohnes Amenophis hat Amun sicher mehr als zufrieden gestimmt.

Nachdem sich die Priester am Großen Tor der Tempelanlage von Nimuria verabschiedet hatten und der Hofstaat in den Palast zurückgekehrt war, versammelte sich der engste Kreis um Pharao nochmals in dessen Arbeitszimmer. Mit großer Spannung wartete ich darauf, wie Amenis Handstreich gegen die Priester des Amun gewertet werden würde. Während Pharao von den Leibdienern seiner königlichen Insignien und der Perücke entledigt wurde, ergriff erwartungsgemäß mein Vater als erster das Wort:

«Ich beglückwünsche Euch zu Eurem großen Erfolg, mein Herrscher! Was Euch heute gelungen ist, haben Eure Vorgänger selbst nach zehnjähriger Herrschaft nicht einmal zu denken gewagt. Erlaubt Ihr mir aber dennoch ein Wort der Kritik?»

«Nur zu, Juja! Heute könnt Ihr mir alles sagen, ohne mir meine Stimmung zu verderben!»

Amenophis fuhr sich mit der Hand durch das verschwitzte Haar und strahlte in die Runde.

«Hättet Ihr nicht wenigstens mit Eurer Mutter oder mit mir vorher über Euren kühnen Plan sprechen können? Wisst Ihr eigentlich, wie gefährlich das war, was Ihr heute tatet?»

«Verehrter Juja», begann nun Ameni. «Wenn ich vorher mit meiner Mutter oder mit Euch auch nur ein Wort darüber gesprochen hätte, wäre anschließend nichts passiert. Ihr hättet mir mein Vorhaben derart gründlich zerredet, dass die Priester am Schluss nicht einen Deben ärmer geworden wären. Und was Euren zweiten Hinweis betrifft: Bis zum heutigen Tag waren die Priester gefährlich, Juja, sie *waren* es! Ich werde durch die Tempelbauten ihre Schatzhäuser derart gründlich leeren, dass sie ein für allemal auf die Gunst Pharaos angewiesen sein werden. Noch werden die Beiden Länder von Pharao regiert, und nicht von Ramose oder irgendeinem anderen Priester! Daran wird sich, zumindest solange ich regiere, nichts ändern.»

«Dennoch, Amenophis.» Nun begann die Große königliche Gemahlin Mutemwia zu sprechen. «Juja hat Recht. In welch unangenehme Situation hätten wir kommen können, hätte Ramose unsere Unkenntnis geahnt und uns gegeneinander ausgespielt.»

«Mutter, ich verstehe, dass Ihr Euch übergangen fühlt. Aber im Gegensatz zum unverschämten Benehmen der Priester habt Ihr Haltung bewahrt, sodass gar nichts passieren konnte. Und ich sage nochmals, und nehmt mir das bitte nicht übel: Ihr hättet mir mein Vorhaben zerredet.»

«Es stimmt, was Pharao sagt», gab Ptahmose kleinlaut bei und zog sich dabei sein langes weißes Hemd, die Amtstracht des Wesirs, über seine schwabbelige Brust bis unter die Achseln. «Wenn Ihr mir aber einen Rat erlaubt, Nimuria?»

«Bitte Ptahmose. Hier braucht sich niemand zurückzuhalten!»

«Tretet nicht zu fest zu! Nehmt ihnen so viel weg, wie Ihr

könnt. Aber lasst ihnen ihre Würde! Es könnte sich sonst eines Tages rächen. Amun ist Reichsgott, und Ihr nennt ihn zu Recht Euren Vater. Demütigt deswegen seine Diener nicht zu sehr. Das könnte für andere ein schlechtes Vorbild sein und sich irgendwann ins Gegenteil verkehren.»

«Ich werde Euren Rat beherzigen, Ptahmose», gab Amenophis nach.

Damals ahnte niemand, wie Recht Ptahmose behalten sollte.

Amenophis, Sohn des Hapu, wurde bereits am folgenden Tag zum Thronrat einbestellt. Dort wurde vereinbart, dass in jeder Woche vier Besprechungen ausschließlich den Bauvorhaben Seiner Majestät gewidmet sind und dass einmal in jeder Woche auch Ramose, der Oberste Priester des Amun, daran teilnahm. An den folgenden Tagen fand nach jeder Besprechung eine sorgfältige Begehung des Tempelgeländes von Ipet-sut statt, damit der Baumeister beziehungsweise seine Gehilfen den Gebäudebestand genau erfassen konnten und damit sich Nimuria konkrete Vorstellungen über das Ausmaß der Bauvorhaben machen konnte.

An diesen Begehungen nahm ich nicht teil, da mich meine eigenen Arbeiten zu sehr in Anspruch nahmen. Den Vorsteher der Kornspeicher hatte ich zwischenzeitlich ebenfalls kennen gelernt. Er hieß Sethi und machte auf mich erwartungsgemäß den gleichen schlechten Eindruck wie der Bürgermeister und der Grabenmeister. Da der Tempelschatz des Amun nicht alleine aus Schenkungen bestand, sondern im wesentlichen in den Domänen erwirtschaftet wurde, ersuchte ich um eine Audienz bei deren Verwalter. Er hieß Tahuti.

Ich hatte einen mehr als ungünstigen Zeitpunkt gewählt, denn das Misstrauen aller Diener des Amun saß seit der Audienz bei Nimuria, die erst wenige Tage zurücklag, sehr tief.

Tahuti war fünfunddreißig Jahre alt und eine sehr schlanke,

ja hagere, gepflegte Erscheinung. Er war sehr wortkarg, aber was er sagte, war wohl überlegt. Er erinnerte mich darin an meinen Vater. Da ich Tahuti gegenüber von Anfang an größten Respekt bezeugte und nicht im Mindesten meine Beziehung zu Pharao hervorhob, vertraute er mir sehr bald.

Voller Stolz zeigte er mir die von ihm verwalteten Ländereien. Die Felder waren exakt ausgemessen, und nicht eine Arure Land wurde verschenkt. Die Wassergräben waren gepflegt und sauber, sodass bei Beginn der Überschwemmungszeit die Bewässerung eines jeden Feldes gewährleistet war. Die Brunnen und die Hebeanlagen, mit welchen das Wasser auf die höher gelegenen Felder geleitet wurde, befanden sich in einem ebenso tadellosen Zustand wie die Pflüge, Stallungen, Dreschplätze und die Unterkünfte der Arbeiter. Hier wurde Großes geleistet.

Durch unsere langen Gespräche erlangte Tahuti schnell die Gewissheit, dass ich trotz meiner Jugend viel von meinem Aufgabenbereich verstand und dass ich es mit meiner Absicht, nur den Reichtum Pharaos und des Landes zu mehren und nicht meinen persönlichen, ernst nahm.

«Ich bin sehr auf deine Hilfe angewiesen, Tahuti», begann ich eines unserer Gespräche, nachdem wir bereits fünf Tage lang gemeinsam unterwegs waren.

«Du weißt ja, dass die Kosten für die Tempelbauten geteilt werden sollen, und die Bauten werden umso prächtiger ausfallen, je mehr Nimuria als seinen eigenen Anteil beisteuern kann.»

«Was willst du von mir wissen, Eje? Hinter deiner Frage steckt mehr, als es scheint, oder?»

Tahuti war misstrauisch geworden.

«Das will ich dir ganz offen sagen: Ich weigere mich zu glauben, dass die Reichtümer von Menschen wie Neferhotep, Intef und Meri nur auf ehrliche Weise erworben wurden und dass Pharao aus all den Erträgen seiner Domänen den ihm wirklich zustehenden Anteil erhalten hat …»

«… und dass die Domänen überhaupt so bewirtschaftet werden, wie es sein sollte», unterbrach mich Tahuti. Wir hatten uns verstanden.

«Den Landvermesser …»

«… habe ich bis heute nicht gesehen», fuhr ich dazwischen.

«… kannst du außer Acht lassen. Er hat wenige Möglichkeiten, Einfluss zu nehmen. Er schlägt sich mehr mit den einfachen Bauern herum. Eine bedeutende Rolle spielt zum einen der Grabenmeister Intef. Er bestimmt, wie viele Arbeiter zur Pflege der Bewässerungsanlagen, einschließlich der Gräben und Dämme, aus Mitteln ihrer eigenen Domänen oder den Domänen Seiner Majestät eingesetzt werden. Aus den Domänen des Intef, Neferhotep, Sethi und einiger anderer wirst du niemanden draußen auf den Feldern antreffen. Die nötigsten Arbeiten an allen Gräben lässt Intef nur von Arbeitern aus den Domänen Seiner Majestät ausführen, und wenn es gar nicht anders geht, zwingt Neferhotep als Bürgermeister die kleineren Beamten und Bauern, Sklaven bereit zu stellen. Zum anderen ist Sethi, der Vorsteher der Kornspeicher, eine entscheidende Person. Er alleine führt die Listen, aus welchen hervorgeht, wie viel Getreide von welcher Domäne in die staatlichen Speicher eingelagert werden. Es ist in Waset hinreichend bekannt, dass die Domänen Seiner Majestät aus unerfindlichen Gründen immer sehr schlecht und die gewisser Herren sehr gut abschneiden.»

Ich war entsetzt. Der Betrug war so einfach, so billig und doch so bodenlos!

«Nur, Tahuti, ich brauche handfeste Beweise. Mit Mutmaßungen wird sich Nimuria nicht zufrieden geben. Es würde mein sicheres Ende bedeuten, würde ich einen von ihnen dieses Unrechts bezichtigen, ohne über eindeutige Beweise zu verfügen. Dann könnte mir selbst Pharao nicht mehr helfen!»

Tahuti begriff und wurde sehr nachdenklich.

«Gib mir bis morgen Zeit, Eje. Dann werde ich dir sagen, wie wir sie überführen können.»

Die Baubesprechungen mit Amenophis, Sohn des Hapu, zeigten sehr bald, dass wir unverzüglich mit dem Abbruch und dem Transport von Steinen jeglicher Art beginnen mussten. Nimuria entsandte hochrangige Offiziere seiner Garde zu allen Steinbrüchen und gab Anweisung, dass ab sofort sämtliche Lieferungen für die Tempelanlage in Ipet-sut bestimmt waren und nur auf seinen ausdrücklichen Befehl hin andere Baustellen beliefert werden durften.

Jetzt erinnerte sich Pharao auch des Flottenkommandanten Meru, jenes großen Senetspielers, und des Schiffbaumeisters Chati. Bereits an der nächsten Besprechung nahmen sie teil.

Seit unserer Fahrt nach Waset hatte Meru seinen Pharao anlässlich der Krönungsfeiern nur aus einiger Entfernung sehen können, umso erfreuter und aufgeregter war er nun, als sein Herrscher nach ihm rief.

Meru lag kaum ausgestreckt am Boden des königlichen Arbeitszimmers, da sagte Amenophis ungeduldig: «Erhebe dich Meru! Erhebe dich! Wir haben keine Zeit zu verlieren, wir benötigen deine Dienste. Wie viele Transportschiffe stehen uns in Men-nefer und in anderen großen Städten des Landes zur Verfügung, Meru?»

«Majestät, in Men-nefer liegen zwei Lastkähne für Obelisken, von welchen einer nur bedingt einsatzbereit ist. Weiter liegen dort vier funktionstüchtige Lastkähne für Bruchsteine, drei liegen im Hafen der Elefanteninsel Abu, und drei Kähne liegen südlich von Waset. Sie sind ebenfalls voll einsatzfähig, wovon ich mich erst vor zwei Tagen überzeugt habe.»

Ohne ein Wort zu sagen, blickte Nimuria zum Baumeister Amenophis. Dieser schüttelte nur mit dem Kopf.

«Wie lange braucht ihr auf eurer Werft in Men-nefer, um einen Lastkahn zu bauen, Chati?», fragte Ameni weiter.

«Wenn es keine Zwischenfälle gibt, genau siebzehn Tage, Majestät.»

«Wie viele Schiffe müssen wir noch bauen, Amenophis?» Nimuria richtete seine nächste Frage wieder an den Baumeister.

«Wenn wir einigermaßen vorwärts kommen wollen: zehn weitere Schiffe, Majestät.»

«Zwanzig!», verbesserte ihn Pharao. «Wir bauen noch zwanzig Schiffe, Chati. Du wirst mit Meru nach Men-nefer vorauseilen und ohne Verzögerung mit dem Bau beginnen!»

«Da gibt es ein Problem, Majestät.» Chati verneigte sich demutsvoll.

«Das wäre?»

«Die Vorräte an Schiffbauholz reichen für höchstens fünf bis sechs Schiffe, Majestät.»

Schweigend blickte Amenophis in die Runde und suchte in den Augen seiner Berater nach einer Antwort.

«Libanon», sagte mein Vater regungslos und wiederholte: «Libanon!»

«Libanon? Davon hörte ich», sagte Ameni mit nachdenklicher Miene.

«Majestät, schon seit allen Zeiten holen die Ägypter das Bauholz für die Schiffe aus dem Libanon. Dort gibt es sowohl Fichten und Kiefern, als auch Zedern im Überfluss», ergänzte Meru.

«Eine gewaltige Expedition, Nimuria! Mit Tausenden von Soldaten, Sklaven und Eseln. Ein gewaltiges Unternehmen, Majestät! Euer verehrter Großvater, der Osiris Amenophis Aachepru-Re, führte eine solche Expedition durch.» Die Augen meines Vaters leuchteten.

«Wollt Ihr mir auch sagen, wer die Expedition damals leitete, Juja?»

Die Runde blickte gespannt auf Vater. Er senkte den Kopf und sagte leise: «Ich war es, Majestät. Ich selbst.»

Vater war jetzt vierzig Jahre alt, und alle Anwesenden wussten, dass man einem Mann seines Alters die Last einer solch gewaltigen Aufgabe nicht mehr zumuten konnte. Auch Amenophis wusste das. Unruhig biss er auf seine Unterlippe und gab schließlich die erlösende Entscheidung bekannt.

«Ptahmay, der Kommandant der Division des Ptah, liegt mit seinen Soldaten in der Garnison in Men-nefer. Juja, du wirst in den nächsten Tagen einen schriftlichen Marschbefehl mit möglichst vielen Einzelheiten ausarbeiten. Diesen Befehl, zusammen mit einem Schreiben von mir, werden Meru und Chati unverzüglich mit nach Men-nefer nehmen und dort Ptahmay übergeben. Ptahmay wird sofort mit den Vorbereitungen beginnen und mit dem Abmarsch nach Libanon warten, bis wir in Men-nefer eingetroffen sein werden. Dort wird er von Juja die letzten Anweisungen erhalten und sodann die Expedition durchführen. So werde es geschrieben und so geschehe es!»

Mit gelösten Gesichtszügen und schweigendem Nicken wurde von allen, vor allem von Vater, der Entschluss Pharaos als weise und weitsichtig begrüßt.

Amenophis Neb-maat-Re setzte damit Anstrengungen unseres ganzen Volkes in Gang, wie es sie seit dem Bau der großen Pyramiden bei Men-nefer nicht mehr gegeben hatte.

Tahuti bat mich durch seinen Schreiber um ein Gespräch unter vier Augen und schlug vor, eine etwas südlich von Waset gelegene Domäne zu besichtigen, um sichergehen zu können, dass wir ungestört, vor allem aber unbemerkt reden können. Lange vor Sonnenaufgang stand ich alleine mit Senu auf meinem zweispännigen Streitwagen vor der Domäne des Amun. Gemäß unserer Absprache erschien auch Tahuti nur mit einem Leibwächter auf einem Pferdewagen, und es begann eine fast zweistündige, wilde Fahrt in Richtung Süden, vorbei an Gärten und Feldern, Rinder- und Ziegenherden. Als unser

Weg direkt am Fluss entlangführte, grüßten uns die ersten Fischer von ihren Booten und stiegen Tausende Vögel aus den Schilfgürteln empor, wenn unsere Gespanne donnernd vorbeirasten. Im Gegensatz zu Tahuti lenkte ich unser Gespann selbst und war mächtig stolz darauf, dass der Leibwächter Tahutis keine Gelegenheit fand, an mir vorbeizufahren. Ich genoss dieses Wagenrennen, denn wenn ich mit Amenophis unterwegs war, verbot es der Anstand, schneller zu fahren als er.

Erst kurz bevor wir unser Ziel erreichten, ließ ich Tahutis Gespann an meinem vorbei, da nur er den genauen Weg zur Domäne kannte. Wie ich nicht anders erwartete, fand ich ein prächtiges und gepflegtes Landgut vor. In der Kühle des Morgens tummelten sich auf allen Feldern die Arbeiter, und in den Ställen herrschte reges Treiben. Voll Stolz führte mich Tahuti überall herum. Schließlich erreichten wir einen Garten mit Dattelpalmen. Eigens hierzu dressierte Affen, die an langen Lederriemen festgebunden waren, warfen die Datteln von den Palmen, sodass sie von den Arbeitern nur noch aufgelesen werden mussten. Weit abseits im Garten erreichten wir ein Schattenhaus, in dem wir Platz nahmen.

«Du verstehst meine Vorsicht?», begann Tahuti das Gespräch. Ich nickte.

«Du beabsichtigst, die mächtigsten Männer dieser Stadt zu Fall zu bringen. Das kann tödlich enden, glaube mir das, Eje. Wenn sie ihrer gemeinen Verbrechen überführt werden, bedeutet dies für sie die grausamste aller Strafen, die Hinrichtung durch Pfählen und Auslöschung ihrer Namen in Ewigkeit. Bevor sie dieses Schicksal ereilt, werden sie versuchen, sich mit allen Mitteln zur Wehr zu setzen. Schon dieses darf ihnen nicht gelingen. Unser Plan muss von vornherein so angelegt sein, dass alle gleichzeitig, ja zur selben Stunde in die Falle tappen, und keiner den anderen warnen kann.»

Ich schluckte kräftig.

«Ich glaube nicht, dass uns das gelingen kann, Tahuti.»

«Was uns von großem Nutzen ist, Eje, ist ihre unendliche Habgier. Das macht sie fast blind. Ihr Betrug lief in den letzten Jahren derart reibungslos, dass sie sich in völliger Sicherheit wähnen. Aber nun höre mir zu: Es gibt in der Stadt zwei große Getreidespeicher Seiner Majestät, die leer stehen, da sie in den letzten Monaten ausgebessert wurden. Auf Grund der Befehle Nimurias zu den Tempelbauten müsstest du veranlassen, dass diese Speicher aufgefüllt werden, um Vorräte für die Bauarbeiter anzulegen. Gleichzeitig müsste der Befehl ergehen, dass auch die übrigen steuerpflichtigen Bürger eine Sonderabgabe zu leisten haben, die bei der Besteuerung nach der Ernte fällig wird. Die Liste über die Eingänge dürfte weisungsgemäß wiederum nur vom Verwalter Sethi geführt und bestätigt werden. Zur selben Zeit müsstest du die Anweisung zur Ausbesserung der Gräben erteilen. In jeder Domäne, auch den privaten, werden genaue Listen geführt, wie viele Arbeiter dazu entsandt werden. An einem bestimmten Tag, zu einer bestimmten Stunde müssten sämtliche Listen, die über die Getreidelieferungen und die über die Arbeiter, beschlagnahmt und alle Beteiligten verhaftet werden.»

«Und wenn die Listen ausnahmsweise ordnungsgemäß geführt wurden, Tahuti, was dann?», gab ich zu bedenken.

«Daran habe ich auch schon gedacht, Eje. Deswegen müssen wir für mehr Gewissheit sorgen. Es gibt ja nicht nur die Listen über die Getreideeingänge im Speicher Seiner Majestät, sondern auch die Ausgangslisten in den einzelnen Domänen. Ich weiß, dass diese Listen doppelt geführt werden. Einmal werden diejenigen Mengen aufgeführt, die angeblich in den Speicher Seiner Majestät gelangen, in einer weiteren Liste tragen sie die tatsächlichen Mengen ein, um einen Überblick über ihre wirklichen Bestände zu haben. Einen der Männer, die diese Listen führen, sollten wir in unseren Plan einweihen.

Wenn er uns wiederholte, nennenswerte Betrügereien bestätigt hat, könnten wir zuschlagen.»

«Glaubst du, wir finden jemanden, der bereit ist, dafür sein Leben zu riskieren?»

«Alles, was ich dir bisher berichtete, habe ich mir nicht ausgedacht, Eje. In einer der privaten Domänen kenne ich einen Verwalter, der das seit Jahren so handhaben muss und der mir vertraut.»

«Warum erzählte er dir das alles?»

«Er wollte, dass ich bei dem Betrug mitmache. Ganz einfach!»

Mein Entsetzen über die Gemeinheit dieser Menschen schlug in blanken Hass um. Ich war sprachlos.

«Wenn du diesem Mann nach Durchführung unseres Planes Straffreiheit und irgendwo ein Leben in Frieden zusicherst, ihn namentlich nie bei Nimuria erwähnst, bin ich mir sicher, ihn für uns zu gewinnen.»

«Tahuti», wurde ich jetzt laut. «Einem Verbrecher, der tagtäglich den Guten Gott bestiehlt, auch noch ein friedliches Leben versprechen? Wie weit muss es noch kommen?»

Tahuti blieb ganz ruhig.

«Hast du eine andere Wahl, Eje? Ich glaube nicht. Irgendwie leistet dieser Mann damit Wiedergutmachung.»

Tahuti hatte Recht. Schweren Herzens stimmte ich zu, denn anders war der Betrug wohl wirklich nicht aufzudecken.

«Wie kann ich unserem Mann Sicherheit für dein Versprechen geben?»

«Du erwartest wohl nicht, von mir ein Schriftstück darüber zu erhalten?»

Tahuti verstand und überlegte kurz.

«Kannst du mir in den nächsten Tagen einen deiner Siegelringe geben?» Damit war ich einverstanden. Auf dem Rückweg zum Verwaltungsgebäude der Domäne besprachen wir die Einzelheiten. Nimuria sollte bis zur letzten Stunde nichts von all dem erfahren. Auf Grund meiner Stellung hatte ich Befehlsgewalt über die Polizei in Waset, das musste zur Verwirklichung unseres Planes genügen.

Bereits wenige Tage später erhielt ich von Tahuti die verschlüsselte Nachricht, dass jener Verwalter bereit war, uns durch seinen Verrat zu helfen. Welch elendes Geschöpf mochte das sein!

Ohne großes Aufsehen erteilte ich die Befehle zur Einlagerung des Getreides und zur Ausbesserung der Gräben. In meinem Arbeitszimmer erläuterte ich Sethi, dem Verwalter der Kornspeicher, in einem persönlichen Gespräch die Dringlichkeit der Maßnahme und die große Bedeutung, die ihm hierbei zukommen würde. Sethi schöpfte nicht den geringsten Verdacht, im Gegenteil, er fühlte sich durch meine geheuchelte Aufmerksamkeit geschmeichelt und geehrt. Zuletzt versicherte ich ihm glaubhaft, dass ich seine persönliche Anwesenheit bei Anlieferung des Getreides voraussetzte, da ich nur einem so erfahrenen Mann wie ihm vertrauen könne.

Nach dem Gespräch mit Sethi war ich mir sicher, dass unser Plan gelingen würde. Es dauerte auch nicht lange, da meldete mir Tahuti, dass sein Vertrauensmann die ersten größeren Betrügereien bestätigt hatte. Die Kontakte zu Tahuti liefen bis auf weiteres schriftlich und geheim, da wir unter allen Umständen jede Auffälligkeit vermeiden wollten. Wie es zu meinen Aufgaben gehörte, erschien ich gelegentlich an den Kornspeichern, begrüßte Sethi höflich und erkundigte mich, ob auch alles zu seiner Zufriedenheit ablaufe.

Karren für Karren, die von Stieren oder Eseln gezogen wurden, fuhren vor, und mit einem Hebearm wurde Sack für Sack auf das Dach der runden, gemauerten Speicher gehoben. Oben stand unter einem Sonnensegel ein Tisch, an welchem Sethi mit seinem persönlichen Schreiber saß und ihm die nötigen Angaben diktierte. Daneben befand sich eine Öffnung, in welche sodann das Getreide aus den Säcken hineingeschüttet wurde. Abends wurden die von Sethi persönlich abgezeichneten Listen im Verwaltungsgebäude der Kornspeicher abgegeben und gelagert. Es würde sicher noch fünf oder sechs Tage dauern, ehe die drei Speicher gefüllt waren. Kurz vor dem letzten Tag der Woche, an dem die Arbeiter frei hatten, wollte ich zuschlagen.

Bis dahin ging ich all meinen üblichen Verpflichtungen nach, saß abends regelmäßig mit Ameni und meinem Vater auf der Terrasse des Palastes und nahm jetzt häufiger an den Bauberatungen teil, da ich mittlerweile auch über das vollständige Kartenmaterial aller Steinbrüche verfügte und mein bereits erworbenes Wissen um die Kenntnisse des Baumeisters Amenophis erweitern musste. Wie es meiner Gewohnheit entsprach, hatte ich die vorhandenen Unterlagen eingehend geprüft und festgestellt, dass unter anderem der Steinbruch in Tura, etwas südlich der großen Pyramiden, wo weißer Kalksandstein gebrochen wurde, aus unbekannten Gründen seit langem nicht mehr in Betrieb war. Andere Steinbrüche befanden sich im Wadi Hammamat, wo man besonders Granit, Grauwacke und Schiefer abbaute. Roter und schwarzer Granit wurde in der Nähe der Elefanteninsel Abu gebrochen und Alabaster in Hatnub. Nach unserer Rückkehr in Men-nefer wollte ich zuerst Tura aufsuchen, um prüfen zu lassen, ob die dortigen Steinbrüche erschöpft waren oder ob sich eine Wiedereinrichtung lohnte. Dies wurde allseits für gut befunden und deswegen von Nimuria so befohlen.

Der vorletzte Tag der Woche kam näher. Tags zuvor bat ich Ameni darum, Tahuti und Turi, dem Leiter der Polizei von Waset-Ost, sowie dessen Bruder Nebamun, der Leiter der Polizei in Waset-West war, die Erlaubnis zu erteilen, nach Einbruch der Dunkelheit zu uns auf die Palastterrasse kommen zu dürfen. So geschah es auch. Nachdem alle versammelt waren und sich Tahuti, Turi und Nebamun vor ihrem Herrscher niedergeworfen hatten, ergriff ich das Wort.

«Majestät, ich habe Euch bereits vor Wochen angedeutet, dass ich gegen einige hoch gestellte Persönlichkeiten dieser Stadt einen schweren Verdacht hege. Dieser Verdacht hat sich leider voll bestätigt.»

Amenophis und Vater sahen sich wortlos an, und Ameni sagte nur: «Weiter!»

«Tahuti ist es gelungen, zu einem der Domänenverwalter dieser Männer vertrauensvoll Kontakt aufzunehmen. Von dort haben wir alle nötigen Informationen über das Vorgehen der ruchlosen Verräter erhalten.»

Tahuti und ich berichteten Nimuria und meinem Vater nun im Einzelnen, was sich in den letzten Wochen, ja offenbar in den letzten Jahren abgespielt hat. Zuletzt unterbreiteten wir Pharao unseren Plan. Am folgenden Tag, in der Zeit der größten Mittagshitze, sollten alle Aufzeichnungen in den privaten Landgütern und in der Verwaltung der Kornspeicher durch Polizisten Turis und Nebamuns sowie durch Soldaten beschlagnahmt, und alle Verdächtigen verhaftet und vor Pharao gebracht werden.

«Warum erfahre ich erst jetzt von diesen Vorgängen?», wollte Ameni wissen.

«Majestät, Ihr wolltet Beweise sehen. Diese werdet Ihr morgen erhalten. Vorher wollte ich Euch nicht mit diesem Gesindel und seinen Machenschaften belästigen. Außerdem wären vermutlich Tahuti, unser Informant, und ich bereits tote Männer, wäre auch nur ein einziges Wort aus den Mauern dieses Palastes an die Ohren dieser Leute gelangt», rechtfertigte ich mich.

Vater gab mir Recht. Zuletzt legte Turi seinem Herrscher zwölf Papyrusrollen vor, die von Amenophis mit seinem Siegel bestätigt wurden. Es waren die Haftbefehle für die Verräter und ihre unmittelbaren Helfer.

Ich fuhr fort: «Wir werden nach der Verhaftung und der Beschlagnahme unter unserer persönlichen Aufsicht alles Beweismaterial in Euer großes Arbeitszimmer bringen lassen, wo Ihr es selbst überprüfen könnt, Majestät. Wie sodann mit den Verrätern verfahren wird, mögt alleine Ihr entscheiden.»

Noch im Dunkel der Nacht sollte Nebamun unbemerkt seine Polizisten von Waset-West über den Fluss bringen lassen, um anderntags so wenig Aufsehen wie möglich zu erregen.

Turi erhielt die Aufgabe, mit vierzig Polizisten die Domäne des Bürgermeisters Neferhotep aufzusuchen, um dort alles Material zu beschlagnahmen, anschließend in dessen Palast zu fahren, ihn zu verhaften und vor Pharao zu bringen. Nebamun sollte beim Grabenmeister Intef ebenso verfahren. Tahuti bekam den Auftrag, die private Domäne des Sethi aufzusuchen, während Vater und ich das Verwaltungsgebäude der Kornspeicher übernahmen. Schließlich wiederholten wir den gesamten Ablauf nochmals Schritt für Schritt und zogen uns dann in unsere Gemächer zurück. In dieser Nacht schlief ich denkbar unruhig, und am folgenden Vormittag konnte ich keine vernünftige Arbeit verrichten, da ich unentwegt darüber nachdachte, ob wir etwas übersehen hatten.

Gegen Mittag erschien mein Vater. Er begleitete mich in einen der Vorhöfe des Palastes, wo vierzig voll bewaffnete Soldaten der königlichen Leibwache unter Führung ihres Hauptmanns Hutu auf uns warteten. Ich zeigte Hutu den Haftbefehl für Sethi und seine beiden Helfer, sowie einen Plan der Kornspeicher und des Verwaltungsgebäudes. Ich erklärte ihm genau unser Vorgehen und was jeder Einzelne von uns zu tun hatte. Vater und ich wurden in einer Sänfte getragen, eine weitere, leere Sänfte für die Listen folgte uns. Hauptmann Hutu fuhr auf einem einspännigen Streitwagen. Wir nahmen einige kleine Umwege in Kauf, damit wir uns nicht auf der breiten Prachtstrasse dem Verwaltungsgebäude näherten und unnötig früh wahrgenommen wurden. Hutu besetzte mit dreißig Soldaten die Kornspeicher und trug Sorge dafür, dass kein Mann die Speicher verließ, und keiner der dortigen Arbeiter irgendetwas anfasste oder gar versteckte. Hutu selbst suchte mit zwei Soldaten alles nach Listen ab und ließ die gefundenen Unterlagen nach draußen bringen.

Währenddessen betraten Vater und ich mit zehn Soldaten das Verwaltungsgebäude. Sogleich stießen wir auf den völlig überraschten Stellvertreter Sethis. Vater zeigte ihm den Haftbefehl und ließ ihn kommentarlos von zwei Soldaten fesseln und abführen. Die anderen Soldaten bewachten die noch anwesenden vier Beamten, damit diese auf keinerlei Unterlagen Zugriff nehmen konnten. Dann ging Vater in das Zimmer der Schreiber, um dort alle Listen zu holen, die er fand. Ich nahm mir inzwischen das Arbeitszimmer Sethis vor. An einer Wand standen zwei Holztruhen, eine jede etwa zwei Ellen breit und eine Elle hoch. Sie waren nicht verschlossen. In diesen Truhen fand ich nicht nur die Eingangslisten der letzten Jahre für Getreide, sondern auch die Eingangslisten für angeblich abgelieferte Rinder, Schweine und Schafe. Ich kniete vor den Truhen, nahm Stück für Stück des Beweismaterials heraus, und legte die Listen neben mir auf den Boden, nachdem ich sie kurz durchgesehen hatte.

«Vorsicht, Eje!», hörte ich hinter mir den entsetzten Schrei Tahutis, und noch während ich mich seitlich zu Boden warf, hörte ich, wie jemand laut aufstöhnte und dann krachend niederstürzte.

Ich blickte mich um und sah direkt hinter mir den sterbenden Sethi, in dessen blutüberströmtem Rücken ein Dolch steckte. In seiner rechten Hand hielt er selbst einen Dolch, der erst zu Boden rollte, nachdem Sethi mir «Elende Ratte» zugeflüstert, und seinen letzten Atemzug getan hatte.

Tahuti und Vater standen mit kreidebleichen Gesichtern in der Tür.

«Ich konnte nicht anders, Eje», stammelte Tahuti. «Er hätte dich sonst umgebracht.»

Angewidert vom Anblick des toten Verräters setzte ich mich auf den Rand einer der Truhen. Mir war schlecht.

«Wie kam er hierher?», fragte Vater und zeigte auf Sethi.

«Er entwischte uns, als wir seinen Palast besetzten, und flüchtete mit einem Streitwagen. Ich war mir sicher, dass sein Weg hierher führen würde, und folgte ihm. Er hatte bereits seinen Arm erhoben, um zuzustoßen, da konnte ich gerade noch den Dolch nach ihm werfen.»

«Aber wie konnte er ungehindert in das Gebäude gelangen», schrie ich entsetzt.

«Das werden wir noch zu klären haben», versuchte Vater mich zu beruhigen.

Wie sich später herausstellte, hatte Sethi so viel Vorsprung vor Tahuti, dass er mit seinem Streitwagen langsam vor das Gebäude fahren, den Soldaten am Gebäudeeingang seinen Siegelring zeigen konnte und vorgab, er habe einen Befehl Pharaos zu überbringen. Dies genügte offenbar, um jeden der Soldaten am Einschreiten zu hindern.

Es dauerte nicht mehr lange, und Hauptmann Hutu erschien mit seinen Soldaten, den festgenommenen Arbeitern und allen beschlagnahmten Unterlagen am Verwaltungsgebäude. Dort wurde auch das von Vater und mir gefundene Beweismaterial in die Sänfte geladen und zusammen mit den Schreibern, den Arbeitern und dem toten Sethi in den königlichen Palast gebracht. Die Schreiber und Arbeiter ließ ich in das Untersuchungsgefängnis bringen und dort einzeln in Zellen sperren, damit sie sich nicht absprechen konnten. Die Listen kamen in das große Arbeitszimmer Pharaos, während der tote Verräter auf einer Bahre in einen der Räume neben dem großen Audienzsaal gebracht wurde.

Im Laufe der nächsten zwei Stunden trafen Turi, Nebamun und die restlichen Soldaten Tahutis mit ihren Gefangenen und den Unterlagen ein. Mit ihnen verfuhren wir ebenso.

Wir waren noch mit dem Ordnen aller Listen und Papyri beschäftigt, da erschien Nimuria unangekündigt in Begleitung seiner Mutter, der Großen königlichen Gemahlin Mutemwia, und Ptahmoses.

«Bleibt stehen! Bleibt stehen!», rief er, noch ehe wir uns zu Boden werfen konnten. Wir hatten sein Eintreten nicht bemerkt, so beschäftigt waren wir mit den Listen.

Wir legten die geheimen Listen der Domänen in vier Kolonnen an das obere Ende des Tisches. In ihnen fanden sich die wahren Bestände und Abgaben verzeichnet. Darunter ordneten wir die Scheinlisten der Domänen, und in die letzte Reihe die Eingangslisten der Speicherverwaltung.

Tahuti, der über die eingehendsten Kenntnisse verfügte, zeigte seinem Herrscher die ersten, auffälligen Betrügereien, indem er wortlos mit dem Zeigefinger auf verschiedene Zahlen in den Listen deutete.

Nimuria biss nervös auf seiner Unterlippe herum, bevor er schließlich sagte: «Mutter, Ptahmose, seht euch das an! Das habe ich nicht für möglich gehalten. Der Gegenwert ganzer Paläste und Domänen wurde hier verschoben!»

Gleich darauf wurde Ameni auffällig ruhig. Ohne jeden weiteren Kommentar ließ er sich von Tahuti Zahl für Zahl in der langen Reihe der Aufzeichnungen zeigen. Zuletzt stand er alleine am Fenster und sah schweigend in den Palastgarten. Nach einer Weile des Schweigens drehte er sich um.

«Wer ist in diesen Betrug verstrickt?»

«Nach unseren bisherigen Kenntnissen der Bürgermeister Neferhotep, der Grabenmeister Intef und der Vorsteher der Kornspeicher Sethi, daneben einige ihrer Schreiber und Verwalter. Wir können natürlich nicht ausschließen, dass noch mehr Verbrechen aufgedeckt werden, Majestät», sagte ich mit gedämpfter Stimme.

«Wo sind die Gefangenen», wollte Ameni weiter wissen.

«Sethi wurde bei unserem Zugriff getötet. Davon werde ich Euch gesondert berichten. Neferhotep und Intef befinden sich unter strengster Bewachung im Palast. Ihre vermeintlichen Gehilfen, die Schreiber und Arbeiter, sitzen im Untersuchungsgefängnis und werden bereits verhört.»

«Unter Folter?»

«Bislang noch nicht, Majestät, da das Beweismaterial ohnehin erdrückend ist. Erst wenn ihre Angaben widersprüchlich werden, müssten wir zu diesem Mittel greifen», antwortete ich.

Ameni nickte zustimmend.

«Tahuti, du stellst mir erste überschlägige Listen zusammen, in welchem Umfang von den einzelnen Domänen Betrug begangen wurde. Juja, Turi und Nebamun lassen erste Protokolle von den Geständnissen der Schreiber und sonstigen Helfer anfertigen. Ptahmose trägt Sorge dafür, dass sich noch vor Sonnenuntergang der gesamte Hofstaat einschließlich der ausländischen Gesandten in der Großen Halle des Palastes versammelt. Eje, du begleitest mich in den Garten.» Pharao sprach seine Befehle mit knappen Worten, und alle taten, wie ihnen aufgetragen wurde.

Lange gingen wir schweigend im Schatten der Nilakazien. Nimuria verschränkte die Hände trotzig vor der Brust, und ab und zu gab er kleinen Steinen auf unserem Weg einen Tritt, dass sie in hohem Bogen in die Büsche flogen.

«Was werde ich mit den Dreien machen, Eje», beendete Amenophis das Schweigen.

«Du wirst sie von Ptahmose als deinem obersten Gerichtsherrn zum Tode verurteilen lassen, das Urteil bestätigen und ihnen die Gnade gewähren, sich selber das Leben zu nehmen, um einer schändlichen Hinrichtung zu entgehen. Soweit sich andere schuldig gemacht haben, werden sie dem Tod nicht entrinnen können. Das Vermögen aller Verurteilter wird eingezogen und der Krone anheimfallen, und das Andenken an die Verbrecher wird für immer aus dem Gedächtnis der Menschen gelöscht werden, wenn du es befiehlst.»

Amenophis nickte.

«Ich muss dich aber um einen Gunstbeweis bitten, Ameni. Ich weiß nicht, ob und in welchem Umfang sich unser Informant, dessen Namen nicht einmal ich kenne, schuldig gemacht hat. Um überhaupt an die Verbrecher heranzukommen, musste ich ihm durch Tahuti zusichern lassen, dass er irgendwo in Ägypten unbehelligt weiterleben kann.»

Amenophis atmete schwer durch und sah mich mit weit aufgerissenen Augen an.

Bevor er etwas sagen konnte, fuhr ich fort: «Ich habe ebenso reagiert wie du, als man mir diese Zusage abverlangte. Mir blieb aber nichts anderes übrig. Im Namen Amuns: Lass diese Ratte laufen, und ich habe wenigstens Wort gehalten!»

Ameni atmete nochmals schwer durch und sagte dann: «Im Namen Amuns: So sei es! Aber jetzt erzähle mir, was mit diesem Sethi geschah!»

Ich berichtete Nimuria den genauen Ablauf unseres Einsatzes und wie es zum Tode des Verräters kam. Zuletzt bat ich meinen Freund, die Leistung Tahutis besonders zu würdigen, da wir ohne dessen Offenheit und ohne dessen Mut dieses Ergebnis nie erreicht hätten.

«Und du, mein Freund? Was wünschst du von mir?»

«Amenophis, nie käme ich auf den Gedanken, dir etwas für mich abzuverlangen», reagierte ich ehrlich empört.

«Alles, was ich bin, und alles, was ich besitze, habe ich ohnehin dir zu verdanken. Du hast mir einen Auftrag erteilt, und ich habe meine Pflicht erfüllt. Du erlaubst mir, dein Freund zu sein, und ich habe getan, was ich dir schuldig war. Maat und deine Würde sind wieder hergestellt. Das ist mehr als jede Belohnung, Ameni!»

«Es ist gut, Eje. Ich kenne dich nicht anders. Du hast aber mehr als deine Pflicht getan. Und dafür will ich dich belohnen.»

Unser Rundgang hatte uns in eines der Schattenhäuser geführt. Auf ein unauffälliges Zeichen Amenis hin erschienen seine Leibdiener. Er befahl ihnen, uns gekühltes Bier und grüne Oliven zu bringen.

«Und wie werden wir mit diesem Schlangennest Waset weiter verfahren?»

Wir tranken beide einen kräftigen Schluck, und ich überlegte mir kurz eine Antwort.

«Auch ich halte Waset bis auf wenige Ausnahmen für ein Schlangennest. Es ist aber ein sehr schönes Schlangennest, und es wäre schade, es zu vernachlässigen oder verkommen zu lassen. Zertrete also die übelsten Schlangen, und ersetze sie durch zuverlässige Beamte aus Men-nefer!»

Amenophis zog die Augenbrauen hoch und spitzte die Lippen.

Ich musste nachsetzen: «Erst hast du einen mächtigen Schlag gegen die Priester des Amun geführt, und sie mussten ihn akzeptieren. Heute Abend wirst du einen noch viel mächtigeren Schlag gegen die Oberschicht von Waset führen. Angesichts der Bodenlosigkeit der Verbrechen wird es niemand wagen, gegen die Einsetzung auswärtiger Beamter zu murren. Du musst den Wechsel nur hier und jetzt vollziehen.»

Der Abend, der Zeitpunkt der großen Versammlung kam näher. Die schwächer werdende Sonne tauchte die Große Halle des Palastes in ein angenehmes Licht, das alle Figuren, alle Wände goldgelb glänzen ließ. Die Großen des Reiches sowie die ausländischen Gesandten waren versammelt. Seitlich des Thrones standen der Wesir Ptahmose, mein Vater und ich. Neben dem

Thron befanden sich zwei weitere mit Gold beschlagene Thronsessel für die Großen königlichen Gemahlinnen Mutemwia und Iaret, davor zwei zusätzliche für meine Mutter und Teje.

Fanfarenstöße und Trommelwirbel kündigten das Erscheinen des Guten Gottes an, sodass sich alle zu Boden warfen oder tief verneigten. Zwölf Nubier trugen Nimuria in der goldenen Prunksänfte durch den Haupteingang in den Saal, seitlich schritten der Wedelträger und der Sandalenträger Seiner Majestät. Nimuria trug den Chepresch, den blauen Kriegshelm, und alle übrigen Insignien seiner königlichen Macht. Sein Gesichtsausdruck war ernst, ja geradezu grimmig. Er stieg aus seiner Sänfte und, begleitet vom Wedelträger, nahm er auf dem Thron aus Elektron Platz. Erst jetzt verstummten Fanfaren und Trommeln. Ptahmose trat vor den Thron und erlaubte den Anwesenden, sich zu erheben. Dann gab er ein Handzeichen, und, eskortiert von jeweils acht Soldaten der Leibgarde, wurden Neferhotep und Intef in den Saal und vor den Thron Nimurias geführt. Ihr erbärmlicher Auftritt wurde von einem verwunderten Raunen der Anwesenden begleitet. Hinter den Gefangenen trugen vier Soldaten auf einer Bahre den toten Sethi, in dessen blutverschmiertem Rücken noch immer der Dolch Tahutis steckte, vor Pharao. Jetzt waren sogar einige laute Aufschreie zu hören. Sechs Soldaten der Leibgarde zerrten acht weitere Männer, die schuldigen Schreiber und Verwalter der Verbrecher, an einem langen Seil, an das alle gefesselt waren, herein. Zwei von ihnen hatten blutige Striemen am Rücken – Zeichen von Folter.

Ptahmose rollte einen Papyrus aus und las mit lauter Stimme vor:

«Seine Majestät Neb-maat-Re, der König von Ober- und Unterägypten, geliebter Sohn seines Vaters Amun, er lebe, sei heil und gesund, Herrscher von Waset, Amenophis, spricht zu euch: Skrupellose und habgierige Verbrecher haben über Jahre hinweg ihre Majestäten, die Könige von Ober- und Unterägypten, denen sie dienten, unvorstellbare Mengen Getreide, Rinder, Schweine und Schafe unterschlagen und ihren Majestäten über Jahre hinweg Arbeitsleistungen, zu denen sie verpflichtet waren, vorenthalten. Seiner Majestät, sie lebe, sei heil und gesund, liegen zahlreiche Schriftstücke der Täter vor, aus welchen sich deren Schuld und der Umfang ihrer Verbrechen zweifelsfrei ergibt. Ferner liegen Seiner Majestät umfangreiche Geständnisse von acht beschuldigten Schreibern und Verwaltern vor. Die Schreiber und Verwalter Ipu, Jui, Amenemhet, Werschu, Anchhotep, Wia, Useranch und Hapuseneb werden deswegen vom Wesir Seiner Majestät zum Tode durch Pfählen verurteilt. Ihre Vermögen werden eingezogen und der Krone zugeschlagen. Ihr Andenken wird ausgelöscht in Ewigkeit. Ihre Familien werden künftig in königlichen Domänen arbeiten.

Der Verbrecher Sethi wurde bereits gerichtet. Die anderen Schuldigen, der Bürgermeister von Waset, Neferhotep, und der Grabenmeister Intef werden zum Tode durch Pfählen verurteilt. Seine Majestät gewährt ihnen die Gnade, selbst Hand an sich zu legen. Die Vermögen der Angeklagten Sethi, Neferhotep und Intef werden eingezogen und der Krone zugeschlagen. Ihre Grabmale werden ihnen entzogen, das Andenken an sie wird ausgelöscht in alle Ewigkeit. Ihre Familien werden nach Nubien verbannt. Dies ist der Urteilsspruch des Wesirs Seiner Majestät Ptahmose.»

Ptahmose schritt vor den Thron und legte Nimuria das Schriftstück vor. Sodann erschien der Siegelträger Seiner Majestät, und Pharao bestätigte das Urteil in vollem Umfang, indem er dem Papyrus sein königliches Siegel aufdrückte. Die Angeklagten, die sich der Folgen ihrer Taten bewusst waren, zeigten nicht die geringste Gefühlsregung. Mit starrem Gesichtsausdruck und gesenkten Hauptes standen sie vor dem Guten Gott und den Großen des Reiches, denen sie einmal angehört hatten.

Da wandte sich Ptahmose wieder an die Versammelten:

«Die Urteile wurden durch Seine Majestät, sie lebe, sei heil und gesund, bestätigt. Sie werden sofort vollstreckt.»

Die acht Schreiber und Verwalter wurden hinausgezerrt, wo sie in einem der Palasthöfe bei lebendigem Leibe auf im Boden versenkte, spitze Pfähle aufgespießt wurden und so starben. Neferhotep und Intef wurden getrennt in zwei Nebenräume des Palastes geführt, wo sie sich mit bereitgelegten Dolchen selber entleiben durften. Wenig später meldeten zwei Offiziere der Leibgarde Vollzug.

Im Saal herrschte eisiges Schweigen, und mit besorgter Miene sah ich zu den vier Priestern des Amun. Wer weiß, in welchem Verhältnis sie zu den Verurteilten standen. Mich überkam ein seltsames Gefühl, hatte ich doch wesentlichen Anteil daran, dass diese Männer überführt und zum Tode verurteilt wurden.

Ptahmose entrollte einen weiteren Papyrus und verlas nach der üblichen Eingangsformel den Befehl Pharaos: «… Ptahmose sei künftig Wesir von Oberägypten und Bürgermeister von Waset. Weiter sei er der oberste Domänenverwalter Seiner Majestät und Vorsteher aller Kornspeicher. Einen Wesir für Unterägypten wird Meine Majestät in Men-nefer bestimmen. Über andere Ämter entscheidet Meine Majestät zu gegebener Zeit.»

Im Audienzsaal wurde es unruhig. Viele der Anwesenden steckten die Köpfe zusammen und tuschelten. Ich verstand einzelne Wortfetzen wie «wieder eine Demütigung angesehener Fürsten», «Schmach für Waset» und ähnliches. Unauffällig murmelte ich das Erlauschte in Pharaos Ohr. Mit zornigem Gesicht erhob sich Nimuria von seinem Thron, und es dauerte einige Augenblicke, bis alle der Situation gewahr wurden und auch der Letzte schwieg.

Amenophis rief mit lauter Stimme: «Meine Majestät beabsichtigt keineswegs, Waset eine Schmach anzutun oder seine Fürsten oder sonst irgendjemanden zu demütigen. Durch das verbrecherische Verhalten einiger ruchloser Männer war es bislang ausschließlich Meine Majestät selbst, der Schmach angetan, die gedemütigt und bestohlen wurde! Fordert also nicht durch unbesonnene Bemerkungen den Zorn und die Rache Meiner Majestät heraus! Es könnte sonst ein schreckliches Ende nehmen. Ich beabsichtige, in Waset meinem Vater Amun einen gewaltigen Tempel zu errichten und die bestehenden Tempel zu vergrößern und zu verschönern. Niemand hat Veranlassung, sich deswegen über Meine Majestät zu beklagen. Wer aber mit den Plänen Meiner Majestät nicht zufrieden ist, der murre nicht feige im Geheimen, sondern trete jetzt vor mein Antlitz und rede!»

Nimuria setzte sich wieder auf seinen Thron und sah in die Runde. Er betrachtete Gesicht für Gesicht. Im Saal herrschte eisiges Schweigen. Niemand wagte Widerspruch. Die Versammlung war beendet.

Noch bevor Pharao die Sänfte bestieg, erteilte er Ptahmose den Befehl, Tahuti, meinen Vater, Nebamun, Turi und mich in das königliche Arbeitszimmer zu führen.

Amenophis wirkte dort wieder gelöst und heiter. Er trug nur das Nemes-Kopftuch und goldene Armreife.

«Tahuti, Nebamun, Turi», begann er seine Rede. «Ihr seid sicherlich sehr enttäuscht. Ich habe eure hervorragende Leistung und euer treues Verhalten Meiner Majestät gegenüber in der Großen Halle mit keinem Wort gewürdigt. Ich folgte einem sehr weisen Rat meines Wesirs. Ihr selbst habt soeben erlebt, dass das Handeln Meiner Majestät nicht nur Zustimmung fand. Zu eurer Sicherheit hielt ich es deswegen für richtig, euch nicht vor allen namentlich zu würdigen.» Dann wandte er sich jedem einzeln zu.

«Tahuti, du hast das Leben des Einzigen Freundes Meiner Majestät gerettet. Du warst es, der uns das Aufdecken der schändlichen Taten überhaupt ermöglichte. Ich ernenne dich deswegen zum Wedelträger zur Rechten Meiner Majestät, zum zweiten Priester des Amun und weise dir mit sofortiger Wirkung den Palast und die Domäne des Intef zu. Ferner überreiche ich dir diesen Siegelring, der dich berechtigt, jederzeit vor Meiner Majestät zu erscheinen.»

Tahuti fiel zu Boden und küsste Nimuria die Füße.

«Nebamun und Turi, auch ihr habt tapfer, umsichtig und richtig gehandelt. Ihr habt das Herz Meiner Majestät erfreut. Nehmt hierfür dieses Ehrengold!»

Nebamun und Turi knieten nieder, und Amenophis legte jedem eine schwere, dreireihige Goldkette um den Hals.

«Juja! Deine Dienste für Meine Majestät zu würdigen, ist es längst Zeit geworden. Hiermit tue ich dir kund, dass ich dich nach unserer Rückkehr in Men-nefer vor allen Soldaten der Division zum Stellvertreter meiner Majestät bei der Streitwagentruppe ernennen werde.»

Vater wollte gerade niederknien, um Amenophis ebenfalls die Füße zu küssen, da ergriff ihn Pharao am Arm und fuhr fort: «Ihr nicht, Juja! Ihr nicht!»

Nimuria umarmte meinen Vater und drückte ihn kräftig an sich. Vater war tief gerührt und wischte sich verstohlen eine Träne von der rechten Wange.

Schließlich wandte sich Ameni an mich.

«Eje, mein Freund, was mache ich mit dir? Du machst mir die Entscheidung wie immer nicht einfach, und deswegen musst du bis morgen früh warten. Ich denke, dafür wirst du umso überraschter sein.»

Unsere Blicke trafen sich und blieben für eine ganze Weile starr aneinander geheftet, ohne dass wir auch nur ein einziges Wort sagten. Wir beide wussten, dass diese Blicke eine innigere Bestätigung unserer Freundschaft bedeuteten, als tausend Worte. Amenophis ging zwei Schritte auf mich zu, umarmte mich kurz, und sagte dann an alle gewandt:

«Die elenden Missetäter sind überführt und gerichtet. Maat ist wiederhergestellt. Lasst uns deswegen wieder froher Stimmung sein! Es ist spät, das Mahl ist angerichtet. Seid alle meine Gäste! In einer Stunde sehen wir uns im kleinen Festsaal.»

Die meisten von uns waren überrascht, hatten wir doch keine Ahnung von einem bevorstehenden Festmahl. Tahuti, Nebamun und Turi wurden von Dienern in Gasträume des Palastes gebracht, wo sie sich reinigen konnten und frisch eingekleidet wurden. Wir anderen zogen uns in unsere Gemächer zurück.

Der kleine Festsaal des Palastes war nur vierzig Ellen lang und halb so breit. Eine seiner Längsseiten führte auf eine der schönsten Terrassen des Palastgartens. Sie war in ihrer ganzen Höhe geöffnet und in ihrer Breite nur durch drei schlanke Säulen unterbrochen. Überall im Saal standen Vasen mit prächtigen Blumensträußen, Räuchergefässe und mächtige Kerzenleuchter, und an langen goldenen Ketten hingen Öllampen von der Decke. Etwas mehr als die Hälfte des Raumes war von Sesseln, Liegen und Tischen belegt, der Rest war für die Musikanten reserviert. Wir Gäste hatten bereits Platz genommen, als Ameni mit seiner Mutter, der Großen königlichen Gemahlin Mutemwia, und meiner Schwester Teje unangekündigt den Saal betrat. Erschrocken und überrascht sprangen alle auf und verneigten sich tief. Im Laufe der Jahre stellte ich fest, dass Amenophis zunehmend Gefallen daran fand, unangekündigt zu erscheinen. Die Verwirrung seiner Gäste schien ihm ein gewisses Vergnügen zu bereiten.

Der Abend begann mit einem ausgedehnten Mahl mit nahezu allem, was die Palastküche bieten konnte. Dazu ließ Pharao die besten Weine servieren, und es wurde unentwegt musiziert und getanzt. Immer wieder prostete mir Ameni zu und schmunzelte dabei so vielsagend, dass ich ständig überlegte, was er sich wohl für mich hatte einfallen lassen. Zuletzt war ich mir sicher, dass er Inena hatte ausfindig machen lassen und sie mir stolz präsentieren würde. Inena! Da war er wieder, der Gedanke an sie, und ich musste feststellen, dass meine Erinnerung an sie, an ihr Äußeres, ihr Gesicht, langsam zu verblassen begann. Stück für Stück suchte ich in meinem Gedächtnis nach einzelnen Merkmalen wie die Farbe ihres Haares, ihre Nase, ihren Mund, bis sich dann plötzlich vor meinen Augen ein Gesamtbild zusammenfügte und die Erinnerung an sie vollkommen gegenwärtig war. Ich wusste, dass meine Vorstellung an ihr Äußeres irgendwann verblasst, ja ganz erloschen sein würde. An meine Stunden mit ihr erinnere ich mich bis zum heutigen Tage.

Das Fest war wild und ausgelassen, und alle, selbst mein Vater, tranken viel Wein.

Amenophis bestand darauf, dass wir uns am nächsten Morgen kurz nach Sonnenaufgang im Vorhof des Großen Saales trafen. Ich sollte nur in Begleitung Senus erscheinen und einfach gekleidet sein.

Es erstaunte mich immer wieder, wie frisch und aufgeweckt Amenophis früh am Morgen war, selbst wenn am Abend vorher viel getrunken wurde. Umso elender war mir oft zumute.

Im Hof vor dem Festsaal standen sechs Streitwagengespanne mit jeweils zwei Pferden. Ein Gespann war der Prunkwagen Pharaos, vier weitere waren mit je zwei Soldaten der Leibgarde besetzt, ein letztes war frei und für mich und Senu vorgesehen. Amenophis stand zwischen seinen Pferden, streichelte sie und sprach mit ihnen. Er trug nur das Nemes-Kopftuch, ein paar Armringe und hielt eine Reitpeitsche in der Linken. Es war mir sehr unangenehm, dass ich der Letzte in der Runde war, und deswegen liefen Senu und ich die letzten Meter. Kaum hatte mich Amenophis wahrgenommen, sprang er mit seinem Leibwächter auf den Prunkwagen, nahm selber die

Zügel in die Hand und rief mir zu: «Du solltest lieber Senu fahren lassen, Eje! Nicht, dass du mir aus dem Wagen fällst!»

Nach vorne gewandt schrie er: «Öffnet die Tore!»

Im gleichen Augenblick knallte er mit seiner Peitsche, und alle sechs Streitwagen donnerten los. Angestachelt durch die Bemerkung meines Freundes nahm ich die Zügel selbstverständlich selbst in die Hand und sagte nur zu meinem ängstlich dreinblickenden Senu: «Jetzt halte dich fest!»

Es begann eine aufregende Hetzjagd, erst durch die Höfe des Palastes, schließlich durch die Straßen, Plätze und Gassen von Waset bis hinunter zum Hafen am Fluss. Ich muss gestehen, dass unser Gespann nicht nur einmal um Haaresbreite einem Unglück entging, aber Amenophis wäre mit Sicherheit nicht als Erster im Hafen gewesen, wenn ich es nicht aus Rücksicht auf seine Stellung, mehr noch auf seine Eitelkeit, zugelassen hätte. Die Menschen in Waset, die meisten schliefen zu dieser Zeit noch, mögen uns für verrückt gehalten haben, und im Vorbeirasen hörte ich, wie man uns so manches Schimpfwort und so manchen Fluch hinterherrief.

Am Hafen dampften die Körper der Pferde in der Kühle des anbrechenden Morgens, und die Tiere scharrten unruhig mit den Hufen, da sie um die bevorstehende, ungeliebte Überfahrt über den Fluss wussten.

Auf der anderen Seite begann die Jagd aufs Neue und führte uns geradewegs zum Tempel der Millionen Jahre von Pharao Thutmosis Men-chepru-Re. Es muss ein herrliches Bild gewesen sein: vorneweg der goldglänzende Streitwagen Pharaos, dicht gefolgt von meinem Gespann, und dahinter seitlich rechts und links versetzt die übrigen Wagen der Soldaten, eine unvorstellbare Staubwolke hinter sich herziehend.

Als wir auf den Tempel zurasten, nahm ich ein paar Priester wahr, die im Begriff waren, mit den ersten Kulthandlungen zu beginnen. Sicherlich glaubten die Ärmsten, ihnen stehe ein

Überfall bevor, denn in wilder Flucht verließen sie die Tempelstufen und stürmten in das Innere ihres Heiligtums. Gerade als unsere Gespanne vor den Treppen zum Stehen kamen, erschienen vier kahl rasierte Oberpriester in weißen Gewändern und Leopardenfellen am Eingang, bauten sich breitbeinig vor uns auf und verschränkten mit finsterer Miene die goldbereiften Arme vor der Brust.

Erst als Ameni vom Wagen sprang und sich den Stirnreif mit der Uräus-Schlange gerade gerückt hatte, erkannten sie, wer vor ihnen stand. Drei der Priester fielen wortlos zu Boden, während der Vorsteher des Tempels sich tief verneigend nach Worten suchte. Amenophis beruhigte ihn mit dem Hinweis, er wisse selbst, dass er unangemeldet erschienen sei, er wolle aber nur den Fortgang der Bauarbeiten überprüfen und keine Opferhandlungen vornehmen. Dabei klopfte er sich den Staub aus seinem Schurz, zeigte mit der linken Hand auf den Eingang und sagte zu dem Priester: «Ihr erlaubt?»

Die Gardesoldaten und unsere Leibdiener nahmen vor dem Tempeleingang Aufstellung. Ameni und ich gingen in das Innere und besichtigten Raum für Raum. Die unvollendeten Teile sahen wir uns genauer an. Wir erkundigten uns beim Vorsteher der Arbeiten, ob die Anlieferung des Baumaterials, vor allem der Steine, zufriedenstellend war. Suti, ein ungepflegter Mann von nicht mehr als fünfundzwanzig Jahren, lag vor Nimuria am Boden und zitterte vor Aufregung am ganzen Leib. Er brachte kein vernünftiges Wort hervor, weil Pharao vor ihm stand. Amenophis erlaubte ihm, sich zu erheben und sogar ihn anzusehen. Suti wurde nun ruhiger, ja fasste Vertrauen und gab uns umfassend Auskunft über den Stand der Bauarbeiten. Ameni war mit der Leistung des Vorstehers der Bauarbeiten am Tempel der Millionen Jahre für Osiris Thutmosis Men-chepru-Re zufrieden und versprach Suti, er würde von seinem Herrscher hören, sobald die Arbeiten hier gänzlich vollendet wären. Ohne großes Aufsehen verabschiedeten wir uns vom Vorsteher der Tempelarbeiten und von den Priestern, bestiegen unsere Wagen und rasten erneut los.

Unser Weg führte uns ein Stück zurück nach Süden, dann auf die Hügel westlich der Totentempel und von dort zum Eingang des Totentales. Wir stiegen von den Wagen, und Ameni und ich, begleitet von unseren Dienern, gingen zum Eingang des Tales. Der schmale Durchlass zwischen den steilen Felsen war streng bewacht. Der Vorsteher der Arbeiten erwartete uns dort. Er hieß Hor, und er war der Zwillingsbruder von Suti, den ich eben erst kennen gelernt hatte. Hor war jedoch eine wesentlich gepflegtere Erscheinung als sein Bruder. Auch sein Auftreten war sicherer. Hor und die Wachsoldaten am Eingang des Tales warfen sich vor Pharao in den Staub. Hor hieß seinen Herrscher in gebührender Weise mit den üblichen Grußformeln willkommen und erklärte sodann, dass er in den letzten Tagen umfangreiche Erkundungen angestellt habe und seinem Herrscher nun die Ergebnisse vorstellen wolle. Amenophis befahl den Soldaten, am Eingang des Tales zu verweilen. Nur unsere Diener begleiteten uns mit Sonnenschirmen.

Es war Brauch, dass auch Pharaonen im inneren Bereich des Tales zu Fuß gingen, und so machten wir uns in Begleitung Hors auf den Weg. Nach einer Weile teilte sich das Tal. Wir gingen jedoch nicht nach links, in den östlichen Fortsatz des Tales, wo Osiris Thutmosis Men-chepru-Re seine letzte Ruhe gefunden hatte, sondern nach rechts, in den westlichen Teil. Am Anfang war der Talboden noch weit, machte einige Biegungen nach links, bis der Weg nochmals durch ein kleines Felsmassiv geteilt wurde. Dahinter vereinigten sich die Wege wieder und bildeten an dieser Stelle einen kleinen rechteckigen Platz. Schroffe, völlig unbewachsene, rotbraune Felswände führten steil nach oben. Vom linken hinteren Ende dieses Platzes führte nochmals ein schmaler Weg, der bald eine enge

Linksbiegung machte, in ein kurzes unscheinbares Seitental. Nach etwa zweihundert Ellen Wegstrecke, fast am Ende, an der linken Seite, zeigte Hor auf eine Stelle am Fuße des Hanges, an der bereits einige Grabungen stattgefunden hatten.

«Das Gestein ist gut, Majestät. Es lässt sich einfach bearbeiten, ist aber bruchfest.»

Hor hob einige Gesteinsproben auf und hielt sie Nimuria entgegen, der jedoch abwinkte und sagte: «Davon verstehe ich nichts. Ich verlasse mich ganz auf dich, Hor.»

Amenophis blickte mehrmals in alle Richtungen nach oben auf die Bergkämme und fuhr dann fort: «Ist es für deine Arbeiter sehr schwer, hierher zu kommen?»

«Der Weg ist sicherlich weit und beschwerlich, Majestät. Doch während der Arbeitstage übernachten die Arbeiter hier im Tal und kehren erst am Ende der Arbeitswoche in ihre Siedlung zurück.»

«Was geschieht mit dem Schutt und dem Geröll, das aus dem Grab kommt? Kann alles möglichst unauffällig entsorgt werden?», wollte Ameni weiter wissen.

«Auch hier habe ich keine Bedenken, mein Herrscher. Dieses Tal ist weit und lang genug, um all das Gestein unauffällig zu verteilen. Wir benötigen auch reichlich Steine, um zuletzt den ersten Stollen und den Eingangsbereich selbst zuzuschütten.»

Amenophis blieb schweigend stehen und sah sich noch eine Weile um. Ich merkte ihm an, dass ihn der Gedanke, schon jetzt Sorge für sein künftiges Grab zu tragen, nachdenklich stimmte. Dann sah er mich an.

«Nun zu dir, mein Freund! Ich sagte dir gestern, du würdest heute von der Auszeichnung, die dir zuteil wird, erfahren. Ich will dir zeigen, dass du ein für allemal meine Gunst genießt wie kein anderer und dass du wahrhaftig mein Freund bist. Ich schenke dir hier im Tal eine Grabstätte. Schon vor längerer Zeit erhielt Hor deswegen von mir den Auftrag, sich hier nach einem zweiten geeigneten Platz umzusehen.»

Ich war außer mir vor Freude und wollte gerade etwas sagen, da fuhr Ameni schon fort: «Es ist gut so, Eje! Ich habe mir das überlegt, und ich weiß, was ich sage. Außerdem mag ich das nicht, wenn mir ständig widersprochen wird.» Nimuria strahlte, und ich schwieg.

«Also, Hor, zeige uns den Weg!»

Wir gingen zurück zu dem kleinen viereckigen Platz, hielten uns dort links und gingen dann fast tausend Ellen weit wiederum nach links in ein schmales Seitental mit steilen, schroffen Wänden. Der Weg schien unendlich lang, an einigen Stellen wurde er breiter, an anderen beklemmend eng. Zuletzt wurde auch dieser Weg von einem kleinen Felsmassiv geteilt, nach seiner Wiedervereinigung machte er noch zwei oder drei unauffällige Biegungen, und dann war auch dieses Seitental zu Ende. Über einem Hang aus Geröll und Schutt ragten rotbraune Felsen empor. Ihre Form erinnerte mich an massive Säulen. Wieder zeigte Hor auf eine Stelle im Boden, an welcher bereits Grabungen stattgefunden hatten.

«Auch dieser Platz ist für ein Grab sehr geeignet, Majestät», erklärte Hor und hob erneut ein paar Steine auf. Um Hor nicht zu enttäuschen, nahm ich sie in die Hand und sah sie mir genauer an.

«Feinster Sandstein, mein Herr», erklärte Hor mit weit aufgerissenen Augen.

«Gefällt dir der Platz, Eje?»

«Keine Frage! Dann habe ich es auch im Schönen Westen nicht weit zu dir und stehe Tag und Nacht zur Verfügung.»

Wir lachten beide, und es war gut, dass mein Vater nicht hier war, denn an diesem geheiligten Ort hätte er sich meine Bemerkung verbeten.

Auf unserem langen Rückweg erläuterte Hor seinem Herrscher in groben Zügen, wie man bei der Anlage eines Königsgrabes vorging.

«Hast du schon erste Pläne des Grabes vorbereitet?», fragte Ameni.

«Ja, mein Herrscher. Aber es sind nur sehr grobe Pläne. Die genaue Planung und Ausstattung des Grabes ist allein Eurer Majestät vorbehalten.»

«Ich möchte ein prächtiges und ein einzigartiges Grab, wie es hier noch nicht errichtet wurde. In wenigen Tagen reist der Hof zurück nach Men-nefer, und in acht bis zehn Monaten werde ich wieder in Waset sein. Dann lasse ich dich rufen und werde dir meine Pläne zeigen. Bis dahin bereitest du die Grundsteinlegung für beide Gräber vor.»

Hor verneigte sich tief und versprach, alles zur Zufriedenheit des Guten Gottes zu erledigen.

Am frühen Nachmittag, als Aton, die Sonnenscheibe, am höchsten stand, erreichten wir wieder den Ausgang des Tales. Hor verabschiedete seinen Herrscher demutsvoll, nicht ohne vorher einen ansehnlichen Lederbeutel mit Gold erhalten zu haben.

Hor war sich sicher, dass im ganzen Land Maat regierte.

Wir bestiegen unsere Wagen, und wegen der großen Hitze fuhren wir sehr langsam zurück. Diener hielten Sonnenschirme über unsere Köpfe. Wir erreichten die Kante des Bergmassivs, von wo aus wir eine herrliche Aussicht auf die Tempel der Millionen Jahre, auf Waset und die Tempelstadt hatten.

Zu meinem Erstaunen war bereits der Baldachin Pharaos aufgebaut, in dessen Schatten wir ein wenig aßen und kühles Bier tranken.

«Du hast wohl an alles gedacht, Ameni!»

«Würdest du es als Vergnügen empfinden, bei dieser Hitze bis Waset zu fahren, ausgehungert und durstig? Nein, mein Freund. Lass uns hier rasten und die Ruhe genießen.»

«Wen wirst du mit der Planung deines Grabes beauftragen?»

«Ich werde mich morgen in der Bauberatung hierüber mit dem Baumeister Amenophis unterhalten. Er wird dann erstmals zeigen können, ob er würdig ist, Baumeister des Königs zu sein.»

Wir genossen die Stille, die nur vom grellen Kreischen einiger Jungfalken, die an den Felswänden ihre ersten Flugversuche unternahmen, gestört wurde. Schweigend blickten wir hinunter auf die drei Tempel der Millionen Jahre.

Rechts unter uns lag der Tempel von Pharao Mentuhotep Neb-hepet-Re, in der Mitte der von Thutmosis Men-chepru-Re und links der Terrassentempel von Pharao Hatschepsut Maat-ka-Re. Von ihm stieg der betörende Duft unzähliger Weihrauchbäume empor, welche die große Königin einst aus dem fernen Punt hierher bringen und einpflanzen ließ. In einiger Entfernung sah ich diesseits des Flusses den schmalen grünen Streifen mit der Anlegestelle und den wenigen Häusern der Fährleute. Auf der anderen Seite des Flusses lag im Flimmern der Hitze die Stadt mit ihren Tempeln, den Palästen, den vielen weißen Häusern, dazwischen immer wieder Dum- und Dattelpalmen, die jetzt wie seit Ewigkeiten der Hitze trotzten und den Menschen ein wenig Schatten spendeten.

«Dort», Ameni zeigte in Richtung Norden, «dort werde ich meinen Tempel der Millionen Jahre errichten. Hinter dem Tempel meines Vaters, aber viel näher am Fluss.»

«Und die Überschwemmung?», fragte ich reichlich verwundert.

«Sie ist gewollt. Sie ist ein Bestandteil meines Planes, Eje. Ein Teil der Tempelanlage wird in jedem Jahr überschwemmt sein, und wenn das Wasser abgezogen ist, wird alles zu neuem Leben erwachen, sprießen und grün sein. Wir werden deutlich vor Augen haben, dass das ‹Erste Mal›, der große Schöpfungsakt der Götter, sich stets wiederholt.»

Ich war offen gestanden von Amenis Plänen und Gedanken sehr überrascht, denn ich hatte bislang immer den Eindruck, dass er unserer Religion und ihren Geheimnissen nicht allzu nahe stand. Offenbar hatte ich mich geirrt.

Hinter uns senkte sich die Sonnenscheibe mehr und mehr, und der Schatten des Westgebirges erreichte bereits den Fluss. Erst jetzt befahl Amenophis den Aufbruch, und wir kehrten nach Waset zurück.

Anders als am Morgen waren jetzt die Straßen und Plätze voll Leben, und wir fuhren langsam und in geordneter Formation, sodass Amenophis, der seinen Streitwagen jetzt von einem Offizier lenken ließ, den Jubel seiner Untertanen in vollen Zügen genießen konnte. Den Abend verbrachten wir mit den Großen königlichen Gemahlinnen, meinen Eltern und Teje, die neben Amenophis saß, auf der Dachterrasse des Palastes. Amenophis berichtete von allem, was wir an diesem Tag erlebt hatten. Während uns Ameni mit viel Phantasie seine Vorstellungen von der Grabanlage und seines Tempels beschrieb, griff er immer wieder unauffällig nach Tejes rechtem Arm und küsste ihren Handrücken. Mutter und die Große königliche Gemahlin Mutemwia blickten mit leicht errötetem Kopf verschämt nach unten. Amenophis bemerkte dies.

«Liebe Mutter, liebe Tuja! Ich sehe wohl, dass ihr an meinen Zärtlichkeiten Anstoß nehmt. Ihr könnt aber unbesorgt sein. Teje wird nach unserer Rückkehr in Men-nefer endgültig zu mir kommen, wir werden eine Familie gründen, und Teje wird meine Große königliche Gemahlin sein.»

Meine Mutter schien doch ahnungsloser zu sein als ich dachte, denn sie sah meinen Vater mit weit aufgerissenen Augen an. Amenophis beugte sich ein wenig nach links zu Teje und küsste ihre rechte Wange, dann nahm er seinen Becher, prostete in die Runde und sagte: «So sei es, und so geschehe es!»

FÜNF

Die Gefährten des Pharaos sind die Götter.

In den Tagen unmittelbar vor unserer Abfahrt nach Men-nefer vollbrachten wir alle Schwerstarbeit, um noch all das zu klären und zu regeln, was erforderlich war. Der Thronrat saß nahezu unentwegt zusammen, beriet die anstehenden Bauvorhaben, die Materiallieferungen und die Ämterverteilung, die nach meinen und Ptahmoses Vorstellungen vorgenommen werden mussten. Vater nahm seine Aufgabe, den Plan für die Holzeinfuhr aus Libanon zu entwerfen, erwartungsgemäß sehr ernst und war, außer für Nimuria selbst, für niemanden mehr ansprechbar. Ich selbst kümmerte mich zum einen um die Getreidespeicher und die Feldvermessung, zum anderen beschäftigte ich mich eingehend mit den vielen Karten und all den sonstigen Dokumenten, die ich zu den Steinbrüchen unseres Landes erhalten konnte.

Pharao selbst verbrachte in den letzten Tagen vor der Abreise die meiste Zeit mit Amenophis, Sohn des Hapu. Nimuria machte seinem Baumeister zahlreiche Vorgaben für die Errichtung des Grabes, den neuen, gewaltigen Amuntempel, den künftigen Palast und den Tempel der Millionen Jahre. Am Tag vor unserer Abfahrt versammelten sich die Vornehmsten Oberägyptens nochmals in der Großen Halle des Palastes, und Amenophis bestimmte für die Zeit seiner Abwesenheit in aller Form Ptahmose zu seinem Stellvertreter in allen Angelegenheiten. Danach zogen wir in den Tempel, um dort Amun, dem Verborgenen, reiche Opfergaben darzubringen. Die Obersten Priester unseres Reichsgottes, allen voran Ramose, schienen wieder versöhnt, wussten sie doch, dass ihr Gott in den nächsten Jahren den prächtigsten Tempel der Erde erhalten würde – wenn auch zu einem hohen Preis.

Der Tag unserer Abreise sollte für Waset nochmals ein wahrer Festtag werden. Seit den frühen Morgenstunden wurden die Schiffe beladen. Amenophis hatte befohlen, dass ein großer Teil der Schätze, die man ihm anlässlich seiner Thronbesteigung geschenkt hatte, mitgeführt wurde. Sein Misstrauen gegenüber der Beamtenschaft von Waset war einfach noch zu groß. Dafür litt Merire, der Schatzmeister Seiner Majestät, schrecklich unter dem Gedanken, dass unterwegs auch nur ein Edelstein oder ein einziges Goldkörnchen verloren gehen könnte.

Die gesamte Division des Amun, die hier stationiert war, musste antreten, um die Straßen von Waset vom Palast bis zum Hafen auf beiden Seiten in Dreierreihen zu säumen. Es versammelten sich noch mehr Menschen als bei unserer Ankunft vor Wochen. Aber jetzt sahen sie alle fröhlich aus, waren rasiert und gepflegt und durften sich über das Erscheinen des Guten Gottes ausgelassen freuen. Ein langer Zug bewegte sich vom Palast zum Hafen, vorneweg zahlreiche Schreiber, einfache Beamte und Offiziere, dann, in geschlossenen Sänften, die Großen königlichen Gemahlinnen Mutemwia und Iaret, Mutter und ihre Hofdamen. Als künftiger Stellvertreter Seiner Majestät bei der Streitwagentruppe fuhr mein Vater Juja alleine in einem zweispännigen Prunkwagen. Acht Nubier trugen die offene Sänfte, in welcher Teje und ich folgten. Für meine Schwester war dies eine besondere Auszeichnung, wurde doch so ihre besondere Nähe zum Herrscher vor aller Augen gezeigt.

Schließlich kam die große Prunksänfte Nimurias, getragen von zwölf Nubiern, wie es nur Pharao zustand. Er saß auf einem Thron aus Elektron, rechts und links gingen die Wedelträger und dahinter der Sandalenträger Seiner Majestät. Nimuria trug die Doppelkrone, die weiße Krone Oberägyptens und die rote Krone Unterägyptens, die goldene Geißel und den Krummstab sowie den langen Zeremonialbart. Regungslos saß er auf dem Thron, den Jubel seines Volkes genießend, ruhig, ohne die geringste Gefühlsregung zu zeigen, beherrscht, majestätisch. So hatte sich Pharao seinem Volk zu zeigen.

Der königlichen Sänfte folgte die des Wesirs, dahinter schritten die Priester des Amun und der Mut, ihnen schloss sich die gesamte Leibgarde Pharaos an. Der Zug kam nur langsam voran, aber das war gewollt, denn schließlich sollten sich alle Menschen am Anblick des Guten Gottes und seines gesamten Hofstaates erfreuen.

Im Hafen bildeten alle, die der königlichen Sänfte vorausgezogen waren, ein breites Spalier, damit die Sänfte Nimurias ungehindert bis an die Hafenmauer gelangen konnte. Erst als sich Pharao auf dem Thron seines Schiffes niedergelassen hatte, neben sich die Wedelträger und seine Leibdiener, durfte auch der übrige Hofstaat die Schiffe besteigen.

Dann erhob Nimuria die rechte Hand, in welcher er den Krummstab hielt, und sofort wurden auf allen Schiffen die Segel hochgezogen. Mächtige Fanfarenstöße erklangen, und die Menschen an Land warfen sich zum Abschied und zum Zeichen ihrer Untergebenheit zu Boden. Ein weiterer Fanfarenstoß erlaubte den Menschen, sich wieder zu erheben. Unzählige Augenpaare starrten erwartungsvoll auf Pharao, ihren Guten Gott. Nimuria erhob sich, breitete die Arme mit Geißel und Krummstab ein wenig aus, und zeigte mit dieser Geste seinem Volk, dass er seine Hände schützend über es hält, dass Maat regiert.

Nun brach unvorstellbarer Jubel los. Ich sah, wie viele Männer und Frauen zu weinen begannen. Die einen weinten vor Glück, weil wieder ein junger und starker König die Beiden Länder regierte, die anderen, weil Pharao sie verließ. Amenophis hob seine rechte Hand ein wenig, und unter den wuchtigen Schlägen aller Schiffspauken gingen die Ruder zu Wasser und glitten die Schiffe mit geblähten Segeln nacheinander aus dem Hafen von Waset.

Da wir stromabwärts fuhren und günstigen Wind hatten und weil überdies die Ruderer sich kräftig ins Zeug legten, zogen die Schiffe wie im Flug an den Tempeln und Palästen vorbei, bis wir die Stadt hinter uns ließen. Wir glitten an herrlichen, üppigen Obst- und Gemüsegärten vorbei, von deren Erträgen die Menschen von Waset lebten. Dann begannen die weiten Getreidefelder, die Dörfer wurden kleiner und die Abstände zwischen ihnen größer.

Ab und an begegneten wir kleinen Schiffen von Händlern, die mit geblähten weißen Segeln den Fluss hinauf oder hinab fuhren. Wir sahen Fischer auf schlanken, lang gezogenen Papyrusbooten, die im Uferbereich mit Speeren Jagd auf Nilbarsche machten. Es war immer das gleiche Bild: An Land warfen sich die erwachsenen Menschen zu Boden, wenn sie das Schiff ihres Herrschers erkannten, während die Kinder erst hüpften und winkten, und schließlich einige hundert Ellen weit die Flotte an Land begleiteten. Winkte ihnen Nimuria dann auch noch zu, gerieten sie ganz außer Fassung und fuchtelten vor Freude wie besessen mit den Armen.

Die Schiffsbesatzungen duckten sich meist in ihren Booten, bis niemand mehr zu sehen war. Die Fischer knieten auf den wackeligen Papyrusbooten nieder, und manchmal kam es vor, dass einer von ihnen das Gleichgewicht verlor und unter dem Gelächter der ganzen Flotte ins Wasser fiel.

Ameni, mein Vater und ich saßen unter dem Baldachin auf dem Hinterdeck und erinnerten uns der Geschichten, die wir auf der Hinreise erlebt hatten. Zwar waren erst wenige Wochen vergangen, doch durch die Fülle des Erlebten kam es uns vor, als hätten wir Jahre in Waset verbracht. Wir drei waren so tief ins Gespräch versunken, dass wir gar nicht bemerkten, dass es Abend geworden war. Wir nahmen ein ausgiebiges Mahl zu uns, und schon bald entzündete man Fackel für Fackel und Lampe für Lampe, um im Schein dieser spärlichen Beleuchtung auch nachts fahren zu können. Am Bug eines jeden Schiffes lagen zwei Seeleute, deren einzige Aufgabe es war, den Flusslauf und mögliche Hindernisse genauestens zu beobachten und zu melden. Die nächtliche Fahrt mitten auf dem Fluss war gefährlich, weswegen man auch langsamer fuhr als bei Tageslicht. Gut gelaunt und auch etwas angetrunken gingen wir erst sehr spät schlafen, und so kam es, dass am anderen Morgen an Land längst alles vorbereitet war, ehe wir überhaupt aufstanden.

Anders als vor Wochen fielen unsere Landgänge jetzt sehr prächtig aus. Unter lautem Trompetenschall verließ Amenophis im Königsornat das Schiff. Lediglich an Stelle der Doppelkrone trug er entweder das Nemes-Kopftuch mit dem Uräus oder den blauen Helm, die alte Kappe des Ptah. Überall trafen wir auf Menschen, die glücklich waren, den jungen Pharao, den neuen Horus, in all seiner Pracht zu sehen. Immer häufiger und immer länger hielt sich jetzt auch Teje an seiner Seite auf, und niemand hegte noch Zweifel, dass sie bald Große königliche Gemahlin sein würde.

Während des Morgenmahles nahm Amenophis zuerst die Berichte der Kommandanten der einzelnen Schiffe entgegen, danach machten der Bürgermeister und der Vorsteher der Priester vor Pharao ihre Aufwartung, mit all ihren Lobreden und Versprechungen. Sie erhielten dafür die übliche Belohnung in Gold.

Das machte Nimuria große Freude.

Wenn auch dies überstanden war, hatten wir Gelegenheit, ein wenig mit unseren Familien zu sprechen.

«Ich würde mich sehr freuen, wenn Teje anschließend auf meinem Schiff mitfahren würde», platzte Amenophis mit fröhlichem Gesicht in die flüsternde Runde. Alle glaubten, Amenophis wollte Teje während der gesamten Fahrt, also auch nachts, bei sich haben, und so gab es reihum nur betretene Gesichter. Mutemwia wollte gerade etwas sagen, da setzte Ameni nach. Er hatte offenbar begriffen, was die anderen glaubten.

«Natürlich wird sie nach dem Abendessen wieder auf ihr Schiff hinübergebracht! Was dachtet ihr!», sagte er und wollte nicht wahrhaben, dass man ihn missverstanden hatte.

In Wirklichkeit hätte er Teje sehr wohl die ganze Reise bei sich haben wollen, wie er mir später gestand. Aber er sah ein, dass dies einfach nicht ging. Teje schaute mit großen, fragenden Augen zu Vater hinüber.

«Als Euren ergebensten Diener braucht Ihr mich nicht um Erlaubnis zu bitten, Nimuria. Als Vater einer Tochter sage ich aber gerne Ja.»

«Ich danke dir, Juja! Wie immer hast du eine sehr weise Entscheidung getroffen», antwortete Ameni, verbeugte sich dabei leicht nach vorne, und selbst Mutter musste ein wenig über die Gesten der beiden lachen. Teje beugte sich zu Vater, gab ihm einen Kuss auf die Wange, wechselte dann die Seite und wiederholte den Kuss bei Amenophis. Pharao war zufrieden und drückte mit seinem rechten Arm, den er leicht um Tejes

Schulter gelegt hatte, die königliche Braut vorsichtig und zärtlich an sich.

Unter den Klängen von Fanfaren und Trompeten verließen wir das königliche Zelt und den festlich geschmückten Platz und gingen zu den Schiffen. Amenophis nahm Teje an seine Seite, vorsichtig umgriff ihre rechte Hand seinen linken Arm. Am Bug des Schiffes standen beide unter dem dort aufgestellten Baldachin, neben ihnen die Wedelträger, und wie überall warfen sich die Menschen vor ihnen zu Boden. Nachdem sie sich wieder erhoben hatten, machte Pharao einen kleinen Schritt nach vorne und breitete die Arme, die Geißel und Krummstab hielten, ein wenig aus. Das Volk, dem so Pharaos Segen zuteil wurde, bedankte sich mit lautem Jubelgeschrei. Amenophis und Teje standen noch eine ganze Weile schweigend unter dem Baldachin und schauten auf die kleine Stadt und ihre Bewohner, während die Flotte langsam wieder in Fahrt kam.

Ein Leibdiener brachte seinem Herrscher das Nemes-Kopftuch, das Nimuria geschwind gegen den blauen Helm austauschte. Er übergab dem Sandalenträger Zepter und Krummstab und nahm neben Teje auf seinem Thronsessel Platz. Ich ging zum Hinterdeck und setzte mich dort neben der königlichen Sitzbank auf einen kleinen Schemel. Ich sah auf die hinter uns fahrenden Schiffe und bestaunte die langsam vorbeigleitende Landschaft unseres herrlichen Landes. Wie wohl alles bestellt war! Inmitten einer unermesslich großen Wüste, die bis an die Enden der Welt reichte, durchzog der Nil, den wir als fettleibigen Hapi, den männlichen Gott mit weiblicher Brust, verehrten, einen schmalen Streifen Ackerlandes, von dem unser Volk lebte. Der Gedanke an das Abbild dieses Gottes stimmte mich heiter, waren es doch tatsächlich die Erträge Hapis, die viele in unserem Land fettleibig werden ließen. Da kamen mir die Verbrecher in den Sinn, die erst vor wenigen Tagen wegen ihrer Habgier hingerichtet wurden. Die Verbrecher Neferhotep, Intef und ihre Helfer taten mir nicht Leid, denn sie hatten ihre gerechte Strafe erhalten. Aber ihre Familien? Ihre Frauen und Kinder, ihre Diener. Hatten sie das Schicksal verdient, in Steinbrüche verschleppt und versklavt zu werden? War das Maat, die allem Sein zugrunde liegende Gesetzmäßigkeit, Recht, Wahrheit, Weltordnung?

«Was betrübt dich denn, Eje?», hörte ich die Stimme meines Vaters neben mir. Er setzte sich an meine Seite und legte seinen rechten Arm um meine Schulter.

«Durch meinen Diensteifer wurden Menschen hingerichtet, ihre Familien enteignet, verbannt und verschleppt. Das stimmt mich immer wieder nachdenklich, Vater!»

«Kennst du die Lehren des großen Weisen und als göttlich verehrten Ptahhotep?»

«Du hast uns im Unterricht viel daraus vorgelesen. Ja, ich kenne sie.»

«Er hat geschrieben: Wenn du ein Mann in leitender Stellung bist, der die Lebensverhältnisse für Viele zu regeln hat, dann bemühe dich jeweils um gewissenhafte Behandlung, sodass dein Verhalten ohne Tadel ist. Groß ist Maat, und dauernd ihre Wirkung. Sie ist nicht verwirrt worden seit der Zeit ihres Begründers Osiris. Man bestraft im Jenseits den, der ihre Gesetze übertritt, doch nach der Meinung des Habgierigen liegt das Jenseitsgericht in weiter Ferne. Gemeinheit rafft zwar Schätze zusammen, aber noch nie ist das Unrecht ans Ziel gelangt. Am Ende bleibt allein Maat. Das sind die Worte des weisen Ptahhotep. Pharao vertritt die göttliche Ordnung, er ist verantwortlich dafür, dass Maat regiert, dass sie da ist. Pharao hat durch seinen Wesir das Urteil gesprochen und hat es bestätigt. Würden wir an der Richtigkeit des Urteils auch nur den leisesten Zweifel aufkommen lassen, würde Maat erneut ins Wanken geraten. Auch wenn wir viel über das Jenseitsgericht wissen, wo jeder gerichtet wird, auch der Sünder, der einem irdischen Urteilsspruch entkam, so muss Pharao mit allen Mitteln für Gerechtigkeit sorgen. Ohne Maat gibt es kein Leben.»

Ich war mir nicht ganz sicher, ob das alles so richtig war und seine Antwort meine Zweifel ausräumen konnte. Aber ich war erst einmal getröstet und nahm mir vor, mich damit nicht weiter zu beschäftigen und zu quälen.

Amenophis hielt es nicht lange auf seinem Sitzplatz am Bug des Schiffes aus, lieber zeigte er Teje seine prächtige Barke. An der Türe zum Deckshaus angelangt meinte er, das sei nichts für eine junge Dame, doch ich war mir nicht sicher, ob er damit nicht erst recht Tejes Neugierde wecken wollte. Sie tat aber nichts dergleichen, und es schien, als hätte sie die Bemerkung Amenis gar nicht wahrgenommen.

Es war in diesen Tagen ohnehin eine Freude, den beiden zuzusehen. Jeder von ihnen gab sich die größte Mühe, den anderen für sich einzunehmen, so, als wären sie sich noch nicht ganz sicher, ob die bisherigen Anstrengungen schon ausgereicht hätten. Unablässig beobachteten sie einander, registrierten jede Bewegung, jede Regung des Gesichts, fragten in den Augen des anderen nach dem Stand der Gefühle. Sie verschickten die unterschiedlichsten Botschaften. Ein knappes Lächeln, das von niemandem bemerkt werden sollte, eine unauffällige Berührung, die natürlich rein zufällig war, ein mutiger, aber kurzer Kuss auf die Wange. Wie waren die beiden verliebt! Manchmal überlegte ich, Vater vorzuschlagen, mit einem der Beiboote zu einem anderen Schiff überzusetzen, um das Paar alleine zu lassen. Aber daran war wegen unserer Mütter gar nicht zu denken. Was Vater und ich nicht sahen oder nicht sehen wollten, das hatten die Frauen längst bemerkt.

Abends, noch bevor die Dunkelheit hereinbrach, wurde Teje von sechs Soldaten der Leibgarde und von Vater auf ihr Schiff zurückgebracht. So hatte alles bis zum letzten Tag seine Ordnung.

Obwohl wir gut vorwärts kamen, dauerte es doch mehr als sieben Tage, ehe wir Achmim, die Heimatstadt meiner Eltern, erreichten. Von weitem sah ich die ersten Häuser, den Tempel des Min und schließlich die Hafenanlagen.

Was Meru, unser Flottenkommandant, bislang nur bei unserem Eintreffen in Waset vollzog, wiederholte er nun in Achmim: Die feierliche Landung der königlichen Flotte. Ausnahmslos alle Segel wurden gehisst, sämtliche Ruder gingen zu Wasser, und unter ohrenbetäubenden Paukenschlägen fuhr Schiff für Schiff in den Hafen der kleinen Stadt ein. Der Hafenbereich war nicht wiederzuerkennen. Die Häuser ringsherum waren neu gestrichen, und ihre weiße Farbe blendete uns im gleißenden Licht der Sonne. Überall standen Fahnenmasten, an deren Spitzen lange, schmale Fahnen hingen. Im ganzen Land hatten sie dieselben Farben: Rot, Grün und Weiß.

Mitten auf dem großen Platz, der sich dem Hafen anschloss, war das mächtige Kriegszelt Pharaos aufgebaut, und überall standen große Vasen mit prächtigen Blumensträußen. Im Übrigen war der Platz voll von Menschen, die den sich nähernden Schiffen fröhlich zuwinkten. Das königliche Schiff fuhr als eines der letzten in den Hafen ein. Amenophis stand mit Teje unter dem Baldachin am Heck seiner Barke. Er trug neben Geißel und Krummstab den Chepresch, einen breiten Schulterkragen und den schweren Prunkgürtel. Teje hatte ein langes, weißes Kleid mit feinen Längsfalten an, das nur über der rechten Schulter mit einem schmalen Träger gehalten wurde. In ihre Perücke waren Hunderte kleiner roter Glasperlen eingeflochten.

Als ich die beiden so ansah, fiel mir zum ersten Mal auf, dass sie beide dieselben dunklen und mandelförmigen Augen hatten, die durch die grünschwarze Schminke eine unheimliche, ja geradezu magische Ausstrahlung erhielten.

Mein Vater stand mit mir neben dem Baldachin, und ich spürte bei ihm eine deutliche Unruhe, die nicht nur darauf beruhte, dass er seine Heimatstadt wiedersah.

«Was bedeutet das alles hier», fragte er mehr sich selbst, als dass es mir gegolten hätte. Amenophis und Teje hatten ihn gehört, und mit einem höchst zufriedenen Lächeln, den Blick auf die jubelnden Menschen gerichtet, sagte Ameni: «Diesmal ließ ich ein paar Vorkehrungen treffen, um Euer und unser Eintreffen noch etwas festlicher zu gestalten, als es vermutlich ausgefallen wäre, wenn man in Achmim nicht gewusst hätte, wann genau wir hier ankommen.»

Vater strahlte und schüttelte kaum merklich den Kopf. Dann entdeckte er vor dem königlichen Zelt seinen Schwager Baki und winkte ihm freudig zu.

Als die Barke Pharaos an der Hafenmauer festmachte und der Steg ausgelegt und befestigt wurde, lag ganz Achmim vor seinem Herrscher auf dem Boden, bis Fanfarenstöße den Menschen erlaubten, sich wieder zu erheben. Nimuria und Teje gingen die wenigen Schritte bis zum Kriegszelt zu Fuß, neben ihnen zwei Wedelträger, hinter ihnen mein Vater und ich.

Baki, der Hohepriester des Min, der mein Onkel war, und der Bürgermeister von Achmim begrüßten ihren König in der gebührenden Form und schlossen mit den üblichen Segenswünschen. Amenophis zeigte sich sehr großzügig und schenkte ihnen reichlich Gold. Danach bestiegen Ameni und Teje eine Sänfte, und ließen sich zwischen den jubelnden Menschen hindurch zum Tempel des Min tragen.

Der Tempel hatte freilich nicht die Ausmaße eines Amuntempels in Waset, auch war er bei weitem nicht so reich ausgestattet wie der Tempel des Ptah in Men-nefer. Aber er war sehr schön, und vor allem seine Umgebung, die Höfe und Gartenanlagen, waren sehr geschmackvoll angelegt und auffallend gut gepflegt. Mit großem Ernst und auffälligem Eifer brachten Amenophis und Teje unserem Fruchtbarkeitsgott Opfer dar. Dessen mächtige, acht Ellen hohe Statue war aus Quarzit. In Menschengestalt, mit geschlossenen Beinen dargestellt, hielt Min im erhobenen rechten Arm eine Geißel, die linke Hand umgriff sein mächtiges erigiertes Glied. Er trug einen geflochtenen Götterbart und auf dem Kopf eine Kappe mit einem langen, über dem Rücken herabfallenden Band. Auf der Kappe steckte ein Falkenfederpaar. Nimuria legte Gemüse, Blumen und Brot auf dem Altar nieder, dann streute er acht große Kellen Weihrauch über die glühende Kohle, wodurch innerhalb kürzester Zeit der Tempel in seinem Inneren völlig eingenebelt war. Nach der Zeremonie wurden Seiner Majestät von meinem Onkel Baki alle Priester des Min, so auch Anen, sein Sohn, vorgestellt. Anen war vierzehn Jahre alt und diente seit einem Jahr als Vorlesepriester. Er war klein von Wuchs, wie alle Priester kahl geschoren und hatte eine auffallend schmale, krumme Hakennase, große abstehende Ohren und grüne, funkelnde Augen. Aus welchen Gründen auch immer erregte gerade er die Aufmerksamkeit Nimurias.

«Gefällt dir der Tempeldienst hier in Achmim?», wollte Amenophis wissen, und dabei schaute er in Bakis Gesicht. Ihn interessierte dessen Reaktion offenbar mehr als die des jungen Priesters. Da Baki nichts sagte, richteten sich nun alle Blicke auf Anen.

«Oh ja, Guter Gott. Sicher», stammelte Anen verlegen und wusste gar nicht, was er noch sagen sollte.

«Würdest du auch gerne im großen Tempel des Amun in Waset dienen?», setzte Pharao nach. Jetzt schaltete sich Baki ein, da er keine unüberlegte Antwort seines Sohnes riskieren wollte.

«Eine größere Ehre könnte meiner Familie nicht zuteil werden, Majestät! Mein Sohn Anen wird überall dort seinen Dienst verrichten und die Götter verehren, wo immer Eure Majestät es befiehlt.» Baki und Anen verneigten sich tief.

«Das freut mich, Anen. In wenigen Monaten werden wir wieder nach Waset reisen. Wir lassen es deine Familie und dich rechtzeitig wissen, wann wir wieder hier sein werden. Bereite also bis dahin alles vor!»

Amenophis sprach absichtlich sehr laut und deutlich, damit alle Anwesenden die Auszeichnung des Guten Gottes verstehen konnten.

Das Haus meines Onkels Baki suchten wir diesmal nicht auf. Amenophis kehrte in seiner Sänfte in einem majestätischen Zug durch jubelnde Menschenmassen hindurch zum Hafen zurück.

An den folgenden Tagen kam unsere Flotte zügig voran. Tagsüber ließ Pharao jetzt regelmäßig nach dem morgendlichen Landgang einzelne hohe Beamte auf sein Schiff kommen, um mit ihnen die anstehenden Aufgaben zu beraten. Die Arbeit auf dem Schiff hatte den enormen Vorteil, dass man kaum gestört werden konnte. Ameni legte bei all diesen Gesprächen großen Wert auf Tejes Anwesenheit. Er hielt es für zwingend erforderlich, dass die künftige Große königliche Gemahlin in alle wichtigen Dinge des Landes eingeweiht wird und verwies dabei auf Königin Hatschepsut Maat-ka-Re, die lange Jahre für ihren minderjährigen Neffen Thutmosis Menchepru-Re die Staatsgeschäfte geführt hatte. Allerdings wollte Ameni nie wahrhaben, dass die große Hatschepsut zeit ihres Lebens ihren Neffen ganz von der Herrschaft ausgeschlossen hatte und sich im siebten Jahr ihrer Regentschaft sogar zum König hatte ausrufen lassen, um alleine die Herrschaft auszuüben.

Je weiter nördlich wir kamen, desto flacher wurde das Land, desto breiter und behäbiger der Fluss. Die Besiedlung wurde langsam wieder dichter, immer mehr Menschen säumten unseren Weg und winkten uns zu. Dann erreichten wir die Gegend südlich von Men-nefer mit ihren vielen Gemüsefeldern und Obstgärten, und die alte Nekropole von Wenet-Snofru. Schon von weitem erkannte ich im Licht der langsam untergehenden Sonne die Pyramide mit den geknickten Außenwänden und die südlich gelegene Nebenpyramide. Dann, weiter nördlich, die Rote Pyramide mit ihren vielen Kultbauten. Beide errichtete Pharao Snofru, der Vater des großen Chufu. Als wir an der weißen Kalksteinpyramide von König Amenemhet und an der Ziegelpyramide von König Sesostris vorbeifuhren, sank die Sonne blutrot am Horizont hinab. Re begann seine Nachtfahrt.

Unsere Reise hatte fünfzehn Tage gedauert.

In dieser Nacht legte die königliche Flotte ausnahmsweise am Ufer an und fuhr nicht weiter, damit Nimuria genau zu Sonnenaufgang in den Hafen von Men-nefer einfahren konnte, gleichsam als die Erscheinung des auferstehenden Re.

Überall, auf jedem Schiff, spürte ich dieselbe Aufgeregtheit, da sich jeder von uns auf den nächsten Morgen freute und gespannt war, welche Pracht uns erwarten würde. So herrschte auch auf unserer Barke einige Unruhe. Teje wurde beizeiten verabschiedet, damit Ameni von seinen Leibdienern behandelt werden konnte.

Nach Entfernung der Körperbehaarung wurde Pharao mit duftenden Ölen behandelt und massiert, und schließlich mit Leinentüchern vorsichtig abgerieben. Nebenbei unterhielten wir uns darüber, wie eifrig wohl die Frauen und Mädchen über ihren Perücken sitzen würden, Strähne für Strähne nacharbeiteten und fehlende Perlen ersetzten, oder einfache gegen noch kostbarere austauschten. Einer der zwei Wedelträger war unentwegt damit beschäftigt, die Thronutensilien Pharaos zu sortieren, mit Öl einzureiben und zu polieren.

Amenophis hätte am liebsten wieder den blauen Chepresch gewählt, aber das Zeremoniell verlangte, dass er die rot-weiße Doppelkrone trug. Sie wurde in einem Kasten aus Zedernholz, der rundum mit Gold belegt und mit kostbarsten Edelsteinen besetzt war, aufbewahrt. Wenn man den Deckel des Kastens entfernte, ließ sich die Vorderwand nach unten wegklappen und die Krone, die auf einem Holzstumpf ruhte, herausnehmen. Ein Brustkragen nach dem anderen wurde Nimuria zur Auswahl vorgelegt, er hatte seine Mühe, sich endlich für einen zu entscheiden. Nicht anders erging es ihm beim Brustschmuck, den Armreifen und den Ringen, die Seine Majestät am folgenden Tag tragen sollte. Der Brustschmuck, das Pektorale, zeigte einen Falken. Seine Schwingen waren weit nach außen gespreizt, in den Krallen hielt er jeweils das in Gold gearbeitete Henkelkreuz, das Schriftzeichen für «Leben», und über dem Kopf des Falken schwebte die Sonnenscheibe aus hellrotem Glasfluss, umgeben von einem dünnen Goldrand.

Der schwere Brustkragen bestand aus einer Vielzahl von Goldblättchen mit rotem, blauem und türkisfarbenem Glasfluss, Reihe für Reihe in anderen Farben, dazwischen Zeilen von kleinen bunten Perlen in unterschiedlichen Formen. Die Mitte bildete eine goldene Barke, welche die Sonnenscheibe trug. Wenn Pharao den Kragen anlegte, ruhte die Sonnenbarke auf der Mitte seiner Brust.

Auf den Schiffen wurde es nach der anfänglichen Hektik bald auffallend ruhig. Nur hier und da hörte man einzelne Stimmen von Männern, die sich über ihre Familien und Freundinnen, die sie hoffentlich erwarten würden, unterhielten. Amenophis und ich saßen alleine unter dem Baldachin am Heck der Barke. Nur drei oder vier Öllampen brannten.

Direkt links neben uns lag das westliche Ufer des Flusses mit einem Palmenhain, zwischen dessen Stämmen sich Millionen von Glühwürmchen tummelten, gerade so, als wären auch sie ganz aufgeregt aus Vorfreude über Pharaos Ankunft. Auf der anderen Seite sahen wir auf das breite Band des träge dahin fließenden Stromes, erkannten hin und wieder die Rücken einiger Flusspferde, die im Schutz der Dunkelheit das feste Land aufsuchten, um dort zu grasen. Dann sahen wir wieder schweigend in den Sternenhimmel.

Alle Besatzungen, die Großen des Reiches und schließlich Pharao und dessen nächste Umgebung, standen vollzählig versammelt auf ihren Schiffen, als die Flotte zwischen einzelnen Nebelschwaden hindurch bei Tagesanbruch das letzte Stück Weg nach Men-nefer zurücklegte. In der alten Hauptstadt wurde das Protokoll streng eingehalten, und so konnte Teje an diesem Tag nicht neben Nimuria unter dem Baldachin Platz nehmen. Pharao stand dort allein. Er kreuzte Krummstab und Geißel vor der Brust, wohl auch, um sich ein wenig zu wärmen. Es war kalt.

Flottenkommandant Meru und mein Vater beobachteten unentwegt die Landschaft seitlich des Flusses und suchten nach auffälligen Sandbänken, Felsen und Bäumen, um so die Entfernung bis zum Hafen von Men-nefer genau bestimmen zu können. Dann gaben sie den einzelnen Schiffskommandanten Anweisungen, mit welcher Geschwindigkeit sie zu fahren hatten. Wir sahen die ersten Häuser der Stadt, dann die Tortürme des Ptahtempels und des Palastes, schließlich den Hafen. Es herrschte eine gespenstische Ruhe, nur das gleichmäßige Schlagen der Ruder und einige knappe Kommandos der Offiziere waren zu vernehmen. Der ganze Hafen war von einer unvorstellbaren Menschenmenge bevölkert, und ich war mir sicher, schon von weitem meinen Freund

Mahu auf dem Dach seines Kornspeichers gesehen zu haben. Noch im Dämmerlicht legten die ersten Schiffe an, sprangen die Soldaten vom Schiff und bildeten gemeinsam mit den Soldaten, die schon im Hafen gewartet hatten, in Viererreihen undurchdringliche Spaliere. Ganz langsam fuhr Pharaos Schiff in den Hafen ein, bis an eine genau vorgeschriebene Stelle, und sofort legten Soldaten einen breiten, vergoldeten Holzsteg zwischen Schiff und Hafenmauer. Neben Pharao standen unter dem königlichen Baldachin die vier Wedelträger und der Sandalenträger, seitlich dahinter Vater und ich.

Noch nie war Amenophis so prächtig anzusehen: Die Doppelkrone, der lange Kinnbart, das Pektorale, der Halskragen und schließlich Krummstab und Geißel – diese erhabenen Gegenstände schienen nur für ihn geschaffen worden zu sein.

Die nächsten Augenblicke entschieden darüber, ob die Berechnungen, die Vater und Meru zuletzt angestellt hatten, zutrafen. Da bemerkte ich ein Lächeln in Vaters Gesicht, er erhob fast unmerklich die rechte Hand, und heftiger Trompetenschall befahl der noch immer schweigenden Menschenmasse, sich hinzuknien.

«Macht zwei Schritte nach vorne», zischte Vater zwischen seinen Zähnen Amenophis zu, der sogleich der Anweisung folgte. Im gleichen Augenblick stieg hinter dem Dach des Ptahtempels die Sonnenscheibe empor, erschien Re und blickte in das Antlitz seines Ebenbildes, unseres Herrschers Nimuria.

Amenophis schloss für einen Moment die Augen und schien wie abwesend. Kein Ton war jetzt zu hören. Die Menge spürte, dass zwei Gottheiten sich begegneten, und alle waren gleichermaßen ergriffen. Auch Vater schloss die Augen und atmete erleichtert auf.

Nimuria machte abermals einen kleinen Schritt nach vorne und öffnete jetzt, da er in ganzer Größe von Re angestrahlt wurde, seine Arme, um seinem Volk mit dieser Geste seinen Segen zu geben. Nun warfen sich alle nach vorne auf den Boden. Der Sandalenträger kniete vor Nimuria nieder und zog ihm die goldenen Sandalen an. Währenddessen trugen zwölf nubische Leibsoldaten die königliche Sänfte auf das Schiff, und Ameni bestieg sie sogleich. Die Soldaten bewegten sich in winzigen Schritten über den Steg, sie boten ihr ganzes Können und ihre ganze Kraft auf, um die schwere Prunksänfte, die nur von den Wedelträgern begleitet wurde, völlig waagerecht an Land zu bringen. Dort hielten sie inne, bis mein Vater und ich sowie der übrige Hofstaat ebenfalls an Land kamen und die Sänften bestiegen. Erst jetzt ertönten wieder Hunderte Trompeten und Posaunen und erlaubten den Menschen sich zu erheben und den Jubel anzustimmen, der ihrem Herrscher gebührte.

Nimuria wurde nicht enttäuscht. War der Jubel anfangs noch ein wirres Geschrei unzähliger Stimmen, so setzte sich mit der Zeit der gleichmäßig skandierte Ruf seines Thronnamens durch:

«Ni-mu-ri-a, Ni-mu-ri-a, Ni-mu-ri-a …», hallte es auf allen Plätzen und durch alle Straßen, und die Frauen und Kinder klatschten dabei in die Hände, während die Männer im Takt zu den Rufen die Fäuste nach oben warfen.

Unser Zug kam nur im Schritttempo vorwärts. Es dauerte gewiss zwei Stunden, ehe wir den Palast erreicht hatten. Nachdem die schweren Tore hinter uns zugefallen waren, hörten wir noch immer jenseits der Palastmauern das unaufhörliche «Ni-mu-ri-a, Ni-mu-ri-a» unseres glücklichen Volkes. Amenophis ließ es sich daher nicht nehmen und bestieg gemeinsam mit den Großen königlichen Gemahlinnen Mutemwia und Iaret und meiner gesamten Familie den großen Torturm. Dann tat Amenophis etwas Unvorhergesehenes. Er rief Teje zu sich, nahm Krummstab und Geißel in die linke Hand, legte seinen rechten Arm um Tejes Schulter und zog sie an sich heran. Jetzt gab es kein Halten mehr, und die Hochrufe auf unseren Herrscher wurden noch lauter und wollten kein Ende mehr nehmen. Wenn Amenophis im Begriffe war sich umzudrehen, um den Turm zu verlassen, schwoll der Jubel nochmals an. So brauchte es drei Anläufe, ehe Pharao endlich vom Turm herabsteigen und unter fortgesetzten «Ni-mu-ri-a»-Rufen im Palast Einzug halten konnte. Dort wurden wir von unserer Dienerschaft erwartet und in die königlichen Gemächer begleitet.

Ich fand alles so vor, wie ich es vor Monaten verlassen hatte. Da stand die Figur von Amenophis, sein erstes Geschenk an mich, und da lag das Krokodil aus Elfenbein. Ich legte meinen Dolch, den ich am Gürtel trug, daneben.

Senu schleppte die große Holztruhe mit meinen persönlichen Gegenständen als erstes Gepäckstück in meinen Wohnraum. Ich holte das kleine Holzkästchen mit dem Senetspiel heraus und öffnete es vorsichtig. Darin lag das kleine Stück Papyrus, auf dem in Nimurias Handschrift geschrieben stand: «Ich danke dir. Ameni».

Ich war beruhigt und glücklich zugleich. Bis zum heutigen Tag steht dieses Kästchen neben dem Elfenbeinkrokodil auf meinem Schreibtisch.

Nefta und Rena, meine Dienerinnen, waren damit beschäftigt, meine Kleider zu sortieren und die sauberen Sachen in den Truhen zu verstauen. Ich war erschöpft, und obwohl es noch früh am Nachmittag war, legte ich mich auf mein Bett. Für eine kurze Weile sah ich noch die langen, schlanken Beine und die kleinen festen Brüste der jungen Nubierin. Die schönen Stunden mit Inena kamen mir in den Sinn, und ich schlief ein. Mein Schlaf war sehr tief, so, als würde ich in kürzester Zeit die ganze Nachtfahrt des Re durchleben. Da fuhren zarte Finger durch mein Haar und kraulten mich am Hinterkopf.

Ich hielt meine Augen geschlossen und war beruhigt, dass mir Inena gefolgt, dass sie bei mir war. Ich ließ mir das Kraulen eine ganze Weile gefallen. Meine linke Hand tastete sich vorsichtig von meinem Gesicht weg über die Bettkante nach unten, bis sie ein Bein entdeckte. Die Finger kletterten auf das Knie, und langsam strich meine Hand, die Oberfläche kaum berührend, über den Oberschenkel. Gerade als meine Fingerspitzen die ersten Schamhaare zu erahnen glaubten, bewegte sich das Bein ruckartig von meiner Hand weg. Ich versuchte kurz meine Gedanken zu ordnen, und voll unguter Ahnung öffnete ich die Augen. Neben mir saß eine reichlich verstörte Rena, meine kleine Nubierin, und verschränkte voller Schuldbewusstsein die Arme vor ihren kleinen Brüsten.

«Ich wollte Euch nur wecken, Herr! Ihr habt so tief geschlafen, und das Fest wird bald beginnen. Es tut mir Leid ...»

«Es ist schon gut! Pst», beruhigte ich sie.

«War es denn so schlimm?», fragte ich mit gespielt betretener Miene. Rena bekam trotz ihrer dunklen Hautfarbe einen roten Kopf. Ich setzte mich nun auf und sah sie zum ersten Mal genauer an. Sie hatte große, fast schwarze Augen, eine kleine Nase, und die prallen Lippen aller nubischer Mädchen.

«Weißt du eigentlich, dass du sehr hübsch bist?»

«Ihr macht Euch über mich lustig, Herr!»

«Nein, mein nubisches Goldstück, das meine ich ganz ehrlich!»

Ich nahm ihren Kopf blitzschnell zwischen meine Hände und küsste sie auf die Stirn. Mir war bewusst, dass ich schon jetzt mit ihr hätte alles machen können. Ich wollte aber nichts überstürzen. Im Gegensatz zu Inena konnte mir Rena nicht davonlaufen. Außerdem wollte ich es mir noch einmal in Ruhe durch den Kopf gehen lassen, ob es richtig wäre, seine Dienerin zu verführen. Zudem musste ich mich beeilen, da das Fest jeden Moment beginnen konnte. So, als wäre nichts gewesen, half mir Rena beim Ankleiden und Schminken. Zuletzt setzte sie mir die Perücke auf und rückte sie zurecht.

«Darf ich Euch etwas sagen, Herr», fragte sie und schaute mich mit großen Augen an.

«Nur zu», lachte ich sie an, und während sie damit begann, um meine Augen die grünschwarze Schminke aufzutragen, sagte sie: «Wisst Ihr eigentlich, dass Ihr ein noch viel schönerer Mann seid, als Euer Freund, der Gute Gott?»

«Rena», protestierte ich. «So etwas darfst du niemals denken, geschweige denn sagen, hörst du!»

Verschüchtert zog sie die Lidstriche bis fast an meine Ohren. Ich muss natürlich zugeben, dass mir die Schmeichelei meiner Nubierin gefiel und mir gut tat. Aber ich meinte es dennoch sehr ernst damit, dass sie vorsichtig sein sollte.

Das abendliche Beisammensein war keines der prächtigen Feste, sondern es fand eher im kleineren Rahmen und nur mit den Großen des Reiches statt. Amenophis, von dessen Seite Teje nicht einen Augenblick wich, ging es dabei hauptsächlich darum, allen seine Macht und seine Regierungsfähigkeit vorzuführen. Überdies wollte er allen deutlich zeigen, welche Familien im Land das Sagen hatten. Außerdem hatte Pharao noch eine bedeutende Entscheidung zu treffen. Der Posten des Wesirs des Nordens musste besetzt werden, da Ptahmose jetzt ausschließlich für den Süden und Waset zuständig war. Er erhoffte sich von dieser Zusammenkunft Anregungen und Hinweise für seine Wahl. Es passierte jedoch nichts. Es war mehr als erstaunlich, wie zurückhaltend sich alle die mächtigen Fürsten verhielten, keiner wagte sich aus der Deckung heraus. Es sah ganz danach aus, als müssten erst wieder unendlich lange Gespräche mit meinem Vater geführt und die umständlichsten Bündnisse geschmiedet werden, ehe eine Wahl möglich war. Doch da sollte sich noch mancher enttäuscht sehen.

Die Küche Seiner Majestät gab sich die größte Mühe. Die Weine, die serviert wurden, waren sicher die edelsten, die auf ägyptischem Boden gereift waren, auch die Musikanten waren möglicherweise die erfahrensten von Men-nefer. Doch das alles änderte nichts daran: Die Ausgelassenheit, die Unbeschwertheit und die Eleganz der Feste, die wir in Waset feierten, wurden hier in Men-nefer – mit einer Ausnahme – nicht erreicht. Sie war und blieb durch und durch die Stadt der Reichsbeamten und der Soldaten, und deren Sprödheit, Kühle, ja Unnahbarkeit spürte man sogar bei den noch jungen Menschen, Tag für Tag aufs Neue.

So tröstete ich mich mit der Gewissheit, dass es Amenophis hier nicht lange aushalten würde und dass sein Plan, in Waset einen neuen Palast zu errichten, längst fest stand. Es gab keinen Anlass, daran zu zweifeln, dass diese Absicht Seiner Majestät hier längst bekannt war.

Amenophis unterhielt sich den ganzen Abend prächtig mit Teje und mit seiner Mutter, die zu seiner Rechten saß, und nur diesem Umstand ist es zu verdanken, dass die Runde nicht vorzeitig aufgehoben wurde. Unbemerkt von meinen Eltern und allen anderen saß ich etwas abseits und hing meinen Gedanken nach, träumte von Waset, meinen gemütlichen Zimmern, dem Garten, dachte sehnsüchtig an Inena. Ich hatte bereits einige Becher Wein getrunken, als ich mich dabei ertappte, Selbstgespräche zu führen, in deren Verlauf ich mir bitterste Vorwürfe machte, trotz eines mehr oder weniger direkten Angebotes meines Herrschers Inena nicht doch zurückgeholt zu haben.

Ich bemerkte gar nicht, dass irgendwann der Abgesandte Babylons neben mir Platz nahm, um sich mit mir auf das freundlichste zu unterhalten. Die Babylonier galten von jeher als sehr höfliche Menschen, nicht umsonst war Akkadisch die Sprache der Diplomaten. Meine Kenntnisse dagegen beschränkten sich auf die nicht so erfreulichen Anstrengungen meiner Schulzeit, und so war ich zufrieden, dass Fürst Imresch, und als solcher stellte sich mir mein Gesprächspartner vor, dass dieser Kassitenfürst Imresch unsere Sprache nahezu akzentfrei sprach.

Fürst Imresch war nicht älter als fünfunddreißig Jahre und hatte schulterlanges, in der Mitte des Kopfes gescheiteltes, blauschwarzes Haar. Er trug über den Lippen und um das Kinn einen kurz gestutzten Bart, seine Nase war spitz und schlank, die Lippen schmal und dunkelblau. Seine ganze Gestalt war fast schmächtig, doch über hager hervortretenden Backenknochen blitzten unter dünnen pechschwarzen Brauen die dunkelgrünen Augen einer Katze.

«Erlaubt mir, Eje», begann Imresch das Gespräch. «Erlaubt mir, dass ich den Einzigen Freund Seiner Majestät, sie lebe, sei heil und gesund, einfach anspreche.»

«Euch zu Diensten Fürst», gab ich zurück, hielt ihm dem Becher entgegen und sagte, mich leicht nach vorne beugend und weinselig grinsend: «Auf Euren Ka!»

«Auf Euren Ka!», erwiderte Imresch.

Ich wusste zwar aus meinem Unterricht bei meinem eigenen Vater, dass man sich vor babylonischen Diplomaten hüten musste wie vor Sandvipern, aber all das schien an diesem Abend vergessen. Er umschmeichelte mich, erzählte Geschichten von meiner Familie, die selbst ich nicht kannte, und pries unentwegt meinen Freund und Herrscher Nimuria. Irgendwann wurde es mir zu viel, und ich platzte frei heraus: «Fürst Imresch! Bei allem Respekt, aber wenn ein Babylonier so feine Saiten auf die Laute zieht, was begehrt er dann?»

«Ich spreche es offen aus: Als mich mein Herrscher vor Monaten hierher entsandte, hatte ich den Auftrag, den Vater Seiner Majestät, sie lebe, sei heil und gesund, den großen Osiris Thutmosis, zu bitten, seine Tochter meinem König Kurigalzu zur Frau zu geben.»

«Fürst Imresch, Ihr wisst genauso gut wie ich, dass kein Pharao irgendeine seiner Töchter, gleich von welcher Frau, einem fremdländischen König, und sei er noch so mächtig, zur Frau geben würde! Außerdem hat ein grausames Schicksal, das die Götter uns bescherten, Eurem Auftrag vorzeitig den Boden entzogen! Prinzessin Amenipet ist tot.»

«Ich weiß es, teuerster Eje. Ich weiß es und empfinde tiefstes Mitleid. Aber ich wäre kein Babylonier, hätte ich nicht einen anderen Vorschlag zu unterbreiten.» Er nahm seinen Becher und prostete mir zu.

«Auf Euren Ka», lachte er vorsichtig.

«Auf Euren Ka», erwiderte ich und sagte sogleich: «Ich höre, Fürst Imresch.»

«Auch mein Herrscher, unser Kassitenkönig Kurigalzu, hat eine Tochter, deren Anmut und Schönheit den Vergleich selbst mit Eurer edlen Schwester Teje nicht zu scheuen braucht. Dass sie nicht Große königliche Gemahlin werden kann, sehe ich heute selbst. Aber als eine der Nebengemahlinnen Nimurias …» Imresch hielt mir wieder den Becher entgegen.

«Und warum fragt Ihr ausgerechnet mich, Fürst Imresch?», spielte ich den Ahnungslosen.

«Großer Eje, erlaubt mir die Offenheit: So jung wie Ihr seid, besitzt doch niemand hier im Saal, nicht einmal Euer Vater, so viel Einfluss auf Pharao wie Ihr. Das wusste unser Herrscher Kurigalzu bereits, bevor Nimuria in Waset gekrönt wurde.»

Auch wenn ein jedes seiner Worte der Wahrheit entsprach, so wurde mir erst jetzt zum ersten Mal richtig bewusst, in welcher Position ich mich befand.

«Glaubt Ihr nicht, dass ich ein schlechter Kuppelpartner bin, wo Seine Majestät mit meiner eigenen Schwester noch nicht einmal verheiratet ist?»

Mit meiner rechten Hand, in der ich den Weinbecher hielt, zeigte ich dabei auf Ameni und Teje. Da musste sogar der durchtriebene Imresch lachen. Aber irgendwie hatte sein Angebot verfangen, denn ich wurde neugierig.

«Was verlangt denn Euer Herrscher?», setzte ich leise nach. Imresch neigte seinen Kopf zu mir, schaute aber zu Amenophis, tat so, als wolle er trinken, doch er legte den Rand des Bechers nur auf die Unterlippe und flüsterte mir zu: «Gold, Eje! Nur Gold! Nicht mehr.»

«Aber davon reichlich», entgegnete ich ihm und wusste, dass es immer das gleiche Spiel sein würde. Ihre Frauen gegen unser Gold. Aber warum nicht? Unsere Schatzhäuser waren gefüllt und würden es mit meiner Hilfe auch bleiben.

«Und ich, Fürst Imresch», flüsterte ich ihm jetzt ins Ohr. «Und ich?»

Er schien zu meinem Erstaunen darauf gefasst gewesen zu sein und sagte völlig ungeniert und halblaut, sodass es mein Vater ohne weiteres hören konnte: «Darauf meine Tochter, Eje.» Er erhob erneut den Weinbecher, um mir zuzuprosten. Auf einen Schlag war ich nüchtern.

«Verehrter Fürst Imresch! Abgesandter des Kassitenkönigs von Babylon», wurde ich jetzt förmlich. «Ihr wisst so gut wie ich, dass in unserem Land, bei nur wenigen Ausnahmen, nur der Gute Gott, er lebe, sei heil und gesund, ein Frauenhaus zu unterhalten in der Lage ist. Wenn ich kleiner Günstling Seiner Majestät eine Frau zu mir nehme, möchte ich schon wissen, wer sie ist, wie sie heißt und wie sie aussieht, und ob sie einigermaßen verträglich ist! Auf Euren Ka!»

«Meine Tochter heißt Perisade, ist vierzehn Jahre alt, ein Abbild der Ischtar, und spricht neben ihrer Muttersprache fließend Ägyptisch, Syrisch und Hethitisch. Wollt Ihr noch etwas wissen, Eje?»

«Wann kann ich sie sehen, Fürst Imresch», wurde ich kleinlaut und neugierig zugleich.

«Zur Zeit trennt euch noch die Wegstrecke zwischen Babylon und Men-nefer. Wenn sich Euer Herr in vier Wochen entschieden haben sollte, könnte mein Bote in etwa drei Monaten in Babylon sein. Wenn meine Frau und ihre Familie meinen Vorschlag und Euer Angebot akzeptabel finden, müsste Perisade in vielleicht sechs bis acht Monaten hier sein können.»

Erst jetzt bemerkte ich den besorgten und aufmerksamen Blick meines Vaters, der offenbar nur den Schluss meines Gespräches mit Fürst Imresch richtig mitverfolgt hatte. Ich war zu verwirrt, und ich muss gestehen, der Wein tat sein Übriges, um das Gespräch fortzuführen. Ich verabschiedete mich in aller Form von Fürst Imresch und versprach, dass er bald von mir hören werde.

Als ich in meine Gemächer kam, warf ich noch einen kurzen Blick in den kleinen Raum neben meinem Arbeitszimmer, in welchem immer diejenige Dienerin schlief, die Dienst hatte. Das Bett war leer, was mich doch sehr wunderte. Etwas verärgert ging ich in mein Schlafzimmer, ließ neben meinem Bett, wo ich gerade stand, meinen Schurz fallen, ergriff das dünne Leinen und wollte mich hinlegen. Da sah mich Rena an: unschuldig und ängstlich, und doch so erwartungsvoll.

Ich glaube, ich habe sie nicht enttäuscht.

Das Gespräch mit Fürst Imresch und mein nächtliches Erlebnis mit Rena beschäftigten mich am folgenden Tag derart, dass ich zu keiner vernünftigen Arbeit im Stande war. Prinzessin Perisade regte meine Phantasie und Neugierde fraglos an. Auf der anderen Seite hielt ich es für völlig unmöglich, Nimuria zum jetzigen Zeitpunkt auf eine Nebenfrau anzusprechen. Irgendwie musste dieses Problem zu lösen sein. Aber wie?

In den folgenden Tagen hatten erst einmal die Tagesgeschäfte Vorrang. Meinen Vater bekam ich kaum mehr zu Gesicht, da er unentwegt mit Flottenkommandant Meru, dem

Schiffsbaumeister Chati und mit Ptahmay, dem Kommandant der Division des Ptah in Men-nefer, Beratungen über die Holztransporte aus dem Libanon abhielt. Schon nach wenigen Tagen wurde ein Vorkommando von etwa hundert Mann losgeschickt, welches mit Fürst Japaschemu von Byblos Kontakt aufnehmen und das Fällen der ersten Bäume veranlassen sollte. Aus ganz Unterägypten wurden in den folgenden Wochen mehr als zweitausend Maultiere zusammengezogen und in den Kasernenanlagen von Men-nefer und in den königlichen Stallungen untergestellt, auf das Beste versorgt und gepflegt. Ptahmay stellte die Truppe zusammen, die den Tross begleiten sollte, und besprach mit Meru und Chati im Einzelnen Art und Menge des Holzes, das für den Schiffsbau benötigt wurde. Mit meinem Vater wiederum beriet sich Ptahmay über den Proviant und die Ausrüstung, die mitzuführen waren, sowie über den vorteilhaftesten Weg in den fernen Libanon. Erst führte er entlang des Flusses nach Nordosten bis Huttaherib, über Bubastis und Auaris nach Kantara. Dann ostwärts nach Raphia, der ersten Stadt im Land der Asiaten, und von dort in nördlicher Richtung über Askalon nach Asdod bis Japu, das von einem Syrer namens Jahtiri verwaltet wurde. Weiter ging es bis zur Stadt Akko, die von Fürst Zurata beherrscht wurde, über Tyrus und Sidon nach Byblos. Die meisten dieser Fürsten und Regenten kannte mein Vater persönlich, und so konnte er Ptahmay auf die Eigenheiten jedes Einzelnen von ihnen hinweisen, auf deren Vorlieben ebenso wie auf deren Abneigungen. Er beschrieb ihre Städte und Burgen, erzählte von den Gottheiten und der Lebensweise der Menschen. Manchmal geriet er richtig ins Schwärmen, und mich beschlich das Gefühl, dass er sich mit Wehmut an die eine oder andere Begegnung mit einer bezaubernden Tochter eines dieser Fürsten erinnerte. Schließlich war Ptahmay auf das Gründlichste vorbereitet.

Es kam der große Tag der Abreise. Pharao und der gesamte Hofstaat begaben sich in die weiträumige Kasernenanlage der Division des Ptah im Osten von Men-nefer. Der Anblick war beeindruckend. Auf einer Seite stand der nahezu endlose Tross mit hunderten Soldaten, Eselsgespannen mit Proviant, einer Einheit Wagenlenker und den vielen, vielen Maultieren, die paarweise zusammengebunden waren und die ein unendlich langes Seil miteinander verband. Auf der anderen Seite des Platzes war die gesamte Division des Ptah angetreten. Amenophis lenkte selbst seinen Prunkwagen. Er trug den blauen Chepresch. Neben ihm auf dem Wagen stand mein Vater. Der Hofstaat nahm am Ende der Truppenteile Aufstellung.

In langsamem Schritt fuhr der Wagen Pharaos an den Soldaten vorbei. Nimuria und mein Vater sahen in die Augen fast jedes Einzelnen von ihnen. Sie machten kehrt und fuhren ebenso langsam am gesamten Tross, der nach dem Libanon reiste, entlang. Dann hielten sie vor der Streitwagentruppe an. Genau dreihundert zweispännige Streitwagen, jeder mit zwei Soldaten besetzt, standen in Dreierreihen vor Pharao und meinem Vater. Wie es Nimuria in Waset versprochen hatte, rief er nun vor allen Soldaten und vor dem ganzen Hofstaat meinen Vater zum Stellvertreter Seiner Majestät bei der Streitwagentruppe aus. Danach fuhr Ptahmay einen zweiten Streitwagen vor, den mein Vater alleine bestieg, und er erhielt die große Ehre, neben Pharaos Wagen nochmals an allen Soldaten vorbeizufahren. Diese bekundeten ihre Achtung vor ihrem neuen Kommandanten dadurch, dass sie während der ganzen Parade mit ihren Schwertern und Keulen im Takt gegen die Schilde schlugen.

Danach hielt Pharao der abmarschbereiten Truppe eine kurze, aber eindrucksvolle Ansprache, in welcher er die Soldaten zur Tapferkeit ermahnte, ihnen Erfolg und eine glückliche Heimkehr wünschte. Dann verabschiedete er sich persönlich von Ptahmay und raste mit seinem Streitwagen, gefolgt von vier Gespannen seiner Leibgarde, mitten durch die jubelnden Soldaten hindurch zurück zum Palast. Während der Fahrt blieb sein Gesicht ernst, und jeder Einzelne seiner Muskeln schien angespannt zu sein, sodass er wie ein unüberwindbarer Kriegsheld wirkte. Diese Art von Abschied machte ihm Spaß, er ließ sie sich später zur Gewohnheit werden.

Ich selbst war in die Vorbereitungen der Expedition nicht eingebunden und hatte deswegen ausreichend Zeit, mich um meine eigentlichen Aufgaben, nämlich die Landvermessung und die Verwaltung der Steinbrüche, zu kümmern. Deswegen suchte ich schon bald meinen alten Freund, den Lagerverwalter Chaemhet, der Mahu genannt wurde, auf. Seine Freude war groß, als ich seine Amtsstube betrat. Gern bestätigte er mir, dass er am Tag unserer Ankunft in Men-nefer auf dem Dach seines Getreidespeichers gesessen und mich von weitem erkannt und winkend gegrüßt hatte. Ich konnte es kaum glauben, dass sich unsere Polizeiaktion in Waset bereits bis Men-nefer herumgesprochen hatte. Mahu wusste mehr davon, als ich gedacht hätte. Mir war es recht, denn auch in Men-nefer sollten ruhig alle wissen, dass sich Nimuria nicht betrügen ließ.

«Ich habe dir allerhand zu verdanken, Mahu. Und deswegen will ich dich etwas fragen», lenkte ich von dem unschönen Thema ab.

«In Waset ist es sehr angenehm, und Pharao und ein großer Teil des Hofstaates werden in absehbarer Zeit dorthin umziehen. Seine Majestät braucht dort dringend einen zuverlässigen Verwalter der königlichen Domänen, und da hatte ich an dich gedacht.»

«Du machst Scherze, mein Freund.» Mahu, der immer noch auf seinem Schemel saß, schlug sich mit beiden Händen auf die Oberschenkel.

«Ich wüsste nicht, weshalb ich scherzen sollte. Ich habe dir doch gerade lang und breit erzählt, wie wenig wir den Leuten dort trauen», erwiderte ich ihm.

«Aber ich kann doch hier nicht alles liegen und stehen lassen und einfach mit dir nach Waset ziehen! Und was passiert, wenn der Gute Gott – er lebe, sei heil und gesund! – wenn der Gute Gott mit meiner Arbeit nicht zufrieden ist?» Mahu sah mich mit großen fragenden Augen an. Ich beugte mich ein wenig nach vorne und machte mit meinem ausgestreckten rechten Zeigefinger eine Bewegung, als wollte ich mir die Kehle durchschneiden.

«Ganz einfach: Kopf ab!»

Dabei musste ich selbst schallend lachen und schüttelte ungläubig den Kopf.

«Mahu! Was glaubst du eigentlich, wer Pharao ist? Ein Ungeheuer? Wir brauchen fleißige und vor allem zuverlässige Männer. Du verstehst etwas von deiner Arbeit, und genau das ist es, was Nimuria will: Leute, die etwas verstehen und ehrlich sind, nicht mehr! Du bekommst in Waset ein ordentliches Haus mit einem schönen Garten, ein paar nette Dienerinnen und genug zu essen und zu trinken.»

«Ja, und mein Haus hier?» Mahu sah mich noch immer ungläubig an.

«Das verkaufst du deinem Bruder oder sonst irgendjemandem. Pass auf, Mahu: Du wirst heute Abend schön brav mit deiner Familie darüber sprechen, und wenn ihr noch Fragen habt, dann kommt in den Palast zu Pharao und fragt ihn persönlich!» Ich wurde fast böse, und Mahu war deswegen etwas beleidigt.

«Du musst mich eben auch verstehen, Eje! Ich bin jetzt vierundzwanzig Jahre alt, verheiratet und habe drei Kinder und ein kleines Haus. Da macht man sich seine Gedanken. Sei mir nicht böse, mein Freund, aber ich bin nicht in einer so sicheren Umgebung aufgewachsen wie du, wenn du verstehst, was ich meine.»

Ich verstand sehr wohl, was er meinte, und ich hatte sogar ein wenig Verständnis für seine Einstellung, konnte er doch wirklich nicht ahnen, was auf ihn zukommen würde. Dennoch ärgerte es mich, dass jemand sein Glück nicht begreifen wollte.

«Also, bis morgen, Mahu!» Ich klopfte ihm auf die Schulter, stieg die Treppe von der Dachterrasse hinab und ging zurück zum Großen Haus, dem Palast. Ich war mir nicht mehr sicher, ob Mahu der richtige Mann war und hoffte, dass es mir bei meiner weiteren Suche nicht noch öfters so ergehen würde.

Im Palast angekommen, machte ich mich mit meinem Schreiber Cheruef an das Studium der Unterlagen der Steinbrüche. Der nächst gelegene Kalksteinbruch war der von Tura, etwas nördlich von Men-nefer, auf der Ostseite des Flusses. Ich musste so schnell wie irgend möglich dorthin. Ich wollte einfach nur weg aus dem Palast, wollte vor meiner Umgebung fliehen. Ich redete mir ein, mit meiner jetzigen Situation völlig unzufrieden zu sein. Ich war verärgert, über alles und jeden. Ich war wütend auf Inena, weil sie einfach weg war und mich mit meiner Sehnsucht nach ihr allein ließ. Ich war verärgert über Fürst Imresch, weil ich keine Ahnung hatte, wie ich eine Heirat der Tochter seines Königs mit Nimuria bewerkstelligen sollte, wollte ich doch Perisade zumindest einmal gesehen haben! Ich war wütend auf Mahu, weil diesem Angsthasen vor seiner eigenen Zukunft bange und ihm die gewiss schäbige Hütte, die ihm hier gehörte, wichtiger war, als meine Pläne. Und ich war wütend auf mich selbst, weil ich jetzt das Bett schon mit meiner nubischen Dienerin teilte! Ja, so weit war es also mit dem Einzigen Freund Seiner Majestät gekommen: Er beschlief seine nubische Dienerin!

Cheruef spürte wohl auch, dass ich alles andere im Kopf

hatte, nur keine vernünftigen Gedanken. Er war deshalb auffallend zurückhaltend und entgegenkommend, was mir aber noch weniger passte, denn ich war einfach auf Streit aus. Und so kam es, dass ich den armen Cheruef wegen eines harmlosen Tintenkleckses anschrie und wegschickte. Danach rief ich lauthals nach einer Dienerin, und zu allem Elend kam auch noch Nefta, die ältere der beiden. Wäre nur Rena gekommen! Sie hätte mich vielleicht noch besänftigen können. Aber nein, es musste die korrekte Nefta sein! Ich ließ mir einen großen Krug Wein bringen, nahm mir einen Becher, setzte mich ins Fenster und begann, mich zu betrinken, bis ich irgendwann entsetzlich weinte, ehe ich in mein Bett torkelte. Es war noch früh am Abend.

Am anderen Morgen wachte ich sehr zeitig auf und war erneut über mich verärgert, weil ich die Folgen des gestrigen Abends spürte. Mein Kopf tat entsetzlich weh, und als ich mich bückte, um mir die Sandalen anzuziehen, befürchtete ich, er würde zerspringen. Ehe noch irgendjemand im Palast erwacht war, weckte ich meinen Leibwächter Senu und gab ihm den Befehl, in Kürze mit einem Zweispänner, einem Schlauch Wasser, etwas zu essen und seinen Waffen im zweiten Vorhof zu erscheinen. Reichlich überrascht machte er sich auf den Weg. Derweil wusch ich mich ein wenig und lief bald abmarschbereit und nervös im vereinbarten Hof auf und ab, bis Senu auftauchte.

Ich übernahm die Zügel, und unter knallenden Peitschenhieben donnerte unser Gespann aus dem Palast. Die Wachen hatten Mühe, die Tore schnell genug aufzureißen. In wilder Jagd ging es durch Men-nefer, und weil ich wusste, dass sich viele Schlafende über den von mir mutwillig verursachten Lärm ärgerten, bekam ich etwas bessere Laune, ja, ich freute mich sogar über meine Gehässigkeit, derer ich mir durchaus bewusst war.

Während unserer Fahrt fühlte ich mich – bedingt durch die Kühle des Morgens – wieder wohler, der Schmerz in meinem Kopf verflog, und einige Male lachte ich Senu herzhaft zu, als unser rasendes Gespann fast aus der Spur zu geraten drohte. Nach mehr als zwei Stunden führte unser Weg vom Fluss fort, nach Osten, in steiniges, unwegsames Gelände, durch Schluchten, so steil wie im Tal der Ewigkeit.

Ich hatte die Karten lange studiert und kannte den Weg deswegen sehr genau, obwohl ich vorher noch nie einen Fuß in diese Gegend gesetzt hatte. Da und dort standen am Wegrand verfallene Hütten, leer, ohne irgendein Zeichen von Leben, denn seit vielen Generationen wurde hier nicht mehr gearbeitet.

Je länger wir dem holprigen Pfad folgten, von einem Weg konnte jetzt schon nicht mehr die Rede sein, desto unwohler wurde mir, und ich begann, an der Richtigkeit meines Tuns zu zweifeln. Nicht einmal Amenophis wusste, wo ich mich aufhielt. Ich wurde das Gefühl nicht los, dass man uns beobachtete, und Senu ging es ebenso. Er hielt seinen Bogen in der Linken, während die Rechte schon im Köcher nach Pfeilen suchte. Gleichwohl erreichten wir unbehelligt die alten Steinbrüche. Es war eine seltsame Landschaft: Teilweise lagen halb bearbeitete, weiße Kalksteinblöcke herum, teilweise war das Gelände vom Sand zugeweht, sodass das Ausmaß des einmal bearbeiteten Steinbruches gar nicht richtig abzuschätzen war. Senu und ich stiegen umher, aber ich wusste gar nicht so genau, wonach ich suchte. Ich bückte mich, um nach einem besonders schönen Stück Sandstein zu greifen. Als ich mich wieder erhob, erschrak ich zu Tode: Ein Mann von etwa vierzig Jahren, eingehüllt in lange, schwarze Gewänder, stand vor mir und hielt sein Schwert gegen mich gerichtet. Aber das war es nicht alleine. Er war grässlich entstellt. Ihm fehlten beide Ohren, von der Nase war nur noch ein kleiner, verwachsener

Stumpf vorhanden, und im Übrigen war sein Gesicht mit kleinen eitrigen Narben übersät. An einem Lederriemen, den er um seinen Hals trug, hing das goldene Amulett eines Widderkopfes, das Zeichen Amuns.

«Wer bist du?», fuhr er mich mit einer dunklen, rauen Stimme an.

Ich sagte kein Wort, sondern sah mich nach Senu um. Hinter meinem Leibwächter stand ebenfalls ein Mann mit einem schwarzen Gewand und hielt ihm ein Messer an die Kehle, bereit, beim geringsten Zeichen des anderen den tödlichen Schnitt zu tun.

«Er kann dir im Augenblick nicht behilflich sein, junger Freund», sagte mein Gegenüber und grinste mich derart widerlich und gemein an, dass ich seine wenigen braunen Zähne zu sehen bekam, und ich vor Ekel fast würgen musste. Ich hatte Angst.

«Also, nochmal. Wer bist du?»

Ich sah ihn jetzt ruhig an und wusste, dass mir und Senu ohnehin niemand mehr helfen würde. In dieser misslichen Lage, die ohnehin so hoffnungslos, so sinnentleert war, gab ich mich stolz, ja überheblich.

«Was willst du eigentlich von uns, du Stück Dreck?» Ich spuckte vor ihm auf den Boden.

Erst hielt er mir ruckartig seine Schwertspitze an die Kehle, dann sagte er: «Nein, mein junger Held, so leicht geht das nicht! Bevor ich dir den Hals abschneide, will ich schon wissen, mit wem ich es zu tun habe. Vielleicht bist du ja ein paar Deben wert!» Ich spuckte nochmals – jetzt mitten in sein Gesicht.

«Schneide dem Schwarzen die Kehle durch», grunzte mein Gegenüber mit seiner rauen Stimme, doch noch bevor der andere reagierte, brüllte ich: «Nein! Ich sage dir ja, wer ich bin!»

Der Entstellte wischte sich den Speichel aus dem Gesicht.

«Aber lass ihn erst laufen», setzte ich nach.

Es half nichts. Der Anführer, der mein Gegenüber wohl war, kam mir noch näher, und der andere setzte sein Messer erneut an die Kehle Senus.

Ich gab auf.

Meine Launenhaftigkeit, meine durch nichts begründete Bosheit hatten mich hierher geführt, und jetzt sollte all dem schlechten Treiben ein Ende gesetzt werden. Ich verspürte nicht einmal Mitleid mit mir. Ich sah meinem Mörder noch einmal in das entstellte Gesicht, dann schloss ich meine Augen, den sicheren Tod vor mir.

Es gab für mich keinen Zweifel: Die Häscher der Amunpriester hatten mich gestellt.

Ein grässliches Stöhnen und Gurgeln ließ mich die Augen wieder aufreißen. Im Hals des Entstellten steckte ein Pfeil, dessen Spitze auf der anderen Seite weit herausschaute, und Blut spritzte aus seinen Wunden. Ehe er in sich zusammensackte, ließ er das Schwert fallen und griff mit beiden Händen an seinen Hals, als wollte er sich an den Pfeilenden festhalten und sich nach oben ziehen. Blut rann aus seinem Mund, und die ekelerregende Gestalt, die jetzt noch widerlicher anzusehen war als vorher, sackte endlich tot in sich zusammen.

Sofort drehte ich mich nach Senu um. Auch er stand unverletzt da, während der Mann, der ihn eben noch bedroht hatte, mit einem Pfeil im Hals tot zusammenbrach.

Ich war ratlos und starrte noch auf Senu, da hörte ich in einiger Entfernung weitere Todesschreie und das Stöhnen sterbender Menschen. Augenblick um Augenblick vergingén, bis ich endlich begriffen hatte, wem wir unser Leben verdankten: Es war Ameni selbst.

Nur langsam kam er mit dem schussbereiten, aufs Äußerste gespannten Bogen in seinen Händen, hinter einem Felsblock hervor. Er trug weder Helm noch Perücke. Sein kurzes schwarzes Haar stand wirr in alle Richtungen, und seine Augen blitzten hellwach umher, weil er nach weiteren Feinden Ausschau hielt. Dann sah ich auch die anderen Krieger Nimurias, die nacheinander hinter Felsen und aus Gräben hervorkamen, geduckt, jeder einen gespannten Bogen in der Hand. Schließlich stand Amenophis direkt vor mir.

Ich wagte es nicht, ihm in die Augen zu sehen, sondern warf mich vor ihm nieder, die Arme ausgestreckt, das Gesicht im Staub. Träne um Träne lief aus meinen verquollenen Augen in den Sand. Es war totenstill. Wie Blitze zuckte es durch meinen Kopf, wie unvernünftig ich mich benommen hatte, und es gab für mich in diesem Augenblick keinen Zweifel, dass ich für immer die Gunst und die Gnade meines Freundes verloren hatte.

«Was ist los mit dir, Eje?»

Es war die Stimme Amenis, ruhig, sanft, freundschaftlich. Da strich eine Hand durch mein Haar, umfasste meinen Hals und schüttelte mich ein wenig, wie eine Katze, die mit ihrer Beute spielt.

«Es ist doch alles vorbei! Niemand bedroht euch mehr. Wir haben die ganze Räuberbande auf einen Schlag ausgelöscht», versuchte er mich zu beruhigen.

Langsam hob ich meinen Kopf und drehte mich zur Seite. Amenophis saß neben mir im Sand, die Beine übereinander geschlagen, den Bogen noch immer in der linken Hand.

«Großer Amun! Wie siehst du denn aus?»

Ameni lächelte mich an.

«Inena dürfte dich nicht so sehen: mit laufender Nase, verheulten Augen, das Gesicht verschmiert mit einer Mischung aus Augenschminke, Tränen, dem Blut eines Verbrechers und dem Staub der Wüste. So stellt sich jede Frau ihren Helden vor!»

Er hatte ja so Recht. Ich setzte mich ebenfalls auf, fiel ihm um den Hals und weinte fürchterlich. Als ich mich beruhigt hatte, und während seine Soldaten die toten Verbrecher heranzerrten, setzten wir uns auf einen Felsblock. Ich wischte mir mit einem Tuch das Gesicht ab und erzählte ihm mein ganzes Ungemach, alles, was mich am Vortag oder schon länger so betrübt hatte, einfach all meinen Kummer. Ohne mich zu unterbrechen hörte er mir zu.

«Wenn du jetzt meine Meinung hören willst, dann gut! Was deine letzte Übeltat mit Rena betrifft, so geht mich das nichts an. Sie ist deine Dienerin, und ich hoffe, du bist alt genug, um zu wissen, was du tust. Du solltest dir nur etwas für den Fall überlegen, dass sie dir ein Kind schenkt. Was deinen Freund Mahu anbelangt, kann ich deinen Ärger nicht begreifen. Wenn du einen guten Verwalter oder Schreiber gefunden hast, dann melde ihn mir, und ich werde das Nötige veranlassen. Er wird dann vor Meiner Majestät erscheinen und erfahren, was geschieht. Was Inena betrifft, da kann ich dir allerdings nicht helfen. Ich hatte dir in Waset angeboten, dass du sie zu dir nimmst. Ich kann nicht mehr tun, außer dir raten, sie so schnell als möglich zu vergessen, und zwar am besten in Babylon.»

Ich schaute Ameni ungläubig an, kniff die Augenbrauen zusammen und sagte zaghaft: «Weshalb in Babylon?»

«Weil du nach der Erhebung deiner Schwester zur Großen königlichen Gemahlin in meinem Auftrag nach Babylon reisen wirst, um dir diese offenbar schon zu Lebzeiten sagenumwobene Perisade anzusehen», antwortete er mir mit blitzenden Augen, und es zuckten seine Mundwinkel, wodurch er das Lachen gerade noch unterdrücken konnte.

«Aber das ist genau das Problem, Ameni! Ich kann doch nicht wenige Tage nach deiner Heirat mit Teje, die ja deine Große königliche Gemahlin und nicht irgendeine Nebenfrau werden soll, nach Babylon zu König Kurigalzu reisen, um dort Ausschau nach einer weiteren Braut für dich zu halten!»

«Warum eigentlich nicht? Es ist schon seit langer Zeit üblich, dass die Könige unseres Landes Töchter fremder Herrscher zu Nebenfrauen machen. Und außerdem: Wir beide brauchen niemandem zu sagen, dass dies ein Teil deines Auftrages ist. Auch Fürst Imresch wird gut daran tun, Stillschweigen zu bewahren, liegt es doch ausschließlich an mir, wann ich eine Tochter Kurigalzus nach Men-nefer oder Waset kommen lasse. Der offizielle Zweck deiner Reise wird ein anderer sein.»

«Aber welcher?», fragte ich ohne jede Ahnung.

«Lass mich in Ruhe darüber nachdenken, mein Freund. Aber eines versprichst du mir: Länger als ein halbes Jahr bleibst du nicht in Babylon, dein Ehrenwort darauf!»

«Mein Ehrenwort!»

«Darf ich dich noch etwas fragen?»

Ameni nickte knapp.

«Woher wusstest du überhaupt, wohin Senu und ich gefahren sind?»

«Ich wollte dich gestern Abend noch besuchen, und hörte von deinen unmöglichen Auftritten, erst mit Cheruef und dann mit Nefta. Sie war es auch, die heute morgen zu mir kam und mir berichtete, dass du mit Senu wegfuhrst. Irgendein Gefühl sagte mir, dass es besser ist, dir mit ein paar Soldaten zu folgen. Wärst du nur in irgendeine Herberge zu einem Mädchen gefahren oder zu einer deiner Lagerhallen, wären wir wieder umgekehrt. Aber bald merkte ich, wo deine Reise hingehen würde. In einer der letzten Beratungen, an der du nicht teilgenommen hattest, berichtete man mir, dass im Steinbruchgelände von Tura eine gefährliche Bande Unterschlupf gefunden hat. Umso mehr Anlass hatte ich, dir zu folgen. Wir konnten dich aber vor dem Steinbruch nicht mehr aufhalten, weil du einfach zu schnell warst. Deswegen ließen wir weiter draußen die Wagen stehen und schlichen uns an. Dass wir nicht mehr viel Zeit hatten, hast du ja selbst gesehen.»

Ich schüttelte ungläubig den Kopf und sagte zu ihm: «Und dann auch noch zu treffen …»

Ein Hauptmann der Leibgarde warf sich vor Pharao nieder und berichtete, dass es neben den acht Toten weiter keine Überlebenden gäbe, dass man in einer Felsnische das Versteck der Bande und davor deren Pferde gefunden habe. Nimuria und ich ließen uns den Weg zeigen und betraten die kleine Höhle. In einer unauffälligen Holztruhe lagen mehr als zwanzig goldene Amulette, wie man sie Toten bei der Einbalsamierung mitzugeben pflegt, Armreifen und Ringe. In einer kleinen Nebenhöhle fanden wir die Reste zerstückelter einbalsamierter Leichen. Es war das Versteck von Grabräubern.

Auf der anderen Seite des Flusses, jedoch nicht weit von hier, lag die Totenstadt von Saqqara mit den mächtigen Grabbauten längst verstorbener Pharaonen und den unzähligen Gräbern ihrer Beamten. Nimuria befahl dem Hauptmann, die Truhe zu seinem Streitwagen zu bringen. Als er zurückgekehrt war, sagte Pharao mit ruhiger, aber sehr ernster Stimme zu ihm: «Hauptmann! Du wirst mit deinen Männern nun die Überreste dieses menschlichen Abschaums mit euren Schwertern und Streitäxten in Stücke hauen. Kopf, Arme und Beine werden vom Rumpf abgetrennt und das Herz herausgerissen. Mit dem Dreck, der in dieser Höhle herumliegt, macht ihr ein Feuer, in welchem ihre Herzen und die Köpfe verbrannt werden. Den Rest dieser Kreaturen verteilt im Umkreis von zwanzig Aruren, damit er von Schakalen und Geiern gefressen werde! Nichts soll mehr an diese Verbrecher erinnern, das Andenken an sie sei ausgelöscht in alle Ewigkeit!»

Schweigend blieb Amenophis vor der Höhle stehen und sah zu, wie die Soldaten seinen grausamen Befehl ausführten, Schritt für Schritt, bis alles geschehen war, wie er es wollte. Zuletzt ließ er die Pferde der Verbrecher in die Wüste jagen, damit sie dort elend zu Grunde gingen, denn nicht einmal sie sollten von den Grabschändern übrig bleiben oder an sie erinnern.

Schweigend und ohne Eile kehrten wir am frühen Abend nach Men-nefer zurück. Zwischen Ameni und mir herrschte größeres Einvernehmen denn je. Niemand sollte erfahren, was an diesem Tag geschehen war.

Zum zweiten Mal war ein Mensch vor meinen Augen gestorben, war ein Leben zu Ende gegangen. Immer wieder erschien vor meinen Augen das Bild, wie er mit seinen Händen nach dem Pfeil griff, der in seinem Hals steckte, und mit starrem Blick vor mir zusammensank. Das Ende dieses Menschen berührte mich auf eine bestimmte Weise, aber ich konnte kein Mitleid mit ihm empfinden. Noch nie in meinem Leben wurde ich so in Todesangst versetzt, wie an diesem Tag. Wie viele Menschen waren tatsächlich durch diesen Verbrecher ermordet worden?

Ich redete mir ein, dass er verdientermaßen den Tod fand.

SECHS

Schon ein einziger Tag kann die Ewigkeit verheißen.

Trotz der schrecklichen Vorkommnisse waren wir uns einig, dass die Steinbrüche von Tura wieder geöffnet werden sollten, wenn sie ergiebig genug waren. Kurz nach meinem ersten Aufenthalt fuhr ich mehrmals mit dem Vorsteher der königlichen Steinbrüche, einem über fünfzig Jahre alten Mann mit Namen Wenamun, nach Tura, um das Gelände genau zu erkunden. Bereits nach der zweiten Erkundungsfahrt war sich Wenamun sicher, dass das Gelände noch lange nicht erschöpft und dort noch viele tausend Kalksteinblöcke gebrochen werden konnten. Uns gelang es sogar, einen der alten Brunnen wiederzufinden. Aus seinem tiefen Schlund schöpften wir sauberes frisches Trinkwasser. Ich zögerte nicht lange und erteilte den Befehl, in Tura eine Arbeitersiedlung zu errichten, die fünfhundert Männern Unterkunft bot.

Neben der vielen Arbeit, die zu bewältigen war, dachte ich fast täglich auch an Perisade, die Tochter von Fürst Imresch. Immer wieder versuchte ich mir vorzustellen, wie sie aussah, wie ihre Stimme klang, worüber ich mit ihr reden würde.

An einem besonders heißen Vormittag – die Glut der Hitze

machte mir die mittlerweile tägliche Fahrt zum Steinbruch unmöglich – schickte ich Cheruef zu Fürst Imresch und ließ ihn bitten, abends mein Gast zu sein. Von Amenophis hatte ich die Erlaubnis, die Palastküche und deren Dienerschaft in Anspruch zu nehmen, und so suchte ich mir für meine Einladung eines der Schattenhäuser in den königlichen Gärten aus. Etwas abseits, unter den weit ausladenden Ästen einer uralten Sykomore, ließen sich fünf junge Musikantinnen nieder und spielten ihre Weisen, so beruhigend, so angenehm, dass ich beinahe einschlief.

Kurz vor Sonnenuntergang schwamm ich einige Bahnen, danach ließ ich mich von Nefta rasieren, ankleiden und schminken. Zu einer schlichten Perücke wählte ich eine unauffällige Halskette mit einem kleinen heiligen Käfer aus Lapislazuli und meinen Siegelring. Ich begab mich wieder in das Schattenhaus, überprüfte alle Vorbereitungen, machte es mir danach auf einem der Klappsessel bequem und hörte wieder den Musikantinnen zu.

Zur verabredeten Zeit erschien Senu und meldete mir das Eintreffen Fürst Imreschs. Wie es sich für mich als Gastgeber und den Jüngeren ziemte, ging ich ihm einige Schritte entgegen und begrüßte ihn herzlich in seiner Sprache.

«Es ist mir eine überaus große Ehre, vom Einzigen Freund Seiner Majestät, sie lebe, sei heil und gesund, in so vertrautem Rahmen empfangen zu werden! Man wird schwerwiegende und geheime Staatsgeschäfte dahinter vermuten, Eje.»

Fürst Imresch spitzte seine blauen Lippen.

«Niemand wird etwas vermuten, Fürst Imresch. Ihr wisst doch, dass wir Ägypter in geheimen Dingen ganz groß sind. Wo sonst auf dieser Welt gibt es so viel Geheimniskrämerei?»

Wir erreichten das Schattenhaus, und Fürst Imresch sah sich erst ein wenig um. Um seinen Hals trug er eine feingliedrige Goldkette, an welcher ein runder, fingerdicker Gegenstand aus fleischrotem Karneol hing, der oben und unten in Gold gefasst war. Lange schaute er sich das Schwimmbecken an, dann die Musikantinnen, und immerzu spielten die Finger seiner linken Hand mit dem roten Anhänger an seiner Brust.

«Ihr Ägypter seid ein auffällig reinliches und auch ein – wie soll ich es sagen, ohne Euch zu nahe zu treten – ein freizügiges Volk.» Dabei zeigte seine rechte Hand auf die fast nackten Musikantinnen.

«Bei dieser Hitze kann man doch nur leicht bekleidet durchs Leben gehen, Fürst Imresch», sagte ich und lächelte ihn freundlich an.

«Ach, Ihr macht den Aton verantwortlich dafür, dass Ihr Euch zu jeder Stunde dieser netten Anblicke erfreuen dürft!»

«So habe ich die Sache noch nie gesehen, Fürst. Ihr erstaunt mich.»

Er lachte ein wenig und sah mich mit fast zugekniffenen Augen an.

«Ihr scheint Eure Umwelt genau zu beobachten», fuhr ich fort und bat ihn mit einer ausladenden Handbewegung, im Schattenhaus Platz zu nehmen.

«Zum einen bin ich so veranlagt, Eje, zum anderen gehört es natürlich zu meinem Beruf …»

«Ihr seid aber kein Spion», unterbrach ich ihn.

«… gehört es zu meinem Beruf als Botschafter meines Königs, dass ich möglichst viele Kenntnisse über mein Gastland mitbringe. Ein Spion? Nein, Eje, so etwas wäre mir zu schmutzig, zu gemein. Ich möchte auch nicht als Krokodilfutter des Guten Gottes, er lebe, sei heil und gesund, enden!»

Ich hielt ihm meinen Weinbecher entgegen und sagte: «Auf Euren Ka!»

«Auf Euren Ka und Euer Land», erwiderte er. «Ich wollte Euch schon bei unserem letzten Zusammentreffen sagen, dass Ihr unsere Sprache sehr gut beherrscht, Eje!»

Ich wusste, dass er mir nur schmeichelte, denn mein Akkadisch war alles andere als gut und mein Wortschatz bescheiden.

«Wir Ägypter sind ein seltsames Volk», begann ich. «Wir lernen Akkadisch, damit unsere Sprache nicht bei den Fremdländern gesprochen werden muss. Wir schreiben unsere gesamte Auslandskorrespondenz in eurer Schrift, damit unsere Heiligen Zeichen das Land nicht verlassen müssen, und wir behaupten, Euphrat und Tigris würden in die verkehrte Richtung fließen, nur weil sie nicht wie der Nil nach Norden, sondern nach Süden laufen.»

«Ich sehe das anders, Eje. Was ist es denn, was ein Volk kennzeichnet, was es liebenswert macht und interessant? Es ist nicht alleine seine Macht, nicht sein Reichtum und seine Größe. Es ist allein seine Kultur. Und dazu gehört auch der Umgang mit der Vergangenheit, dem eigenen Herkommen. Ich bewundere eure Künstler. Seit urewigen Zeiten bilden sie eure Herrscher ab, wie sie es heute noch tun: die Pharaonen als jung gebliebene, starke Männer, mit Bart und Krone, und in der Hand die Keule, welche die Feinde niederschlägt, gleich, wie alt sie tatsächlich sind. Der Oberkörper wird stets von vorne gezeigt, Beine, Hüften und Gesicht von der Seite. Ist die Art der Darstellung deswegen falsch? Wie ihr heute schreibt, entspricht nicht mehr der Sprache, die ihr tatsächlich sprecht. Doch niemand würde es wagen, die Anordnung der Schriftzeichen der gesprochenen Sprache anzupassen. Die Ehrfurcht vor eurer großen Vergangenheit verbietet es euch, daran etwas zu ändern, weil man sonst unterstellen könnte, an dem Überkommenen müsste etwas Falsches, ja Schlechtes gewesen sein. Es ist nur wichtig, dass die Menschen den Grund, weshalb man an etwas Überkommenem festhält, auch verstehen. Tun sie es, dann sind sie selbstbewusst, dann zeigen sie Größe. Tun sie es nicht, werden sie sich bald über die eigene

Vergangenheit, das eigene Herkommen lustig machen, ihre Kultur nicht mehr begreifen und schließlich zu Grunde gehen, weil auch die anderen Völker jeden Respekt vor einem solchen Volk verlieren.»

Ich war erstaunt über das Wissen Imreschs und seine Einstellung unserer Kultur gegenüber.

«Ich stimme Euch grundsätzlich zu, Fürst Imresch. Aber das blinde Festhalten an allem Vergangenen kann auch nicht richtig sein. Wir werden eines Tages unsere Schrift der Sprache anpassen müssen, weil man uns sonst nicht mehr ernst nimmt. Auch in der Kunst wird sich Vieles ändern. Aber das sind Dinge, die lassen sich nicht von heute auf morgen durchführen. Das ist eine Leistung, die vieler Jahre bedarf – und weiser Herrscher.»

Während wir aßen, erzählte mir mein Gast viel über sein Land, über dessen Geschichte und Wirtschaft, dessen Herrscher und das Volk.

«Die Verbindung zu Eurem Land ist noch nicht sehr alt, Eje. Euer König Thutmosis Men-cheper-ka-re traf sich vor mehr als sechzig Jahren mit unserem damaligen Herrscher Karaindasch, nachdem Pharao anlässlich eines Feldzuges in Nordsyrien den Euphrat überquert hatte. Damals wurden viele Geschenke ausgetauscht, und seit diesen Tagen unterhalten unsere Länder eine freundschaftliche Beziehung. Sein Nachfolger Kurigalzu entsandte eine Tochter zu Pharao Amenophis Aa-chepru-re, dem Großvater Eures königlichen Freundes Nimuria, der sie zu einer Nebengemahlin machte.»

«Und jetzt sind wir beim eigentlichen Zweck unserer Zusammenkunft angelangt, Fürst Imresch», stellte ich ganz sachlich fest.

«Wenn Ihr so wollt, Eje, ja. Ich hoffe aber, wir sehen uns auch ohne geschäftlichen Hintergrund noch öfter!»

«Das wünsche ich mir auch! Doch nun hört: Ich bin ein

schlechter Diplomat, und daran wird sich wohl auch nichts ändern. Deswegen will ich offen mit Euch reden …»

«Ihr unterstellt also, dass Diplomaten nicht offen reden», unterbrach er mich und spitzte wieder die Lippen.

«So war das natürlich nicht gemeint. Ich will es nur gleich auf den Punkt bringen: Mit Nimuria habe ich bereits gesprochen. Grundsätzlich begrüßt er eine Verbindung mit einer Tochter Eures Herrschers Kurigalzu. Ihr habt aber gewiss Verständnis dafür, dass man damit noch eine Weile warten muss, um meine Schwester Teje, die bald Große königliche Gemahlin sein wird, nicht durch diesen Schritt zu beleidigen.»

«Das höre ich gerne.» Fürst Imresch nickte mir zufrieden zu. «Man wird eben die Zwischenzeit sinnvoll überbrücken müssen», gab er weiter zu bedenken.

«Ich dachte mir, dass an unseren Hof eine Adresse ergeht, in welcher eine Delegation Pharaos an den Euphrat eingeladen wird, um die Freundschaft und vor allem den Handel zwischen unseren Ländern mit Leben zu erfüllen. Es wird wohl eine Weile dauern, bis eine entsprechende Einladung Eures Königs im Großen Haus eingegangen sein wird. Ehe dann bei uns ein Beschluss gefasst und eine Delegation gebildet ist, vergehen wieder einige Monate. Schließlich werde ich mich, werden sich unsere Abgesandten auf den Weg nach Babylon machen. Pharao hat mir erlaubt, für längstens sechs Monate bei Euch zu verweilen.»

Ich erhob den Becher, hielt ihn meinem Gast entgegen und sagte: «Auf Euren Ka, Fürst Imresch!»

«Auf Euren Ka, Eje!»

«Erlaubt Ihr mir eine Frage, Fürst», nahm ich das Gespräch wieder auf, nachdem wir getrunken hatten. «Was stellt dieser ungewöhnliche Gegenstand dar, den Ihr an Eurer Kette tragt?»

«Bei uns in Babylon siegelt man von alters her Schriftstücke nicht mit einem Ring wie bei Euch, sondern mit diesem Rollsiegel, das man über den feuchten Ton der Schreibtafeln abrollt.»

Imresch nahm das Siegel von der Kette ab und hielt es mir entgegen. Ich erkannte einige aus dem Karneol herausgearbeitete Menschengestalten, einen geflügelten Stier und eine Reihe von Schriftzeichen. Langsam entzifferte ich Schriftzeichen für Schriftzeichen: Das ist das Siegel des Imresch, Sohn des Schemalasch.

Mein Gast erzählte mir an diesem Abend noch manche Geschichte aus seinem Leben und von Babylon. Er erzählte von den Tempeln und Palästen, den Gärten, die nach seinen Worten noch prächtiger waren als die Pharaos. Er beschrieb mir König Kurigalzu und berichtete von dessen Heldentaten im Kampf gegen die kriegerischen Hethiter. Zuletzt gab er mir sein Versprechen, sich umgehend um die Einladung seines Herrschers zu bemühen.

Ich konnte meine Abreise nach Babylon kaum erwarten.

In den nächsten Tagen drehte sich in Men-nefer, nein, drehte sich in ganz Unterägypten alles um die bevorstehende Heirat Nimurias mit meiner Schwester, um deren Erhebung zur Großen königlichen Gemahlin. Von überallher wurden Stiere, Kälber, Gänse und Enten in die Stadt gebracht, rollten Karren, bis oben hin voll beladen mit Weinkrügen, durch die Palasttore, und allerorten wurde Bier gebraut. Das Große Haus versandte Einladungen in alle Himmelsrichtungen, und Mennefer wurde von Tag zu Tag lebhafter. Nimuria überlegte, wie er möglichst vielen Menschen in allen Städten und Dörfern des Landes die Erhebung Tejes zur Großen königlichen Gemahlin mitteilen konnte. Vater hatte die Idee, aus Ton Heilige Käfer anfertigen zu lassen, auf deren Unterseite die Botschaft von der Heirat zu lesen war:

«Es lebe Horus, Starker Stier, erschienen in Wahrheit, der

die Gesetze festigt und die Beiden Länder beruhigt, groß an Kraft, der die Asiaten schlägt, König von Ober- und Unterägypten, Herr der Beiden Länder, Neb-maat-Re, Sohn des Re, Amenophis, Herrscher von Waset, dem Leben gegeben wurde. Die Große königliche Gemahlin Teje, sie lebe. Der Name ihres Vaters ist Juja, der Name ihrer Mutter ist Tuja. Sie ist die Gemahlin des starken Königs, dessen südliche Grenze bis Karai reicht, dessen nördliche bis Mitanni.»

Mein Vater führte jetzt den Titel Gottesvater.

Handelskarawanen, Pilgerreisenden, Beamten und Offizieren, die eine dienstliche Reise zu unternehmen hatten, wurden die hellblauen, fingerlangen Käfer mitgegeben, um sie Bürgermeistern, Domänenvorstehern, Priestern und befreundeten Herrschern zu überbringen. Das erste und schönste Exemplar bekam Teje. Es war ein Käfer aus Elektron, jener kostbaren Mischung aus Gold und Silber, und die heiligen Schriftzeichen waren in blauem Lapislazuli, dem Lieblingsstein Nimurias, eingelegt. Zeit ihres Lebens trug Teje diesen Anhänger an einer eng anliegenden goldenen Kette um ihren Hals.

Der Tag des großen Festes begann im Tempel des Ptah, wo Nimuria gemeinsam mit den Großen des Landes Opfer darbrachte. Danach zog die Versammlung in die Große Halle des Palastes. Zum Klang Hunderter Fanfaren nahm Amenophis auf seinem Thron Platz, während sich alle Anwesenden zu Boden warfen. Auf zwei kleineren Thronen zu seiner Linken saßen seine Mutter Mutemwia und Iaret, der Thron zu seiner Rechten war leer. Ich selbst stand hinter Amenophis.

Pharao trug die mächtige Doppelkrone, den Zeremonialbart, einen breiten Goldkragen, Geißel und Krummstab. Obwohl er mit ausgesprochen heiterer Miene in die Gesichter der Menschen, die sich wieder erhoben hatten, blickte, strahlte er ohne Zweifel jene Würde aus, die unser Volk von seinem Guten Gott erwartete.

Jetzt war es still im Saal, und von draußen vernahm ich den Klang einiger Flöten immer deutlicher, immer näher. Dann mischten sich einige Schellen und kleine Trommeln dazwischen. Die ersten Tänzerinnen betraten den Saal, nein, sie schwebten, sprangen und überschlugen sich, so, als ob sie ohne Gewicht wären. Es wurden immer mehr, bis schließlich über hundert Mädchen rechts und links den Gang säumten, sich niederließen und sich langsam hin und her bewegten wie Schilfgras im zarten Abendwind. Durch dieses Spalier hindurch erschienen jetzt die Hofdamen und die Beamten Tejes, alle mit prächtigen Perücken und hellweißen Gewändern. Dann betraten meine Eltern den Saal. Meine Mutter – wie ich nicht anders erwartet hatte – mit ernstem Gesicht, mein Vater glücklich, milde lächelnd in die Runde blickend. Danach kamen vier junge Nubier mit einem kostbaren Baldachin, unter welchem Teje den Saal betrat. Sie trug ein knöchellanges, weißes Kleid, um die Hüften ein zweifach gewickeltes, rotes Band, dessen golddurchwirkte Enden bis weit über die Knie herabhingen. Darüber lag ein hauchdünner, fast durchsichtiger Umhang, der die Arme überdeckte und bis zum Boden reichte. Um ihre Schultern trug sie einen breiten Kragen aus Gold, Lapislazuli und Karneol. Ihre Perücke war betont schlicht, wodurch die Geierhaube und die Doppelfederkrone, die sie darüber trug, umso prächtiger in Erscheinung traten. Ihre Oberarme und die Handgelenke umgaben goldene Reifen mit feinsten Einlegearbeiten. Sie trug goldene Scheibenohrringe, deren Innenflächen ganz mit Lapislazuli belegt waren. Nur um die Augen war sie sichtbar geschminkt. In der linken Hand hielt sie ein Menit, dessen Ende ein Hathorkopf zierte, in der rechten einen kleinen Strauß Lotosblüten.

Während sie unter dem Baldachin langsam auf Amenophis zuschritt, hielt sie den Blick stets gesenkt, sah weder nach rechts noch nach links. Vor dem Thron verneigten sich meine

Eltern tief, bevor sie zur Seite traten, um Pharao Platz zu machen. Nimuria schritt die vier Stufen hinab zu Teje. Sie überreichte ihm die Blumen und sah ihn mit großen, fragenden Augen an. Amenophis strahlte, küsste zärtlich, ja geradezu vorsichtig Tejes rechte und linke Wange, und nahm sie bei der Hand. Er führte Teje hinauf zu ihrem Thron, wo sie neben ihm Platz nahm. Merire, der vorübergehend noch das Amt des Wesirs des Nordens bekleidete, befahl der Menge, sich zu Boden zu werfen und verkündete die vollständige Titulatur Nimurias und Tejes. Damit war sie in aller Form Große königliche Gemahlin.

Anschließend erhoben sich Mutemwia, Iaret und ich, und wir beglückwünschten als Erste das Herrscherpaar. Es folgten Vater, Mutter und Merire, schließlich alle Großen des Reiches, die Abgesandten der befreundeten Herrscher und unserer Vasallen. Auch Fürst Imresch überbrachte die Grüße seines Königs Kurigalzu.

An diesem Tag fand nicht nur die Erhebung Tejes zur Großen königlichen Gemahlin statt, auch Ramose wurde zum Wesir des Nordens bestimmt. Ramose war ein jüngerer Bruder der Großen königlichen Gemahlin Iaret und bisher Bürgermeister von Men-nefer gewesen. Er galt als ehrlicher, unbestechlicher Mann. Mit seinen vierundzwanzig Jahren besaß er auch die Kraft, um dieses schwierige Amt ausführen zu können. Im Übrigen tat Amenophis gut daran, einflussreiche Positionen auf verschiedene Familien zu verteilen und nicht immer dieselben zu bevorzugen. Mit der alten, für alle Wesire gültigen Weiheformel, die Nimuria selbst sprach, wurde Ramose in sein Amt eingesetzt:

«Kümmere dich um das Amt des Wesirs. Sei wachsam über alles, was in seinem Namen geschieht, denn dieses Amt ist die Stütze des ganzen Landes. Wesir zu sein ist bitter wie Galle.

Denn siehe, der Bittsteller kommt aus Ober- und Unterägypten, aus dem ganzen Land, in der Absicht, in der Halle des Wesirs Rechtsprechung zu erhalten. Dann sollst du darauf achten, dass alles dem Gesetz entsprechend getan wird, dass alles richtig gemacht wird, wenn man einen Mann seine Unschuld verteidigen lässt. Siehe, was den Beamten, der Recht spricht, betrifft, so künden Wasser und Wind von allem, was er tut. Siehe, es gibt niemanden, der nicht weiß, was er tut. Richte nicht ungerecht, denn Gott hasst die Parteilichkeit. Wonach man trachtet, ist, dass Maat getan wird durch die Äußerungen des Wesirs. Der Wesir war rechtmäßiger Hüter der Maat seit der Zeit des Osiris. Siehe, man nennt den Oberschreiber des Wesirs ‹Schreiber der Maat› – so sagt man. Und in der Halle, in der du Recht sprichst, ist ein weiterer Raum, voll von den Akten aller Urteile. Derjenige, der Maat tun wird vor allen Menschen, ist der Wesir. Handle nicht nach deinem eigenen Wunsch in Dingen, von denen das Gesetz bekannt ist. Siehe ferner: Es gebührt sich für den Hochmut, dass der Herr Furcht mehr liebt als den Hochmut. Handle also gemäß dem, was dir aufgetragen worden ist!»

Ramose empfing das Gewand des Wesirs, einen Umhang, der unter die Arme reichte und über der Brust zusammengeschnürt wurde und welcher bis an die Knöchel hinabfiel, und er erhielt den Goldenen Wesirsstab. Ramose verneigte sich sieben Mal vor Nimuria und Teje, dann wandte er sich der Versammlung zu. Da Ramose nun der Stellvertreter Nimurias in Unterägypten war, mussten sich alle vor ihm niederwerfen, als wäre er Pharao selbst.

Anschließend bestiegen Amenophis und Teje vor der Großen Halle die königliche Sänfte und wurden unter dem Jubel der Menschen durch die Prachtstraße zum Tempel des Ptah getragen, wo sie Blumen und Weihrauch opferten. Nach ihrer Rückkehr in den Palast zeigte Ameni seiner Gemahlin die Gemächer im Nordflügel, welche in den letzten Wochen nur für sie hergerichtet wurden. Darüber hinaus verfügten sie und ihre Hofdamen über einen eigenen weiträumigen Garten, den ansonsten nur Pharao und später Tejes Kinder betreten durften.

Mit dem Sonnenuntergang begann in allen öffentlichen Räumen des Palastes, in seinen Höfen und Gärten ein Fest, wie ich es selbst in Waset nicht erlebt hatte. Es war in jeder Hinsicht ein Rausch der Sinne, und keiner der zahllosen Gäste wurde enttäuscht. Aber nicht nur im Palast wurde gefeiert, überall auf den Straßen und Plätzen von Men-nefer aßen und tranken die Menschen, machten Musik und tanzten bis in die Morgenstunden.

Nachdem das Herrscherpaar das Fest verlassen und sich in seine Gemächer zurückgezogen hatte, lockerte sich die sonst so strenge Ordnung im großen Festsaal etwas auf, und ich begann, mich ein wenig in den anderen Sälen und den Höfen des Palastes umzusehen. Zufällig traf ich auf Acha, den Sohn des Oberstallmeisters, und auf Saatum, einen Vetter Nimurias, die einst mit mir die Palastschule besucht hatten.

Durch meine Nähe zu Amenophis hatte ich die zwei seit dem Tod von Osiris Thutmosis Men-chepru-Re aus den Augen verloren. Umso überraschter war ich aber, dass sie mir dies mit keinem Wort übel nahmen, freilich über mich bestens Bescheid wussten. So brauchte ich keine langen Erklärungen abgeben, und wir konnten die Nacht in vollen Zügen genießen. Irgendwo gab es immer jemanden, den einer von uns dreien kannte, und so ging uns der Gesprächsstoff nicht aus, wie es überall Anlass gab, etwas zu trinken.

Re hatte seine Nachtfahrt beinahe beendet, im Osten begann allmählich der Morgen zu grauen – es ist die Zeit, da es in jeder Stadt am ruhigsten ist, weil Mensch und Tier noch im Tiefschlaf liegen –, da landeten wir in einem der Schattenhäuser im Palastgarten. Wir waren aber nicht alleine, jeder von uns hatte eine Begleiterin im Arm, und die drei Mädchen sahen ganz danach aus, als würden sie jeden Tag einem anderen Mann ihre Liebe erklären. Trotz des vielen Weines, den ich getrunken hatte, war mir bewusst, dass wir schnell unsere Begleiterinnen loswerden mussten. Leicht schwankend erreichte ich meine Gemächer, weckte Senu und bat ihn, uns des Problems, und sei es mit Waffengewalt, zu entledigen. Als ich mit Senu wieder in den Garten kam, hatten meine Freunde und die Mädchen das Schattenhaus bereits verlassen, und ich hörte von jenseits der Gartenmauer nur noch verwaschene Wortfetzen und das Kichern der Mädchen. Beruhigt klopfte ich Senu auf die Schulter und entschuldigte mich für die Störung. Ich befahl ihm, mich unter keinen Umständen zu wecken oder irgendjemanden zu meinem Schlafzimmer Zutritt zu gewähren.

Ich befand mich noch in einem traumlosen Tiefschlaf, einem Zustand ähnlich einer Bewusstlosigkeit, da bohrte sich eine aufdringlich laute, wenn auch fröhliche Stimme in mein Ohr und in den schmerzenden Kopf. Es war Ameni, den Senu natürlich nicht aufzuhalten gewagt hatte. Als er meines miserablen Zustandes gewahr wurde, machte er sich erst recht einen Spaß daraus, mir die neuesten Palastgeschichten zu erzählen, und es dauerte eine Weile, ehe ich merkte, dass es auch um Acha, Saatum, mich und unsere nächtlichen Begleiterinnen ging. Dann allerdings war ich hellwach.

«Du kannst völlig beruhigt sein, da war nichts», winkte ich ab, während ich mich auf die Bettkante setzte und meinen Kopf in die Arme stützte. Freilich nützte mir kein Widerstand, ich musste mit ihm in den Garten zum Bad gehen und mit ihm schwimmen. Es tat mir ausgesprochen gut.

Danach zerkaute ich drei rohe Knoblauchzehen gegen den Kopfschmerz.

Seit diesem Tag war Amenophis zu offiziellen Anlässen kaum mehr ohne Teje zu sehen. Auf seinen ausdrücklichen Wunsch hin nahm sie regelmäßig an den Besprechungen im kleinen Kreis der engsten Berater und an den Audienzen teil. Viele der Großen unseres Landes konnten sich nur schwer damit abfinden, dass jetzt eine Frau, auch wenn sie die Große königliche Gemahlin war, in die Staatsgeschäfte derart eingebunden wurde.

Teje war anfangs sehr zurückhaltend, sagte kaum ein Wort, und Amenophis fragte sie nie vor den anderen um ihre Meinung, um bereits die Möglichkeit einer vielleicht unklugen Äußerung auszuschließen. So mancher hatte nur darauf gewartet. Mit der Zeit entwickelte sie jedoch ein gutes Gespür dafür, wann ihre Meinung gefragt war. Das galt vor allem in außenpolitischen Belangen, worin sie großes Geschick bewies. Teje entfaltete hierin ihre eigenen Aktivitäten, pflegte den Kontakt mit den ausländischen Gesandten und deren Familien. Amenophis ließ sie darin uneingeschränkt gewähren, ohne auch nur einmal nach dem Aufwand und den Kosten zu fragen. So kam es mit der Zeit vor, dass ausländische Gesandte erst bei Teje vorstellig wurden, um ihre Anliegen vorzutragen, ehe sie damit vor Pharao traten. Teje besprach sich anschließend mit Amenophis und konnte dem Bittsteller Änderungen nahe legen, um ihm so eine möglicherweise abschlägige Antwort des Königs zu ersparen. Ohne dass es die Gesandten wussten, hatte Pharao also die Sache bereits beraten und konnte eine abschließende Entscheidung verkünden, die alle überzeugte und zufrieden stellte. Dieses treffsichere Auftreten Nimurias hinterließ bei den Großen unseres Landes ebenso wie bei den Ausländern einen starken Eindruck.

Unsere Arbeit in Men-nefer nahm doch mehr Zeit in Anspruch, als wir dachten, und so war an eine baldige Rückkehr nach Waset noch nicht zu denken. Das erste Regierungsjahr

Nimurias war bereits vorüber, und die erste Ernte war dank meiner intensiven Vorbereitungen ein großer Erfolg. In meinem unmittelbaren Verwaltungsbereich, im Gau von Mennefer, leitete ich sowohl die Arbeiten an den Bewässerungsgräben als auch das Vermessen der Felder und zuletzt die Erntearbeiten persönlich. Mahu, der sich besonnen und für die Übernahme der großen Aufgabe in Waset seine Bereitschaft erklärt hatte, war für das Einlagern des Getreides und die Verwaltung der Kornspeicher in unserem Gau verantwortlich. Es war für uns eine Art Mesterernte, denn es war meine Absicht, unsere Erfahrungen, unser System auf die Beiden Länder insgesamt zu übertragen.

Die Arbeiten im Steinbruch von Tura gingen ebenfalls gut voran, und zu Beginn des zweiten Regierungsjahres meines Herrschers ließ ich an der Stelle, an welcher er mir das Leben gerettet hatte, eine Gedenktafel anbringen.

Ihre Inschrift unter dem Abbild des opfernden Königs lautete:

«Jahr zwei unter der Majestät des Horus, Starker Stier, erschienen in Wahrheit, der die Gesetze festigt und die Beiden Länder beruhigt, groß an Kraft, der die Asiaten schlägt, der Gute Gott, Herr der Freude, Herr der Kronen, Neb-maat-Re, Sohn des Re, Amenophis, Herrscher von Waset, dem Leben, Dauer, Heil, Gesundheit, Freude seines Herzens und seines Ka gegeben werde wie Re ewiglich.

Es befahl Seine Majestät, Steinbrüche neu zu eröffnen, um Turakalkstein zu brechen, um seine Totentempel von Millionen Jahren zu erbauen, nachdem Seine Majestät die Steinbrüche, die in Tura sind, angetroffen hatte, indem sie begannen sehr zu verfallen, seit der Zeit derer, die früher gewesen waren. Seine Majestät aber machte sie aufs Neue. Er tat es, damit ihm Leben, Dauer, Heil, Gesundheit gegeben werde wie Re ewiglich.»

An jenem Morgen, als Amenophis und Teje in großer Prozession im Steinbruch erschienen, wurden alle Arbeiter, sogar diejenigen, die hier eine Strafe verbüßten, freigestellt, um ihrem Herrscherpaar zu huldigen. Mit Ausnahme der Gedenktafel war der Ort meiner Errettung auf meinen Befehl hin unberührt geblieben. Wie von einer unsichtbaren Hand geführt, ging Ameni zu der Stelle, von welcher er den rettenden Pfeil abschoss, und ich stand dort, wo mich der Entstellte umbringen wollte. Lange sahen wir uns schweigend an. Außer Senu wusste keiner der Anwesenden etwas damit anzufangen.

Zu Beginn der eigentlichen Abbrucharbeiten war die Ausbeute noch nicht sehr ergiebig, da vielen Arbeitern noch die nötige Erfahrung fehlte. Mir war das sogar recht, denn die wenigen Transportschiffe, die bislang zur Verfügung standen, reichten somit aus, um die roh behauenen Quader gleich nach Süden zu bringen. Ich musste kein Zwischenlager einrichten, was wiederum nur unnötigen Arbeitsaufwand bedeutet hätte. Während der Steinbruch in Tura in Gang kam, untersuchte ich gemeinsam mit Wenamun weiter südlich in Berscheh ein anderes Gelände nach dessen Kalksteinvorkommen. Es schien sehr ergiebig, und so ließ ich es ebenfalls erschließen.

Durch die Heirat Nimurias mit Teje häuften sich die Abende, an welchen ich alleine blieb, auch wenn Ameni streng darauf achtete, mich nicht zu vernachlässigen, und er immer wieder betonte, dass ich wie bisher jederzeit zu ihm kommen könne. Ich war ihm deswegen nicht böse, zumal auch ich irgendwann verheiratet sein würde. So nutzte ich die Gelegenheit, den wiedergefundenen Kontakt zu Acha und Saatum zu pflegen.

Acha, der Sohn des Oberstallmeisters Nebnefer, war so alt wie ich. Er war klein von Wuchs, aber stark wie ein Löwe und schnell wie ein Falke. Er hatte dichtes gelocktes Haar, und unter buschigen Augenbrauen blitzten kleine schwarze Augen. Es gab kaum ein Mädchen in Men-nefer, das ihn nicht bewunderte, ja anbetete. Umgekehrt war es leider auch so.

Saatum war siebzehn Jahre alt und hätte bereits vor ein paar Monaten heiraten sollen. Kurz vor der Hochzeit zerstritten sich jedoch die Familien wegen der Mitgift. Saatum erkannte, dass es der Braut nur um sein Vermögen ging, und löste die Verbindung. Seitdem pflegte er einen finsteren Groll gegen alles Weibliche. Jedem Mädchen, das ihm auch nur ein wenig gefiel, verdrehte er erst den Kopf, dann verbrachte er mit ihr die eine oder andere Nacht, um ihr dann zu erklären, sie sei doch nicht die Richtige. In kürzester Zeit erwarb sich Saatum unter den Mädchen Men-nefers einen schlimmen Ruf. Erstaunlicherweise führte dies aber dazu, dass er noch interessanter und begehrter wurde und er sein Spiel hemmungslos weitertreiben konnte. Saatum war etwas größer als ich, ebenfalls von schlanker Erscheinung, hatte glatte dunkle Haare und eine ähnlich krumme Nase wie mein Vater. Acha arbeitete in der Gauverwaltung als Schreiber und sollte irgendwann das Amt seines Vaters übernehmen. Saatums Familie besaß ein großes Landgut nördlich der Stadt, wo auch seine Eltern lebten, und einige Lagerhäuser am Hafen von Men-nefer. Saatum war für deren Verwaltung zuständig. Ich verfügte zwar bei weitem nicht über so viel freie Zeit wie meine Freunde, aber ich ließ gleichwohl keine Gelegenheit aus, mich mit ihnen zu treffen. Beiden nahm ich jedoch den heiligsten Schwur ab, den es gab, nie mehr wieder Mädchen in den Palast oder dessen Gärten mitzubringen.

Saatums Familie gehörte in Men-nefer ein stattliches Anwesen von ähnlicher Größe wie mein Elternhaus, mit zahlreicher und vor allem verschwiegener Dienerschaft. In diesem Haus begannen oder endeten manche unserer nächtlichen Unternehmungen. Ich kann aber mit gutem Gewissen sagen, dass ich bei den Mädchen größte Zurückhaltung übte, wenn es mir auch manchmal den Spott meiner Freunde eintrug. Eine Stadt wie Men-nefer hatte einfach zu viele Augen und Ohren, und ich wollte nicht, dass Fürst Imresch Anlass bekam, sich sein Versprechen vielleicht noch einmal zu überlegen.

Stattdessen pflegte ich einen sehr unauffälligen, aber angenehmen Umgang mit Rena, meiner nubischen Dienerin. Von ihr bekam ich nie einen Vorwurf zu hören, wenn ich spät nachts und angetrunken nach Hause kam. Im Gegenteil, sie war der glücklichste Mensch, wenn sie mich überhaupt sah und mit mir alleine sein konnte. Sie spürte, wenn ich angespannt oder verärgert war, ohne dass ich ein Wort sagen musste, und passte sich meiner Stimmungslage aufs Wunderbarste an. Hatte ich bei meiner Arbeit Erfolg und erzählte ihr davon, brachte sie Wein und Oliven und hörte mir mit großen Augen zu. Hatte ich Ärger oder war ich aus sonst einem Grund betrübt, ging sie mir unauffällig aus dem Weg und schwieg, bis mich mein schlechtes Gewissen nach ihr rufen ließ. Dann saßen wir still im Fenster, schauten in den Sternenhimmel und hörten den Nachtigallen zu, die im Palastgarten ihre herrlichen Melodien sangen. Oder sie kroch wie eine Schlange in mein Bett, um sich mir hinzugeben, manchmal leidenschaftlich und unbeherrscht wie eine wild gewordene Löwin, dann wieder sanft und anschmiegsam wie eine verwöhnte Hauskatze. Hin und wieder war ich mit diesem Zustand derart zufrieden, dass ich gar nicht mehr an Babylon dachte.

Inzwischen erreichten uns zuverlässige Nachrichten, dass Ptahmay im Libanon erfolgreich war. Die ersten Schiffe hatten schwer beladen auf dem Seeweg die Flussmündung im Norden erreicht, und die Karawane mit den leichteren Hölzern befand sich kurz vor Auaris. Bei Amenophis, meinem Vater und bei den übrigen für den Schiffbau verantwortlichen Männern spürten wir die Anspannung, denn alle wussten, dass der Schiffbau nur ein erster, wenn auch großer Schritt war, um bald viel größere, gewaltigere Wünsche und Befehle Pharaos auszuführen. Die weiten Strecken zwischen der Flussmündung im Norden bis in den südlichsten Teil Oberägyptens waren am schnellsten und sinnvollsten nur mit Schiffen zurückzulegen. Amenophis unternahm täglich Fahrten in den Norden der Stadt, wo an einem Seitenarm des Nils die Schiffswerft von Men-nefer lag. Er ging mit Mahu, dem Flottenkommandanten, und dem Schiffsbaumeister Chati die Baupläne für die ersten Lastkähne durch und kontrollierte persönlich die Werftanlagen und sogar das Werkzeug. Obwohl der Plan für die neue königliche Barke bereits vorlag, befahl Nimuria ausdrücklich, dass der Bau der Lastschiffe Vorrang hatte, und bemerkte zu Chati und Meru nur knapp: «Auf der königlichen Barke lassen sich Kalksteinquader schlecht transportieren!»

Damit war das Thema zunächst abgetan.

Endlich erreichte uns die erlösende Nachricht: Ptahmay stand mit der Karawane nur noch zwei Tagesreisen vor der Stadt. Nimuria bereitete seinem Kommandanten in der Kasernenanlage einen prächtigen Empfang. Es war ein beeindruckendes Bild, wie Tausende Maultiere, beladen mit kurzen und leichteren Hölzern, begleitet von den Soldaten näher kamen und schließlich Einzug hielten. Ptahmay fiel vor Pharao nieder und meldete in knappen Worten, wie es sich für einen Soldaten gehört, den Erfolg seiner Reise. Vor der gesamten Division des Ptah überreichte Amenophis Ptahmay drei schwere Halsketten, das Ehrengold. Nimuria ließ das Holz noch am selben Tag zur Werft bringen, wo es Meru und Chati nach Art und Größe sortieren und einlagern ließen. Sieben Tage später erreichten auch die Lastkähne Men-nefer, und mit ihrer Ladung wurde ebenso verfahren. Dem Bau der Flotte stand jetzt nichts mehr im Wege.

Zeit meines Lebens wurden in so kurzer Zeit nicht mehr so viele Schiffe gebaut. In weniger als acht Monaten bauten Meru und Chati ihrem Herrscher, wie in Waset versprochen, zwanzig neue Lastkähne. Diese Leistung war nur möglich, weil Chati die Werft so einrichten ließ, dass an zwei Schiffen gleichzeitig gearbeitet werden konnte. Meru hatte natürlich den sehnlichen Wunsch Nimurias nach einer neuen königlichen Barke nicht vergessen und ließ deswegen die edelsten und schönsten Hölzer zunächst unangetastet. Nachdem die Lastkähne fertiggestellt waren, und sich Pharao jetzt mehr den Steinbrüchen und ihren Erträgen zuwandte, gingen Meru und Chati ganz unauffällig den Bau der königlichen Barke an. Nur mein Vater und ich waren hiervon unterrichtet, und wir erteilten ihnen zu ihrer Beruhigung eine schriftliche Genehmigung.

Während die Flotte gebaut wurde, traf ohne Aufsehen zu erregen eine Gesandtschaft aus Babylon in Men-nefer ein und überbrachte die von Fürst Imresch versprochene Einladung an den Hof am Euphrat. Amenophis und ich überlegten lange, in welcher Form die Einladung bekannt gemacht werden sollte. Es sprach einiges dafür, möglichst unauffällig zu verfahren, um nicht unnötigen Gerüchten und Debatten Nahrung zu geben. Andererseits handelte es sich um eine ganz offizielle Einladung eines befreundeten Herrschers, die nicht als geheime Angelegenheit abgetan werden konnte, ohne ihn zu beleidigen. Schließlich waren sich Ameni und ich einig, dass wir nichts zu verbergen hatten.

So durfte Fürst Imresch bei einer nur zu diesem Anlass einberufenen großen Audienz den Brief seines Königs Kurigalzu verlesen. Dieser schrieb:

«Mein Bruder Nimuria, Herrscher von Ober- und Unterägypten, lebe, sei heil und gesund! Es grüßt Dich Dein Bruder Kurigalzu, und wünscht, dass es Dir wohl ergehe, Dir und Deinen Untertanen. Auch Deinem Bruder geht es wohl, und auch seinem Land. Schon die Väter unserer Väter nannten sich Brüder und tauschten kostbare Geschenke aus. Damit es unseren Ländern wohl ergehe, sollten auch wir, mein Bruder, so handeln wie unsere Väter, und wie deren Väter. Es gibt viele Dinge in Babylon, die Du, mein Bruder, nicht kennst. Ich bringe sie Dir, wenn auch Du mir Dinge bringst, die mich erfreuen. Sende einen Boten an meinen Hof, wie ich Dir einen Vertrauten sandte. Mit ihm werde ich alle Dinge besprechen, die Dich, meinen Bruder, und mich betreffen. Mein Vertrauter und Freund Imresch wird alle Deine Weisungen entgegennehmen und mich unterrichten. Bleibe mir wohl, mein Bruder, wie ich Dir wohl bleibe.»

In sehr deutlicher Form gab uns Imresch zu verstehen, dass sein König mit den Dingen, die ihn erfreuen würden, natürlich Gold meinte. Gleichwohl nahm Nimuria die Botschaft mit großer Genugtuung auf und versprach Fürst Imresch, seinem Herrscher in kurzer Zeit zu antworten. Die Einzelheiten waren mit Teje und meinem Vater schnell besprochen, denn Nimuria ließ ihnen gegenüber von Anfang an nicht den geringsten Zweifel aufkommen, dass nur ich derjenige sein konnte, der als Vertrauter Pharaos die Reise unternahm. Zu meinen Begleitern sollten nur mein Freund Acha, mein Schreiber Cheruef, und Senu, mein nubischer Leibdiener, zählen. Fürst Imresch musste nicht lange warten, er erhielt einen freundschaftlichen Brief mit der Ankündigung, dass eine Delegation unter meiner Führung in Kürze an den Euphrat aufbrechen würde.

In den nächsten Tagen war ich zum einen damit beschäftigt, für die Zeit meiner Abwesenheit alle mir obliegenden Aufgaben auf andere Beamte zu übertragen. Nebamun machte ich zu meinem Stellvertreter als Aufseher über die Steinbrüche, Mahu vertrat mich ohnehin schon bei der Verwaltung der Kornspeicher. Saatum musste meist nicht sonderlich viel arbeiten, und so konnte ich ihm die Landvermessung übertragen, die derzeit unproblematisch war.

Im Übrigen verbrachte ich meine Tage mit Reisevorbereitungen. Auch wenn wir von Fürst Imresch selbst nach Babylon geleitet wurden, so wollte ich auf jeden Fall über genaue Kenntnisse des Reiseweges verfügen. Niemand konnte ausschließen, dass etwas Unvorhergesehenes geschieht und wir auf uns selbst gestellt sein würden. Nimuria begab sich mit Merire in die Schatzkammern des Palastes und bestimmte in eigener Person die Gastgeschenke, die ich an den Hof König Kurigalzus mitzunehmen hatte. Ich selbst besorgte mir ebenfalls einige Gastgeschenke: eine sehr schöne Ebenholzschatulle mit Gold für Fürst Imresch, einen Halskragen für Perisade, kostbare Tücher – feinste Webarbeiten meiner Mutter – für Imreschs Frau. Zuletzt stellte uns Vater die Mannschaft und den nötigen Proviant zusammen. Bis an die Grenze unseres Landes sollten uns dreißig Soldaten begleiten, danach waren wir auf die Hilfe und das Geleit unserer Gastgeber angewiesen.

Am Abend vor meiner Abreise luden Teje und Amenophis zu einem Abendessen in kleiner und vertrauter Runde. Neben meinen Eltern und mir war nur noch Acha eingeladen. Im Laufe des Abends musste ich mir von meinem Vater noch manche Ermahnung anhören, im Übrigen erzählte er Erlebnisse von seinen eigenen Reisen. Am Ende des Abends, meine Eltern hatten sich bereits zurückgezogen, bat mich Ameni zu verweilen, um mich unter vier Augen zu sprechen. Teje und Acha verstanden und verließen uns.

«Es ist ja nicht ganz ungefährlich, dich alleine reisen zu lassen», begann Ameni unser Gespräch.

«Spielst du auf etwas Bestimmtes an, oder meinst du das nur ganz allgemein?»

«Nein, mein Freund, ich mache mir wirklich Sorgen, und ich möchte mit dir einige Dinge absprechen, die mir manche Sorge um dich nehmen können.»

Ameni schenkte sich nochmals einen Becher Wein ein, goss auch mir nach und fuhr dann fort: «Ich habe Merire angewiesen, dir ausreichend Gold mitzugeben, und zwar so viel, wie ich unter ausreichend verstehe, und nicht Merire. Gehe vorsichtig damit um, sei dir aber gewiss, dass du mir über den Verbleib des Goldes keinerlei Rechenschaft schuldig bist. Verwende es so, wie du es für richtig hältst. Merire hat es in verschiedene Gepäckstücke verstecken und einnähen lassen, und nur du wirst die Verstecke kennen. Du bekommst von mir auch zwei Siegelringe. Den einen steckst du dir an, den anderen lasse ebenfalls irgendwo in deinen Sachen als Ersatz verschwinden. Wir werden uns regelmäßig Briefe schreiben. Um letzte Gewissheit zu haben, dass die Briefe auch wirklich von dir und von mir sind, werden wir in jeden Brief einen bestimmten Satz einfügen. Du kennst doch noch das Gedicht ‹Sieben Tage›, oder?»

«Ja sicher, es ist eines meiner Lieblingsgedichte», erwiderte ich.

«Um ganz sicher zu gehen, dass wir beide das gleiche Gedicht meinen, sagen wir es jetzt zusammen auf:

Sieben Tage sah ich die Geliebte nicht,
und Krankheit befiel mich.
Meine Glieder wurden schwer,
ich verlor sogar das Bewusstsein.

Kommen die Ärzte zu mir,
bin ich mit ihren Rezepten nicht zufrieden;
die gelehrten Doktoren finden keinen Ausweg,
mein Leiden wird nicht erkannt.

Doch wer mir sagt: «Schau, sie ist da!», der belebt mich.
Ihr Name ist das, was mich aufrichtet;
das Kommen und Gehen ihrer Boten ist es,
was mein Herz lebendig macht.

Besser als alle Mittel ist mir die Geliebte,
mehr ist sie für mich als alle Rezepte.
Ihr Eintritt von draußen ist mein Amulett,
wenn ich sie sehe, bin ich gesund.

Macht sie die Augen auf, dann verjüngt sich mein Leib;
spricht sie, so werde ich mutig,
und wenn ich sie umarme, verjagt sie alles Übel –
Aber sie ging von mir vor sieben Tagen!»

Wir lachten beide herzhaft und prosteten uns zu.

«Auf deinen Ka, Eje!»

«Auf deinen Ka, Ameni!»

Dann erklärte Nimuria weiter: «Du wirst den ersten Brief schreiben und die erste Zeile des Gedichtes an irgendeiner Stelle des Briefes verstecken. In deinem zweiten Brief wirst du die zweite Zeile verstecken, dann die dritte. Wenn ich dir antworte, verfahre ich ebenso, beginne aber mit der letzten Zeile des Gedichtes. Sollte ich von dir zwei Briefe in Folge ohne eine Zeile des Gedichtes erhalten, komme ich mit der gesamten Division des Ptah nach Babylon! Das meine ich ernst, also halte dich daran.»

«Und wenn wir mit dem Gedicht einmal durch sind?», wollte ich weiter wissen.

Amenophis lachte und sagte: «Mein Freund, so lange Zeit wirst du nicht in Babylon verbringen! Sollte es dennoch geschehen, dann fangen wir mit unserem Gedicht einfach wieder von vorne an.»

«Ich habe noch eine Bitte an dich, Ameni. Verschaffe meiner Dienerin Rena während meiner Abwesenheit unauffällig eine andere Arbeitsstelle. Sollte ich tatsächlich mit Perisade zurückkehren, könnte sie nicht länger bei mir bleiben, so leid es mir um sie auch tut.»

Amenophis versprach mir, sich darum zu kümmern.

Danach verabschiedeten wir uns voneinander und zogen uns zurück.

Mit einem bangen Gefühl kehrte ich in meine Zimmer zurück. Ich setzte mich in mein Fenster, umklammerte mit den Armen die angezogenen Beine und starrte ohne Gedanken in die sternklare Nacht.

«Du wirst mir sehr fehlen», flüsterte mir Rena ins Ohr. Ich legte meinen linken Arm um ihre Hüfte, drückte meinen Kopf an ihre Brust, schwieg und hatte ein furchtbar schlechtes Gewissen. Lange verharrten wir still an meinem Fenster, ehe sie mich sachte, und ohne Widerstand verspüren zu müssen, in mein Bett zog.

Für unsere offizielle Verabschiedung am frühen Morgen wurde eine große Audienz einberufen. Im Hof, vor der großen Halle, stellte sich der gesamte Tross auf. Vor allen Großen und Mächtigen des Landes betrat unsere kleine Delegation den Thronsaal. Langsam schritten wir vor die Throne Nimurias und Tejes und warfen uns davor nieder. Auf Geheiß Pharaos erhoben wir uns wieder, und Amenophis erklärte der Versammlung den Zweck unserer Reise, bevor er mit den Worten schloss:

«Dem Einzigen Freund Meiner Majestät, Eje, und seinen Begleitern wünsche ich eine glückliche und erfolgreiche Reise und eine gesunde Heimkehr vor den Thron der Beiden Länder. Euch, Fürst Imresch, bitte ich, meinem Bruder, dem geliebten König Kurigalzu, die Grüße Meiner Majestät zu überbringen. Die Götter unseres Landes und die Götter Babylons mögen Euch beschützen! So werde es geschrieben, und so geschehe es!»

Dann erhob sich Ameni von seinem Thron, kam auf mich zu, umarmte mich und drückte mich fest an sich.

«Finde in Babylon dein Glück und kehre gesund wieder, mein Freund», flüsterte er und sah mich mit kleinen, feuchten Augen an.

«Ich verspreche es dir.» Mehr konnte ich nicht sagen, denn meine Kehle war wie zugeschnürt.

«Ich glaube nicht», fuhr Ameni leise fort, «dass ich jemals wieder einen Freund wie dich finden würde. Sei also vorsichtig!»

Am liebsten hätte ich losgeheult wie ein kleiner Junge. Denn jetzt wurde mir bewusst, dass ich erstmals für längere Zeit meinen Freund verließ und dass er nicht mehr seine schützende Hand über mich halten konnte.

Anschließend verabschiedete ich mich von Teje, meinem Vater und meiner Mutter. Sie und Amenophis begleiteten uns durch den Saal hindurch in den großen Hof, wo der ganze Tross auf den Abmarsch wartete. Für Fürst Imresch, Acha, Cheruef und mich standen Streitwagen bereit. All unser Gepäck, die Geschenke für unsere Gastgeber sowie der Proviant für Mensch und Tier waren auf zwanzig Maultiere verteilt, die von zehn Soldaten geführt wurden. Fünf weitere Streitwagen mit je zwei voll bewaffneten Gardesoldaten bildeten unseren Begleitschutz. Mit hoch erhobener Hand grüßte ich ein letztes Mal zurück, während sich unser Zug langsam durch den mächtigen Torturm nach draußen bewegte.

SIEBEN

Einzig ist die Geliebte, die nicht ihresgleichen hat, die Schönste von allen.

Es vergingen viele anstrengende Wochen, ehe wir den Euphrat erreichten. Wir überquerten Flüsse ohne Zahl, zogen durch unheimliche Schluchten und kreuzten unzählige Straßen und Wege. Wir sahen Städte und Dörfer, ihren Reichtum ebenso wie ihr Elend. Ich begegnete fremden Menschen von unterschiedlichstem Aussehen und sah Tiere, von welchen ich bislang nicht gewusst hatte, dass es sie überhaupt gab. Ich hörte die verschiedensten Sprachen, verstand aber kein Wort. Ich erlitt Hitze, Kälte und Regenfälle, und zum ersten Mal sah ich die weißen Spitzen von Bergen. Man sagte mir, das sei Schnee.

Gleich wo wir hinkamen, überall begegnete man uns mit großer Freundlichkeit, man war geradezu stolz darauf, Abgesandte des Herrschers der Beiden Länder bei sich beherbergen zu dürfen. Viele Bitten und Wünsche richtete man an mich, manch üblen Zustand, manche Ungerechtigkeit sah ich mit eigenen Augen.

Nachdem wir das Hoheitsgebiet König Kurigalzus erreicht hatten, nahm uns eine Eskorte babylonischer Soldaten in

Empfang. Nun standen wir unter der Obhut Fürst Imreschs, der uns sicher nach Babylon geleitete. Am Abend vor unserer Ankunft schickte Fürst Imresch vier Soldaten in die Stadt, um unser Kommen zu melden. Ein letztes Mal schlugen wir am Euphrat unsere Zelte auf.

Wir hatten es uns während der Reise zur Angewohnheit gemacht, dass jeden Abend ein anderer von uns eine Geschichte erzählte. An diesem Abend war ich wieder an der Reihe. Eingedenk meiner eigenen Lage als ein Fremder in einem unbekannten Land, erzählte ich die uralte Geschichte aus der Zeit Pharao Sesostris' von der Flucht und der Heimkehr des Sinuhe. Ich hatte allerdings nicht die Absicht, wie Sinuhe bis zum hohen Alter in Asien zu leben, und geflohen war ich schließlich auch nicht. Aber alle hörten mir mit größter Aufmerksamkeit zu.

Am anderen Morgen lag dichter Nebel über dem Land, man konnte keine fünfzig Ellen weit sehen. Fürst Imresch und seinen Soldaten war der Weg natürlich bekannt, und so erreichten wir langsam unser Ziel. Je näher wir der Stadt kamen, umso dichter lagen die Obstgärten und die Gemüsefelder beisammen. Schnurgerade Kanäle liefen vom Euphrat weg, um Felder und Gartenanlagen zu bewässern. Die Babylonier bedienten sich dabei anderer Geräte als wir. Über einer kräftigen Baumgabel, die senkrecht im Boden stand, lag ein langer gekrümmter Ast, an dessen einem Ende an einem Seil ein Schöpfeimer hing, während am anderen Ende in einem Korbgeflecht ein Stein als Gegengewicht befestigt war. Mit diesem Scharduf, so nannten die Babylonier ihre Vorrichtung, schöpften sie Wasser aus den Kanälen und Brunnen und konnten es ohne großen Kraftaufwand weiterleiten. Diese Geräte schienen mir sehr nützlich, und ich prägte mir die Konstruktion gut ein.

Im Laufe des Vormittags löste sich der Nebel auf, und plötzlich standen wir, für mich völlig unerwartet, vor den gewaltigen Mauern Babylons. Anders als bei uns war diese Stadt vollständig von Festungsmauern umgeben, nur die Spitze eines pyramidenartigen Tempels ragte darüber hinaus. Die Straße, auf welcher wir uns der Stadt näherten, war mehr als vierzig Ellen breit. Sie war vollständig mit Steinplatten belegt, und im Abstand von hundert Ellen standen rechts und links zwischen hohen Dattelpalmen große steinerne, geflügelte Stiere mit menschlichem Antlitz. Zwei gewaltige viereckige Tortürme, die ebenso wie die gesamte Stadtmauer im Abstand von nur wenigen Ellen von Zinnen bekrönt waren, beherrschten den Eingang zur Stadt. Etwas weiter entfernt ragten zwei andere Tortürme, durch die von Norden her der Euphrat in die Stadt führte, hoch in den Himmel. Auf den Türmen und Mauern standen schwer bewaffnete Soldaten mit langen, schwarzen Bärten und spitzen Lederhelmen auf den Köpfen.

Auch am Stadttor selbst waren Soldaten postiert, die jeden Besucher kontrollierten und nach dessen Begehr fragten. Wir befanden uns noch in reichlicher Entfernung vor dem Tor, als uns etwa hundert Soldaten entgegenschritten. Ein Offizier auf einem schweren Streitwagen führte sie an. Als er die Spitze unseres Zuges erreicht hatte, sprang er von seinem Wagen, lief auf Fürst Imresch zu und warf sich vor ihm nieder. Während man bei uns in ganzer Länge ausgestreckt auf dem Boden lag, knieten sich die Babylonier hin, streckten die Arme nach vorne und beugten so den Oberkörper bis zur Erde. Da ich mich im Laufe unserer langen Reise gezwungen hatte, mit Fürst Imresch nur akkadisch zu sprechen, verstand ich den Offizier gut. Ich war mit meinen Sprachkenntnissen zufrieden.

«Edler Fürst Imresch», begann der Offizier seine Rede. «Unser göttlicher und gnädiger Herrscher lässt Euch ausrichten, dass er Euch und Eure Begleiter morgen bei Sonnenuntergang im Palast erwartet.»

Dann wandte sich der Offizier mir zu.

«Euch, edler Eje, soll ich schon jetzt im Namen unseres göttlichen und gnädigen Herrschers Kurigalzu als Freund willkommen heißen.»

Während Fürst Imresch nur zufrieden nickte, bedankte ich mich bei dem Soldaten und bat ihn, seinem Herrscher auszurichten, dass ich mit großer Freude nach Babylon gekommen sei. Dann machte der bärtige Riese kehrt, seine Soldaten gingen auseinander, bildeten ein langes Spalier und nahmen uns so in ihre Mitte. Jetzt setzte sich der Tross in Bewegung und zog durch das weit geöffnete Tor in die Stadt ein.

Wir Ägypter hatten eigens für diesen Tag unsere festliche Kleidung angelegt, und die Menschen, die unseren Weg säumten, staunten über unser für sie so ungewöhnliches, fremdes Aussehen. Kinder liefen neben uns her, winkten und fragten, woher wir kämen. Überall war man uns freundlich gesonnen. Man gab uns das Gefühl, willkommene Gäste zu sein.

Die Stadt lag an drei Flussläufen. Der Euphrat, der die Stadt von Norden nach Süden durchströmt, teilte sie in die östliche Altstadt und in die westliche Neustadt. Das östliche Ufer des Euphrats, an dem sich der Stadtpalast und die großen Tempel, insbesondere der Haupttempel des Gottes Marduk befanden, hieß Arachtu-Ufer, während das gegenüberliegende Euphrat-Ufer genannt wurde.

Der zweite Flusslauf war der Libilchegalla-Kanal, was soviel bedeutet wie der «Überflussbringende Kanal». Er wird auch als Königsgraben bezeichnet, weil er den Stadtpalast im Süden gegen die Stadt absperrt. Der dritte Flusslauf endlich hieß Neustadt-Kanal, er durchquerte diesen Stadtteil von Westen nach Osten. Man nannte ihn auch den Chuduk-Kanal.

Auf breiten, prächtigen Straßen erreichten wir einen stattlichen Palast, der offen in einem ausgedehnten Garten lag. Dies war das Zuhause von Fürst Imresch. Mein Herz begann nun heftiger zu schlagen, denn endlich war ich am Ziel meiner langen Reise angelangt. Wir befuhren zwischen Palmen, Granatapfelbäumen, Sykomoren und anderen Bäumen, die mir fremd waren, einen breiten Kiesweg, der genau zum Palast führte. Ein schwerer, süßlicher Duft lag über dem Garten, die Luft war feucht und heiß. Als wir den Vorplatz des Palastes erreicht hatten, warteten einige Männer mit schwarzen Vollbärten in langen, quer gefalteten Gewändern, wie man sie hier überall trug. Wie schon zuvor der Offizier, so knieten auch diese Männer nieder und verbeugten sich tief vor ihrem Herrn. Es waren die wichtigsten Bediensteten von Fürst Imresch, sie wurden mir als der Verwalter, der Stallmeister und der Schreiber vorgestellt.

Im Inneren des Hauses gelangten wir in einen weiträumigen Eingangssaal. Acht schwere Säulen trugen ein in der Mitte geöffnetes Dach. Zwischen den kahlen Wänden und den Säulen verlief ringsum wie ein Kanal ein Wasserbecken, das Innere des Raumes war von allen vier Seiten über steinerne Stege zu erreichen. An den acht Säulen, zum Wasserbecken hin ausgerichtet, standen in Stein gehauene Göttinnen in langem Gewand, mit einer Hörnerkrone geschmückt. In ihren Händen trugen sie vor dem Körper offene Wasserkrüge, aus welchen unaufhörlich Wasser über ihr Gewand hinab in das Becken lief. Fürst Imresch bemerkte meinen staunenden, ja mehr fragenden Blick und erklärte: «Durch die Säulen und die Figuren laufen kleine Kanäle und Röhren, und das Wasser kommt von einem über uns liegenden Becken, welches vom Garten aus ständig gespeist wird.»

Mit der rechten Hand wies Imresch auf die gegenüberliegende Türe, dann zeigte er mir mit sichtbarem Stolz einige andere Räume seines Palastes.

In einem weiträumigen Anbau lagen die Gemächer für die Gäste. Diener schafften unser Gepäck herbei, und Senu, Cheruef und ich räumten unsere Sachen aus. Während der kurzen Zeit unseres bisherigen Aufenthaltes im Hause Imreschs hatte ich noch keine einzige Frau gesehen, geschweige denn ein junges Mädchen.

Der Diener, den mir Imresch zuteilte, hieß Marbiti. Er war etwa so alt wie ich, siebzehn Jahre, und hatte wie alle Diener ein rasiertes Gesicht, woraus ich schloss, dass nur freie Männer einen Bart tragen durften. Er stammte aus Bit-Jakinu, der Hauptstadt des Meerlandes, weit südöstlich von Babylon. Marbiti war sehr umgänglich, und ich hatte während meines gesamten Aufenthaltes bei Fürst Imresch keinen Anlass, mich über ihn zu beklagen.

Nachdem alles eingeräumt war, legte ich mich hin und schlief, bis Senu mich weckte. Er hatte mein Bad vorbereitet. Im Gegensatz zu unseren Bädern, die sehr nüchtern ausgestaltet sind, stellten die Baderäume hier wahre Palastgärten dar. Mitten zwischen üppigen Pflanzen, die Orchideen genannt wurden, standen Bronze- und Steinfiguren unterschiedlichster Gottheiten, und aus allen möglichen künstlichen Öffnungen plätscherte Wasser in das mit glasierten, dunkelblauen Fliesen belegte Wasserbecken. Das Wasser war heiß und roch nach Ölen, die mir zwar bekannt vorkamen, aber ihr Duft war doch ein anderer, als bei uns am Nil. Ich hatte auf unserer langen Reise ohnehin die Beobachtung gemacht, dass Vieles anders schmeckte, anders roch, als dieselben Dinge zu Hause. Die Palmen am Nil verströmten einen anderen Geruch, als die Palmen in Byblos oder am Euphrat. Ja selbst der Wein, den wir mit uns führten, schmeckte hier anders, als in Ägypten. Nach dem Bad wurde ich zwischen üppig wachsenden Blumen und Sträuchern zu einem kleineren Becken geführt, und dort übergoss mich ein Diener mit kaltem Wasser. Zuletzt hatte ich mich auf eine Holzbahre zu legen. Nun wurde ich von oben bis unten auf das wohltuendste massiert und mit einem Öl eingerieben, dessen Duft mich an unreife Zitronen erinnerte.

Senu half mir beim Ankleiden und schminkte mich. Ich holte aus meinem Gepäck ein kleines Kästchen hervor und stellte es auf den Tisch neben meinem Bett. Ich bestaunte in meinem Zimmer noch eine ganze Weile die fremdartigen Möbelstücke, die Götterfiguren und die wunderbaren Blumen in kostbaren Alabastervasen, bis etwa zwei Stunden vor Sonnenuntergang Marbiti eintrat und mich fragte, ob er mich zum Essen geleiten dürfte. Ich nahm mein Kästchen und folgte ihm. Wir versammelten uns nicht im Inneren des Hauses, sondern auf einer großen Terrasse, die zum Garten führte. Unter einem gelben Sonnensegel lagen bunte Kissen, daneben waren auf niedrigen Tischen die Speisen schon bereitgestellt. Acha und Cheruef standen mit Fürst Imresch im Garten und ließen sich von ihm Bäume und Sträucher erklären, als Senu, Marbiti und ich unbemerkt vor das Haus traten. Ich traute meinen Augen nicht: Acha trug babylonische Kleidung. Einen dunkelblauen knöchellangen, quer gefalteten, mantelartigen Rock mit weiten Ärmeln, der um die Hüften von einem breiten gelben Ledergürtel zusammengehalten wurde.

«Jetzt fehlt dir nur noch schulterlanges Haar und ein bis auf die Brust reichender, schwarzer Bart», rief ich ihm zu.

«Nicht alle Männer in Akkad und Sumer, und schon gar nicht in Babylon, tragen schulterlanges Haar und schwarze Bärte», hörte ich hinter mir eine weiche Mädchenstimme sagen. Geschwind drehte ich mich um. Ein groß gewachsenes Mädchen, gehüllt in glatt herabfallende rote Seidengewänder, mit langem dunkelbraunen Haar, das zu unzähligen dünnen Zöpfen geflochten war, stand vor mir. Ich brachte kein Wort heraus. Stattdessen verneigte ich mich tief, wobei ich fieberhaft in meiner Aufgeregtheit überlegte, was ich sagen sollte. Zugleich hielt ich mich krampfhaft an meiner Ebenholzschatulle fest.

Als ich mich wieder aufgerichtet hatte, sagte ich: «Seid ihr Perisade, die Tochter von Fürst Imresch?»

«Was würdet Ihr machen, wenn ich jetzt Nein sagte, Einziger Freund Seiner Majestät?»

Große schwarze Augen sahen mich herausfordernd an.

«Ich? Ich wäre der traurigste Mensch auf Erden und würde Euch fragen, wer Ihr denn seid. Aber woher habt Ihr die Gewissheit, dass ich nicht Acha oder Cheruef bin?»

«Mein Vater besitzt die Gabe, Menschen zumindest nach ihrem Äußerem sehr gut zu beschreiben. Ich glaube, ich hätte euch unter hundert Ägyptern erkannt, Eje.»

Mir war bis zu diesem Zeitpunkt gar nicht aufgefallen, dass sie fehlerfreies Ägyptisch sprach.

«Seid Ihr enttäuscht?», fragte ich jetzt in Akkadisch.

«Wenn Ihr Eure Sprachkenntnisse meint, Eje, dann vielleicht, ja. Ansonsten möchte ich das nicht behaupten.»

Inzwischen waren Acha, Cheruef und Fürst Imresch aus dem Garten zurückgekehrt und traten zu uns.

«Perisade! Mit Eje hast du dich offenbar schon bekannt gemacht. Das hier sind Acha und Cheruef, die Begleiter Ejes und ebenfalls unsere Gäste.»

Meine Freunde verneigten sich tief vor Perisade.

«Wir sind sehr stolz und sehr glücklich, Gäste Eurer Familie sein zu dürfen», sagte der kleine Acha mit sanfter und schmeichlerischer Stimme.

Während wir noch auf der Terrasse Höflichkeiten austauschten, wurde es plötzlich still, und alle traten ganz von selbst ein wenig zurück. Begleitet von zwei Dienerinnen erschien eine etwa dreißigjährige Frau, groß gewachsen und sehr gepflegt. Ihre braunen Haare waren erst wie ein Turban gewickelt, um dann in einem schier unendlich langen Pferdeschwanz nach hinten über die Schultern hinabzufallen.

Imresch tat einen Schritt nach vorne, küsste die Frau auf

beide Wangen und sagte: «Scharruwa, darf ich dir unsere Gäste vorstellen? Das ist Eje, Einziger Freund des Herrschers der Beiden Länder. Das ist sein Freund Acha, Sohn des Oberstallmeisters Seiner Majestät Nebnefer, und das Cheruef, der Schreiber und Vertraute Ejes. Den Leibwächter Ejes, Senu, hast du ja schon im Haus gesehen.»

Zu uns gewandt fuhr Fürst Imresch fort: «Darf ich euch meine liebe Frau Scharruwa vorstellen?» Wir alle verneigten uns nochmals tief und ehrfürchtig vor dieser würdevollen Dame.

«Fürst Imresch», ergriff ich nun das Wort. «Ihr wart uns auf der langen Reise ein sicherer und angenehmer Begleiter. Nun seid Ihr und Eure Familie großzügige Gastgeber. Eine gute Freundschaft bedeutet viel, was dieses bescheidene Geschenk kaum aufwiegen kann. Nehmt es dennoch als kleinen Dank im Voraus!»

Ich hielt ihm die Ebenholzschatulle entgegen, und sie wurde sogleich von ihm und den zwei Frauen aufmerksam betrachtet. Sie war eine halbe Elle breit, hatte einen gewölbten Deckel und war mit verschiedenen Einlegearbeiten aus Elfenbein und Gold verziert. Auf dem Deckel sah man das vollkommene Auge des Horus, rechts und links an den Außenseiten eine Lotus- und eine Papyrusblüte, die Symbole für die Beiden Länder, und auf der Vorderseite im Wechsel die Heiligen Zeichen für Leben und Dauer, Anch und Djet.

«Darf ich es öffnen?», fragte Imresch in die Runde.

«Oh ja, sie gehört jetzt Euch», erwiderte ich.

«Ah», rief er freudig aus, nachdem er einen Blick in das Kästchen geworfen hatte, und schloss es gleich wieder. Dann sah er seine Frau an und sagte:

«Den Inhalt für mich, das Kästchen für dich!»

Es war bis zum Rand mit Goldkörnern gefüllt.

Scharruwa lächelte, ohne ein Wort zu sagen, wusste sie

doch, dass ihr Mann beides behalten würde, das Kästchen wie seinen Inhalt.

«Ich danke euch herzlich. Ihr beschämt mich allerdings mit einem so kostbaren Geschenk, das meines Herrschers würdig ist!»

Scharruwa und Perisade besahen sich die Schatulle noch eine Weile, öffneten sie auch und waren ebenfalls von meiner Großzügigkeit überrascht.

Anschließend wurde zum Essen gebeten, und wir nahmen auf den umherliegenden Kissen Platz. Diener eilten herbei, gossen Wein ein und reichten die Schalen mit den Speisen herum.

Während des Essens mussten Acha und ich unentwegt von zu Hause erzählen. Wie man dort lebt, sich kleidet, was man isst oder wie die Häuser eingerichtet sind. Ich war mir sicher, dass Fürst Imresch seiner Familie diese Dinge schon unzählige Male berichten musste. Gleichwohl hingen uns Perisade und ihre Mutter an den Lippen, als spräche Thot in all seiner Weisheit selbst zu ihnen. Als das Mahl beendet war, zogen sich Scharruwa und Perisade nach einer knappen, förmlichen Verabschiedung zurück.

«Es ist dies keine Unhöflichkeit», klärte uns Fürst Imresch auf. «Aber in unserem Lande ist es unüblich, dass Frauen mit am Tisch sitzen, wenn Fremde im Hause zu Gast sind, zumal wenn es sich um männlichen Besuch handelt. Die Anwesenheit der Frauen während der Mahlzeit war schon eine Ausnahme.»

Acha und ich sahen uns ungläubig an.

«Sumer und Akkad waren schon immer reine Männergesellschaften», fuhr Imresch fort, als er unsere Überraschung bemerkte. «Daran hat sich auch seit der Herrschaft der Kassiten nichts geändert. Es ist für uns Babylonier völlig unverständlich, dass eine Frau, gleich welchen Ranges sie sei, an Beratungen der Männer teilnimmt wie bei euch.»

Fürst Imresch klärte uns auch darüber auf, dass die umfassende Ausbildung Perisades eine große Ausnahme und nur dem Umstand zu verdanken war, dass er und seine Frau keinen Sohn hatten. Auch sei Persiade nicht wie Teje in eine Palastschule gegangen, sondern der Unterricht fand ausschließlich zu Hause statt. Er, Imresch, würde auch mit anderen Männern seines Ranges nicht darüber reden, weil man dafür sicher kein Verständnis aufbringen, sondern ihn eher verlachen als bewundern würde.

«Ich werde Euch deswegen auch nicht die Erlaubnis erteilen können, mit Perisade, und sei es zusammen mit drei Leibwächtern, durch die Stadt oder aufs Land zu fahren. Ihr dürft Euch hier im Haus oder im Garten treffen und Euch unterhalten, worüber Ihr mögt, mehr kann ich Euch jedoch nicht gestatten.»

Ich hätte mir gerne von Perisade die Stadt mit all ihren mächtigen Bauwerken und Kostbarkeiten zeigen lassen. Aber so musste ich zufrieden sein, mit ihr wenigstens hier reden zu dürfen. Mir wurde jetzt bewusst, was Fürst Imresch meinte, als er im Palastgarten von Men-nefer die beinahe nackten Musikantinnen gesehen und dazu bemerkt hatte, wir seien ein freizügiges Volk. An diesem Abend unterhielten wir uns über Sitten und Bräuche der Babylonier, zogen uns aber beizeiten zurück.

Wie ich es von zu Hause her gewohnt war, setzte ich mich noch in mein Fenster und stellte mit großer Genugtuung fest, dass wenigstens der Gesang der Nachtigallen der nämliche war wie in Men-nefer und Waset. Wie einfach haben es die Tiere.

Am anderen Morgen ließ man uns ausschlafen, und so war bereits das ganze Haus auf den Beinen, ehe wir die Terrasse betraten. Das Morgenmahl war schon bereitet, wir nahmen es alleine mit Fürst Imresch ein. Ich bat Imresch, mich anschließend für eine Stunde zurückziehen zu dürfen, da ich Amenophis in einem kurzen Brief unsere Ankunft in Babylon mitteilen wollte. Es war gar nicht so einfach, eine Zeile unseres abgesprochenen Gedichtes irgendwo in dem Brief unterzubringen. Vor allem hatten meine Eltern keine Ahnung von einer Geliebten, und ich war mir sicher, dass sie die Briefe lesen würden. Aber es half nichts. So fügte ich den Satz ein:

«Schon nach weniger als einer Woche hatte ich Heimweh nach Men-nefer, denn sieben Tage sah ich die Geliebte nicht. Jetzt geht es mir aber wieder gut, denn hier erlebe ich viel Neues.»

Ich war mir sicher, dass Ameni und ich noch viel über unsere Briefe lachen würden. Fürst Imresch versprach mir, dass meine Botschaft an Nimuria noch am selben Tag Babylon verlassen und mit einem Eilboten nach Men-nefer gebracht werden würde.

Nun hatten wir endlich Zeit, eine Fahrt durch die Stadt zu unternehmen. Unser erstes Ziel war der große Tempel des Marduk. Er trug den Namen Esagila, das heißt «Tempel, der das Haupt erhebt».

Der Tempelbezirk war mit einer weiten Mauer umgeben, die nach allen vier Himmelsrichtungen hin große Toröffnungen besaß. In der Mitte ragte der gewaltige Turm, der ähnlich unseren Pyramiden, jedoch in Stufen errichtet war, in den Himmel. Er war ganz aus Ziegeln gebaut. Imresch erklärte uns, dass der Turm im Inneren in eigens ausgesparten Kanälen mit armdicken Schilftauen verspannt ist, und dass zu seinem besseren Halt nach jeder achten oder neunten Ziegelschicht eine Schilflage eingeschoben wurde. Die Außenfronten des Tempels waren mit gebrannten Ziegeln verkleidet. Drei Treppen führten nach oben, eine in der Mitte bis auf die halbe Höhe des Turmes. Zwei weitere von rechts und links endeten in der Mitte der großen Treppe. Uns wurde es nicht gestattet, das Tempelinnere zu betreten, und so sahen wir uns nur die äußeren Bezirke der Tempelanlage an. Anschließend fuhren wir auf den Hauptmarkt der Stadt, wo unzählige Händler die verschiedensten Waren anboten. Im Grunde ging es hier genauso laut und aufgeregt zu wie in Waset und Men-nefer, nur sahen die Menschen anders aus.

Am frühen Nachmittag kehrten wir in den Palast Imreschs zurück, um ein wenig zu essen, uns danach auszuruhen und um uns schließlich auf die Audienz bei König Kurigalzu vorzubereiten.

Zuerst bat ich Imresch darum, mir zehn seiner Diener als Träger zur Verfügung zu stellen, damit sie die Geschenke Nimurias in den Palast brachten.

Viele Träger würden die Geschenke nach viel aussehen lassen.

Dann überprüften wir gegenseitig unsere Kleidung, auch Acha trug wieder Schurz, Perücke und Kopftuch, und machten uns, angeführt von unserem Gastgeber, auf den Weg in den Königspalast.

Am Haupttor standen wieder Soldaten mit spitzen Lederhelmen, doch sie ließen uns ohne weiteres passieren, da ihnen Fürst Imresch bekannt war. Durch drei Höfe erreichten wir ein nächstes Tor, dessen weit geöffnete Flügel mit Bronzeplatten, welche geflügelte Stiere zeigten, beschlagen waren. Immer dichter wurde jetzt das Gedränge. Überall standen kassitische Würdenträger in langen Mänteln und mit runden Lederkappen auf dem Haupt. Bei den meisten quollen lange schwarze Locken darunter hervor und verschmolzen auf der Brust mit den ebenfalls gelockten Bärten. Sie machten ein ernstes oder würdevolles Gesicht und nickten nur ein wenig, wenn sie uns grüßten. Ich deutete dies nicht als Unhöflichkeit, und mit dem freundlichsten Lächeln, das mir möglich war, grüßte ich kopfnickend nach rechts und links zurück.

Meine Begleiter taten Gleiches. Am Eingang zum Thronsaal gab es etwas Gedränge, da hier genau geprüft wurde, wer Einlass begehrte. Zwischen den Wartenden hindurch versuchte ich, etwas im Audienzsaal zu erkennen, da drehte sich Imresch schon nach uns um und hieß uns eintreten. Langsam näherten wir uns dem Thron, und als eine laute Stimme dem König unsere Namen verkündete, kniete Imresch nieder, um sich tief zu verbeugen. Acha, Cheruef und Senu warfen sich zu Boden, wie es auch vor unserem Herrscher der Brauch ist, und ich verneigte mich als der Stellvertreter Pharaos lange und tief.

«Erhebt euch», befahl uns dieselbe laute Stimme.

Jetzt war es völlig still im Saal. Als ich aufblickte, sah ich auf dem Thron einen groß gewachsenen, kräftigen Mann von vierzig Jahren in einem golddurchwirkten langen Mantel. Er trug dazu einen runden Kriegshelm, den ein breites Goldband umgab, welches mit Edelsteinen besetzt war. Ein fein gelockter, langer Bart fiel auf seine Brust herab. Unter kräftigen schwarzen Augenbrauen blitzten hellwache, kleine Augen. Seine Nase war eher schmal und unscheinbar. Erwartungsvoll schaute König Kurigalzu auf Fürst Imresch, sodass dieser zu reden begann.

«Göttlicher und gnädiger Herrscher! Deinem Diener Imresch sei es gestattet, den Einzigen Freund deines Bruders Nimuria, er lebe, sei heil und gesund, vor deinen Thron zu führen.»

«Sage Eje, dem Einzigen Freund meines Bruders Nimuria, dass ich sehr erfreut bin darüber, dass mein Bruder so schnell seinen Boten zu mir sandte, damit freundschaftliche Bande gepflegt werden zwischen den Ländern an Nil und Euphrat.»

Kurigalzu hatte eine angenehme, ja sanfte Stimme, welcher zuzuhören wohl tat.

«Göttlicher und gnädiger Herrscher», fuhr Imresch fort. «Dein Gast spricht unsere Sprache ebenso wie seine eigene.»

Mit hochgezogenen Augenbrauen sah mich Kurigalzu an und sagte: «Dann grüße ich Euch, Eje! Seid willkommen in meinem Hause!»

Ich verneigte mich nochmals und gab mir die größte Mühe, in möglichst fehlerfreiem Akkadisch zu antworten.

«Göttlicher und gnädiger Herrscher Kurigalzu! Mein König und Herr, Euer Bruder Nimuria, er lebe, sei heil und gesund, hat mich zu euch gesandt, um Euch Gesundheit, Wohlstand und ein langes Leben zu wünschen. Ich übergebe Euch, göttlicher und gnädiger Herrscher, diese Botschaft Eures Bruders Nimuria und überbringe Euch seine bescheidenen Geschenke.»

Ich übergab Fürst Imresch eine dicke, versiegelte Papyrusrolle, der sie sogleich seinem König weiterreichte. Dieser öffnete sie hastig und las still für sich. Zwischendurch erhellten sich seine Gesichtszüge, und er lächelte. Zuletzt rollte er den Brief wieder zusammen und übergab ihn einem der Hofbeamten neben sich. Dann sah er mich an.

«Über Eure Fähigkeiten, fremde Sprachen zu erlernen, werden wir uns noch unterhalten, edler Eje. Jetzt kann ich aber meine Neugier kaum mehr bezwingen, wenn Ihr von bescheidenen Geschenken sprecht. Welche Säle würde ich wohl füllen können, wenn sich mein Bruder erst einmal großzügig zeigte?»

Ich drehte mich um, und auf meinen Wink kamen die Träger näher. Sie stellten vier Truhen aus Elfenbein, eine jede zwei Ellen breit und eine halbe Elle hoch, vor den Thron nieder. Es folgten zwei noch größere Truhen aus Ebenholz und eine Kommode, die mit feinsten Einlegearbeiten verziert war und vier Schubläden hatte. Die letzten beiden Träger brachten eine an Tragestangen befestigte Truhe, die vier Ellen lang, mehr als eine Elle hoch und zwei Ellen breit war. Diese Truhe war über und über mit Gold beschlagen und zeigte Pharao in verschiedenen Abbildungen vor Gottheiten unseres Landes. Als alle Truhen und die Kommode aufgestellt waren, gab ich ein

Handzeichen, und die Diener Imreschs öffneten deren Deckel gleichzeitig. Die vier Elfenbeintruhen waren bis zum Rand mit Goldkörnern gefüllt, jedes Korn so groß wie eine Olive. In den zwei Ebenholzkästen befand sich feinstes Leinen, wie es nur für Pharao angefertigt wurde, blütenweiße Bahnen ebenso wie rot und blau eingefärbte. Ich selbst zog sodann die Schubkästen der Kommode einzeln heraus und reihte sie vor König Kurigalzu auf. In den Kästen lag der erlesenste Schmuck, der sich vorstellen lässt: schwere Goldketten mit Pektoralen, Armreifen ohne Zahl, Ringe mit den seltensten Edelsteinen, Ohrgehänge und Diademe. Die große Truhe war voll gefüllt mit Stücken von Elefantenzähnen, jedes Stück zwei Ellen lang.

«Mein Herrscher, Euer Bruder Nimuria, war der Meinung, dass es besser ist, wenn babylonische Künstler mit diesem Material Eure Götterbilder selbst anfertigen.»

Die Sprachlosigkeit Kurigalzus war nicht zu übersehen. Mit Kinderaugen sah er auf die Schubkästen und gab mir mit dem rechten Zeigefinger zu verstehen, dass er sich den ersten näher besehen wollte. Ich nahm ihn, trat vor den Thron und kniete mich vor dem König nieder.

«Erhebt Euch! Erhebt Euch», sagte er und fuhr fort: «Erklärt mir dies hier! Was ist das?»

Dabei zeigte er auf ein besonders großes Pektorale.

«Es zeigt in der Mitte den Djet-Pfeiler, unser Symbol für Dauer oder Ewigkeit. Darüber, der runde, in Gold gefasste Karneol stellt Re, den Sonnengott dar. Rechts und links seht ihr zwei Kobraschlangen mit den Kronen von Ober- und Unterägypten, und außen Isis und Nephthys mit Geierflügeln, die damit die vorgenannten Zeichen schützen. Über den Schlangen sind die Namenszüge meines Herrschers zu sehen. Links Neb-maat-Re, und rechts Amenophis.»

Dann zeigte er auf ein weiteres Pektorale und sagte respektvoll flüsternd: «Und dies?»

«In der Mitte seht Ihr aus Lapislazuli den Heiligen Käfer, das Zeichen für Leben oder Entstehen. Er trägt die Flügel und die Klauen des Horus-Falken, und in ihnen hält er eine Lotus- und eine Papyrusblüte, als Zeichen der Beiden Länder. Ganz außen seht Ihr wieder Schlangen, aber diesmal mit der Sonnenscheibe aus Karneol auf dem Haupt. Über dem Käfer ist eine Barke angebracht, welche das Horus-Auge, das vollkommene Auge, trägt.»

«So wie das Schmuckstück, welches Ihr um den Hals tragt», stellte der König fest.

«Ja, göttlicher und gnädiger Herrscher. Es ist ein Geschenk, das mir Euer Bruder Nimuria machte.»

Kurigalzu schüttelte staunend den Kopf und erhob sich.

«Ihr Großen von Akkad und Sumer! Mein Bruder Nimuria entsandte einen Freund zu uns und beschenkte uns reich. Wo immer Eje, der Einzige Freund meines Bruders Nimuria erscheint, er werde herzlich und freundlich empfangen und großzügig bewirtet! Heute seid Ihr und Eure Begleiter meine Gäste, edler Eje.»

Meine Freunde und ich verneigten uns ehrfurchtsvoll und wurden sogleich von zahlreichen Fürsten Babylons umringt, die uns mit Fragen geradezu bestürmten.

Beim anschließenden Festmahl saß man wie im Hause Fürst Imreschs auf Kissen am Boden, die Speisen wurden von Dienern herumgereicht. Acha und mir wurde die Ehre zuteil, gemeinsam mit Fürst Imresch bei König Kurigalzu und zwei seiner höchsten Beamten zu sitzen. Irgendwo aus dem Hintergrund drang leise und zurückhaltende Harfenmusik zu uns. Im ganzen Saal war nicht ein einziges Mädchen, nicht eine Frau anwesend. Acha und ich hielten uns nicht nur an diesem Abend mit Wein stark zurück, weil wir auf keinen Fall unangenehm auffallen wollten.

Ich musste König Kurigalzu viel von Amenophis und dessen

Familie erzählen. Er erkundigte sich nach den Palästen, den Tempeln und ihrer Ausstattung ebenso wie nach den Pferden und der Jagdleidenschaft Nimurias.

Als wir schließlich den Palast Fürst Imreschs erreichten, war es sehr spät. Gleichwohl setzten wir uns noch auf die Gartenterrasse und tranken noch einen Becher Wein.

«Fürst Imresch», unterbrach ich das Schweigen. «Wir haben Euch viel zu verdanken. Auf unserer langen Reise, und auch hier in Babylon, haben wir herrliche Dinge gesehen und erlebt. Und ich bin mir sicher, dass wir noch Vieles vor uns haben. Auf Euren Ka!»

«Lieber Eje, lieber Acha! Als Erstes bitte ich um eines: Lassen wir das mit dem Fürsten. Sagt einfach Imresch zu mir, wie ich darum bitte, Eje und Acha sagen zu dürfen. Zum anderen seid euch gewiss, dass ich gerne mit euch gereist bin und euch gerne meine Heimat zeige. Und schließlich darf ich euch sagen, dass Nimuria und eure Väter auf euch beide stolz sein können, wie Ihr heute vor Kurigalzu aufgetreten seid. Ihr dürft mir glauben, auch für mich war das von großer Bedeutung. Auf Euren Ka!»

Fröhlich und in bester Laune hoben alle die Becher und tranken einen kräftigen Schluck des schweren, fruchtigen Weines.

«Sag, Imresch, gibt es bei euch auch große Feste, an welchen Frauen teilnehmen dürfen?», fragte ich.

Imresch lachte herzhaft und nahm nochmals einen großen Schluck, ehe er etwas nachdenklich wurde. Dann schüttelte er den Kopf. «Ja, genau vier: die eigene Hochzeit, die Hochzeit des Sohnes, die Hochzeit des Bruders und die Hochzeit des besten Freundes!»

Diesmal waren wir es, die ungläubig den Kopf schüttelten.

An den folgenden Tagen unternahmen wir Ausfahrten in die Stadt und deren nähere Umgebung. Wir besuchten Bauerngehöfte und Pferdegestüte, Tempel und die Paläste der Freunde Imreschs, Schiffsbauer und Bewässerungsfachleute, Töpfer und Schmiede. Mit der ausdrücklichen Erlaubnis König Kurigalzus durften wir auch die Werkstätten besichtigen, in welchen die viel gerühmten babylonischen Kampfwagen hergestellt wurden. Wir wurden zwar auffallend schnell durch die einzelnen Räume geführt, aber Acha, Cheruef und ich merkten uns einer genauen Absprache gemäß, ganz bestimmte Einzelheiten. Acha war für die Radaufhängung verantwortlich, ich für die Räder, und dort insbesondere für die Speichen, und Cheruef für die Deichsel und das Pferdegeschirr. Sorgsam prägten wir uns das Gesehene ein, denn wir konnten es nicht wagen, auch nur einen Strich aufzuzeichnen.

Die Nachmittage verbrachten wir grundsätzlich im Hause Imreschs, wo es zur schönen Angewohnheit wurde, dass ich mich mit Perisade im Garten unterhalten konnte. Abends aßen wir entweder im kleinen Kreis bei Imresch und seiner Familie, oder bei dessen Freunden, denn sie alle wollten uns wenigstens einmal eingeladen haben. Besonders Acha genoss unsere Auftritte, denn er hegte immer die Hoffnung, doch noch ein aufgeschlossenes Mädchen anzutreffen. Daraus wurde vorerst nichts, den Göttern sei es gedankt. Denn wer weiß, was mit uns geschehen wäre, hätte man Acha in einer unangenehmen Situation angetroffen.

Regelmäßig schrieb ich Briefe an Ameni und vergaß dabei nie, eine Zeile aus unserem Gedicht einzufügen. Da es ein Liebesgedicht war, musste ich immer entsprechende Geschichten erfinden, und mehr und mehr beschlich mich die Ahnung, dass sich Ameni von Anfang an einen Spaß daraus gemacht hatte.

So schrieb ich denn in meinem neunten Brief:

«An den Vormittagen fühle ich mich manchmal sehr einsam, da mich Perisade nicht begleiten kann. In das Haus Imreschs zurückgekehrt, begebe ich mich sogleich in den Garten, damit niemand mein trauriges Gesicht sieht. Doch wer mir sagt: ‹Schau, sie ist da!›, der belebt mich.»

Wie mag Ameni darüber gelacht haben!

Irgendwann, es mochten vier Wochen seit unserer Ankunft vergangen sein, fühlte ich mich morgens sehr krank. Ich begann zu frieren, Schweiß stand auf meiner Stirn, und ich musste erbrechen. Ich fühlte mich elend und schaffte es gerade noch, mich in mein Schlafzimmer zu schleppen, wo ich mitten im Raum die Besinnung verlor und zusammenbrach.

Als ich wieder erwachte, war es draußen dunkel. Drei Kerzen erhellten den Raum nur spärlich. Ich atmete schwer, und auf meiner Stirn lag ein feuchter Lappen. Ich war zu schwach, um auch nur meinen Kopf zu drehen. Aus den Augenwinkeln heraus erkannte ich schemenhaft das Gesicht Perisades. Ich versuchte zu sprechen, aber es gelang mir nicht. Perisade legte den Zeigefinger an den Mund, und erst jetzt spürte ich, dass sie meine rechte Hand zwischen ihren Händen hielt. Ich schlief wieder ein.

Es waren drei volle Tage und Nächte vergangen, ehe ich wieder erwachte, und wieder saß Perisade bei mir, und wieder hielt sie meine Hand. Jetzt konnte ich wenigstens sprechen.

«Was ist geschehen, Perisade?», fragte ich mit schwacher Stimme.

«Du hattest Fieber, Eje, weiter nichts. Nur ein schlimmes Fieber.»

Perisade langte neben sich und ergriff ein Gefäß, das aussah wie eine kleine Gießkanne. Sie hielt mir den Schnabel des Gefäßes an den Mund und ließ mich trinken. Es war ein warmer

Kräutertrank, der so ekelerregend schmeckte, dass Seth damit Osiris zum zweiten Mal hätte umbringen können.

«Ich weiß», flüsterte Perisade. «Es gibt Köstlicheres, aber wenn du gesund werden willst, bleibt dir nichts anderes übrig.»

Ich wollte gesund werden, allein um dieses Gebräu nicht mehr trinken zu müssen, also trank ich. Perisade sah mich mit ihren großen dunkelbraunen Augen an, lächelte und streichelte mir schnell und heimlich mit dem Rücken ihrer rechten Hand über meine unrasierten Wangen. Dann erschien Imresch in meinem Zimmer.

«Bleib sitzen!», sagte er zu Perisade, sie aber stand auf und huschte aus dem Raum.

«Sie wird jetzt erst einmal schlafen wollen», sagte Imresch leise.

«Ist sie etwa auch krank», wollte ich wissen.

«Nein, mein Freund, aber sie ließ es sich nicht nehmen, drei volle Nächte hindurch an deinem Bett zu wachen, ohne ihre täglichen Arbeiten zu vernachlässigen.»

«Habe ich so lange geschlafen, Imresch?»

«Ja. Und wir haben uns große Sorgen um dich gemacht. König Kurigalzu schickte sogar seinen Leibarzt hierher, als er von deiner Krankheit erfuhr. Am meisten aber sorgte sich Perisade. Ich lasse dich jetzt wieder schlafen. Du bist noch lange nicht gesund. Senu und Marbiti werden sich um dich kümmern.»

Mehr im Halbschlaf dämmerte ich vor mich hin und versuchte, an Perisade zu denken. Am späten Nachmittag fühlte ich mich kräftig genug, sodass ich erst ein warmes Bad nahm und mich von Marbiti rasieren ließ, danach aß ich ein großes Stück Brot und trank dazu etwas Wein. Ich ließ Senu einen bequemen Sessel in den Garten unter eine Sykomore stellen und las mir den ersten Brief durch, den ich nun endlich von Amenophis erhalten hatte.

Er bedankte sich zunächst für meine Nachrichten und teilte mir dann mit, dass er mit einem großen Aufgebot in die Oase Fajum aufgebrochen sei, um dort Wildstiere zu jagen. Von Bürgermeister Sobekhotep habe er die Mitteilung erhalten, dass ein außergewöhnlich großes Rudel Wildstiere in den Sümpfen stehe. Er wünschte mir weiter einen schönen Aufenthalt. Die letzte Zeile unseres verabredeten Gedichtes brachte er ebenfalls unter, indem er schrieb: «Ich fragte Rena, deine nubische Dienerin, ob sie nicht in meine Dienste treten wolle. Aber sie ging von mir vor sieben Tagen!»

Welch herrlicher Unsinn!

Nachdem ich Nimurias Brief gelesen hatte und gerade im Begriff war, ihm zu antworten, kam Perisade zu mir in den Garten. Sie war sichtbar erleichtert, dass es mir endlich besser ging.

«Ich möchte mich bei dir bedanken, Perisade. Dein Vater sagte mir, du hättest fast die ganze Zeit meiner Krankheit bei mir gewacht!»

«Es ist nicht der Rede wert, Eje. Ich habe das gerne getan.»

Sie setzte sich neben mich auf den Boden und sah mich mit großen Augen an.

«Wie gut kannst du ägyptisch schreiben?», wollte ich von ihr wissen.

«Ich denke, so gut, wie ich es spreche», antwortete sie mir selbstsicher.

«Wenn du es möchtest, kannst du deinen ersten Brief an Pharao Amenophis schreiben.»

Ohne zu zögern willigte sie ein. Ich berichtete Ameni nur am Rande von meiner Erkrankung, und diktierte unter anderem: «Perisade flößte mir einen entsetzlichen Kräutertrank ein. Aber besser als alle Mittel ist mir die Geliebte.»

Perisade stockte und sah zu mir auf. Unsere Blicke trafen sich, und während wir uns ansahen, überlegte ich, ob ich ihr von der Absprache zwischen Ameni und mir erzählen sollte. Dann sagte ich nur: «Es würde mich freuen, wenn du das jetzt schreiben würdest.»

Zuletzt ließ ich Ameni natürlich mitteilen, dass Perisade es war, die diesen Brief geschrieben hatte, und versicherte ihm, mich bald wieder zu melden.

Während der folgenden drei Tage erholte ich mich zusehends, saß ich doch die meiste Zeit mit Perisade alleine im Garten. Acha und Cheruef waren mit Besuchen und Besichtigungen beschäftigt, und Senu hatte so viel Feingefühl, sich in unseren Gemächern zu beschäftigen, um so den Garten zu meiden. Lediglich Fürstin Scharruwa kam von Zeit zu Zeit und vergewisserte sich unter dem Vorwand, sich nach meinem Wohlergehen erkundigen zu wollen, dass nichts Ungebührliches geschah. Noch selten hatte ich bisher die Gelegenheit gehabt, mich so innig mit einem Menschen zu unterhalten, wie mit Perisade. Wir sprachen über die ägyptische und die babylonische Götterwelt ebenso wie über Kleidung, Musik und Tanz. Sie erzählte mir die babylonische Schöpfungsgeschichte, die mit den Worten «Ludlul bel nemeqi» beginnt, was heißt: «Ich will preisen den Herrn der Weisheit».

Und sie erzählte mir die Geschichte des Gilgamesch, der das ewige Leben suchte. Gilgamesch aber war ein Held, der mehr Mensch als Gott war, und ihm, der einer hoch entwickelten städtischen Kultur entstammte, wurde der wilde, unzivilisierte Enkidu als Freund zur Seite gestellt. Der Tod des Enkidu gab dem Leben des Gilgamesch einen anderen Inhalt. Er wollte versuchen, die ewige Jugend zu gewinnen und damit, den Göttern gleich, unsterblich zu werden. Aber auch Gilgamesch, der teils göttlich, teils menschlich war, musste letztlich erkennen, dass der Tod unvermeidbar war. Er suchte den Utnapischtim auf, der mit seiner Frau der einst alles vernichtenden Sintflut entgangen war. Dieser ließ Gilgamesch das Wunderkraut «Jung wird der Mensch als Greis» finden. Nach seiner Rückkehr in Uruk wollte es Gilgamesch ausprobieren, doch während er sich wusch, fraß es eine Schlange auf, die daraufhin sofort ihre Haut abwarf. So kehrte er nach langer Fahrt ohne Erfolg nach Uruk zurück – zwar mit Ruhm bedeckt, aber nach wie vor ein Sterblicher.

Es schien nichts zu geben, was sie nicht interessierte und worüber sie nicht hätte mitreden können.

Nach meiner endgültigen Genesung schloss ich mich den Fahrten und Unternehmungen meiner Freunde wieder an.

Wenige Tage später – gut die Hälfte meines Aufenthaltes in Babylon war bereits vorüber – eröffnete mir Imresch, dass ein eingehendes Gespräch mit König Kurigalzu geplant war. Ich sei jetzt lange genug hier gewesen, um mir von allem ein Bild machen zu können. Jetzt wollte man mit mir über den künftigen Warenaustausch und die Ausgestaltung der Beziehungen zwischen unseren Ländern sprechen. Das war für mich nicht einfach, denn Sumer und Akkad besaßen nur wenige Rohstoffe, an welchen wir besonderen Bedarf hatten. Diejenigen Dinge, die mich interessierten, hatten wir gesehen und uns genau eingeprägt. Das einzige, was umgekehrt die Babylonier an uns interessierte, war offenkundig: unser Gold, nichts als Gold.

So musste es unser vornehmstes Ziel sein, Babylon als Verbündeten zu halten, um nichts von den Hethitern, weit im Nordosten, befürchten zu müssen, und um auch die anderen Asiaten still zu halten. Das musste Pharao Vieles wert sein, denn angesichts der gewaltigen Bauvorhaben, die er gerade plante, konnte er auf keine Arbeitskraft zu Gunsten der Armee verzichten. So waren die materiellen Forderungen, die ich zu erheben gedachte, eher symbolischer Natur, um König Kurigalzu nicht zu beleidigen. Ich wollte ihn um Wolle und fertige Stoffe bitten, um Bäume und Sträucher, die wir nicht kannten, um einige der berühmten starken Zugpferde, um Gewürze und Glaswaren, von deren Herstellung man hier viel verstand, und natürlich auch um Töchter seiner Fürsten, nicht zuletzt um seine eigene – für Nimuria.

Bereits drei Tage später fand die Begegnung statt. Begleitet von Soldaten der königlichen Garde fuhren Imresch und ich in den Palast. Diesmal führte man uns nicht in den großen Audienzsaal, sondern in einen der prachtvollen Gärten Kurigalzus. Wegen des feuchten Klimas waren die babylonischen Gärten weitaus üppiger als die ägyptischen. Hier entfaltete sich die Blütenpracht Tausender Orchideen, Lilien und so vieler fremdartiger Blumen und Gewächse, dass sie zu beschreiben mir gar nicht möglich ist. Ein schwerer, süßlicher Duft lag über dem Garten. In einem festlichen Zelt ließen uns die Diener Kurigalzus Platz nehmen und servierten uns sogleich Wein, getrocknete Feigen und Nüsse. Es dauerte nicht lange, ehe König Kurigalzu erschien. Sechs Soldaten seiner Leibgarde begleiteten ihn. Er war noch weit von unserem Zelt entfernt, da erhoben wir uns, und als er kurz vor dem Zelt angelangt war, kniete Imresch nieder, und ich verbeugte mich tief.

Noch ehe ich mich wieder aufgerichtet hatte, hörte ich die angenehme Stimme des Kassitenkönigs: «Ich sehe, Ihr seid wieder wohlauf, mein geschätzter Eje. Da lastet eine Sorge weniger auf meinen alten Schultern! Erhebt Euch! Erhebt Euch!»

Ein strahlender Kurigalzu schritt auf mich zu, ergriff meine rechte Hand und drückte sie mit seinen beiden Händen fest zusammen.

«Göttlicher und gnädiger König! Ich stehe tief in Eurer Schuld, denn wie mir Fürst Imresch sagte, habt Ihr sogar Euren eigenen Leibarzt nach mir gesandt!»

«Das konnte ich mir auch nicht nehmen lassen, wo doch sonst die Ägypter im Ruf stehen, über die besten Ärzte zu verfügen. Mein Arzt soll es ja nicht alleine gewesen sein, der Euch wieder gesund machte», strahlte der König, und ich bekam einen roten Kopf.

«König Kurigalzu! Ihr hättet vielleicht auch zwei Tage länger gelegen, wäret Ihr an meiner Stelle gewesen. Eine angenehmere Pflegerin als Perisade kann ich mir nicht vorstellen.»

Kurigalzu machte eine ausladende Handbewegung, mit der er uns wortlos Platz nehmen ließ. Lange und eingehend besprachen wir all die Dinge, auf die mich Imresch hingewiesen hatte. Kurigalzu war sich der Rolle seines Landes als vorgeschobener Posten Ägyptens durchaus bewusst und erkannte die Gefahren, wenn er sich zu eng an uns band. Wie so viele andere auch aber lockte ihn der Reichtum unseres Landes, unser Gold.

Schließlich besprachen wir eine mögliche Heirat Nimurias mit der einzigen Tochter Kurigalzus, der zwölfjährigen Prinzessin Narainda. Ich setzte dem König auseinander, dass es nur eine Frau geben konnte, die den Titel Große königliche Gemahlin trug, und dass dies bereits Teje, meine Schwester, war. Kurigalzu wusste das und war auch grundsätzlich damit einverstanden, dass Narainda nur eine Nebenfrau sein konnte. Gleichwohl wollte er die Gewissheit haben, dass seine Tochter nicht unbeachtet im Frauenpalast ihr Dasein fristet.

«Würdet Ihr mit Freunden und ihren Kindern so umgehen, Majestät?», fragte ich ihn, und ohne seine Antwort abzuwarten, fuhr ich fort: «Wenn Nimuria Eure Tochter zur Frau nimmt – und ich sehe nichts, was dagegen sprechen könnte –, dann wird er sie mit der Würde und der Liebe behandeln, wie es ihr als Frau und als Eurer Tochter zukommt. Darauf habt mein Wort, göttlicher und gnädiger Herrscher!»

Das war mutig gesprochen, denn ich hatte nicht die geringste Vorstellung, wie Prinzessin Narainda aussah. Und sollte es nicht zu einer ganz zufälligen Begegnung mit ihr kommen, was nach den hiesigen Sitten eher unwahrscheinlich war, würde sie auch kein Ägypter vor ihrem Eintreffen in Waset oder Men-nefer zu Gesicht bekommen.

«Ich nehme den Einzigen Freund meines Bruders Nimuria und den Bruder der Großen königlichen Gemahlin gerne beim Wort! Darauf lasst uns trinken! Wie sagt man bei Euch in Ägypten? Auf Euren Ka!»

«Auf Euren Ka, göttlicher und gnädiger Herrscher!»

«Fürst Imresch», fuhr Kurigalzu fort, «wird Euch jetzt die Hand seiner Tochter nicht mehr vorenthalten können, mein edler Eje! Viele Prinzen meines Landes werden Euch dafür beneiden!»

Der König schien wirklich über alles Bescheid zu wissen.

«Noch mehr als hier wird man mich in Ägypten beneiden, Majestät, denn – erlaubt mir die Offenheit – dort bekommen die Prinzen Perisade wenigstens zu sehen, während man sie hier nur vom Hörensagen kennen darf!»

An diesem Abend war es König Kurigalzu, der viel von seinem Land erzählte. Von großen Jagden im nahen Gebirge, wo er schon zahlreiche Löwen, Bären und Hirsche erlegt hatte. Von Schlachten, die er angeführt und dank der berühmten babylonischen Streitwagentruppe überlegen gewonnen hatte. Und von dem Palast «Dur-Kurigalzu», den er außerhalb Babylons gerade errichtete und welchen er mir vor meiner Abreise zu zeigen versprach.

Imresch und ich verließen gut gelaunt und mit einem Gefühl von Zufriedenheit spät in der Nacht den königlichen Palast. Hoffentlich würde auch Nimuria mit all dem einverstanden sein, was ich verhandelt hatte!

Da jetzt so vieles offenkundig und schon ausgesprochen war, bat ich Imresch schon am folgenden Tag um ein Gespräch. Er brauchte nicht viel nachzudenken, um zu wissen, worum es mir ging. Während eines Spazierganges durch seine Gärten erklärte ich ihm, dass ich Perisade gerne zur Frau nehmen würde. Ohne zu zögern sagte er mir zu.

«Ich würde jedoch die endgültige Entscheidung vom Einverständnis deiner Tochter abhängig machen», schränkte ich selbst die Zusage Imreschs ein.

Er blieb stehen, sah mich mit hochgezogen Brauen verwundert an und sagte dann: «Was seid ihr Ägypter manchmal seltsam. Reicht euch ein Vaterwort nicht aus?»

«In Ägypten ist die Stellung der Frau eine völlig andere als hier, Imresch. Das wird dir in den Jahren deines Aufenthaltes am Nil kaum entgangen sein. Würde ein ägyptisches Mädchen mit mir nicht glücklich werden, dürfte sie die Trennung verlangen, wir würden einen Trennungsvertrag schließen, und sie könnte zu ihren Eltern oder ihren Brüdern zurückkehren. Bei Perisade ist es etwas anderes. Ihr Weggang aus Babylon wird einiges Aufsehen erregen. Stell dir die Demütigung vor, wenn sie in einigen Jahren wieder hierher zurückkehrte! Deswegen ist es mir wichtig, dass die Heirat mit mir wirklich ihrem eigenen Willen entspricht.»

Weiter erklärte ich Imresch, dass ich ihm gegenüber keinerlei Ansprüche erheben würde, was und wie viel er seiner Tochter mitzugeben hätte. Ich sagte das nicht aus Überheblichkeit, sondern weil ich wusste, dass Perisade von ihren Eltern reich ausgestattet werden würde, und ich deswegen nicht wie ein Steuereintreiber Getreidekörner zählen wollte.

Das schien Imresch zu beeindrucken. Wir kamen überein, dass ich bei Gelegenheit mit Perisade über meine Absichten sprechen würde.

Meinen nächsten Brief an Ameni schrieb ich am späten Nachmittag, als die größte Hitze vorüber war, im Palastgarten Imreschs. Ich berichtete ihm ausführlich über meine Verhandlungen mit König Kurigalzu und den vereinbarten Warenaustausch und teilte ihm mit, dass die Babylonier in den kommenden Tagen und Wochen die mir zugesagten Waren zusammenstellen würden. Von Prinzessin Narainda schrieb ich nichts und schloss meinen Brief mit den Sätzen:

«Mit Prinzessin Perisade treffe ich mich jeden Tag. Macht sie die Augen auf, dann verjüngt sich mein Leib. Deswegen werde ich sie heute fragen, ob sie meine Frau werden will.»

Ich sah Perisade schon von weitem. Seit einigen Tagen trug sie das Haar nicht mehr in dünnen Zöpfen geflochten, sondern offen. Die vielen kleinen Locken, die durch das Flechten entstanden waren, ließen ihre Haarpracht wie eine Löwenmähne aussehen. Perisade trug sie hoch erhobenen Hauptes und mit Stolz. Ich überreichte ihr die letzten drei Seiten meines Briefes – die Listen mit den ausgehandelten Waren wollte ich ihr ersparen – und sagte: «Eine Leseübung auf Ägyptisch?»

Sie setzte sich neben mich. Laut und fehlerfrei las sie das Geschriebene, ehe sie, am Schluss des Briefes angelangt, stockte. Sie reichte mir die Seiten zurück, sah mich mit ernstem Gesicht an, und sagte:

«Füge noch folgende Sätze hinzu: Ich habe sie gerade gefragt. Sie sehnt sich danach, mit mir an den Nil zu kommen.»

«Darf ich das wirklich schreiben, Perisade?», fragte ich ungläubig und zugleich so von Glück erfüllt, wie ich es noch nie erlebt hatte.

«Seit deiner Krankheit, da niemand sagen konnte, ob du weiterleben würdest, wusste ich, dass ich nach deiner Genesung mit nach Men-nefer kommen würde. Weißt du, Eje, man fürchtet um das Liebste, und man liebt, was man am meisten zu verlieren fürchtet. Und mehr noch als meine lieben Eltern, meine Heimat, fürchtete ich, dich zu verlieren.»

Ich beugte mich ein wenig zu ihr hinüber und sah lange in ihre Augen. Dann, geradezu zaghaft und ängstlich, berührten sich für einen kurzen Augenblick unsere Lippen, wir stahlen uns den ersten flüchtigen Kuss. Mein Glück mehr ahnend als begreifend, flüsterte ich: «Versprochen?»

«Versprochen», hauchte sie zurück.

Ich nahm das letzte Blatt des Briefes, tauchte den Papyrusgriffel in die Tinte und hielt ihr beides entgegen.

«Schreibe es ihm selbst!»

In der denkbar schönsten Schrift tat sie, wie ihr geheißen. Danach sahen wir uns lange und schweigend an.

An diesem Abend blieben wir alle im Palast Fürst Imreschs, da keine anderweitige Einladung vorlag. Ich verabredete mit Perisade, dass wir uns vor dem Abendessen im Eingangssaal des Palastes treffen würden.

Bevor es so weit war, genoss ich das zur Gewohnheit gewordene heiße Bad, dann die kalte Dusche und die wohltuende Massage. Marbiti rasierte mich, half mir beim Ankleiden und Schminken. Zum ersten Mal in Babylon legte ich meinen breiten Schulterkragen um und streifte über die Oberarme breite, goldene Reifen mit Einlegearbeiten aus Lapislazuli. An meiner rechten Hand trug ich einen der Ringe Amenis. Ich ging an die Kommode, welche meine persönlichen Sachen barg, nahm mein Geschenk für Perisade heraus und legte es in eine flache Ebenholzschatulle.

Während ich in der Halle wartete, betrachtete ich erstmals bewusst den Fußboden. Ein großes Mosaik zeigte zwei konzentrische Kreise, und um den äußeren, wie Sternenzacken, sieben Dreiecke.

«Das ist die babylonische Weltkarte», sagte Perisade, die unbemerkt hinzugetreten war und ihren linken Arm unter meinen rechten einhakte.

«Im inneren Kreis siehst du die weitere Umgebung mit Babylon in der Mitte. Am oberen Rand des Kreises das Gebirge, von Nordwesten nach Süden verlaufend den Euphrat, im Nordosten Armenien und Assyrien, im Westen die Städte

Harran und Palmyra, im Süden den Bitterfluss, der in das Feld zwischen dem inneren und dem äußeren Kreis fließt, welcher das Bittermeer, den irdischen Ozean, darstellt.»

«Und was bedeuten die Dreiecke außen?»

«Das sind die sieben Bezirke oder Inseln, welche die Verbindung zwischen Himmel und Erde herstellen», fuhr Perisade fort.

«Dieser hier, der dritte Bezirk, ist der, ‹wo der beschwingte Vogel nicht vollendet seinen Weg›. In diesem Bezirk ist ‹die Helligkeit größer als die Abenddämmerung und der Sternenschein›. Der fünfte Bezirk, genau im Norden, ist der, ‹wo man nicht irgendetwas erblickt› und ‹wo die Sonne nicht zu sehen ist›. Der siebte Bezirk im Osten heißt, ‹wo der Morgen heraufzieht›. Alle Bezirke sind von der Erde gleich weit entfernt, und die Entfernung ist mit dem heiligen Maß von ‹sieben Meilen› gemessen. Jenseits der sieben Bezirke, dem Himmel zu, liegt der ‹himmlische Ozean›, der das Getier enthält, das der Gott Marduk geschaffen hat. Es sind eine Natter, der Schlangendrache, Gazelle, Stier, Panther, Widder, Löwe, Hund, Hirsch und noch einige mehr. Zusammen sind es mehr als zwölf Sternbilder, und zugleich die Götter des Urchaos, der ersten Welt, die durch den Gott Bel-Marduk besiegt und unterworfen wurden und die nun unter die Sterne versetzt worden sind.»

Perisade sah mich mit großen stolzen Augen an.

«Babylon ist der Mittelpunkt all dessen», sagte sie weiter. «Deswegen heißt Babylon auch ‹markas schame u irsitim›, das Band von Himmel und Erde.»

«Dir ist hoffentlich bekannt, dass wir Ägypter eine ähnlich selbstbewusste Anschauung vom Mittelpunkt der Welt und ihrer Erschaffung haben?»

«Welches Volk hat sie nicht, Eje? Ich kenne keines.»

Wir verließen gemeinsam die große Vorhalle und traten auf die Terrasse des Palastes, wo Perisades Eltern und meine

Freunde bereits auf uns warteten. Imresch und Scharruwa zeigten sich ganz und gar nicht erstaunt, dass ihre Tochter und ich Arm in Arm erschienen. Umso mehr schien sich Acha zu wundern, denn er stand mit offenem Mund da und brachte es kaum fertig, uns zu begrüßen.

«Verzeih Vater, dass wir etwas verspätet sind, aber Eje interessierte sich für das große Mosaik in unserer Vorhalle, und ich wollte es mir nicht nehmen lassen, die ägyptische Weltanschauung etwas gerade zu rücken.»

«Du siehst, Eje, an Selbstsicherheit mangelt es unserer Tochter nicht.»

Dabei sah er Perisade mit einem doch mehr mahnenden als gütigen Blick an. Die Diener Imreschs brachten Wein und reichten uns wie immer getrocknete Feigen und Nüsse. Ohne diese Köstlichkeiten konnte am Euphrat kaum ein Abend beginnen. Alle hatten bereits einen Schluck getrunken, da begann ich zu sprechen:

«Verehrte Fürstin Scharruwa, mein lieber Imresch! Nach reiflicher Überlegung und, wie ich meine, mit guten Argumenten wünscht Eure Tochter, mich an den Nil zu begleiten, um dort meine Frau zu werden. Ich bitte Euch deswegen hiermit in aller Form, Euer Einverständnis zu unserer Heirat zu erteilen!» Ich legte meinen rechten Arm um Perisades Hüfte und zog sie ein wenig an mich heran.

Scharruwa und Imresch sahen sich mit strahlenden Gesichtern an, und dann rief ein fröhlicher Imresch in die Runde: «Wie pflegt Pharao – er lebe, sei heil und gesund – zu sagen? So sei es, und so werde es geschrieben! Geh mit ihm, Perisade, einen Besseren konnte ich nirgendwo finden, und du siehst, mein Kind, ich musste dafür bis nach Ägypten reisen.»

«Meine Liebe», sagte ich nun zu Perisade. «Du musst langsam nicht nur anfangen, wie eine Ägypterin zu denken, sondern auch ein wenig ägyptisch aussehen. Dreh dich bitte um!»

Ich griff nach meiner Ebenholzschatulle und holte mein Geschenk für sie heraus, einen prächtigen Halskragen. Er bestand aus sieben Reihen mit abwechselnd gelben und roten, senkrechten Röhrenperlen und einer letzten Reihe mit sechsundvierzig tropfenförmigen Anhängern aus Karneol, blaugrünem Glasfluss und Gold. Den Verschluss bildeten zwei goldene Falkenköpfe, deren Augenbrauen über den schwarzen Obsidianaugen in Karneol gefasst waren.

Ich legte Perisade den Halskragen von hinten um, verschloss ihn unter ihrer Löwenmähne und bat sie, sich umzudrehen. Perisades Eltern und meine Freunde waren gleichermaßen sprachlos. Perisade befühlte das Schmuckstück erst mit beiden Händen und sah auf ihre Brust hinab. Dann lief sie mit großen Schritten in den Palast, um sich in einem Spiegel zu betrachten. Als sie zurückkehrte, war sie wie ausgewechselt: Gesetzten, ruhigen Schrittes, den Kopf hoch erhoben, und mit ernstem, würdevollem Blick, wie ich ihn nur von meiner Schwester Teje kannte, kam Perisade auf uns zu. Sie blieb neben mir stehen, ergriff meine Hand, und sagte zu ihren Eltern gewandt:

«Ich bin der festen Überzeugung, dass wir wirklich sehr gut zusammenpassen. Außerdem hat Eje einen erlesenen Geschmack. Ich liebe ihn!»

Dann drehte sie sich zu mir um, hielt mit ihren Händen meinen Kopf und gab mir, alle babylonische Sittenstrenge vergessend, einen innigen Kuss.

Am nächsten Tag erreichte mich ein Brief von Amenophis, in welchem er ausführlich von der Jagd in der Oase Fajum berichtete. Dem Brief waren drei Heilige Käfer aus gebranntem, blauglasiertem Ton beigefügt, ein jeder faustgroß. Ameni wies mich in seinem Brief an, je einen Käfer König Kurigalzu und Fürst Imresch zu überreichen, der dritte war für mich bestimmt. Auf ihrer Unterseite befand sich neben der vollständigen Titulatur Nimurias folgende Inschrift:

«Ein Wunder ist Seiner Majestät widerfahren. Es kam Einer zu Seiner Majestät und sagte: ‹Es sind wilde Stiere in der Wüste von Schetep.› Seine Majestät fuhr am Abend den Fluss hinab in der königlichen Barke ‹Erschienen in Wahrheit›. Die Reise ging zügig voran, und am Morgen erreichte er unbeschadet die Gegend von Schetep. Seine Majestät erschien auf seinem Streitwagen, gefolgt von seiner ganzen Armee. Man wies alle Offiziere und Soldaten wie auch alle Zöglinge des Palastes an, ein Auge auf die wilden Stiere zu haben. Dann befahl Seine Majestät, es solle ein Graben um die wilden Stiere gezogen werden, woraufhin Seine Majestät sich auf alle diese wilden Stiere stürzte.

Ihre Zahl: 170 wilde Stiere. Die Zahl, die der König an diesem Tag erlegte: 56 wilde Stiere. Seine Majestät wartete vier Tage, um seinen Pferden Ruhe zu gönnen. Dann erschien Seine Majestät auf seinem Wagen. Die Zahl der wilden Stiere, die er erlegte: 40 wilde Stiere. Gesamtzahl der wilden Stiere: 96.»

Ich stellte mir vor, welch ein entsetzliches Gemetzel stattgefunden haben musste, und dankte allen unseren Göttern, nicht daran teilgenommen zu haben. Denn so sehr ich ihm freundschaftlich verbunden war, seine Leidenschaft zur Jagd vermochte ich nicht mit ihm zu teilen.

In seinem Brief berichtete mir Ameni weiter, dass die Arbeiten in den Steinbrüchen gut vorangingen. Er sei voller Tatendrang. «Im Fajum habe ich meine Kräfte aufs Wunderbarste erneuert. Die Jagd ist für mich wohltuend, mehr ist sie für mich als alle Rezepte.»

Wie er von der Jagd zu unserem Liebesgedicht wechselte, beeindruckte mich.

Den Gedenkkäfer für Imresch übergab ich gleich. Mit der

Übergabe an König Kurigalzu wollte ich bis zu meinem nächsten Zusammentreffen mit ihm warten.

Fünf Monate verweilten wir jetzt schon in Babylon. Wir hatten viele neue Freunde gewonnen und ich sogar eine über alles geliebte Frau. Nach dem Brauch unseres Landes musste Perisade nach unserer Rückkehr einen ägyptischen Namen annehmen. Da es nur Liebe war, die uns verband, beschloss ich, ihr den ägyptischen Namen Merit, Geliebte, zu geben. Perisade gefiel dieser Name gut, und so nannte ich sie, wenn wir alleine waren, seit dieser Zeit Merit.

Wir waren jetzt fast unzertrennlich. Ich mied Ausfahrten und Zusammenkünfte, an welchen Merit nicht teilnehmen konnte. Stattdessen verbrachten wir unzählige Stunden in den Gärten oder im Palast ihres Vaters. Wir sprachen jetzt nicht mehr von den Göttern und der Geschichte unserer Länder, sondern ich musste ihr alles erzählen, was ich über meine Familie und über Ameni wusste, angefangen von unserer ersten Begegnung, bis zu meiner Abreise. Dann kam Merit an die Reihe und erzählte mir von ihrer Kindheit, die sie überwiegend alleine und im Palast ihrer Eltern verbrachte, und den wenigen Freundinnen, die sie deswegen hatte. Von den geschäftlichen und beruflichen Dingen ihres Vaters wusste sie nicht allzu viel, da er schon seit vielen Jahren wenig zu Hause war. Der Bruder ihres Vaters, Fürst Kadaschman, war mit einer Schwester König Kurigalzus verheiratet, woher immer noch die Nähe ihrer Familie zum Königspalast rührte.

Jetzt, wo ich Merit die Ehe versprochen hatte, lud Imresch häufiger befreundete Familien mit Söhnen und Töchtern in sein Haus ein, und vor allem Acha kam aus dem Staunen nicht mehr heraus. Entweder waren die Babylonier von uns wirklich aufs Äußerste beeindruckt, oder es war der glänzende Ruf Fürst Imreschs, der auf uns fiel und so die Neugier der Großen Babylons erweckte. Acha sprach jetzt ebenfalls nahezu fehlerfrei Akkadisch, und mir entging nicht, dass er drauf und dran war, sein Herz an eine zierliche dunkelhaarige Schöne hoffnungslos zu verlieren. Seine Auserwählte war Teischeba, die Tochter eines hohen Generals. Mehr als ein flüchtiger, inniger Blick war jedoch nicht möglich. Ein schüchternes Lächeln kam schon nicht mehr an, denn Teischeba senkte sofort züchtig den Kopf, sobald sie der schmachtenden Blicke Achas gewahr wurde. General Nachunte, so hieß der Vater des Mädchens, entging dies freilich nicht, und so wurden wir wenige Tage später in sein Haus eingeladen. Danach schrieb ich an Nimuria und ergänzte meinen Brief: «Acha ist über alles in das Mädchen verliebt, und die gelehrten Doktoren finden keinen Ausweg.»

Es sah ganz danach aus, als würden wir beide eine babylonische Frau mit nach Ägypten bringen: ich Perisade, und Acha seine Teischeba.

Der Tag unserer Rückreise stand kurz bevor, und Imresch und ich, unterstützt von unseren Schreibern, stellten den Tross mit all den babylonischen Waren und Kostbarkeiten zusammen. Imresch und Scharruwa waren darüber hinaus mit der Aussteuer Perisades beschäftigt, und bald stand fest, dass unsere Karawane bedeutend größer sein würde als diejenige, die uns an den Euphrat gebracht hatte.

Drei Tage vor unserer Abfahrt trafen wir ein letztes Mal mit König Kurigalzu zusammen. Früh am Morgen, Re hatte seine Nachtfahrt noch lange nicht beendet, fuhren Imresch, Acha und ich, jeder mit seinem ägyptischen Streitwagen und einem Wagenlenker, zum Königspalast. Dort erwarteten uns hinter unruhig scharrenden Pferden fünf babylonische Streitwagen mit ihren Besatzungen. Dann erschienen auch König Kurigalzu und General Nachunte. Der König trug über der ledernen Kampfausrüstung einen langen, schweren Mantel und einen halbrunden, goldenen Helm. Nach einer kurzen, aber freundlichen Begrüßung bestieg er seinen Wagen, nahm selbst die Zügel in die Hand, und rief laut über den ganzen Hof: «Folgt mir nach Dur-Kurigalzu!»

Wie ähnlich mir jetzt unsere Herrscher wieder erschienen! Wie Amenophis, so raste auch Kurigalzu mit knallender Peitsche durch die Prachtstraßen Babylons, dass wir alle Mühe hatten, ihm zu folgen. Die Palaststadt Dur-Kurigalzu lag – bei gleich bleibend schneller Fahrt – drei Stunden nördlich, am östlichen Ufer des Euphrat. Unterwegs hielten wir nur einmal in einer kleinen Garnison einer Kampfwagentruppe an, um etwas zu rasten und um die Pferde zu wechseln. Dann ging es in der gleichen rasanten Fahrt weiter.

Am frühen Vormittag kamen wir an. Erst durchfuhren wir einige Arbeitersiedlungen, dann die gewaltige Palastanlage, die kurz vor ihrer Vollendung stand. Kurigalzu führte uns durch fast jeden Raum. Die Mauern und Säulen wirkten wuchtiger als bei uns, die Räume waren auch nicht so hoch. Die meisten Wände waren auf ganzer Höhe bemalt, zeigten aber nicht nur den König mit Göttern des Landes, sondern auch eine Vielzahl von verschiedenen Würdenträgern und Beamten, was bei uns völlig unmöglich gewesen wäre. Mit viel Eifer und voller Stolz erklärte uns Kurigalzu nahezu jede Einzelheit. In den Palastgärten waren die Arbeiten noch in vollem Gange. Hunderte Gärtner zogen Gräben, hoben Gruben aus und pflanzten kleine und halbwüchsige Bäume ein, schleppten Tausende Büsche, Sträucher und Stauden an und stellten die verwunderlichsten Figuren auf. Ich war mir sicher, dass dieser Garten einmal alles übertreffen würde, was ich bisher gesehen hatte. Dann bestiegen wir unsere Wagen und fuhren langsam durch die staunende, nur zögerlich jubelnde Menge der Arbeiter hindurch zur Baustelle des Haupttempels der Stadt. Der Turm, dessen Kanten an der Basis sicher jeweils dreihundert Ellen lang waren, hatte eine Höhe von etwa hundertfünfzig Ellen erreicht. Die anschließenden Tempelanlagen waren ebenfalls noch unvollendet. Vor einer Götterstatue, welche in einer Art Behelfstempel stand, verrichteten Kurigalzu und General Nachunte kurze Gebete. Dann fuhren wir zur Palastanlage von Dur-Kurigalzu zurück, wo wir in einem großen weißen Zelt zu einem kurzen und einfachen Mahl verweilten. Kurigalzu erzählte uns noch verschiedene Einzelheiten, welche er für seinen Palast und den Tempel geplant hatte.

«Ihr seht, meine ägyptischen Freunde», sagte er zuletzt, «das Gold meines Bruders Nimuria wird eine würdige Verwendung finden.»

Dessen war ich mir gewiss.

Am späten Nachmittag waren wir nach Babylon zurückgekehrt und beschlossen, uns sogleich zurückzuziehen. Am Abend waren wir zu einem großen Abschiedsfest in den königlichen Palast eingeladen, und wir alle wollten uns noch ausruhen. Merit erwartete uns vor dem Palast. Während Imresch und Acha sogleich in ihre Gemächer gingen, musste ich ihr auf dem Weg durch den Palast von unserem Ausflug berichten. Zuletzt standen wir vor dem Eingang zu meinen Räumen, hielten uns bei den Händen und sahen uns an.

«Was wirst du jetzt tun?», fragte Merit leise.

«Ich werde erst baden, weil ich von der Reise völlig verstaubt bin, dann wollte ich …»

Schweigend musterten wir uns und hatten denselben Gedanken. Draußen erklang ein Lied, so melodisch, so schön, wie ich es noch nie gehört hatte. Zwei Flöten spielten es.

«Magst du es?», fragte Merit.

«Ja, es ist sehr schön. Wie heißt es?»

«Das kleine Mädchen», sagte sie, und sie lächelte. Tausend Bilder schwirrten durch meinen Kopf, doch immer wieder tauchte der Name Imresch auf. Nicht, dass ich besonders edelmütig sein wollte, ich hatte einfach nur Angst, entdeckt zu werden. Ich küsste Merit kurz auf die Stirn und flüsterte: «Nicht jetzt. Nicht hier. Hab noch ein wenig Geduld, Merit!»

Dann verschwand ich.

An diesem Abend legte ich wieder den breiten Schulterkragen um, nahm die goldenen Armreife, den Siegelring Nimurias und trug über der Perücke ein weißes Kopftuch mit roten Streifen. Den dritten Gedenkkäfer Nimurias verpackte ich sorgfältig in einem Seidentuch.

Zu meiner großen Überraschung und Freude gleichermaßen hatte König Kurigalzu auch die Frauen und die erwachsenen Töchter der Großen des Landes eingeladen. Merit sah bezaubernd aus. Zu ihrer Mähne trug sie ein schmales, goldenes Diadem, dessen Stirnseite ein Smaragd von seltener Größe und Reinheit zierte. Ihr langes, eng anliegendes Kleid aus dunkelgrüner Seide war mit Goldfäden durchwirkt. Über ihren Schultern lag der ägyptische Halskragen, den ich ihr zum Geschenk gemacht hatte. Fürstin Scharruwa und Imresch waren ebenfalls so festlich gekleidet, wie ich es bei ihnen vorher noch nicht gesehen hatte. Vor dem fürstlichen Palast warteten drei Sänften auf uns. Die erste bestiegen Scharruwa und Imresch, die zweite Merit und ich, die dritte schließlich Acha und Cheruef. Senu schritt mit meiner Amtsstandarte neben mir her. Merit saß an meiner rechten Seite, ich hielt ihre linke Hand und sah zufrieden in ihr schönes Gesicht. Es war die Zeit des Sonnenuntergangs, als sich unser Zug in Bewegung setzte. Die weißgekalkten Häuser Babylons glänzten wie pures Gold im müde werdenden Licht der Sonne, und Merit bemerkte, dass ich etwas wehmütig nach Westen schaute.

«Re wird Nimuria und deine Familie von dir grüßen, Eje», sagte sie liebevoll und lehnte ihren Kopf an meine Schulter. Sie sah ebenfalls in den Sonnenuntergang und flüsterte: «Bald werden wir dort sein. Es dauert nicht mehr lange. Dann werde ich deine Frau sein, dein Land und deine Freunde kennen lernen und dir Kinder schenken, so viele du willst!»

Je näher wir dem königlichen Palast kamen, umso lauter wurde es um uns herum. Der Schreiber Imreschs, welcher den Sänften voranschritt, schrie immer wieder: «Macht Platz dem Fürsten Imresch und seinen Freunden!»

Dann war es endlich so weit. Am Palasteingang gab es ein dichtes Gedränge, sodass Achas Bemühungen, irgendwo General Nachunte und Teischeba zu entdecken, vergeblich waren. Anders als bei uns, wo Pharao erscheint, wenn alle schon versammelt sind, erwartete Kurigalzu seine Gäste im Thronsaal. Königin Asera, drei seiner Söhne und ein Mädchen standen neben dem Thron. Wir standen alle nebeneinander, verneigten uns, und Imresch bedankte sich im Namen von uns allen für die Einladung.

«Gnädiger und göttlicher Herrscher», sagte ich dann. «Mein König schickt Euch dieses kleine Geschenk, verbunden mit den Grüßen eines Bruders.»

Kurigalzu besah sich den Käfer, dann hielt er ihn Merit entgegen und sagte: «Sprichst du nicht Ägyptisch, Perisade? Wie lauten die Worte auf der Unterseite?»

Merit las Satz für Satz vor, während mich Kurigalzu mit großen Augen ansah. Zuletzt sagte er nur: «An dieser Jagd hätte ich auch gerne teilgenommen. Richtet das Eurem Herrscher aus!»

Es dauerte noch mehr als eine Stunde, ehe der Saal gefüllt war und alle Gäste dem König ihre Aufwartung gemacht hatten. Ein Fanfarenstoß ließ alle verstummen. Der König erhob sich und hielt eine Ansprache, in welcher er zunächst seine Gäste nochmals willkommen hieß. Dann fuhr er fort:

«Niemandem von euch ist entgangen, dass der Herrscher der Beiden Länder, mein geliebter Bruder Nimuria, seinen Einzigen Freund mit seinen Begleitern zu uns entsandte. Wir führten wichtige Gespräche und kamen überein, die Verbindung zwischen den Thronen zu vertiefen und den Handel weiter zu beleben. Als erstes Zeichen dieser Verbindung werden zwei Töchter unseres Landes in wenigen Tagen die weite Reise an den Nil unternehmen und dort als die Frauen von Eje und Acha Botinnen unseres Landes sein.»

Als Acha dies hörte, strahlte er vor Glückseligkeit und suchte noch intensiver in der Menge nach Teischeba.

«Eje und Perisade, Acha und Teischeba, tretet vor meinen Thron!»

Erst wenige Schritte vor Kurigalzu trafen Acha und Teischeba aufeinander und hatten nicht einmal mehr Zeit, sich zu begrüßen. Wir verneigten uns tief vor dem Thron.

«Eje und Acha, wir danken euch für euren Besuch und wünschen, dass ihr gesund und unbehelligt in euer Land heimkehrt. Nehmt die besten Wünsche für meinen Bruder, euren Herrscher Nimuria, mit auf den Weg. Es möge ihm wohl ergehen alle Tage. Es möge seinem Land wohl ergehen und den Menschen, die darin leben. Und es möge euch wohl ergehen, Eje und Acha, euch und euren Frauen, Perisade und Teischeba, die ihr mit euch nehmen werdet. Achtet auf sie alle Tage, damit sie glücklich sind in eurem Land. Und euch, Perisade und Teischeba, übergebe ich diese Figuren der Astarte. Vergesst auch im fernen Ägypten die Götter eurer Heimat nicht! Möge Astarte euch und eure Kinder alle Zeit beschützen.»

Kurigalzu überreichte ihnen zwei goldene Götterstatuen, jede eine halbe Elle hoch. Sodann küsste der König die Mädchen als Zeichen seiner Gnade auf die Stirn. Anschließend kam er zu mir, ergriff mit seinen mächtigen Händen meine Schultern und drückte mich fest an sich. Dabei flüsterte er mir ins Ohr: «Vergesst unsere kleine Abmachung nicht, Eje! Rechts neben meinem Thron, das ist Narainda, meine Tochter.»

Während der König auch Acha die große Ehre einer Umarmung zuteil werden ließ, hatte ich kurz Gelegenheit, Narainda aus der Nähe zu betrachten, und versuchte, mir ihr Gesicht genau einzuprägen. Für ein erst zwölfjähriges Mädchen war sie erstaunlich groß gewachsen. Sie trug langes schwarzes Haar, welches in großen Locken über ihre Schultern hinabfiel. Ihr Gesicht war ehrlich und freundlich. Sie hatte große, dunkle Augen, eine kleine Nase und breite Lippen. Sie würde Ameni gefallen, da war ich mir sicher.

Der weitere Abend bot ein prächtiges Fest. Acha und ich saßen bei Imresch, General Nachunte und ihren Familien. Acha schilderte in den herrlichsten Farben die Feste in Men-nefer, beschrieb die Paläste und Tempel, und schließlich das Haus seiner Familie. Irgendwann stellte General Nachunte die nicht unerwartete Frage, welches Amt Acha nach seiner Rückkehr bekleiden werde. Ehe mein Freund etwas sagen konnte, fiel ich ihm ins Wort. «Er wird Schatzmeister Seiner Majestät sein, General. Merire ist alt, und einen zuverlässigeren Mann als Acha wird Nimuria nicht finden. Eure Tochter wird einen geachteten und viel gerühmten Mann haben!»

Acha, sonst um keine Antwort verlegen, war sprachlos.

Nach dem ausgedehnten Abendessen mit den erlesensten Speisen traten Künstler auf, die Säbeltänze aufführten, Musikgruppen und tief verschleierte Tänzerinnen. Ihre Bewegungen waren graziös und gesetzt, aber nicht so erfrischend ausgelassen wie bei uns in Ägypten. Es fiel mir deswegen nicht schwer, vor allem auf Merit zu achten. Immer wieder trafen sich unsere Blicke und sagten uns, dass wir es eilig hatten, an den Nil zu kommen.

Zuletzt war ich froh, als unsere kleine Karawane auf dem Nachhauseweg war. Ich zog die Vorhänge unserer Sänfte zu. Merit sang leise das Lied von dem kleinen Mädchen. Das spärliche Licht der Fackelträger reichte gerade aus, dass wir unsere Gesichter sehen konnten. Ihr Kopf lag mit geschlossenen Augen auf meiner rechten Schulter, während mein rechter Arm sie umfasste und die Hand ihren Hals streichelte. Mit der linken Hand strich ich ihr die Haare aus der Stirn, dann küsste ich sie. Erst ihre linke Schulter, den Hals, die Wange, den Mund. Zärtlich sanft berührten sich die Lippen, zaghaft, immer wieder. Dann innig und leidenschaftlich, bis wir den Palast ihres Vaters erreicht hatten.

Lange lag ich mit offenen Augen wach im Bett, dachte an zu Hause, an die Tage in Babylon, immer wieder an Merit und summte unser Lied von dem kleinen Mädchen.

Trotz aller Freude über die baldige Heimkehr fiel mir der Abschied vom Euphrat schwer. Wir ließen dort viele lieb gewonnene Menschen zurück. An den folgenden zwei Tagen kamen noch einige von ihnen zum Palast Imreschs, wünschten uns eine glückliche Fahrt und gaben uns Geschenke mit.

Schließlich verabschiedeten wir uns früh am Morgen, lange vor Sonnenaufgang, von Fürstin Scharruwa und von den Hausvorstehern Imreschs. Marbiti, der so lange mein treu sorgender Diener gewesen war, schenkte ich mit Erlaubnis Imreschs einen meiner goldenen Armreifen. Er war darüber außer sich vor Freude, reichte das Geschenk doch aus, um damit in Babylon eine Familie zu gründen und einige Zeit unbesorgt leben zu können. Als Letzte bestieg Merit mit ihrer Hofdame die kleine Sänfte, welche von zwei Eselinnen getragen wurde. Der Abschied von ihrer Mutter fiel ihr gewiss schwer, denn wer wusste schon, wann sich Mutter und Tochter wieder sehen würden, oder ob es gar ein Abschied für immer war.

Unsere Rückreise verging wie im Flug. Imresch kam mit uns, begleitet von sechzig Soldaten König Kurigalzus, welche uns, die Mädchen und deren reiche Mitgift bewachten. Durch einen Boten ließ ich Nimuria unsere Heimkehr melden, und so erwarteten uns an der Grenze zu Unterägypten Soldaten der königlichen Leibgarde, angeführt von unserem Freund Saatum. Nach weiteren zwölf Tagen erreichten wir bei Athribis das Niltal. Jetzt war ich wirklich in Ägypten: Das grüne Ufer, dicht bewachsen mit Sesbaniasträuchern, Nilakazien und Johannisbrotbäumen, erstreckte sich von Nord nach Süd, so weit das Auge reichte. Überall duftete es nach diesen mir so vertrauten Bäumen, nach Dill, der hier viel angebaut wurde, nach Kümmel und den süßen Sykomorenfeigen, in deren Schatten Alte schliefen und Kinder spielten. Ich sah unsere Tempel und ihre Priester. Ich sah unsere Soldaten und unsere Bauern, und sie alle trugen unsere Kleidung: den schlichten weißen Schurz, wie er seit urewigen Zeiten getragen wurde. Dann zog unsere Karawane hinunter ins Tal und dort von Dorf zu Dorf, bis zu den großen Pyramiden, die im Westen, jenseits des Flusses in den Himmel ragten. Ich zeigte Merit die Grabanlagen des mächtigen Chufu, seines Nachfolgers Chafre und die dessen Sohnes Menkaure.

Als wir in die Nähe von Tura kamen, ließ ich es mir nicht nehmen, mit Imresch, Merit und Senu einen Abstecher in die Steinbrüche zu unternehmen, während unser Tross langsam weiterzog. Merit kannte natürlich längst die Geschichte von den Grabräubern und von meiner Errettung durch Amenophis, und umso ergriffener war sie, als sie jetzt vor dem Gedenkstein stand, welchen ich für Ameni aufgestellt hatte.

In Men-nefer war längst alles auf unser Eintreffen vorbereitet, und als wir nach Tura einbogen, schickte Saatum einen letzten Boten voraus, um unsere Ankunft in der Stadt für den späten Nachmittag verbindlich anzukündigen.

Nach zehn Monaten stand ich jetzt wieder vor den Mauern Men-nefers. Ich war wieder zu Hause.

ACHT

Das Herz birgt das Wissen, und was es versteht,
fasst die Zunge in Worte.

Seit der Rückkehr der Karawane Ptahmays aus dem Libanon hatte ich eine Vorstellung davon, welchen Empfang man uns in Men-nefer bereiten würde. Vor den Mauern der Stadt hielten sich unzählige Menschen auf und winkten uns freundlich zu. Es waren die einfachen Menschen, Bauern und Tagelöhner, die in den kleinen Dörfern und am Stadtrand von Mennefer lebten, und die man an ihrer einfachen Kleidung erkannte, an ihren verschwitzten Haaren und den oft unrasierten Gesichtern.

Am großen Nordtor, dessen beide Flügel weit geöffnet standen, bildeten Hunderte Soldaten ein langes Spalier, und zu unserer Begrüßung erklangen die Fanfaren der Leibgarde Pharaos. Innerhalb der Stadt wurde das Gedränge zunehmend dichter, dort versammelten sich die Handwerker und Beamte niederen Standes. Jeder wollte als erster Neuigkeiten erhaschen, wollte sehen, was wir mitgebracht hatten, wie die fremden Frauen heißen und was sie mit sich führten. Große wie Kleine kannten kein Halten, nicht umsonst gilt unser Volk überall als besonders neugierig.

Eine kleine Eskorte der königlichen Leibwache führte den Zug an, dann folgte ich mit Senu in meinem Streitwagen, dahinter fuhren die Wagen Imreschs und Achas. Die Sänften Merits und Teischebas und ihrer beiden Hofdamen schlossen sich an. Hinter ihnen fuhr Saatum, der dem Rest der langen Karawane vorausritt. Den Schluss des Zuges bildete nochmal ein Trupp von sechzig Soldaten, damit sich niemand an die kostbare Ladung heranwagte.

Wir zogen an den vertrauten Tempeln und Palästen vorbei und erreichten schließlich die Prachtstraße, die zum Palast unseres Herrschers führte. Das Haupttor war weit geöffnet. Der Hof vor der großen Halle war über und über voll mit Menschen, nur in der Mitte bildeten Soldaten ein zwölf Ellen breites Spalier. Unsere Pferde, die lange nicht mehr so viele Menschen, so viel Unruhe erlebt hatten, scheuten etwas und waren nur schwer zu halten. Dann erblickte ich das Herrscherpaar. Unter dem königlichen Baldachin, am oberen Ende der langen Treppe, zwischen vier Wedelträgern, saßen Nimuria und Teje. Neben ihnen standen Ramose, der Wesir des Nordens, die Großen königlichen Gemahlinnen Mutemwia und Iaret und meine Eltern.

Ameni trug die Doppelkrone, dazu den Zeremonialbart, Geißel und Krummstab und einen schweren Prunkkragen. Teje trug über einer aufwendigen Perücke die Federkrone und ein langes, kunstvoll geworfenes, ärmelloses Kleid.

Wir Ägypter stiegen als erste von unseren Wagen, stellten uns am Fuß der Treppe nebeneinander auf und warfen uns vor Pharao nieder. Als ich vor Seiner Majestät im Staube lag, hörte ich jemanden die Treppe herunter steigen, wagte jedoch nicht, aufzublicken. Sandkörner knirschten neben mir, und dann vernahm ich zwischen Trommelwirbeln und Fanfarenstößen Amenis Stimme: «Steh auf, Eje, ich möchte dich begrüßen!»

Er fasste meinen linken Arm und hob mich hoch. Endlich stand ich wieder vor ihm: Ich schaute in seine dunklen mandelförmigen Augen, ich sah sein fröhliches Gesicht. Lange blickten wir uns schweigend an. Dann, wie schon so oft, umfasste er meine Schultern und drückte mich fest an sich.

«Es ist gut, dass du wieder hier bist. Wäre Teje nicht gewesen, ich wäre hier vor Einsamkeit umgekommen.»

Ich begriff seine Worte nicht, aber ehe ich über sie nachdenken konnte, lenkte er meine Aufmerksamkeit auf Perisade, Teischeba und Imresch.

«Eje, mein Freund, du hast in deinen Briefen wahrhaft nicht übertrieben. Du und Acha, ihr habt Babylon um das Schönste beraubt, was es je besaß.»

Die beiden Mädchen erröteten ebenso wie Acha und ich. Dann sagte Nimuria zu den Mädchen: «Ich wünsche mir aufrichtig, dass ihr bei uns ein neues Zuhause findet und glücklich werdet. Ich werde immer meine schützende Hand über euch halten, gleich, was geschehen mag.»

Zu Fürst Imresch gewandt, sagte er: «Fürst Imresch, seid auch Ihr mir gegrüßt. Ich heiße Euch in Men-nefer wieder herzlich willkommen.» Imresch verneigte sich tief.

Dann umfasste Ameni meinen rechten Arm und führte mich die Treppe hinauf, vor seinen Thron. Dort begrüßte ich zuerst meine Schwester, dann Mutemwia und Iaret und schließlich meine Eltern. Mutter und Vater waren überglücklich, als sie mich endlich wieder in ihren Armen hielten. Mein Vater brachte erst einmal kein Wort heraus und klopfte mir nur verlegen auf die Schulter.

Leise begann er: «Mutter und ich sind sehr stolz auf dich, denn wir wissen, was es bedeutet, eine so weite Reise zu unternehmen. Aber jetzt musst du wieder hinunter gehen und dich offiziell bei Pharao zurückmelden!»

Ich verneigte mich kurz vor den Majestäten, tat, wie Vater

mir sagte, und blieb auf der vorletzten Stufe der Treppe stehen. Mit lauter Stimme rief ich:

«Herr der Beiden Länder, Horus! Erschienen in Wahrheit, Nimuria, Herr über alle Fremdländer, Sohn des Re, vernimm die Botschaft deines Dieners Eje: Es grüßt dich dein geliebter Bruder Kurigalzu, Herrscher von Sumer und Akkad, König von Babylon. Er wünscht dir Gesundheit. Er wünscht deiner geliebten Frau, der Großen königlichen Gemahlin Teje, Gesundheit. Dir und deinem ganzen Volk wünscht er Wohlergehen, allen deinen Tieren wünscht er Wohlergehen. Dein Bruder Kurigalzu bedankt sich für die reichen Geschenke Seiner Majestät, und siehe, auch dein Bruder Kurigalzu sendet dir Geschenke: kostbare Edelsteine und Hölzer, kunstvoll gewebte Stoffe, Bäume und Sträucher ohne Zahl, Weihrauch und Myrrhe ohne Zahl, und viele andere Kostbarkeiten. So spricht dein Bruder Kurigalzu.»

Sodann trat Ramose, der Wesir, vor die Menge und rief:

«So spricht Seine Majestät, sie lebe, sei heil und gesund: Wir verkennen die Großzügigkeit unseres Bruders Kurigalzu nicht und sind dankbar für die vielen Geschenke. Meine Majestät wird einen Brief an seinen geliebten Bruder schreiben und ihm dies mitteilen.»

Dann fuhr er fort:

«Meine Majestät begrüßt Fürst Imresch und seine geliebte Tochter Perisade, und er begrüßt Teischeba, die Tochter Generals Nachunte, des tapfersten Kriegers meines Bruders. Möge es ihnen wohl ergehen in unserem Land! Und ich heiße Eje, den Einzigen Freund Meiner Majestät, willkommen, und Acha, seinen tapferen Begleiter. Es treten diese beiden vor den Thron Pharaos!»

Acha und ich stiegen die Treppen empor und verneigten uns tief. Dann war es Nimuria selbst, der mit lauter Stimme rief:

«Meine Majestät entsandte euch, Eje und Acha, in ein fernes Land. Ihr habt meine Geschenke und meine Botschaft meinem Bruder Kurigalzu überbracht. Heute seid ihr mit einer Botschaft und mit reichen Geschenken meines Bruders zurückgekehrt. Nichts konnte euch aufhalten, keinen Mann habt ihr verloren. Erhaltet dafür aus den Händen Meiner Majestät dieses Ehrengold!»

Nimuria nahm von einer Goldplatte, die ihm ein Diener entgegenhielt, eine dreireihige Goldkette und legte sie mir um die Schulter. Mit Acha verfuhr er ebenso. Acha und ich verneigten uns erneut, und Ramose gab uns ein unauffälliges Zeichen, uns umzudrehen. Da hob unvorstellbarer Jubel an, und in all den Hochrufen erklangen immer wieder die Namen Nimuria, Eje und Acha. Als sich die Menge wieder beruhigt hatte, bat Ramose Fürst Imresch, Perisade und Teischeba vor den Thron.

«Fürst Imresch», begann jetzt Nimuria. «Mein Freund Eje wünscht Eure Tochter Perisade zur Frau zu nehmen. Findet dieser Wunsch Euer Einverständnis?»

«Ja, Majestät, gewiss. Meine Frau Scharruwa und ich haben Eje in unser Herz geschlossen und wissen, dass beide glücklich sein werden.»

Nimuria lächelte mich an. Dann wendete er sich wieder Imresch zu und sagte: «Acha wünscht Teischeba, die Tochter Eures Generals Nachunte, zur Frau zu nehmen. Bestätigt Ihr, dass dieser Wunsch das Einverständnis des Generals findet?»

«Ja, Majestät, auch dies bestätige ich uneingeschränkt und mit großer Freude.»

Dann rief Nimuria:

«So höre denn, Volk von Ägypten: Perisade, die Tochter unseres Freundes Imresch und seiner Frau Scharruwa, und Eje, der Einzige Freund Meiner Majestät, werden ab heute zusammenleben als Mann und Frau. Teischeba, die Tochter Generals Nachunte, wird ab heute mit Acha zusammenleben als Mann und Frau.»

Wieder hob lauter Jubel an, der nicht enden wollte. Nimuria und Teje beglückwünschten uns kurz, dann sagte Ameni zu Merit und mir: «Genießt noch ein wenig den Jubel, dann zieht euch in eure Gemächer zurück! Wir sehen uns heute abend nach Sonnenuntergang beim großen Fest. Dort werden wir uns ausführlich unterhalten.»

Dann machten sie kehrt und zogen, gefolgt von den Großen des Reiches, zwischen den Wedelträgern in das Innere des Palastes. Endlich hatte ich Gelegenheit, Merit meinen Eltern vorzustellen. Ich fasste mich aber kurz und versprach schließlich beiden, dass wir uns später mehr Zeit für sie nehmen würden. Auch von Merits Vater verabschiedeten wir uns mit knappen Worten, dann zogen wir uns ebenfalls in den Palast zurück.

Ich ging mit Merit durch den Thronsaal, durch das Beratungszimmer und das Aktenarchiv, wir liefen eilig durch Hallen und Gänge, bis wir fast atemlos meine Gemächer erreichten. Erst vor der Türe zu meinem Arbeitszimmer blieb ich stehen und sah Merit mit ernstem Gesicht an.

«Ich hoffe, du wirst nicht enttäuscht sein, wenn du gleich in meine bescheidenen Zimmer kommst. Ich glaube, in Babylon verfügte ich als Gast deines Vaters über mehr Platz als hier.»

«Ist das so wichtig, Eje?», war alles, was Merit dazu sagte. Ich machte kehrt, und mit Herzklopfen öffnete ich die Türe. Mein Arbeitszimmer war unberührt geblieben. Alles fand ich so vor, wie ich es verlassen hatte. Langsam gingen wir beide hindurch, und ich öffnete beide Türflügel zu meinem Aufenthaltsraum.

Fassungslos blieb ich stehen, denn hier war alles vollkommen verändert: Der Raum war nach zwei Seiten hin geöffnet und sah jetzt aus, wie die Eingangshallen der fürstlichen Paläste, versehen mit Säulen, einem Seerosenbecken in der Mitte und verschiedenen Steinfiguren, die überall im Raum verteilt standen. Nur zögernd trat ich ein und entschied mich dann für den rechten Durchgang. Dort gelangte ich in einen herrlichen Wohnraum, gewiss zwanzig Ellen lang und ebenso breit. Er war mit kostbaren Truhen, Tischen, Sesseln und Blumenvasen ausgestattet. Hinter dieser Halle befand sich ein kleineres Zimmer, in welchem die Möbel aus meinem früheren Wohnraum standen. Daran schlossen sich ein kleines Schlafzimmer und ein Bad an.

Merit stand noch immer staunend in der Wohnhalle, sah sich die Möbel an und betastete ehrfurchtsvoll eine lebensgroße Figur Nimurias aus Rosenquarz. Wortlos und kopfschüttelnd lief ich an ihr vorbei und zurück in die Eingangshalle und von dort in den linken Gang. Ich gelangte zuerst in ein Arbeitszimmer mit mir unbekannten Möbelstücken und von dort in ein geräumiges Schlafzimmer, so schön, so liebevoll eingerichtet, wie ich es bisher nur vom Schlafgemach Nimurias selbst kannte. Die östliche Wandseite war von Fenstern durchbrochen, welche in den Garten führten. Die übrigen Wände zierten Bilder von Jagden im Dickicht des Flussufers sowie Szenen von prunkvollen Festlichkeiten mit Tänzerinnen und Musikanten. Die Säulen waren in dunklem Rot gestrichen und endeten an der Decke, die in hellem Ocker gehalten war, als offene, dunkelgrüne Papyrusblüten. Hinter dem Schlafgemach schloss sich ein Raum mit Wäschetruhen und Schränken an sowie ein weiteres Badezimmer, welches unsere Diener durch eine zweite Türe auch von dem dahinter liegenden Gang betreten konnten.

Ich kehrte in die Eingangshalle zurück, breitete hilflos die Arme aus und sah Merit sprachlos an. Hoch erhobenen Hauptes und strahlend schritt sie mir entgegen.

«Ja, durchaus sehr bescheiden, Eje! Mehr als bescheiden», rief sie mir zu, und der spöttische Unterton war nicht zu überhören.

«Glaube mir, Merit, von alldem wusste ich nichts! Ameni ließ während meiner Abwesenheit alles umbauen. Ich erkenne selbst nichts mehr wieder! Das sah hier vorher anders aus, und es gab auch nur drei Zimmer. Komm mit! Ich zeige dir auch die Räume dort hinten.»

Ich nahm Merit bei der Hand und ging mit ihr durch das Arbeitszimmer zurück in das Schlafgemach. Als Merit die beiden Betten sah, begann sie zu lachen.

«Was ist daran so komisch?», fragte ich. Merit zeigte auf eines der Betten, und sagte: «Die sollen halten, so zierlich, wie sie gebaut sind?»

«Merit, das sind gute ägyptische Betten mit Rahmen aus Akazienholz und Beinen mit Löwentatzen aus Elfenbein. Sie wirken freilich zierlicher als eure babylonischen Holzkisten, halten aber doppelt so viel aus!»

In gespielter Erregung kam Merit auf mich zu und schubste mich auf das rechte Bett, welches natürlich nicht zusammenbrach. Als ich lachend dalag, sagte ich zu ihr: «Es wird auch dich noch aushalten, glaube mir!»

«Sollen wir es darauf ankommen lassen», war ihre Antwort, und kaum waren diese Worte ausgesprochen, lag sie schon an meiner Seite.

Ich sah in ihre großen braunen Augen, strich durch ihre dunkle Löwenmähne, streichelte die samtene Haut ihres Oberschenkels und spürte unseren heftiger werdenden Herzschlag, nachdem sich unsere Oberkörper berührt hatten.

«Und wenn jemand hereinkommt?», fragte sie mit leiser, fast ängstlicher Stimme. Ich lächelte sie an, drückte meinen Zeigefinger gegen ihre Lippen und flüsterte ihr zu: «Unser Herrscher sagte doch, wir sollten uns zurückziehen. Glaube mir, er hat in eigener Person dafür gesorgt, dass wir hier ungestört sind! Im Übrigen tun wir nichts Verbotenes mehr. Wir sind verheiratet!»

Vorsichtig berührten wir einander, unsere Finger ertasteten ganz neue, aufregende Bereiche, suchten, streichelten, um gleich wieder weiter zu suchen und zu streicheln. Irgendwann gerieten wir außer uns, und eng umschlungen lagen wir schließlich da, küssten uns unentwegt, und ich kratzte vorsichtig und zärtlich mit meinen Fingernägeln über ihren Rücken, sodass Merit zufrieden schnurrte wie eine junge Katze.

Am frühen Abend hörten wir von draußen die Stimmen Cheruefs und Senus, die uns auf diese Art zurückhaltend daran erinnerten, dass das Fest bevorstand. Nachdem Rena nicht mehr in meinen Diensten stand und weil sich mein Hausstand jetzt vergrößert hatte, wurden uns neben Nefta drei weitere Dienerinnen zugewiesen. Etana, die Hofdame Merits, erhielt eigene Räume in unserer unmittelbaren Nähe, um jederzeit verfügbar zu sein. Merit trug an diesem Abend zum ersten Mal ägyptische Kleider. Sie waren ein Geschenk Tejes und wurden schon Wochen vor unserer Ankunft nach Tejes Maßen angefertigt. Sie passten Merit, ohne dass auch nur eine Naht aufgetrennt und neu genäht werden musste. Merit war darin eine einzigartige Schönheit.

Über dem weißen, reich gefältelten Kleid lag ein nahezu durchsichtiger Schleier, der, wie das Kleid selbst, bis zu den Knöcheln reichte. Neben ihren Armreifen trug sie den Halskragen mit den Falkenköpfen. In ihr Haar flocht Etana unzählige frische Blüten.

Nach diesem Festabend ließ mir Amenophis einige Tage Zeit, um Merit die neue Umgebung zu zeigen und sie mit allen Persönlichkeiten, die ich für wichtig hielt, bekannt zu machen.

Täglich trafen wir uns mit Acha und Iset – so hieß Teischeba jetzt – und unternahmen gemeinsame Ausfahrten. Der erste Besuch galt meinen Eltern. Es war geradezu rührend, wie sich Vater um Merit bemühte, und einige Male hatte ich den Eindruck, dass es Mutter etwas zu viel wurde.

Unsere Abende verbrachten wir in großer Runde entweder im Palast oder bei Acha und Iset. Ich war beruhigt, ja glücklich, dass sich meine Schwester mit Merit und Iset gut verstand. Nachdem ich wieder begonnen hatte, meiner Arbeit nachzugehen, kamen die drei jungen Frauen nahezu jeden Tag zusammen und wurden unzertrennliche Freundinnen. Teje wollte alles über das Land am Euphrat und über Babylon wissen und fand in Merit die denkbar beste Lehrerin.

Ich selbst saß mit Ameni oft stundenlang in einem der Schattenhäuser und berichtete ihm ausführlich von meinen Begegnungen und Erlebnissen in Babylon. Ich spürte, dass es Nimuria nur vordergründig um gute Beziehungen und darum ging, mitten im Gebiet der Asiaten einen starken Verbündeten zu haben. Ich glaube, es war ihm wichtiger, von möglichst vielen Königen und Fürsten unbestritten als der mächtigste Herrscher der Welt anerkannt zu werden. Deswegen gefiel ihm der Gedanke, deren Töchter zu seinen Nebenfrauen zu machen, sehr gut.

«Weißt du, Eje», sagte er in ruhigem, fast teilnahmslosem Ton, «so kann ich sie alle am festesten an mich binden. Keiner wird es wagen, seine Hand gegen mich zu erheben, wenn ihre Töchter einmal in meinem Frauenpalast leben.»

Plötzlich erhellten sich seine Gesichtszüge, und mit erregter Stimme fuhr er fort: «Übrigens habe ich dem Frauenpalast hier in Men-nefer erst vor wenigen Wochen meinen ersten Besuch abgestattet.»

Ich sah ihn mit großen Augen an. Amenophis lächelte wie

einer, der unter zweifelhaften Umständen im Senet gewonnen hatte, und wartete darauf, dass ich neugierig nachhakte.

«Willst du mir nicht davon erzählen?», kam ich der unausgesprochenen Aufforderung nach.

«In einer der üblichen Dienstbesprechungen kamen auch die Ausgaben und die Einnahmen der Frauenpaläste in Fajum und in Men-nefer zur Sprache. Ich tat etwas überrascht und nahm dies zum Anlass, mir selbst über die Vorgänge dort ein Bild zu machen. Ich erklärte, dass ich zwei Tage später den Frauenpalast besuchen würde und dass man mein Erscheinen dem Vorsteher des Palastes mitteilen sollte.»

«Und Teje? Und mein Vater?», fragte ich.

«Teje war in der Tat etwas mürrisch. Dein Vater verzog keine Miene. Er kam aber anschließend auf mich zu und meinte, es sei ja wohl unumgänglich, dass Pharao den Frauenpalast besucht. Er wollte wissen, ob er selbst deswegen mit Teje reden solle, oder ob ich es täte. Ich sagte, ich wäre ihm sehr dankbar, wenn er dies erst einmal übernähme. Ich wollte hierüber mit Teje erst später sprechen.»

Wir tranken einen kräftigen Schluck Granatapfelsaft und aßen getrocknete Sykomorenfeigen. In einiger Entfernung beobachteten wir nebenbei drei junge Ägypter, die sich von einem älteren Gärtner die künstliche Befruchtung von Dattelpalmen zeigen ließen. Datteln, die alleine vom Wind befruchtet werden, sind klein, hart und ungenießbar. Deswegen ließ der Alte von seinen Gehilfen reife männliche Blütenstände in den weiblichen Bäumen aufhängen. Der Alte schimpfte immer wieder vor sich hin und drohte seinen Schülern Prügel an, wenn sie nicht so vorgingen, wie er es wollte. Hätte er gewusst, wer gerade einen Steinwurf weit von ihm entfernt saß, er hätte nicht einen einzigen Laut von sich gegeben.

«Es war ganz interessant im Frauenpalast», nahm Ameni unser Gespräch wieder auf.

«Wusstest du, dass ein großer Teil der Leinenbinden, die zum Einbalsamieren der Toten benötigt werden, aus den Frauenpalästen kommt? Hinter der Palastanlage liegen große Hanffelder, und Hunderte Arbeiter waren damit beschäftigt, den Hanf erst auszureißen, dann zu wässern und schließlich zu schlagen und über Nagelbretter zu ziehen. Aus den ganz feinen Fasern spinnen die Frauen Fäden und weben daraus Tuche für Kleider und Totenbinden, aus den gröberen Fäden flechten sie Seile, Stuhl- oder Bettbespannungen.»

«Das wird aber kaum deine wichtigste Entdeckung gewesen sein», unterbrach ich ihn. Ameni biss in eine Feige und zog die Augenbrauen weit nach oben. Dann neigte er seinen Kopf weiter zu mir und sagte hinter seiner vorgehaltenen rechten Hand, in welcher er die andere Hälfte der Feige hielt:

«Ich war immer der Meinung gewesen, die Frauen, welche sich dort seit der Regierungszeit meines Großvaters und meines Vaters aufhielten, müssten alle alt und unansehnlich sein. Aber nein, Eje! Es sind einige derart atemberaubende Schönheiten unter ihnen, dass Isis und Nephthys vor Neid erblassen würden! Eine von ihnen, sie ist die Tochter irgendeines syrischen Fürsten, habe ich seither schon zweimal besucht.» Während sich unsere Blicke kurz trafen, verschwand die andere Hälfte der Feige in seinem Mund. Ich schluckte ebenfalls.

«Und Teje?», wiederholte ich die bereits gestellte Frage. Amenophis wurde etwas verlegen.

«Sie zog sich für einige Tage in ihre eigenen Gemächer zurück, dein Vater hatte in der Zwischenzeit mit ihr gesprochen. Wenn auch widerwillig, scheint sie dieses Vorrecht Pharaos jetzt doch anzuerkennen. Letztlich weiß sie auch, dass sie meine einzige Liebe ist. Das andere ist reine Ablenkung, nur ein körperliches Vergnügen – nicht mehr als Bogenschießen!»

Er wurde so erzogen, und er hatte wohl auch Recht. Zwei Stunden im Frauenpalast waren für ihn nichts anderes als Bogenschießen: Kräfte messen, Männlichkeit unter Beweis stellen und dabei richtig Vergnügen haben. Nicht umsonst lautete einer seiner Titel «Starker Stier».

Ich hatte deswegen auch gar nicht die Absicht, seine Bemerkungen zu kommentieren, sondern lächelte ihn nur bewundernd an. Es war sogar ehrliche Bewunderung.

Die drückende Hitze im Hafen war unerträglich.

Es war die Zeit vor der Nilschwemme, und der Fluss war nur noch ein Rinnsal, wo er sonst nahezu zweitausend Ellen breit ist. Jedermann lebte von den letzten Vorräten, die er sorgsam aus den Winkeln seiner Küche zusammensuchte. Viele der Ärmeren waren ganz auf die Hilfe Pharaos angewiesen. Es war der strengen Lagerverwaltung Mahus zu verdanken, dass dennoch alle versorgt werden konnten und es im Gau von Men-nefer noch nicht zu Übergriffen gekommen war.

Ein halbes Jahr war seit meiner Rückkehr vom Euphrat vergangen. Alle arbeiteten an den Vorbereitungen für den großen Umzug des Hofes nach Waset.

Gemeinsam mit Wenamun, dem Vorsteher der Arbeiten im Steinbruch von Tura, ging ich die unendlich langen Listen durch, in welcher jeder einzelne Sandsteinblock aufgeführt war. Bis vor wenigen Wochen, als der Fluss noch genug Wasser führte, brachten die Lastkähne ihre wertvolle Fracht Tag für Tag nach Waset. Amenophis, Sohn des Hapu, forderte mehr, immer mehr. Jeder seiner Wünsche erhielt das königliche Siegel und verließ anderntags als ein Befehl Pharaos den Palast.

So standen Wenamun und ich mit unseren Schreibern im gleißenden Licht der Nachmittagssonne und prüften, wie viele Blöcke im Hafen noch eingelagert werden konnten, bis die Schiffstransporte wieder einsetzten. Wir alle wussten, dass das Erscheinen des Sothissternes, der die alljährliche Nilschwemme ankündigt, nicht mehr fern sein konnte. Aber die Meldungen aus Oberägypten über das Ansteigen des Wassers ließen auf sich warten.

Acha, Cheruef und ich mussten verschiedene Male in den Werkstätten der großen Kaserne im Norden Men-nefers erscheinen, um dort unser geheimes Wissen über die Streitwagen der Babylonier und andere dort gemachten Beobachtungen preiszugeben. Selbst Merit und Iset durften davon nichts erfahren. Obwohl ich nun schon seit einigen Jahren zu der engsten Umgebung Pharaos zählte, waren dies meine ersten Besuche in den Werkstätten der Division des Ptah. Sie waren vom eigentlichen Kasernengelände abgetrennt und ebenfalls von hohen Mauern umgeben. Ihre Eingänge waren schwer bewacht, und jeder, der Einlass begehrte, wurde strengstens kontrolliert. Wer dem wachhabenden Offizier nicht von Person bekannt war, benötigte einen Passierschein, welcher entweder von Ptahmay oder von Pharao ausgestellt sein musste. Das Gelände selbst war in vier unterschiedliche Abteilungen untergliedert, in jeder Ecke des gewaltigen Vierecks lag ein anderer, in sich geschlossener Werkstattbereich. Im Nordwesten befanden sich die Werkstätten, in welchen nur Zaumzeug und Sattel gefertigt wurden, im Nordosten die der Wagenbauer. Im Südosten wurden Waffen und Schilde angefertigt, im Südwesten die Kleidung und die sonstige Schutzausrüstung der Soldaten. In der Mitte der Anlage befand sich eine große Schmiedewerkstatt, welche von allen anderen Abteilungen gleichermaßen genutzt wurde.

Der Wagenbaumeister fertigte nach unseren ersten Angaben einige Zeichnungen an, welche von uns bei einem zweiten Besuch ausgebessert wurden. Später bekamen wir ein erstes, nach unseren Angaben gefertigtes Modell zu sehen. Einige Kleinigkeiten waren daran noch zu ändern, und zwei Wochen später sahen wir den nahezu vollkommenen Nachbau eines babylonischen Streitwagens. Die eigentliche Aufgabe des Wagenmeisters bestand aber jetzt darin, die Vorzüge der ägyptischen Streitwagen mit denen des babylonischen zu verbinden. Wenige Wochen später wurde uns in Anwesenheit Nimurias und Ptahmays das Ergebnis vorgeführt. Wie es nicht anders zu erwarten war, fuhr Amenophis als Erster auf dem Übungsgelände mit dem neuen Streitwagen, nur begleitet von dessen Erbauer, dem Wagenmeister selbst. Von einem Beobachtungsturm aus konnten wir anderen das rasende Gespann verfolgen. Ameni trug nur ein Kopftuch und den königlichen Schurz, dazu Lederhandschuhe. Um einen besseren Stand zu haben, verzichtete er auf Sandalen. Von weitem sahen wir das angespannte Gesicht Pharaos, der dem Gespann und vor allem dem Wagenmeister, der sich krampfhaft festhielt, das Äußerste abverlangte. Zuletzt war Amenophis sehr zufrieden und äußerte nur einige wenige Verbesserungswünsche. Er verstand in der Tat sehr viel von Streitwagen, und sicher konnte sich Nimuria jetzt zu Recht rühmen, den besten Streitwagen zu besitzen, der je gebaut wurde. Dem Wagenmeister erteilte er noch am gleichen Tag den Auftrag, künftig nur noch Wagen nach diesem Vorbild zu bauen.

Nimuria erhielt von Ptahmose, dem Wesir Oberägyptens, regelmäßig Nachrichten über die in Waset eingegangenen Tribute aus Nubien: unermessliche Mengen an Eibenholz, Elfenbein und Gold. In Men-nefer wachte Merire als Schatzmeister Pharaos genauer denn je über den königlichen Reichtum. Er war sehr dankbar dafür, dass Nimuria zwischenzeitlich Acha zu seinem Stellvertreter bestellt hatte, da ihm die alleinige Verantwortung über den größten Reichtum, den größten Schatz der Erde, über den Kopf zu wachsen und sogar Angst zu machen begann. Acha wusste, wem er dieses Amt verdankte, denn nur allzu gut hatte er noch meine forschen Worte vor General Nachunte in Erinnerung.

Im Palast herrschte eine fröhliche Aufgeregtheit, denn Amenophis hatte offiziell bekannt gegeben, dass Teje ein Kind erwartete. Jedermann war jetzt ihr gegenüber besonders freundlich und zuvorkommend. Mutter wich nicht mehr von ihrer Seite. So ging im ganzen Volk die Hoffnung auf die bevorstehende Geburt eines Thronerben einher mit der Freude auf das bald einsetzende Ansteigen des Flusses. Die Sternkundigen, die nach dem Sothisstern Ausschau hielten, wetteiferten mit den Priestern, die vor der Geburtsgöttin Mesechenet für eine gesunde Geburt beteten, um die Gunst Pharaos.

Endlich, als die ersten Meldungen aus dem Süden auch in Men-nefer das Ansteigen des Flusses ankündigten, als der Sothisstern über Unterägypten stand, gebar Teje ihr erstes Kind, einen Sohn. Wie es der Brauch war, erhielt er von seiner Mutter den Namen seines Großvaters Thutmosis. Im Palast, in der Stadt, in ganz Unterägypten brach großer Jubel aus, alle Menschen freuten sich gleichermaßen mit ihrem Herrscher über die Geburt des Thronfolgers. Amenophis selbst war so glücklich, dass er drei Festtage anordnete, und das Volk durfte auf seine Kosten Tag und Nacht feiern.

Jeder Ägypter wusste, dass das Erscheinen des Sothissternes und das Einsetzen der Nilschwemme so kurz vor der Geburt des Prinzen ein gutes Zeichen war. Umso erfreuter war die engere Umgebung Pharaos, vor allem die Priester. Nach Ameni durften zuerst die Große königliche Gemahlin Mutemwia und meine Mutter das Kind sehen. Danach Vater, Merit und ich. Thutmosis war ein auffällig großer Säugling. Er maß genau eine Elle und hatte wie sein Vater fast schwarzes Haar. Von seiner Mutter hatte er die scharf umrissenen Augen, die wenige Tage nach der Geburt auffällig fröhlich in die Welt blickten.

Ameni war ein stolzer Vater.

«Amun ist zufrieden – wie mein Name schon sagt», waren seine ersten Worte, noch ehe ich meiner Schwester einen Kuss geben und ihr alles Gute wünschen konnte.

Der Rückweg in unsere Gemächer führte Merit und mich durch die Palastgärten. Wir gingen an uralten Sykomoren, Dumpalmen und Ölsträuchern vorbei, an Beeten mit unzähligen Lilien, an blühenden Akazien, die den ganzen Garten mit ihrem süßlich-milden Duft überzogen. Etwas abseits lagen Nimurias Schwimmbecken und das Schattenhaus, in welchem ich schon so Vieles erlebt hatte. Plötzlich blieb Merit stehen, wandte sich mir zu und ergriff meine beiden Hände. Tränen standen in ihren Augen.

«Was ist mit dir, Merit?»

Mit dem Daumen wischte ich unter ihrem linken Auge eine kleine Träne beiseite. Merit schluckte, zog einmal die Nase kurz hoch und sagte dann ganz leise: «Ob wir auch einmal ein Kind bekommen werden?»

Dann warf sie sich an meinen Hals und weinte entsetzlich. Ich brauchte lange, um sie zu beruhigen. Immer wieder streichelte ich in großen kreisenden Bewegungen über ihren Rücken und drückte sie fest an mich.

«Aber selbstverständlich werden wir Kinder haben. Warum denn nicht? Alle Ägypter haben Kinder, und wenn ich das richtig sehe, dann seid ihr Babylonier auch nicht gerade vom Aussterben bedroht.»

Mit großen Augen blickte sie zu mir auf.

«Merit», sagte ich. «Seit wie vielen Monaten sind wir jetzt Mann und Frau? Sechs Monate? Sieben Monate?»

«Sieben Monate und zwölf Tage genau», schluchzte sie.

«Ach ja», lachte ich.

«Und du weinst, weil du noch kein Kind erwartest! Es ist gut. Wir werden beizeiten mehr Kinder haben als genug ist.

Wenn wir noch länger hier herumsitzen und traurig sind, natürlich nicht. So viel ich weiß, bekommt man Kinder anders!»

Sie zwickte mich in eine Falte meines Bauches, wischte sich mit beiden Handrücken die Tränen aus dem Gesicht und sagte mit zusammengekniffenen Augen: «Dann lass uns schnell von hier verschwinden, Einziger Freund Seiner Majestät!»

Auf dem Weg zum Palast neckten wir uns ständig und kicherten wie kleine Mädchen, bis wir unsere Gemächer erreicht hatten. Mit einer einzigen Handbewegung scheuchte ich alle hinaus. Es war früher Nachmittag, und die Hitze lag schwer über dem Palast und seinem Garten. Ich liebte diese Hitze.

Nur ganz allmählich, ja unauffällig stieg der Pegel des Flusses an, Elle für Elle. Niemand wusste zu diesem Zeitpunkt so recht, welchen endgültigen Wasserstand der Fluss erreichen würde. Aus dem Süden kamen die ersten Meldungen eines besonders hohen Pegels. Ganze Dörfer und einzelne Gehöfte wurden von den Wassermassen eingeschlossen. Die Menschen waren für Tage, oft für Wochen, vom übrigen Land abgeschnitten und fürchteten Angriffe von Krokodilen. Von einer alles vernichtenden Flut blieb unser Land jedoch verschont. Als sich der Pegel auf einen für diese Jahreszeit üblichen Stand gesenkt hatte, kehrten die Lastkähne aus Waset zurück. Diesmal wurden aber nicht nur sie beladen, sondern die gesamte königliche Flotte rüstete sich zur Abreise in den Süden.

Im Schattenhaus war bereits alles vorbereitet, als Ameni und Teje, begleitet von nur vier Wedelträgern, kurz nach Acha und Iset eintrafen. Merit und ich erhoben uns ebenfalls und verneigten uns zur Begrüßung des Königspaares. Auf den Tischen standen die erlesensten Speisen und bester Wein aus dem Fajum. Etwas abseits spielte unauffällig eine Gruppe von fünf Musikanten.

«Man macht uns den Abschied von Men-nefer nicht leicht», sagte Ameni in die Runde, während sich die Frauen zur Begrüßung umarmten.

«Der Glanz Eurer Pracht scheint allmählich auf diese sonst so farblose Stadt abzufärben, Majestät», setzte Acha nach.

«Und wenn du den Rest deiner Regierungszeit hier verbringen würdest, Nimuria, Men-nefer würde nie werden wie Waset», fügte ich noch an.

«Ihr seid alle ungerecht», sagte Teje. «Haben wir früher nicht auch gerne und gut hier gelebt? Wenn ich euch so ansehe, macht ihr alle einen recht zufriedenen Eindruck. Was versprecht ihr euch denn von Waset? Glaubt ihr, dass wir dort Tag für Tag ein Fest nach dem anderen feiern? Auch dort wird es einen Alltag mit unangenehmen und lästigen Arbeiten geben.»

«Du magst Recht haben, Teje. Doch die Menschen in Waset sind fröhlicher, die Stadt und ihre Tempel sind prächtiger, und der Palast, den ich errichten werde, wird alles andere verblassen lassen. Jeden Morgen werden wir nach Osten in die aufgehende Sonne und auf die schönste Stadt des Landes schauen, und wir werden von diesem Anblick nicht genug bekommen.»

Während des Essens erteilte Amenophis die letzten uns betreffenden Anweisungen für die bevorstehende Abfahrt und die Reise.

«Denkt daran, dass ihr alles mit euch nehmt, was euch lieb ist. Wer weiß, wann ihr Men-nefer wiedersehen werdet», mahnte uns Ameni.

Nimuria erzählte Merit und Iset an diesem Abend, wie wir uns kennen gelernt hatten und wie ich wenige Schritte vom Schattenhaus entfernt zum ersten Mal seinem Vater, Osiris Thutmosis Men-chepru-Re, begegnet war. Amenophis bewies dabei ein erstaunliches Gedächtnis und gab kleine Begebenheiten zum Besten, die mir längst entfallen waren. Dann blickte er traurig nach Osten und hielt in seinen Erzählungen inne.

«Ist Euch etwas, Majestät?», unterbrach Iset die Stille, und es schien, als hätte sie Nimuria aus einem Traum gerissen, welcher ihn weit, weit entfernt hatte.

«Nein, Iset», antwortete Pharao.

«Mir fiel dort nur ein Ölstrauch auf, welcher vor drei Jahren noch nicht dort stand.»

Teje und ich sahen schweigend zu Boden, denn nur wir beide wussten, dass dort einst die Mauern des kleinen Amuntempels die Geschwister Nimurias unter sich begraben hatten.

Das Beladen der Schiffe dauerte bereits den ganzen Tag. Soldaten aus der Division des Ptah bildeten vom Palast bis hinunter zum Hafen ein dichtes Spalier, sodass kein Mensch den königlichen Schätzen, und all den anderen Gegenständen, die zum Hafen gebracht wurden, auch nur eine Elle zu nahe kommen konnte. Kostbare, in Tücher gehüllte Steinfiguren – es waren Abbildungen verschiedener Gottheiten und Pharaos selbst – waren auf Schlitten gebunden und wurden in Begleitung unaufhörlich betender Priester von mächtigen Stieren gezogen. Dazwischen trugen Sklaven, die von Offizieren der Leibgarde bewacht wurden, an Stangen Holztruhen mit Gold und Edelsteinen, Elefantenzähne und große Stücke von Ebenholz. In Körben schleppten sie kleine Bäume und Sträucher, die Ptahmay aus dem Libanon und ich aus Babylon mitgebracht hatten. Man brachte Kisten ohne Zahl mit Kleidern und unbearbeiteten Stoffen.

Erst am späten Nachmittag lief die königliche Barke in den Hafen ein. Die Menschenmenge verstummte aus Erfurcht vor dem herrlichsten aller Schiffe. Jeder betrachtete still für sich dieses Wunderwerk unserer Schiffsbaukunst. Auch ich sah die

Barke zum ersten Mal. Sie war deutlich länger als alle bisher gebauten Königsschiffe und maß in ihrer ganzen Länge neunzig Ellen. Der Rumpf des Schiffes war vollständig mit Blattgold überzogen. Der Bugsteven endete in einer großen, nach innen zeigenden Papyrusblüte, der Hecksteven in einer Lotusblüte. In der Mitte des Schiffes ragte ein zweistöckiges Bootshaus empor, welches im Blau des Lapislazuli, der Lieblingsfarbe Nimurias, gestrichen war. Am Bug und am Heck gab es zwei überdachte Sitzplätze.

Als die königliche Barke, die den Namen trug «Erschienen in Wahrheit», fest vertäut war, brachten Soldaten der Leibgarde die persönlichen Gegenstände Pharaos auf das Schiff. Der Schiffsbaumeister Meru, der gleichzeitig Kommandant der königlichen Barke war, führte selbst die Oberaufsicht.

Am darauf folgenden Morgen, kurz nach Sonnenaufgang, zog der gesamte Hofstaat in einer prächtigen Prozession vom Palast zum Großen Tempel des Ptah, unseres Schöpfer- und Fruchtbarkeitsgottes, dessen Wirkungskreis von der Zeugungskraft, den Leben spendenden Eigenschaften des Nilwassers und der Erde bis zur planenden Schöpfung und Ordnung der Welt reicht.

Um allen Bewohnern der Stadt die Macht Pharaos zu zeigen, wurden nur er und Teje mit Prinz Thutmosis in der königlichen Sänfte getragen, alle Großen des Landes gingen zu Fuß hinter ihrem Herrscher. Nimuria trug neben Krummstab und Geißel den Chepresch, den blauen Kriegshelm. Es war ein Zeichen der Ehrerbietung gegenüber Ptah, war der Chepresch doch der blauen Kappe des Stadtgottes von Men-nefer nachempfunden. Teje trug die Geierhaube, und auch ihr Kleid war über und über mit kleinen Federn des als heilig verehrten Vogels bestickt. Sie tat dies, um Amenophis zu gefallen, denn er verehrte Nechbet, die Geiergöttin sehr, und sie blieb während seiner ganzen Regierungszeit für ihn eine der wichtigsten Gottheiten. In Necheb, weit im Süden, gegenüber von Her-nefer gelegen, errichtete Amenophis einst für Nechbet überdies seinen ersten Tempelbau.

Der Zug kam wegen der großen Menschenmenge nur langsam voran. Erst nachdem wir das Tor im Süden der Tempelanlage durchquert hatten, wurde es etwas ruhiger, da dem Volk der Zutritt verwehrt war. Zur Linken lag der kleine Tempel, in welchem dem Apisstier, der als eine Erscheinungsform des Ptah die Fruchtbarkeit des Landes garantierte, geopfert wurde. Gleich daneben befand sich dessen prunkvolles Gehege. Nimuria und Teje stiegen von ihrer Sänfte und begaben sich an die Begrenzungsmauer, um dem heiligen Stier Opfer zu bringen. Der stärkste aller ägyptischen Stiere stand mit gesenktem Haupt regungslos im Sand und zeigte uns das weiße Dreieck auf seiner Stirn, welches ihn als heiliges Tier auszeichnete. Erst als das Herrscherpaar Früchte in die Grube hinabwarf, scharrte er trotzig mit seinen Vorderhufen, und der aufgewirbelte Sand fiel auf seinen glänzenden Rücken nieder. Ich war mir nicht sicher, ob Amenophis beim Anblick des Tieres nur fromme Gedanken durch den Kopf gingen.

Vorbei an einem zwanzig Ellen langen Sphinx aus Alabaster zog die Prozession weiter nordwärts zum Haupttempel. Wie überall durfte das Innerste des Tempels nur von Pharao und dem Obersten Priester des Ptah betreten werden, damit sie dort die heiligen und geheimen Riten vollzogen.

Wir anderen brachten unter freiem Himmel im Vorhof Opfer dar, indem wir auf verschiedenen Altären Weihrauch verbrannten und Geflügel sowie Früchte und Gemüse niederlegten. Diese Speisen dienten den Priestern und ihren Gehilfen als Nahrung.

Nach dem Besuch des Tempels und der Verabschiedung Pharaos durch die Priester setzte sich der Zug erneut in Bewegung. Der Weg führte jetzt auf einer breiten Palmenallee in westliche Richtung zum Hafen. Es gab nicht einmal mehr Platz zum Stehen, so viele Menschen hielten sich dort auf. Und wie auch ich es einst getan hatte, als Osiris Thutmosis als kranker Mann zurückgekehrt war, so standen jetzt viele Menschen auf den Dächern der Häuser, um das Herrscherpaar und den kleinen Thronfolger zu sehen. Auf dem Platz vor der königlichen Barke verabschiedeten sich der Wesir Ramose, Merire und die übrigen Großen, die in Men-nefer zurückblieben, von ihrem Herrscher. Dann bestiegen Nimuria und Teje die königliche Barke und nahmen ihre Plätze unter dem Baldachin ein. Es erklangen Fanfarenstöße, und alles Volk warf sich zum Zeichen der Untergebenheit zu Boden. Ein zweites Signal erlaubte den Menschen, sich wieder zu erheben. Auf dem ganzen Platz herrschte völlige Stille, und alle blickten auf Pharao. Nimuria erhob sich von seinem Thron und breitete die Arme, die Krummstab und Geißel hielten, ein wenig aus. Die Menschen waren sich nun des Segens und des Schutzes ihres Guten Gottes gewiss und dankten es mit langem und lautem Jubel. Wie auf ein Kommando zogen die Matrosen auf allen Schiffen gleichzeitig die Segel hoch und gingen die Ruder zu Wasser. Schiff für Schiff verließ die gesamte Flotte den Hafen von Men-nefer, in der Mitte die königliche Barke mit ihrem strahlend weißen Segel, auf welchem in kräftigem Gelb eine Sonnenscheibe von zwölf Ellen Durchmesser prangte.

Amenophis und Teje schritten im Schutz der Wedelträger zum Bug des Schiffes, und nur Prinz Thutmosis blieb mit seiner Amme, die ihn liebevoll in ihren Armen trug, unter dem Baldachin zurück.

Merit und ich fuhren auf einem eigenen Schiff von etwa fünfzig Ellen Länge. Das einstöckige Deckshaus hatte zwei Türen, deren hintere zu einer kleinen Schlafkammer für unsere Diener führte. Die zweite, an der rechten Längsseite, bildete den Eingang zu unserem Schlafraum. Die Außenwände des Deckshauses waren mit roten, weißen und blauen Rechtecken bemalt, aus der Mitte des Daches ragte der Mast. Am Heck war das mächtige Steuerruder befestigt.

Außer dem Steuermann, welcher gleichzeitig der Kommandant unseres Schiffes war, gab es noch zwölf Mann Besatzung.

Die Fahrt nach Süden in mein geliebtes Waset war für Merit und mich eine herrliche Zeit. Von morgens bis abends saßen wir am Bug des Schiffes unter einem kleinen Baldachin und erfreuten uns an der Landschaft, die an uns vorüberzog. Einmal waren es karge, scheinbar leblose Wüstenstriche oder zerfurchte Bergmassive, dann wieder üppige Felder und Palmenhaine und dazwischen kleine Dörfer und Städte. Ich zeigte Merit Wasservögel, die sie noch nicht kannte, Herden mit gewaltigen Flusspferden und Krokodile in jeder Größer. Einmal beobachteten wir am Ufer im Schatten der Bäume ein stattliches Löwenrudel, das neben den Resten eines Wasserbüffels seine Mittagsruhe hielt.

Abend für Abend saßen wir schweigend nebeneinander, wenn die Farbe des Himmels von einem klaren Blau in tiefes Gold wechselte, und zuletzt die rotglühende Sonnenscheibe hinter Palmen, einer Hügelkette, oder einem Dorf unterging, oder scheinbar im Sand der Wüste versank.

Lagen wir nachts in unserer Kabine, und hörten wir jedes Wort, das draußen gesprochen wurde, jeden Schritt und jeden Ruderschlag, dann waren wir sehr leise. Wir vermieden es, zu sprechen, und wenn es wirklich etwas zu sagen gab, so hauchten wir es uns wie Diebe, die unentdeckt bleiben wollen, ins Ohr.

Die Reise nach Waset dauerte diesmal länger als sonst, da Amenophis in den Städten entlang des Flusses zwei, in Abedu sogar sieben Tage verweilte. Dort hielt er großen Einzug in den Tempel des Osiris und brachte Opfer dar.

In Abedu lagen Gräber aus längst vergangener Zeit, die von

den ersten Herrschern unseres Landes und von deren hohen Beamten errichtet worden waren. Die Priester erzählten uns von Grabstätten der Pharaonen Aha, Dewen, Peribsen und Chasechemui. Die genaue Lage ihrer Gräber kannte man nicht mehr, denn sie waren vom Sand der nahen Wüste verweht. Die Priester unternahmen keine Anstrengungen, sie zu finden, denn nur so konnten sie vor Grabräubern geschützt werden. Die Priester wussten nur, dass bereits der große Pharao Djoser nicht mehr hier begraben war, ließ er doch vom Weisesten aller Weisen, seinem Wesir Imhotep, die erste Pyramide in Saqqara errichten, mit sechs mächtigen Stufen und einhundertzwanzig Ellen hoch.

Viele reiche Ägypter legten hier eine zweite Grabstätte an, um an dem Auferstehungsgeheimnis des Osiris teilzunehmen, selbst wenn ihre Leiber nicht hier bestattet waren. Für Merit war das alles neu, und so erzählte ich ihr, als sich unser Schiff der Stadt näherte, die Geschichte von Isis und Osiris.

«Osiris war der Sohn des Sonnengottes und regierte vor langer Zeit als großer und ein von allen geliebter König. Er schenkte unserem Volk all das Wissen und die Weisheit, um Häuser und Tempel zu errichten, Ackerbau zu betreiben und gab ihnen die Gesetze. Osiris hatte zwei Schwestern, Isis und Nephthys, und einen Bruder, Seth. Jedes seiner Geschwister stammte von einem anderen Vater ab. Seth aber war kein Gerechter. Er verfolgte seinen Bruder Osiris und ermordete ihn durch eine List. Er ließ genau nach den Körpermaßen seines Bruders einen kostbaren Sarg anfertigen. Bei einem Gastmahl, zu welchem er auch seinen Bruder eingeladen hatte, versprach Seth demjenigen den Sarg zum Geschenk zu machen, welcher am besten hineinpasste. Osiris legte sich zur Probe hinein, und sofort verschlossen ihn Seth und seine ruchlosen Freunde und warfen ihn in den Fluss. Der Sarg trieb nach Norden bis zum Meer und gelangte von dort bis an die asiatische Küste nach Byblos. An einem jungen Baum blieb der Sarg hängen. Der Baum wuchs ungewöhnlich rasch in die Höhe, denn der Sarg barg schließlich den Gott des Wachstums. Isis erfuhr davon, und es gelang ihr, den Sarg zurückzuholen. Sie klagte über den Tod ihres ermordeten Brudergatten, und mit Hilfe des schakalköpfigen Anubis wurde Osiris für die Bestattung vorbereitet. Isis sprach so mächtige Zaubersprüche über den Leichnam, sodass Osiris kurz ins Leben zurückkehrte, und Isis konnte ihren Sohn Horus empfangen, ehe Osiris endgültig in das Reich der Toten zurückkehrte. Horus wuchs als Halbwaise in den Sümpfen des nördlichen Flusses auf, ehe er als Erwachsener für die Rechte seines Vaters eintreten konnte. Osiris aber konnte nicht mehr zu irdischem Leben erweckt werden, und so erhielt er die Herrschaft über die Unterwelt mit all ihren Verstorbenen. Horus trat dagegen das irdische Erbe seines Vaters an, so wie es noch heute jeder Pharao tut, wenn sein Vorgänger Osiris wurde.»

Merit und ich sahen schweigend nach Westen in den Abendhimmel. Ich beendete die Erzählung.

«Osiris soll hier in Abedu unter einem mächtigen Hügel begraben sein. Deswegen ist dieser Ort für uns Ägypter und vor allem für unsere Herrscher so bedeutungsvoll, so heilig.»

NEUN

Lass Gesang und Musik vor dir erklingen,
und kümmere dich nicht um irgendein Übel,
sondern gedenke der Freuden.

Ich konnte es kaum mehr erwarten, wieder in Waset zu sein. Je näher wir der Stadt Amuns kamen, umso mehr beschlich mich ein Gefühl, als wäre ich ein halbes Menschenleben nicht mehr hier gewesen. Dabei war mir alles so vertraut: Ich erkannte Dörfer und Gehöfte wieder, ja sogar an einzelne, besonders schöne Gärten und auffällig gewachsene Bäume konnte ich mich erinnern, als unsere Schiffe daran vorbeiglitten. Ich war aufgeregter als vor drei Jahren. Damals, bei meiner ersten Fahrt nach Waset, hatte ich keine Vorstellung von dem, was mich erwarten würde, ich ließ einfach alles auf mich zukommen. Jetzt, mit fast neunzehn Jahren, fand ich keine Ruhe mehr. Ich stand neben Merit und gab all meinen Gedanken freien Lauf.

«Wie mag wohl der Palast aussehen? Ob Ameni die Gemächer, die er mir zugewiesen hatte, auch verändert hat? Ich traue ihm ja allerhand zu. Aber ich glaube nicht, dass er sich von Men-nefer aus um solche Nebensächlichkeiten in Waset kümmern konnte.»

«Du bist sehr aufgeregt, Eje. Habe ich Recht?»

«Was heißt da aufgeregt? Ich mache mir nur meine Gedanken. Wenn Ameni bei seiner Ankündigung bleibt, werden wir einen großen Teil unseres weiteren Lebens in Waset verbringen. Ich werde hier arbeiten und alles tun, um Nimuria zufrieden zu stellen. Wir werden hier unsere Kinder aufwachsen sehen und sie erziehen. Wir werden gemeinsam alt werden und uns um unsere Wohnungen für die Ewigkeit kümmern. Darauf freue ich mich, und manchmal mache ich mir Sorgen, ob ich all diesen Aufgaben gerecht werde.»

Merit umfasste mit ihrem linken Arm meine Hüfte und lehnte ihren Kopf gegen meine Schulter. Wir betrachteten den Fluss und die Landschaft, die ihn säumte, und ich drückte Merit fest an mich.

«Es wird eine sehr schöne Zeit werden, Eje. Glaube mir, eine sehr schöne Zeit.»

Am anderen Morgen, bei Sonnenaufgang, fuhr die königliche Flotte in den Hafen von Waset ein. Mein Vater war von Abedu aus, wo er nur einen Tag verweilte, vorausgereist, um gemeinsam mit Ptahmose, dem Wesir des Südens, die Ankunft des Guten Gottes vorzubereiten. So war der Empfang Nimurias prächtiger als je zuvor. Die königliche Barke Chaem-Maat lief unter vollen Segeln in den Hafen ein.

Amenophis und Teje standen zwischen vier Wedelträgern unter dem Baldachin ihres Schiffes, über ihnen, auf dem Segel, ein leuchtender gelber Kreis, das Schriftzeichen des Sonnengottes. Pharao trug die Doppelkrone, den Zeremonialbart, Krummstab und Geißel, dazu einen schweren Prunkkragen. Teje trug ein weißes, knöchellanges Faltenkleid, dazu die Geierhaube und viel kostbaren Schmuck.

Man sah Amenophis an, dass er jetzt, als Zwanzigjähriger, den Höhepunkt seiner Kraft erreicht hatte. Er war sich seiner Stärke durchaus bewusst, denn nur zu gut konnte man sehen, wie er seine Muskelkraft zeigte, und wie sehr er es genoss, wenn Teje ihre Hand auf seinen starken Arm legte. Wie sein Großvater Amenophis Aa-chepru-Re übte auch Ameni seit Jahren unermüdlich mit dem Bogen, war ein begeisterter Wagenlenker und ein kaum zu übertreffender Schwimmer. Von Nimurias Großvater erzählte man sich, dass nur dieser selbst in der Lage war, seinen Bogen zu spannen und mit Pfeilen dicke Kupferplatten zu durchschießen. Über so viel Kraft verfügte Nimuria noch nicht, ich war mir jedoch sicher, dass er seinem Großvater auch darin nicht mehr lange nachstehen würde.

Gerade als die königliche Barke die letzten Ellen bis zur Hafenmauer zurücklegte, erhob sich im Osten die Sonnenscheibe über der Tempelanlage und fielen die ersten Strahlen auf das königliche Antlitz.

Waset war geschmückt wie noch nie. Überall wehten lange bunte Fahnen im Morgenwind, alle Gebäude im Hafenbereich trugen frische Farben, und auf vielen Plätzen und Straßen war Blumenschmuck verteilt, wie ich ihn noch nie gesehen hatte. Die schönste Zierde der Stadt waren jedoch ihre Bewohner. Im Bereich des Hafens selbst waren alle Würdenträger des Südens, Priester und ausländische Gesandte, versammelt. Die Straßen, die zum königlichen Palast führten, waren über und über gefüllt von den ganz normalen Bewohnern. Alle trugen festliche Kleidung, Blumen schmückten ihre Perücken, und der Jubel der Menschen war groß.

Nach der Begrüßung durch den Wesir und die Obersten Priester begaben sich Nimuria und Teje zuerst in den großen Tempel, um dort Amun, dem Verborgenen, zu opfern. Danach zog das Herrscherpaar jedoch nicht durch die seitlichen Zugänge zum Palast, sondern wurde von zwölf Nubiern in einer Sänfte über die breite Prachtstraße durch die Stadt getragen.

In der Festhalle des Palastes ließen sich Nimuria und Teje auf ihren Thronen nieder, hinter ihnen stand die Amme mit Prinz Thutmosis auf ihrem Arm. Sie nahmen die Huldigungen der Fürsten Oberägyptens und der ausländischen Gesandten sowie den Bericht des Wesirs Ptahmose entgegen.

Nach der Audienz bat Nimuria meine Eltern, Acha und Iset, Ptahmose, mich und Merit zu sich.

«Seit unserem letzten Aufenthalt in Waset hat sich unser Kreis deutlich erweitert. Ich wünsche, dass unser Aufenthalt so beginnt, wie der letzte hier geendet hat, nämlich auf der Terrasse des Palastes.»

Und zu Acha, Iset und Merit gewandt, sagte Amenophis: «Ihr werdet sehen, der Ausblick von dort oben lohnt sich, und ich bin mir sicher, ihr werdet noch eine Weile gerne dort meine Gäste sein. Dies gilt natürlich für unseren Aufenthalt ganz allgemein. Acha, für dich und Iset sind Räume im Palast vorbereitet. Eje kennt seine Gemächer und wird sie Merit sicher gleich zeigen. Dasselbe gilt natürlich für euch, Juja und Tuja. Ptahmose, Ihr allein befindet Euch in der glücklichen Lage, in Waset ein eigenes Heim zu besitzen. Gleichwohl erwarte ich auch Euch heute eine Stunde vor Sonnenuntergang auf der Terrasse.»

Wir alle verneigten uns tief und verharrten so, bis die königliche Familie zwischen Wedelträgern den Audienzsaal verlassen hatte.

«Merit und Eje», begann dann mein Vater. «Ihr könnt euch schon zurückziehen. Ich bringe Iset und Acha in ihre Gemächer. Wir treffen uns später in der Halle vor der Terrasse!»

Danach trennten wir uns.

Langsam durchschritten Merit und ich Raum für Raum, und fast überall wusste ich etwas zu erzählen. So dauerte es, ehe wir unsere Gemächer erreichten. Wie damals in Men-nefer, als Merit zum ersten Mal in den Palast kam, blieb ich vor der Türe stehen und sagte zu ihr: «Ich hoffe, du bist nicht enttäuscht, wenn du gleich meine bescheidenen Zimmer betrittst!»

«Ich bin schon sehr neugierig, welche Überraschung diesmal auf mich wartet.»

Merit schob mich ganz sachte zur Seite und öffnete die schwere Türe. Ich war beruhigt, denn es hatte sich fast gar nichts verändert. Alle Räume waren noch so, wie ich sie verlassen hatte. Es gab nur eine unauffällige Änderung, die ich dennoch bemerkte: Ameni hatte mir ein neues, größeres Bett in mein Schlafgemach stellen lassen. Ich verstand den Wink meines Freundes und war für die Aufmerksamkeit sehr dankbar.

Merit durchschritt langsam Raum für Raum, berührte vorsichtig, ja zärtlich Figuren und Möbelstücke und blieb zuletzt am Fenster, welches zum Palastgarten zeigte, stehen.

«Du hattest Recht, Eje. Dieser Palast wirkt ganz anders als jener in Men-nefer. Ich fühle mich hier sofort ungleich wohler, geborgener. Alles strahlt eine einzigartige Ruhe und Behaglichkeit aus.»

«Dieser Palast hat nicht die protzige Kühle von Men-nefer, dieses unnahbar Erhabene. Hier ist Leben und Zufriedenheit. Ja, man spürt es in jedem Raum.»

Meiner alten Gewohnheit folgend, setzte ich mich in das Fenster, umklammerte mit den Händen die angewinkelten Knie und beobachtete Merit, die neben mir stand und regungslos in den Garten schaute.

«Hier werden wir in Glück und Frieden leben, Eje, das weiß ich», sagte sie, doch ihr eher trauriger Blick ließ mich daran zweifeln, dass sie das ernst gemeint hat.

Ich glaube, in Wirklichkeit hatte sie Heimweh.

Senu, Nefta und die anderen Diener würden noch lange mit dem Einräumen unserer Sachen beschäftigt sein, und so zeigte ich Merit den Rest der Palastanlage, vor allem die Gärten. Dort trafen wir auf Sessu, den Obergärtner Seiner Majestät.

Der kleine Mann, dessen Haut von der Sonne zu Leder gegerbt war, freute sich über das Wiedersehen und verneigte sich ehrfurchtsvoll vor uns. Ich erzählte ihm, dass wir seltene Pflanzen, Bäume und Sträucher aus dem Libanon und vom Euphrat mitgebracht hatten und dass er bald darüber verfügen dürfte. Der Alte konnte sein Glück kaum fassen.

«Bevor du alles einpflanzt, müssen wir uns noch einmal unterhalten, denn ich habe zu jeder einzelnen Pflanze aufgeschrieben, wie sie behandelt werden muss, damit sie hier auch gedeiht.»

«Es ist mir eine große Ehre, hoher Herr, und ich freue mich sehr auf unser Zusammentreffen. Seine Majestät, sie lebe, sei heil und gesund, wird mit meiner Arbeit zufrieden sein!»

Ich war mir sicher, dass Sessu bis zu unserem nächsten Zusammentreffen zu keiner vernünftigen Arbeit mehr in der Lage war. Er würde nicht nur darüber nachgrübeln, wie die mitgebrachten Pflanzen wohl aussähen, und wie viele es wären, sondern schon jetzt überlegen, wo er sie einpflanzen könnte, je nachdem, ob sie weiß, gelb oder rot blühen würden.

«Der Palastgarten ist herrlich, Eje. Er ist dicht bepflanzt, alles ist grün, und dazwischen die vielen herrlichen Blüten. Und doch ist er so anders als unsere Gärten.»

«Bei euch am Euphrat herrscht eine höhere Feuchtigkeit als hier. Deswegen wachsen dort andere Pflanzen, die viel mehr Blätter und Blüten haben und deswegen üppiger wirken. Auch ist die Vielfalt der Pflanzen bei euch größer. Hier kann alles nur gedeihen, wenn täglich mehrmals gegossen wird. Am schönsten aber ist dieser Garten bei Nacht, wenn sich der Mond über die Palmen erhebt und die Nachtigallen ihre zauberhaften Gesänge anstimmen. Du wirst es erleben, Merit.»

Wir blieben stehen. Ich ergriff ihre Hände, und zog Merit dicht an mich heran. Während ich sie am Hals küsste, flüsterte sie mir ins Ohr: «Lass uns schnell zurückgehen!»

Erwartungsgemäß waren alle Gäste, die Nimuria auf die Dachterrasse des Palastes geladen hatte, festlich gekleidet wie zu einem Staatsempfang. Ptahmose erschien in seiner offiziellen Amtstracht und mit allen Insignien eines Wesirs. Die Frauen trugen eng anliegende, weiße Kleider, die bis an die Knöchel reichten. Die Brüste der jungen Mädchen waren nur vom Halsschmuck etwas verdeckt, und um die Perücken hatten sie einfache bunte Bänder gewickelt, was gerade der Mode in Waset entsprach. Wir Männer legten neben unseren Schurzen breite Gürtel und Halskragen, Armreife und Ringe an. Zuletzt erschienen Ameni und Teje. Wir verneigten uns tief, denn im engen Kreis brauchten wir uns vor Pharao nicht zu Boden werfen. Ameni trug zu seinem Faltenschurz einen schmalen Goldgürtel, einen leichten Halskragen mit Perlen aus Karneol und grünem Glasfluss und das Nemes-Kopftuch mit dem königlichen Stirnreif. Teje war ähnlich gekleidet wie die anderen Frauen, nur trug sie auf ihrer Perücke ein Diadem, welches sie als Große königliche Gemahlin auszeichnete.

Amenophis hatte den Zeitpunkt unserer Zusammenkunft bewusst früh angesetzt, sodass wir vom schönsten Platz in Waset den Sonnenuntergang sehen konnten. Vorher jedoch tauchte Re alle Gebäude in goldglühendes Licht, was der Stadt ein geheimnisvolles, fast unwirkliches Aussehen verlieh. Die Sonnenscheibe sank dem Horizont entgegen und färbte sich jetzt mehr und mehr rot, ehe sie hinter dem westlichen Gebirge vollends verschwand.

«Nirgendwo beginnt die Nachtfahrt des Re so eindrucksvoll wie hier in Waset», unterbrach Ameni die Stille.

«Ich kenne eine Gegend zwischen Men-nefer und Waset, dort ist der Sonnenaufgang ein ganz besonderes Erlebnis», sagte mein Vater. «Das Gebirge hat an einer bestimmten Stelle die Form des Schriftzeichens für Horizont», fuhr er fort, und mit der rechten Hand beschrieb er in der Luft dessen Wellenform.

«An einigen Tagen im Jahr erhebt sich die Sonne genau in der Mitte zwischen der rechten und linken Welle, und es scheint, als wären die Berge der Sonnenscheibe genau angepasst worden.»

Am ersten Abend auf der Dachterrasse hörten wir lange und ausführliche Berichte des Wesirs Ptahmose. Von manchen Vorkommnissen ließ sich Nimuria jede Kleinigkeit berichten. Ptahmose bestätigte, dass die Steintransporte aus Tura und aus den anderen Steinbrüchen des Landes ohne Beanstandungen vorangingen, konnte aber keine genauen Angaben über die Bestände der einzelnen Lagerplätze geben, denn dies war nur Sache des Baumeisters Amenophis, Sohn des Hapu. Nimuria bat deswegen Vater, dass der Baumeister am anderen Tag als Erster zur Besprechung erschien.

Ptahmose hatte seinen Bericht beendet, als Ameni eine getrocknete Feige in die Hand nahm und, bevor er hineinbiss, sagte: «Und was treiben meine Übeltäter von Waset? Hat man mich wieder bestohlen und betrogen, während ich abwesend war?»

«Nein, Majestät. Davon ist mir nichts bekannt. Allerdings findet morgen die Hinrichtung eines Mörders statt, der mit einer Axt zwei Frauen erschlug. Es war keine schöne Sache, aber er war geständig. Morgen gegen Mittag wird das Urteil vollstreckt.»

Mich überraschte, ja entsetzte, mit welcher Gefühllosigkeit Ptahmose von diesem Gerichtsfall sprach.

«Welcher Herkunft ist dieser Mann, Ptahmose?», fragte Amenophis. Ptahmose schüttelte fast unmerklich den Kopf.

«Ihr werdet es nicht glauben, Majestät, aber der Mann war Kopfschlächter im Tempel der Hathor. Er wusste, wie er zuschlagen musste.»

«Ptahmose, habt Ihr schon viele Todesurteile ausgesprochen?», wollte ich wissen.

Der Wesir zog die buschigen Augenbrauen hoch und zählte still vor sich hin. «Sechzehn. Ja, sechzehn in den acht Jahren meiner Amtszeit als Wesir.»

Ich war angewidert. Ptahmose schnarrte die Zahl vor sich hin wie ein Beamter, der seinem Herrn über die Höhe der Ernteerträge Bericht erstattet. Alle spürten meine Ablehnung, auch Ptahmose selbst.

«Verehrter Eje», fuhr er deswegen fort. «Könnte es sein, dass Ihr Abscheu empfindet? Soweit mir bekannt ist, wart Ihr in Men-nefer anwesend, als Ramose zum Wesir Unterägyptens bestellt wurde und als ihn Seine Majestät, sie lebe, sei heil und gesund, belehrte. Die oberste Gerichtsbarkeit ist ein Teil meines Amtes und, Amun weiß es, wahrhaftig nicht der angenehmste. Der Wesir Ptahhotep lehrte seinen Sohn: ‹Die Gerechtigkeit ist wunderbar, ihre Vortrefflichkeit ist hart. Seit der Zeit von Osiris hat sie sich nicht verändert, und man bestraft den, der die Gesetze vernachlässigt.› Ihr erhaltet von mir – und sicher auch von Seiner Majestät – die Erlaubnis, morgen mit dem Verbrecher zu sprechen. Danach versetzt Euch in meine Lage und macht Euch selbst ein Urteil.»

Alle Anwesenden hörten Ptahmose aufmerksam zu. Jetzt wurden alle Blicke auf mich gerichtet, und Ameni sagte: «Na, Eje, wirst du hingehen? Meine Erlaubnis hast du natürlich. Wenn du Zweifel an der Rechtmäßigkeit des Urteils hast, so melde es mir, und ich werde den Fall selbst überprüfen.»

«Ich werde mir den Mann ansehen und mit ihm reden.»

Mir war gar nicht wohl, denn ich spürte, dass es mir Ameni

sehr übel nahm, das Urteil seines Wesirs in Frage gestellt zu haben. Aber was blieb mir jetzt anderes übrig, als mir den Mann anzusehen.

Die Gefängnisse waren zu jener Zeit nicht groß. Die Gefangenen kamen nicht auf Dauer und zur Verbüßung einer Strafe in Haft, sondern blieben nur so lange dort, bis ihr Fall abgeurteilt war. Entweder winkte die Freiheit oder harte Bestrafung: je nach Vergehen Stockschläge in beliebiger Zahl, das Abschneiden von Ohren oder Nase, lebenslanges Arbeiten im Steinbruch oder ein grausamer Tod.

Der Aufseher erwartete mich bereits. Er war etwa vierzig Jahre alt, groß und kräftig gewachsen, trug ein kurzes schwarzes Kinnbärtchen, und hieß Wenamun.

«Der Bunte erwartet Euch schon, hoher Herr», waren seine Begrüßungsworte. Verwundert sah ich ihn an, weswegen er von sich aus ergänzte: «So nennt man den Gefangenen, den Ihr sprechen wollt. Er trägt überall auf seinem Körper farbige Hautbilder – jedenfalls da, wo man es sehen kann. Deswegen nennen ihn alle nur den Bunten.»

Ich traf auf einen Zwanzigjährigen mit rötlichem Haar, weswegen ihm seine Eltern den Namen Sethi gaben, den Namen des feurig-roten Wüstengottes. Er war von hagerer Gestalt und hatte eine auffallend spitze Nase.

Schüchtern und mit einfachen Worten erzählte er mir seine Geschichte. Erst wenige Wochen vor der schrecklichen Tat lernte er auf dem Markt ein junges Mädchen kennen. Nach wenigen Tagen zog er zu dem Mädchen und dessen Großmutter und führte deren Haushalt. Irgendwann blieb die junge Frau drei Tage lang von zu Hause weg, nach den Worten Sethis hatte sie sich bei einem anderen Mann aufgehalten. Als sie zurückkam, entstand zwischen ihr und Sethi ein fürchterlicher Streit, in dessen Verlauf sie ihn als Erbschleicher an ihrer Großmutter bezeichnete und sagte, er solle doch mit der Alten schlafen. Blind vor Wut würgte er sie erst am Hals, bis die Frau zu Boden ging, dann ergriff er eine Axt, die neben der Feuerstelle lag und schlug wie ein Rasender acht oder zehn Mal auf den Kopf des Mädchens ein. Aufgeschreckt durch den Lärm kam die Alte hinzu und fasste Sethi am Arm, um ihm Einhalt zu gebieten. Dieser riss sich jedoch los, sodass die Alte das Gleichgewicht verlor, auf das bereits tote Mädchen stürzte und unter den weiter andauernden Axthieben des tobenden Sethi starb.

Zuletzt weinte Sethi fürchterlich, so entsetzt war er über seine eigene Tat.

Die Schuld, die sich Sethi aufgeladen hatte, lastete schwer auf ihm, das war ihm deutlich anzumerken. Er vermochte sich nicht mehr vorzustellen, ein derart grausiges Verbrechen begangen zu haben und dachte nach seinen eigenen Worten viel darüber nach, wie es dazu kommen konnte. Ich aber wusste nun, dass Ptahmose nicht anders urteilen konnte. Sethi starb am Mittag des selben Tages den schrecklichsten Tod: Er wurde gepfählt.

Ich erlebte noch viele grausame Dinge in meinem Leben, und Vieles habe ich längst vergessen oder aus meinem Gedächtnis verdrängt. Das Schicksal der beiden Frauen und ihres Mörders aber berührt mich noch heute.

Während ich mich im Gefängnis aufhielt, trat der Baumeister Amenophis vor seinen Herrscher und berichtete ihm in allen Einzelheiten über den Stand der Steinlieferungen und über die schon begonnenen Baumaßnahmen. Als ich hinzukam, stand vor Nimuria und seinem Baumeister die aus Lehm nachgebaute kleine Tempelanlage, die ich als Junge im Arbeitszimmer meines Freundes gesehen hatte. Mit demselben Eifer wie vor fünf Jahren erläuterte er jetzt dem weisen Amenophis seine Pläne.

«Zuerst muss der Schrein für die Barke Amuns, den mein Vater begonnen hat, fertiggestellt werden. Ich wünsche, dass er genau in seinem Sinne vollendet wird.»

Amenophis zeigte dabei mit dem Finger auf einen kleinen Gebäudekomplex inmitten der Anlage.

«Das Material hierfür ist bereits vorhanden, Majestät. Ihr braucht nur den Befehl zur Fertigstellung erteilen», antwortete der Weise mit leiser Stimme.

«Dann geschehe es so!»

«Hat Eure Majestät schon Pläne für den Bereich zwischen dem Hafen und der Tempelanlage?», fragte Amenophis weiter.

«Die Zufahrt entspricht noch nicht meinen Vorstellungen. Rechts und links der Allee sollen in gleichmäßigen Abständen vom Hafenbecken bis zum Eingangstor je zwanzig Widdersphingen errichtet werden.»

Gespräche dieses Inhalts führten Pharao und sein Baumeister in den nächsten Jahren fast an jedem Tag, an welchem Nimuria in Waset weilte. Es wurde zunehmend offenkundig, dass Nimuria dem gesamten Tempelbezirk ein grundlegend neues Aussehen verleihen wollte. Ziel war es dabei unter anderem, die Achse der Tempelanlage, die bisher von West nach Ost verlief, gestalterisch zu verändern. Die Hauptachse sollte künftig vom gesegnetsten aller Orte in nordsüdlicher Richtung zum Heiligtum des Amun im südlichen Ipet verlaufen. Dort stand seit der Zeit der großen Hatschepsut Maat-ka-Re ein kleines Opet-Heiligtum des Amun. Daraus gedachte Nimuria einen gewaltigen Tempel errichten zu lassen. Es sollten jedoch noch viele Jahre vergehen, ehe dieses Heiligtum geweiht werden konnte. Neben dem weisen Baumeister Amenophis wurden andere große und bekannte Bauleute von Waset ausgeschickt, um für Nimuria zu arbeiten. Der Steinmetz Hunen war besonders geschickt im Herstellen und Errichten von Obelisken. Er wurde mit zwei Ladungen von Gold und Silber entsandt, um sechs der mächtigen Steinsäulen nach Ipet-sut zu bringen. Dafür wurde Hunen später im Haus der Belohnung von Pharao mit zwanzig Leuten und fünfzig Aruren Ackerland belehnt.

Suti, der ungepflegte Baumeister am Tempel der Millionen Jahre für Osiris Thutmosis Men-chepru-Re, hatte die dortigen Bauarbeiten abgeschlossen und erhielt jetzt den Auftrag, die Arbeitersiedlungen für Ipet-sut vorzubereiten und im ganzen Land geeignete Bauhandwerker zu suchen und zu verpflichten.

Hor, der Zwillingsbruder von Suti, trieb derweil den Stollen der Grabanlage Pharaos tiefer und tiefer in den Felsen.

Meine Aufgabe war es nach wie vor, einerseits die Einteilung der Felder zu veranlassen und die Ernte zu überwachen, andererseits den Abbau und den Transport der Steine aus allen Steinbrüchen des Landes zu leiten. Die Götter waren mit Nimuria, denn einer guten Ernte folgte eine noch bessere, und die Getreidekammern unseres Landes waren zum Bersten voll. Jahr für Jahr ließ ich neue Speicher anlegen. Kein Mensch zweifelte auch nur einen Augenblick daran, dass Nimuria von den Göttern geliebt wurde und dass seine Herrschaft von seinem Vater Amun gesegnet war. So verging Monat für Monat seit unserer Rückkehr von Men-nefer.

Wir verbrachten einen der vielen Abende auf der Dachterrasse des Palastes, als mich Ameni zuletzt bat, am anderen Morgen, zwei Stunden vor der ersten Besprechung, mit meinem Wagen im Hof vor der Audienzhalle zu warten. Mehr verriet er nicht.

«Was wird er vorhaben?», fragte mich Merit, nachdem wir unsere Gemächer erreicht hatten und noch im Fenster saßen, um die Kühle der Nacht zu genießen.

«Er tat recht geheimnisvoll», fügte sie hinzu.

«Ich habe keine Ahnung, Liebe. Du kennst ihn. Es kann alles bedeuten: eine neue Aufgabe, irgendein Tempel, der ihm gefällt und der umgebaut werden soll, eine Werkstatt für neue Streitwagen oder eine Waffenschmiede.»

Gerade als ich in den Hof einfuhr, lief Ameni in großen Schritten die Stufen der Palasttreppe herab, sprang auf seinen Wagen, und ehe ich stehen bleiben und etwas sagen konnte, rasten wir, begleitet von sechs weiteren Streitwagen, durch die Höfe des Palastes ins Freie.

Wir fuhren durch die Stadt in südlicher Richtung, dann, auf halber Strecke zwischen dem Tempel der Mut und dem südlichen Heiligtum, nach Osten, auf eine unscheinbare Anhöhe, die mir bekannt schien. Schließlich erreichten wir eine lange weiße Mauer mit einer breiten Einfahrt zwischen zwei mächtigen Tortürmen, hinter welchen der Garten des Neferhotep, des betrügerischen Bürgermeisters von Waset lag. Langsam bogen wir auf den Kiesweg ein, welcher noch immer durch dicht stehende Sykomoren führte. Doch siehe: Der Palast, das herrliche Anwesen Neferhoteps stand nicht mehr. Es war bis auf die Grundmauern abgetragen und weggeräumt. Es sah unheimlich aus. Am Ende der Auffahrt hielten wir an, und Ameni stieg ab, nachdem er sich kurz das Nemes-Kopftuch zurechtgerückt hatte.

«Zu diesem Anwesen gehören zehntausend Aruren Ackerland, ein Stall mit etwa zwölf Pferden und zweihundert Rindern sowie einhundertdreißig Bedienstete. Am Fluss liegen bereits Tausende fertiger Ziegelsteine bereit, die nur darauf warten, verbaut zu werden. Was du sonst an Baumaterial brauchst, kannst du in beliebiger Menge von meinem Baumeister Amenophis verlangen. In meinen Werkstätten darfst du dir an Möbeln aussuchen, was dir gefällt und was nicht ausdrücklich dem Palast vorbehalten ist.»

Dann übergab mir Ameni ein eingerolltes und gesiegeltes Schriftstück.

«Ich ließ den Palast Neferhoteps abbrechen, weil ich nicht wollte, dass du im Haus eines Verbrechers wohnst. Errichte dir ein neues Haus nach deinen eigenen Vorstellungen und Wünschen. Hier ist niedergeschrieben, dass dieses Anwesen für immer dir und deinen Nachkommen gehört.»

Ich konnte einfach nicht glauben, was Ameni mir da gerade gesagt hatte, und sah ihn mit zusammengekniffenen Augen ernst an, als er mir die Rolle überreichte.

«Und warum?», fragte ich nur ganz leise und zögerlich.

«Als ich dich vor fast sechs Jahren bat, im Palast zu bleiben und bei mir zu wohnen, war ich noch ein Junge. Ich hatte nach dem Tod meines Vaters Angst, alleine zu sein, auch wenn Hunderte Soldaten und Diener mich umgaben. Jetzt habe ich eine Familie, und du hast eine Frau. Es wird Zeit, dass du dir ein eigenes Zuhause schaffst, das deiner Stellung und deiner Leistung für mich gerecht wird. Deswegen wirst du gleichwohl der Einzige Freund und das Ohr Pharaos bleiben.»

«Wissen Vater und Mutter schon davon?»

«Ja, sicher. Gottesvater Juja selbst hat den Abbruch geleitet und überwacht. Die schönsten Gegenstände aus diesem Palast sollten doch erhalten werden. Auch daraus kannst du dir aussuchen, was du möchtest.» Ich winkte mit der rechten Hand ab.

«Nein, Ameni! Nicht seine Kunstgegenstände! Wer weiß, wo er sie gestohlen hat!»

Dann drehte ich mich einmal langsam um die eigene Achse, bis ich Ameni wieder ansah. Ich brachte kein Wort hervor, sondern fiel vor ihm nieder auf die Erde, wie es der Brauch war, wenn Pharao Grundbesitz übertrug.

«Steh auf Eje! Das muss hier nicht sein.»

Er bückte sich ein wenig, ergriff mich am Arm und zog mich hoch.

«Ich weiß nicht, wie ich dir das danken kann, Ameni. Solch

einen Besitz, um den mich ganz Waset beneiden wird, habe ich nicht verdient.»

«Eje! Du bist fast zwanzig Jahre alt, und du hast schon so viel für mich getan. Lass es gut sein! Komm noch heute mit Merit hierher und besprecht euch, wie euer Haus aussehen soll, und dann beginnt zu bauen.»

Wir gingen im Schutz einiger Offiziere einmal durch den Garten und besichtigten die dahinter liegenden Stallungen und ihre Wirtschaftsgebäude, ehe wir zu unseren Wagen zurückkehrten.

«Wirst du auch mein erster Gast sein, Ameni?»

Nimuria stand bereits auf seinem Wagen und rief mir unter dem Knall seiner Peitsche zu: «Wenn du mich einlädst – gerne!»

Nach meiner Rückkehr in den Palast ging ich zuerst in unsere Gemächer. Merit war gerade mit dem Ankleiden fertig und wurde von ihrer Hofdame geschminkt.

«Und was war das große Geheimnis Seiner Majestät?», fragte mich Merit zur Begrüßung.

Ich küsste sie auf die Stirn und sagte: «Es muss noch eine kleine Weile ein Geheimnis bleiben, meine Liebe. Aber wenn du hier fertig bist und mit mir kommst, können wir das Geheimnis lüften.»

Merit war von dem weiträumigen Garten ebenso begeistert wie ich, und auch sie konnte unser Glück kaum fassen. Wir schritten den Grundriss des Gebäudes ab, zeichneten kleine Entwürfe in den Sand und dachten schon jetzt darüber nach, welches Zimmer in welche Himmelsrichtung zeigen sollte. Wir durchliefen den Garten in alle Richtungen und überlegten, wo noch Teiche anzulegen und Bäume aus Merits Heimat einzupflanzen wären. Zuletzt saßen wir auf den Stufen, dort, wo sich einmal der Haupteingang befunden hatte, und blickten über den vor uns liegenden Garten hinab auf die Stadt, den Fluss, das Westufer mit den Totentempeln und das Gebirge.

«Hast du dir unser Zuhause einmal so schön vorgestellt?»

Merit drehte ihren Kopf kurz nach hinten und sagte dann: «Noch sehe ich von unserem Zuhause nicht sehr viel. Aber es kann ja noch werden!»

Auf dem Weg in den Palast beschlossen wir, den Baumeister Suti mit der Anfertigung der Baupläne zu beauftragen.

Nimuria willigte ein, und so dauerte es nur wenige Wochen, bis mit dem Wiederaufbau des Palastes begonnen wurde. So oft es meine Arbeit zuließ, fuhr ich mit Merit zu unserem Haus, um den Baufortschritt zu beobachten und um Anweisungen zu erteilen.

Zum königlichen Tross, der von Men-nefer nach Waset zog, gehörte auch Hebi, der Sohn des Wesirs Ramose. Hebi war achtzehn Jahre alt, und ich kannte ihn noch von der Palastschule in Men-nefer. Er war mit Prinz Amenemhet, dem verstorbenen Bruder Nimurias, befreundet gewesen. Hebi wurde nach unserem Eintreffen erst Vorlesepriester im Tempel Amuns und sollte darüber hinaus Tahuti bei der Verwaltung der Tempeldomänen unterstützen. Ich konnte Ameni davon überzeugen, dass es besser ist, wenn Hebi erst einige Jahre auf meinem Landgut Erfahrungen sammelt, um später als unser Mann in die Domänen des Amun überzuwechseln.

Die Pläne für mein Landgut waren ehrgeizig. Ich wollte allen zeigen, dass die Erträge auf den Gütern unseres Landes bei gewissenhafter Bewirtschaftung deutlich zu steigern waren. Ich fertigte für meinen neuen Verwalter Skizzen von einem Scharduf an, jener Hebevorrichtung, mit welcher die Babylonier Wasser schöpften. Wir entwarfen ausgeklügelte Pläne für Bewässerungskanäle und Deiche, die, je nach Wasserstand, geöffnet und geschlossen werden konnten, um die bestmögliche Bewässerung der Felder zu gewährleisten. Schon im ersten Jahr konnten wir sechs der neuartigen Schöpfarme einsetzen, und sie erwiesen sich als sehr wirkungsvoll. Mit nur einem Arbeiter konnte in kurzer Zeit deutlich mehr Wasser in die höherliegenden Wasserkanäle geschöpft werden, als dies bisher möglich war. Vor dem Eintritt der Nilschwemme wurden meine Wassergräben auf das Peinlichste gereinigt und alle Deiche und deren Verschlüsse überprüft. War genug Wasser in die Gräben gelaufen, konnten die Deiche schnell geschlossen und das Wasser am Ablaufen gehindert werden, ehe die Flut wieder sank.

Hebi war ein über die Maßen gewissenhafter Verwalter, und es dauerte nicht lange, da legte ich die Leitung meines Landgutes vollständig in seine Hände. Schon nach der zweiten Ernte konnte ich Nimuria stolz unser Ergebnis melden. Bezogen auf eine Arure Ackerland lagen die Erträge meines Landgutes um mehr als ein Drittel über den Erträgen anderer Güter ähnlicher Beschaffenheit. Rechtzeitig mit dem Einbringen dieser Ernte war auch unser Palast fertig gestellt. Merit hatte großen Einfluss auf die Planung genommen, und so war in unserem Haus viel Fremdes zu sehen und erinnerte mich Vieles an den Palast Imreschs.

Auch Suti versuchte manch Neues. Die Säulen fielen sehr schlank aus, was ihnen und den Räumen insgesamt mehr Eleganz verlieh. Die Wände zeigten Abbildungen ganzer Gärten, des Schilfes mit Vögeln, Katzen und anderen Tieren. Die Innenhöfe wurden nach Anweisung Merits üppig bepflanzt, und überall gab es wie in Babylon kleine Brunnen und wasserspeiende Figuren.

Unser Garten war eine wundersame Mischung aus einer streng gegliederten ägyptischen Anlage und einem wuchernden babylonischen Paradies. Sessu, der Obergärtner Pharaos, vollbrachte Großartiges. Ohne in den alten Baumbestand des Gartens einzugreifen, verwandelte er ihn durch die vom Euphrat mitgebrachten Bäume, Sträucher und Blumen, dass er nicht mehr wiederzuerkennen war. Anders als hier in Waset sonst üblich, stellte er die steinernen Figuren nicht auf eine freie Fläche, sondern versteckte sie unter einem weit ausladenden Ast, zwischen Sträuchern oder am Ende eines sich durch Hecken windenden Weges.

Der Fußboden unseres Schlafzimmers bestand aus einem besonders harten, fast schwarzen Holz aus Nubien, die Wände und die Decke waren in unterschiedlichen Rottönen gestrichen.

Ameni und Teje besahen sich alles sehr genau. Immer wieder blieben sie stehen und bestaunten die Brunnen, vor allem jedoch die Wandbilder.

«Noch nie sah ich bisher so mutige, so neuartige Bilder», sagte Ameni und trat noch näher an die bemalte Wand meines Arbeitszimmers heran. Dort waren ein Harfenspieler und eine Tänzerin abgebildet. In meiner Vorstellung war die Tänzerin natürlich Inena, und der Maler hatte das Gesicht nach meinen Angaben recht gut getroffen. Bis heute weiß niemand davon.

«Die Menschen sind anders dargestellt, als es bisher üblich war. Man sieht das Gesicht der Tänzerin von vorne, und ich sehe Körperhaltungen, wie sie noch kein Maler zu zeigen wagte. Aber es ist sehr schön, Eje.»

Dann lachte er mich an und fuhr fort: «Nur eines beruhigt mich: Den Ton meiner Lieblingsfarbe, das Blau des Lapislazuli, hat dein Künstler nicht getroffen!»

Ich lächelte ebenfalls, schwieg aber.

Oh Amenophis!

Man mischt gemahlenen Quarzsand, Kalk und Soda mit Kupfererz und erhitzt das Pulver gerade so weit, dass es schmilzt. Dann nimmt man einen Teil der glühenden Asche wieder weg, damit die Temperatur nicht weiter steigt und das verflüssigte Pulver seinen blauen Farbton verliert. Ich kannte die Rezeptur schon lange von meinem Vater. Aber allein der Eitelkeit meines Freundes wegen hätte ich es nie gewagt, diese Farbe zu verwenden. Sie war wirklich nur ihm und Amun vorbehalten.

«Die Figuren in eurem Haus sind von hoher Qualität», begann jetzt Teje, als sie die Statue einer sitzenden Hathor aus Diorit betrachtete. Die Göttin des Himmels, des Lebens und der Liebe war in jugendlicher, schlanker Gestalt abgebildet. Sie saß auf einem einfachen Thron und trug ihre Krone mit der Sonnenscheibe zwischen den Kuhhörnern auf einer langen Perücke, deren Zopfstränge weit über den Rücken und auf die Brust fielen. Das lange, eng anliegende Gewand ließ den zauberhaften Körper der Göttin durchschimmern. In der linken Hand hielt sie das Lebenszeichen Anch.

«Ein junger Künstler namens Thutmosis hat sie und andere Figuren angefertigt», sagte ich voller Stolz, denn es war nicht zu verkennen, dass die Göttin die Gesichtszüge Merits trug.

Amenophis sah mich mit ernstem Gesicht an, dann zog er die Augenbrauen nach oben. «Arbeitet Thutmosis noch länger für dich, oder kann ich ihn haben?»

«Eine Arbeit, die kurz vor ihrer Vollendung steht, wollte er für mich noch fertig stellen. Lass ihn mir noch eine Woche!»

«Zwei Wochen! Aber dann will ich ihn sehen!»

Amenophis hatte also sein Versprechen wahr gemacht und war zusammen mit Teje unser erster Gast. Wir aßen in unserem großen Festsaal zu den Klängen einiger Musikanten und tranken einen herrlichen Wein, der unseres Herrschers würdig war. Zuletzt saßen wir auf unserer Dachterrasse und genossen die Kühle des Abends.

Plötzlich lachte Amenophis, zeigte mit der Rechten nach Westen und sagte: «Eines Tages, wenn ich dort drüben auf der Terrasse meines Palastes sitzen werde, können wir uns zuwinken oder wie die Seeleute mit Zeichen verständigen.»

«Wann wirst du mit den Arbeiten beginnen?», fragte Teje, und wir alle sahen Ameni neugierig an.

«Noch nicht so bald. Ich will erst die wichtigsten Arbeiten an den beiden Tempelanlagen voranbringen. Erst danach kommt mein Haus an die Reihe. Wenn wir an zu vielen Baustellen gleichzeitig arbeiten, kommt keine von ihnen richtig voran, und die Arbeit wird nur schlampig verrichtet.»

Merit war an diesem Abend auffällig still und zurückhaltend. Als wir im Fenster unseres Schlafzimmers saßen, fragte ich sie: «Ist etwas mit dir, meine Liebe? Du bist heute so nachdenklich.»

Merit lächelte und sah schweigend in den Garten. Dann blickten mich große, fröhliche Augen an.

«Ich bin einfach sehr glücklich mit dir. Nie in meinem Leben hätte ich gedacht, dass ich in einem fremden Land so gerne lebe.»

Wir umarmten uns und küssten uns leidenschaftlich. Es wurde eine der schönsten Nächte, die wir zusammen verbrachten.

Zwei Wochen waren seit dem Besuch Pharaos vergangen, da ging ich mit Merit zu ihm. Es war schon Abend, und die Sonne erstrahlte gerade in ihrem schönsten goldenen Licht.

«Ameni, der Bildhauer Thutmosis erwartet dich im Garten neben dem Schattenhaus», begann ich meine ungewöhnliche Rede.

«Ich bitte dich, uns dorthin zu begleiten, denn Merit und ich möchten dir etwas zeigen.»

«Gottesvater Juja», sagte er zu meinem Vater, «dann gehen wir eben in den Garten, um den Bildhauer Thutmosis kennen zu lernen!»

Amenophis war über dieses Ansinnen nicht nur überrascht, sondern auch sichtlich erheitert, denn es war ansonsten undenkbar, dass Pharao zu demjenigen geht, der ihm vorgestellt werden soll.

Die Statue war aus seltenem rötlichen Quarzit, welcher von feinen weißen und schwarzen Gesteinsadern durchzogen war. Vor einer stelenförmigen Rückenplatte stand Pharao in Schrittstellung, kraftvoll, jugendlich wie er war, mit Doppelkrone und dem Königsbart. Seine Arme waren eng an den Körper gepresst, in beiden Händen hielt er Schriftrollen. Die insgesamt fünf Ellen hohe Figur ruhte auf einer rechteckigen Standplatte mit abgerundeter Vorderseite.

Lange Zeit stand Nimuria schweigend vor seinem Abbild, umrundete es langsam, um erneut nachdenklich davor stehen zu bleiben.

«Merit und ich möchten uns damit bei Euch bedanken. Ich glaube, wenn Ihr gestattet, es ist das Schönste, was ich bisher von Thutmosis gesehen habe.»

Ameni bestaunte noch immer die Figur und sagte schließlich: «Die Überraschung ist euch gelungen, wahrhaftig! Steh auf, Thutmosis! Ich möchte den Mann sehen, der solches vollbringt.»

Der junge Bildhauer, der neben seinem Werk vor Pharao im Sand lag, erhob sich zaghaft und starrte mit gesenktem Haupt angstvoll zu Boden.

«Sieh mich an, Thutmosis!»

Zum ersten Mal in seinem Leben durfte der Bildhauer Thutmosis in das Antlitz des Guten Gottes sehen. Ich konnte die Erregung des Künstlers gut nachempfinden und erinnerte mich der Stunde, als ich Amenis Vater gegenüberstand.

«Du hast meine Augen, den Gesichtsausdruck insgesamt, gut getroffen, obwohl du mich vorher nie gesehen hast. Bedientest du dich einer Vorlage?»

Nur zögerlich begann Thutmosis zu antworten. «Majestät, der ehrwürdige Eje, der Einzige Freund Eurer Majestät, war mir behilflich. Er beschrieb mir die Stellung Eurer Augen, die Form Eures Gesichtes.»

«Bist du mit deiner Arbeit zufrieden, jetzt, wo ich vor dir stehe und du mein Antlitz mit seinem Abbild vergleichen kannst?»

«Majestät, das Antlitz des Guten Gottes abzubilden kann immer nur ein Versuch sein. Das vollkommene Abbild Amuns lässt sich nicht in Stein meißeln, sodass es noch immer vollkommen wäre.»

Die Worte des Künstlers waren weise, denn so entzog er sein Werk jeder Kritik, sei sie nun berechtigt oder nicht. Nimuria war mit der Arbeit des Bildhauers zufrieden.

Seit diesem Tag arbeitete Thutmosis über viele Jahre hinweg nur noch für die Herrscher Ägyptens.

Die Betriebsamkeit in Waset war berauschend. Voller Stolz ließ Nimuria ausländische Gesandte und die Mächtigen der Beiden Länder, vor allem diejenigen, welche aus dem Norden, aus Men-nefer und dem Fajum zu uns kamen, über die Baustellen der Tempelanlagen führen. Auch Fürst Imresch war unter ihnen, denn er reiste für einige Wochen aus Men-nefer zu uns, um vor allem Merit zu sehen. Er überbrachte Grüße von Fürstin Scharruwa und von König Kurigalzu und hatte Vieles mit Nimuria und dem Wesir zu besprechen.

«Ich freue mich», sagte er eines Abends auf unserer Dachterrasse, «ich freue mich, dass es euch so gut geht. Du bist ein erfolgreicher Beamter Seiner Majestät, und auch im entfernten Men-nefer weiß man, dass das Land einen großen Teil seines Wohlstands dir verdankt. Nimuria ist sich dessen bewusst. Er hat erst gestern lange mit mir darüber gesprochen.»

Dann fuhr Imresch fort: «Ihr lebt in einem herrlichen Palast, der so wundersam gestaltet ist, wie ich es noch nie sah. Und dass ihr beide verliebt seid wie am ersten Tag, ist nicht zu übersehen. Es ist gut für einen alten Vater, das zu wissen. Auf euren Ka!»

Zum ersten Mal, seit ich Imresch kannte, sah ich, dass er vor Rührung feuchte Augen bekam.

Auch wir erhoben unsere Becher und gaben den Wunsch an Imresch zurück: «Auf deinen Ka!»

Es waren kaum drei Wochen vergangen, da berichtete mir meine Mutter, dass nicht nur Teje wieder ein Kind erwartete, sondern auch Iset, die Frau meines Freundes Acha. Ich malte mir schon jetzt aus, dass es in einigen Jahren in der Palastschule von Waset sehr lebhaft zugehen würde, wenn vielleicht noch mein Sohn hinzukäme. Und ich erinnerte mich an die Stunden in der Palastschule von Men-nefer, wo ich meinen Herrscher als Knabe kennen lernte und er mir zugetan war, weil mir sein Bruder mit Absicht einen Ball an den Kopf warf, sodass ich in ein Wasserbecken fiel.

Amenophis hatte mit den Priestern des Amun, vor allem mit Ramose, dem Ersten der Sehenden, seinen Frieden geschlossen, sahen sie jetzt doch ein, dass ihr Herrscher alles unternahm, um Ipet-sut zum höchsten und erhabensten Heiligtum der Beiden Länder zu erheben.

Wie unter den ersten Herrschern unseres Landes Ptah in Men-nefer der erste Reichsgott wurde, und später Re in On, so wurde Amun, der jetzt Amun-Re genannt wurde, nach der Vertreibung der Fremdländer zum ersten Reichsgott erhoben. Sein Oberster Priester Ramose konnte deswegen nicht umhin, Pharao den gewaltigen Tempelschatz zu zeigen. Nimuria bestand darauf, seinen Schatzmeister Acha und mich als Begleiter mitzunehmen. Der Widerwillen der Hüter des Schatzes war nicht zu übersehen.

Wie Nimuria versprochen hatte, war auch Anen, der Sohn meines Onkels Baki, mit uns nach Waset gekommen und diente seither im Tempel Amuns als Vorlesepriester.

«Bist du mit dem jungen Anen zufrieden?»

Der Erste Sehende Ramose zog kurz die Augenbrauen zusammen und dachte angestrengt nach.

«Ich meine den jungen Priester, welcher mit mir aus Achmim zu Euch kam», half ihm Nimuria weiter.

«Ja, Majestät, jetzt weiß ich, wen Ihr meint. Ein hagerer und stiller junger Mann, der seinen Dienst eifrig und mit großem Ernst versieht. Ja, Majestät, er ist sehr angesehen!»

Ich war mir sicher, dass Ramose bis zu diesem Tag keine Vorstellung davon hatte, von wem gerade die Rede war.

«Ich erwarte, dass Ihr ihn nach seinen Fähigkeiten fördert, Ramose. Er entstammt der Familie von Gottesvater Juja, und ich stehe bei seinem Vater im Wort.»

In geheuchelter Demut verneigte sich Ramose ein wenig vor seinem Herrscher.

Dann standen wir vor einem gewaltigen Tor, so mächtig, wie ich es zuvor nicht gesehen hatte. Es war sechs Ellen hoch und vollkommen mit Gold verkleidet. Seine Figuren waren aus Silber und über und über mit den seltensten Edelsteinen besetzt. Zwei Priester waren nötig, um den schweren Bronzeriegel, der das Tor verschloss, beiseite zu schieben. Die beiden kahl geschorenen Priester eilten uns mit zwei Fackeln voraus und entzündeten im Inneren der Schatzkammer weitere Lampen und Fackeln, die in den Wänden steckten. Je mehr Licht in den Raum drang, umso deutlicher erkannten wir nach und nach dessen Ausmaß und wurden seiner Reichtümer gewahr. Ich kannte die königliche Schatzkammer in Men-nefer. Ich sah den Grabschatz von Osiris Thutmosis. Was aber meine Augen an diesem Tag erblickten, übertraf alle meine Vorstellungen. Die Wände selbst bildeten Regale aus Stein, und darin war das Gold von Amun-Re aufgestapelt.

Zehn Reihen hoch, Wand für Wand nur Gold. Es war in Ringen gegossen, jeder so groß wie eine Handfläche, und daumendick. Vor den Wänden standen unzählige Figuren der verschiedensten Gottheiten und in jeder Größe, bis zu vier Ellen hoch. Sie waren entweder aus Holz und mit Gold überzogen, aus purem Elfenbein oder ausschließlich aus reinem Gold. Zwischen ihnen standen Räuchergefäße und andere Kultgegenstände. Im ganzen Saal gab es sechs schwere Tische, auf welchen je vier Holztruhen standen. Sie sahen alle gleich aus, waren zwei Ellen breit, eine Elle hoch und mit Gold überzogen.

Ameni ging auf einen der Tische zu und sah Ramose fragend an. Dieser nickte, und so eilte einer der Vorlesepriester mit einer Fackel hinzu und hob den Deckel an. In dieser Truhe lagen nur Turmaline in jeder Größe und ohne Zahl, bis zum Rand. Ameni zeigte auf die danebenstehende Truhe, die der Priester sogleich öffnete. Sie barg Karneole, nichts als fleischrote Karneole. So ging es weiter: rosa und grüne Turmaline, gelber und blauer Topas, Rubine, Diamanten, Saphire, Lapislazuli und alles, was es an kostbaren Edelsteinen sonst gibt. Amenophis war ebenso wie Acha und ich sprachlos.

«Wie viel davon seid Ihr bereit herzugeben?», fragte Nimuria mit einem milden Lächeln.

Ramose verneigte sich erneut demütig, dann sprach er mit leiser Stimme: «Sagten wir Euch nicht zu, dass unser Anteil ebenso groß sein wird wie der Eure, Majestät. Steht es nicht so geschrieben? Dann sei es auch so, Herr Beider Länder!»

Die Antwort Pharaos war wieder ein mildes Lächeln. Er ergänzte: «So steht es geschrieben, und so sei es. Ich wusste, dass ich mich auf die Diener Amuns verlassen kann.»

Anschließend begaben wir uns in das Heiligtum. Nimuria ging mit Ramose zum heiligen Schrein, brach das königliche Siegel, schob die Riegel beiseite und öffnete die goldenen Türen. Er nahm das Bildnis Amuns aus dem Schrein, reinigte es mit heiligem Wasser, verehrte es mit Weihrauch und stellte das Bildnis zurück. Der Schrein wurde geschlossen und wieder versiegelt. Amun war zufrieden.

Amenophis kehrte in der königlichen Sänfte zum Palast zurück. Er war auffallend ruhig und machte einen sehr nachdenklichen Eindruck. Nachdem wir sein Arbeitszimmer erreicht hatten, legte er zuerst den Stirnreif ab, zog sich den Nemes vom Kopf und raufte sich die Haare. Ich glaube, es war das erste Mal, dass Acha seinen Herrscher ohne Kopfbedeckung sah.

«Weißt du eigentlich, was meine Abmachung mit dem Priester für dich bedeutet, Acha? Wenn alle geplanten Tempelbauten errichtet sind, werde ich keinen Schatzmeister mehr brauchen. Ich werde arm sein wie eine Pyramidenrennmaus. Wenn ich die Hälfte meines Schatzes zur Verfügung stelle, ist dies gerade der achte Teil dessen, was Ramose in seinen Kammern hortet!»

Ich musste mich räuspern, denn Nimuria hatte maßlos übertrieben. Auch wenn der Schatz Amuns beachtlich war, der Reichtum Pharaos war und blieb unerreicht.

«Majestät», begann nun Acha.«Zu keinem Zeitpunkt wird der Schatz Amuns auch nur annähernd so groß sein wie das, was Ihr an Reichtum besitzt. Wir werden Grabungsmannschaften in die östliche Wüste entsenden und neue Minen anlegen lassen, wir werden die Tribute anheben, und wir werden dem elenden Kusch alles an Gold wegnehmen, was es besitzt.»

«Das elende Kusch! Das elende Kusch!», wiederholte Ameni gereizt. «Niemand weiß so recht, wie viel es besitzt. Glaubt ihr denn, dass Nubien noch mehr Gold fördern kann, als es ohnehin schon an mich abliefert?»

«Lasst es darauf ankommen und überzeugt Euch selbst davon, Majestät.»

«Was meinst du damit, Acha?»

«Berichtet Merimes nicht schon seit Wochen von Übergriffen aufständischer Nubier im Süden des Reiches? Nehmt die nächste Meldung einer feindlichen Handlung zum Anlass, um eine Armee zu entsenden, welche die Aufständischen bestraft.»

Ich sah Amenophis verwundert an, doch Acha setzte nach: «Im fünften Jahr deiner Herrschaft kann es nur gut sein, wenn Pharao den Völkern der Erde seine Stärke zeigt und als Sieger vom Schlachtfeld heimkehrt. Es wird überall Eurem Ansehen dienen und Euren Ruhm fördern.»

«Alle meine Vorgänger haben Kusch wie den Hinterhof Ägyptens behandelt und nach Belieben ausgeplündert. Ich muss euch gestehen, dass mir das nicht gefällt. Aber wenn es wirklich Übergriffe gibt, muss ich handeln. So sei es denn. Sobald Merimes einen weiteren Überfall meldet, schlage ich zurück.»

Ich wusste, dass Nimuria im Grunde seines Herzens so dachte wie ich, und Krieg nur um des Goldes Willen nicht guthieß. Andererseits war es schon seit urewigen Zeiten so, dass viel von dem Ansehen Pharaos davon abhing, dass er sich einmal in einem Feldzug als Held erwies. Und so beugte sich Ameni zum einen dieser Einsicht, zum anderen sah er freilich mit großen Augen auf den Reichtum Nubiens.

In den folgenden Wochen hielt sich Amenophis häufiger als sonst in der Division des Amun, die etwas weiter südlich von Waset stationiert war, auf. Wenn es zu einem Feldzug gegen nubische Stämme käme, würden ohnehin nur Streitwageneinheiten nach Kusch ziehen. Die übrigen Truppen würde Nimuria erst später im Süden des Landes ausheben lassen.

Wie auch in Men-nefer, gab es in der Division des Amun ein weiträumiges Gelände, auf welchem die Streitwagentruppen übten. Da es von Anfang an keinen Zweifel daran gab, dass ich Ameni begleiten würde, nahm auch ich an den Übungen teil. Die Rennen, die sich Nimuria und ich lieferten, waren halsbrecherisch, ja geradezu verantwortungslos.

Keiner der Offiziere zweifelte daran, dass wir beide nicht zu übertreffen waren. Je kühner unsere Fahrten wurden, umso mehr Sicherheit erlangten wir, und umso mehr konnten wir uns in rasender Fahrt dem Bogenschießen und dem Speerwerfen widmen. Bei Ersterem war Nimuria nicht zu schlagen. Nicht nur seine Treffsicherheit war einzigartig. Seine Pfeile durchschlugen jedes Ziel, und zuletzt schaffte Ameni, was bislang nur seinem Großvater gelungen war: Seine Pfeile durchschlugen sogar Kupferplatten.

Im Speerwurf dagegen war ich meinem Freund überlegen. Wegen seiner Kraft konnte er zwar weiter werfen als ich. Meine Speere waren etwas leichter, wodurch ich diesen Nachteil ihm gegenüber ausglich, aber ich traf genauer als er.

Nach acht Wochen ernannte mich Amenophis zum Hauptmann der Streitwagentruppen, und so war ich jetzt Anführer von fünfzig Streitwagen der Division des Amun.

Endlich erreichte uns die Nachricht von Merimes, der den Titel «Königssohn von Kusch» trug. Nicht sesshafte Nubier des Ibehet-Gebietes hatten erneut Überfälle auf das Gebiet der ägyptischen Verwaltung verübt. Ihr Anführer Icheni und sein Volk mussten nun endlich bestraft werden. Im großen Thronsaal des Palastes herrschte völlige Stille, als Ptahmose, der Wesir des Südens, die Botschaft verlas. Zuletzt gab er den Willen Pharaos bekannt:

«Meine Majestät hat deswegen beschlossen, das elende Kusch zu bestrafen. Mit meinem starken Arm werde ich wie ein Löwe über die Feinde herfallen und sie niederringen. Mit der Kraft eines Stieres werde ich sie niedertreten und Gefangene machen ohne Zahl. Meine Strafe wird fürchterlich sein. So werde es geschrieben, und so geschehe es.»

ZEHN

Alle Fremdländer, alle Untertanen und alle Menschen, Mitanni, das elende Kusch, Ober- und Untersyrien sind unter den Füßen des Guten Gottes.

Mit dem feierlichen Staatsakt im Thronsaal des Palastes wurde lediglich bekannt gegeben, was längst beschlossene Sache war. Noch während wir mit unseren Streitwagen in der Kaserne des Amun übten, zogen die Rekrutenschreiber und Werber in geheimem Auftrag nach Süden und stellten die Fußtruppen zusammen. Jetzt schickte Nimuria seine Boten voraus, die unser Erscheinen ankündigten.

Pharao ließ alle zweihundert Streitwagen, die an dem Feldzug teilnahmen, spätabends in den Palasthöfen aufmarschieren und dort übernachten. Noch im Morgengrauen erschien er in Kriegsausrüstung und begutachtete in eigener Person eine große Zahl der Wagen und deren Ausrüstung. Als er auf einen Soldaten traf, der gegen seinen Befehl betrunken war, ließ er ihn vor allen anderen Soldaten auspeitschen, bis Blut aus den offenen Wunden seines Rückens quoll. Anschließend wurde er in die Krokodilgrube geworfen. Jeder von uns wusste, was ihn erwartete, und Nimuria tat gut daran, Ungehorsam nicht zu dulden.

In vier Reihen zu je fünfzig Wagen stand die Streitwagentruppe im großen Hof vor dem Thronsaal, als die königliche Familie erschien.

Zu Anfang jeder Reihe standen die Hauptleute mit ihrem Gespann, vorneweg ich selbst. Amenophis verabschiedete sich von Teje, dem kleinen Thutmosis und von seiner Mutter. Er überreichte Teje einen goldenen Krummstab als sichtbares Zeichen für alle, dass die Große königliche Gemahlin Pharao während seiner Abwesenheit vertrat. Dann nahm er kurz Abschied von meinen Eltern und Merit sowie von seinem Wesir Ptahmose und bestieg seinen Streitwagen. Der Wagenlenker hatte Mühe, die Pferde ruhig zu halten, während Pharao zu den Soldaten sprach. Seine Rede war beeindruckend, so, wie auch seine ganze Erscheinung beeindruckend war. Er schien zum Feldherrn geboren: groß gewachsen und kräftig von Gestalt, mit klarer und lauter Stimme, und angetrieben von einem energischen Willen. Er trug nur einen einfachen Schurz mit einem breiten Ledergürtel, dazu den blauen Chepresch und einige goldene Armreifen. Zuletzt sagte er:

«Meine Majestät wurde vom elenden Kusch beleidigt und von seinem Anführer beraubt. Ich werde dort zu Pferde erscheinen, wie wenn die Sonne aufgeht. Groß an Kraft, gewaltig an Macht, kühn wie Month von Waset, der Mitanni mit seiner tapferen Kraft niederwirft. Ihr werdet mir zur Seite stehen und den Sieg mit mir erringen. Dann wird man über Meine Majestät sagen: Du hast alle Übeltäter, die sich dir entgegenstellten, getötet, sodass sie unter deinen Sohlen liegen. Mein Vater Amun ist unser Führer, der uns Tapferkeit und Stärke anbefohlen hat!»

Nach alter Sitte schlugen die Soldaten mit den Schwertern gegen die Schilde, erst langsam, dann immer schneller werdend, bis der Lärm unerträglich war. Als Nimuria sein Schwert emporhob, verstummte der Lärm, und es öffneten sich die zwei gewaltigen Torflügel.

Ich warf einen letzten Blick zu Merit und meinen Eltern, dann fuhren die ersten beiden Wagenreihen, angeführt von ihren Hauptleuten, nebeneinander aus dem Hof. Ihnen folgte der goldene Prunkwagen Pharaos, dem sich die nächsten zwei Wagenreihen unter meiner und Hauptmann Merires Führung anschlossen. Die Bewohner der Stadt säumten die Straßen und jubelten ihrem Herrscher zu. All die vielen Menschen und ihr Jubel konnten mich nicht darüber hinwegtäuschen, dass wir uns auf ein gefährliches Abenteuer einließen und dass mancher von uns nicht zurückkehren würde.

Merit und ich hatten deswegen in der letzten Nacht kaum ein Auge zugetan. Erst saßen wir mit meinen Eltern auf unserer Terrasse, dann allein im Fenster unseres Schlafzimmers und zuletzt, als wir eng umschlungen im Bett lagen, wischte ich heiße Tränen von ihren Wangen.

Ein Tross von Maultieren mit Teilen unserer Verpflegung, den Zelten und Waffen, war zwei Tage vorher aufgebrochen, um ein Lager einzurichten. Ein weiterer bereits vier Tage vorher, dieser richtete das zweite, weiter entfernte Lager ein. So kamen wir zügig voran und erreichten schon nach vier Tagen das Gebiet der ersten Stromschnelle, die auch «Böses Gewässer» heißt. Diese Granitbarre zwischen den Inseln Abu und Pirek bildet seit alters her die Grenze zu Nubien, sie wurde deswegen auch «Enge südliche Türöffnung» genannt. Segelboote brachten Pharao und uns Offiziere auf die Insel Abu. In der uralten Festung erwartete uns Merimes, der Königssohn von Kusch.

Merimes begann, wie so viele Beamte, seine Laufbahn in der Verwaltung des Amuntempels, und übte dort die Ämter eines Rindervorstehers und Bauleiters des Amun aus. Noch unter Osiris Thutmosis wechselte er in die königliche Verwaltung über und wurde Vermögensverwalter, Vorsteher der königlichen Schreiber und Leiter der Bauarbeiten des Königs. Im letzten Regierungsjahr von Pharao Thutmosis wurde er zum Königssohn von Kusch bestimmt. Trotz seines fülligen Äußeren war Merimes wendig wie eine Katze. Kurze schwarze Locken zierten sein Haupt, und an beiden Ohren trug er starke Goldringe, wie das im Süden bei Männern allgemein beliebt war. Auch bei uns trugen im Laufe der Zeit immer mehr hochgestellte Beamte, selbst Pharao, Ohrringe. Sehr zur Freude seiner Herrscher verabscheute Merimes im Übrigen einen prunkvollen Lebenswandel, doch es gab Gerüchte über sagenhafte Schätze, die er angeblich in seinem Palast in Napata verbarg.

Ohne große Umschweife ließ sich Amenophis von Merimes und seinem ersten Offizier über den Aufenthaltsort der Aufrührer und über die Stärke ihrer Truppen berichten. Das Heer Pharaos wurde aus dem Gebiet zwischen Buhen, südlich der Insel Abu, und der Stadt Terj, das im Süden noch hinter Napata liegt, ausgehoben. Es lag jetzt in der Stadt Kumma, wenig südlich der zweiten Stromschnelle am Ostufer des Flusses, wo die Soldaten bewaffnet und ausgebildet wurden.

Südlich der zweiten Stromschnelle, beginnend mit der Stadt Gemai, wurde das Niltal eng, das Land karg. Im Osten reichten die Felsen bis an das Ufer des Flusses heran, im Westen der Sand der Libyschen Wüste. Dort, wo sich der Atbara im Norden von Butana in den Fluss ergießt, südlich der fünften Stromschnelle, da vermutete Merimes die Truppen der Aufständischen und ihrer Verbündeten von Irem, Tiurek und Weresch.

In gewaltigen Märschen zog unser Heer, das jetzt mehr als sechstausend Mann zählte, entlang des Flusses über Amara, Sesebi, die dritte Stromschnelle und Dongola nach Süden. Dann macht der Fluss einen langen Bogen in nordöstliche Richtung, vorbei an Meroe, Napata und der vierten Stromschnelle, bis er nach vier weiteren Tagesmärschen ab Abu Hamed wieder nach Süden läuft, zur fünften Stromschnelle. Wenig südlich führt eine uralte Handelsstraße nach Osten zum Roten Meer, von wo aus man mit dem Schiff nach Punt reisen kann. Folgt man dem Lauf des Atbara, der von Südosten in den Nil fließt, gelangt man in das Land und in die Berge der Äthiopier.

Zwischen der fünften Stromschnelle und der Mündung des Atbara schlugen wir unser Lager auf. Die Mannschaften hatten drei Tage Zeit, um sich von den anstrengenden Märschen zu erholen und um ihre Ausrüstung auszubessern. Die Offiziere überprüften die Waffen und die Wagengespanne, während die Tierpfleger die Pferde und die Maultiere versorgten. Nimuria, Merimes und einige Offiziere, zu welchen auch ich gehörte, erkundeten die Umgebung und verschafften sich anhand von Zeichnungen ein Bild von der Gegend. Durch Kundschafter erfuhren wir, dass Icheni und seine Verbündeten in einem Tal nördlich der Einmündung des Atbara in den Nil ihr Lager aufgeschlagen hatten. Dieser Platz war gut gewählt, denn so konnte der Feind unser Heer von weitem kommen sehen und auf jede unserer Bewegungen frühzeitig reagieren.

«Kennen wir die wirkliche Stärke der Feinde?», fragte Pharao in die Runde der Offiziere, die sich in seinem Zelt versammelt hatten. «Kennen wir ihre Bewaffnung und ihre Reserven?»

«Majestät, wir verfügen nur über Schätzungen, und die gehen weit auseinander. Einige meiner Kundschafter schätzen ihr Heer auf fünftausend Mann, andere auf siebentausend», musste Merimes zugeben.

«Es wäre unter keinen Umständen zu verantworten, die beiden Heere aufeinander loszuhetzen, ohne den Feind exakt einschätzen zu können.» Die Stimme Amenis klang etwas ratlos. «Unsere Streitwagen würden ihre Wirkung nahezu verlieren», gab er selbst zu bedenken.

«Nicht, wenn sie dem Feind in den Rücken fallen könnten.»

Ich hielt meine Bemerkung für sehr klug, doch alle sahen mich mit großen Augen an.

«Euer Einwand, edler Eje, ist aus der Sicht eines Soldaten nicht von der Hand zu weisen. Nur ihn auszuführen, wäre nahezu selbstmörderisch», setzte mir Merimes mit blitzenden Augen entgegen.

«Lässt er sich ausführen oder nicht?», fragte Nimuria ungeduldig.

«Unmittelbar südlich der Stromschnelle führt ein schmaler Pfad in östliche Richtung über die Hügel und stößt etwas weiter, zwischen steilen Felsen hindurch auf den alten Handelsweg, der nach Osten zum Meer und nach Westen zur Flussmündung führt. Wenn es uns gelänge, die Streitwagen unbemerkt über den Pass zu bringen, könnten wir dem Heer Ichenis von Osten her in die Flanke fallen.»

Nachdem Merimes geendet hatte, schwiegen alle.

Dann fuhr er selbst fort: «Sollte allerdings Icheni auf ein solches Manöver vorbereitet sein und in den Bergen Truppen stationiert haben, ist dieses Unterfangen ohne jede Aussicht auf Erfolg.»

So beendete Merimes seine Rede.

«Es ist Vollmond», spann Ameni den Gedanken fort. «Man findet also auch ohne Licht den Weg durch die Felsen. Schafft man den Weg in einer Nacht, selbst wenn die Wagen nur langsam vorwärts kommen?»

«Die Zeit, Majestät, es zu schaffen, ist weniger meine Sorge. Ich befürchte nur, dass wir gesehen und gehört werden», gab Merimes wieder zu bedenken.

«Reibt alles was blinkt und glänzt an den Wagen, an der Ausrüstung und an den Pferdegeschirren mit Nilschlamm ein. Sucht im Lager alles an Tuch, was ihr findet und was nicht dringend gebraucht wird. Lasst damit die Wagenräder und die

Hufe der Pferde umwickeln. Wenn das Tuch nicht reicht, dann zerschneidet die Zeltbahnen und wenn es sein muss, schreckt auch vor meinem Zelt nicht zurück. Heute am späten Nachmittag werden unsere Fußtruppen unter der Führung Merimes bis zum Eingang des Tales, in dem das feindliche Lager steht, vorrücken. Dort werden sie die Schlachtaufstellung einüben. Zwanzig Streitwagen bleiben hier. Sie sollen immer wieder an verschiedenen Stellen aus dem Rücken der Fußtruppen auftauchen. Der Feind soll glauben, ihm stünden alle unsere Streitwagen gegenüber. Erst nach Sonnenuntergang beendet ihr die Übung und beschäftigt den Feind mit lautem Gesang und frechen Reden. Sobald der erste Sonnenstrahl über den Berg in das Tal fällt, greift ihr an. Entweder wir sind dann zur Stelle, oder wir gehen alle unter. Mein Vater Amun stehe uns bei!»

«Majestät, erlaubt Ihr gleichwohl, dass ich einen Späher entsende, um die Zahl der Feinde doch noch zu erfahren?»

Merimes sah Nimuria mit flehenden Augen an.

«Wer ist bereit, diesen Auftrag zu übernehmen?»

Es meldete sich Maj, ein junger und mutiger Offizier der Fußtruppen aus der Division des Amun.

«Merke dir Maj: Bei Sonnenaufgang greifen wir an, gleich, ob du da bist oder nicht!»

Die Wagenlenker und Pferdeknechte verbrachten nahezu den ganzen Tag damit, die Waffen, die Wagen und das Zaumzeug so vorzubereiten, wie Pharao es befohlen hatte, und verschmierten alle glänzenden Teile mit Schlamm. Erst kurz vor Abmarsch verbanden sie die Hufe der Pferde, damit das Tuch nicht vorzeitig durchgewetzt wurde.

Die Fußtruppen brachen am Nachmittag unter Merimes' Führung auf, um den Aufmarsch des morgigen Tages vorzubereiten und um den Feind über unsere wahren Absichten zu täuschen.

Amenophis brachte kurz vor Sonnenuntergang in seinem Zelt, das freilich unberührt blieb, Amun Opfer dar und traf sich ein letztes Mal vor der Schlacht mit seinen Offizieren. Zwei nubische Späher, die uns Merimes besonders empfohlen hatte, führten den langen Zug an. Ein Offizier schlug vor, dass sich Nimuria am hinteren Ende der Kolonne aufhalten sollte, denn für den Fall, dass wir in einen Hinterhalt gelangten, sollte er unbeschadet entkommen können.

«Wofür haltet Ihr Euren Herrscher? Ich selbst werde den Zug anführen. Dort ist mein Platz, Offizier, nur dort!»

Ich hatte keine andere Antwort erwartet.

Jetzt war es dunkel, denn der Mond war noch nicht über den Bergen aufgestiegen. Nimuria befahl den Abmarsch. Alle gingen zu Fuß, auch Pharao, und so blieben die Streitwagen leer. Am Ende des Anstieges erreichten wir ein schmales Hochtal, auf dessen beiden Seiten die Felsen steil nach oben ragten. Jetzt erschien die Mondscheibe über dem Kamm des Gebirges, doch wir konnten unbemerkt im Schatten der östlich gelegenen Felsen marschieren. Der Anblick unseres Zuges ließ einen erschaudern, denn wie ein Geisterzug bewegte sich die Armee von einhundertachtzig Streitwagen, einer hinter dem anderen, fast lautlos über den schmalen Pfad. Alle Sinne waren auf das Äußerste angespannt. Jedes noch so leise Geräusch ein Steines, der Schrei einer Eule oder ein davonlaufender Hase ließen uns zusammenfahren wie kleine Kinder, und es kam einem Wunder gleich, dass nicht eines der Pferde auch nur einmal wieherte.

Gegen Mitternacht hatten wir die Hälfte des Weges zurückgelegt, und Nimuria ordnete eine kurze Rast an. Der Mond stand jetzt genau über uns und tauchte die Felslandschaft ringsherum in ein kaltes silbrig-blaues Licht. Die Wagenlenker überprüften den Halt der Tücher, alle tranken hastig einen Schluck Wasser, dann setzte sich der Zug wieder in Bewegung.

Kurz bevor wir auf den alten Handelsweg stießen und der Pfad schon eine ganze Weile nach unten führte, begann es zu dämmern. Da lief einer der nubischen Späher, welcher dem Zug immer einhundert bis zweihundert Ellen vorausging, zu uns zurück und gab Nimuria durch ein Handzeichen zu verstehen, dass er Feinde gesehen hat. Mit gesenktem Haupt kniete er vor Nimuria, doch dieser befahl ihm aufzustehen, damit er ihn besser verstehen konnte. Zwei, drei Biegungen weiter hielt sich links an einer kleinen Anhöhe ein feindlicher Spähposten mit vier oder fünf Mann auf. Wie viele es genau waren, konnte der Nubier nicht sagen, da sie durch einen Felsen verdeckt wurden. Nimuria zögerte keinen Augenblick und winkte mich und drei seiner besten Bogenschützen zu sich. Er beschloss, angeführt von unserem Späher, den links von uns liegenden Hang zu besteigen, um von einem Punkt oberhalb der Feinde hinunterschießen und sie töten zu können.

«Legt alles ab, was ihr nicht braucht», befahl er ungeduldig. «Wir dürfen nichts mit uns führen, was auch nur das kleinste Geräusch verursachen könnte.»

Pharao legte selbst seinen Helm und seine Sandalen ab und trug außer seinem Schurz nichts mehr am Leib. Dann ergriff er seinen Bogen, wickelte fünf Pfeile in ein Tuch, und befahl dem Nubier, uns voranzugehen. Barfuss, den Bogen über der Schulter, schlichen wir wie Berglöwen in geduckter Haltung zwischen den Felsen hindurch. Wir brauchten eine halbe Stunde, ehe wir unbemerkt einen geeigneten Platz erreichten, fünfzig bis sechzig Schritt von unseren Feinden entfernt. Dann sah ich die vier Nubier, die in Decken gehüllt und den Rücken zu uns gewandt, um ein nur noch glimmendes Lagerfeuer saßen. Ein fünfter lehnte an einem Felsblock und sah ins

Tal. Er wäre unser Entdecker gewesen, hätte ihn unser Späher nicht vorher bemerkt.

Nimuria gab uns durch Zeichen zu verstehen, auf wen wir zu schießen hatten. Ameni spannte als erster den Bogen, dann sah er zu uns, und wartete, bis wir ihm alle, einer nach dem anderen, zugenickt hatten. Mein Herz pochte wie rasend, und es kam mir wie eine Ewigkeit vor, bis ich endlich Nimuria leise zählen hörte: «Drei, zwei, eins – und – ».

Fünf Pfeile schwirrten gleichzeitig talwärts. Der von mir getroffene Nubier sank lautlos vornüber in die Glut. Mein Pfeil traf ihn mitten ins Herz. Amenophis durchschoss seinem Opfer den Hals, und der Mann sank tot zusammen, noch ehe er die Hände bis zu den Wunden hochheben konnte. Einer der Nubier lag gekrümmt am Boden, wimmerte leise und röchelte. Ohne ein Wort zu sagen, nahm Nimuria einen zweiten Pfeil, und ein gezielter Schuss durch den Hals beendete auch dessen junges Leben. Alle fünf waren tot, und weil wir nichts mehr von ihnen zu befürchten hatten, befahl Ameni sofort den Abstieg zu den Wagen, ohne sich weiter um sie zu kümmern. Wir durften nicht noch mehr Zeit verlieren.

Eine Flut von Gedanken brach über mich herein, völlig ungeordnet, Gedanken an Merit, mein Zuhause, den von mir getöteten Nubier, an meine Eltern und immer wieder an den Nubier, dessen Gesicht ich nicht einmal gesehen hatte. Ich wusste nicht recht, was ich wirklich über den Tod des mir völlig fremden Menschen fühlen sollte. Einerseits spürte ich einen gewissen Stolz, war ich doch durch diese Tat ein Soldat geworden, der seine Pflicht tat. Andererseits überlegte ich, was die Frau des Getöteten, was seine Familie empfinden würde, wenn sie von dessen Tod erfuhren. Ich glaube, dass Ameni ähnlichen Gedanken nachging, denn auch er ging mit regungsloser Miene neben seinem Wagen und schien seine

Umwelt kaum wahrzunehmen. Die Bürde, die auf Amenis Schultern lastete, wog ungleich schwerer.

Ohne weitere Behinderung erreichten wir den Handelsweg. Er war bedeutend breiter als der Pfad, auf dem wir bislang gefahren waren. Da die Zeit drängte, ließ Amenophis alle aufsteigen und die Pferde im Trapp losmarschieren. Kurz bevor die Handelsstraße in das weite Tal einmündete, machten wir Halt. Nimuria ließ die Tücher von den Rädern und den Hufen der Pferde nehmen, und mit den Fetzen den Nilschlamm von den Waffen, der Rüstung und den Wagen entfernen. Alle durften sich ein letztes Mal stärken, ehe es in die Schlacht ging. Zuletzt rief er die vier Hauptleute und den Vorsteher der Leibgarde zu sich, und erteilte in knappen Worten den Aufmarschbefehl. Dann jagten wir los, denn jeden Augenblick würde die Sonne über den östlichen Hügeln emporsteigen. Als wir den Eingang des Tales erreichten, sahen wir links unterhalb von uns, an der nördlichen Flussmündung, das feindliche Lager, und weiter rechts, nach Norden zu, das Heer der Aufrührer, das gerade laut johlend auf die Fußtruppen Merimes zumarschierte. Die Nubier waren ein wilder Haufen, der eine Schlachtordnung nicht erkennen ließ. Die Schlachtordnung Merimes dagegen war beeindruckend. In vier großen Abteilungen, die leicht halbkreisförmig aufgestellt waren, traten sie dem Feind gegenüber. Das Geschrei der feindlichen Krieger wurde durch den gleichmäßigen ohrenbetäubenden Schlag unserer Kriegstrommeln, zu deren Takt unsere Soldaten marschierten, übertönt.

Pharao, umgeben von sechs Wagen seiner Leibgarde, blieb in der Mitte des Feldes stehen. Rechts und links neben ihm nahmen je neunzig Streitwagen in Zweierreihen Aufstellung. Mit zwei roten Fahnen gab uns Merimes zu verstehen, dass er uns gesehen hatte und begann den Angriff. Langsam rollten unsere Wagen erst in südwestliche Richtung. Während der

Fahrt zogen wir die Reihen auseinander, sodass alle Streitwagen in einer breiten Front aufmarschierten. Senu, der mir all die Tage nicht von der Seite wich, nahm jetzt das schwere Lederschild in die linke Hand und warf einen letzten prüfenden Blick auf die vielen Pfeile, die in den Köchern des Wagens steckten. Alle Augen waren auf Pharao gerichtet, der, für alle weithin sichtbar, wieder den blauen Chepresch, den Kriegshelm, trug. Seine Linke hielt die Zügel des Wagens. Dann erhob er die rechte Hand, die den mächtigen Bogen umklammerte, und gab so das Zeichen zum Angriff. Die Pferde wechselten in schnellen Galopp, und vor einer immer größer werdenden Staubwolke flogen wir den Feinden entgegen.

Während wir uns näherten, gingen die zwei mittleren Heeresgruppen Merimes auseinander und öffneten so den verbliebenen zwanzig Streitwagen den Weg auf den Feind. Sie trieben in die Mitte des feindlichen Heeres einen breiten Keil, in welchen sofort unsere Soldaten nachstießen, um die Truppen Ichenis endgültig zu spalten. Als wir uns bis auf zweihundert Ellen dem Feind genähert hatten, schossen wir die ersten Pfeile ab. Die nubischen Krieger bemerkten den Aufmarsch der Streitwagen in ihrem Rücken erst spät, da ihre ganze Aufmerksamkeit bislang nur unseren Fußtruppen gegolten hatte.

Umso wirkungsvoller war unser Angriff. Wir erreichten das Heer Ichenis, und sofort stießen zwei Wagenkolonnen Pharaos mit ganzer Wucht auf dessen Mitte, bis sie auf unsere entgegenkommenden Streitwagen trafen, wodurch das feindliche Heer jetzt endgültig geteilt war. In wilder Fahrt umrundeten je hundert unserer Wagen die getrennt kämpfenden nubischen Einheiten. Ich weiß nicht mehr, wie viele Pfeile ich abschoss, und wie viele Nubier von meinen leichten Speeren getötet wurden oder schwer verletzt niedersanken. Senu hatte alle Mühe, feindliche Pfeile, Steine und Schläge von Streitäxten mit seinem Schild abzuwehren. Nachdem wir den Feind viermal umkreist und ihm schwere Verluste zugefügt hatten, stießen wir mit je fünf Streitwagen in die beiden Heeresgruppen der Nubier hinein und trieben so ihre Soldaten noch weiter auseinander. Ihre Lage wurde zunehmend aussichtsloser. Ichenis Krieger wurden von allen Seiten angegriffen, und das Morden, das jetzt einsetzte, war schrecklich.

Der Lärm auf dem Schlachtfeld war unerträglich. Man konnte nicht mehr unterscheiden zwischen dem wütenden Brüllen der Angreifer und dem entsetzlichen Wehklagen und Aufschreien getroffener und sterbender Nubier. Und je länger das Gemetzel dauerte, umso widerlicher roch es auf dem Schlachtfeld nach Schweiß und Blut, ja stank es nach dem Gedärm, das aus den aufgeschlitzten Bäuchen heraushing.

Mit Schwert und Keule schlug auch ich auf jeden ein, der sich mir in den Weg stellte. Senu wehrte mit dem Schild die wenigen Gegenangriffe ab, und Feinde, die ich nicht oder nicht tödlich traf, stach er mit seiner Lanze nieder. Zahlreiche nubische Soldaten wollten jetzt fliehen, wurden aber von ihren Anführern unter Peitschenhieben und Stockschlägen zum Weiterkämpfen angetrieben. Als ich mit der Rechten zu einem Keulenschlag ausholte, jedoch das Ziel verfehlte, da sich der Elende im letzten Augenblick wegduckte, verlor ich den Halt und wurde von einem anderen nubischen Krieger von meinem Wagen gezerrt und zu Boden geworfen. Er zückte seinen Dolch und holte weit aus, um zuzustechen, da bohrte sich Senus Lanze von oben in seinen Rücken. Mit weit aufgerissenen Augen starrte mich der Nubier an, und hellrotes Blut quoll aus seinem Mund auf meine Brust. Dann brach er tot über mir zusammen, der verschwitzte und staubverschmierte Körper lag auf mir. Ich streckte meine Hand nach Senu aus, und als unser Wagen wieder anfuhr, zog er mich zu sich empor. Obwohl ich mein Ende bereits vor Augen hatte, wurde ich nicht vorsichtiger, sondern stürzte mich, angetrieben von noch mehr Wut, schreiend auf alles, was sich mir in den Weg stellte. Senu und ich schlugen eine Schneise des Grauens und des Todes in die Reihen unserer Feinde. Die anderen Streitwagenkämpfer standen uns kaum nach.

Es waren nicht mehr als zwei Stunden vergangen, da waren die Elenden so sehr geschwächt, dass sie in alle Richtungen auseinander liefen. Diejenigen, die auf dem Schlachtfeld zurückblieben, fanden Gnade und wurden von unseren Fußtruppen gefangen genommen. Die Flüchtenden ereilte jedoch ein grausames Schicksal. Unsere Wagen setzten ihnen nach, und was nicht im Pfeilhagel der Bogenschützen umkam, wurde ein Opfer von Schwert, Lanze und Keule.

Als das grausame Werk beendet war, fuhren wir mit Pharao in unserer Mitte zum Lager der Feinde und umstellten es. Amenophis gab Befehl, jeden, der fliehen wollte, sofort zu töten, gleich ob Mann oder Frau, Greis oder Knabe. Einer unserer nubischen Offiziere rief in der Sprache der Aufständischen in das Lager hinein, es solle sich ergeben, wer sich versteckt halte, und sich vor dem Guten Gott in den Staub werfen. Erst kamen nur einzelne Frauen, Kinder und Greise aus den Zelten, schließlich jedoch wurden es immer mehr, die kamen und sich vor Nimuria niederwarfen und im Staube liegend um Gnade flehten.

Dann fuhren unsere ersten Wagen langsam in das Zeltlager hinein. Senu und ich folgten ihnen. Wir waren auf das Äußerste angespannt, denn überall konnten sich noch auf Rache sinnende Krieger Ichenis versteckt halten. Wir erreichten einen größeren Platz, der den nubischen Kriegern offenbar zu Versammlungen gedient hatte, denn ich sah sieben geschnitzte Holzfiguren, jede gewiss sieben Ellen hoch, die um den Platz herum im Boden eingegraben waren.

Dort überkam mich fürchterliches Entsetzen: Ich sah Maj, unseren freiwilligen Kundschafter. An Armen und Füßen gefesselt lag er auf dem Boden. Senu und ich sprangen vom Wagen und liefen zu ihm. Ich rief nach Ameni, so laut, dass sich meine Stimme überschlug. Maj war auf das Grausamste geschändet, aber er lebte offenbar noch. Sie hatten ihm alle Finger abgeschlagen, die Nase und die Ohren abgeschnitten. Sein Bauch war auf der ganzen Länge geöffnet, und ein Stück Holz spreizte die Haut auseinander, dass ich die Därme sah. Sie waren an einigen Stellen aufgeritzt, es roch grauenvoll. In dieser klaffenden Wunde und auch an den anderen Wunden Majs schwirrten Tausende von Fliegen und Mücken, die wie besessen schienen, den geschändeten Körper endgültig zu töten und aufzufressen. Aber nicht genug. Selbst die oberen und unteren Augenlider hatte man ihm abgetrennt, und so starrten seine Augen, die schon längst ausgetrocknet und erblindet waren, wie matte, ungeschliffene Edelsteine ins Nichts. Ich stürzte mich auf Maj, und bevor ich mit meinem Messer die Fesseln auftrennte, nahm ich schnell das Holzstück aus der Bauchöffnung. Maj stöhnte laut auf.

«So tötet mich doch endlich! Endlich tot», hauchte er mir mit letzter Kraft entgegen. Ich wusste, dass er mich nicht sehen konnte. Aber hörte er mich denn? Dann legte Senu eine Decke über seinen Körper, damit ihn wenigstens das Ungeziefer nicht länger quälen konnte.

«Maj!», rief ich laut. «Ich bin es, Eje! Hörst du mich, Maj?»

«Töten! Endlich töten», stammelte er nur. Jetzt gab ihm Senu zu trinken.

Dann erschien Ameni, umgeben von Soldaten seiner Leibgarde. Als er neben mir stand, nahm ich die Decke ein wenig zur Seite, damit er sehen konnte, wie schlimm es um Maj stand. Maj schien begriffen zu haben, dass wir nicht seine Peiniger, sondern seine Freunde waren. Er wurde unruhig, und nachdem er nochmals getrunken hatte, begann er zu reden: «Ein Ast, ein trockener Ast in der Nähe des Lagers hat mich verraten. Ich, ich konnte nicht mehr fliehen. Sie wollten alles von mir wissen. Aber ich habe ihnen nichts gesagt.»

Seine Stimme wurde jetzt langsamer und leiser.

«Dann haben sie mir erst die Finger, dann die Nase und die Augen …»

Maj brachte kein Wort mehr hervor. Nicht nur mir, auch Ameni, der jetzt neben mir kniete, standen die Tränen in den Augen. Verzweifelt sah er mich an.

«Dein Halskragen», sagte ich. «Lass ihn deinen Halskragen berühren! Das ist das Einzige, was er erfühlen, erkennen kann.»

Ameni beugte sich etwas über Maj, ergriff dessen rechte Hand, und ließ ihre blutverschmierte Innenseite langsam über den Halskragen gleiten, zwei, drei Mal. Plötzlich bebte Maj, er wurde unruhig und bäumte sich auf.

«Guter Gott! Majestät! Seid Ihr es?»

Ameni ergriff zur Bestätigung Majs Oberarm und drückte ihn. Dann ließ er den Sterbenden nochmals den Halskragen fühlen. Maj war sich jetzt sicher.

«Verzeiht mir, Majestät», hauchte er nur noch. «Verzeiht mir!»

Und mit letzter Kraft sagte er: «Sterben! Bitte Sterben!»

Amenophis nahm Maj in seine Arme. Dann griff er nach seinem Dolch. Mit dem linken Arm drückte er den Sterbenden fest an sich, mit der Rechten stieß er die spitze Klinge ruckartig in Majs linke Seite, sodass er augenblicklich tot zusammensank. Eine größere Gnade konnte Ameni seinem tapferen Offizier nicht mehr gewähren. Maj war für mich ein Fremder, doch sein Sterben ging mir sehr nahe. Jeden von uns hätte dieses grausame Schicksal treffen können. Ich überlegte, wie Merit reagierte, wenn ich ein solch grausames Ende nähme.

So starb Maj, einer der tapfersten Krieger Nimurias aus Napata. Er war gerade zwanzig Jahre alt. Seinen Leichnam ließ

Pharao in Tücher hüllen und mitnehmen. Er sollte würdevoll und nach unseren Bräuchen beigesetzt werden. Ich beschloss, bei unserer Rückkehr seine Familie aufzusuchen.

Pharao befahl, das ganze Lager durchsuchen zu lassen und alle gefangen zu nehmen, die man fand. Es waren noch etwas mehr als hundert Männer, Frauen und Kinder. Alles was von Wert war, vor allem Gold, brachten die Soldaten zum Sammelplatz, von wo alles zu unserem Lager am anderen Ende des Tales geschafft wurde. Dann gab Amenophis den Befehl, das Lager der Feinde niederzubrennen.

Auf unserem Rückweg überquerten wir das Schlachtfeld. Unsere Soldaten kamen ihrer grausigen Pflicht nach. Sterbende Krieger Ichenis, denen nicht mehr geholfen werden konnte, erhielten den Gnadenstoß, die Verletzten wurden versorgt. Den Toten schlug man die rechte Hand ab, um sie später Pharao als Beleg für die Zahl der umgekommenen Feinde vorzulegen. Außerdem wurde den Toten all ihr Goldschmuck weggenommen. Goldringe an Nasen und Ohren rissen die Soldaten einfach ab. Um in den Besitz der Reife an Armen und Füßen zu gelangen, schlugen sie mit den Streitäxten die Gliedmaßen ab. Die gefangenen Krieger Ichenis mussten eine Grube von sechzig Ellen Länge ausheben. Dorthin wurden die Leichen der Elenden geworfen und verscharrt.

Amenophis ließ sich in seinem Kriegszelt waschen und neu einkleiden, bevor die Gefangenen vorgeführt wurden. Unter ihnen befanden sich auch Icheni selbst sowie drei seiner Verbündeten. An Ichenis rechter Schulter klaffte eine tiefe Wunde, die ihm eine ägyptische Streitaxt zugefügt hatte, umschwirrt von unzähligen Fliegen und Mücken. Der große, muskulöse Nubier ließ sich nichts anmerken. Keine Gefühlsregung verriet die Schmerzen, die er erlitt. Sein kantiges Gesicht, verschmiert von Blut und der weißen Farbe der Kriegsbemalung, strahlte trotz der Niederlage und trotz des Wissens um einen baldigen Tod Würde, ja Überheblichkeit aus.

Das gesamte Heer nahm Aufstellung. In der Mitte die Fußtruppen, rechts und links je zwei Einheiten der Streitwagentruppe. Davor knieten in Dreierreihen die gefangenen Nubier, Krieger ebenso wie Frauen und Kinder. Vor Pharaos Zelt lag die Beute. Ein Haufen mit Waffen aller Art und ein zweiter Haufen nur aus Gold und Edelsteinen, kostbaren Fellen und Elfenbein.

Trommelwirbel und Fanfarenstöße kündigten das Erscheinen Pharaos an. Als er, gefolgt von Merimes, aus dem Zelt trat, lagen ausnahmslos alle vor ihm auf dem Boden. Da durfte auch ich keine Ausnahme machen. Nimuria trug das Nemes-Kopftuch mit dem goldenen Stirnreif, einen schweren Prunkkragen und goldene Sandalen. Er nahm auf seinem Thron Platz, rechts und links von ihm je zwei Wedelträger und zehn Soldaten der Leibgarde. Mit lauter Stimme, die durch das ganze Tal erklang, rief Merimes, der Königssohn von Kusch:

«Der Abgefallene des elenden Kusch hegte eine Rebellion im Herzen. Seine Majestät schritt voran zum Sieg, den Sie bei Ihrem ersten Feldzug errang. Seine Majestät fiel über sie her wie der Flügelschlag des Falken, wie Month in seinen Erscheinungen. Icheni, der Prahler inmitten seines Heeres, hatte den Löwen nicht gekannt, der vor ihm erschien, nämlich Nimuria, den wilden Löwen, dessen Krallen das elende Kusch packten und der alle seine Fürsten in ihren Tälern zertrat, sodass sie einer wie der andere in ihrem Blut dalagen. So tat Amenophis, Herrscher von Waset, Herr der Kraft mit dem Bogen, der den Sieg liebt, dem Leben, Dauer, Heil und Gesundheit gegeben werde wie Re ewiglich!»

Dann rief Merimes weiter:

«Erhebt euch, ihr tapferen Krieger Seiner Majestät!»

Wir alle taten, wie uns befohlen, und mit einer Stimme, so

laut, wie nur die Stimme von Soldaten sein kann, schrien wir den Namen unseres Guten Gottes:

«Nimuria! Nimuria! Nimuria!»

Dann verlas Merimes die Namen der Soldaten, die sich durch besondere Tapferkeit ausgezeichnet hatten. Es waren Anführer der Fußtruppen und der Streitwagen, aber auch einfache Soldaten, zwanzig an der Zahl. Auch Senu und ich waren darunter. Wir erhielten aus der Hand Merimes die höchste Auszeichnung, die einem ägyptischen Soldaten zuteil werden konnte: die goldene Fliege, das Abbild des mutigsten und hartnäckigsten aller Tiere, das auch vor seinen mächtigsten Feinden nicht flieht.

«Du hast dem Einzigen Freund Meiner Majestät das Leben gerettet, Senu», sprach Ameni, als mein Leibdiener vor Pharao im Staube lag.

«Weil du Pharao und sein Land durch diese Tat vor großem Kummer bewahrt hast, schenke ich dir die Freiheit. Nach unserer Rückkehr wirst du Offizier in der Streitwagentruppe von Waset sein und von Meiner Majestät ein Haus und Diener erhalten.»

Dann wurde Senu eine große Gnade gewährt: Er durfte Pharaos Fuß küssen. Nach der Ehrung schlugen die Soldaten mit ihren Schwertern gegen die Schilde, laut und unaufhörlich.

Und wieder erhob Merimes seine Stimme:

«Ihr Besiegten von Kusch, Irem, Tiurek und Weresch, schwört ihr, künftig treue Untertanen Seiner Majestät zu sein, nie wieder zu rebellieren und die Waffen zu erheben wider den Sohn Amuns? Wer zu diesem Schwur bereit ist, falle vor Seiner Majestät nieder und flehe um Gnade.»

Acht Anführer der Elenden warfen sich vor Nimuria und winselten um Gnade, versprachen ihm ewige Treue und Gehorsam. Nur Icheni und zwei seiner Mitstreiter blieben verstockt. Gefesselt an Händen und Beinen wurden sie vor den Thron gezerrt. Ungerührt sah ihnen Nimuria lange in die Augen. Nachdem sie noch immer kein Zeichen von Reue und Unterwerfung erkennen ließen, gab Nimuria dem Hauptmann der Leibgarde ein Handzeichen. Vier Soldaten fassten den ersten an den Armen, und ein Fünfter stieß ihm das Schwert in den Bauch und zog es nach oben bis zum Brustbein. Dann ließen sie ihn zu Boden sinken, wo ihm der Kopf abgeschlagen wurde.

Zuletzt starb Icheni.

Im Schein zweier Kerzenleuchter schrieb ich nachts, als außer den Wachen alle schliefen, Merit einen langen Brief. Ich berichtete ihr von der Schlacht und unserem Weg dorthin, wie heldenhaft Ameni gekämpft und dass Senu mich vor dem sicheren Tod gerettet hatte. Ich verschwieg ihr natürlich nicht, dass auch Senu und ich goldene Fliegen erhalten und dass Nimuria meinem Diener die Freiheit geschenkt hatte. Ich schrieb ihr weiter, dass ich oft das Lied von dem kleinen Mädchen singen und dabei immer an sie denken würde.

Zusammen mit den offiziellen Schreiben Nimurias und seinem Brief an Teje, brachte ein Bote auch meinen Brief an Merit nach Waset.

Amenophis entließ jetzt einen kleinen Teil des Heeres, wusste er doch, dass er keine großen Angriffe mehr zu befürchten hatte. Wir verweilten noch einige Wochen im Süden, da Pharao durch seine Anwesenheit verhindern wollte, dass sich nach dem Tod Ichenis erneut Banden von Aufrührern zusammenrotteten. Wir zogen von Dorf zu Dorf und nahmen an Gold und Edelsteinen mit, was wir finden konnten.

Schließlich drangen wir bis in den Norden Äthiopiens vor. Das Land dort sah ganz anders aus als bei uns. Wir erreichten eine weite Steppe, unterbrochen von ausgedehnten Bergketten und bewachsen mit hohem Gras und uns unbekannten dornigen Sträuchern. Dort gab es unzählige Löwen und Elefanten, Giraffen und noch mehr Antilopen, so viele, wie ich später nie mehr sehen sollte. Immer wieder unternahmen wir Jagden, und Ameni erlegte in diesen Tagen siebzehn Löwen und andere Tiere ohne Zahl.

Am achten Tag erblickten wir von weitem einen Sprung Buschböcke. Der Wind stand günstig, und so kamen Ameni, zwei seiner Leibsoldaten, Senu und ich bis auf wenige Schritte an die Tiere heran. Wie so oft genügte ein Kopfnicken, und unsere Pfeile schwirrten den Zielen entgegen. Drei Buschböcke, Antilopen mit rötlichem weißgestreiften Fell und spitzen Hörner von bis zu einer Elle Länge, gingen im hohen Gras zu Boden. Die anderen sprangen in wilder Flucht ab. Amenophis strahlte und ging sogleich los, um die Beute zu suchen. Dicht an dicht zogen wir durch das hohe Gras, bis wir die ersten beiden Tiere fanden. Sie waren bereits verendet. Ich ging einige Schritte neben Ameni, da sprang Senu mit einem gewaltigen Sprung nach vorne und stellte sich vor seinen Herrscher. Im selben Augenblick schoss der Buschbock, in dessen Flanke noch mein Pfeil steckte, nach vorne und bohrte mit gesenktem Haupt seine beiden Hörner tief in Senus Unterleib. Ameni zog seinen Dolch, warf sich auf das Tier und rammte ihm die Klinge über dem ersten Wirbel von hinten in das Haupt. Der Buschbock verendete auf der Stelle. Senu brüllte fürchterlich, denn offenbar hatten ihm die Hörner beide Nieren durchbohrt. In unserer Hilflosigkeit entschlossen wir uns, Senu wenigstens von dem Tier zu befreien. Von hinten umklammerte ich seinen Oberkörper, und die Soldaten Amenis zogen vorsichtig, aber unter den erbärmlichsten Schreien Senus an dem Buschbock, bis der Leib meines Dieners vom Gehörn des Tieres befreit war. Wir hatten nicht einmal ein Tuch bei uns, um die stark blutenden Wunden abzudecken.

«Ich hätte Euch vorher vor diesen Tieren warnen müssen, Majestät», stöhnte Senu, und sein Atem ging schwer.

«Ich kenne diese Tiere schon so lange. Sie ... sie haben mehr Menschen umgebracht, als alle Löwen und Hyänen ... zusammen.»

«Jetzt hast du auch mein Leben gerettet» sagte Ameni, der sich neben Senu hinkniete und liebevoll über die Stirn des Sterbenden streichelte. An einem kurzen Lederriemen blinkte Senus goldene Fliege im Schein der Mittagssonne. Immer mehr Schweißperlen sammelten sich auf seiner Stirn. Sein Atem ging heftiger, und er richtete seinen Oberkörper auf. Er drehte seinen Kopf ein wenig und sah mich mit starren Augen an. Seine Lippen bewegten sich, und er murmelte ein paar Worte, die ich aber nicht verstehen konnte. Langsam drehte er jetzt seinen Kopf zu Ameni, sah ihn an und sackte dann tot in sich zusammen.

Ich glaube, Amenophis berührte das Ende Senus ebenso wie mich, auch wenn es für ihn nur ein Diener von vielen war. Wir nahmen seinen Leichnam mit uns und begruben ihn unter den weit ausladenden Ästen eines gewaltigen Affenbrotbaums in der Nähe unseres Lagers. Ich schrieb Merit einen weiteren Brief und berichtete auch von diesem schrecklichen Erlebnis und dem Ende meines treuen Senu.

Wir verließen Äthiopien und zogen wieder nach Norden, dem Flusslauf des Atbara folgend, bis zu der Stelle, wo er südlich der fünften Stromschnelle in den Nil mündet und Amenophis das elende Kusch besiegt hatte. Ein großer Teil unseres Heeres war dort zurückgeblieben, und alles Gold, das unsere Soldaten den Nubiern abnahmen, wurde hier gesammelt und bewacht. Wir blieben noch vier Tage an der Mündung des Atbara, bis alle unsere Einheiten zurückgekehrt waren. Nimuria ließ die Vorräte auffüllen, die Streitwagen überprüfen und in Stand setzen, wenn es nötig war. Die Schreiber erfassten alles

Gold, das eintraf, verteilten es unter Amenis und meinen wachsamen Blicken in Ledertaschen und versahen jede mit einer Zahl. Auf unserer Rückreise war jeder Offizier für zwanzig dieser Taschen verantwortlich und musste sie Abend für Abend bei Pharaos Schreiber, der wiederum meiner persönlichen Aufsicht unterstellt wurde, abgeben. Auf einer langen Schriftrolle bestätigte der Schreiber die Übergabe jeder einzelnen Tasche. Zuletzt zählte ich die Taschen und verglich das Ergebnis mit der Liste. Dann erstattete ich Pharao Meldung, dass nichts fehlte. Nicht anders geschah es mit den mehr als dreitausend Gefangenen. Auch sie wurden jeden Abend gezählt, und wenn einer unterwegs verstarb oder wegen einer Krankheit oder aus Schwäche zurückbleiben musste, hatte der verantwortliche Offizier dies genau zu melden, und zwei einfache Soldaten mussten diesen Bericht bestätigen. Nur so konnte verhindert werden, dass die in Freiheit verbliebenen Nubier Gefangene heimlich freikaufen konnten.

Wegen all dieser Vorsichtsmaßnamen kamen wir nur sehr langsam vorwärts. Manchmal entließ Ameni für einige Stunden seinen Wagenlenker und holte mich auf seinen Streitwagen. Dann führten wir endlose Gespräche über unsere Familien, seine Baupläne, über unsere gemeinsame Kindheit und die Zukunft. Amenophis genoss es, weit weg zu sein von den strengen Augen der Priester und der Großen des Reiches.

«Ich weiß, wie sie über mich denken. Sie meinen, ich sei einem Größenwahn verfallen. Der Tempel in Ipet-sut, mein Tempel der Millionen Jahre, mein Palast. Ein gehorsamer König, ein treuer Sohn seines Vaters Amun.»

Die Außenseiten seiner mandelförmigen Augen zogen sich noch weiter als sonst nach oben, und seine wulstige Oberlippe wirkte starr, als er mich ansah.

Dann fuhr er fort: «Erinnerst du dich noch daran, als ich in Men-nefer den kleinen Amuntempel einreißen ließ, der meine

Geschwister unter sich begrub? Auch die Priester Amuns wissen das und sind seitdem misstrauisch gegen mich.»

«Aber rühmst du dich nicht bei jeder Gelegenheit, der Sohn Amuns zu sein, und tust du nicht alles, damit Amun noch mehr verherrlicht wird als bisher?»

«Auf der einen Seite hast du Recht, Eje. Aber hast du nicht bemerkt, dass sich mehr und mehr ein Kult der Sonnengottheiten Platz verschafft? Amun wandelte sich schon zu Amun-Re, und die Verehrung des Aton nimmt zu. Aber die obersten Priester des Amun werden keine Gelegenheit bekommen, sich zu beklagen, selbst wenn andere Gottheiten zu größerem Ansehen gelangen. Ich werde ihre Tempel vergrößern und sie reich beschenken. Dennoch wird die unerträgliche Macht dieser Amunpriester, die sich für die wahren Herrscher Ägyptens halten, irgendwann ein Ende haben.»

Den Anfang machte Amenophis mit dem Schatz, den er nach Waset brachte, einem Schatz, wie ihn vorher noch niemand gesehen hatte. Zusammen mit dem, was Pharao bereits besaß, übertraf dieser Reichtum alles, was Amun jemals sein Eigen nennen konnte.

ELF

Große Trauer herrscht unter den Göttern,
denn sie können den Weg nicht erfassen,
den du nahmst, du junges Kind,
dessen Zeit noch nicht war.

Auf unserem Rückweg bereitete man Pharao in jeder Stadt, in jedem Dorf einen feierlichen Empfang. Nimuria genoss es sehr, als der Bezwinger des elenden Kusch gefeiert und bejubelt zu werden. In Kerma, Semna und anderen Städten errichteten die Bürgermeister auf Geheiß Pharaos Denkmäler. Darauf hieß es:

«Es lebe der Horus Starker Stier, in Wahrheit erschienen, der die Gesetze fest sein lässt und die Beiden Länder beruhigt, groß an Kraft, der die Asiaten schlägt, der Gott, Herrscher von Waset, Sohn des Amun, zufrieden mit der Kraft, der Schützer dessen, der seine Schönheit schuf, der König von Ober- und Unterägypten, Nimuria, Erbe des Re, Amenophis, Herrscher von Waset, geliebt von Amunrasonther und Chnum von Bigeh, dem Leben gegeben wurde ewiglich.

Jahr fünf. Seine Majestät kehrte zurück, nachdem er bei seinem ersten siegreichen Feldzug gegen das Fremdland des elenden Kusch triumphiert hatte und nachdem er seine Grenze, wie er wollte, bis zu den Himmelsstützen gelegt hatte. Er errichtete die Stele der Siegestaten bis zu den Wassergebieten des Horus. Es gibt keinen König Ägyptens, der desgleichen getan hätte, außer Seiner Majestät, der zufrieden ist mit den Siegen, das ist Nimuria, der seinen Weg öffnet in Kraft und Stärke vor seinem Heere. Sein Vater Amun aber ist sein Führer, der ihm Tapferkeit und Stärke gegen alle Fremdländer anbefohlen hat, nachdem er ihm die Südlichen wie die Nördlichen, die Westlichen und die Östlichen gegeben hat, damit er sie ihm führe. Sie geben sich ihm selbst mit ihren Kindern, damit er ihnen den Hauch des Lebens gebe, der geliebte Sohn des Re, Amenophis, Herrscher von Waset, der Entsetzliches dem Nubierland angetan hat, das Kampf gegen ihn angezettelt hatte.

Er tat es, damit Leben, Dauer, Heil, Gesundheit, Freude seines Herzens und seines Kas gegeben werde, erschienen auf dem Thron des Amun wie Re ewiglich.»

Auch in Napata, das wir jetzt erreicht hatten, ließ Pharao eine Stele mit diesen Worten errichten.

In Begleitung dreier Offiziere ging ich zum Haus Majs. Ein Soldat aus seiner Einheit führte uns, und vier Soldaten trugen den hölzernen Sarkophag mit dem Leichnam. So gut es ging war er bereits für die Ewigkeit vorbereitet und in Binden gewickelt, denn ich wollte verhindern, dass die Witwe des Toten dessen grauenvolle Verstümmelungen sah. Am Südrand von Napata, zwischen alten Sykomoren, lag das bescheidene Anwesen, und zum ersten Mal betrat ich das Haus einfacher Leute.

Wir gelangten zuerst in eine Eingangshalle, wo ich den Sarg abstellen ließ. Dann erschien auch schon Majs Frau aus dem dahinter liegenden Aufenthaltsraum. Sie hieß Ti, war achtzehn Jahre alt und noch kinderlos. Sie trug schulterlanges schwarzes Haar, war sehr schlank und auffallend gut gepflegt. Nachdem ich ihr die schreckliche Nachricht überbracht hatte – ich verschwieg ihr allerdings, wie grausam Maj gequält wurde, ehe er starb –, fiel sie mir um den Hals, als wäre ich ihr Bruder, und weinte. Später, als sie neben dem Sarg kniete, erzählte ich ihr von dem Feldzug und wie tapfer Maj an der Seite Nimurias gekämpft hatte. Dabei erfand ich manche Geschichte, denn ich wollte, dass die Arme ihren Mann in möglichst guter Erinnerung behielt. Dann verabschiedete ich mich von Ti und versprach ihr, sie vor unserer Abreise nochmals zu besuchen.

Die junge Frau ging mir nicht aus dem Kopf. Ich dachte viel darüber nach, wie sie jetzt weiterleben würde. Nach unseren Gesetzen gehörte ihr der bescheidene Besitz ihres Mannes. Von dem wenigen Land, das ihr gehörte, waren sie und die drei Knechte, die in ihrem Hause arbeiteten, kaum zu ernähren. Sie konnte sich nur ganz schnell einem anderen Mann anvertrauen oder im Haushalt eines Bruders um Aufnahme bitten.

Als ich Ti nach zwei Tagen wieder aufsuchte, machte sie einen sehr gefassten Eindruck. Sie schien ihre Lage richtig einzuschätzen, denn schon bald erzählte sie mir, dass sie das kleine Anwesen verkaufen und von Napata wegziehen wollte.

«Nein, edler Herr, ich habe keinen Bruder, zu dem ich ziehen könnte. Ich werde nach Waset gehen und mein kleines Vermögen dem Hathortempel vermachen und mich als Tempeldienerin einkaufen. Etwas Besseres fällt mir nicht ein. Ich habe Maj zu sehr geliebt, als dass ich mich jetzt irgendeinem Mann anvertraute.»

Ich muss gestehen, mir gefiel der Gedanke, dass Ti nach Waset ziehen wollte. Denn Ti war eine sehr schöne Frau. Aber dass sie vorhatte, Tempeldienerin der Hathor zu werden, war mir nicht recht. Ohne große Umschweife bot ich ihr deswegen eine Stelle in meinem Palast an. Sie sollte erst einige Monate als Dienerin allgemeine Arbeiten verrichten, um dann vielleicht Hofdame Merits zu werden. Ich hinterließ ihr ein Schriftstück mit meinem Siegel, mit welchem sie sich jederzeit Zutritt zu mir verschaffen konnte, sollte sie sich für mein Angebot entscheiden.

Am anderen Morgen zog Pharaos Heer weiter.

Tag um Tag, Woche um Woche vergingen, ehe wir die Insel Abu erreichten, wo wir uns sechs Wochen aufhielten. Gleich nach unserer Ankunft entsandte Nimuria mehrere Expeditionen in die östlich gelegene Wüste, um aus den dortigen Minen Amethyst und Karneol und aus der Nähe des östlichen Meeres Smaragde in großer Zahl bringen zu lassen. Beginnend im Süden, östlich der ersten Stromschnelle, bis hinauf nach Achmim lagen in der Ostwüste die meisten der ägyptischen Goldminen, genau fünfundsechzig an der Zahl.

Noch heute wird dort das goldhaltige Quarzgestein in schweren Kupferkesseln bis auf Erbsengröße zerstoßen und anschließend in Mühlen zu Quarzmehl gemahlen. Das Quarzmehl wird dann gewaschen, wodurch man reinen Goldstaub erhält. Die Soldaten Nimurias suchten auch viele der südlichen Minen auf und vergrößerten so den aus Nubien mitgebrachten Goldschatz beträchtlich.

Nur Lapislazuli, der blaue Lieblingsstein Pharaos, musste aus Badachschan, einem geheimnisvollen Land weit, weit im Osten, zu uns gebracht werden. Der Preis dafür war so hoch, dass nur Pharao selbst ihn bezahlen konnte.

Wir verbrachten bereits die vierte Woche in Abu, als unter dem Kommando meines Vaters die königliche Flotte eintraf. Noch nie hatte ich mich auf ein Wiedersehen mit meinem Vater so sehr gefreut. Ameni und ich hielten uns gerade in dem bescheidenen Audienzsaal der kleinen Burg von Abu auf, als die Wache die Ankunft des Gottesvaters Juja meldete. In großen Schritten und mit weit ausgebreiteten Armen eilte Vater vor Pharao, besann sich aber nach wenigen Ellen, wen er vor sich hatte, und fiel zu Boden. Ameni und ich sahen uns staunend an, hatten wir meinen Vater noch nie in so ungehemmter Freude gesehen. Da erhob er sich auch schon wieder, ging die letzten Schritte auf Ameni zu, breitete erneut die Arme aus, umfasste die Schultern meines Freundes und drückte ihn fest an sich.

«Majestät, ich bin so glücklich, dass Ihr gesund und unverletzt wieder zurückgekehrt seid», wiederholte er drei Mal und gab Ameni keine Möglichkeit, der Umklammerung zu entkommen.

Dann wandte er sich mir zu und sagte nur: «Eje, mein Sohn!»

Mehr brachte er nicht heraus. Träne für Träne rollten über meines Vaters faltige Wangen, so freute er sich über unser Wiedersehen.

Am Abend feierten wir ein fröhliches Fest, zu dem außer Ameni und mir nur Vater und Merimes erschienen. Wir interessierten uns weder für die Tänzerinnen noch für die Musik, so viel hatten wir uns zu erzählen. Wir aßen und tranken reichlich, und als Ameni mit seinem Bericht geendet hatte, wurde es still im Raum. Dann sah Merimes meinen Vater an und sagte: «Ja, Gottesvater Juja, Ihr könnt wahrhaft stolz sein auf Eure beiden Zöglinge!»

Ameni ließ es sich gefallen, wusste er doch, dass man meinem Vater an diesem Abend keine größere Anerkennung hätte aussprechen können.

Als die letzte Karawane vom östlichen Meer zurückgekehrt und der neu gewonnene Reichtum sorgsam aufgeschrieben und verpackt war, wurden die Schiffe beladen. Amenophis verteilte seinen Schatz gleichmäßig auf alle Barken, damit der Verlust nicht zu groß war, wenn wirklich eines der Schiffe sinken sollte. Die Gefangenen und die verbliebenen Fußtruppen wurden auf Lastkähnen untergebracht, nur die Streitwagentruppe eilte uns auf dem Landweg nach Waset voraus.

Der Verlauf des Flusses, alle Untiefen und Gefahren waren den Kommandeuren der Schiffe bestens vertraut, und so fuhren wir auch bei Nacht im Schein von Fackeln flussabwärts.

Nach sechs Monaten kehrte Pharao Amenophis im größten Triumph nach Waset zurück, und niemand zweifelte daran, dass er der mächtigste Herrscher der Erde war.

Schon seit Tagen verbannte ich alles aus meinem Kopf, was ich in Nubien und Äthiopien erlebt hatte, die schrecklichen Abenteuer ebenso wie all das Schöne und Erhabene, das ich sah. Ich hatte kein Auge mehr für die Landschaft, die wir durchquerten, nicht für ihre Menschen, die Tempel und Paläste. Ich dachte nur noch an Merit. Ich sah sie vor mir, sah ihre Augen, den Mund. Ich spürte die zarte Haut ihrer Hände und glaubte, den Duft, der sie stets umgab, um mich herum wahrzunehmen. Nie hätte ich es für möglich gehalten, dass die Sehnsucht nach ihr so groß sein würde, dass alles andere um mich herum bedeutungslos werden konnte. Damals, als mich die Tänzerin Inena nach wenigen gemeinsamen Nächten verlassen hatte, litt ich schreckliche Qualen über den Verlust dieser schönen Frau. Aber die Sehnsucht nach Merit war etwas völlig anderes, denn sie war zum Mittelpunkt meines Lebens geworden, und ich wusste, dass sie für immer zu mir gehörte. Sie allein.

«Werden wir jetzt etwas mehr Zeit für uns haben?», fragte mich Merit, nachdem sie ihren Becher abgesetzt hatte. Wir saßen alleine auf der Terrasse unseres Hauses und hatten das Abendessen gerade beendet. Merit war schöner denn je. Ihre großen dunklen Augen sahen mich erwartungsvoll an.

«Ja, meine Liebe. Ich verspreche es dir. Amenophis wird in den nächsten Wochen und Monaten ausschließlich mit den Bauvorhaben in Waset beschäftigt sein. Er wird sich mehr mit seinem Baumeister, dem Schatzmeister und dem Wesir beraten als mit mir. Solange ich meinen Verpflichtungen nachkomme und die Verwaltung keine Schwierigkeiten bereitet, werde ich etwas Ruhe haben.»

«Erzähle mir von Nubien!»

Ich war etwas verwirrt, denn ich wusste nicht so recht, wo ich anfangen sollte.

Während ich noch überlegte, setzte Merit nach: «Erzähle

mir von den Menschen. Wie sie leben, welche Götter sie verehren, was sie essen!»

«Die Gottheiten außerhalb unserer Länder sind nur schwer zu beschreiben und zu erklären. Die Nubier sind in viele kleine und selbständige Stämme unterteilt, die alle ihre eigenen Gottheiten verehren, die kaum einen Bezug zueinander haben und die nicht miteinander vergleichbar sind. Ähnlich verhielt es sich vor uralten Zeiten auch bei uns. Die einzelnen Götter hatten ihre Heimat in den großen Städten oder in einem bestimmten Gau. So wurde Ptah ausschließlich in Men-nefer verehrt, Min in Achmim, Amun in Waset und Re in On, und dort stehen ihre Haupttempel. Gleichwohl wird Ptah heute in Waset ebenso als Gott anerkannt, wie Amun in Men-nefer oder in Achmim, weil sich unser Denken nicht mehr nur auf die Stadt beschränkt, die wir bewohnen. Die Nubier haben auch eine andere Gottesvorstellung als wir. So kennen sie keine Götter mit menschenähnlichen Zügen. Sie verehren zum einen Ahnengeister mit von Stamm zu Stamm unterschiedlichen Formen der Verehrung und haben eine recht ungenaue Vorstellung von einem fernen, höchsten Gott, der aber ohne feste Regeln und Bräuche angebetet wird.»

Merit war sehr nachdenklich. Schließlich sagte sie:

«Haben unsere Völker nicht sogar ähnliche oder sogar gleiche Götter? Wir verehren in Baal ebenso den Gott des Donners und der Gewalt, wie ihr in Seth. Wir haben ebenso einen Sonnengott, einen Gott des Wassers und der Erde.»

«Ja, sie heißen eben nur anders. Nur in der Art der Verehrung unterscheiden wir uns. Das ist vermutlich der einzige bedeutende Unterschied.»

Ich erzählte Merit an diesem Abend noch viel von dem, was ich in Nubien und Äthiopien erlebt hatte. Anfangs zögerte ich noch, ihr auch von unserem Kampf und dem schrecklichen Ende Majs zu berichten. Doch Merit bestand darauf, alle Einzelheiten zu erfahren, und der Wein, den ich trank, machte mich auch gesprächig.

Ich dachte noch lange an diesen Abend und an unser Gespräch über unsere Götter und die der Nubier. Ich spürte eine innere Unzufriedenheit darüber, wie wenig ich im Grunde von unserer Religion wusste. Bisher genügte es stets, an den Festen teilzunehmen und zur rechten Zeit die richtigen Handlungen zu verrichten. Noch nie wurde mir so bewusst, dass sich unsere Frömmigkeit letztendlich in Äußerlichkeiten erschöpfte. Seit diesem Abend ließ mich das nicht mehr los, bis heute nicht.

So gut es nur irgend ging, hielt ich mein Versprechen, mir mehr Zeit für Merit und mich zu nehmen. Ich zeigte mich etwas weniger im Palast und versuchte, Vieles von zu Hause aus zu erledigen.

Nimuria trieb die Baumaßnahmen mit aller Macht und mit allen Mitteln voran. Amenophis, Sohn des Hapu, erhielt unter dem Eindruck des Nubienfeldzuges zusätzlich den Auftrag, auch südlich der dritten Stromschnelle, bei Soleb und Sedenga, zwei Tempel zu errichten. Der Tempel bei Soleb war anfangs ein eher bescheidenes Heiligtum mit einer Umfassungsmauer und einem langen Aufweg vom Fluss her. Erst im Laufe der langen Regierungszeit Nimurias entstand dort eine gewaltige Tempelanlage mit Tortürmen, Obelisken und einer Sphingenallee. Etwas nördlich errichtete Amenophis bei Sedenga ein Heiligtum zur Vergöttlichung Tejes. Seine Große königliche Gemahlin wurde hier mit Hathor und Isis verschmolzen, und dieser Tempel war der beeindruckendste Beweis, wie sehr Nimuria Teje verehrte und liebte.

Der Schrein für die Barke des Amun-Re neben dem vierten Torturm in Ipet-sut war vollendet, sodass jetzt die Arbeiten an dem neuen Torturm beginnen konnten. Hierfür mussten einige Bauten seiner Vorgänger beseitigt werden. Ihre Steine wurden in das Fundament des neuen Turmes eingebaut, welcher nach Westen zu den neuen Eingang zum Tempelbezirk bildete. Es war mit vierzig Ellen der höchste aller bisher errichteten Tortürme, und die Fahnenmasten, je vier links und rechts des Tores, überragten den Turm nochmals um sechzehn Ellen. Die Fassade zeigte auf beiden Seiten ein mächtiges Bild Pharaos, wie er mit der einen Hand Feinde bei den Haaren packt und mit der anderen ausholt, um sie niederzuschlagen. In der Inschrift hieß es:

«Ein neues Denkmal für Amun-Re, dem Herrn der Throne der Beiden Länder, ganz mit Gold bedeckt und geschmückt mit dem gemeißelten Bild des Gottes als Widder, eingelegt mit echtem Lapislazuli und verziert mit Gold und kostbaren Steinen. Desgleichen hat man nie zuvor geschaffen. Es ist gepflastert mit reinem Silber. An beiden Seiten des äußeren Tores stehen Stelen aus Lapislazuli. Seine beiden Seiten reichen empor in den Himmel wie die Pfeiler des Himmels. Seine mit Gold verzierten Fahnenmasten streben gen Himmel. Das Gold dafür hat Seine Majestät aus dem Lande Karai mitgebracht, bei Ihrem ersten siegreichen Feldzug, bei dem Sie das elende Kusch schlug.»

Auch im Süden der Tempelanlage errichtete Amenophis einen neuen Torturm, von welchem man in südliche Richtung zum Tempel der Mut gelangte. Eine gewaltige Steinfigur Pharaos stand links neben dem Eingang, und eine noch gewaltigere, zweiunddreißig Ellen hohe Figur ragte rechts neben dem Eingang empor. Es war die höchste Steinfigur, die bis dahin in Ägypten errichtet wurde und zeigte Pharao mit dem Nemes-Kopftuch und darüber der Doppelkrone. Die Fahnenmasten dieses Torturmes waren ebenso mit Gold überzogen wie die Torflügel, die zudem mit kostbaren Edelsteinen besetzt waren.

Mit dem Bau seines Palastes jenseits des Flusses wollte Nimuria jetzt nicht mehr länger warten. Amenophis, Sohn des Hapu, hatte die Pläne so weit fertig gestellt, dass mit dem Bau der Grundmauern begonnen werden konnte. Seit Monaten schleppten Tausende Arbeiter Nilschlamm von beiden Ufern über die weite Ebene nach Westen, wo auf etwa gleicher Höhe des südlichen Tempels von Ipet-sut der neue Palast Pharaos errichtet wurde. Aber nicht genug! Zur selben Zeit begannen weiter nördlich auch die Arbeiten an Nimurias Totentempel, seinem Tempel der Millionen Jahre.

Der Plan des weisen Baumeisters Amenophis war einzigartig: Nahezu das gesamte, dem eigentlichen Tempel vorgelagerte Gelände lag im Bereich des Überschwemmungslandes und wurde Jahr für Jahr von den Wassermassen des Nils überflutet, sodass der Tempel nur noch mit Booten erreicht werden konnte. War das Wasser abgeflossen, wuchs aus dem zurückgebliebenen Schlamm neues Grün, erwachte alles zu neuem Leben. Eindrucksvoller war das Vergehen und Werden des Lebens, die Ordnung unserer Welt vor den Augen des Guten Gottes, der in seinem Tempel der Millionen Jahre einst Verehrung finden sollte, nicht darzustellen. Im Eingangsbereich des Geländes stellte der Baumeister zwei gewaltige Sitzfiguren Nimurias auf, die über das Kommen und Gehen, das Werden und Vergehen wachten. Sie waren aus Quarzit gearbeitet, und jede von ihnen war über vierzig Ellen hoch. Die nördliche Statue zeigte Pharao mit seiner Mutter Mutemwia. Neben dem Thron der südlichen Figur stand Teje. Die Seiten der beiden Throne waren mit Abbildungen von Nilgöttern und Pflanzen verziert, die Ober- und Unterägypten symbolisierten. Auf der Rückseite war nach der langen Namenstitulatur zu lesen:

«Er machte es als sein Denkmal für seinen Vater Amun, indem er ihm ein großes Ebenbild aus Sandstein errichtete, dessen Namen sein soll ‹Neb-maat-Re ist der Herrscher der Herrscher›. Er tat es, damit ihm Leben gegeben werde ewiglich.»

Amenophis ließ an seiner eigenen Vergöttlichung keinen Zweifel.

Aber auch im übrigen Tempelbereich standen Figuren der Sachmet, von Sobek und von Nimuria selbst. Vor dem zweiten Eingangstor ließ der Baumeister zwei gewaltige Steinfiguren seines Herrschers errichten, zwei weitere aus Alabaster standen vor dem dritten Torturm. Hinter dem dritten Tor führte eine lange, von Sphingen gesäumte Allee westwärts in einen Sonnenhof mit vielen Standfiguren, die alle über acht Ellen hoch waren. Überall glänzte es von Gold, Silber und Edelsteinen. An einer Wand des Tempels stand geschrieben:

«Der Herr des Throns der Beiden Länder schuf ihn als ein Denkmal für seinen Vater Amun, indem er ihm einen prächtigen Tempel errichtete rechter Hand Wasets; eine Festung für die Ewigkeit aus gutem weißen Sandstein, bedeckt mit Gold überall. Seine Böden waren bedeckt mit Silber, alle Türen sind mit Elektron beschlagen.»

Es war dies der größte Tempel der Millionen Jahre, der je errichtet wurde.

Im Palast herrschte fröhliche Aufgeregtheit. Meine Schwester Teje gebar ihren zweiten Sohn, der wie sein Vater den Namen Amenophis erhielt. Nimuria war jetzt zweiundzwanzig Jahre alt und ein ebenso stolzer Vater, wie er ein mächtiger Herrscher war. Trotz der schweren Bürde, die auf ihm lastete, trotz der harten Arbeit nahm sich Ameni für seine Familie viel Zeit. Oft verbrachte er viele Stunden mit Teje und den Kindern im Palastgarten, und Prinz Thutmosis hatte den größten Spaß, wenn er auf Amenis Rücken das Schwimmbecken durchqueren durfte.

Wenige Monate nach der Geburt des zweiten Prinzen, die Erntezeit war gerade vorüber, sodass ich etwas mehr Ruhe hatte, kamen meine Eltern zu Besuch. Sie liebten unser Haus und unseren Garten, und vor allem meine Mutter konnte von der Vielfalt der Blumen und Sträucher nicht genug bekommen. Immer wieder beugte sie sich nieder und roch an den

Blüten, oder sie setzte sich im Schatten einer Sykomore auf eine Bank und genoss den herrlichen Anblick. Die abendliche Unterhaltung war meist nicht einfach, denn meine Mutter hätte zu gerne von Tejes Kindern erzählt, hielt sich aber zurück, um Merit nicht zu kränken. An diesem Abend war alles etwas anders. Merit nahm Mutter unter den Arm, ging mit ihr lachend und unentwegt plaudernd durch den Garten und erklärte ihr jede einzelne babylonische Pflanze.

«Merit ist heute auffallend gut gelaunt», bemerkte selbst Vater. «Hast du ihr etwa ein besonders schönes Schmuckstück geschenkt?»

Ich sah Vater mit unschuldigen Augen an und schüttelte den Kopf. «Kann man Frauen nur mit Schmuck glücklich machen?»

«So war das nicht gemeint, Eje. Aber sieh nur, wie ausgelassen sie ist!»

Es wurde ein fröhlicher und auch ein sehr langer Abend. Merit selbst war es, die viel über Teje und die beiden Prinzen, über Achas Frau Iset und deren kleine Tochter sprach.

Es war spät in der Nacht, als uns meine Eltern verließen und ihre Sänfte durch das Hoftor im Dunkel der Nacht verschwand. Merit nahm mich bei der Hand und führte mich zurück in den Garten. Es war eine jener bezaubernden Nächte, wie man sie nur in Waset erleben konnte. Die Luft war noch heiß, aber es war eine trockene, angenehme Hitze. Es war Vollmond, und Chons' glänzende Scheibe erhob sich gerade über die Wipfel der Palmen und tauchte unseren Palast und den Garten in ein kaltes, silbrig-blaues Licht. Wir saßen auf einer Steinbank und hörten einer Nachtigall zu, die unaufhörlich und in den herrlichsten Tönen ihr Liebeslied sang. Merit lag in meinem Arm und hatte die Augen geschlossen. Es war schön, sie so anzusehen, ihr schmales Gesicht mit den vollen Lippen, ihre gleichmäßige Nase und ihr volles Haar. Sie hob die Lider, und große schwarze Augen sahen mich an. Sie lächelte ein wenig und sagte: «Du wirst Vater.»

Ich spürte, wie mein Herz vor Erregung und Freude klopfte. Hatte sie wirklich gesagt, ich würde Vater werden? Meine Finger glitten zärtlich über ihre Stirn, ihre Wangen und ihre Lippen, und noch immer sahen mich große schwarze Augen an. Jetzt strich ich durch ihre Haare und drückte sie noch näher an mich heran.

«Endlich», flüsterte ich in ihr Ohr. «Endlich! Ich freue mich so für dich, meine Liebe. Wir werden eine wunderbare Familie sein!»

Wir küssten uns, dann nahm ich sie auf meine Arme und trug sie in unser Schlafgemach. Als sie neben mir lag und nur der Mond auf ihren Körper schien, auf ihr Gesicht, auf ihre kleinen Brüste, die schlanken Hüften, die langen Beine, da wusste ich, dass Merit die schönste und liebste Frau war, die es gab. Mit der Nachtigall, bei Anbruch der Dämmerung, schliefen wir ein, glücklich, so unendlich glücklich.

Merits Schwangerschaft sprach sich schnell herum, und überall war man sichtlich erleichtert, fürchteten doch schon viele, Merit und ich würden nie Kinder bekommen. Ameni und Teje besuchten uns mit großem Aufwand, und jedermann in Waset wurde wieder deutlich sichtbar, wie nahe ich dem Herrscher stand. Sie beschenkten Merit mit goldenen Figuren der Thoeris und des Bes, den beiden Gottheiten für eine glückliche Geburt. Ameni schätzte meinen Palast und dessen Einrichtung sehr, aber jetzt, da er seinen eigenen Palast errichten ließ, betrachtete er sich alles noch genauer und stellte tausend Fragen. Sein Schreiber musste alles festhalten, jede Farbmischung, die Herkunft der Hölzer, die Namen der Maler und Fliesenleger. Ich war froh, dass mein Haus fertiggestellt war, denn die Handwerker, die für mich gearbeitet hatten, wurden jetzt allesamt zum Palast Pharaos befohlen.

«Wisst ihr denn schon, ob es ein Junge oder ein Mädchen wird?», fragte meine Mutter in die Runde, und Merit und ich sahen uns staunend und mit großen Augen an.

«Wie meinst du das, Mutter?»

«Also, Eje, ich bitte dich! So wie ich es sagte. Oder wisst ihr etwa nicht, wie man das feststellen kann?»

Wieder sah ich zu Merit. «Weißt du es?» Sie schüttelte leicht den Kopf, dann sahen wir beide Mutter an.

«Du füllst Gerste und Emmer in zwei Leinensäcke, welche die Schwangere jeden Tag mit Urin benetzt. Wenn die Gerste zuerst keimt, wird es ein Junge. Keimt der Emmer zuerst, wird es ein Mädchen. Wenn keines von beiden keimt, dann ist sie nicht schwanger.»

Wir glaubten ihr natürlich kein Wort, doch die Achtung vor meinen Eltern verbot es uns, laut loszulachen. Einige Tage später fragte ich jedoch so ganz nebenbei den Leibarzt Nimurias, welcher mir die Worte meiner Mutter bestätigte. Niemand konnte mir allerdings erklären, warum das so war. Merit und ich wollten uns den Spaß nicht entgehen lassen und befahlen einer Dienerin, Gerste und Emmer in Leinensäcke zu nähen, und Merit tat, wie Mutter sagte. Es keimte zuerst der Emmer.

Ich verwöhnte Merit so gut ich konnte. Ich erzählte ihr nur schöne, erfreuliche Geschichten, brachte ihr Blumen und Schmuck. Mit Nimurias Einverständnis verbrachte ich mehr Zeit als sonst zu Hause und ließ einen Großteil meiner Arbeit von Cheruef und Hebi, dem Sohn des Wesirs Ramose, verrichten. Dafür überprüfte ich die Lagerlisten meines Landgutes und meiner eigenen Werkstätten und stellte zu meiner Zufriedenheit fest, dass Hebi ein tadelloser Verwalter war. Es dauerte nicht sehr lange, und ich fand Gefallen an diesem Leben. Vormittags, bevor die Hitze unerträglich wurde, verbrachte ich einige Stunden mit Merit in unserem Garten, entweder alleine oder mit Anen, dem Sohn meines Onkels, der als Vorlesepriester im Tempel Amuns diente. Dann führten wir drei Gespräche über unsere Götter und den Tempeldienst, über die Gebote der Maat und das jenseitige Leben. Wir lasen gemeinsam die Schriften des Amduat, «Was in der Unterwelt ist», und Anen erklärte uns ihren Inhalt. Er beschrieb uns das Jenseitsgericht ebenso wie den Kult für Amun, Hathor und Chons.

Die Nachmittage verbrachten wir alleine im Schatten der Bäume, wo Merit ihren Eltern Briefe schrieb, oder wir empfingen Besuch von Acha und Iset, meinen Eltern, von Teje oder von anderen bedeutenden Leuten, die sich neugierig nach Merits Wohlergehen erkundigten.

Eines Tages erschien Cheruef und meldete, dass eine fremde Frau darum bat, zu mir gelassen zu werden. Er zeigte mir ein Schriftstück, welches mein Siegel trug. Es war Ti, die junge Witwe des so schrecklich hingerichteten Maj aus Napata. Ich ließ Ti in den Garten bringen und stellte sie Merit vor. Merit fand Gefallen an dem Mädchen, und so blieb Ti seit diesem Tag als Hofdame Merits in unserem Hause.

Je näher die Zeit der Niederkunft rückte, desto mehr war ich darauf bedacht, dass wieder Ruhe in unser Haus einkehrte. Jeder Handgriff wurde jetzt für Merit anstrengender, und sie war auch leichter reizbar als sonst. Wenn jetzt Teje oder meine Mutter zu Besuch kamen, zog ich mich zurück, da die Frauen bei ihren Gesprächen über die bevorstehende Geburt sicher unter sich sein wollten.

Auf dem Dach unseres Hauses wurde eine Hütte errichtet, eine Wochenlaube, die an das Papyrusdickicht erinnerte, in dem Isis, geschützt von den Mächten des Bösen, ihren Sohn Horus zur Welt gebracht hatte. Die hölzernen Säulen der Laube hatten auch die Form von Papyrusstängeln und versinnbildlichten so den Ursumpf, die Quelle allen Lebens. Die Säulen und Wände waren mit Kletterpflanzen geschmückt, im Inneren standen die goldenen Figuren von Bes und Thoeris, die Geschenke Amenis und Tejes. Die Laube war mit einem Bett, Kissen, Tüchern, Hockern, einem Spiegel und magischen Elfenbeinamuletten und dem Gebärstuhl ausgestattet.

Nimuria schickte Tejes Leibarzt und drei Hebammen seines Palastes in unser Haus. Die Wehen setzten ein, als Merit und ich unseren abendlichen Spaziergang durch unseren Garten unternahmen. Ich begleitete sie in unser Schlafgemach und überließ sie dort nach einem innigen Kuss dem Arzt, den Hebammen und Hofdamen, die Merit erst badeten und dann in die Geburtslaube brachten.

Ich saß alleine auf unserer Terrasse und trank einen Becher Wein. Ich dachte an meine Reise nach Babylon und den Augenblick, als ich Perisade zum ersten Mal sah. Ich erinnerte mich, wie sie mich pflegte, als ich mit Fieber im Bett lag. Der Himmel über mir war dunkelblau, fast schwarz, und man konnte die Sternbilder besonders gut erkennen.

Nach gut drei Stunden hörte ich vom Dach her erst das laute Stöhnen Merits und die Stimmen der Hebammen. Mein Herz schlug schneller, und ich machte mir Sorgen, ja, ich hatte Angst. Für einen kurzen Augenblick wuchs das Stöhnen zu einem Schreien an. Dann vernahm ich nur noch die Hebammen und kurz darauf die zierliche, ängstliche Stimme des Neugeborenen. Ich nahm meinen Becher, erhob ihn zum Himmel und sagte leise: «Auf deinen Ka, mein Kleines!»

Da hörte ich Getrampel im Inneren des Palastes, ein Stimmengewirr und eine der Hebammen lief auf die Terrasse und warf sich vor mir nieder. Völlig außer Atem stöhnte sie: «Schnell! Schnell Herr, kommt auf das Dach … die Herrin!»

Ehe die Frau fertig geredet hatte, sprang ich auf und rannte durch den Palast hinauf auf das Dach. Mir bot sich ein Anblick des Grauens. Der ganze Boden der Geburtslaube war von Blut bedeckt. Merit lag mit blassem Gesicht auf dem Bett. Schweißperlen standen auf ihrer Stirn, und sie atmete schwer.

Neben ihr stand Ti und trug das Kind auf ihren Armen. Voller Entsetzen starrte ich in die Runde, aber alle sahen zu Boden und schwiegen, selbst der Arzt. Ich kniete neben dem Bett nieder und nahm Merits Kopf in meine Hände und küsste ihre Stirn. Sie lächelte, und machte doch ein so trauriges Gesicht.

«Was ist mit dir, meine Liebe?»

«Deine Mutter hatte Recht», sagte sie mit schwacher Stimme. «Der Emmer – es ist ein Mädchen.»

Ich winkte Ti herbei, die mir weinend das kleine Leinenbündel hinreichte. Das Mädchen hatte schwarze Haare und schmale Lippen. Es schlief. Ich legte das Kind neben Merits Schultern auf das Bett.

«Nofretete», flüsterte Merit liebevoll.

«Nofretete – Die Schöne ist gekommen», wiederholte ich.

Als Merit für einen Augenblick die Augen schloss, stand ich auf, ging zu dem Arzt und schob ihn aus der Laube hinaus auf das Dach.

«Sagt mir augenblicklich was hier passiert ist», herrschte ich ihn an.

«Eure Frau erlitt bei der Geburt schwere innere Verletzungen. Ich kann die Blutungen nicht stillen. Es handelt sich um eine Krankheit, die man nicht behandeln kann. Geht zu ihr zurück und bleibt bei ihr, bis die Zeit ihres Leidens vorüber ist.»

Die Antwort des Arztes schnürte mir die Kehle zu. Ich war mir nicht sicher, ob ich überhaupt verstanden hatte, was er mir gerade gesagt hatte. Ich wollte es einfach nicht wahrhaben. Als ich die Laube betrat, blickten alle kurz auf. Ein Wink meiner rechten Hand genügte, und sie huschten lautlos davon. Ich setzte mich auf das Bett. Meine Füße standen in Merits Blut. Sie lag auf der Seite und sah mit halb geöffneten Augen ihr Kind an.

«Sie ist wirklich schön. Nafteta – man wird sie Nafteta nennen», sagte ich und streichelte Merit wieder über die Stirn. Dann beugte ich mich vorsichtig über sie und schmiegte meinen Kopf an ihre linke Wange. Ich spürte, wie das Blut in meiner Stirn pochte, und immer wieder hörte ich nur die Worte des Arztes. Und ich hörte meine eigene Stimme, die immer nur nein rief, unentwegt nein.

«Nafteta», flüsterte jetzt Merit. «Nafteta ...» Eine Träne lief über ihr Gesicht. Dann waren ihre Blicke starr auf das Kind gerichtet, unentwegt. Sie hatte aufgehört zu atmen.

Merit lebte nicht mehr.

Mit einem Ende des Leinenbündels wischte ich die Träne weg, die auf Merits Oberlippe hängen geblieben war, und schloss vorsichtig ihre Augenlider. Dann küsste ich sie ein letztes Mal, erst die Stirn, dann den Mund.

Nofretete erwachte. Kleine blaugrüne Augen blickten mich unsicher an. Ich nahm meine Tochter auf den Arm und sah sie lange an. Dann küsste ich auch ihre Stirn – zum ersten Mal. Ich saß noch immer auf dem Bett, meine rechte Hand berührte Merits Schulter, und ihre langen Haare glitten durch meine Finger. Ich beugte mich wieder über sie und weinte entsetzlich.

«Herr, ist es nicht besser, wenn ich Eure Tochter mitnehme», fragte Ti mit zaghafter, ja ängstlicher Stimme.

«Ich glaube, sie sollte jetzt etwas zur Ruhe kommen», setzte sie zur Bekräftigung nach.

Ich küsste nochmals die kleine Stirn des Kindes und hielt Ti das Bündel entgegen.

«Die anderen sollen auch gehen, Ti!»

Sie nickte und huschte mit Nafteta davon.

Jetzt war ich mit meinem Schmerz alleine. Lange saß ich so neben meiner Merit, und vor meinen Augen glitt unser kurzes gemeinsames Leben vorüber. Sie schenkte mir das so lange ersehnte Kind und musste selbst dafür sterben. Nofretetes Geburtstage würden immer auch die Sterbetage Merits sein. Armes Kind! Würde ich Nafteta gegenüber jemals gerecht sein können? Anfang und Ende, Fluch und Freude.

Ich trat hinaus auf das Dach. Ich sah in den unendlich weiten Sternenhimmel und hörte unsere Nachtigall. Aber ich empfand nichts – nichts mehr. Weit weg, ja, unendlich weit weg vernahm ich die Töne einer Flöte, ganz leise, ganz zart. Ich glaubte unser Lied zu erkennen, das Lied vom «Kleinen Mädchen». Oder waren es gar nicht meine Ohren, die das Lied vernahmen? War es mein Herz, das sich in seiner unendlichen Trauer der vertrauten Töne erinnerte? Ich trat einen Schritt näher an den Rand des Daches heran und sah hinab.

«Das wirst du nicht tun, Eje», hörte ich jetzt meine Schwester sagen.

«Du hast ein Kind, das dich braucht», setzte Ameni nach und ergriff mich an der Schulter. Ratlos sah ich beide an.

«Cheruef kam in den Palast und sagte uns, dass es Merit sehr schlecht gehen würde. Wir konnten leider nicht schneller da sein.»

«Du musst nach keiner Entschuldigung suchen, Teje. Es konnte ja niemand wissen, was passieren würde.»

Teje streckte mir ihre Hände entgegen. Ich ergriff sie, zog meine Schwester an mich und umarmte sie fest.

Ameni warf einen kurzen Blick in die Geburtslaube und sagte: «Niemand konnte Merit retten, Eje, auch mein Arzt nicht. Es ist schrecklich, ich weiß, aber lass uns hinuntergehen. Es hat keinen Sinn, länger an diesem Ort zu bleiben. Man soll Merit hinunterbringen. Eure Eltern dürfen das nicht sehen.»

Es war gut, dass Ameni so gefasst war, denn ich war zu keinem klaren Gedanken imstande. Teje begleitete mich in mein Schlafgemach, während Ameni Anweisungen gab, Merit in die große Halle zu bringen. Ich wusch meine blutverschmierten Beine und mein Gesicht und zog einen sauberen Schurz an.

Als ich mit Teje die Halle betrat, stieg bereits Weihrauch aus zwei Kohlebecken empor. Etana, die Kammerfrau Merits, Ti und meine Dienerinnen stimmten Trauergesänge an.

Wir besaßen nicht einmal ein Grab.

Es kam jedoch immer wieder vor, dass bereits fertige Gräber hoher Beamter leer blieben, weil die Familien weggezogen waren. Eine dieser Grabstätten erwarb ich. Amenophis überließ mir Arbeiter der Totenstadt, damit das Innere des Grabes nach meinen Vorstellungen vollendet werden konnte. Über eine kurze Treppe stieg man in einen Vorraum hinab, dessen Wände noch unbearbeitet waren. An der linken Wand ließ ich ein Bild anbringen, welches mich und Merit auf einem Schiff unter einem Baldachin zeigte. Auf der Rechten ließ ich Merit darstellen, wie sie betend vor Hathor steht. Die Wandflächen neben dem Durchgang zur Grabkammer zeigten in drei Reihen einen Teil unserer Dienerschaft, und so ließ ich in der ersten Reihe Etana, Ti und Cheruef abbilden. An den Wänden des schmalen Durchganges waren zwei Abbildungen des Gottes Anubis in Gestalt des liegenden Schakals zu sehen. Die Decke der Grabkammer, deren Wände bereits Gottheiten wie Osiris, Hathor, Sobek und Isis zeigten, war noch kahl, ebenso die Säulen.

Die Wände der Säulen ließ ich mit Bäumen und Sträuchern Ägyptens und Babylons bemalen, und deren üppig begrünte Äste ragten weit in die Decke hinein, sodass Merits Sarg immer im Schatten der von ihr so geliebten Bäume stehen würde.

«Du weißt», sagte Ameni, «dass ich an der Bestattung Merits nicht teilnehmen kann. Ich lasse dir aber noch heute Grabbeigaben in deinen Palast bringen, damit du siehst, wie sehr auch ich Merit geschätzt habe.»

Als ich heimkehrte, wurden die Geschenke Pharaos bereits ins Haus getragen. Zwei Holztruhen, in welchen jeweils zwanzig Arbeiterfiguren lagen, zwei Kästchen aus Elfenbein für Merits Schmuck, bunte, glasierte Vasen aus den königlichen Werkstätten und ein Stuhl aus Amenis Arbeitszimmer, welcher Merit immer besonders gut gefallen hatte. Ameni gab ihn sicher nicht leichten Herzens her.

Mir selbst fiel es schwer, die Grabausstattung für meine Liebste auszusuchen. Immer wieder saß ich im Fenster unseres Schlafzimmers und hielt eine Vase, eine kleine Figur oder ein Schmuckstück Merits in meinen Händen, spielte damit herum und überlegte, ob es für meine Erinnerung wichtiger sein würde oder für Merits Leben im Jenseits. Meist entschied ich mich für Letzteres. Endlich schlich ich in das Schlafzimmer meiner kleinen Nafteta und schnitt ihr eine ihrer dicken schwarzen Locken ab. Auf ein Stück Papyrus schrieb ich «Haarlocke Deiner Nafteta», band die Locke an den zusammengerollten Papyrus, legte beides in ein kleines Kästchen aus Elfenbein und verschloss es mit meinem Siegel.

Nachts lag ich schlaflos in meinem Bett, haderte mit allen Gottheiten Ägyptens und Babylons. Ich flehte sie an, mir meine Merit wiederzugeben, ich versprach ihnen mein gesamtes Vermögen, ich fluchte den Göttern für ihre grausame Tat, für ihr Untätigbleiben bei Merits Sterben. Ich hasste sie, alle einzeln, beim Namen und einen nach dem anderen. Ich Wahnsinniger schwor in meiner Verzweiflung zuletzt sogar, sie zu vernichten. Und immer wieder stellte ich dieselbe, ewig unbeantwortete Frage: Warum musste Merit sterben? Warum musste es uns treffen? Heute weiß ich, dass niemand in dieser Welt darauf eine Antwort bekommt.

Wenige Tage vor der Bestattung Merits traf Imresch in Waset ein. Er schien ein gebrochener Mann zu sein, und in den Tagen, die er in meinem Haus verbrachte, sprach er nur wenig, aß und trank fast nichts. Er hatte seine Tochter über alles geliebt, und auch die kleine Nafteta half ihm nicht über seinen Schmerz hinweg.

Nimuria und Teje standen auf der Terrasse ihres Palastes und sahen zu, wie unser Trauerzug erst über den Fluss setzte und sich dann langsam dem Westgebirge zuwandte. Siebzig Tage waren jetzt seit jener schrecklichen Nacht vergangen.

Imresch ging neben mir, auf der anderen Seite Ti, geschützt von einem kleinen Sonnenbaldachin, und trug Nofretete auf ihren Armen. Ich geriet deswegen mit Mutter beinahe in einen heftigen Streit, meinte sie doch, dass der weite Weg in der Hitze für das Kind eine Qual wäre.

«Es ist schließlich ihre Mutter, die zur Ewigkeit geleitet wird. Säugling oder nicht – sie hat mit dabei zu sein.»

Während die Beigaben in das Grab gebracht und dort verstaut wurden, führte Anen, der Sohn meines Onkels, die Zeremonie der Mundöffnung durch, und meine Mutter legte einen Blumenkranz auf Merits Haupt. Dann wurde der Sarg geschlossen und in das kleine Grab getragen. Im flackernden Licht einiger Öllampen verweilte ich alleine in der Grabkammer, dann legte ich die Elfenbeindose mit Nofretetes Haarlocke neben den Sarkophag. Ich nahm eine der Lampen, löschte die übrigen, stieg aus dem Grab und ließ es von den Arbeitern zumauern. Vor dem Grab gab es ein einfaches Totenmahl. Anen sprach Gebete, während er selbst die Speisereste neben dem Eingang vergrub, dann zogen wir schweigend zurück.

Amenophis und Teje, meine Eltern und meine Freunde bemühten sich rührend um mich. Es verging kaum ein Tag, da ich nicht von ihnen eingeladen, mit lieben Worten, köstlichen Speisen und Wein verwöhnt wurde. An den ersten Abenden wurde noch viel vom plötzlichen Tode Merits gesprochen, und immer wieder musste ich von den letzten Augenblicken mit ihr erzählen. Anfangs schreckte ich etwas davor zurück und hegte den Verdacht, mancher wollte nur einen Schauder erleben, wenn er von einem so plötzlichen Tod erfährt. Dann aber spürte ich, dass es mir sogar gut tat, darüber zu sprechen, und ich mich mehr und mehr von einem Druck befreite, ja lernte, mit dem Geschehenen umzugehen. Dann wurde ich oft gefragt, wie es mit meiner kleinen Nafteta weitergehen, wer sich um sie kümmern würde. Ich erzählte kurz von Ti und dass natürlich ich es sein würde, der Nafteta betreut und großzieht. Meist schlossen sich unendlich lange Ratschläge an, denn fast ein jeder meiner Freunde und Verwandten wusste besser als ich, was mit meiner Tochter zu geschehen hatte. Lediglich Amenophis erteilte mir keine Ratschläge und bat die anderen sogar um Zurückhaltung.

«Eje wird schon wissen, was er zu tun hat», war sein ständig gleich bleibender Hinweis. Merit lag noch keine drei Tage in ihrem Grab, und mein Trauerbart war kaum abgenommen, da unterbreitete man mir schon die ersten Vorschläge, wie es mit mir weitergehen könnte und nannte auch schon die ersten Namen von Frauen. Da gab es die Tochter des Bürgermeisters von Achmim, die Schwester meines Freundes Acha und die erst achtjährige Enkelin des Obersten Priesters des Amun. All das war ungeheuerlich, und manche Nacht lag ich in meinem Bett und weinte. Ich weinte, weil mir Merit fehlte, und ich weinte, weil so viele Menschen in meiner Umgebung dem Tod meiner Frau offenbar so viel Bedeutung beimaßen wie dem Verlust einer Hauskatze.

«Du kennst sie doch», sagte Ameni. Ich verkroch mich einmal mehr in seinem Palast, und wir saßen auf der Dachterrasse.

«Die einen meinen es wirklich gut mit dir, die anderen wollen eigentlich nur hören, dass du morgen schon eine andere Frau nimmst, um dann zu erzählen, wie herzlos du bist. Die Menschen sind so, Eje.»

«Können sie mich nicht einfach in Ruhe lassen? Einfach nur schweigen und mich in Ruhe lassen?»

«Soll ich einen Befehl erlassen? Nein, Eje. Da hilft dir niemand. Du kannst dich zurückziehen, du kannst dich in Arbeit stürzen. Wenn du willst, kannst du eine Dienstreise ins Fajum unternehmen. Aber sie werden immer etwas auszusetzen haben.»

Ameni schob eine Dattel in seinen Mund und trank einen

großen Schluck Wein. Zum ersten Mal fiel mir auf, dass er begann, etwas dick zu werden.

«Benimm dich so unauffällig wie möglich. Mach deine Arbeit, sei regelmäßig zu Hause, und wenn du es nicht aushältst, komm zu mir, besuche Acha oder deine Eltern. Da gehörst du hin. Das Gerede hört schnell auf, glaube mir.»

Ameni hatte Recht. Am schnellsten vergeht das Mitleid. Und die Neugier schwindet ebenso schnell.

Amenophis bat mich um einen Gefallen. Er wollte in seinem neuen Palast die größte Sammlung von Büchern und Schriften vereinigen, die es je gab. Er selbst erkundigte sich bei jeder Gelegenheit nach Geschichten aller Art: nach Tiergeschichten, Märchen, Harfner- und Liebesliedern, nach religiösen Texten, den Weisheitslehren und nach medizinischen Schriften. Er ließ Bürgermeister zu sich kommen, Priester und Generäle seiner Armee. Er befragte Seeleute und Ärzte, Ammen und Handwerker. Eine Unmenge von Texten wurde abgeschrieben und die Papyrusrollen in kleine Holzkästchen gelegt. In jedem Kästchen lag eine kleine gebrannte Tontafel, auf welcher der Inhalt des Kästchens genau beschrieben war. So las ich:

«Der Gute Gott Neb-maat-Re, der Leben gebende, geliebt von Ptah, dem König Beider Länder, und die königliche Gemahlin Teje, die Lebende.»

Darunter stand der Titel des Buches: «Das Buch von der Sykomore und dem Dattelbaum».

Die Gründlichkeit, die Genauigkeit, mit welcher unter der Herrschaft Nimurias alles und jeder erfasst wurde, war nicht mehr zu übertreffen.

Amenophis verlieh nicht nur dem Tempel Amuns neuen Glanz, er ließ seinem Vater auch eine neue Barke errichten, damit dessen Überfahrt über den Fluss noch prächtiger wurde. Die Barke, die den Namen «Amun-Userhet» trug, war aus Zedernholz, das von den Fürsten aller fremden Länder aus den Bergen von Retenu an den Nil gebracht wurde. Zur Erinnerung für spätere Generationen ließ Nimuria in eine Stele schreiben:

«Sie ist sehr groß und breit, dergleichen wurde noch nie geschaffen. Sie ist ausgekleidet mit reinem Silber und enthält einen großen Schrein aus Gold für meinen Vater Amun. Von vollkommener Schönheit ist sie. Die Seelen von Buto bejubeln sie, und die Seelen von Nechen preisen sie, und die göttlichen Sängerinnen singen von ihrer Schönheit. Sie lässt das Wasser erglänzen wie Aton im Himmel bei seiner Überfahrt beim Opetfest, wenn sie zum Westen der Millionen Jahre, zum Westufer von Waset übersetzt.»

Da war er wieder, dieser unauffällige Gott: Aton, die Sonnenscheibe. In all der zunehmenden Verehrung, die Amun-Re und Re-Harachte zuteil wurde, erschien jetzt immer wieder, ganz unauffällig, Aton. Ich beschloss, mich bei Anen zu erkundigen.

«Es ist auch für uns Priester schwer zu erklären, wann der Sonnenkult an Bedeutung zunahm», sagte Anen mit hochgezogenen Augenbrauen. In seinem Arbeitszimmer roch es nach frischem Obst. Anen lebte nur von Obst und Gemüse, Brot und Wasser. Er verabscheute Bier, Wein und Fleisch.

«Einen ganz entscheidenden Schritt tat der Vater des Guten Gottes, Osiris Thutmosis Men-chepru-Re. Du musst wissen, dass die Priesterschaft des Amun nach der Vertreibung der Fremdländer vor zweihundert Jahren sehr mächtig wurde. Die Befreiung unseres Landes ging von Waset aus und wurde zu einem großen Teil aus dem Tempelschatz Amuns, des Verborgenen, unterstützt.»

«Aber dafür wurde Amun auch alle nur erdenkliche Ehre zuteil. Er wurde Reichsgott, und zu seinen Ehren wurden die prächtigsten Tempelanlagen errichtet», entgegnete ich.

«Eben!», sagte Anen völlig ungerührt. «Heute gäbe so mancher Herrscher etwas dafür, wenn die Amunpriesterschaft nicht über diese Machtfülle verfügte.»

«Aber was hat das mit Osiris Thutmosis zu tun?»

Anen stieg auf eine kleine Treppe und zog aus einem Regal eine verschnürte Papyrusrolle. Er legte sie auf seinen Tisch, löste das Band und sah mich an: «Setze Dich! Thutmosis war nicht der Erstgeborene seines Vaters und wurde dennoch Herrscher unseres Landes. Ich hoffe, du verfügst über so viel Weisheit und fragst niemanden in diesem Land, warum das so war. Auch ich kann dir darauf keine Antwort geben und würde sie dir nicht geben, selbst wenn ich könnte. Aber ich will dir von dem Traum erzählen, den der junge Thutmosis unter dem Standbild des großen Sphinx nahe den Pyramiden träumte.»

Anen wischte mit der Rechten nochmals über das Schriftstück. Er begann zu lesen.

«An einem dieser Tage geschah es, dass Prinz Thutmosis in der Mittagszeit herbeikam. Er rastete im Schatten des großen Gottes. Schlaf und Traum ergriffen in dem Augenblick Besitz von ihm, als die Sonne am höchsten stand. Da bemerkte er, wie die Majestät dieses edlen Gottes aus ihrem Mund zu ihm sprach, so wie ein Vater zu seinem Sohn spricht: ‹Schau mich an, sieh mich genau an, mein Sohn Thutmosis! Ich bin dein Vater Harmachis-Chepri-Amun-Re. Ich werde dir die Königsherrschaft auf Erden über die Lebenden geben. Du sollst seine weiße Krone und seine rote Krone auf dem Thron von Geb, dem Erben, tragen. Das Land wird in seiner Länge und Breite dein sein und alles, was das Auge dessen, der Herr über alles ist, erleuchtet. Gute Vorräte werden für dich sein aus dem Innern Beider Länder, die reiche Ernte eines jeden Fremdlandes und eine Lebenszeit reich an Jahren. Schon seit vielen Jahren hat sich dir mein Antlitz zugewandt; mein Herz gehört dir und du gehörst mir. Sieh nur, ich leide Schmerzen, und mein Körper ist beschädigt. Der Sand der Wüste, auf dem ich früher stand, drückt mich jetzt nieder. Ich habe darauf gewartet, dass du tust, was mir am Herzen liegt, denn ich weiß, dass du mein Sohn und Schützer bist. Komm zu mir; ich bin bei dir und leite dich.› Der vollendete Gott schloss seine Rede. Dann machte der Prinz große Augen, weil er diese Worte des Allherrn gehört hatte. Er verstand die Worte dieses Gottes und ließ sein Herz still werden. Dann sagte er: ‹Komm mit, wir wollen zu unserem Tempel in die Stadt fahren und diesem Gott Opfergaben darbringen. Wir werden ihm Rinder und verschiedene Blumen und allerlei Kraut bringen, und wir werden Lob und Preis sagen denjenigen, die vorher kamen.›»

Anen schloss die Augen und hielt inne. Er war ganz in sich gekehrt. Dann sprach er zu mir.

«Prinz Thutmosis hat den Sphinx vom Sand befreit, und wurde Pharao. Aber wenn du aufmerksam zugehört hast, wird dir aufgefallen sein, dass sich Thutmosis auch als Sohn des Re-Harmachis und nicht nur des Amun bezeichnet hat. Viele sehen darin den ersten Schritt einer Abkehr von Amun, von dessen Anspruch, alleiniger Vater der Pharaonen zu sein. Das setzte sich fort, als man für den Verborgenen die Bezeichnung als Amun-Re einführte. Ein weiterer Schritt ist nun, dass Nimuria den Aton, der in der Götterwelt bisher nahezu bedeutungslos war, in zunehmendem Maße erwähnt, was niemand so recht verstehen kann und bei den Priestern Amuns Besorgnis erregt.»

«Aber geschah es nicht immer wieder, dass einzelne Gottheiten unter diesem oder jenem Herrscher besondere Verehrung erfuhren, ohne dass deswegen die Größe anderer Götter in Frage gestellt wurde?»

«Ich gebe dir Recht, Eje. Doch ich kann dir an vielen Beispielen zeigen, dass gerade die Verehrung des Sonnengottes Re in all seinen Erscheinungsformen immer mehr an Bedeutung erlangte. Die Priester Amuns fürchten eine schleichende Entwicklung, die irgendwann dazu führen könnte, dass Amun in die Bedeutungslosigkeit eines Stadtgottes zurückfällt und die Priester damit ihren gewaltigen Einfluss auf die Herrscher der Beiden Länder verlieren.»

Ich erzählte Anen von meinen bisherigen Erlebnissen mit der Priesterschaft Amuns. Von jener Bemerkung im Thronsaal, als Nimuria sie aufforderte, sich an den Kosten für die Erweiterung der Tempel zu beteiligen, und einer der Priester flüsterte, man sollte vor allem auf mich aufpassen. Ich erzählte ihm von meiner schrecklichen Begegnung mit den Grabräubern von Tura und davon, dass ihr Anführer einen goldenen Widderkopf um den Hals trug. Und von den misstrauischen Blicken der Priester, so oft ich auf sie traf.

«Muss ich um mein Leben fürchten, Anen?», beendete ich meine Rede.

Anen schloss erneut die Augen und schwieg.

«Nein», sagte er ruhig, und seine Augen waren noch nicht wieder geöffnet.

«Aber fordere sie nicht heraus! Ich weiß nur, dass du von ihnen aufmerksam beobachtet wirst, und sie alles, was du sagst und was du tust, in ihrem Gedächtnis behalten. Ich drohe dir nicht, aber nimm dich in Acht, Eje! Du bist nicht Pharao, und es kann Umstände geben, da dir auch er» – und dabei zeigte er auf eine Figur Nimurias – «da dir auch er nicht helfen kann.»

Trotz dieser deutlichen, fast bedrohlich wirkenden Worte gingen wir in Freundschaft auseinander. Ich dankte Anen für seine Offenheit und versicherte ihm, dass ich seine Ermahnungen beherzigen würde. In Wirklichkeit war ich sehr wütend, da ich jetzt Anen für einen der ihren hielt. Ja, ich war mir sogar sicher, dass er nicht mit seinen eigenen Worten zu mir gesprochen hatte.

ZWÖLF

Ob seine Behausung aus Stoff oder aus Ziegeln besteht –
er kehrt nicht frohen Herzens zurück.

Sobekhotep war ein alter Mann. Seit über zwanzig Jahren war er Bürgermeister des Fajum und Aufseher des Königspalastes von Merwer. Obwohl hier die besten Weine im Überfluss reiften, Datteln, Feigen und Getreide wuchsen wie nirgend sonst in unserem Land, die Bauern die herrlichsten Gänse und Enten züchteten, es Wildtiere gab ohne Zahl, trotz all dieser Köstlichkeiten war Sobekhotep ein ausgemergelter Mann, ja eine geradezu bemitleidenswerte Erscheinung. Seine Backenknochen standen weit hervor, und unter der dünnen Haut seines Kopfes konnte man jede noch so kleine Ader sehen. Wenn man zur Begrüßung nach seiner ausgestreckten Hand griff, glaubte man, dünne, in Stoff gewickelte Knochen anzufassen. Die Augen des Alten machten seinem Namen alle Ehre: Er hatte die starr glotzenden Augen eines Krokodils. Aber gerade das war es, was viele Menschen dazu verleitete, Sobekhotep zu unterschätzen. Außer Amenophis, Sohn des Hapu, gab es wohl niemanden in Ägypten, dessen Rat so geschätzt war wie der des Bürgermeisters Sobekhotep.

Nimuria hatte völlig richtig bemerkt, dass ich Waset für

eine Weile verlassen musste. Merits Tod ging mir doch viel näher, als ich und alle anderen geglaubt hatten. So überließ ich Hebi und Cheruef meinen Palast, meine Werkstätten und meine Stallungen, nahm Nafteta, Ti, Etana, zwei Schreiber und einige Diener mit mir und machte mich auf Befehl Pharaos auf den Weg ins Fajum. Ameni erteilte mir alle erdenklichen Vollmachten, die ich brauchte, damit sich mir jede Tür des Landes öffnete. Imresch hatte Waset bereits verlassen und kehrte auf direktem Wege zurück nach Babylon zu seiner Frau Scharruwa. Ich habe ihn nie wieder gesehen und leider auch nie mehr von ihm gehört.

Wir kamen nur langsam vorwärts. In jeder Stadt legte unser Schiff an, und überall blieb ich so lange, wie ich es für richtig hielt.

Ich überprüfte die Lagerhäuser der Tempel und der Bürgermeister, ich nahm an Gerichtsverhandlungen teil und hörte mir die Sorgen und Beschwerden der Menschen an. Niemanden wies ich zurück. Fand ich Schriftrollen, deren Inhalt ich für würdig befand, in die Sammlung Nimurias aufgenommen zu werden, ließ ich sie abschreiben, vermerkte ihre Herkunft und legte sie in eine eigens dafür geschaffene Truhe auf meinem Schiff. Abends führte ich lange Gespräche mit den Fürsten des Landes, den Bürgermeistern und vor allem mit den Priestern all der Tempel, die ich besuchte. Ich ließ mir die Listen zeigen mit den Namen der Beschäftigten, der Einnahmen und der Ausgaben, und so manchem Verwalter stand der Angstschweiß auf der Stirn, wenn ich ihn zuletzt zu einem klärenden Gespräch bat.

Trotz meiner für Viele so unangenehmen Aufgabe, wurde ich meist sehr freundlich aufgenommen, und mir entging nicht, dass mir so mancher hohe Herr die Schönheit, die Sittsamkeit und den Fleiß einer seiner Töchter anpries. Ich muss gestehen, es waren einige unter ihnen, die ich vor meiner Heirat mit Merit nicht so unbeachtet stehen gelassen hätte, wie ich es jetzt tat. Ich beließ es aber dabei, mir vorerst nur die Namen und das Zuhause von drei oder vier der Schönsten von ihnen zu merken. Alle meine Feststellungen, die ich für wichtig hielt, schrieb ich Amenophis, und wöchentlich erhielt auch ich einen Brief von meinem Herrscher.

So verging fast ein halbes Jahr, ehe Nafteta und ich in Merwer eintrafen. Das letzte Stück des Weges führte mich und meine Begleiter in einem dreitägigen Marsch vom Nil durch die Wüste, ehe wir im Westen der Oase die Stadt Merwer erreichten. Der Palast war bei weitem nicht so groß wie diejenigen von Men-nefer und Waset, aber die Landschaft, in der er lag, und die Gärten, die ihn umgaben, waren das Schönste, was mein Auge jemals sah. Mir war, als hätte Isis selbst dieses Wunder geschaffen.

Es gab in der Oase weit ausgedehnte Palmenwälder ebenso wie nahezu undurchdringliches Schilfdickicht, in dem alle Arten von Wasservögeln lebten, Flusspferde und Fische. Vor allem gab es eine unvorstellbare Zahl von Krokodilen, weswegen das Fajum unter dem Schutz Sobeks, des Krokodilgottes, stand. Weite Teile des früher nur aus Sumpf bestehenden Landes wurden von den Pharaonen Sesostris Cheper-ka-Re und Amenemhet Ni-maat-Re trockengelegt und nutzbar gemacht. Die Oase war deswegen eine der fruchtbarsten Gegenden unseres Landes. Es gab aber auch einen sehr bekannten Steinbruch, in welchem von alters her schwarzer Basalt gebrochen wurde. Tausende dieser Platten lagen um die großen Pyramiden und in deren Tempelbezirken. Die Reise vom Nil in die Oase galt deswegen auch als eine der ungefährlichsten im ganzen Land, da ständig Karawanen in beide Richtungen unterwegs waren.

Sobekhotep war ein sehr aufmerksamer Gastgeber. Er sollte mir nahezu jeden Wunsch von den Lippen ablesen, ehe ich ihn selbst gedacht und ausgesprochen hatte. Er wusste über mich bestens Bescheid. Er empfing mich am Haupteingang seines Palastes.

«Es ist eine große Ehre für mein Haus, den Einzigen Freund Seiner Majestät begrüßen zu dürfen! Sei mir willkommen, Eje!»

Das Lächeln des fast Siebzigjährigen zeigte erstaunlich gut erhaltene Zähne. Ich wusste um den Ruhm und die Weisheit Sobekhoteps und verneigte mich deswegen tief vor ihm.

Er ergriff meinen Arm. «Es ist gut Eje. Vor einem so alten Mann wie mir musst du dich nicht so tief verbeugen. Ich bin nur ein einfacher Bürgermeister. Und wer bist du? Einer der mächtigsten Männer des Landes, sodass dein Ruhm bis zu mir in die Oase dringt.»

Sein Lächeln war schwer zu deuten. Er sprach mich in der freundschaftlichen Form an, ohne mich vorher jemals gesehen zu haben und obwohl er mich für einen der mächtigsten Männer des Landes hielt. Nur Menschen in seinem Alter und seiner Stellung konnten sich das erlauben.

«Deine Tochter und ihre Amme werden hungrig und müde sein.»

Seine Krokodilaugen starrten auf Nafteta, und wieder zeigte Sobekhotep sein gütiges Lächeln.

«Meine Diener werden deine Tochter und Ti sogleich in den königlichen Palast führen und ihnen die Gemächer zeigen, die ich euch auf Geheiß Nimurias – er lebe, sei heil und gesund – hergerichtet habe. Du selbst willst mich nach einem kurzen Bad sicher erst in den Tempel begleiten. Danach lasse ich dich ebenfalls gleich in den Palast bringen.»

Ich bedankte mich bei ihm, gab Nafteta einen Kuss und folgte Sobekhotep ins Innere seines Hauses. Sein Palast war ganz nach der alten Ordnung errichtet, streng gegliedert und mit wenigen Möbeln ausgestattet. Allerdings schien er eine ausgeprägte Vorliebe für Palmen zu haben. Es gab nicht einen Raum, in welchem nicht in einem eigens dafür geschaffenen Beet oder in einem riesigen, tönernen Pflanzkübel eine Palme, gleich welcher Größe, stand.

«Bevorzugst du Wein oder Bier?», fragte er mich knapp. Da ich ihm in meiner Überraschung keine Antwort gab, sagte er zu seinem Diener: «Wein. Bringt ihm Wein und Oliven.»

Sobekhotep führte mich in den Vorraum des Bades, verneigte sich ein wenig und ließ mich wissen: «Ich erwarte dich später in meinem Garten. Und lass dir Zeit. Nichts ist schlimmer, als sich beim Baden nicht Zeit lassen zu können.»

Der Fußboden und alle Wände des Bades waren mit gelben und grünen glasierten Kacheln gefliest. Das Becken selbst war rund, hatte einen Durchmesser von etwa fünf Ellen und war im Boden versenkt. Das Wasser war angenehm heiß. Ein junger Nubier kniete sich neben mich und wusch mir erst die Haare, dann rieb er mir Hals, Arme, Brust und Rücken mit einem Schwamm ab. Anschließend bat er mich in einen Nebenraum, in dessen Mitte zwischen einer Vielzahl von Palmen jeder Größe die Massagebank stand. Von draußen hörte ich Flöten- und Harfenspiel, und ich hatte große Mühe, nicht unter den geübten Händen des Nubiers einzuschlafen, so wohltuend war sein Werk.

Sobekhotep erwartete mich auf der Terrasse seines Hauses, und er machte einen ungeduldigen Eindruck, so wie alte Menschen oft ungeduldig und angespannt wirken, weil sie glauben, nicht mehr viel von ihrer Lebenszeit zu haben.

«Es erstaunt mich», sprach ich den Alten an, «dass Ihr selbst nichts von Eurem Wein trinkt. Ich kann mir kaum Köstlicheres vorstellen.»

Er lächelte milde.

«Es gibt einige Genüsse in dieser Welt, auf die ich verzichte. Aber wie du siehst, hat mich das bei guter Gesundheit gehalten. Außerdem will ich für die Krokodile keinen zu fetten Leckerbissen abgeben.»

«Weshalb solltet ihr überhaupt Futter für die Krokodile werden?»

«Viele Menschen, die hier in der Oase leben, werden eines Tages von einem Krokodil aufgefressen. Eine kleine Unaufmerksamkeit und», er sah mich mit weit aufgerissenen Augen an, «schnapp, bist du weg, unter Wasser, bis du ertrunken bist. Dann haben die Tiere Zeit. Es hört sich schlimm an, aber es ist kein schlimmer Tod, Eje. Es geht schnell. Außerdem gilt derjenige als gerechtfertigt und geheiligt, der diesen Tieren zum Opfer fällt.»

Wir bestiegen die Sänfte und gelangten durch unvorstellbar schöne Straßen in die Mitte von Merwer, wo das Heiligtum des Gottes Sobek lag. Neben dem Eingang standen zwei Figuren von Osiris Amenemhet Ni-maat-Re, jenem Pharao, der für die Oase so viel Gutes getan hatte.

Im zweiten Vorhof, zwischen uralten Sykomoren und Palmen, lag der Teich des heiligen Tieres, des lebenden Abbildes des Sobek. Es war ein unvorstellbar großes Krokodil von sicherlich vierzehn Ellen Länge. Faul und träge lag es am Ufer, das Maul weit aufgerissen, und ich glaubte, seinen stinkenden Atem riechen zu können. Ein Diener Sobekhoteps trug eine Art Kuchen, etwas gebratenes Fleisch und einen Krug Wein mit sich. Auf einen Wink des Alten hin begleiteten zwei Priester den Diener hinunter zum Teich. Die Priester hielten das Maul des Tieres geöffnet, und der Diener schüttete die mitgebrachten Gaben in seinen Rachen. Das Krokodil bewegte sich dann in den Teich hinein und schwamm auf eine kleine Sandbank, wo es liegen blieb.

Dem Tempel des Sobek war anzusehen, dass die großen Zeiten dieses Gottes schon einige Jahre zurücklagen. Die Anlagen waren freilich gepflegt, alles war auf das Peinlichste gereinigt, aber das Gebäude selbst hatte einige Überholungsarbeiten nötig.

«Ich will mich nicht beklagen, Eje. Aber du siehst selbst, dass es Sobek bei weitem nicht so gut geht wie Amun», sagte der Alte und schaute dabei nach oben, als wollte er sich vergewissern, ob das Dach des Tempels noch da wäre.

«Ihr habt Recht, Sobekhotep. Ich weiß, was ich zu tun habe», war meine knappe Antwort. Bald würde auch Nimuria hier eintreffen, und meine Aufgabe würde es sein, ihn deswegen anzusprechen.

Das Innere des Tempels war dunkel. Die Wände zierten unendliche Darstellungen von Papyrusdickicht, dem Lebensraum der Krokodile. Zwischen den Säulen standen gewaltige Steinfiguren Sobeks, und bei einigen von ihnen standen Pharaonen im Schutze der Gottheit daneben. Das Allerheiligste durfte ich natürlich nicht betreten, und so erschöpfte sich meine Kulthandlung in einem Weihrauchopfer vor dem größten Abbild Sobeks, einer zwölf Ellen hohen Steinfigur aus Rosengranit.

Als wir den Tempelbezirk verließen, stand die Sonnenscheibe schon tief.

«Du wirst mir kaum böse sein, wenn ich am Tag deiner Anreise auf ein Festbankett verzichte. Ich glaube, du solltest dich erst einmal ausruhen. Aber morgen Abend bist du selbstverständlich mein Gast, und dein Besuch wird mir und meinen Freunden eine große Ehre sein», sagte Sobekhotep, und ich war ihm sogar sehr dankbar dafür.

Ich bestieg die Sänfte und ließ mich zum Königspalast tragen. Der Schreiber des Alten ging voraus, trug meine Standarte und verkündete allem Volk meinen Namen.

Ti und Etana hatten sich mit Hilfe meiner Schreiber und Diener und unter der Anleitung des zweiten Palastvorstehers schon eingerichtet, und auch Nafteta schlief bereits, als ich ihr

Schlafzimmer betrat. Von der Terrasse meines Schlafzimmers aus konnte man zwischen den Bäumen des Gartens hindurch den berühmten Frauenpalast sehen. Der zweite Palastvorsteher, er hieß Ramessu, ließ das Abendessen auf die Terrasse bringen, wo ich es gemeinsam mit Ti und Etana einnahm. Wir unterhielten uns nur wenig, denn der Tag war anstrengend, und ich musste immerzu an Merit denken und wie schön es gewesen wäre, hätte sie jetzt bei mir sein können.

Ich hielt mich den ganzen folgenden Tag im Palast und in dessen Gärten auf. Ramessu führte mich durch viele Säle und Räume und überall wusste er kleine Geschichten zu erzählen. In den Palästen von Men-nefer und Waset war es üblich, dass unsere Herrscher nach ihrem Regierungsantritt umfangreiche Änderungen bei deren Ausstattung vornahmen. Hier in Merwer war das anders. Über die Jahre hinweg hatte sich nach Ramessus Erzählungen fast nichts verändert, mit Ausnahme des einen oder anderen Möbelstückes, das unter diesem oder jenem Herrscher hinzugekommen war. So fühlte ich mich manchmal in längst vergangene Zeiten zurückversetzt.

Ähnlich erging es mir am Abend im Palast Sobekhoteps. Der Bürgermeister bewirtete seine Gäste auf das Vorzüglichste, und doch hinterließ alles bei mir den Eindruck, als würden alte Zeiten aufleben. Die Speisen waren köstlich, aber bei weitem nicht so aufwendig zubereitet wie in Waset. Die Musik war bezaubernd schön, und die Musikanten spielten hervorragend. Aber es waren durchweg Lieder und Gesänge, die man in den Palästen entlang des Flusses nicht mehr zu hören bekam. Auch die Kleidung der Menschen, ihre Perücken und der Schmuck waren nicht so aufwendig wie anderswo. Es ging einfach ruhiger zu. Irgendwie schien die Zeit in den Palästen von Merwer stehen geblieben zu sein, und ich konnte mir gut vorstellen, dass schon mein Vater als junger Mann so empfand, wenn er hier verweilte. Ich nahm mir vor, ihn nach meiner Rückkehr danach zu fragen.

«Verzeiht mir, edler Herr, wenn ich Euch anspreche!» Ein Mann von ungefähr vierzig Jahren stand neben mir und lächelte mich freundlich an. Er hatte das Aussehen eines Fremdländers, und auch an seiner Aussprache merkte ich, dass er kein Ägypter war.

«Ich heiße Kelija und komme aus dem Königreich Mitanni», fuhr er fort, nachdem ich mich ihm zugewandt hatte.

«Ich grüße Euch ebenso, Kelija», entgegnete ich, und nickte zur Begrüßung höflich mit dem Kopf. «Was führt Euch aus dem entfernten Mitanni hierher, mitten in diese kleine Oase?»

«Unser Herrscher, König Sutarna, hat mich hierher entsandt, um seine Schwester Nadija zu besuchen und um zu sehen, ob es ihr wohl ergeht.»

Ich sah Kelija offenbar mit fragenden Augen an, denn sogleich fuhr er fort: «Thutmosis, der Vater Eures Herrschers Nimuria – er lebe, sei heil und gesund –, machte Nadija, die älteste Schwester unseres Herrschers Artatama, zu einer seiner Frauen. Seit vielen Jahren lebt sie jetzt im Frauenpalast von Merwer. Unser König Sutarna hat schon lange kein Lebenszeichen mehr von ihr erhalten, weswegen er mich die Reise unternehmen ließ.»

«Und was konntet Ihr über Nadija in Erfahrung bringen?»

«Heute ist sie eine betagte Frau von dreiundfünfzig Jahren, aber sie ist wohl versorgt, und es geht ihr gut. Auch nach dem Tod von Pharao Thutmosis Men-chepru-Re wird sie würdevoll behandelt. Ich konnte mich selbst davon überzeugen.»

«Euch wurde gestattet, den Frauenpalast zu betreten?», fragte ich verwundert.

«Nein, edler Eje. Die Erlaubnis hierzu erhielt ich natürlich nicht, und ich glaube, es ist nicht vermessen, wenn ich sage, dass auch Ihr diese Erlaubnis nicht erhalten würdet. Es gibt einen Garten, in welchem nach vorheriger Anmeldung und unter den Augen eines Aufsehers ein Gespräch stattfinden kann. Die Sitten sind bei euch ebenso streng wie bei uns.»

Kelija und ich unterhielten uns noch lange an diesem Abend, und er erzählte mir viel von seinem Land und dessen freundschaftlichem Verhältnis zu Ägypten. Kelija wusste so Vieles, angefangen bei den ersten Begegnungen unter Pharao Thutmosis Aa-cheper-ka-Re, von den Bündnissen, die beide Länder geschlossen hatten, und auch davon, dass Nimuria einmal eine Königstochter Babylons versprochen worden war.

Doch es war mir einfach zu viel, was er wusste, ich mochte nicht an so viele Zufälle glauben. Sein Besuch hatte gewiss einen anderen Grund. Deswegen wollte ich die Verbindung zu ihm aufrechterhalten und lud ihn für den kommenden Tag zu einem Abendessen in den Palast ein.

«Nimm dich in Acht, Eje», sagte Sobekhotep zum Abschied zu mir, und seine Krokodilaugen rollten aufgeregt umher.

«Niemand, kein Mitanni, kein Babylonier oder sonst jemand lässt sich auf ein Gespräch mit dem Einzigen Freund Seiner Majestät ein, ohne etwas von ihm zu erwarten.»

«Woher weiß Kelija, wer ich bin, welche Stellung ich bei Hofe einnehme?», fragte ich ungläubig.

«Aber Eje», flüsterte der Alte väterlich. «Das ist jetzt nicht dein Ernst?»

Freilich war ich mir der Tatsache bewusst, dass mein Name an fremden Höfen ebenso bekannt war wie hier im Fajum, und ich ärgerte mich darüber, dass ich glaubte, diesen weisen und erfahrenen Mann für dumm halten zu können.

Ich wusste, dass ich Kelija aus Gründen des Anstandes nicht aus dem Weg gehen konnte, wollte mich aber mit all meinen Äußerungen sehr zurückhalten.

Es vergingen drei weitere Monate, ehe Nimuria mit einem Teil des Hofstaates in Merwer eintraf. Teje war mit den Prinzen und dem Wesir Ptahmose in Waset geblieben. Ich selbst hatte bis zum Eintreffen Pharaos viel Zeit gehabt, mich mit Nafteta zu beschäftigen, die im Palastgarten ihre ersten Schritte unternahm, und Ti und ich hatten alle Hände voll zu tun, sie nicht aus den Augen zu verlieren. Ich traf mich oft mit Kelija, der mir irgendwann den wirklichen Grund seines Aufenthaltes gestand: Sein König Sutarna wünschte sich, dass Nimuria dessen Tochter Giluchepa heiratete. Sobekhotep hatte nichts anderes erwartet.

«Ihr dürft nicht vergessen, Majestät», sagte Sobekhotep, und seine Augen rollten wieder wild umher, «dass für uns Ägypter Mitanni als Bündnispartner unverzichtbar ist. Im Norden ist in den Hethitern ein mächtiges Volk erwachsen, und dessen vorlaute Reden aus seiner Residenz Hattuscha sind nicht zu überhören. Im Südwesten hat König Sutarna mit Babylon einen zweiten mächtigen Nachbarn, und beide würden sich Mitanni gerne teilen, um dann vielleicht gemeinsam unserem Land entgegenzutreten.»

Amenophis sah aufmerksam auf die Landkarte, die Sobekhotep auf dem Tisch seines Arbeitszimmers ausgebreitet hatte.

«Eurem Großvater und auch dessen Vater haben wir die mächtige Stellung in Asien zu danken. Pharao Thutmosis bezwang Megiddo und rang Mitanni nieder. Euer Großvater besiegte bei Quadesch die Hethiter und überschritt den Euphrat. Diese Kriege haben viel Kraft und viel Gold gekostet, und Vieles davon stammt aus den Schatzkammern Amuns. Die Priester wollen noch länger Erträge aus diesen Unternehmungen erzielen und werden euch stets daran erinnern. Ihr solltet deswegen die asiatischen Gebiete halten, um die Tribute zu sichern. Ägypten alleine kann auf die Dauer die Hofhaltungen Amuns und der Pharaonen nicht tragen.»

Amenophis schwieg. Er schwieg so auffällig und so nachhaltig, dass dieses Schweigen vor dem Kronrat in Waset als völlige Hilflosigkeit ausgelegt worden wäre. Der Alte begann erneut zu sprechen.

«Euer Freund Eje – ich schätze ihn über die Maßen – hat alles unternommen, um keinen Deben an Steuern zu verschenken, um jedes Getreidekorn zu ernten und um jeden Steinbruch auf das Beste zu nutzen. Aber das allein reicht nicht, Majestät. Wenn Ihr nicht bereit seid die Bündnisse zu halten, gibt es nur zwei Möglichkeiten: Ihr oder Amun. Beide kann Ägypten auf Dauer nicht ernähren.»

«Wisst Ihr eigentlich, wer meine Frau ist?», begann jetzt Ameni. «Könnt Ihr Euch vorstellen, was sein wird, wenn Sutarna mir seine Tochter schickt? Und könnt Ihr Euch vorstellen, was sein wird, wenn sie auch noch schön ist? Meine Besuche im Frauenpalast nimmt Teje nicht zur Kenntnis, und es scheint, als habe sie sich damit abgefunden. Aber eine andere Frau?»

«Es ist nicht nur dies, Majestät.» Sobekhotep verneigte sich demütig vor seinem Herrscher, gerade so, als wollte er Nimuria schon im Voraus gnädig stimmen.

«Es ist nicht damit getan, dass Kelija seinem Herrn die freudige Nachricht Eurer Entscheidung überbringt. Sutarna erwartet vielmehr, dass Ihr ihn in aller Form darum bittet, Euch seine Tochter zu schicken. Sutarna will von Euch umschmeichelt werden, um vor seinen Bündnispartnern als mächtiger König dazustehen. Ja, Majestät, das Bündnis hat einen hohen Preis.»

Ich merkte Ameni an, dass ihm der Rat des weisen Mannes gar nicht behagte. Nimuria sagte jedoch nichts, sondern ließ die Sache zunächst auf sich beruhen. Ich für meinen Teil dachte über das Gespräch lange nach, zumal ich mir sicher war, dass mich Amenophis in naher Zukunft darauf ansprechen würde.

Sobekhotep hatte Recht. Wenn es der Wille Pharaos war, dass sich sowohl er als auch Amun weiterhin mit dieser Pracht umgaben, blieb ihm keine andere Wahl, und er musste Sutarna um eine Tochter bitten. Es gab nur ein gewaltiges Hindernis, das es zu überwinden galt, und das war meine Schwester Teje.

Die Anfahrt zum nordöstlichen Ufer des Sees dauerte nicht lange, und noch weit vor Sonnenaufgang erreichten wir den vorbereiteten Rastplatz. Der Wind kam aus Westen und stand für uns günstig. Im Schatten der Bäume und Sträucher, die das Ufer säumten, schlichen wir etwa zweihundert Ellen nach Norden, bis wir eine Vertiefung erreichten, die eigens für die Jagd angelegt worden war. Von hier aus waren die Gazellen und Wildstiere am besten zu beobachten, wenn sie zur Tränke kamen. Uns ging es aber nicht um sie, sondern um die Löwen, die hier ebenfalls Beute machen wollten.

Zwar wurden wir von einem ortskundigen und erfahrenen Jäger geführt, doch Ameni ließ es sich nicht nehmen, den Fortgang der Jagd selbst zu bestimmen, war die Beute einmal ausgemacht. Etwas abseits des Ufers, hinter einer Sanddüne, machten wir bald ein Löwenrudel aus. Zwei Löwinnen sonderten sich ab und umgingen ihre Beute, um sie dann dem restlichen Rudel unter Führung eines starken Löwen zuzutreiben. Noch während die Löwen eines der Tiere hetzten, um es alsbald zu reißen, verließen wir die Vertiefung und eilten zu unseren Streitwagen. In rasender Fahrt verließen wir die Oase und nahmen die Verfolgung des Rudels auf, das uns bereits wahrgenommen hatte und flüchtete. Anfangs blieben unsere fünf Wagen dicht beisammen, denn Ameni wollte das Rudel auseinander sprengen, um allein das männliche Tier jagen zu können. Und so geschah es auch: Die Löwinnen setzten sich nach links und rechts ab, und so trieben wir den Löwen vor uns her. Während sich Ameni in der Mitte etwas zurückfallen ließ, erhöhten wir anderen die Geschwindigkeit, und es dauerte nicht mehr lange, bis das Tier von uns in weitem Bogen eingekreist war.

Langsam fuhren jetzt unsere Wagen immer näher an den Löwen heran. Das mächtige Tier wurde angesichts der Bedrohung immer unruhiger, duckte sich nieder, um irgendwann zu einem Sprung und zum Angriff anzusetzen. Zwischen Amenophis und seinem Nachbarn wurde die Lücke bewusst etwas größer gehalten, denn wir wussten, dass sich der Löwe diese Stelle zu seiner Flucht aussuchen würde. Der Wagen Nimurias war bereits bis auf weniger als sechzig Ellen herangekommen, da schnellte der Löwe hoch und raste los. Der erste Pfeil Amenis traf seine rechte Flanke, und mit lautem Gebrüll überschlug sich das Tier, raffte sich aber sofort wieder auf, und ging auf den Wagen Pharaos los. Ehe Ameni einen zweiten Pfeil abschießen konnte, fiel das Raubtier über eines der Pferde her, biss sich an dessen Hals fest und zerrte es so zu Boden. Das andere Pferd wieherte laut auf und wollte loslaufen, wodurch das Gespann Nimurias umzustürzen drohte. Im selben Augenblick stieß Ameni mit der ganzen Kraft seiner Arme dem Löwen einen Speer in die Seite, und mit fürchterlichem Brüllen brach er zusammen, röchelte noch einige Augenblicke, dann verendete er ebenso wie Pharaos Pferd. Es war der zweiundvierzigste Löwe, der von Amenis Hand getötet wurde.

Am Abend waren wir Nimurias Gäste. Das Fell des Löwen war bereits abgezogen und lag in der Mitte des Saales, sodass es jedermann bewundern konnte. Amenophis liebte es, wenn seine Jagdbegleiter unter den staunenden Blicken der übrigen Gäste Pharaos Furchtlosigkeit und dessen jagdliches Geschick priesen. An diesen Abenden wurde viel gegessen und noch mehr getrunken. Junge Tänzerinnen sprangen zu lauter, wilder Musik in den Saal, und wir alle berauschten uns an den makellosen Körpern und deren Bewegungen, die einmal kunstvoll elegant, dann wieder ausgelassen und dämonisch waren. Jeder von uns heftete seine Augen auf eines der Mädchen, und auch ich erinnerte mich an die Nächte, die ich mit Inena verbrachte. Ich trank einen Schluck aus meinem Becher, lehnte mich nach hinten und schloss die Augen. Im Geiste sah ich Inena vor mir tanzen, mich anlächeln.

«Du solltest allmählich wieder ins wirkliche Leben zurückkehren», sagte Ameni zu mir.

Als ich meine Augen wieder öffnete, sah ich in sein Gesicht, sah seine mandelförmigen Augen, sein fröhliches Lachen, seine makellosen Zähne. Ratlos zuckte ich mit den Schultern und schwieg.

«Du bist noch zu jung, Eje, um den Rest deines Lebens nur in Erinnerungen zu verbringen. Lebe jetzt! Heute! Min und Hathor geben dir keinen Tag zurück, wenn du alt bist und dich an ausgelassene Freuden erinnerst.»

Mein Herz pochte heftig. Es pochte so wie damals, als ich die tanzende Inena zum ersten Mal durch das Fenster des Palastes sah und das Verlangen spürte, sie anzufassen, von ihr verführt zu werden, sie zu lieben.

«Aber ich kann doch nicht einfach eine von denen da fragen …», begann ich zaghaft und deutete auf die Mädchen vor uns. «Ich empfinde doch gegenüber keiner von ihnen irgendetwas», versuchte ich zu erklären.

«Das sollte es dir aber leichter machen, Eje. Es ist sicher der einfachere Weg. Du bist hier niemandem Rechenschaft schuldig. Nimm und genieße einfach nur! Geh in dein Schlafzimmer und warte!»

Ich verließ unauffällig den Saal, und ging erst in den Garten. Hastig streifte ich meinen Schurz ab, legte meine Perücke und den Halskragen daneben, sprang ins Wasser und schwamm zwei Bahnen durch das Becken. Anschließend nahm ich meine Sachen, ging in mein Schlafzimmer und legte mich auf mein Bett. Es brannten nur zwei Öllampen, und so war es fast völlig dunkel. Durch das Fenster drang die Musik aus dem Festsaal zu mir herauf. Der Wein hatte mich müde und gleichgültig gemacht, und meine Augenlider begannen schwer zu werden. Ich war beinahe eingeschlafen, als mich irgendein ungewohntes Geräusch die Augen nochmals ein wenig öffnen ließ. Schemenhaft erkannte ich ein Mädchen, das nackt neben meinem Bett stand und ihr zusammengebundenes Haar öffnete, das gleich einem Wasserfall über ihre Schultern fiel. Ich streckte ihr meine Hand entgegen und zog sie sachte auf mein Bett. Wie eine Schlange schmiegte sie sich an mich. Sie war jung und hatte einen so schönen Körper, wie ich ihn vorher nur selten gesehen hatte. In Erwartung ihrer Liebkosungen schloss ich die Augen wieder und ließ alles mit mir geschehen. Sie war gewiss noch keine siebzehn Jahre alt, aber in all dem, was sie tat, stand sie den erfahrenen Dienerinnen der Liebe in nichts nach. Sie verstand es, Stellen meines Körpers zu berühren, zu streicheln, von denen ich nie geglaubt hätte, dass sie dafür geeignet wären. Wie Straußenfedern glitten ihre Fingerspitzen über meinen Hals, meine Brust, und fanden eine Stelle unter meinen Achseln, deren zärtliche Berührung mich vor Seligkeit den Atem anhalten ließ. Während all der Zeit, in der mich die Schöne verzauberte, sprachen wir nicht ein Wort, und so unauffällig, wie sie erschien, so unauffällig entschwand sie auch wieder, als ich endgültig meine Augen zum Schlaf geschlossen hatte.

«Kanntest du das Mädchen?», fragte ich Amenophis, als wir uns am anderen Morgen im Schwimmbecken trafen.

«Natürlich nicht. Glaubst du, ich könnte es zulassen, dass dir vielleicht eine von ihnen erzählt, was ich mit ihr …»

Er unterbrach seinen Satz und sah mich verständnislos an.

«Ja, ja, ich verstehe.»

Ich bekam einen roten Kopf.

«Dafür habe ich den Frauenpalast. Und den wird auch mein Freund Eje nie betreten.»

Amenophis durchtauchte eine ganze Bahn und schwamm zu mir zurück. Unsere Arme lagen ausgestreckt auf dem Beckenrand, und mit dem Rücken zur Mauer strampelten wir etwas mit den Füßen und sahen in die gerade erst aufgegangene Sonne.

«Ich habe mir gestern Abend eine der jungen Fürstentöchter aus Mitanni näher angesehen. Wenn Sutarnas Tochter Giluchepa auch so schön ist, werde ich in der Tat mit Teje einigen Ärger bekommen.»

Er zog die Augenbrauen hoch und kniff die Lippen zusammen.

«Ich mache dir einen Vorschlag, Ameni.»

«Sprich», sagte er knapp und ohne mich anzusehen.

«Ich werde nach unserer Rückkehr aus dem Fajum ein längeres Gespräch mit Teje führen, und du ...»

«Jetzt bin ich aber neugierig», unterbrach er mich.

«Und du wirst dich hier am Tempel des Sobek als großzügiger Pharao erweisen. Ich finde es schön hier, und ich meine, wir könnten uns dem Krokodil ruhig erkenntlich zeigen.»

«Um ehrlich zu sein: Ich hatte Schlimmeres befürchtet. Aber du hast Recht, Sobek hat es nötig. Das wird zwar den Ersten Sehenden des Amun etwas stören. Aber warum auch nicht?»

Ameni war mit sich zufrieden.

«Wie lange werden wir noch hier in Merwer bleiben?»

«Möglichst lange, damit du nicht mit deiner Schwester reden musst.» Ameni lachte.

«Ich habe keine Eile, nach Waset zurückzukehren. Ich will

Kelija mit meinem Brief an Sutarna noch etwas warten lassen. Bevor er abreist, will ich von ihm einiges über die Hethiter, die Syrer und Babylonier in Erfahrung bringen. Dann warten da draußen» – und mit der Rechten zeigte er nach Norden – «noch einige Stiere, Flusspferde und Löwen auf mich, und dort drüben» – jetzt zeigte er auf den Frauenpalast – «noch einige unbekannte Schönheiten. Und du, mein Freund, sollst bei alldem auch nicht zu kurz kommen.»

Wir verstanden uns.

Wir blieben noch zwei Monate in Merwer, und wir lebten ein Leben, wie selten zuvor. Es verging kaum ein Tag, an welchem wir nicht zur Jagd gingen, und auch ich fand jetzt Gefallen an diesem blutigen Handwerk. Ameni brachte in dieser Zeit acht Löwen, sechzehn Wildstiere, neun Flusspferde und vier Strauße zur Strecke.

Wir redeten viel mit Sobekhotep, der über die Großzügigkeit Pharaos außer sich war vor Freude, und mich seither noch mehr schätzte, wusste er doch, wer den Guten Gott auf den richtigen Weg gebracht hatte. Wir aßen und vor allem tranken wir viel mit Kelija, der uns bereitwillig so manches verriet, was er uns nach dem vermuteten Willen seines Königs besser nicht gesagt hätte. Und wir hatten unser Vergnügen mit den Mädchen, wann immer wir wollten. Amenophis drüben im Frauenpalast, ich hier in meinen Gemächern. Es war gut, dass mein Vater nicht hier war.

Zuletzt entließ Nimuria den Fürsten Kelija mit seinem Gefolge und gab ihm eine Botschaft für Sutarna mit, in welcher er um die Hand Giluchepas bat. Ameni und ich setzten den Brief an einem Abend allein und bei reichlich Wein auf, und Sutarna wäre zutiefst verletzt gewesen, hätte er erfahren, welchen Spaß wir dabei hatten.

Die herrlichen Wochen mit Ameni vergingen viel zu schnell. Selten zuvor waren wir so oft allein beisammen, konnten uns ungestört unterhalten und brauchten bei alldem auf niemand Rücksicht zu nehmen.

Je näher wir Waset kamen, umso ernster wurden wir, und als unsere Flotte in den Hafen einfuhr, war Nimuria wieder ganz Pharao.

Die Reaktion meiner Schwester war erstaunlich. Gleich nach unserer Rückkehr besuchte ich sie und bat um ein vertrauliches Gespräch. Ohne große Umschweife berichtete ich ihr davon, dass Kelija offenbar nur aus einem Grund in der Oase erschienen war und wie Ameni darauf reagiert hatte. Zuerst schwieg sie lange und machte ein verbittertes Gesicht. Ihre Mundwinkel waren nach unten verzogen, die Stirn lag in Falten, die Augenlider waren halb gesenkt. Dann schien sie sich zu fassen.

«Soll sie auch Große königliche Gemahlin werden?»

«Nein. Unter keinen Umständen.»

«Ich weiß», sagte sie jetzt mit ruhiger Stimme, «dass schon seit langem fremde Königstöchter zu uns geholt und mit Pharao vermählt werden. Gleichwohl erwarte ich von Amenophis ein Zeichen, dass alle Welt sieht, wer allein Große königliche Gemahlin ist. Glaubst du, ich kenne den Schriftverkehr nicht, der zwischen Hatti, Babylon und Ägypten gewechselt wird? Oh Eje! Von diesen Dingen weiß ich wahrscheinlich mehr als du. Ich kenne die Bündnisse, die geschmiedet werden, und ich kenne den Preis für jedes von ihnen. Aber auch ich habe meinen Stolz und meinen Preis.»

«Willst du ihn mir nicht sagen, wenn wir schon so deutlich darüber sprechen?»

«Warum unterhalte ich mich überhaupt mit dir darüber und nicht mit Amenophis?»

Sie wurde jetzt wieder energischer in ihrer Stimme.

«Ich habe es ihm angeboten – von mir aus. Ich bin der

Überzeugung, dass wir beide darüber ruhiger reden können, als ihr beide es tätet.»

Ich wollte ihre Hand nehmen und sie drücken, sie aber zog zurück und sah mich mit zusammengekniffenen Augen an.

«Auch das wird seinen Preis haben, Bruder!»

«Wann höre ich von dir?»

«Bald, Eje. Bald.»

Grußlos drehte sie sich um, und während ich mich tief verneigte, ging sie weg.

Bereits am anderen Tag erhielt ich ihre Antwort. Nach der Ankunft der Mitanni-Prinzessin sollte ihr Amenophis einen künstlichen See in gewaltigen Ausmaßen graben lassen, um anschließend mit ihr in einer Barke darauf zu fahren. Dieses Ereignis sollte Pharao auf einem gebrannten und glasierten Tonkäfer aller Welt mitteilen, so wie er seine Hochzeit mit Teje und seine Stierjagd aller Welt mitteilte. Aber nicht genug: Sie bestand auf einer noch genau zu bestimmenden Anzahl von Statuengruppen, bei welchen sie in gleicher Größe wie Pharao abgebildet werden sollte.

«Und was hast du dir nun für mich ausgedacht?»

«In der Zeit deiner Abwesenheit hatte ich mehrmals mit deinem Schreiber Cheruef zu tun. Er fragte einige Male bei mir nach, weil kurzfristige Entscheidungen getroffen werden mussten und unser Vater ebenfalls nicht erreichbar war. Ich habe ihn als sehr gewissenhaften und angenehmen Beamten kennen gelernt. Ich möchte ihn als meinen Verwalter haben.»

Ich erinnerte mich an jenen Abend, als ich Inena suchte und auf Cheruef und seine Freundin Isisnofret stieß. Damals erzählte ich ihr, dass aus ihrem Freund etwas werden könnte. Die beiden waren seit langem verheiratet, doch er war noch immer mein Schreiber. Ich ließ ihn nur ungern gehen. Aber zum einen konnte ich Teje die Bitte nicht abschlagen, zum anderen war es für Cheruef die große Gelegenheit für einen weiteren Aufstieg.

Also willigte ich ein.

Es dauerte nicht lange, da erhielt Amenophis einen Brief von Sutarna. Kelija selbst kam nach Waset und überbrachte ihn unserem König. Sutarna versicherte seinem Bruder Nimuria seine Freundschaft, wünschte Wohlergehen unserem Herrscher, dessen Familie und dem Volk. Danach bekundete er seine Zufriedenheit darüber, dass es seiner Schwester Nadija gut erging. Aber schon im nächsten Satz gab er ohne Umschweife zu verstehen, was ihm am meisten am Herzen lag: das Gold seines Bruders.

Amenophis ließ im Staatsarchiv nachlesen, wie viel Gold sein Vater Thutmosis nach Mitanni schickte, als er endlich von Artatama dessen Tochter Nadija zur Frau erhielt. Es waren nur fünfzig Deben. Nimuria bestimmte deswegen als Obergrenze für das Gold eintausend Deben, was recht genau seinem eigenen Gewicht entsprach. Aus den alten Unterlagen ging aber auch hervor, dass Osiris Thutmosis viel Geduld aufbringen musste. Sieben Briefe sandte er an Artatama, ehe er erhört wurde.

Zuletzt erhielt Nimuria sogar vom Bruder Giluchepas, Prinz Tuschratta, einen Brief. Auch er ließ keinen Zweifel, was man von Pharao erwartete. Er schrieb: «Möge mein Bruder ungezählte Mengen Gold schicken und möge die Macht meines Vaters wachsen in dem Maße, wie mein Bruder mir höhere Gunst erweist, wie mein Bruder mich angesichts meines Landes und angesichts all meiner Brüder liebt.»

In den Briefen wurden natürlich keinen genauen Angaben über Gewichte gemacht. Das war dem vertraulichen Wortwechsel mit Kelija vorbehalten.

Begleitet von dreihundert schwerbewaffneten Soldaten Nimurias reiste Kelija mit dem größten Schatz, der Ägypten bis dahin jemals verließ, zu seinem Herrscher Sutarna.

Das alltägliche Leben kehrte nach Waset zurück. Ich selbst übernahm wieder die Leitung meines Landgutes und meiner Werkstätten und entließ Cheruef, nicht ohne ihn reich beschenkt zu haben, damit er fortan meiner Schwester als Domänenvorsteher und Palastverwalter diene.

Ich hatte Mühe, mich in meinem Palast wieder zurechtzufinden und wohl zu fühlen. So ein ausschweifendes Leben wie in Merwer konnte ich hier nicht führen – ich wollte es auch nicht. Überall, in jedem Raum meines Hauses und im Garten war Merit gegenwärtig.

Im Palast Nimurias gab es noch meine ehemaligen Gemächer, die bislang unbewohnt geblieben waren. Mit der Erlaubnis Amenis ließ ich sie wieder einrichten. Gleich, ob ich mit ihm allein oder in kleiner Runde beisammen war oder ob ein großes Fest gefeiert wurde, immer kam von ihm dieselbe Frage: «Bleibst du heute hier über Nacht?»

Bejahte ich sie, wusste ich, dass ich die Nacht nicht alleine zu verbringen brauchte. Ich weiß nicht, ob außer den Mädchen, die mich besuchten, und dem Leibdiener Pharaos, der sie mir zuführte, jemals ein Mensch davon erfuhr. Diese Art von Leben war so angenehm, dass ich mir natürlich nicht im geringsten Mühe gab, mich nach einer anderen Frau umzutun. In meinem Freundeskreis rief das erst Mitleid, dann Unverständnis hervor. Alle meinten, die Zeit der Trauer sei vorbei, und ich müsste doch den Verlust Merits überwunden haben. Man hielt mich wohl für einen Sonderling.

Ich beschäftigte mich sehr viel mit meiner Tochter. Sie begann sehr früh zu sprechen, was wohl Ti zu verdanken war, die in unvorstellbarer Geduld mit Nafteta übte. Meine Tochter war ein wunderschönes Mädchen. Sie hatte die Haare und die Augen ihrer Mutter. Viele sagten, ihr Mund und ihr Kinn seien mehr nach mir geraten. Ich weiß es nicht.

Nafteta erschien mir viel ruhiger und ernster als andere Kinder in ihrem Alter, was seine Ursache vielleicht darin hatte, dass sie nur von Erwachsenen umgeben war. Ameni hatte keine Bedenken, dass ich Nafteta mit in seinen Palast brachte, um sie mit Prinz Amenophis spielen zu lassen. Bei den ersten Begegnungen wirkte sie etwas verstört. Sie war wohl das Aufsehen, das um den Prinzen gemacht wurde, nicht gewöhnt. Auch der jetzt vierjährige Amenophis schien ein sehr begabtes Kind zu sein, und so erhielten die Kinder schon bald gemeinsamen Unterricht, viel früher als Nimuria, Teje und ich. Völlig unbekümmert verbrachten Nafteta und der Prinz ganze Tage miteinander, ohne auch nur einmal nach ihren Eltern zu fragen.

Einige Wochen später breitete sich in Waset eine Unruhe aus, angefangen bei den einfachen Bauern und Arbeitern, bis zu den Spitzen des Staates, bis zu Nimuria und Teje, eine Unruhe, wie ich sie seit der Vermählung des Königspaares nicht mehr erlebt hatte. Aus Richtung Norden, von Mitanni, zog eine schier endlose Karawane mit Giluchepa in ihrer Mitte nach Oberägypten. Wir alle konnten nicht verstehen, warum unsere Gäste nicht das Angebot Pharaos annahmen und nicht schon weit oben im Norden die eigens bereitgestellte Flotte bestiegen. So begleitete Ptahmay mit dreihundert Soldaten die Karawane von der Grenze Ägyptens bis nach Waset. Tag für Tag wurde im Palast gemeldet, wie weit die Fremden noch entfernt waren. Pharao befahl, dass zwei Tagesmärsche nordöstlich von Waset, in der kleinen Stadt Resneft, eine Abordnung höchster Würdenträger die Gäste in Empfang nehmen sollte.

So schickte Nimuria den Wesir Ptahmose, meinen Vater und mich, begleitet von fünfhundert Soldaten und Dienern, nach Nordosten. Dort, am westlichen Flussufer, errichteten wir eine prächtige Zeltstadt, um die Prinzessin und ihre Begleiter würdig zu empfangen.

Das neue Prunkzelt Pharaos in der Mitte der Zeltstadt war von beeindruckender Größe: zwölf vergoldete Masten, ein jeder vierzehn Ellen hoch, trugen in vier Reihen zu je drei Masten das Zeltdach aus feinstem weißem Tuch. Das ganze Zelt maß in seiner Länge einhundertzwanzig und in der Breite achtzig Ellen. Die Bahnen der Seitenwände waren wie das Innere eines Palastes über und über mit Abbildungen aus dem täglichen Leben geschmückt. Bilder von Festbanketten mit feiernden Menschen, mit Tänzerinnen und Musikanten wechselten mit Bildern von Jagden im Dickicht des Uferschilfs und mit Darstellungen Pharaos im Kampf gegen das elende Kusch. Der Boden wurde mit geflochtenen Schilfmatten bedeckt, und darauf lagen unzählige bunte Wollteppiche. Im Inneren wechselten entlang der Zeltwände silberne Leuchter mit kunstvollen Blumengestecken.

Es brauchte einen vollen Tag, ehe unsere Soldaten und Diener alles vorbereitet hatten. Am späten Nachmittag meldete ein Bote das Nahen unserer Gäste. Eine Einheit von hundert Soldaten bildete die Spitze des Zuges. Es folgten unzählige Wagen mit Hofdamen und Dienerinnen. Neben dem Wagen Giluchepas fuhren Ptahmay und Kelija, die bei ihrem Leben für das Wohl der Prinzessin verantwortlich waren. Dahinter zogen Wagen mit der Mitgift der Braut und mit noch mehr Dienerschaft. Es folgten die Gespanne mit Proviant und Zelten, dann Viehtreiber mit Herden von Schafen, Rindern und Pferden, zuletzt die übrigen Soldaten Ptahmays.

Dreihundert Soldaten bildeten beginnend am Prunkzelt bis weit vor die Zeltstadt hinaus ein Spalier, hinter welchem sich zu beiden Seiten alle Menschen, die in Resneft lebten, versammelten, um die Fremden unter lautem Jubel zu bestaunen und zu begrüßen.

Doch der Blick in den Wagen Giluchepas war durch Vorhänge versperrt, niemand durfte die Braut Pharaos sehen. Als der Wagen mit der Prinzessin vor ihrem Zelt anhielt, sprangen ihre Diener herbei und hielten Tücher in die Höhe. Sie bildeten so einen schmalen Durchgang vom Wagen bis zum Zelt, damit die Prinzessin auch hier allen Blicken entzogen war, als sie ausstieg, um in ihr Zelt zu gelangen.

Kelija und die übrigen hoch gestellten Personen der Karawane aus Mitanni kamen mit Ptahmay und seinen Offizieren zu uns in das Festzelt, wo sie der Wesir als der Stellvertreter Pharaos begrüßte. Trotz der anstrengenden Reise unserer Gäste wurde an diesem Abend viel geredet, gegessen und getrunken.

Am anderen Morgen brachen wir gleichwohl sehr früh auf, um für den Weitermarsch die Kühle des anbrechenden Tages zu nutzen. Giluchepa bestieg ihren Wagen ebenso unerkannt, wie sie ihn am Abend zuvor verlassen hatte.

Als die Sonne schon tief stand und ihr Licht vom Westen her auf den Fluss warf, sodass seine glatte Oberfläche aussah, als wäre sie vergoldet, als die Hitze wieder erträglicher wurde und die Menschen aus ihren Häusern kamen, um die letzten Arbeiten zu verrichten, erreichten wir Waset.

Melder hatten unser Eintreffen bereits angekündigt, und so war alles auf den Einzug der fremden Prinzessin und ihrer Begleiter vorbereitet. Es gab niemanden in Waset, der zu Hause geblieben wäre, und so säumten die fast fünfzigtausend Menschen, die in den Mauern der Stadt lebten, die Straßen und Plätze, auf welchen wir einzogen. Kinder warfen Blumen, Hochrufe und Gesänge begleiteten den langen Zug, der wegen der vielen Menschen immer langsamer wurde, je näher wir dem Palast kamen. Dreihundertsiebzehn Hofdamen und Dienerinnen aus Mitanni begleiteten Prinzessin Giluchepa, und sie alle verließen nun im großen Hof des Palastes die Wagen und nahmen für ihre Herrin Aufstellung.

Amenophis trug neben Krummstab und Geißel, Zeremonialbart und Prunkkragen die Doppelkrone. Der mächtigste Herrscher der Erde saß zwischen vier Wedelträgern neben Teje und den Prinzen auf dem Thron aus Elektron, daneben viele Große des Landes und die vier Ersten Sehenden des Amun.

Der Wesir, mein Vater, Ptahmay und ich hielten am Fuß der langen Treppe inne und warfen uns vor Pharao in den Staub, bis uns seine Stimme befahl, aufzustehen und vor ihn zu treten. Langsam stiegen wir die zweiundzwanzig Stufen, von welchen jede einen der oberägyptischen Gaue symbolisierte, empor. Vor seinem Thron warfen wir uns nochmals nieder.

«Erhebt euch», sagte Nimuria mit der wohlklingenden Stimme eines milden und gütigen Herrschers. Er hielt die Hand Tejes, sie aber machte ein ernstes, ja verbittertes Gesicht. Wie versteinert saß sie neben ihm und sah über all die Menschen hinweg, irgendwohin in die Ferne. Einerseits wusste ich, dass die Heirat Nimurias mehr eine Verbindung mit Mitanni war, als mit dem Mädchen Giluchepa, andererseits empfand ich Mitleid mit meiner Schwester. Sie konnte sich nicht sicher sein, ob ihrem Gemahl die Prinzessin nicht doch mehr bedeutete, als er zuzugeben bereit war.

«Herr Beider Länder», begann der Wesir seine Rede, «Giluchepa, die Tochter Eures Bruders Sutarna, führen wir wohlbehalten vor Euren Thron. Begleitet von Kelija, dem Abgesandten Sutarnas, dem Bruder Eurer Majestät, erscheint sie mit viel Gefolge und Geschenken ohne Zahl.»

Die Dienerinnen und Hofdamen Giluchepas bildeten ein

dichtes Spalier vom Wagen ihrer Herrin bis zum Treppenansatz, und sechs von ihnen geleiteten die Prinzessin hindurch. Ameni ließ die Hand Tejes los, erhob sich und stieg zwischen den Wedelträgern langsam die Stufen hinab, seiner Braut entgegen. Ein weißer Schleier verdeckte Giluchepas Gesicht. Mit einem freundlichen Lächeln neigte Pharao ein wenig den Kopf, dann legte er Krummstab und Geißel in die linke Armbeuge, hob mit der Rechten den Schleier und warf ihn nach hinten über den Kopf der Prinzessin.

«Ich bin hocherfreut, und glücklich ist mein Volk, dass du zu uns gekommen bist, um meine Frau zu werden.»

Amenophis gab sich Mühe, vertraulich leise zu sprechen, aber ich konnte jedes seiner Worte verstehen.

«Euer Diener Kelija hat dich als liebreizend und schön beschrieben. Was ich sehe, übertrifft meine Erwartungen bei weitem.»

Dann nahm er ihre rechte Hand und führte Giluchepa, die noch immer schwieg, langsam hinauf zu seinem Thron und blieb vor Teje stehen. Mit der Erfahrung einer Ehefrau, mit den uns Männern unbekannten Fähigkeiten, die nur Frauen besitzen, muss Teje sofort erkannt haben, dass Giluchepa für sie keine große Gefahr bedeutete. Ihre Gesichtszüge erhellten sich und wurden freundlich. Sie erhob sich von ihrem Thron und sagte mit dem freundlichsten Gesicht, das man sich bei ihr nur vorstellen konnte: «Ich freue mich, meine Schwester, dich gesund und wohlbehalten bei uns zu sehen. Mögest du viele und glückliche Jahre mit deinem Gemahl und in unserem Lande verbringen. Sei gesegnet mit Kindern zur Freude und zum Stolz Nimurias!»

Teje umfasste beide Schultern der Prinzessin und küsste sie wie eine Schwester auf beide Wangen. Nicht nur Amenophis war die Erleichterung über den offensichtlich freundlichen Empfang durch Teje anzusehen.

«Ich bin sehr glücklich und freue mich, so freundlich von euch aufgenommen zu werden», waren Giluchepas erste Worte, die sie an das Königspaar richtete. Jeder von uns trat jetzt vor die Prinzessin und verneigte sich, während der Wesir Namen und Titel nannte. Giluchepa war nicht groß und hatte nicht die zierliche Figur ägyptischer Frauen. Ihre Brüste waren voll und ihre Schenkel kräftig. Ihr dichtes dunkelbraunes Haar war kunstvoll zu einem Turban gewickelt und mit langen goldenen Nadeln befestigt. Es ließ sie älter als siebzehn Jahre erscheinen. Unter buschigen Augenbrauen und über kräftigen Backenknochen blitzten die grünen Augen einer Katze. Ihre Nase war klein und ihre Lippen schmal und von dunkler Farbe. Giluchepa gehörte nicht zu den Mädchen, für die sich Ameni dauerhaft begeistern und in die er sich verlieben konnte, da war ich mir sicher. Jetzt, wo ich die Prinzessin zum ersten Mal sah, erklärte sich mir auch die unerwartete Freundlichkeit meiner Schwester.

Dann tat Amenophis einen Schritt nach vorn, zu seiner Rechten Teje, zur Linken Giluchepa, und mit lauten Hochrufen wurde die Prinzessin von allem Volk begrüßt.

Danach zogen die königliche Familie und die Großen des Landes in den Audienzsaal, wo der Wesir die Heirat Nimurias mit Prinzessin Giluchepa feierlich verkündete. Zu den Klängen fremder Musik wurden hier die Hofdamen aus Mitanni vorgestellt und schließlich die Geschenke Sutarnas vor Pharao gebracht.

Der Palast und die Stadt feierten fünf Tage und fünf Nächte, und wenn sich Teje spät am Abend mit ihren Hofdamen zurückgezogen hatte, verließ Ameni mit seiner jungen Braut das Fest. Dann war auch Amun zufrieden, sahen doch seine Priester, dass Pharao alles tat, um Maat, der göttlichen Ordnung, gerecht zu werden.

Ein Gedenkkäfer kündete aller Welt von dem Ereignis,

doch es waren nach der langen Titulatur nur wenige Zeilen, die sich darauf bezogen:

«Im zehnten Regierungsjahr unter der Herrschaft des Horus, Starker Stier, der in Wahrheit erschienen ist, der die Gesetze dauern lässt und die Beiden Länder befriedet; groß an Kraft, der die Asiaten schlägt; König von Ober- und Unterägypten, Herr der Beiden Länder, Neb-maat-Re, Erwählter des Re, Sohn des Re; Amenophis, Herrscher von Waset, dem Leben gegeben sei; und der Großen königlichen Gemahlin Teje, möge sie leben! Die Wunder, die vor Seine Majestät gebracht wurden, waren die Tochter von Sutarna, des Königs von Mitanni, Giluchepa, und die Hauptfrauen ihres Harems, insgesamt 317 Frauen.»

Für Giluchepa war die aufregende Zeit im Palast von Waset bald vorüber. Sie wurde überall vorgestellt, und sie durfte alles sehen, die Tempel und Paläste mit ihren Gärten. Manches Mal sah man sie noch bei feierlichen Anlässen, wenn auch nicht in unmittelbarer Nähe Pharaos. Sie war freundlich zu jedermann und ohne jede Arglist. Doch ein Umstand ließ sie nach wenigen Jahren in fast völlige Vergessenheit geraten: Sie blieb kinderlos und damit für den Fortbestand der königlichen Familie ohne jede Bedeutung.

Einige ihrer Hofdamen wurden mit Adeligen aus Waset und Men-nefer verheiratet. Ein Teil von ihnen zog mit Giluchepa in die Oase Fajum und lebte dort im Frauenpalast von Merwer, die anderen kehrten mit Kelija zurück an den Hof Sutarnas. Nimuria besuchte Giluchepa nur selten, später verdrängte er sie ganz aus seinem Gedächtnis.

Die Große königliche Gemahlin, meine Schwester Teje, ließ nicht lange auf sich warten und drängte auf die Erfüllung ihrer Wünsche. Dies umso mehr als sie Amenophis wieder ein Kind schenkte, Sitamun, eine Tochter.

In Djarucha, nahe Achmim, der Heimatstadt meiner Eltern, lag ein gewaltiges Landgut, welches zum Besitz Tejes gehörte. Dort ließ Amenophis von unzähligen Arbeitern und Bauern einen künstlichen See von einzigartigen Ausmaßen anlegen. Nimuria war zunächst sehr erbost, mussten doch Arbeitskräfte von seinen zahlreichen Baustellen abgezogen werden. Dann aber erkannte er nach einem unauffälligen Hinweis von mir auch die guten Seiten des Vorhabens. Der See wurde später als Teil einer Bewässerungsanlage genutzt, und seine trockengelegten und bepflanzten Felder brachten Teje reiche Ernten. Als der See nach nur fünfzehn Tagen fertig gestellt war, erschien der ganze Hof zu einem prächtigen Fest in Achmim, und Amenophis fuhr mit Teje in der königlichen Barke auf dem See.

Auch den zweiten Wunsch erfüllte er ihr. Auf dem letzten seiner Gedenkkäfer heißt es nach der Eingangstitulatur:

«… und die Große königliche Gemahlin Teje, sie möge leben. Der Name ihres Vaters ist Juja, der Name ihrer Mutter ist Tuja. Seine Majestät befahl die Anlage eines Sees für die Große königliche Gemahlin, möge sie leben, in der Stadt Djarucha. Seine Länge ist 3700 Ellen, seine Breite 700 Ellen. Seine Majestät feierte das Eröffnungsfest des Sees im dritten Monat der Überflutung am sechzehnten Tag, an dem Seine Majestät im Königsschiff auf ihm ruderte.»

Als in der Folge auch mehr und mehr Steinfiguren aufgestellt wurden, die Teje in fast gleicher Größe wie Amenophis zeigten, wusste jeder Ägypter, der offene Augen und ein wenig Verstand besaß, dass Teje im Begriff war, mehr zu erreichen, als die Große königliche Gemahlin Nimurias zu sein.

DREIZEHN

Wenn du im Himmelshorizont aufgehst,
so leuchtet es golden in dein Gesicht,
denn sein Antlitz ist gerichtet gegen Osten,
wo du aufgehst.

Unser Land erlebte unter der Herrschaft Nimurias eine Zeit des Friedens und des Wohlstandes. Aus Nubien und aus den Wüstengebieten im Südosten Ägyptens kamen reiche Lieferungen an Gold und Edelsteinen, kostbare Hölzer und Elfenbein ohne Zahl. Aber auch wilde Tiere aller Art gelangten nach Waset und Men-nefer: Leoparden, Affen, Gazellen und seltene Vögel. Die Tiergärten Pharaos waren weit über unser Land hinaus bekannt, und keiner der fremden Besucher ließ sich die Gelegenheit entgehen, die seltenen Tiere zu bestaunen. Das geheimnisvolle ferne Punt lieferte feinsten Weihrauch, so wohlriechend, wie es ihn nirgendwo anders gab. Tag für Tag wurde er neben Brot, Obst und Fleisch geradezu verschwenderisch unseren Göttern geopfert.

Von den Fürsten von Knossos, die auf einer fernen Insel im Nordwesten herrschten, kamen ganze Schiffsladungen mit Gefäßen aus Ton, Steatit und Metall, mit duftenden Ölen, Wein, Dolchen und langen Schwertern mit prächtigen Griffen. Ihre Schiffe landeten an der Flussmündung im Norden und wurden unter schwerer Bewachung unserer Soldaten nach Men-nefer begleitet. Von dort gelangte ihre Ladung in jede Stadt und in jeden Palast Ägyptens. Die fremdartigen, spiralförmigen Verzierungen der Tonwaren fanden bei uns so großen Gefallen, dass sie immer häufiger beim Ausmalen unserer Häuser als Vorbild dienten. Ihre Abgesandten und Händler waren schlanke, groß gewachsene Männer mit langen schwarzgelockten Haaren, und sie trugen ungewöhnlich viel Schmuck, wie bei uns nur die Frauen. Sie berichteten von uns fremden Bräuchen wie dem Stierspringen: Jünglinge und auch Mädchen warteten den heranstürmenden Stier ab, griffen nach seinen Hörnern und ließen sich, wenn er den Kopf nach oben warf, über seinen Rücken hinweg zu Boden schleudern. Sie erzählten von ihrer großen Erdgöttin, die über allen Göttern der Insel stand, und von ihren farbenfrohen ausgedehnten Palastanlagen in Knossos, Phaistos und Mallia. Eines Tages kehrten ihre Schiffe nicht mehr wieder, und später haben uns Seefahrer aus dem fernen Mykene berichtet, dass ein fürchterliches Beben den Palast von Knossos und alle Häuser der Stadt dem Erdboden gleichgemacht hatte.

Aus Libyen erhielten wir Edelsteine aller Art, aus dem Libanon Holz, aus den asiatischen Ländern Kupfer und Türkis und aus Babylon Pferde und feinste Stoffe. Alle Fürsten der Erde schickten ihre Söhne an den Nil, um sie bei uns erziehen und ausbilden zu lassen, und ihre Töchter wurden mit den Söhnen unserer Reichen und Mächtigen vermählt.

Pharaos Palast am Westufer des Nils wuchs von Tag zu Tag. Unvorstellbare Mengen an Ziegeln wurden verbaut, und alle trugen das Siegel Nimurias und Tejes. Vom Fluss führte ein breiter Kanal westwärts. Er war tausend Ellen lang und sechzig Ellen breit, und rechts und links stand Palme an Palme, um den königlichen Barken Schatten zu spenden. Dazwischen ließ Pharao Sphingen aus fast schwarzem Granit aufstellen, und jede von ihnen trug sein Antlitz. Der Kanal mündete in ein Hafenbecken, das mehr als dreitausend Ellen breit war, und in welchem die gesamte königliche Flotte anlegen konnte.

Auch der Hafen wurde von Palmen und Sykomoren umgeben, und nur nach Westen, auf den Palast zu, blieb eine Schneise frei und bildete den Zuweg zum Palast der leuchtenden Sonne. Er war mit schwarzen Basaltplatten belegt, und zu beiden Seiten des Weges zogen sich zwei endlose Wasserbecken. Ihre Fliesen waren in Dunkelblau, der Lieblingsfarbe Nimurias, gebrannt. Aus dem Wasserbecken nördlich des Weges ragten unzählbare Papyrusstauden, die Wappenpflanzen Unterägyptens. Im südlichen Wasserbecken schwammen Lotosblüten, die Urwesen alles Seins, die unmittelbar mit dem Sonnengott verbunden sind, schließen sie doch nachts ihre Blüten, um neues Leben verheißend morgens wieder aufzutauchen. Hinter den Wasserbecken ruhten in Abständen von nur dreißig Ellen Steinfiguren Nimurias. Die Figuren im Norden trugen die rote Krone Unterägyptens, die anderen die weiße Krone des Südens. Dazwischen pflanzte Sessu, der Obergärtner Nimurias, Duftkräuter. Sie waren jedoch nicht untereinander vermischt, sondern jeweils eine Art bedeckte großflächig ein Beet, sodass von Figur zu Figur der Duft der Pflanzen wechselte. Hinter den Figuren Pharaos wuchs gleichsam als natürliche Wand eine Blütenpracht empor, wie ich sie nur aus Babylon kannte. Unmerklich, für das menschliche Auge nicht feststellbar, wurde der Weg zum Palast hin immer schmaler, sodass er noch länger wirkte, als die vierhundert Ellen, die er wirklich maß.

Der Weg endete vor einem gewaltigen Tor, dessen beide Flügel mit reinstem Gold belegt waren. In der Mitte des linken Flügels prangte in reinstem Lapislazuli der Thronname Pharaos, Neb-maat-Re, und im rechten Türflügel sein Geburtsname Amenophis. Rechts und links des Tores ragten zwei Statuen Pharaos aus rotem Quarzit sechzehn Ellen in die Höhe. Der König trug die Doppelkrone und den Zeremonialbart, die Arme waren vor der Brust gekreuzt, und in seinen Händen hielt er Krummstab und Geißel. Hatte man das goldene Tor durchschritten, gelangte man in einen Hof von unvorstellbaren Ausmaßen. Er war vierhundert Ellen breit und ebenso lang. An seiner linken Seite führte ein weiteres goldenes Tor nach Norden zu den Audienzräumen Pharaos. Rechts im Süden schlossen sich die Paläste einiger Fürsten an. Dort residierten Amenophis, Sohn des Hapu, der Schöpfer all dieser Pracht, Meriptah, der Verwalter des königlichen Totentempels und Nefersecheru, der Verwalter des neuen Palastes. Auch der Siegelträger Seiner Majestät, der Wedelträger zur Rechten, sowie Cheruef und Acha zogen hierher um.

Im Westen des Hofes, dem goldenen Tor gegenüber, lag der eigentliche Palast Nimurias. Im Thronsaal ragten sechzehn Säulen empor, und sein Fußboden war vollständig bemalt. Auf ihm waren ganze Reihen von gefesselten Gefangenen dargestellt, sodass jeder, der vor Seine Majestät trat, dessen Feinde mit Füßen trat. Am Ende stand auf einem Podest der Thron Nimurias. Die Wände waren vollständig bemalt, und jedes Feld zeigte eine unserer Gottheiten. Hinter dem Thron Nimurias prangte ein mächtiges Abbild Amuns. Es schloss sich ein kleinerer Versammlungsraum an, welcher ähnlich ausgestaltet war wie der Thronsaal, und zwischen vier Säulen stand auch hier ein Thron. Dahinter, in nördlicher Richtung, lag das Haus der Bücher. Dorthin ließ Amenophis all die Schriftrollen bringen, die er im Laufe der letzten Jahre gesammelt hatte. Jeder, der ihm eine Freude bereiten wollte, schenkte ihm ein Schriftstück, und sie kamen aus den entlegensten Winkeln des Landes oder stammten von fremden Völkern. Am meisten schätzte Ameni Bücher mit Abhandlungen über Gärten oder ganz allgemein über Pflanzen jeglicher Art. Immer wieder überraschte er uns mit dem Wissen über Blumen, Bäume und Sträucher, von welchen die meisten von uns noch nie etwas gehört hatten.

Hinter dem Audienzsaal lagen die privaten Gemächer Nimurias. Von seinem Arbeitszimmer aus gelangte man zuerst in einen kleinen Vorraum, in welchem sich Tag und Nacht Wachen der Leibgarde aufhielten, und von dort über das Bade- und Ankleidezimmer des Königs in das Schlafzimmer. An seiner Decke prangten fünf Abbildungen der Geiergöttin Nechbet, die mit weit ausgebreiteten Schwingen, und eingerahmt von den Namenszügen Nimurias, den unter ihr schlafenden Herrscher beschützte. Die Mauern dieser Räume waren zum Schutze Pharaos doppelt so dick wie die übrigen Innenmauern des Palastes. Alle Palasträume waren in lebhaften Farben ausgemalt, und überall sah man Pflanzen und Tiere, Götter und Amulette. Der Hauptflügel, den Amenophis oft sein «Haus der Freude» nannte, beherbergte auch die Palastgebäude der Großen königlichen Gemahlin, der Prinzen Thutmosis und Amenophis und der kleinen Prinzessin Sitamun. Den größten Bereich stellte freilich der Palast meiner Schwester Teje dar, mit eigenen Verwaltungsgebäuden, Werkstätten und Lagerhäusern.

Zwischen all diesen prächtigen, in sich geschlossenen Palästen breitete sich der schönste aller ägyptischen Gärten aus. Jeder, der ihn sah, wähnte sich dort in den Gefilden des Schönen Westens und musste glauben, den Göttern nahe zu sein.

Hunderte von Arbeitern wurden dem Obergärtner Sessu zur Seite gestellt, damit dieser schon möglichst groß gewachsene Bäume und Sträucher einpflanzen konnte. Monatelang verbrachte Sessu über Plänen, die er bis hin zu einzelnen Pflanzen nach deren Größe, Farbe und Lage ausgearbeitet hatte. Unzählige Stunden verbrachte er mit Nimuria und Amenophis, Sohn des Hapu, erläuterte seine Absichten und nahm die Wünsche Pharaos, die Befehlen gleichkamen, in seine Planungen auf. So entstand ein Gesamtwerk, welches an künstlerischem Wert den Gebäuden des weisen Amenophis nicht nachstand.

Wer sich längere Zeit im Garten Nimurias aufhalten durfte, erlebte einen Rausch aller Sinne. Die Auswahl der Bäume und Sträucher, ihre Anordnung und ihre Farben waren so geschickt gewählt, dass man, kaum waren einige Ellen zurückgelegt, glaubte, man befände sich bereits in einem völlig anderen Garten, ja in einem anderen Land. Wie durch einen Irrgarten schlängelten sich die Wege durch Baum- und Buschgruppen hindurch, vorbei an Beeten mit einer Blütenpracht, die man vorher nicht kannte. Hier überraschte ein kunstvoll geschnitztes Schattenhaus, dort ein kleiner Tempel aus leuchtend weißem Stein. Dazwischen lagen unzählige kleine und große Teiche, die einen übersät mit weißen, andere mit blauen Lotosblüten.

Da und dort versteckte Sessu in den Bäumen Gehänge von kleinen Metallschellen, die im Nordwind, gleich dem Klang von Sistren der Hathorpriesterinnen, schüchtern ihre Melodien spielten. Dazu erklangen tagsüber die zarten Stimmen der Palastmusikerinnen und ihrer Instrumente, und nach Einbruch der Dunkelheit verzauberte der Gesang der Nachtigallen den Garten. Der Duft von Millionen Blüten, der Geruch von Kräutern, Gewürzpflanzen und Baumharzen tat sein Übriges, um den Besucher endgültig in einen Zustand von übernatürlicher Freude und Glückseligkeit zu versetzen.

In seinem Palastgarten ließ Nimuria keine großen Feste feiern, denn dazu war er ihm zu schade. Hier traf man sich nur in kleiner, vertrauter Runde, und wer eingeladen wurde, daran teilzunehmen, gehörte zu den Großen und Mächtigen der Beiden Länder oder war ein bedeutender Gast eines fremden Volkes.

Mein Vater war schon seit längerem krank. Das Atmen fiel ihm zunehmend schwerer, er aß immer weniger, und sein körperlicher Verfall war durch nichts aufzuhalten. Im Laufe von nur wenigen Wochen wurde er so schwach, dass er nur noch auf einer Sänfte in den Garten getragen werden konnte und dort auf einer Liege im Schatten der Bäume den Tag verbrachte. So oft ich nur konnte, besuchte ich ihn, und fast immer begleiteten mich Prinz Amenophis und Nafteta. So schwer Vater das Sprechen auch fiel, er erzählte den Kindern, die jetzt neun und zehn Jahre alt waren, unentwegt Geschichten aus seinem langen Leben.

Prinz Amenophis und Nafteta konnten schon lange lesen und schreiben, sie hatten in der Palastschule und von mir viel über die Götter unseres Landes, über Sternenkunde und die Natur erfahren. Aber von den Erzählungen meines Vaters konnten sie nicht genug bekommen. Vor allem Prinz Amenophis war ein geduldiger und aufmerksamer Zuhörer. Aber das Erstaunliche an ihm war, dass er Fragen stellte, die ich nie zuvor aus dem Munde eines Knaben seines Alters, ja nicht einmal von einem Erwachsenen hörte. Er wollte wissen, warum der Gute Gott, sein Vater, auf den vielen Figuren, die in jedem Tempel, vor und in jedem Palast zu sehen waren, als junger, schlanker Mann dargestellt wurde, wo er doch schon alt und alles andere als schlank war. Er wollte wissen, warum die Sprache, die wir sprachen, völlig anders war als das, was geschrieben wurde. Und er stellte Fragen nach unseren Göttern und ihrem Wesen, die ich selbst meinem Vater zu stellen nie gewagt hätte. Prinz Amenophis zweifelte. Er zweifelte daran, dass ein Krokodil, dass ein Flusspferd eine Gottheit sein und für uns Menschen von Bedeutung sein konnte. Ja, er zweifelte sogar an der Gottheit des höchsten Gottes, an Amun-Re.

Anfangs haben Vater und ich die Fragen abgetan mit dem Hinweis, dass Amenophis noch ein Knabe und noch nicht reif genug sei, um das Wesen und Wirken unserer Götter zu verstehen. Er fühlte, dass wir ihn nicht verstehen wollten, dass wir davor zurückschreckten, uns mit ihm auseinander zu setzen und ihm ehrliche Antworten zu geben. Was wussten wir denn selbst wirklich? Ich erinnerte mich meines Gespräches mit Anen und spürte nun, dass auch ich Zweifel hegte. Ein Knabe und ein Mädchen von gerade neun oder zehn Jahren. Aber bald würden beide erwachsen sein, und dann würde es kein Halten mehr geben. Dessen war ich mir sicher.

Prinz Amenophis war so anders, als die übrigen Kinder seines Alters. Er war zwar groß gewachsen, aber sein Körper war ungeeignet für körperliche Ertüchtigung, für Ballspiele und Wettkämpfe. Seine Beine wirkten übermäßig lang, aber die Oberschenkel waren rund und prall, während die Unterschenkel eher dünn und schwächlich schienen, wie auch die Arme und der Hals. Sein Oberkörper dagegen wirkte kurz und gedrungen. Auch wenn er der Sohn Pharaos war, bekam er gelegentlich spöttische Bemerkungen zu hören, sodass er sich noch mehr zurückzog. Nur Nafteta wich nicht von seiner Seite. Sie beklagte sich nicht selten bei mir über die Boshaftigkeit der anderen und beschloss wie zum Trotz, gerade nicht von des Prinzen Seite zu weichen. So sah man die beiden oft stundenlang allein, tief versunken im Gespräch oder gebeugt über Schriftrollen.

Vaters Wesen begann sich zu verändern. Es gab Tage, da war er von einer Boshaftigkeit, die wir bisher an ihm nicht kannten. Er beschimpfte uns und die Dienerschaft, sprach in abfälligen Worten über jeden, der ihm in den Sinn kam, und war mit nichts, was um ihn herum geschah, zufrieden. Anderntags konnte er wieder von einer Liebenswürdigkeit sein, die uns geradezu lästig, ja weibisch erschien. Seine Stimme war dann auffällig weich und freundlich, und Dinge, die er sonst nicht einmal am Rande beachtet hätte, wie eine Blume oder ein Schmetterling, derart unbedeutende Dinge konnten ihn nun zu Tränen rühren.

Auch seine Essgewohnheiten änderten sich von Tag zu Tag. Es kam vor, dass er eine Woche lang nach derselben Speise verlangte und nichts anderes essen wollte, ja, nach seinen eigenen Worten essen konnte. Dann verabscheute er alles andere und wollte sich nicht vorstellen, je anderes gegessen zu haben. Zuletzt hegte er eine derart tiefe Abscheu gegen alles Fleisch, dass wir in seiner Gegenwart nicht mehr davon zu essen wagten. Trank er oft tagelang keinen Schluck Wein, ja verachtete er ihn geradezu, konnte er an manchen Tagen nicht genug bekommen und verlangte schon morgens nach dem ersten Becher.

Von Woche zu Woche wurde sein Verfall sichtbarer. Jeder seiner Atemzüge wurde jetzt von einem unheimlichen Rasseln in der Brust begleitet, sein Blick wurde starr, und er schien zunehmend geistesabwesend. Amenophis und Teje weilten schon seit Wochen in Soleb, und so verbrachte ich die letzten Nächte im Palast meiner Eltern, da Vater das Bett nicht mehr verlassen konnte und ich nicht wollte, dass Mutter allein bei ihm war. In der Nacht vor seinem Tod tat keiner von uns ein Auge zu. Mutter holte mich mehrmals zu sich, da sie glaubte, es ginge mit ihm zu Ende. Am anderen Morgen erwachte er jedoch recht früh, machte sogar einen erholten Eindruck und verlangte nach Essen. Wie es Mutters Art war, versuchte sie ihn mit erheiternden Worten von seiner schlimmen Lage abzulenken, sprach von dem schönen Morgen und davon, was sie alles zu besorgen gedachte. Da wurde er unruhig in seinem Bett, richtete sich immer wieder auf, weil er, wie es schien, im Liegen keine Luft mehr bekam. Zuletzt saß er aufrecht auf der Kante seines Bettes, rechts neben ihm Mutter, ich links. Er legte seine Arme auf unsere Schultern, und sein Atem ging immer schwerer. Er starrte zu Boden und hauchte ein paar Worte, die wir jedoch nicht verstanden. Dann drehte er seinen Kopf und sah mich an, dann Mutter. Für einen kurzen Augenblick bewegte er mehrmals schnell und in kurzen Abständen die Augenlider, um schließlich leblos in sich zusammenzusinken.

Ja, sein Tod war eine Erleichterung. Es war eine Erlösung für ihn, der zuletzt so sehr gelitten hatte und in seiner ständigen Atemnot befürchtete, ersticken zu müssen. Er war ein Leben lang ein selbständiger Mensch, der nie auf fremde Hilfe angewiesen sein wollte, immer rastlos, immer hilfsbereit anderen gegenüber. Er hatte es gehasst, selbst hilflos zu sein und bei den einfachsten Verrichtungen der Hilfe anderer zu bedürfen. Aber auch für meine Mutter war sein Tod eine Erlösung. Nach all den Monaten, während derer sie Tag und Nacht für ihn da war, nur Rücksicht auf ihn nahm und nicht einen Augenblick für sich selbst beanspruchte, nach all dieser Zeit war sie am Ende ihrer Kräfte. Sie war ausgelaugt.

Mit großer Würde überstand sie die Totenriten, bis man Vaters Leichnam den Dienern der Ewigkeit übergab. Dann starb auch sie. Völlig unerwartet, ohne jedes Anzeichen irgendeiner Krankheit lag sie genau zwanzig Tage, nachdem uns Vater verlassen hatte, morgens tot in ihrem Bett. Sie lag dort wie eine stolze Frau, die nur so tat, als schliefe sie, und die ihren Dienerinnen eine würdige Erscheinung sein wollte. Es war kein mildes, glückliches Lächeln, das sie zeigte, sondern das Lächeln einer, die über eine Rivalin gesiegt hatte und dennoch Dame blieb. Sie konnte sich ein Leben ohne Vater nicht vorstellen, keinen Tag lang, deshalb folgte sie ihm. Ich stand vor ihrem Bett und wollte nicht wahrhaben, was ich sah, und für einen kurzen Augenblick zog ich es in Erwägung, in ihren Räumen nach Gift zu suchen, nach einer verborgenen Schlange oder einem Skorpion. Ich ließ es. Ich ließ es, weil sie eine alte Frau war, die in Würde ihrem Mann dahin gefolgt war, wo sie mit ihm weiter beisammen und glücklich sein konnte.

Der Tod von Amenis Geschwistern erfüllte mich damals nicht nur mit Trauer, sondern auch mit Wut. Der Tod Merits ließ mich lange Zeit fast verzweifeln, und ich wusste nicht, ob ich jemals wieder eine Frau so würde lieben können, wie ich Merit geliebt habe. Der Tod meiner Eltern aber machte mich einsam. Es ist gleich, ob Eltern alt sind, wenn sie sterben, oder jung. Und obwohl ich selbst schon über dreißig Jahre alt war, war ich wieder Kind, als ich sie verloren hatte, war allein und verlassen.

Amenophis gab meinen Eltern dort ein Grab, wo sonst nur die Könige unseres Landes ruhten, und es war die einzige Beerdigung von Toten, die nicht unmittelbar der königlichen Familie angehörten, an der er je teilnahm. Eine größere Ehre konnte er meinen Eltern, Teje und mir nicht zuteil werden lassen.

Auf den Sarkophag meines Vaters ließ Amenophis die Worte schreiben:

«Prophet des Min, Gottesvater Juja, der Gerechtfertigte. Vertrauter des Königs im ganzen Land. Freund des Guten Gottes, Geliebter des Herrn der Beiden Länder. Einziger im Herzen des Königs, dessen zweiten es nicht gibt. Gelobter des Guten Gottes, Rindervorsteher des Min. Pferdevorsteher, Stellvertreter Seiner Majestät bei der Streitwagentruppe.»

Der Tod meiner Eltern stimmte Ameni nachdenklich.

«Wie er da lag», sagte er mit leiser, belegter Stimme, als wir spät am Abend auf der Terrasse seines neuen Palastes saßen und im Licht des Vollmondes auf das silbern glänzende Band des Flusses hinabblickten. Ich sah ihn verwundert an.

«Ich wollte ihn nochmals sehen, bevor er von den Dienern

der Ewigkeit in Leinen gehüllt und in den Sarg gelegt wurde», fuhr Amenophis fort, ohne mir einen Blick zuzuwerfen.

«Und?», fragte ich.

«Ich war sehr beruhigt, denn er lächelte. Er zeigte das breite Lächeln eines stolzen, aber zufriedenen Bauern. Seine hellen Haare waren sorgfältig gescheitelt, und sein linker Arm lag auf der Brust. Ja, er machte einen zufriedenen Eindruck.»

Amenophis schob eine getrocknete Dattel in seinen Mund und trank einen Schluck Wein.

«Meinen eigenen Vater habe ich kaum gekannt. Wäre ich nicht sein erstgeborener Sohn gewesen, ich könnte mir nicht sicher sein, ob er sich für meine Existenz überhaupt interessiert hätte. Erinnerst du dich noch an eines unserer Gespräche nach dem Tod meines Vaters? Es war im Palast von Mer-wer. Ich sagte dir, Pharaonen hätten keine Söhne, sondern nur Thronfolger. Schon damals beneidete ich dich um deinen Vater, obwohl er nicht Pharao war, sondern nur ein gewöhnlicher Sterblicher.»

«Daran kannst du dich noch heute erinnern?» Ich war über sein Gedächtnis erstaunt.

«Ja, sicher. Dieser Abend war mir sehr wichtig. Wir saßen im Fenster meines Schlafzimmers, als wir uns unterhielten, und es war deine erste Nacht im Palast, Eje.»

Ich wollte es nicht glauben. Immer wieder erstaunte mich Amenophis mit Kleinigkeiten aus unserer Vergangenheit, die ich längst für vergessen wähnte und an die ich mich trotz größter Anstrengung nicht hätte erinnern können.

«Ich habe schon immer in deinem Vater mehr gesehen als nur den Erzieher, den Berater oder den Gottesvater. Ja, er war mir ein wahrhaftiger Vater. Und dennoch sind wir stets bei der förmlichen Anrede geblieben. Es war nicht Überheblichkeit, Eje, die es mir verboten hatte, ihm die freundschaftliche Anrede anzubieten. Es waren Ehrfurcht und Respekt, ein tiefer Respekt. Und er wusste, dass ich so fühlte. Deswegen beließ er es auch dabei, obwohl es für ihn als den Älteren ein Leichtes gewesen wäre, mich um die freundliche Anrede zu bitten.»

«Und meine Mutter?», wollte ich wissen.

Er nahm zwei Datteln in die rechte Hand, und während er eine in den Mund warf, griff er mit der Linken nochmals in die Alabasterschale und nahm sich noch zwei heraus.

«Bei ihr war es etwas anderes. Sie war zum einen für mich etwas unnahbar und stand mir immer zu sehr auf der Seite meiner Mutter, und zudem hatte und habe ich ja selber eine Mutter, die ich sehr liebe. Ich bin mir durchaus bewusst, was Tuja für deine Familie getan hat. Mehr, als mancher glaubt.»

Ein leichter Nordwind blies in die mächtigen Palmwedel, die sich zu unseren Füßen langsam und gleichmäßig im Silberlicht des Mondes wiegten, wie Schiffe in ruhiger See. Und der Wind verursachte ein Rauschen, das mich an eine weit entfernte Brandung erinnerte. Im Geiste ließ ich alle Toten, die ich kannte, ließ ich «meine» Toten an mir vorüberziehen: den toten Osiris Thutmosis Men-chepru-Re, welcher für mich noch viel mehr entrückt war als für Ameni. Dann waren da Nimurias tote Geschwister, Merit, meine Eltern. Aber da war auch der tapfere Maj und mein Diener Senu. Und jetzt sah ich auch sie wieder, die Tänzerin, sah ich Inena. Schemenhaft nur, da die Erinnerung an ihr Gesicht nachgelassen hatte. Aber sie war da. Lebte sie noch? Ich hätte es zu gerne gewusst, und niemand hätte mich aufgehalten, hätte ich sie zu mir holen können.

«Bleibst du heute Nacht hier im Palast?»

Ameni gab sich größte Mühe, ein Lächeln zu vermeiden, ein Lächeln, welches mir Absichten unterstellt hätte. Ich sah ihn eine ganze Weile regungslos an. Sollte dies eine Prüfung sein?

Ich blieb nicht.

Ich war nicht sonderlich stolz auf mich, aber ich war beruhigt, dass ich am Ende eines solch bewegenden Tages doch nein sagen konnte. Ich habe noch lange nach diesem Abend darüber nachgedacht, ob Ameni diese Frage wirklich ernst gemeint hatte. Wie hätte er reagiert, wäre ich geblieben? Hätte er mich für ein gefühlloses Scheusal gehalten, für einen rücksichtslosen Lüstling? Oder hätte er mich gar insgeheim beneidet, er, dem kein Genuss dieser Welt fremd war? Es fiel mir nicht schwer, diese Möglichkeit ernsthaft in Erwägung zu ziehen.

Nimuria war ein Freund alles Schönen, und die Schönen verehrten ihn wie einen Gott.

Amenophis, Sohn des Hapu, verstand es wie kein anderer, die Wünsche und Sehnsüchte seines Herrschers Wirklichkeit werden zu lassen. Hor und Suti, die Zwillingsbrüder, Thutmosis, der Bildhauer, und Sessu, der königliche Obergärtner, halfen ihm dabei nach Kräften.

Ganz Ägypten half.

Überall, von der Flussmündung im Norden, bis hinab in das elende Kusch, weit unten im Süden, wurde gebaut, gearbeitet und gefeiert. In den Schatzkammern der Tempel und Paläste, in den geheimen Kammern der Mächtigen häuften sich unermessliche Reichtümer, und ich wollte manchmal gar nicht glauben, dass die Erde überhaupt so viele Schätze barg.

Aber so viel Reichtum macht auch blind. Er macht blind für das, was um uns herum geschieht. Und so nahm Nimuria das Stöhnen seiner benachbarten Freunde und Vasallen, die Auseinandersetzungen, die sie mit den Feinden Ägyptens führten, nur ungern oder gar nicht wahr.

Längst hatte Nimuria eine Tochter seines babylonischen Bruders Kurigalzu geheiratet, und ihr Schicksal war ein ähnliches wie das der Giluchepa. Ameni wollte noch eine, eine jüngere haben. Aber der Ton zwischen den Höfen wurde spürbar rauer. Jetzt regierte in Babylon Kadaschman-Ellil, der Sohn Kurigalzus, und in einem seiner Briefe wurde er sehr deutlich:

«Du bittest meine Tochter zur Frau, doch meine Schwester, die mein Vater dir zur Frau gegeben hat, ist schon bei dir. Niemand hat sie gesehen, sodass auch niemand sagen kann, ob sie noch lebt oder schon gestorben ist. Du hast meine Boten angesprochen, als deine Frauen um dich herum standen, und gesagt: ‹Hier ist eure Herrin, die vor euch steht.› Doch meine Boten haben sie nicht erkannt und wussten nicht, ob es meine Schwester war, die da an deiner Seite stand. Meine Boten kannten sie nicht. Wer kann sie denn erkennen? Meine Töchter, die mit Königen der Nachbarschaft verheiratet sind, sprechen mit meinen Boten, wenn meine Boten dorthin kommen, und sie schicken mir als Gruß ein Geschenk. Doch das Mädchen an deiner Seite ist wohl arm.»

Im großen Audienzsaal des Palastes herrschte eisiges Schweigen. Der Wesir, die Priester und die übrigen Mächtigen der Beiden Länder sahen betreten zu Boden, und selbst die Wedelträger Pharaos hielten für einen Augenblick in ihren monotonen Bewegungen inne. Ich wusste, dass Amenophis kurz vor einem Wutausbruch stand, aber sein Blick war starr auf den Gesandten des babylonischen Königs gerichtet, der regungslos vor Pharao kniete und um sein Leben fürchtete. Da zeigte Nimurias Hand auf den Schreiber, der zu seiner Rechten saß.

«Schreib», befahl er mit ruhiger Stimme. «Sag Kadaschman-Ellil, dem König von Babylon, meinem Bruder. So spricht Neb-maat-Re und so fort. Nun, wenn deine Schwester gestorben wäre, warum sollte ich das verschweigen und an ihrer Stelle eine andere Frau vorführen? Amun sei mein Zeuge, deine Schwester lebt. Ich habe sie zu einer Herrin eines Haushalts gemacht.»

Nimuria nahm jetzt den Brief seines babylonischen Bruders zur Hand und fuhr fort:

«Du schreibst: ‹Meine Töchter, die mit Königen in der Nachbarschaft verheiratet sind, sprechen mit meinen Boten, wenn meine Boten dorthin kommen, und sie schicken mir als Gruß ein Geschenk. Doch das Mädchen an deiner Seite ist wohl arm.›»

Dann übergab er den Brief dem Wesir, beugte sich nach vorne, zeigte wieder auf seinen Schreiber und rief:

«Dies sind deine Worte, mein Bruder. Sollte deine Schwester ein Geschenk an dich auswählen, schicke ich es dir gerne! Aber das nenne ich eine saubere Sache» – und jetzt wurde seine Stimme lauter – «deine Töchter nur wegzugeben, damit du von deinen Nachbarn Goldklumpen bekommst!»

Dann lehnte er sich wieder zurück und schloss mit ruhiger Stimme:

«So sprach ich es, und so werde es geschrieben! Und dir, Gesandter meines Bruders, sei Eines mit auf den Weg gegeben: Säße ich nicht schon achtzehn Jahre auf diesem Thron, sondern wäre noch jung und hochfahrend, und hätte ich nicht so kluge Berater, wer weiß, was mir alles in den Sinn kommen würde angesichts dieser frechen Worte.»

Bei uns traute man den babylonischen Gesandten nicht mehr über den Weg. Sie galten als unehrlich, und Nimuria war über den Brief Kadaschman-Ellils mehr gekränkt, als Viele glaubten. Später behauptete Kadaschman-Ellil, schon die Boten seines Vaters hätten an unserem Hof nie Geschenke bekommen. Nimuria schrieb ihm:

«Also habe ich mir gesagt: ‹Ob ich ihnen etwas gebe oder nicht, sie werden dir ohnehin weiter Lügen erzählen.› Also habe ich mir meine Meinung über sie gebildet und habe ihnen überhaupt nichts mehr gegeben.»

Es wäre sicherlich nicht so weit gekommen, hätte Imresch

noch gelebt. So kühlten die einst so guten Beziehungen zum Euphrat ab und beschränkten sich mehr und mehr auf den Austausch von Waren.

Die Jahre flogen nur so dahin.

Prinz Thutmosis wurde jetzt, als Zwanzigjähriger, von seinem Vater nach Men-nefer geschickt, um vom Wesir Ptahmose in allen Belangen der Verwaltung ausgebildet zu werden. Außerdem wollte Nimuria, der sich jetzt fast ausschließlich in Waset aufhielt, zeigen, dass er das Interesse an Unterägypten nicht gänzlich verloren hatte. Anders als Prinz Amenophis, den viele für einen Träumer hielten, hatte Thutmosis alle Eigenschaften eines künftigen Herrschers. Er war ein fleißiger und begabter Schüler und ließ keine Gelegenheit aus, sich alles anzueignen, was für seine spätere Herrschaft von Bedeutung sein konnte. Sein Körper war noch kräftiger, noch muskulöser als der seines Vaters. Er besaß wahrhaft den Körper jener Steinfiguren, die Nimuria jetzt zu Hunderten in allen Tempeln des Landes aufstellen ließ. Thutmosis war auch größer gewachsen als sein Vater. Seine Gesichtszüge aber waren die seiner Mutter: Die etwas müde wirkenden Augen unter scharf abgegrenzten Augenbrauen. In seiner Eitelkeit – Prinz Thutmosis war, verwöhnt durch sein anmutiges Äußeres, wahrhaft eitel – verwendete er zur Bemalung seiner Lider grundsätzlich nur grüne Farbe, was seinen Augen, die ebenfalls grün waren, einen geradezu dämonischen Ausdruck verlieh. Er war sich dessen bewusst und setzte die Wirkung seiner Augen ein, wo er nur konnte, besonders bei jungen Mädchen. Er hatte die hervorstehenden Backenknochen seiner Mutter ebenso wie ihren Mund, mit den kräftigen Lippen und den deutlich nach unten gezogenen Mundwinkeln, die beiden, Mutter und Sohn, diesen etwas verächtlich wirkenden Gesichtsausdruck verliehen.

In Men-nefer errichtete derweil ein anderer großer Baumeister unseres Landes, Amenophis Hui, im Auftrag Pharaos einen neuen Tempel für Ptah, welcher den Namen «Neb-maat-Re, vereint mit Ptah» erhielt. An der Spitze der Diener des Gottes stand Ptahmose, der den Titel «Größter der Leiter der Handwerker» trug, da Ptah als der Schöpfergott auch der Schutzgott der Handwerker war. Zudem bekleidete er das Amt des «Vorstehers der Priester von Ober- und Unterägypten». Diesen Titel konnte der Erste der Sehenden des Amun nie erlangen.

Nachdem Thutmosis ein Jahr in Men-nefer weilte, verstarb der Apisstier, und es herrschte große Trauer überall im Land. Während Prinz Thutmosis als Stellvertreter seines Vaters die Mumifizierung des Stieres gemäß den herrschenden Riten überwachte, reiste Nimuria mit dem Hof nach Men-nefer, um die erste feierliche Beisetzung eines dieser heiligen Tiere zu leiten, und um anschließend gemeinsam mit Prinz Thutmosis nach einem neuen Apisstier, der die heiligen Kennzeichen tragen musste, zu suchen.

Ich erhielt von Pharao die ausdrückliche Erlaubnis, in Waset zu bleiben, während Nafteta unter der gewiss strengen Obhut meiner Schwester mit nach Norden reiste. Meine Tochter war jetzt dreizehn Jahre alt und von so bezaubernder Schönheit, dass es sicher angebracht war, ein wachsames Auge auf ihre Umgebung zu werfen. Meine Sorgen waren indes unbegründet, denn es gab nur einen, mit dem sich Nafteta beschäftigte: Prinz Amenophis.

Und da konnte ich unbekümmert sein, denn der Prinz hatte kein Auge für die Schönheit, für die Reize Naftetas. Ihn interessierte nur ihr Geist und ihr Wissen, ihre Fähigkeit, Dinge so ähnlich zu begreifen wie er.

Ti hatte sich in den letzten Jahren kaum verändert. Sie hatte noch immer die mädchenhafte Figur wie vor vierzehn Jahren, als ich sie von unserem Feldzug in Nubien mitgebracht hatte. Jetzt war sie zweiunddreißig Jahre alt. Sie hatte lange Beine, war schlank geblieben und hatte ein schmales Gesicht, das von einer auffallenden, aber keineswegs störenden Hakennase geprägt war. Im Gegenteil, diese Nase verlockte dazu, sie zu berühren, zu streicheln. Ihre Brüste waren nicht mehr die einer Sechzehnjährigen, aber dafür, dass Ti Nafteta drei Jahre gestillt hatte, wirkten sie erstaunlich jugendlich. Und Ti hatte lebhafte Augen, die unentwegt fröhlich umherblitzten, jedermann freundlich ansahen und die die Augen eines ehrlichen Menschen waren. Nafteta und Ti verstanden sich gut, und obwohl Ti nur eine Amme einfacher Herkunft war, wurde sie von Nafteta stets mit dem größten Respekt und mit einer Liebenswürdigkeit behandelt, als wäre Ti ihre eigene Mutter. Jetzt, wo Nafteta selbst eine junge Frau war, redeten sie wie Schwestern miteinander, so vertraut waren sie.

Ti wirkte an diesem Tag unruhig, ja geradezu verstört. Während ich auf meiner Terrasse saß – die königliche Flotte war früh am Morgen nach Norden abgereist und mit ihr der ganze Hof mitsamt den Prinzen, meiner Nofretete und deren Dienerschaft –, hastete Ti auf der Terrasse und im Garten rastlos hin und her, ohne dass ich einen Sinn in ihrer Geschäftigkeit entdecken konnte.

Ich hob meinen Kopf und sah ihr eine Weile zu, dann sagte ich mit ruhiger Stimme: «Würdest du mir bitte verraten, was mit dir los ist?»

Ti blieb wenige Schritte vor mir wie angewurzelt stehen und starrte mich mit unruhigen Augen an. Die Flügel ihrer kleinen Hakennase bebten, und sie presste ihre Lippen zusammen, gerade so, als würde sie gleich in eine Posaune blasen.

«Ich weiß nicht, was das soll. Ich will hier arbeiten, und du läufst hier herum wie ein Huhn, über dem ein hungriger Falke kreist», setzte ich nach.

Ti ballte ihre kleinen Hände zu Fäusten, schnaufte kräftig durch und lief dann weinend in das Innere des Palastes. Hatte ich etwas Falsches gesagt?

Erst tat ich das soeben Geschehene als närrisches Weibergehabe ab und versuchte, weiterzuarbeiten. Dann aber überfiel mich wegen meiner Gleichgültigkeit ein schlechtes Gewissen, und ich beschloss, sie aufzusuchen und mit ihr zu reden. Ein Diener verwies mich in die Gemächer meiner Tochter. Dort traf ich Ti.

Sie lag weinend auf Naftetas Bett, und sie wusste, dass ich es war, der im Raum stand. Ohne sich mir zuzuwenden, sagte sie: «Schickt mich doch wieder zurück, jetzt, wo ihr mich nicht mehr braucht! Vierzehn Jahre war ich Tag und Nacht für Nafteta da, und kaum ist sie fünf Stunden weg, sagt Ihr, ich wäre ein Huhn. Ich habe nie ein Wort des Dankes von Euch erwartet, Herr. Aber beleidigen muss man mich nicht.»

Jetzt schluchzte sie erbärmlich. Sie hatte Recht. Wenn ich es mir so überlegte, hatte ich ihr noch nie richtig gedankt für all ihre Mühe, die sie mit Nafteta gehabt hatte. Ich setzte mich neben sie auf das Bett, griff mit meiner linken Hand in ihr feines Haar und streichelte vorsichtig ihren Kopf.

«Du hast Recht, Ti», sagte ich mit der leisen und belegten Stimme eines reuigen Büßers. Ja, zum ersten Mal nach vierzehn Jahre war Ti jetzt ohne ihre geliebte Nafteta, und ich hatte keinerlei Gespür für ihre Gefühle gezeigt.

«Verzeih mir, Ti! Ich hätte wissen müssen, wie schwer es für dich ist, ohne Nofretete zu sein. Aber irgendwann muss Nafteta die ersten Schritte ohne ihre Amme tun. Auch mir fällt es nicht leicht, so lange Zeit ohne sie zu sein.»

Langsam beruhigte sich Ti wieder.

«Begleitest du mich wieder in den Garten? Dort ist die Luft frischer als hier und die Hitze erträglicher.»

Ti wischte sich die Tränen von den Wangen, rückte ihr Kleid etwas zurecht und sah mich misstrauisch an.

Wir saßen auf jener Steinbank, auf welcher mir Merit vor fast vierzehn Jahren spät nachts sagte, dass sie ein Kind erwartete. Ich hörte gar nicht zu, wie Ti von ihrem Zuhause erzählte, von ihrer Familie und ihrem Mann, dem tapferen Maj. Regungslos saß ich neben ihr und erinnerte mich an die schöne Zeit mit Merit. Ich dachte daran, wie ich sie zum ersten Mal sah, wie ich krank im Palast ihres Vaters lag und neben ihr aufwachte, an die ersten zärtlichen, schüchternen Berührungen.

Ti schwieg eine Weile, dann sagte sie: «Woran denkt Ihr, Herr?»

«Verzeih mir, Ti! Ja, ich war abwesend. Ich musste an meine Frau denken, weil mich dieser Platz im Garten immer an sie erinnert.»

Jetzt begann ich zu erzählen. Ich erzählte Ti von meiner Reise nach Babylon, davon, was ich mit Acha erlebt hatte, wie ich Merit kennen gelernt und wie sehr ich sie geliebt hatte.

«Ich weiß aber auch, dass das Leben weitergehen muss», schloss ich meine Erzählung. «Ich weiß nur nicht, wie und mit wem.»

In den folgenden Tagen verbrachte ich mehr Zeit mit Ti als je zuvor. Ich führte sie durch meine Stallungen und Werkstätten, ich ging mit ihr früh morgens, bevor es begann, heiß zu werden, durch meine Felder und Obstgärten, und ich bat sie sogar darum, gemeinsam mit mir die Mahlzeiten einzunehmen. Während all dieser Zeit unterhielten wir uns unentwegt. Sie hörte mir aufmerksam zu, wenn ich ihr erklärte, wie die Felder vermessen werden, wie man zur Bewässerung den Hebearm, den Scharduf, einsetzt, und wie wichtig es ist, vor jeder Überschwemmung die Wassergräben zu reinigen.

Nein, sie war keine gebildete Frau. Ti wusste nicht viel von der weit verzweigten Verwaltung unseres Landes, sie hatte kaum eine Ahnung davon, welche Verbindungen zu benachbarten Völkern bestanden. Und sie hatte eine einfache Art, die Welt der Götter zu erfassen und zu verstehen, so einfach, dass sie im Stande war, auf einer einzigen Tonscherbe die gesamte Götterwelt Ägyptens aufzuzeichnen. Wenn ich ehrlich sein soll: Ich habe sie immer darum beneidet. Ich zeigte und erklärte ihr viel, aber an ihrem Glauben habe ich nie zu rütteln versucht. Ihre Art zu sprechen war klar und ungekünstelt, aber sie war ehrlich. Und Ti hatte gewiss ein gutes Herz. Ich erinnerte mich an die Lehre des weisen Ptahotep, welcher vor langer Zeit schrieb, die Redekunst sei verborgener als ein kostbarer Stein, aber man könne sie bei den einfachen Dienerinnen finden, die über dem Mahlstein knien.

Niemandem außerhalb meines Palastes fiel auf, wie viel Zeit ich jetzt mit Ti verbrachte, da sich mit Pharao ein Großteil des Hofes in Men-nefer aufhielt, und viele andere mich gar nicht in Waset wähnten, da ich bewusst sehr zurückgezogen lebte. Nur Acha und Iset besuchten mich einige Male. Das kam mir sehr gelegen, denn so konnte ich Ti zu uns an den Tisch bitten, ohne dass dies gleich allzu förmlich wirkte. Beim ersten Besuch spürte ich freilich, dass Acha und Iset über meinen freundschaftlichen Umgang mit einer Dienerin verwundert waren, aber einige Becher alten Weines ließen sie ihre Zurückhaltung überwinden, und es entstand ein freundschaftliches und ungezwungenes Gespräch. Vor allem Iset und Ti hatten sich viel zu erzählen, war die Tochter von Acha und Iset gerade ein Jahr älter als Nafteta und waren die Mädchen eng befreundet.

Nachdem mich Acha und Iset in kurzen Abständen einige Male besucht hatten und Ti immer bei mir war, sprach mich

Acha an: «Es liegt dir viel an ihr», sagte er, als wir nach dem Abendessen alleine durch den Garten gingen, und die Frauen auf der Terrasse zurückgeblieben waren.

«Weißt du, Acha, das Leben, welches ich jetzt führe, es ist kein Leben. Ich brauche dir nicht zu erzählen, wie reizvoll die Mädchen sind, die mir Nimuria zuführen lässt, wenn ich nach irgendwelchen Feiern in seinem Palast bleibe. Sie sind jung, und eine ist bezaubernder als die andere. Aber ich kann mit ihnen nicht reden, ich wüsste gar nicht, worüber. Diese Art von Liebe ist nicht nur stumm und herzlos, nein, ich habe manchmal sogar ein schlechtes Gewissen.»

Acha, der in seiner Jugend kein Liebesabenteuer ausgelassen hatte, sah mich fragend, ja verständnislos an.

«Das heißt ja nicht, dass ich den Schönen Nimurias gänzlich und für immer aus dem Weg gehen werde. Aber ich brauche um mich herum eine Frau, von der ich weiß, dass sie zu mir gehört, die an meiner Seite steht.»

«Bist du dir sicher, dass Ti das Naserümpfen in den feinen Kreisen von Waset überstehen wird?»

«Das liegt an euch und nicht zuletzt an Amenophis. Und wenn es nicht gelingt, dann werde ich vielleicht etwas zurückgezogener leben als jetzt.»

Acha hatte verstanden, und als er und Iset uns spät am Abend verließen, luden sie Ti und mich für den nächsten Tag ein. Der Anfang war gemacht.

Jahrelang war Ti eine Dienerin in meinem Hause gewesen, sicher keine der einfachen Art, gewiss. Sie war die Amme meiner Tochter, aber auch nicht mehr. Was mochte in den letzten Tagen in ihr vorgegangen sein, seit sie von mir plötzlich Beachtung erfuhr, Beachtung, die mehr war als ein angemessenes Verhalten für lange Jahre fleißiger Arbeit in meinem Haus. Als Ti zu uns kam, war sie eine junge Frau tief aus dem Süden, und die Vorstellung, dass sie einmal, wenn auch nur für wenige Stunden, unter einem Dach mit dem Guten Gott verweilen würde, hätte sie als Mädchen den Atem stocken lassen. Bis heute hatte sie noch nie mit Nimuria auch nur ein Wort gewechselt.

Was also mochte jetzt in ihrem Kopf vorgehen, wo der Einzige Freund Seiner Majestät, der Bruder der Großen königlichen Gemahlin, wo ich, Eje, eindeutige Anstalten machte, um sie zu werben?

Langsam und in Gedanken versunken, wie es weitergehen sollte, ging ich den Kiesweg von der Toreinfahrt zur Terrasse zurück, nachdem ich Acha und Iset verabschiedet hatte. Ti saß ganz alleine auf der Terrasse, hatte ihren Kopf nach hinten auf die Lehne des Stuhles gelegt und sah in den Nachthimmel. Bei jedem Schritt knirschte der Kies unter meinen Sandalen, und so hörte sie mich schon von weitem kommen.

«Was lachst du so?», fragte ich sie, während ich die wenigen Stufen hinaufging und mich wieder neben sie setzte.

«Ist es ein Spiel, das Ihr mit mir spielt?»

«Weshalb sollte ich ein Spiel mit dir spielen? Es würde mich traurig stimmen, Ti, wenn du es so empfinden würdest.»

«Ich kann aber nicht glauben, Herr, dass Ihr mich morgen zu Euren Freunden mitnehmen wollt, wo ich doch nur eine Dienerin Eures Hauses bin.»

Ich sah schweigend auf ihre gebogene und doch so wunderbare Nase und überlegte, was ich sagen sollte. Eigentlich wollte ich sie noch nicht mit meinen Plänen vertraut machen, sondern erst abwarten, wie die anderen, vor allem wie Ameni auf sie reagieren würde. Das wäre aber nicht ehrlich gewesen, sondern ich hätte ihr großes Unrecht zugefügt, wenn ich meinen Entschluss von anderen, und sei es Pharao, abhängig gemacht hätte. Wortlos nahm ich ihre Hand und ging mit ihr in den Garten, ohne sie wieder loszulassen. Anfangs war sie zurückhaltend, als meine Finger schüchtern mit den ihren spielten, dann aber erwiderte sie die kleine Zärtlichkeit und unsere Fingerkuppen fragten, ob wir nicht mehr wollten. Ich blieb stehen und ertastete auch ihre andere Hand. Augenblicke dauerten eine Ewigkeit, und ich bin mir sicher, dass auch ihr das Blut durch den Kopf schoss und ihr Herz vor Aufregung pochte, wie meines. Beide drückten wir die Hände fest zusammen, als wollten wir uns einen Ruck geben, ja zu sagen.

«Bleib bei mir, Ti», sagte ich ganz leise, «bleib bei mir!»

Ich führte ihre Hände an ihren Rücken und zog sie langsam und vorsichtig an mich heran, bis sich unsere Körper berührten. Ich spürte die Haut ihrer Oberschenkel und ihren warmen Bauch. Während mich ihre Augen erwartungsvoll und doch etwas ängstlich ansahen, beugte ich mich zu ihr herab, und unsere Lippen berührten sich zu einem zaghaften Kuss. Wir sahen uns mit einem verliebten Lächeln an, dann küssten wir uns wieder und wieder, immer heftiger werdend, bis wir inne hielten und wir uns wieder ansahen, zufrieden, glücklich, wie zwei junge Menschen, die zum ersten Mal erfuhren, was Liebe ist. Ich drückte sie fest an mich, streichelte ihren Rücken, ihren Hals, und auch sie umfasste meinen Körper, und ihre kleinen zarten Hände gaben die Liebkosungen zurück, während ihr Kopf gegen meine Brust gelehnt war.

«Ich möchte aus deinem Mund nie mehr das Wort Herr hören, wenn du mich ansprichst, nie mehr!»

Ich spürte, wie einige Tränen auf meine Brust fielen, und drückte Ti noch fester an mich. Dann sahen wir uns an, und ich wusste, dass eine glückliche Frau vor mir stand. Wir küssten uns immer wieder, und ganz unmerklich, unter Neckereien und Späßen, bewegten wir uns langsam, Schritt für Schritt, auf das Schattenhaus am Ende des Gartens zu.

Wir blieben dort bis zum frühen Morgen.

Als wir zu meinem Palast zurückkehrten, huschten schon einige Diener umher und verrichteten die ersten morgendlichen Arbeiten. Mir entging ihr Staunen nicht, als Ti und ich Hand in Hand die Terrasse betraten, und eher beiläufig sagte ich zu einem von ihnen: «Sagt meinem Schreiber, dass sich zwei Stunden vor Sonnenuntergang alle Diener meines Hauses hier versammeln sollen. Ihn selbst will ich schon zur Mittagsstunde im Schattenhaus sehen. Bis dahin lasst uns ungestört!»

Mein Schreiber hieß Nacht, war dreißig Jahre alt und kam aus der Domäne des Amun. Er war ein ebenso gewissenhafter und gebildeter Beamter, wie es Cheruef vor ihm war. Ohne große Umschweife erklärte ich ihm, dass ich Ti zur Frau nehmen würde. Ich verfasste mit ihm gemeinsam einen Ehevertrag und traf alle Verfügungen für den Fall meines Ablebens. Sicher, den größeren Teil meines Besitzes sollte Nafteta bekommen, aber ich wollte Ti so absichern, dass sie frei von Sorgen um den täglichen Unterhalt ein würdevolles Leben führen konnte. Ti war mit allem einverstanden, und wir beide setzten unsere Namen unter das Schriftstück. Am Abend, unsere Sänfte stand schon bereit, gab ich all meinen Dienerinnen und Dienern bekannt, dass Ti nicht mehr länger Amme meines Hauses, sondern meine Frau war, und dass man ihr mit demselben Respekt zu begegnen hatte wie mir. Ich versprach ihnen ein großes Fest, sobald Pharao und vor allem auch meine Tochter zurückgekehrt sein würden. Unter den begeisterten Hoch- und Jubelrufen meiner gesamten Dienerschaft bestiegen wir die Sänfte und ließen uns zu Acha bringen.

Der Abend bei Acha und Iset verlief so, wie ich es mir gewünscht hatte. Gleich zur Begrüßung fiel beiden auf, dass Ti mich mit Eje anredete, und dass wir noch vertrauter, ja verliebter miteinander umgingen als tags zuvor. Die Unterhaltung war fröhlich und ungezwungen, und ich gewann den Eindruck, dass unsere Gastgeber meine Verbindung zu Ti nicht nur als unabänderliche Tatsache hinnahmen, sondern ehrliche Freude empfanden. Zum äußeren Zeichen für alle, dass Ti im Hause Achas ein für allemal als ebenbürtige Freundin und nicht nur als Amme meiner Tochter willkommen war, wurde sie von einer Dienerin Achas mit Duftöl eingesalbt. Erst jetzt verriet ich meinen Freunden, dass Ti und ich bereits mittags den Ehevertrag unterschrieben hatten und wir bereits Mann und Frau waren.

Es war gut so.

Wie so oft war die Rückkehr des Hofes ein bedeutendes Ereignis, ein großes Fest, und die Menschen verstanden immer besser, den mächtigsten Herrn der Welt, den Guten Gott, so zu empfangen, wie es einer gottgleichen Majestät zukam. Amenophis wusste wie kein anderer, wie er die Erwartungen seines Volkes erfüllen konnte. Die Pracht, die Würde und Erhabenheit, mit der er vor den Menschen erschien, ließen keinen Zweifel daran, dass er von Amun gezeugt und somit göttlicher Herkunft war.

An den Wänden des Tempels von Ipet-sut stand geschrieben, dass Thutmosis von Amun zu Mutemwia geschickt wurde, die schöner war als alle Frauen im Lande. Und Amun selbst verlangte nach der, die er liebte. Weiter steht dort geschrieben:

«Da machte Amun seine Gestalt zu der der Majestät dieses Gatten, des Königs von Ober- und Unterägypten, Men-chepru-Re, dem Leben gegeben werde. Er fand sie, indem sie in der Schönheit ihres Palastes schlief. Sie erwachte vom Gottesgeruch und lächelte Seiner Majestät zu. Er ging sofort zu ihr, und er verlangte nach ihr. Da zeigte er sich in seiner Form als Gott, nachdem er zu ihr getreten war. Sie jubelte, als sie seine Schönheit sah, und die Liebe zu ihm drang durch ihre Glieder. Danach tat nun die Majestät dieses Gottes alles, was er wollte, mit ihr. Dann sprach Amun, der Herr der Throne der

Beiden Länder mit Ihrer Majestät: Amenophis-Herrscher-von-Waset sei der Name dieses Kindes, das ich in deinen Leib gelegt habe. Er wird ein treffliches Königtum auf dieser ganzen Erde ausüben. Meine Macht gehöre ihm, mein Ansehen gehöre ihm, meine Doppelkrone gehöre ihm, er ist's, der die Beiden Länder beherrscht wie Re ewiglich. Ich erhebe sein Wesen höher als das der Götter in seiner großen Würde als König von Ober- und Unterägypten.»

VIERZEHN

So spricht Amun: Komm doch in Frieden,
mein leiblicher Sohn Neb-maat-Re!
Ich habe dir gegeben, dass du vollendest Millionen
von Jahren wie Re.

Amenophis wusste über alles bis in die unbedeutendste Kleinigkeit Bescheid. Es dauerte lange, ehe wir beide in Ruhe miteinander sprechen konnten. Nach dem aufwendigen Landemanöver im Hafen zog der Hof in den großen Tempel des Amun, um dort Opfer zu bringen, dann ging es zurück zum Hafen, wo Pharao erneut sein Schiff bestieg, um es die kurze Strecke über den Fluss zum Hafen seines Palastes rudern zu lassen. Er nahm sich selbst den Chepresch, den blauen Kriegshelm, vom Kopf und legte ihn auf die vergoldete Truhe vor sich. Er strich sich durch sein schwarzes Haar und sagte, noch ohne sich zu mir umgedreht zu haben: «Eigentlich müsste ich auf dich richtig böse sein.» Ich schwieg.

«Nicht als dein König. Als deinem Herrscher ist es mir gleichgültig, wen du dir zur Frau nimmst.»

Jetzt drehte er sich zu mir um. Seine Mandelaugen sahen mich durchdringend an, und er verzog keine Miene.

«Aber als dein Freund müsste ich richtig beleidigt sein, wäre – ja wäre ich nicht dein Freund!»

«Ich weiß, Ameni, dass du niemals Einwände gegen sie erhoben hättest, und dass für dich die Herkunft eines Menschen noch nie ein Grund war, ihn abzulehnen oder gering zu achten. Sicher hätte ich genauso gut die vier Wochen bis zu deiner Rückkehr warten können.»

«Und warum hast du es nicht getan, Eje?»

«Ich war es der Würde meiner Frau schuldig, Ameni. Ich wusste nach dem ersten Besuch von Acha und Iset, dass es Ti schwer, sehr schwer haben würde, in dieser Stadt von all den reichen und wichtigen Menschen anerkannt zu werden. Das hätte sich erst in dem Augenblick geändert, in dem du mit Ti das erste Wort gesprochen hättest. Ich wollte Ti spüren lassen, dass sie nicht erst dann meine Frau wird, wenn Waset sie für würdig befindet, ja, wenn du sie für würdig befindest. Sie sollte wissen, dass sie einzig und allein deswegen meine Frau wurde, weil ich es wollte.»

Jetzt schwieg Amenophis.

Mit nachdenklichem Gesicht ging er zu seinem Schreibtisch, nahm einen seiner Ringe aus einer Schale und spielte damit herum.

«Daran hatte ich nicht gedacht», sagte er nach einiger Zeit.

«Ich bin jetzt vierunddreißig. Ich will etwas zur Ruhe kommen, Ameni. Nicht mit der Arbeit, das meine ich nicht. Aber es war mir zuletzt schon seltsam zumute, wenn ich in deinem Palast mit Mädchen schlief, die nicht einmal halb so alt waren wie ich selbst. Damit muss Schluss sein.»

Ameni blickte auf, und mit faltiger Stirn sah er mich an.

«Ganz?», fragte er leise und zaghaft, und während er dies sagte, erhellte ein mildes Lächeln sein Gesicht, wurde er wieder freundlich, war er wieder Ameni.

«Jetzt feiern wir erst einmal meine Heirat mit Ti», wich ich ihm aus, «denn ein Fest hat wegen deiner Abwesenheit noch gar nicht stattgefunden. Und glaube mir, Nimuria, auch wenn ich jetzt wieder verheiratet bin, ich bin dir nicht verloren. Das weißt du ganz genau!»

Er wusste es.

Noch am selben Abend mussten Ti, Nafteta und ich im Palast erscheinen. Nimuria, Teje und Prinz Amenophis empfingen uns und Acha mit seiner Familie auf der Terrasse des Palastes.

Ich wusste, dass Ti sehr aufgeregt war, doch sie machte keinen Fehler. Gesenkten Hauptes kniete sie vor Pharao. Ich warf mich vor den Majestäten in den Staub, um Ti, und vor allem um Pharao zu zeigen, dass ich nicht anders behandelt werden wollte wie meine Frau.

«Erhebt euch, meine Freunde! Erhebt euch!», erklang die ruhige Stimme Amenis, und zu Ti gewandt sagte er gleich: «Bist du es gewesen, Ti, die Ejes Tochter und meinem Sohn all die merkwürdigen Dinge beigebracht hat, von welchen die beiden so viel reden?»

«Majestät», sagte Ti mit leiser Stimme. «Ich bin eine einfache Frau und würde es nie wagen, dem Sohn Eurer Majestät etwas beibringen zu wollen. Ich habe Nofretete großgezogen, was das größte Glück meines Lebens war. Das war mir Aufgabe genug, Majestät.»

«Jetzt war es wieder niemand, wie mir scheint», sagte Ameni gut gelaunt und blickte suchend in der Runde umher wie ein Lehrer, der darauf wartet, dass sich ein Schüler freiwillig zu Wort meldet.

«Vater, ich habe Augen, um die Dinge zu erkennen, die mir von Bedeutung sind», mischte sich Prinz Amenophis ein.

«Nicht alles, was ich weiß, mussten Lehrer mir beibringen. Vieles ist so offenkundig, nur verschließen die Menschen vor der Wahrheit oft die Augen.»

«Es freut mich über die Maßen, mein Sohn, dass du offenbar ein unerschrockener Kämpfer für die Wahrheit bist. Nur haben die Menschen oft unterschiedliche Ansichten darüber, was man unter Wahrheit zu verstehen hat. Für mich und unser Volk ist Maat der alleinige Maßstab, an dem wir all unser Tun auszurichten haben. So lange ich Herrscher der Beiden Länder bin, wird sich daran nichts ändern.»

Nimuria sagte dies in einem sehr wohlwollenden, väterlichen Ton, und dennoch war Prinz Amenophis mit den Worten seines Vaters unzufrieden. Nur kurze Zeit später bat er um Erlaubnis, sich zurückziehen zu dürfen.

«Musste das sein?», fragte Teje, und ihr Blick verriet, dass sie sich um das Verhältnis zwischen ihrem Sohn und seinem Vater ernsthaft Sorgen machte.

«Darüber werden wir uns zu gegebener Zeit unterhalten», antwortete Nimuria, nein, brummte er mehr vor sich hin und bereitete damit dem unangenehmen Vorfall ein Ende.

Es gab wohl niemanden am Hofe Nimurias, im Tempel von Ipet-sut oder überhaupt in Waset, der nicht wusste, dass Prinz Amenophis und Nofretete befreundet waren. Aber es waren nur wenige, die zumindest ahnten, dass es schon mehr war. Beide waren sich ganz verborgen, ja schüchtern, in einer unschuldigen, bewundernswert zärtlichen Liebe zugetan. Nafteta war ein so schönes Mädchen, wie es ein zweites in den Beiden Ländern nicht gab. Nein, mit ihren vierzehn Jahren war sie kein Mädchen mehr, sondern schon eine junge, heiratsfähige Frau. Prinz Amenophis war zwar ein Jahr älter, aber wer genau hinhörte, der merkte, dass Nafteta ihm überlegen, dass sie erwachsener war. Ihr Feingefühl und ihre Liebe zum Prinzen verbaten es ihr jedoch, ihn dies auch nur einen Augenblick lang spüren zu lassen.

Ich beneidete diese jungen Menschen, als ich sie im Schattenhaus unseres Gartens sitzen sah. Unauffällig, fast versteckt hielten sie die fest verschlungenen Hände, immer so, dass zwischen einem möglichen Beobachter und den zärtlichen Boten ihrer Gefühle ein Tisch, ein Stuhl, eine Vase oder sonst etwas stand. Ihre Blicke verhakten sich ineinander wie Kletten und ließen sich nicht los, bis nicht die letzte noch so kleine unsichtbare Liebeserklärung ausgetauscht war. Es war eine so unschuldige Liebe, wie sie nur zwei junge Menschen empfinden können, die körperliche Liebe noch nicht erfahren haben, sie nur erahnen, und dennoch in ihrem Glück eins sind.

Ja, ich beneidete die beiden von ganzem Herzen, hatten sie mir doch eine Erfahrung voraus, die ich nie würde nachholen können. Ehe ich mein Herz, nur mein reines Herz verschenken konnte, hatte ich erfahren, was es bedeutet, einen Menschen mit dem Körper glücklich zu machen. Meine Seele war die betrogene, denn ich hatte vorher nie wirklich geliebt, nur mit dem Herzen geliebt. Und später war von Anfang an, beim ersten Blick, jeder Gedanke an Liebe begleitet, ja entweiht nur von dem Sehnen nach den Reizen des Körpers.

Prinz Amenophis hatte in gewisser Weise das Glück, nicht der erstgeborene Sohn Pharaos zu sein, denn nur so konnte er sein eigenes Leben ausleben, ohne all die Zwänge, die das göttliche Amt des Herrschers der Beiden Länder mit sich brachte.

Prinz Amenophis würde Erster Sehender eines der großen Tempel werden, vielleicht sogar Wesir, oder, wenn es der künftige Herrscher, sein Bruder Thutmosis, so wollte, ein Niemand, ein Nichts, ein unbekannter Prinz, wie unzählige vor ihm.

Nimuria und Teje wussten, wie gerne sich der Prinz in meinem Palast bei Nafteta und auch bei mir aufhielt. Sie wussten, dass ich mir viel Zeit für sie nahm, wenn sie mich mit ihren Fragen bestürmten, mit ihren Fragen nach der Vergangenheit unseres Landes, seinen Göttern, seinen Menschen und Tieren. So war es nur folgerichtig, dass ich zur Beruhigung des Herrscherpaares in aller Form zum Erzieher des Prinzen Amenophis bestimmt wurde.

Es war eine Zeit großer Glückseligkeit, denn was kann sich ein Vater Schöneres wünschen, als wissbegierige Kinder mit großen geistigen Fähigkeiten, Kinder, die in Gottesfurcht leben und ihre Eltern achten und lieben?

Und doch wurde mein Glück noch viel vollkommener, als Ti mir eine gesunde Tochter gebar. Ti gab ihr den Namen Mutnedjemet.

Die Tage und Nächte vor der Geburt waren Tage und Nächte der Ängste und Qualen für mich, und ich weiß heute nicht mehr, was ich allen Göttern der Beiden Länder, was ich Anubis versprach, wenn Ti die Geburt gut überstehen würde. Aber ich hielt meine Versprechen.

Anen hatte mich schon einmal gewarnt. Jetzt kam er wieder, um mich zu warnen. Ich weiß nicht, welche geheimnisvollen Kräfte es waren, die den Priestern des Amun ihr Wissen gaben. Unser Land war schon immer von Magie beherrscht, von Zauberglauben und von «Dingen», wie die einfachen Menschen sagten.

«Herr, es geschehen Dinge», pflegte auch eine meiner Dienerinnen immer zu sagen, wenn sie für die einfachsten Erscheinungen keine Erklärung wusste.

Die Priester des Amun hätten wirklich über solche Kräfte verfügen müssen, wenn ich mir nicht sicher gewesen wäre, dass es Zauberei eben nicht gibt.

Doch genau das war es, was den Priestern an mir missfiel: Mein angeblicher Unglaube.

«Es wird großes Unheil über alle kommen, die freveln», flüsterte mir Anen zu, während wir im Schatten von Palmen, Sykomoren und Granatapfelbäumen durch meinen Garten gingen.

«Willst du mir nicht verraten, Anen, wer frevelt?» Mit vorgeschobenem Unterkiefer und zusammengezogenen Augenbrauen blickte ich ihn herausfordernd an.

«Du solltest dich nicht über mich lustig machen, Eje. Es ist mir sehr ernst. Wenn ich dir sage, dass du, deine Kinder, dass selbst der Gute Gott, er lebe, sei heil und gesund, dass selbst Pharao und seine Familie in Gefahr sind, wenn …»

«Wenn was», unterbrach ich ihn barsch, weil ich genug hatte von dieser Geheimniskrämerei.

«Glaubst du, wir wüssten nicht, worüber hier gesprochen wird, Eje? Dass hier, in diesem Palast, die Existenz verschiedener Gottheiten schlichtweg geleugnet wird, dass man hier an der Größe und Einzigartigkeit Amuns zweifelt und darüber geredet wird, dass seine Priester zu mächtig seien! Wir wissen, dass Pharao die Gespinste seines Sohnes nicht nur duldet, sondern dich, einen uns bekannten Zweifler, auch noch zu dessen Erzieher macht. Im Hause Amuns hat man zur Kenntnis genommen, dass Nimurias Palast nicht diesseits des Flusses, in der Nachbarschaft seines Vaters Amun, sondern jenseits des Flusses steht. Glaube mir, Eje, wir sind nicht blind. Meine familiären Bande zum Thron und zu dir lassen mich vor den Priestern über Vieles schweigen, und schon mehr als einmal habe ich versucht, dein Tun herunterzuspielen. Das brachte auch mich in Gefahr. Nur um deiner selbst willen muss ich dir all dies sagen.»

Dann schwiegen wir lange.

«Muss ich Nimuria warnen?», unterbrach ich unser Schweigen.

Der hagere, ausgemergelte Anen sah mich mit leblosen Augen an. Nicht wie die Augen der Liebenden, die Leben verheißen, sahen sie mich an. Die Blicke seiner Augen verhießen den Tod.

«Warne ihn! Ja, warne ihn! Aber es wird zu spät sein, Eje. Zu spät für euch beide. Mehr kann ich nicht sagen.»

Wieder sahen wir uns schweigend an.

«Ich verstehe, Anen. Nun geh! Du bist schon zu lange hier.»

Wir umarmten uns nur kurz, dann ging Anen fort. So unauffällig, wie er gekommen war, verließ er meinen Garten und ging zurück in seinen Tempel.

Am anderen Morgen fand man die Leiche Anens am Fuße des großen Torturms, welchen Nimuria zur größeren Ehre Amuns am westlichen Ausgang des Tempels errichtet hatte.

Niemand konnte verstehen, weshalb sich Anen das Leben genommen hatte. Ich glaubte nie daran.

Von dort, wo man Anens Leiche fand, konnte man hinübersehen zum Palast der Goldenen Sonne. Sie hatten Pharao Anens Leiche vor die Füße geworfen.

Der schönste Tempel, den Amenophis je errichten ließ, das südliche Ipet, war vollendet.

So, wie es schon Pharao Hatschepsut Maat-ka-Re vorschwebte, wurde das einstmals bescheidene Amunheiligtum in nord-südlicher Richtung mit dem großen Tempel Amuns durch eine unendlich lange Allee von Widdersphingen verbunden. Sie begann am südlichen Torturm der Tempelanlage und führte erst zum Tempel der Mut, machte vor dessen Haupteingang einen Knick nach Westen, um sich nach wenigen hundert Ellen in südliche Richtung bis zum neuen Tempel fortzusetzen. Sphingen waren aneinandergereiht, aus feinstem Sandstein gehauen, vom Tempel der Mut bis zum südlichen Heiligtum waren es rechts und links je dreihundertfünfundsechzig, eine für jeden Tag des Jahres. In den Heiligtümern von Amun, Month, Chons und Mut standen zuletzt über eintausend Sphingen.

Amenophis ließ die kleine Kapelle seiner Vorgängerin von Grund auf ausbessern und errichtete aus den umliegenden Gebäuden einen größeren Palast. Davor ließ er einen Sonnenhof gestalten, in dessen Umgang die schönsten und wohl geformtesten Säulen standen, die man je sah. Als Papyrusbündel ragten sie paarweise empor, jede vierundzwanzig Ellen hoch, eine gleich der anderen. Vor den Sonnenhof setzte Amenophis als Eingangsbereich einen überdachten, über einhundert Ellen langen Säulengang.

Der Tempel hieß die «Stätte des Ersten Males», und er war der Ort der Entstehung der Welt. Das Heiligtum stand auf einem Urhügel, und hierher musste Amun zum Opetfest, dem Jahrestag der Weltentstehung, zurückkehren, um den Akt der Schöpfung zu wiederholen. Der Tempel war aber auch die Stätte, in der der König mit seinem göttlichen Ka, seiner Lebenskraft, vereinigt und dadurch in das gottähnliche Wesen verwandelt wurde, das zur Ausübung des Herrscheramtes befähigt war. Und so war der Tempel auch auf das Reichste ausgestattet. Nimuria ließ aufschreiben:

«Der König von Ober- und Unterägypten, Herr der Beiden Länder, Neb-maat-Re, Erbe des Re, Sohn des Re, Amenophis, Herrscher von Waset, ist zufrieden mit dem Werk, das im südlichen Ipet für seinen Vater Amun geschaffen wurde, den Herrn der Throne der Beiden Länder. Es ist aus feinem Sandstein, sehr weitläufig und groß und unglaublich schön. Seine Wände sind aus feinem Gold, sein Pflaster ist aus Silber, all seine Tore sind mit Gold geschmückt. Seine Tore erheben sich in den Himmel, und seine Fahnenmasten streben empor zu den Sternen. Alle die den Tempel sehen, preisen Seine Majestät.»

Das Opetfest im zweiten Monat der Nilüberschwemmung und im fünfundzwanzigsten Regierungsjahr Pharaos war das prächtigste, das Waset jemals erlebte, und die Stadt, Nimurias geliebtes Waset, war so schön, so vollendet, wie keine andere.

In ihren goldenen Schreinen wurden die Götterbilder von Amun, dessen Gemahlin Mut und ihres gemeinsamen Sohnes Chons auf den heiligen Barken aus dem Tempel von Ipet zum Hafen getragen. Ihnen folgten Nimuria und Teje in der königlichen Sänfte. Amenophis trug die Doppelkrone und alle Insignien seiner gottgleichen Macht. Aber es war nicht mehr der Amenophis von einst, der durch seine Kraft und Stärke beeindruckte. Amenophis machte einen gleichgültigen, abwesenden Eindruck, und er war fettleibig geworden. Zwar ärgerte und betrübte ihn seine Leibesfülle, und meist trug er ein dünnes Obergewand wie Frauen, um seine Fettleibigkeit zu verbergen. Aber er hatte nicht mehr die Kraft, den Willen, sich dagegen aufzulehnen. Er fand sich damit ab, und je mehr er dies tat, umso mehr ließ er sich gehen, hatte nur noch Augen für die schönen Dinge, die ihn umgaben. So eitel er war, was seine zahllosen Bauwerke betraf, die Paläste, die Tempel, Gärten, seinen Palast der Millionen Jahre und sein Grab, umso mehr ließ Nimurias Eitelkeit, was ihn selbst betraf, nach.

Ihm fehlte zunehmend der Wille, mit starker Hand zu herrschen, und er überließ es jetzt immer öfter Teje, wichtige Entscheidungen zu treffen und das Land zu regieren. Er sehnte sich danach, Prinz Thutmosis zum Mitregenten zu ernennen, um noch mehr die Früchte seiner ruhmreichen, glänzenden Herrschaft genießen zu können. Aber der Thronfolger weilte in Men-nefer.

Der prunkvolle Zug erreichte den Hafen, die Götter wurden auf die goldene Barke des Amun getragen, und auch die königliche Familie bestieg das prunkvolle Schiff Nimurias. Langsam glitt die feierliche Prozession stromaufwärts, um nach kurzer Reise vor dem südlichen Heiligtum wieder anzulegen. Zum ersten Mal seit Pharao Hatschepsut Maat-ka-Re das Opetfest gestiftet hatte, führte der Zug der Götterfamilie über den Fluss und nicht mehr über den von Sphingen gesäumten Prozessionsweg. So aber konnten noch mehr Menschen die Fahrt der Götter beobachten, zog Pharao und sein Vater Amun vor aller Augen in das südliche Heiligtum, wo Amun sich aufs Neue mit seiner Gemahlin vereinigte, Pharao seine Kraft erneuerte, um danach in der gleichen prächtigen Prozession zurückzukehren.

Amenophis hatte erreicht, was er einst von den Priestern des Amun verlangte: Ihre Schätze waren zwar nicht aufgezehrt, doch über den Reichtum von einst verfügten sie nicht mehr und damit auch über weniger Macht. Sie waren die Diener und Herren im größten und schönsten Tempel der Erde, doch sie waren auch dessen Gefangene geworden.

Das Opetfest war noch nicht beendet. Am dritten Abend des Festes, als Nimuria und die königliche Familie, die Großen Ägyptens und zahlreiche Gäste befreundeter Länder im Palast der Goldenen Sonne feierten, als wir die Fülle des Lebens genossen mit allem, was es gab, alle unsere Sinne auf das Vorzüglichste verwöhnt wurden, als die Sonne sich langsam dem westlichen Horizont zuneigte, und Re die Stadt, den Palast in goldgelbes Licht tauchte, da stürzte ein Offizier der Leibgarde in den Festsaal und fiel vor Pharao nieder. Er überbrachte seinem Herrscher die schrecklichste Botschaft, die es für ihn, ja für Ägypten geben konnte:

Der Thronerbe, Prinz Thutmosis, war tot.

Foto: Bavaria Bildagentur/Picture Finders

Die großen historischen Ägypten-Romane bei rororo:

3-499-22471-2